KB134221

2019 신춘문예당선소설집

2019 신춘문예당선소설집

초판 발행 2019년 1월 17일
저　　자 함지연 외
발 행 인 김명자(김지연)
주　　간 김호운
기획실장 김성달
사무국장 이월성
발 행 처 사단법인 한국소설가협회
등록번호 신고 제313-2001-271(2001. 12.13)
주　　소 04340 서울 용산구 소월로 109 남산도서관 2층
전　　화 02)703-9837, 02)703-7055
전자우편 novel2010@naver.com
한국소설가협회카페 http://cafe.naver.com/novel2011
인　　쇄 정은출판 (02)2272-9280
총　　판 한국출판협동조합 (070)7119-1740
I S B N 979-11-7032-074-6 (03810)
정　　가 18,000원

잘못 만들어진 책은 교환해 드립니다.
저자와 출판사의 허락 없이 책의 전부 또는 일부 내용을 사용할 수 없습니다.

2019
신춘문예당선소설집

사단법인 **한국소설가협회**

| 차례 |

치열한 삶의 무늬

김지연芝娟
(한국소설가협회 이사장)

기해년己亥年 새해가 밝았습니다!

찬바람이 볼을 에이지만 새날의 햇살은 밝고 투명합니다.

유일한 분단국가로 북의 쉬임 없는 핵도발로 세계의 시선 안에 노정되어 만인을 공포와 불안 속으로, 뜨거운 이목이 집중되고 있던 한반도가, 이제는 세 정상(문재인, 트럼프, 김정은)의 만남으로 번영, 평화의 정소로 변하고 있음에 감개가 무량한 상황입니다.

이렇듯 급변하는 시대의 와중 속에서도 한국 문단 등용의 최고 인기 관문인 신춘문예 공모에 수천 명이 응모하여 당당하게 당선 급제한 신예 작가들의 작품이 이 자리에 모였습니다.

여기 스물네 편의 작품과 작가들은 타고나 끼와 후천적인 피 닳이는 노력의 결정체로 드디어 까다로운 관문을 통과하여 선망의 대상은 되었지만, 진정한 집필은 역사의 순환 상태인 바로 지금의 시점임도 저마다 절감하고 있을 것입니다.

소설이 무엇입니까.

삶의 '진실'을 캐내는 것이 원초적 기능이지 않습니까. 인간을 구원해 낼 마지막 보루이지 않습니까. 거대한 무리 속에 감춰진 다양한 진실을, 작가는 어떤 형태로든 드러내야 하겠지요. 수천 년의 역사 속에 묻혀진, 가해자 혹은 승리한 자의 안목에서 얼룩져 경직된 모든 세상살이의 원바탕을, 채굴해 냄이 작가의 소명이겠지요. 아울러 작가의 영혼에 내성이 생겨서는 아니 되겠지요.

본 책에 수록된 스물네 편의 작품은 각양각색의 삶의 무늬로 읽는 이의 심장을 칠 것입니다.

사물을 천착하는 날카로운 안목과 깊고 진지한 사유로 풀어내는 온유함으로, 또한 탄탄한 주제와 구성과 문장으로, 혹은 특유의 문체와 팽팽한 긴장감으로, 혹은 새로운 발화법과 시공을 넘나드는 자유로운 상상력으로 나름의 특징을 한껏 발휘했기 때문입니다.

그리하여 드디어 다양하고 새로운 삶의 빛깔을 모색하거나 빚어내어 소설의 절대 효과인 정신적 구원救援의 경지를 이루어 놓고 있습니다.

따라서 이 책은 통한과 격동의 시대를 살아가는 현대인들과 마지막 정신적 파수꾼이 되어 보겠다는, 그보다도 쓰지 않고는 살 수 없는 천형의 업보를 타고 세상에 태어난, 작가 지망 선생들의 필독必讀의 양서良書임을 추천하는 바입니다.

2019년 1월

7

강원일보 **함지연**

1967년 서울 출생
세종대학교 국어국문학과 졸업

소풍

함지연

그들 중에서 가장 먼저 일어나는 이는 언제나 미옥이다. 여느 때처럼 잠에서 깬 그녀는 머리맡의 시계를 잡아당겨 알람버튼을 누른다. 7시 45분. 알람이 울리기 전까지 15분이나 남았다. 오늘은 휴일이라 일어날 시간을 늦췄지만, 대개 미옥의 기상시간은 6시 무렵이다. 물론 알람을 맞춘 시간은 6시 20분이지만 알람소리에 잠을 깬 일은 단 한 번도 없다. 부산스런 꿈을 꾸다 눈을 번쩍 뜨면 알람이 울리기 바로 직전이다. 꿈을 많이 꾸는 편인 그녀가 하나의 꿈속을 다녀오든 그곳에서 길을 잃어 열 개의 꿈속을 이리저리 헤집고 다니든 항상 그랬다. 꿈은 그녀를 눈 뜨게 한다.

꿈속에서 미옥은 청어를 새까맣게 태워버리거나 누군가와 언쟁을 벌인다. 아주 어린 시절로 돌아가 낮은 책상 앞에 오금이 저리도록 앉아있기도 했으며 때로는 아득한 곳으로 여행을 떠나거나 아찔한 높이에 매달린 엘리베이터 안에 있다가 고장 난 엘리베이터와 함께 그대로 곤두박질치기도 한다. 심지어 그 엘리베이터의 바닥은 투명한 유리였고 추락 후엔 영락없이 박살이 났기 때문에 손바닥에 유리조각들이 촘촘히 박힌 통증 때문에 잠에서 깨자마자 손을 주물러야 했다.

그 중에서도 미옥이 지속적으로 꾸는 꿈의 유형은 이런 식이다. 뭔가를 바싹 태워버리는 것. 어떤 일엔가 속수무책으로 너무 늦어버리는 것. 모르는 여자와 모르는 남자와 모르는 아이들과 대면하는 것. 모르는 여자는 자기가 그녀의 시어머니라고 박박 우겼고, 모르는 남자는 너는 네 아비도 몰라보느냐 힐난했고, 모르는 아이는 엄마라고 부르며 다짜고짜 등에 찰싹 들러붙어 업어달라고 칭얼거렸다. 그러면 미옥은 모르는 얼굴을 한 딸을 등에 업고 하염없이 걷는 것이다.

오늘은 일요일이다. 그들은 실컷 자고 일어난 뒤 소풍을 갈 것이다. 결혼한 후 그건 그들의 사소하지만 충분히 의미 있는 행사이다. 결혼 초 도시락을 싸서 밖으로 나가 밥을 먹자는 미옥의 제안에 주호는 기꺼이 따랐다. 지금도 기꺼운 마음인지는 모르겠으나 그는 여전히 미옥과 소풍을 간다.

가족과 소풍을 가는 건 미옥의 오랜 소망이었다. 풀밭에 앉아 먹고 마시고 시간을 함께 보내는 건 그녀가 오랫동안 꿈꿔 온 이상적인 가족의 모습이다. 어린 시절 미옥은 봄가을로 가는 학교 소풍 이외에는 가본 일이 없다. 동대문시장에서 단추장사를 했던 미옥의 부모는 가족끼리 소풍이나 여행 가는 것을 번거롭고 귀찮아했다. 워낙에 밤낮이 바뀐 일이기도 했고 모처럼 쉬는 날이면 밀린 잠을 자기 바빴다. 장사를 접은 뒤엔 새로 시작한 일이 틀어지며 부모의 사이도 함께 틀어졌고 소풍을 갈 여유가 없었다. 다른 가족들은 종종 계곡이나 바다에서 피서를 하고 가까운 공원으로 소풍을 가기도 한다는 것을 나중에야 알았다.

미옥과 주호 둘 다 가깝게 어울리는 친구가 없다. 또한 남에게 심지어 일가친척들에게조차 곁을 주는 것을 내켜하지 않는 성향이 비슷했기에 이로 인해 갈등이 생기거나 규칙은 깨진 일은 없다. 심하게 다툰 다음날도 미옥은 일어나서 김밥을 말았고 주호는 군말 없이 공원으로 가서 그녀가 펼쳐놓은 밥을 꾸역꾸역 먹었다. 미옥이 아이들과 엎드려 색종이를 오리거나 색칠놀이를 하거나 하는 옆에서 그는 새우처럼 등을 오그리고 낮잠을 오래 잤다.

11

네 식구가 둘러앉은 돗자리 안에 있을 때 그녀는 입술을 앙다물어서라도 화를 속으로 삼키고 싸움을 멈췄다. 그곳은 마치 성역과도 같아서 그 네모난 자리 안에서 그들은 무조건 행복하고 평화로워야 한다. 아주 멀리 떨어진 어느 곳에서 폭탄 테러나 전쟁이 일어나 수천 명이 피를 흘려도 미옥과는 무관한 일이다. 그러거나 말거나 그녀는 다만 네모난 돗자리 안에서 제 식구의 작은 행복과 평화만 지켜내면 되는 것이다.

미옥은 모르는 여자 둘과 소란스러운 스타벅스에 마주앉아 흰 면 보자기에 십자수를 놓는 꿈을 꾸었다. 탁자 가득 색색의 실과 도안이 그려진 종이와 천으로 어질러져 있다. 한 여자는 노란 주전자를, 또 다른 여자는 빨간 채송화를 미옥은 파란 나비를 수놓았다. 그들은 서로를 부드럽게 바라본다거나 편하게 웃거나 하지 않았다. 꿈속에서 그녀는 그 자리가 불편했고 고개를 숙이고 집중해서 작은 나비를 수놓느라 목이 뻣뻣하고 눈도 침침했다. 앞이 잘 보이지 않아 눈을 계속 비비며 이 꿈에서 깨어나면 안경을 새로 바꿔야겠다고 생각했다.

날개는 계속 비대칭이었다. 실을 풀어서 처음부터 다시 시작해도 여전했다. 파란 색실로 날개를 채워 넣다 멈추고 들여다보면 오른쪽 날개가 더 크거나 왼쪽 날개가 비뚤어진 모양이었다. 저게 나비야, 잠자리야? 아니, 벌이잖아. 여자 둘은 저희들끼리 소곤소곤 말을 주고받았다. 모르는 사람들의 익숙하지 않은 목소리는 꿈속에서도 그녀를 얼어붙게 했고 섬뜩하게 느껴졌다. 미옥은 자꾸만 초초해지고 허둥댔다. 앞에 앉은 여자 둘이 미옥이 수놓은 비뚤어진 나비를 흘낏 본 것도 같고 혀를 끌끌 차는 소리가 들리는 것도 같아 바늘은 자꾸만 수를 놓을 자리를 잃었다. 쩔쩔매며 펼쳐진 오른쪽 날개를 완성한 다음, 왼쪽 날개는 미처 채우지 못하고 계속 엉뚱한 데 바늘을 꽂다가 미옥은 눈을 떴다.

눈을 뜨자마자 손을 뻗어 알람을 껐고 신음하듯 바늘이 어디 있지 바늘이 어디 있지 하고 중얼거리며 정신없이 이불을 더듬었다. 잃어버린 바늘은 그녀나 주호의 발바닥을 뚫은 뒤 혈관을 타고 돌아다니다 어느 순간 심장에 가서 박힐 것이다. 미옥의 심장이 찌르는 듯 따끔거리며 빠르게 뛰었다. 차갑고 섬뜩한 금속이 그녀의 몸 안을 다 긁고 지나다니는 것 같아 소름이 돋는다. 그러다가 이내 바늘을 놓친 것은 꿈속에서였음을 깨달았다. 서먹한 여자들과 한참 자수를 하다 잠에서 깬 그녀는 피곤하고 울적하다. 눈알도 아프고 욱신거렸다. 미옥은 편두통 때문에 미간을 찌푸리며 시계를 다시 보았다. 그녀가 일어나려고 맞춰놓은 8시다.

등을 돌리고 누운 주호는 여전히 낮게 코를 골며 잠들어 있다. 가족들이 일어나기 전에 소풍갈 준비를 서둘러야 한다. 그녀는 주호의 잠을 깨우지 않게 이불을 살살 들춰내고 자리에서 일어났다. 꿈속에서 잃어버린 바늘을 찾느라 일어나자마자 심란했던 마음을 애써 추스른다.

첫 딸인 연아가 돌 무렵이었다. 아이는 자주 아팠는데, 밤에 자다가 번쩍 눈이 떠지는 순간이 있었다. 그럴 때 옆에 누워 있던 연아를 보면 속에 있는 걸 게워내려고 가슴에서는 꿀렁거리는 소리가 나고 벌린 입 안에 토사물이 차오르고 있었다. 그러면 미옥은 아이를 일으켜 옆에 있는 이불이든 수건이든 급하면 자신의 손바닥이라도 받쳐 게워낸 것을 받아냈다.

또 다른 어떤 밤, 벌떡 일어나서 잠든 아이를 내려다보면 영락없이 이마가 뜨거웠다. 서랍을 쏟아 찾아낸 체온계를 겨드랑이에 껴보면 40도 가깝게 열이 오른 상태였다. 접힌 부분은 불덩어리인데, 손과 발끝은 죽은 듯 파르스름했다. 오한으로 떠는 아이를 벗기고 미지근한 물을 적신 수건으로 아이의 겨드랑이와 사타구니를 닦아내며 그녀는 밤을 꼬박 샜다.

미옥은 그런 순간에 눈을 뜨는 자신이 놀라웠다. 만약 그녀가 잠에서 깨어나지 않았다면 어찌했을까. 게운 것이 제 콧구멍으로 도로 들어가 기도를 막거나 고열에 정신을 잃고 어린 것 혼자 앓다가 죽어버렸을지도 모른다.

또 한 번은 미옥이 어릴 때다. 새벽에 그녀는 잠이 깼다. 아직 어스름한 새벽이었고 깨어야할 아무런 이유가 없었다. 사방은 고요했고 또 고요했다. 어둠 속에서 눈을 뜬 미옥은 창가에 비친 나뭇잎을 가만히 바라보았다. 그녀의 방 바로 앞에는 모과나무가 있었고, 달빛이 차가운 밤이면 창문에 나뭇잎 그림이 그려지곤 했다. 뚫어지게 바라보면 잎사귀가 약간 옆으로 쏠려갔다가 다시 제자리로 돌아왔다. 살아있는 것은 오로지 그녀와 모과나무 잎사귀뿐인 것 같은 적막한 시간. 무섭기도 하고 쓸쓸하기도 했던 그녀는 눈을 감았지만 정신은 또렷했다. 감은 눈두덩 앞에 모과나무 잎사귀 그림자가 자꾸만 흔들렸다.

그때 마루에 있는 전화벨이 울리기 시작했다. 전화벨이 다섯 번 울렸을 때 어머니가 뛰쳐나와 전화를 받았다. 불 켜진 마루로 나온 미옥에게 어머니는 할머께서 지금 막 돌아가셨다고 말했다. 할머니는 말기 암 투병 중이었다. 병원에 있는 건 더는 무의미한 일이었고 순천 집으로 돌아가 죽을 날을 기다리던 때였다. 오래 누워 앓던 할머니가 미옥의 꿈속으로 다니러 왔고 마당을 싸리비로 싹싹 쓸었다. 썩는 냄새를 풍기며 누웠던 할머니가 일어난 것이 신기해서 할머니의 하는 양을 툇마루에 누워 오래 구경했다. 멀찍이서 규칙적으로 들리다 어느 결엔가 귓불에 닿는 할머니의 비질소리에 놀라 잠에서 깼었다.

부엌으로 나온 미옥은 밥솥에 쌀부터 안쳤다. 점심으로 먹을 김밥을 만들 거라 불린 쌀을 조금 넉넉하게 넣는다. 어제 저녁 미리 다듬어놓은 시금치를 데치기 위해 물도 끓이기 시작했다. 번거롭기는 해도 집에서 만든 김밥이 맛이 좋아서 미옥은 가족들에게 사먹자는 말은 꺼내지 않는다. 그녀가 몇 시간쯤 수고를 하면 그들은 모두 입맛에 맞고 질 좋은 재료로 만든 신선한 밥을 먹을 수 있다. 일요일 아침이면 미옥은 혼자 주방에서 찌고 볶고 버무려서 4인분의 도시락을 쌌다. 식성이 제각각인 가족들의 입맛에 맞춰 조금씩 다르게 만든다.

가끔은 유부초밥이나 주먹밥이나 불고기를 볶아 쌈밥을 싸기도 했지만 대부분은 김밥을 준비한다. 소풍에 김밥이 빠지면 허전하니까. 어린 시절, 봄가을로 가는 학교 소풍 때도 어머니는 김밥은 싸주었으니까. 부엌 옆에 있는 그녀의 방에서 이른 새벽 어머니의 도마질 소리와 참기름 냄새에 잠이 깨곤 했으니까.

번거롭게 뭐 하러 집에서 만드느냐며 분식집에서 김밥을 한 줄 사서 싸 보내는 엄마들도 있었지만 미옥은 연아와 수아의 어린이집 도시락도 무조건 직접 만들었다. 일요일이면 가족 모두 소풍을 가는 것이 그녀의 규칙이었듯 가족들이 먹는 밥은 직접 만드는 것 또한 그녀 스스로가 정한 규칙이다. 아이들이 닭튀김을 먹고 싶어 하면 차라리 생닭을 사다 직접 토막 내고 뼈를 발라 튀겨주었다.

미옥은 냉장고와 개수대와 가스레인지 앞을 빠르게 오가며 김밥재료를 하나씩 만들어간다. 그러다 미처 챙기지 못한 소풍 준비물이 떠오르면 그것을 찾아 서랍과 베란다를 뒤지고 다닌다. 미옥은 채 썬 당근을 볶다말고 냉장고 앞으로 달려간다. 어젯밤 끓여서 얼린 보리차가 생각났기 때문이다. 지금 꺼내놓지 않으면, 점심 도시락을 먹을 때 여전히 얼어있어서 낭패를 볼 수 있다.

한번은 현관을 나서기 전에야 냉동실에 넣어둔 물이 생각났고, 너무 단단하게 얼어 소풍에서 물을 충분히 마실 수가 없었다. 주호는 그냥 편의점에서 생수를 사먹으면 된다며 시무룩한 그녀를 달랬지만, 미옥의 기분은 내내 좋지 않았다. 그날 소풍은 그녀에게 완벽하지 않았다. 날씨도 완벽했고 도시락도 완벽했으며 아이 둘은 모두 콧물을 흘리지도 배앓이도 하지 않고 활발했지만 물 때문에 그날의 소풍은 망쳤다고 미옥은 기억한다.

그녀는 가족들에게 끓여서 식힌 안전한 물을 마시게 하고 싶다. 이 또한 그녀가 스스로 정한 약속이다. 어느 날 전염병에 걸린 돼지들을 산 채로 땅에 파묻는 것을 뉴스에서 본 이후 그녀는 마트에서 생수를 살 수 없었다. 그녀가 자주 사먹던 생수의 수원지 근처였다. 그 이후 생수병만 보면 욕지기가 절로 났다. 지금까지 마신 물이 모두 돼지핏물만 같아서 할 수만 있다면 다 게워내고 싶은 지경이었다.

식탁 위에 길게 자르고 다듬은 김밥 재료들이 가지런히 놓여졌다. 고슬고슬하게 지은 밥은 한 김 식힌 다음 참기름과 소금을 넣고 밑간을 했다. 9시가 좀 지난 시간, 바쁘게 종종거리며 준비를 하던 미옥은 잠깐 한숨을 돌리며 의자에 앉았다. 이제 둘둘 말아서 차곡차곡 담기만 하면 된다. 완벽해. 그녀는 혼잣말을 하며 긴 숨을 내뱉는다. 그러는 사이 지난 꿈으로 인한 울적함과 피곤은 한결 나아졌다. 그녀의 꿈 건너편에서 수를 놓던 여자들의 얼굴도 희미해졌다.

그때 작은방에서 나온 수아가 반쯤 감은 눈을 비비며 미옥 옆을 지나친다.

왜 벌써 일어났어, 좀 더 자도 되는데.

오줌 마려.

수아가 욕실 문을 열고 오줌 누는 소리를 들으며 미옥은 펼친 김 위에 밥알을 꾹꾹 눌러 폈다. 제 방으로 도로 들어가는 수아가 지나가며 길게 썬 햄을 하나 집어 들고 우물거렸다.

나는 치즈김밥 먹을 거야.

그럼, 당연하지. 수아 김밥엔 치즈, 언니 김밥엔 참치.

아빠는 그냥김밥.

수아는 노래를 부르듯 흥얼거리며 햄 하나를 더 집었다.

나 더 잘래.

수아가 들어가고 미옥은 김밥을 만든다. 치즈를 넣은 김밥 두 줄, 참치를 넣은 김밥 두 줄, 그리고 남편과 제 몫의 김밥 세 줄. 넉넉한 도시락 통에 김밥이 가득 채워졌다. 언 물을 도시락 통 옆에 세워 넣었다. 주호와 아이들이 좋아하는 바나나와 자두와 토마토도 썰어 통 안에 담았다.

도시락을 다 싼 미옥은 싱크대 맨 아래 서랍에서 화장품이 든 작은 플라스틱 상자와 손거울을 꺼냈다. 식탁 앞에 앉아 버석거리고 생기 없는 얼굴에 로션을 바르고 파운데이션을 두드리고 분홍색 립스틱을 바른다.

거울 안에 새치가 하얗게 올라온 여자가 있다. 마흔이 지나며 미옥의 머리는 빠르게 새치가 생기고 있다. 자신의 흰머리는 개의치 않는다. 굳이 염색도 하지 않는다. 그렇다고 남의 지적에 마음이 편한 건 결코 아니다. 아휴, 머리가 그게 뭐야, 할머니같이. 염색 좀 해. 이렇게 타박한 여자가 있었다. 미옥이 자주 가던 생선가게 여자였는데, 다시는 그 집에서 생선을 사지 않는다. 뿐만 아니라 그 여자의 말이 퍼뜩 떠오르면 분노에 파르르 떨며 가게에 불이나 나서 홀랑 태워먹으라고 욕을 한다. 도시락을 싸고 남은 흐트러진 김밥 꽁지를 입에 털어 넣으며 시계를 보니 10시다. 어서 가족들을 깨워야 한다.

연아와 수아는 여전히 자고 있다. 내년이면 연아가 초등학교에 입학한다. 지금은 둘이 함께 방을 쓰지만 이제 따로 써야한다. 창고로 쓰고 있는 빈방을 새로 꾸며서 연아 공부방을 할 예정이다. 미옥은 연아의 침대에 걸터앉아, 침대 두 개, 작은 책상과 책꽂이로 꽉 찬 방안을 둘러본다. 이따 돌아오는 길에 가구점에 들러 새로 살 책상을 함께 둘러봐야겠다는 생각을 한다.

미옥은 이불 속으로 파고들어가 연아의 따뜻한 등을 끌어안는다. 수아의 이불 속으로도 들어가서 말캉한 볼에 입술을 가만히 대어본다. 아이의 입술에 기름이 살짝 묻어있고 숨결에 구운 햄 냄새가 난다. 미옥은 손가락으로 입을 닦으며 다시 한 번 일어나라고 속삭인다. 방에서 나오기 전, 이불 속에서 꼼지락거리는 아이들의 모습을 보며 잠이 깼는지를 확인한다.

그러고 나서 안방에 들어가 주호의 어깨를 흔든다.

일어나. 준비 다 됐어.

그들은 일요일이면 언제나 소풍을 간다. 차를 타고 멀리 가는 일도 드물게 있지만, 주로는 가방을 들고 돗자리를 둘러메고 걸어서 간다. 갑자기 비를 만나 낭패를 보는 일이 없도록 장우산 두 개도 꼭 챙겨간다. 볕이 쨍쨍하고 비 올 확률이 전혀 없는 날씨에도 우산을 들고 간다. 마른 바람이 부는 날, 느닷없이 비구름이 지나가기도 한다. 그럴 때가 있지 않은가. 그러면 미옥은 주호와 연아, 수아와 우산 두 개를 나눠 쓰고 가만히 기다리면 어느덧 비는 그쳤다.

연아와 수아가 어렸을 땐 유모차를 끌고 갔고 이제는 저희들 먹을 과자나 색연필이 든 가벼운 가방 정도는 등에 메고 그들은 소풍을 간다. 저희들끼리 재잘거리며 앞서 걷는 아이들을 볼 때마다 미옥은 가슴이 벅찼다. 잠을 자다가도 벌떡벌떡 일어나게 만들던 아이들이 커서 저만치 앞서갈 때마다 그녀는 전율한다.

아이들이 자다가 죽지는 않을까 길 위에서 사라지지 않을까 애면글면하던 시절도 있었다. 돌연사한 아기에 대한 이야기를 전해 들으면 그녀는 그 같은 불행이 자신에게도 닥치지나 않을까 공포에 휩싸였다. 그러면 자다가도 아이 옆으로 기어가 코에 얼굴을 디밀고 숨을 쉬나 확인했다. 옷을 헤집어 가슴에 귀를 대고 팔딱팔딱 뛰는 아이의 심장소리를 분명히 느낀 후에야 불행이 제 집을 비껴 옆집으로 찾아간 것을 고마워했다.

지금껏 살면서 그녀에게 아주 커다란 불행이 닥친 일은 없다. 굳이 들자면 청소년기에 부모의 이혼을 경험한 정도일까. 사실 그 일도 지나고 나니 그다지 불행은 아니다. 그건 부모간의 문제였으며 잠깐 창피했고 불편이 있었을 뿐, 죽을 만큼 괴로운 일은 아니었고 그래서 미옥은 죽지 않았다.

연이어 두 아이를 뱃속에서 잃은 그것이 불행인가? 간절했던 임신이 있었는데 두 번 다 10주를 못 채우고 계류 유산됐다. 그렇지만 마침내 예쁜 두 딸을 얻었고 잘 자라고 있으니 그것도 불행은 아니다. 이유 없이 숨이 멎거나 느닷없이 사라지는 아이도 있는 세상이었으니까. 가슴을 졸이던 시간들은 그녀의 등 뒤로 잘도 흘러갔으니까. 그녀에게 불행한 일은 여전히 일어나지 않았으니까. 그러면 행복한 거 아닌가.

주호야, 나는 연아랑 수아가 너무 사랑스러워. 너도 그렇지?

미옥은 우산과 돗자리와 김밥이 든 부직포가방을 들고 옆에서 나란히 걷고 있는 주호에게 언제나 똑같이 묻는다. 미옥은 그에게서 그들의 다행한 삶을 확인받고 싶다. 그가 자신의 말에 그렇다고 인정해주기를 원한다. 그 또한 안녕하다고 대답해주기를 원한다.

대학교 삼 년 후배이기도 한 남편을 부를 때 미옥은 이름을 부른다. 가끔 마음에 안 드는 행동을 해서 언짢은 기분일 땐 야라고 소리치기도 한다. 무람없이 이름을 불러대는 그녀를 시부모는 마땅찮아하지만, 어차피 그들은 일 년에 한 두 차례 보는 정도로 왕래가 없다. 시부모는 이러저러한 이유로 처음부터 미옥을 싫어했다. 연상이라고 키가 작다고 옥니라서 고집이 셀 거라고 결손가정에서 자라 얼굴에 그늘이 있다고 자꾸만 반대하는 이유를 댔다. 그러는 시부모가 싫기는 미옥도 마찬가지여서 걸어서 십 분 거리인 본가엔 가지 않는다. 간혹 길을 가다 시어머니와 비슷한 짧은 파마머리만 봐도 오던 길을 되돌아갔다. 시끄러워지는 걸 원치 않는 주호가 평일 저녁 혼자 다녀오거나 아이들을 한 번씩 데리고 가는 정도이다.

주호야, 나는 지금 더할 나위 없이 행복해. 더는 바라는 것이 없을 정도야. 너도 그렇지?

뭐라는 대꾸도 없이 주호는 그녀 옆에서 그저 걷는다. 그는 키가 크다. 그녀는 키가 작다. 연애할 때, 주호는 자주 미옥의 정수리에 자신의 턱을 괴고 뒤에서 목을 끌어안곤 했다. 뾰족한 턱으로 그녀의 머리를 콕콕 찧을 때마다 미옥은 깔깔대며 웃었다. 그녀를 더 웃게 하려고 그는 자꾸만 머리를 찧으며 장난쳤다. 그 시절을 떠올리면 미옥은 지금도 정수리가 간질간질했고 귓가에 자신의 웃음소리가 울린다. 그의 키는 결혼 후에도 3cm쯤 더 컸고, 그녀는 5cm나 줄었다. 미옥은 갸웃하다가 아마도 두 번의 유산과 두 번의 출산을 겪으며 뼈가 쪼그라들었나보다 했다. 미옥은 주호를 올려다본다. 커다란 돗자리에 가려 옆에서 걷는 그의 얼굴이 보이지 않자 조바심이 난다. 게다가 걸을 때마다 돗자리가 미옥을 자꾸 툭툭 건드려서 신경이 쓰인다.

주호야, 돗자리 저쪽으로 들어. 자꾸 내 머리에 부딪히잖아. 그리고 네가 보이지 않아.

주호는 순순히 미옥의 말대로 반대쪽 어깨로 돗자리를 바꿔 멘다.

이제야 네 얼굴이 잘 보이네.

그는 여전히 말은 한 마디도 건네지 않는다. 주호는 결혼 후에 키는 크고 말은 줄었다. 키가 점점 줄어드는 미옥은 자꾸만 말이 많아졌다. 미옥은 사는 게 별거냐, 날씨 좋은 오늘 같은 날, 아이들과 함께 소풍을 가는 것이 행복 아니겠냐고 쉴 새 없이 말을 한다. 저 애들이 초등학교에 가고 중학교에 가고 건강하고 똑똑하게 커가는 걸 함께 보는 게 행복 아니겠냐고도 말을 한다.

무난한 순간들이 지난 후, 모든 불행들을 잘도 비껴간 후, 연아와 수아가 결혼을 하고 그 아이들의 아이들과 다 같이 소풍을 가는 상상을 하면 미옥은 괜히 즐거워진다. 그러면 아주 크고 넓은 돗자리를 사야할 것이다. 더 많은 김밥을 말고 닭을 튀겨야 할 것이다. 그러자면 미옥은 아주 일찍 일어나야 할 것이다. 그때도 그녀는 알람을 6시에 맞추면 늦어도 5시 59분엔 눈을 번쩍 뜰 것이다.

그들의 집에서 아이들에게 맞춰 느린 걸음으로 30분쯤 가면 큰 강이 있다. 신혼집을 구하러 다닐 때 그녀는 강과 공원과 호수가 가까운 이곳이 단박에 마음에 들었다. 본가가 한 동네라는 것이 걸렸지만, 그래도 집에서 걸어가면 커다란 물을 볼 수 있다는 것이 우선 좋았다. 넓게 트인 강가에는 제법 키가 큰 나무들도 있고 풀밭도 있어 소풍 장소로는 그만이다.

그들은 돗자리를 깔 자리를 찾아 두리번거린다. 적당히 그늘이 있고 적당히 바람이 불고 적당히 따스한 햇살이 무릎을 간질이는 곳. 흐르는 강물을 마냥 바라볼 수 있는 곳. 튀어나온 돌 때문에 누웠을 때 등이 배기지 않는 곳. 말랑말랑하고 폭신폭신하게 흙과 풀이 적당히 있는 곳. 사람들에게서 적당히 먼 곳. 찾았다. 오늘도 미옥이 먼저 딱 맞는 자리를 찾는다.

주호야, 우리 이곳에 돗자리를 펴고 김밥을 먹자.

미옥은 아침 일찍 일어나 만든 도시락을 자랑스럽게 펼친다. 반쯤 녹은 얼음덩어리가 안에서 굴러다니는 보리차와 함께 그들은 김밥을 먹기 시작한다.

수아야, 참치 든 김밥 하나 먹어보지 않을래?

미옥은 입이 짧은 수아에게 참치 김밥을 하나 내밀었다. 그렇지만 수아는 참치 맛없어 라고 말하고는 두 손으로 입을 막았다.

수아는 바보래요. 참치도 못 먹는 바보래요.

연아가 혀를 내밀며 약을 올리자 수아는 울상이 되었다.

언니 미워.

연아야, 동생 놀리면 못 써.

미옥은 울먹이며 무릎에 파고든 수아의 머리카락을 쓸었다. 토라지고 투덕거리기는 했지만 아이들은 곧 풀어져서 김밥 한 줄을 먹고 돗자리에서 가까운 잔디밭을 뛰어다닌다. 미옥은 아이들의 모습을 한순간도 놓치지 않고 바라보다가 멀어질 때마다 연아야, 수아야 소리쳐 불렀다. 뛰다가 자다가 놀다가 지치면 그때 남은 김밥은 마저 다 먹을 것이다.

연아는 오늘밤 일기장에 '우리 가족은 함께 강으로 소풍을 갔어요. 엄마가 싸준 맛있는 김밥을 먹었어요. 그리고 나와 동생은 공놀이를 하고 낮잠도 잤어요. 정말 즐거운 하루였어요.'이렇게 연필로 또박또박 쓸 것이다. 다음 일요일에도 소풍을 갈 거라고 쓸 것이다. 그러면 미옥은 마지막 문장을 지우개로 지워주고 '함께'라는 단어가 빠졌으니 다시 고쳐 쓰라고 상냥하게 가르쳐줄 것이다. 처음 한글을 가르칠 때, 'ㅁ'과 'ㅂ'을 구분 못하고 'ㄹ'쓰는 순서를 헷갈려하는 연아를 윽박지르고 학습지를 쫙쫙 다 찢어버리고 필통 속의 연필을 모조리 부러뜨려버린 일이 간혹 있었지만 미옥은 이제 그러지 않는다. 연아는 이제 한글을 아주 잘 읽고 잘 쓴다.

주호는 김밥 한 줄을 다 먹지 않고 젓가락을 내려놓는다.

왜 맛이 없어?

미옥이 그에게 물었다. 주호는 고개를 젓는다.

뭐야, 내가 애써서 만든 건데 고작 그걸 먹고 남겨? 어서 다 먹어.

주호는 말없이 차가운 보리차를 벌컥벌컥 들이켠다.

다 먹으라니까.

그러나 보리차를 다 마신 그는 젖은 입가를 손등으로 훔치며 자리에 드러눕는다. 하긴 입이 까끌까끌할 것이다.

그러게 술 좀 작작 마셔.

미옥이 그어놓은 이 네모난 선 안에서 누구도 화를 내서는 안 된다. 그녀는 아랫입술을 지그시 깨문다.

어제 주호는 술을 많이 마시고 늦게 돌아왔다. 미옥은 계단을 올라오는 그의 발소리를 놓치지 않으려고 현관문 앞에 쭈그리고 앉아서 꾸벅꾸벅 졸았다. 마침내 첫 계단을 딛는 발소리가 들렸다. 아마 새벽 2시쯤이었을 거다. 부축하려는 미옥을 뿌리치며 그는 지겹다고 했던가, 아니면 징그럽다고 했던가. 발음이 분명치 않은 말을 몇 마디 내뱉은 주호는 그대로 침대에 고꾸라졌다.

말은 쌀쌀맞게 내뱉었지만, 미옥은 계란국이라도 만들어서 뜨끈하게 보온병에 담아올 걸 하고 후회한다. 그랬다면 김밥 두 줄쯤이야 너끈하게 먹었을 텐데.

미옥은 하늘을 보며 돗자리에 반듯하게 눕는다. 바람에 흔들리는 나뭇잎 사이로 햇살이 부서져 들어온다. 따뜻하고 밝고 반짝이는 것. 그건 마치 행복의 모양 같다. 그러다 눈이 부셔서 눈을 감으면 잠이 들고 꿈을 꾼다. 짧은 낮잠을 자다가 벌떡 일어나는 순간도 있을 것이다. 그럴 때마다 그녀의 곁엔 언제나 연아와 수아가 있고 주호는 반쯤 몸을 오그리고 옆으로 누워 자고 있는 것이다.

아무 일도 없이 먹먹하게 시간이 흐른다. 자신이 만든 밥을 배부르게 먹고 하늘 아래 누워있는 가족들을 미옥은 물끄러미 바라본다. 아이를 더 원했지만, 그녀의 골반과 자궁 상태로 더 이상의 임신은 위험하다고 의사는 경고했다. 아이가 한 명 더 있었더라면 그만큼 더 채워지고 더 행복했을 텐데 미옥은 그 빈자리가 아쉽다.

그들의 누운 몸 위에 나뭇잎 사이로 들어온 햇빛의 조각들이 어룽거린다. 바스락거리는 나뭇잎 소리와 가까워졌다가 멀어져가는 전철소리와 배드민턴을 치며 웃는 여자와 웃는 남자와 웃는 어린 아이들의 소리를 몽롱한 채로 듣는다. 여자의 웃음이 너무 새되고 높아 마치 비명 소리 같다. 우는 듯 웃는 여자라니 참으로 이상하다고 미옥은 생각한다. 여자의 웃음소리가 거슬리는 것 외에는 아무 일도 일어나지 않은 지루함이 미옥은 좋다. 앞으로도 자신의 날들은 이렇게 지겹고 무료하게 흘러갈 수 있다고 믿는다.

그녀는 손을 뻗어 잠든 주호의 어깨를 슬쩍 건드린다. 그가 눈을 뜨고 왜? 하는 표정을 짓는다. 잠을 많이 못 잔 얼굴이다. 눈동자엔 가늘게 실핏줄이 터졌다.

있지, 주호야. 나 지금 너무 행복하다. 더는 바라는 것이 없어. 나는 너하고 연아, 수아만 있으면 돼. 그걸로 충분해. 너도 그렇지?

그는 다시 눈을 감았다. 아직 9월이지만 그늘은 서늘하다. 주호는 추운지 왼손으로 오른쪽 팔을 쓸었다. 아이들 몫의 작은 담요 두 장만 챙겨 와서 그에게 덮어줄 것이 마땅찮다.

다음 주엔 담요를 한 장 더 챙겨와야겠어. 그렇지?

주호는 등을 보이며 돌아누웠다. 미옥은 그의 등 너머 잔물결이 일렁이는 강물을 바라본다.

날이 점점 추워지겠지? 그러면 아무래도 강으로 소풍 오기는 어려울 거야. 그렇지?

미옥은 강물을 바라보며 중얼거렸다. 그러다 퍼뜩 떠오르는 말이 있다. 어느 날엔가 이 말을 하고 싶어 현관 앞에 앉아 주호를 기다리고 기다리다 잊어버렸던 말.

앗, 너에게 하려던 말 지금 생각났다. 있지, 주호야. 글램핑 어떨까? 텐트 안에 난로도 있대. 따뜻해서 좋을 거 같아, 그렇지? 거기선 고기도 구워먹을 수 있고 감자도 구워먹을 수 있대. 재미있을 거야, 그렇지?

텔레비전에서 글램핑에 대한 기사를 보며 미옥은 눈이 와도 소풍을 갈 수 있겠다는 기대를 했다. 당장 인터넷으로 검색해서 마땅한 몇 군데의 주소와 전화번호를 포스트잇에 적었다. 주호가 집으로 돌아오면 우리는 이제 겨울에도 소풍을 갈 수 있다고 말하려 했다. 현관에서 기다리던 그녀는 마침내 집밖으로 나가 계단 앞을 서성였지만 그날 그는 들어오지 않았다. 냉장고에 붙여놓은 포스트잇은 어느 순간 떨어져 나갔고 할 말도 잊어버렸다.

주호는 아무런 대꾸가 없다. 하긴 어제 늦게 들어와서 군말 없이 소풍을 따라와 준 것만도 고마운 일이다. 그래서 기껏 만든 김밥을 절반 넘게 남겼어도 그녀가 묻는 말에 뭐라 대꾸조차 없어도 주호를 용서하기로 한다. 어쨌든 그는 푹 자고 일어난 후엔 남은 김밥을 싹 먹어치울 것이다.

연아와 수아의 낮잠이 깊고 길었다. 어떤 꿈을 꾸고 있기에 이리 평화로운 얼굴일까. 아마도 모르는 여자를 따라 걷는 꿈은 아닌 모양이다. 아마도 버튼이 망가진 엘리베이터를 타고 위로 솟구치는 꿈은 아닌 모양이다. 굳게 감긴 연아의 속눈썹을 살살 건드리자 얼굴을 찌푸리며 끙 소리를 낸다. 미옥은 담요를 덮은 몸을 손으로 쓸며 더 자 더 자 라고 속삭인다. 절대 모르는 사람의 손은 잡지 말거라. 엄마, 아빠와 함께 소풍을 가는 행복한 꿈을 꾸어라. 그녀는 수아의 옆에 누워 등을 토닥거리며 하늘을 본다.

나는 이렇게 누워서 하늘을 보는 것이 참 좋더라.

나뭇잎 사이로 내리꽂히는 빛을 헤아리다가 그녀 역시 다시 잠이 든다. 배가 부르니 자꾸만 잠이 온다. 간절히 움켜쥐고 싶은 무료하고 따분하고 지루한 순간들이 지나간다.

얼마나 잤는지는 모른다. 눈을 떠보니 나뭇잎 사이로 쏟아지는 빛의 조각들이 여전했고 왔다가 멀어져가는 전철 소리도 여전했고, 날카롭게 웃는 여자와 남자와 어린 아이들의 소리도 여전했다. 그러니 미옥이 잠을 잔 건 아주 잠깐이었을 것이다. 그 잠깐 동안 미옥은 또 꿈을 꾸었고, 재빠르게 지금으로 돌아와 눈을 번쩍 뜬다.

모든 것이 그대로인 지금. 와글거리는 소리도 물비린내도 바람을 따라 차르르 밀려갔다 제자리로 돌아오는 나뭇잎들도 그대로인 지금. 여전히 수아 등에 손을 얹은 채 눈을 떴을 때 강물을 바라보며 앉은 주호의 옆모습이 보인다. 아무런 감정도 느껴지지 않는 낯설고 삭막한 얼굴이다. 어쩐지 꿈속에서 보았던 모르는 남자와 비슷하다고 미옥은 생각한다. 그녀는 누워서 정물처럼 앉은 그를 가만히 바라본다.

아이들을 보면서는 그래도 웃어주던 그였지만 지금은 표정이 전혀 없다. 여전히 화가 나 있는 건지, 서글픈 건지 도무지 읽을 수가 없다. 저 얼굴의 옆선에 설레던 순간도 있었는데. 아침이면 수염이 자라 까끌거리는 턱을 깨물고 핥던 때도 있었는데. 한 침대를 썼을 뿐 그들은 오래전부터 손을 잡지도 입을 맞추지도 않았다. 그는 더 이상 사랑을 나누며 누나, 라고 귓가에 속삭여주지 않는다. 이제 주호는 미옥에게 다정하지 않다. 이제 그녀는 그의 등을 보며 잠이 든다.

그의 마음이 멀어졌고 그래서 그녀는 손목을 그었고 피 칠을 한 채 욕실에 널브러져 기어이 그의 발목을 잡던 그건 꿈이었나. 야, 야, 야. 어느 날 주호에게 그악스럽게 소리를 질러대다 깨어나면 꿈일 때도 있었는데. 그러면 잠든 그의 가슴 위로 올라타서 목을 졸라대며 야, 야, 야 악을 쓰던 때도 있었는데. 그건 꿈속의 꿈이었나.

설레고 흥분되던 순간들은 아쉬움이 전혀 없다. 하도 악을 써서 목구멍에서 피비린내가 올라오던 순간들보다 지금 이렇게 일요일마다 소풍을 다니는 이 지루한 날들이 미옥은 더 좋다. 어쨌든 그는 여전히 그녀의 곁에 있으니까. 소풍을 못 가면 슬퍼하는 그녀를 위해 어쨌든 돗자리를 들고 우산을 들고 강으로 나오니까. 그녀가 만든 김밥을 꾸역꾸역 목구멍으로 밀어 넣으니까. 오늘도 그랬고 지난주에도 지지난주에도 그랬으니까. 다음 주 일요일이면 담요 한 장을 더 챙겨서 오늘과 똑같은 소풍을 하러 또다시 강가로 나올 거니까. 이제 그들은 눈이 오고 찬바람이 부는 겨울에도 소풍을 할 수 있으니까. 그러면 행복한 거 아닌가.

한동안 우두커니 앉아있던 주호가 부스스 일어난다. 그는 일어나며 미옥과 아이들이 누워있는 쪽으로 고개를 돌리지 않는다. 미옥은 그가 화장실을 가려나보다 생각한다. 그들이 돗자리를 깐 장소는 편의점과 전철역과 놀이터와 화장실에서 멀리 떨어진 곳이다. 이따금 자전거를 탄 사람들만 빠르게 스쳐가는 곳이다. 돗자리에 누워있는 그들에게 눈길조차 던지지 않고 쏜살같이 달려가는 곳이다. 바람이 아무리 세게 불어도 배드민턴공 따위는 날아오지 않는 곳이다.

주호는 화장실 쪽이 아닌 강 쪽으로 성큼성큼 걸어간다. 그녀는 누워서 돌아보지 않는 그를 본다. 비탈진 계단을 내려가면 상류까지 쭉 이어진 산책길이 있고 바위들이 있다. 그는 거침없이 바위로 내려간다. 더 아래쪽 바위를 딛는다. 그리고 바위에 앉아 오른발 하나를 강물 속에 넣는다. 그리고 나머지 발도 그렇게 한다. 묵은 물때가 낀 바위는 미끄덩거려서 잠깐 그의 몸이 휘청거린다. 그녀는 누워서 흔들리는 그를 본다. 물속에 섰을 땐 그의 가슴께까지 물이 온다. 그가 젖는다. 그녀는 누워서 젖는 그를 본다. 강물은 깊고 빠르게 흘렀고 며칠 동안 내린 비로 흙탕물이다. 탁한 물에서 첨벙 소리가 들린다. 두 걸음쯤 나아갔을까. 미옥의 눈앞에서 그는 순식간에 사라진다. 많은 날 미옥이 바라보며 잠들었던 등이 잠긴다. 한 때 그녀가 헝클어뜨리며 장난치던 까맣고 숱 많은 머리카락이 잠긴다. 그녀는 그를 보지 않는다. 보이지 않는다. 허망하게 펼쳐진 풍경 속에서 무언가 하늘을 날고 무언가 물속에서 자맥질을 한다. 그리고 무언가 둥둥 떠서 하류로 흐른다.

여자의 날선 웃음소리도 이제 들리지 않는다. 배드민턴을 다 치고 난 여자는 집으로 돌아갔을까. 주위는 물속처럼 먹먹하다. 얼핏 강 맞은편에 달려가는 사람의 모습이 보인다. 주호 같기도 하고 모르는 사람 같기도 하다. 키가 아주 큰 남자 같기도 하다가 돌연 아주 작은 여자처럼 보인다. 미옥은 지금 자신이 여전히 꿈의 저쪽에 있는지 이쪽에 있는지 아득하다. 어쩌면 나른하고 기이한 꿈을 여전히 꾸는 중인지도 모르겠다고 그녀는 생각한다. 하나, 둘, 셋. 눈을 부릅뜨고 나뭇잎 사이로 쏟아져 들어오는 햇살을 세기 시작한다. 보이는 무언가 몇 개인지 숫자를 세어보는 건 꿈속으로 어서 달아나거나 또는 꿈밖으로 서둘러 뛰쳐나오고 싶을 때 하는 그녀의 버릇이다. 넷, 다섯, 여섯, 일곱. 자꾸만 눈앞에서 생겼다가 사라져가는 어지러운 빛의 조각들 또는 행복의 모양들을 집요하게 헤아려보다가 까무룩 잠이 든다. 아마 서른아홉 번쯤 세다가 잠이 들었을 거라고 나중에 미옥은 떠올린다.

당선소감 : 함지연

자전거를 타고 어딘가로 가다 당선 전화를 받았습니다. 그리고 내 방
으로 되돌아와 조금 울었습니다. 내 이야기를 누군가 들어주면 충분하
다고 생각했지 큰 상을 받을 거라고는 생각 못했습니다. 온 몸에 가시가
돋은 채 숨도 제대로 못 쉬던 때가 있었습니다. 글쓰기는 나의 숨구멍
이었습니다. 내가 쓴 글 속에서 어딘가로 떠났다가 다시 돌아오곤 했습
니다. 그러면 신기하게도 속이 후련해지는 거예요. 글쓰기는 저에게 치
유였고 회복이었습니다. 그렇지만 동시에 고통이기도 해서 왜 글쓰기를
계속 하는가 스스로에게 묻고 또 묻습니다.

혼자였으면 그 길을 한참 돌아갔을 거예요. 어쩌면 그 길 가운데 멈춰
여전히 주저앉아 있었을 거예요. 울고 있는 내게 소설을 쓰라고 등 떠밀
어준 당신들 고마워요. 격려해준 김남숙 선생님, 임승훈 선생님 감사합
니다. 함께 소설을 읽고, 쓰고 이야기 나눈 문학 친구들 감사합니다. 부
족한 작품 뽑아주신 오정희 선생님, 이외수 선생님과 강원일보 정말 감
사합니다. 어떤 이야기를 쓸까 고민하는 사람이 되겠습니다. 계속 성장
하는 사람이 되겠습니다.

밀도 높은 문장 · 절제된 감정표현 돋보여…
치열한 문학수업 증표

예심을 통해 올라온 작품은 「고시원 토스트」 「장미아파트」 「마더피스」 「여름의 일」 「돼지들」 「망월로 보내는 편지」 「소풍」 등 총 7편이었다. 각기 세태를 반영하는 듯 암울하고 힘든 시간들을 보내는 고시원 풍경, 규격화된 의식의 틀에 갇힌 여성의 내면 등 다채로운 소재와 주제의식으로 읽는 일이 즐거웠다. 그중 최종적으로 논의된 것은 「고시원 토스트」와 「소풍」 두 편이었다. 「소풍」은 '행복한 가정'을 이루며 살아가는 중산층 여성의 점점 고조돼 가는 불안이 절망으로, 조용한 광기로, 파국으로 치달아가는 과정을 찬찬히 서술하면서 성찰과 물음이 없는, 이미지에 갇힌 삶의 공소함을 현실과 환상, 꿈을 적절히 효과적으로 사용하여 보여준다. 그 절망과 비극의 일상성을 서술하는 밀도 높은 문장과 절제된 감정표현도 치열한 문학수업을 거친 증표라는 신뢰를 주기에 「소풍」을 당선작으로 기꺼이 결정했다.

경남신문 정원채

한성대학교 강사 및 사고와 표현 연구실 연구원

암실

정 원 채

캄캄한 공간 속에서 암등의 붉은 빛만이 흘러나왔다. 나는 확대기 캐리어를 열고 사각형 틀에 필름을 장착했다. 필름의 먼지를 에어브러시로 제거한 뒤 확대기 헤드에 캐리어를 끼웠다. 조임 레버를 내려 캐리어를 고정시키고, 확대기 보드에 올려놓은 이젤의 가로 세로 폭을 조정했다. 컨트롤러의 포커스 스위치를 켜고 확대기 렌즈의 조리개 수치를 5.6에 맞췄다. 네거티브 필름의 상이 이젤 위에서 어른거렸다.

확대기 헤드 옆면의 다이얼을 돌리면서 초점을 잡자 상의 윤곽이 점점 분명해졌다. 현미경처럼 생긴 포커스 스코프를 이젤 중앙에 놓고, 필름의 입자가 선명해지는 것을 확인하면서 초점 다이얼을 살짝 돌렸다. 컨트롤러의 스위치를 끄고 포커스 스코프를 옆으로 치웠다. 이젤을 들어 인화지를 한 장 끼우고, 타이머 다이얼을 돌려 노광 시간을 맞췄다. 확대기 전구로부터 뿜어져 나온 빛이 인화지 위로 베일처럼 쏟아져 내렸다.

노광이 끝난 인화지를 현상액 트레이에 집어넣고 타이머 버튼을 눌렀다. 유제면 쪽으로 뒤집은 뒤, 현상액이 골고루 젖도록 인화지를 스테인리스 집게로 살살 눌러주었다. 암등의 붉은 불빛 아래에서 어떤 형상이 떠오르고 있었다.

강원도 산골의 한 공소公所를 찍은 사진이었다. 어머니가 입원하기 전 어느 날, 함께 어머니의 고향에 찾아갔다가 방문한 곳이었다. 초겨울이어서 건물 주변의 나무들은 잎이 다 떨어진 헐벗은 몸으로 서 있었다. 눈이라도 내리려는지 하늘에는 무거운 먹구름이 잔뜩 끼어 있었다. 그 아래로 지은 지 오래된 허름한 건물이 보였다. 건물의 벽은 이곳저곳 금이 가 있거나 모서리 부분이 패여 있었다. 먹구름을 배경으로 첨탑의 십자가가 두 팔을 허허로이 벌리고 있었고, 출입문 처마 위로 때가 탄 성모 마리아 상이 두 손을 합장한 모습으로 서 있었다.

인화지를 집게로 집어 정지액 트레이 속으로 옮겨 넣었다. 다시 인화지를 꺼내 정착액 트레이에 넣을 때, 유리창 깨지는 소리가 옆집에서 들려왔다. 그와 함께 여자의 비명 소리와 남자의 욕설이 터져 나왔다. 오래된 다세대주택의 벽은 토스트처럼 얇아서 옆집의 소리가 그대로 들렸다. 칩거할 조용한 공간을 찾아 이사 온 내 의도를 비웃기라도 하듯, 밤만 되면 옆집에서는 부부의 싸우는 소리가 들려오곤 했다.

싸움 소리는 잦아들 줄을 몰랐다. 한여름인 데다 확대기에서 나오는 열 때문에 암실 안은 찜통이었다. 약품 냄새에 머리는 아프고, 유일하게 보이는 오른쪽 눈은 침침했다. 눈을 지그시 감았다 떠도 눈에서는 진물이 흘러나왔다. 환기를 시키기 위해 암실 문을 열자, 옆집에서 나는 소리가 더 크게 들려왔다. 그 소리를 듣고 있자니 표정 없는 어떤 얼굴이 인화지 위의 형상처럼 떠올랐다.

며칠 전날 밤, 편의점에서 술을 사고 돌아오는 길이었다. 집 근처 골목을 지나는데 누군가 보도블록 턱에 앉아 담배를 피우는 모습이 보였다. 고등학생 정도로 보이는 여자아이였다.

발치에 고인 물웅덩이에 담배꽁초를 던지고 일어서던 여자애와 시선이 마주쳤다. 가로등 불빛 속에서 드러난 여자애는 무표정하고 뚱해 보였다. 조금 둥근 얼굴은 창백했고, 큰 눈 위의 일자형 눈썹은 눈에 띄게 짙었다. 시큰둥한 표정에 뚱하니 다물어진 입술을 보자니, 좀 웃어 보지 그래, 라고 슬며시 조언해 주고 싶은 생각이 들었다. 여자애는 투명인간 바라보듯 나를 보더니, 고개를 돌려 골목 앞쪽으로 걸어갔다. 뒤를 밟는 모양이 되지 않기 위해 나는 여자애의 뒷모습이 사라질 때까지 걸음을 늦췄다.

골목 한편의 다세대주택으로 나는 돌아왔다. 어둠과 습기가 켜켜이 고인 계단을 오를 때였다. 자동 센서 등이 켜지는 순간 나는 주춤했다. 옆집 앞 계단에 여자애가 무표정한 얼굴로 앉아 있었다.

옆집에서는 여전히 여자의 우는 소리와 남자의 욕설이 흘러나오고 있었다. 사람은 자고로 이웃을 잘 만나야 하는 것일까. 전셋값이 싸다고 이 집으로 이사 오는 것이 아니었다. 한 달 전 나는 충무로의 작업실을 처분하고, 서울에서 멀리 떨어진 이곳으로 이사를 왔다. 강이 가까운 시골 마을이었다.

충무로에서 나는 필름을 현상·인화해 주거나, 암실 교육을 하면서 내 나름의 사진 작업을 하고 있었다. 5년 가까이 운영해 온 작업실을 접었을 때 아무런 미련이 없었다. 하나하나 모아 왔던 카메라들과 암실 장비들을 무언가에 복수하듯 단숨에 처분해 버렸다. 그것은 내게 욕망의 찌꺼기에 불과했다. 이곳으로 이사 왔을 때 남은 장비라고는 소형 필름 카메라와 낡은 확대기, 몇몇 현상·인화 용품뿐이었다.

그것들이 아직 남아 있는 이유는 물품들이 낡고 인기가 없어서 팔리지 않았기 때문이다. 확대기와 카메라를 적당한 가격으로 사겠다는 사람이 나타나면 자잘한 물품들까지 덤으로 넘길 생각이었다. 이미 중고거래 사이트에 물품을 올려놨으니 언젠가는 임자가 나타날 것이었다.

옆집에서 들려오는 소리를 더 이상은 참을 수 없었다. 옆집에 주의를 주기 위해 현관문을 열었다. 등이 켜지는 순간 나는 주춤했다. 옆집 여자애가 등을 보인 채 계단에 앉아 있었다. 여자애가 이쪽을 돌아보았다. 혼자는 아니었다. 하얀색 바탕에 검은 점이 군데군데 박힌 고양이를 안고 있었다. 고양이는 늙고 기력이 쇠해 보였다. 몸이 말라서 뼈가 앙상하게 드러났고 살덩어리는 탄력 없이 늘어져 있었다. 눈을 감고 있는가 했는데, 고양이는 한쪽 눈이 없었다. 옆집에서 들려오는 남자의 고함 소리에 상황이 짐작이 갔다. 등이 자동으로 꺼졌을 때 나는 현관문을 닫았다.

싸우는 소리가 조금 잠잠해졌다. 거실 소파에 누워 침침한 오른쪽 눈에 안약을 집어넣었다. 눈가로 안약이 도르르 흘러내렸다. 안약을 몇 방울 더 집어넣고 지그시 눈을 감았다. 시력이 남은 유일한 눈이 요즘 따라 자주 침침해져서 기분이 울적했다. 어둠 속에서 옆집 여자애의 뚱한 얼굴과 외눈 고양이의 모습이 떠올랐다.

안약이 말랐을 무렵 나는 다시 소파에서 일어났다. 현관문에 다가가 렌즈 구멍으로 바깥을 바라보았다. 구멍 바깥으로 어둠이 카메라 셔터 막처럼 내려와 있었다. 벌써 집으로 들어간 모양이라고 생각하면서 현관문을 열었다. 등이 켜지면서 여자애의 뒷모습이 빛 속에서 드러났다.

거기서 뭐하냐고 내가 물었다. 하지만 일자형의 짙은 눈썹만 미세하게 움직였을 뿐 여자애는 대답이 없었다. 현관문을 잡고 서 있는데 등이 꺼졌다. 어둠 속에서 내가 말했다.

"잠깐 들어올래? 찬 바닥에 앉아 있으면 몸에 안 좋잖아."

"아저씨가 무슨 상관이죠?"

어둠 속에서 여자애의 굵고 감정이 실리지 않은 목소리가 들려왔다. 톤은 낮았지만 단단하게 굳어 있는 목소리였다. 그래도 벙어리는 아니구나, 생각하면서 나는 말을 이었다.

"안고 있는 녀석 생각도 좀 해라. 고양이가 졸린 것 같은데."

여자애는 잠깐 망설이더니, 자리에서 일어났다. 막상 집으로 여자애를 데려오니 분위기가 조금 어색했다. 거실 카펫에 내려놓자 고양이는 젖은 손수건처럼 늘어지더니, 얼마 안 있어 혀를 빼물고 잠이 들었다. 나는 그 모습을 지켜보다가 부엌에서 빵과 음료수를 가져왔다. 여자애가 목구멍으로 빵 조각을 느릿느릿 넘기는 모습을 바라보면서 내가 물었다.

"고양이는 원래 한쪽 눈이 없는 거야?"

"수술했어요, 눈동자가 하얗게 변해서. 눈을 빼지 않으면 다른 쪽 눈에도 암 세포가 전이된다고 해서요."

눈동자가 하얗게 변했다는 말이 내 기억을 건드렸다. 태어나고 몇 년 뒤에 앓은 열병 때문에 나는 왼쪽 눈의 시력이 없었다. 게다가 다섯 살까지 내 왼쪽 눈의 색깔은 하얀색이었다. 어머니의 간절한 기도 덕분인지 눈동자가 검은색으로 돌아오기는 했지만, 상실된 시력은 끝내 회복되진 않았다. 자세히 거울을 보고 있으면 내 왼쪽 눈동자는 초점 없이 오른쪽 눈과 따로 놀고 있었다. 나는 내 눈의 상태에 대해 사람들에게 알리는 것을 극도로 꺼렸다. 세상은 자신의 약한 부분을 거침없이 드러내도 좋을 만만한 곳이 아니었다. 고양이로부터 시선을 돌리며 내가 물었다.

"이름이 뭐니?"

"장미요."

장미. 나는 이름을 되뇌면서 참 어울리지 않는 이름이라고 생각했다. 사람이 이름을 따라간다는 세간의 말은 죄다 헛소리인 모양이었다. 세상에 이렇게 우중충해 보이는 장미라니. 소파에 나란히 앉아 있어도 특별히 할 말이 없었다. 나는 곰살궂거나 말주변이 좋은 인간들과는 거리가 멀었다. 텔레비전 리모컨을 건네면서 보고 싶은 걸 보라고 장미에게 말했다.

소파에서 일어난 나는 괜히 집 안 이곳저곳을 서성거렸다. 그러다 습관처럼 암실로 들어갔다. 불을 켜고 의자에 앉아 등을 길게 기댔다. 고개를 젖히고 눈을 감았다. 암실 문밖으로 텔레비전 소리가 들려왔다. 주제넘게 괜한 짓을 한 것은 아닌가 싶기도 했다. 다시 눈을 떴다. 눈앞에 확대기가 원수처럼 버티고 있었다.

암실의 실내등을 껐다. 암등의 불빛만이 어슴푸레하게 빛났다. 확대기의 전원 버튼을 켜고 컨트롤러의 타이머 다이얼을 조정했다. 확대기로부터 쏟아져 나온 빛살이 인화지에 떨어졌다. 확대기 램프가 꺼졌을 때, 이젤에서 꺼낸 인화지를 현상액 트레이에 집어넣었다.

타이머 버튼을 누르고 액정의 붉은색 숫자가 변하는 것을 보고 있을 때, 갑자기 암실 문이 열렸다. 열린 문틈으로 바깥의 빛살이 쏟아져 내렸다. 미처 반응도 하기 전에 벌어진 일이었다. 빛에 노출된 인화지는 이미 까맣게 변해 있었다. 일그러진 내 표정을 의식했는지 장미가 슬금슬금 눈치를 보면서 암실 문을 닫았다.

"집에 이런 곳이 있는 줄 몰랐어요."

암실 안을 둘러보면서 장미가 변명하듯 말했다. 하기는 인화지 한 장 못 쓰게 됐다고 무슨 대수인가. 지금 작업하는 것은 미처 현상·인화하지 못한 필름들 가운데 하나였다. 중요한 작업도 아니었고, 어차피 소일거리 삼아 가끔씩 하는 일에 불과했다. 나는 못 쓰게 된 인화지를 집게로 집어서 수세 트레이에 담갔다. 까맣게 변색된 인화지가 물 위로 둥둥 떠다녔다.

암실 안이 더워서 혼자 있으면 좋겠는데, 장미는 나갈 생각을 하지 않았다. 암등의 붉은 불빛을 사광으로 받은 장미의 얼굴에 어렴풋이 감탄의 표정이 피어나고 있었다. 장미가 확대기 쪽을 바라보면서 물었다.

"아저씨, 사진작가예요?"

"내가 작가라고 하면 작가냐. 사람들이 작가로 봐야 작가지."

사진에 콘트라스트를 약간만 더 주기로 했다. 확대기의 마젠타 필터 수치를 올리고 인화지에 노광을 주었다. 이젤에서 꺼낸 인화지를 현상액 트레이에 집어넣었다. 인화지에 아까보다도 짙고 분명한 상이 떠올랐다. 장미는 인화지가 정지액과 정착액 트레이로 옮겨 가는 과정을 숨죽인 채 바라보고 있었다.

실내등을 켰다. 환기를 위해 암실 문을 열었다. 장미가 인화지를 만져봐도 되냐고 물었다. 내가 승낙하자 인화지를 트레이에서 꺼내 한참 들여다보더니 장미가 물었다.

"교회예요?"

"공소."

"공소가 뭔데요?"

"신부가 상주하지 않는 조그만 예배소야."

"오래되어 보이네요. 금방이라도 허물어질 것 같아요."

어머니가 췌장암으로 돌아가신 지도 벌써 일 년이 되어가고 있었다. 그날 어머니는 왜 그곳에 가려 했을까. 죽음에 대한 예감 때문이었을까. 나는 공소를 기억할 때마다 이상하게도 공소空所라는, 사전에도 없는 단어가 자꾸만 떠올랐다. 모든 것이 휘발되어 버린, 생의 숨결이 죄다 빠져나간 것 같은 텅 빈 공간. 어머니의 고향 마을 자체가 이제는 사람들이 별로 살지 않는 곳이기도 했지만, 산골의 공소는 관리가 안 된 탓인지 더욱 황량해 보였다. 문짝은 떨어져 나갈 듯했고, 건물 주위로 부서진 돌덩어리들이 세월의 잔해처럼 널려 있었다. 십자가와 마리아 상만이 그곳이 예배소임을 증명하고 있을 뿐이었다.

그날 장미는 늦은 시간까지 암실 작업을 구경하다가 돌아갔다. 내가 이제 그만 돌아가라고 하지 않았다면 더 눌러 있을 기세였다. 그러려니 했다. 암실을 처음 구경하는 사람들은 언제나 신기해 하기 마련이니까. 하지만 값비싼 비용과 번거로운 과정을 알게 되면 많은 사람들이 흥미를 잃곤 했다.

그런데 다음날부터 장미는 오후가 되면 고양이를 안고 내 집으로 찾아왔다. 그리고는 저녁 늦은 시간이 되어서야 돌아가곤 했다. 특히 저녁이 되면 무척 가기 싫어하는 표정을 지었다. 장미가 도둑고양이처럼 어슬렁대는 곳은 암실이었다. 내 눈치를 슬금슬금 보면서 암실 안에 들어가더니, 고해 성사를 하는 사람처럼 한참 동안 그곳에 있다 나오곤 했다.

나는 누군가에게 호의를 베풀 정도로 여유 있는 사람이 아니었다. 어느 날 저녁, 나는 암실 의자에 멍하니 앉아 있는 장미에게 물었다.

"야, 넌 이 늦은 시간에 집에 안 가냐?"

장미는 대답하지 않았다. 무슨 애가 이렇게 눈치가 없나. 조금 짜증이 난 내가 말을 이었다.

"이 시간까지 여기 있으면 부모님들이 걱정하실 거 아냐."

하지만 장미는 뚱한 얼굴을 하고 있을 뿐 반응이 없었다. 그러다 장미가 오랫동안 생각한 것을 어렵게 꺼낸다는 표정을 지으며 말했다.

"아저씨, 나 암실 작업하는 거 가르쳐 주면 안 돼요?"

어느 정도 짐작은 했지만, 설마설마하면서 회피했던 상황이었다. 나는 최대한 깊고 신중하게 생각하는 척하다가, 수강료를 내면 가르쳐 주겠다고 말했다. 장미가 실망한 표정을 지었다. 내가 못을 박듯 말했다.

"세상에 공짜는 없지. 원래 프로는 돈 받고 기술을 전수하는 법이야."

"작가 아니라면서요. 돈 대신 다른 거는 안 돼요?"

"가령?"

"요리나 청소 같은 걸로⋯⋯."

"나는 가정부가 필요 없는 사람이야."

그 이후로 일주일 동안 장미가 모습을 보이지 않았다. 삐졌나? 귀찮던 인간이 보이지 않으니 시원해야 하는데, 기분이 뭔가 이상했다. 그리고 내게 이상한 증상이 나타났다. 오후만 되면 현관문 벨이 울리는 환청이 들려왔다. 장미와 고양이가 암실 구석에서 유령처럼 나타나는 꿈을 꾸기도 했다. 내가 새싹의 마음에 대못을 박았나. 사실 돈 따위는 관심도 없었다. 다만 혼자 있고 싶었을 뿐이다.

심심파적 삼아 해오던 암실 작업도 하기 싫어졌다. 텔레비전을 보기에는 오른쪽 눈이 침침했다. 남은 한쪽 눈마저 보이지 않을지 모른다는 두려움이 내게는 늘 잔존해 있었다. 안약을 몇 방울 집어넣고 거실 등을 껐다. 소파에 드러누워 몸에 힘을 빼고 있었다. 강이 가까운 이곳의 여름밤은 덥고 습했다. 눈을 감고 누워 있으니 검은 망망대해 위에 홀로 떠 있는 것 같았다. 거대한 외눈으로 변한 내 몸이 어둠 저편으로 둥둥 떠내려 갈 것 같았다.

어둠 속에서 문득 어떤 형상이 떠올랐다. 희미했지만 나는 그것이 어머니의 손임을 알 수 있었다. 어머니가 돌아가신 이후 수백 번도 더 마음속에서 마주쳤던 이미지였다. 주름투성이의 앙상한 손. 병상의 이불 바깥으로 맥없이 빠져나온 그 손은 내 손을 간신히 잡고 있었다.

눈을 뜨고 머리맡에 놓인 휴대폰을 집어 들었다. 중고 물품 거래 사이트로 들어가 내가 올린 게시물을 살펴보았다. 아직 아무도 댓글을 달아놓은 사람은 없었다. 게시물에 첨부한 사진을 다시 한 번 살펴보았다. 확대기와 필름 카메라는 연식이 오래되어 신뢰감이 없어 보였다. 그래, 먹고 떨어져라. 나는 수정 버튼을 클릭했다. 가격을 낮추고 다시 게시물을 올렸다.

휴대폰을 머리맡에 다시 내려놓을 무렵, 옆집에서 고함 소리가 터져 나왔다. 입에 담기 힘든 욕지거리를 내뱉는 옆집 남자의 목소리였다.

얼마 후 벨 소리와 함께 현관문을 다급하게 두드리는 소리가 났다. 문을 열자 어떤 덩어리가 짐승처럼 안으로 들어왔다. 그 짐승은 너무나 익숙하게 암실 속으로 들어가 버렸다. 눈 깜빡할 사이에 일어난 일이었다. 여름 달빛이 혀처럼 흘러들어오는 거실에서 나는 잠시 멍하니 서 있었다.

암실 문을 열고 들어갔다. 확대기가 놓인 테이블 아래쪽에 누군가가 웅크리고 앉아 있는 실루엣이 보였다. 어둠 속에서 앓는 듯한 고양이의 울음소리가 낮게 들려왔다. 가만히 보니 장미는 몸을 부르르 떨고 있었다. 내가 실내등 스위치를 누르려 하자 장미가 그러지 말라고 말했다. 무슨 일이냐고 내가 물었지만 장미는 몸을 떨기만 할 뿐 대답이 없었다.

"아빠 때문에 그래?"

내가 묻자 어둠 속에서 장미의 잔뜩 도사린 목소리가 들렸다.

"아빠 아니에요."

"내가 얘기해 줄까? 너한테 피해 안 가게."

그 말을 해놓고 내가 너무 앞서갔다는 생각이 들었다. 그때 장미의 차게 내뱉는 목소리가 들려왔다.

"알지도 못하면서……."

아이의 흥분을 가라앉힐 필요가 있었다. 나는 암실 바깥으로 나갔다. 베란다로 가서 달을 올려다보았다. 달은 습기로 뿌연 밤하늘 속에서 흐릿하게 빛나고 있었다. 어둠과 빛, 검은색과 흰색. 그런 단어들을 떠올리다가, 베란다를 나와 안방으로 들어갔다. 책상 서랍을 열고 그 안에서 필름 카메라와 감도 400짜리 필름 한 통을 꺼냈다. 안방에서 나온 나는 암실 문을 열고 들어갔다. 나는 불을 켜도 되냐고 조심스럽게 물었다. 장미는 대답이 없었다.

"줄 게 있어서 그래, 불 켜도 되지?"

"뭔데요?"

실내등을 켜자 장미는 부신 듯 눈을 깜박거렸다. 외눈 고양이는 좀 더 깊이 장미의 몸에 고개를 파묻었다. 장미의 팔목에 피어오른 멍 자국에 내 눈길이 머물렀다. 반바지 아래 다리에도 멍이 있었다.

나는 무릎을 굽히고 장미와 눈높이를 맞췄다. 카메라를 내밀었다. 내장 노출계가 있을 뿐, 모든 것을 직접 조작해야 하는 수동 필름 카메라였다. 장미가 엉거주춤 카메라를 받아들면서 무슨 의도냐는 눈빛으로 나를 바라보았다. 내가 필름을 건네면서 말했다.

"뭘 찍어야 암실 작업을 할 거 아냐."

"주는 거예요?"

"공짜 좋아하면 대머리 돼. 주는 게 아니라, 빌려 주는 거야."

"필름은 어떻게 끼우는 거예요?"

장미는 테이블 아래에서 나와 다시 카메라를 내밀었다. 암실 바닥에 장미와 나는 양반다리를 하고 마주앉았다. 뒤에서 누군가 봤다면 고스톱이라도 치나 생각했을 모습이었다. 나는 덮개 잠금 레버를 시계 반대 방향으로 약간 돌린 후, 필름 되감기 손잡이를 들어올렸다. 덮개가 톡 소리를 내며 열렸다. 필름 끝을 빼서 스풀에 끼우고 손가락 끝으로 조금씩 돌렸다. 덮개를 닫았다. 촬영 매수계의 숫자가 1이 나올 때까지 필름 감기 레버를 돌리고, 셔터를 눌렀다. 필름 감도를 맞춘 후 나는 장미에게 카메라를 내밀었다.

초점을 맞추고 노출계를 보는 법, 조리개와 셔터 스피드를 조절하는 방법을 장미에게 가르쳤다. 진지하게 듣는 장미의 눈이 은 입자처럼 반짝였다. 내가 말했다.

"필름 값 비싸니까 아무거나 찍지 말고, 한 장 한 장 공들여 찍어. 셔터

한 번 누를 때마다 한 세계를 담는다는 기분으로."

"그런데 뭘 찍어야 좋을까요?"

뷰파인더에 눈을 갖다 댄 채 초점 링을 돌리면서 장미가 물었다. 나는 단호하게 대답했다.

"정말 찍고 싶고, 좋아하는 것들. 그것들을 네 눈에 보이는 대로 찍어, 남 흉내 내지 말고."

스스로가 던진 말은 본인을 채우는 수갑이 되어 돌아오는 모양이었다. 장미가 돌아간 이후에도 나는 장미에게 했던 말을 자조적인 기분으로 되씹고 있었다. 무엇을 찍어야 하는지, 어떻게 찍어야 하는지는 내가 묻고 싶었던 말인지도 몰랐다. 내 눈에 비친 세상을 찍어야 한다는 말도 실상 내게 되돌려주어야 할 말이었다.

나는 십 년 동안 사진, 즉 포토그래피에 대해 고심해 왔었다. 어원을 따지자면 포토그래피는 빛으로 그린 그림이라는 의미였다. 그런데 그 빛 그림이 어느 순간 내게 거대한 어둠 절벽으로 다가왔다. 암실도 나를 가두는 어둠의 형무소처럼 느껴졌다. 내가 사진학과 근처를 얼씬대거나, 해외 유학을 가본 적 없는 독학파라는 자격지심 때문이 아니었다. 십 년 동안 내가 쫓아다닌 빛 그림은 진정한 내 빛 그림이 아니라는 데 문제가 있었다.

마지막 개인전 때였다. 십 년 동안의 작업을 정리한, 내 나름으로는 야심찬 전시회였다. 그러나 결과는 참혹했다. 전시회는 폭발적으로 썰렁했다. 한 평론가는 내 전시에 대한 짧은 평에서 '무엇을'과 '어떻게'에 대한 새로움을 전혀 찾아볼 수 없는, 상투적인 전시회라고 혹평을 늘어놓았다.

전시회 마지막 날, 액자를 철수하기에 앞서 나는 사진들을 꼼꼼히 살펴보았다. 네가 본 것이 전부가 아니라는 말을 하고 싶었다. 그런데 하나하나 사진들을 살필수록 평론가의 말은 더욱 강한 창이 되어 나를 찔러 왔다. 그리고 마지막 작품에 이르렀을 때, 나는 창 맞은 들소가 되어 무릎을 꺾었다. 네 사진은 흉내 내기에 불과해라는 비웃음이 귓가에 어른거렸다. 액자를 철수하던 날, 나는 그것들을 모두 소각장에 가지고 갔다. 그리고 망치로 액자를 하나하나 남김없이 깨뜨렸다.

며칠 후 장미가 필름을 현상하기 위해 집으로 왔다. 병따개처럼 생긴 피커로 필름 끝을 뽑게 했다. 그리고 흰색 플라스틱 릴에 못 쓰는 필름을 감는 훈련을 시켰다. 현상 작업을 망치면 그 필름은 아예 못 쓰게 되는 것이었다. 은이 발라진 필름에 상이 나타나게 하려면 빛 하나 들지 않는 공간에서 작업해야 했다. 필름을 릴에 감고, 릴 아랫구멍에 중간봉을 끼운 뒤, 그것을 현상 탱크에 넣고 뚜껑을 닫는 과정까지가 암실 속에서 손끝의 감각으로만 진행되어야 했다. 눈을 감고 필름을 릴에 감는 것에 성공한 장미에게 내가 가위와 현상 탱크를 내밀었다. 암실에 들어가라는 내 말에 장미가 조금 당황한 표정으로 물었다.

"혼자요?"

"인생은 원래 혼자야."

암실 안에 들어간 장미가 혼자 구시렁거리는 소리가 들려왔다. 나는 그 사이 암실 옆의 싱크대에서 현상 약품들과 비커, 온도계를 준비했다. 릴에 필름을 다 감았는데 어떻게 하냐는 장미의 말에 필름 끝을 가위로 자르라고 소리쳤다. 암실에서 나온 장미가 현상 탱크를 들고 싱크대 쪽으로 다가왔다. 십 년 감수했다는 표정을 지으며.

현상액과 정지액, 정착액을 준비했다. 현상 과정에서 중요한 것 중의 하나가 현상액의 온도였다. 온도가 정확히 20도가 되었을 때 현상 탱크에 현상액을 쏟아붓도록 했다. 일 분간 연속으로 현상 탱크를 흔든 뒤, 25초 쉬고 5초간 교반하도록 시켰다. 9분 45초쯤 되었을 때 현상액을 수챗구멍에 버리고, 물을 넣어 1분간 교반했다. 다시 물을 버리고 이번에는 정착액을 넣어 5분 정도 교반하도록 했다.

수세까지 끝났을 때, 현상 탱크에서 꺼낸 릴에서 필름을 쭉 뽑아냈다. 필름을 펼치고 불빛에 비추어 보았다. 고양이를 찍은 것으로 보이는 필름은 현상이 잘 되어 있었다. 수적 방지 용액에 필름을 적신 후 집게로 집어 화장실에 걸어놓았다.

"무슨 사진이에요?"

다음날 집으로 찾아와 내 인화 작업을 구경하던 장미가 물었다. 실내등을 켜고 암실의 출입문을 열어 환기를 시키면서 내가 말했다.

"공소 안을 찍은 사진."

수세 트레이 위에 인화지가 둥둥 떠 있었다. 나는 사진을 건져서 들여다보았다. 어머니와 방문했던 그 공소의 내부는 어둡고 침침했다. 청소를 하지 않아 먼지가 자욱했고, 벽의 구석에는 거미줄이 가득했다. 어디선가 곰팡이 냄새가 스멀스멀 풍겨왔다. 정면 벽에는 십자가와 성화가 걸려 있었고, 그 앞으로는 흠집투성이의 장의자들이 차례대로 놓여 있었다. 사람이 없는 어둡고 적막한 공간이었다. 오른쪽 창가로부터 흘러들어온 희미한 빛만이 어둠을 힘겹게 밀어내고 있을 뿐이었다. 장미가 사진의 한 부분을 손으로 가리키며 물었다.

"이 사람은 누구예요?"

"내 어머니."

맨 앞줄의 장의자에 어머니가 정물처럼 앉아 있는 모습이 보였다. 어머니는 두 손을 모은 채 기도를 하고 있었다. 그날 어머니는 무엇을 빌고 있었을까. 그날의 동행이 자신의 마지막 외출이 되리라는 사실을 알고 있었을까. 어머니의 굽은 등 위로 희미한 빛이 사선으로 떨어지고 있었다. 장미가 갑자기 그렁그렁한 눈빛으로 말했다.

"아저씨, 나도 언제 한 번 이곳에 데려가 줘요."

"별 거 없을 텐데. 혹시 너, 종교 있니?"

"아뇨. ……나 같은 애의 기도도 왠지 이곳에선 들어줄 것 같아서요."

강가로 산책을 나가기로 했다. 장미가 사진 찍는 법을 좀 더 알려달라고 했기 때문이다. 이곳에 온 이후 밤이 되기 전에 바깥으로 나간 것은 처음이었다. 장미의 고양이는 눈에 띄게 쇠약해져 있었다. 이제는 먹을 것에도 흥미를 잃은 채 대부분의 시간을 꾸벅꾸벅 조는 일에 바치고 있었다. 관절마저 성치 않아서 이제는 혼자서 거동도 하지 못했다.

장미가 가져온 고물 유모차에 고양이를 싣고 집을 나섰다. 동네를 지나고, 재래시장을 지나 일 킬로미터 정도 걸어가면 강이 나왔다. 장마 기간이기 때문인지 공기에는 습기가 가득했다. 하늘에는 먹구름이 끼어 있고, 풀과 나무들은 진한 내음을 풍기고 있었다. 강의 수면은 임산부의 배처럼 불어 있었다. 나는 유모차를 밀고, 장미는 사진을 찍으며 숲 사이로 구불구불 이어진 산책로를 따라갔다. 피사체에 좀 더 다가가서 찍으라는 내 말을 듣던 장미가 휴대폰을 꺼내 내게 내밀었다.

내 마지막 전시회 포스터 사진이었다. 전신주가 드문드문 서 있을 뿐 허허벌판인 눈길을 찍은 사진이었다. 하늘은 눈이라도 퍼부을 듯 먹구름이 잔뜩 끼어 있고, 수평선 부근으로 외등이 하나 희미하게 반짝이고 있었다. 한쪽 눈밖에 보이지 않는 나의 사진은 어딘가 수평이 맞지 않고 삐딱해 보였다. 수평을 맞추려 안간힘을 써도, 내 카메라에 포착된 피사체들은 피사의 사탑처럼 기울어져 있었다. 장미가 엄지를 치켜들더니 말했다.

"아저씨 사진은 뭔가 독특한 것 같아요."

"독특한 게 아니라 이상한 거지. 잘못 찍었거나."

"아녜요, 정말 좋아요. 적어도 내 마음에는 쏙 들어요. 그런데 왜 요즘은 사진 안 찍어요?"

"사진 찍는 일이 재밌지만은 않아."

"왜요? 나는 아저씨처럼 사진작가가 되고 싶은데."

"사진가가 되면 뭐하려고?"

"이곳저곳 자유롭게 돌아다니면서 내가 좋아하는 것들을 필름에 담고 싶어요. 그땐 아저씨도 같이 찍으러 가요."

"카메라가 한 대 더 필요하겠군."

다음날 장미에게 인화 작업을 가르치기 시작했다. 필름 전체의 상태를 파악하기 위해 우선 밀착 인화를 해야 했다. 확대기 보드 위에 네모난 밀착기를 올려놓고 유리 덮개를 열었다. 덮개 홈에 다섯 컷씩 잘린 필름을 끼우고, 다시 덮개를 닫았다. 확대기 헤드를 위로 올리고 조리개 수치를 조절했다. 초점 링을 돌려 빛이 떨어지는 영역을 맞춘 후, 포커스

스위치를 껐다.

유리 덮개를 열고 인화지를 한 장 밀착기에 올려놓았다. 덮개를 닫은 후 확대기 타이머를 3초에 맞췄다. 유리 덮개에 끼워진 필름을 십분의 일 정도만 남겨 놓고 종이판으로 가렸다. 3초마다 빛 가림 판을 십분의 일씩 사선 방향으로 옮기며, 총 10회의 노광을 주었다.

노광이 끝난 인화지를 현상액, 정지액, 정착액 트레이에 차례대로 집어넣었다. 인화지를 트레이에서 꺼내, 필름 베이스의 구멍이 검은색으로 변하는 시간을 찾았다. 15초가 나왔다. 다시 15초 동안 인화지에 노광을 주고 현상, 정지, 정착, 수세의 과정을 반복하도록 시켰다.

인화 용액이 트레이 바깥으로 더러 튀기도 했지만, 장미는 처음 하는 것 치고는 작업을 꽤 잘했다. 소질이 있었다. 밀착 인화를 한 인화지를 장미에게 건네며 사진 한 컷을 고르라고 했다. 몸을 둥글게 말고 잠든 고양이의 사진을 장미가 가리켰다. 시간이 늦었으므로 나는 테스트 인화를 거쳐서, 고양이의 검은 점이 까맣게 되는 지점을 노광 시간으로 잡고 인화 작업을 마저 해주었다. 인화지를 흐르는 물에 수세하면서 나는 암실 작업이 재미있냐고 물어 보았다. 장미가 고개를 끄덕였다. 내가 물었다.

"약품 냄새 나는데 머리 안 아파?"

"아뇨, 괜찮아요. 이곳에 있으면 마음이 편안해져요."

필름을 몇 개 더 장미에게 주면서, 나는 열심히 사진을 찍어 보라고 말했다. 장미가 돌아간 후 나는 소파에 누워 안약을 눈에 넣었다. 안약 때문에 시야가 뿌옇게 흐렸다. 암실에서 편안함을 느낀다는 장미의 말이 귓가에 맴돌았다.

며칠 동안 장미가 나타나지 않았다. 이제는 장미가 내 집에 오지 않는 것이 오히려 이상했다. 장미가 모습을 보이지 않는 기간이 일주일을 넘어서자 별별 생각이 들기 시작했다. 혹시 암실 작업에 싫증을 느낀 건 아닐까, 생각해 보기도 했다. 그 나이 때의 아이들은 쉽게 열광하다가도 금방 싫증을 내기도 하니까. 재미있는 일은 얼마든지 널려 있는 세상이었다.

낮잠을 자던 나는 벨 소리를 듣고 깨어났다. 현관문을 열었다. 장미가 무언가를 꽁꽁 싼 이불을 안고 서 있었다. 장미의 팔과 다리에는 전보다 더 크고 검붉은 멍 자국이 피어올라 있었다. 무언가를 간신히 견디는 표정을 지으며 장미가 말했다.

"고양이가 죽었어요……."

동물병원에 가서 비용을 내고 화장을 맡기자, 며칠 뒤에 유골함을 받을 수 있었다. 재를 강에 뿌려 주고 싶다고 장미가 유골함을 꼭 안은 채 말했다. 바깥에는 빗방울이 조금씩 내리고 있었다. 공기는 습기로 가득했고, 하늘에는 먹구름이 낮게 깔려 있었다. 우산을 챙겨들고 장미와 나는 강가로 나갔다.

재를 강에 뿌리는 장미의 모습을 바라보다가, 어머니 생각이 났다. 어머니의 얼굴은 희미했고, 앙상한 손만이 달처럼 떠올랐다. 수분이 증발한 손의 감촉. 마지막 전시회 이후 반년 뒤, 어머니는 투병을 하다가 돌아가셨다. 늘 툴툴대면서, 자기 좋을 대로 살았던 나였다. 외눈의 아들을 말없이 응원했던 어머니에게 나는 해준 것이 없었다. 도대체 무슨 대단한 일을 한다고 그랬나 싶어서 자기 혐오감이 들었다. 사진, 그까짓 게 뭐라고.

빗줄기가 점점 굵어지고 있었다. 강 건너편 산기슭에서 안개가 피어오르고 있었다. 불어나는 강을 나란히 바라보다가 그 동안 사진은 많이 찍었냐고 내가 장미에게 물었다. 장미는 대답이 없었다. 암실 작업하러 왜 안 왔냐는 물음에 장미가 친구 상담을 해주느라 바빴다고 말했다. 어떤 친구냐고 묻자, 세상에서 제일 멍청하고 어리석은 친구라고 장미가 대답했다. 친구를 그런 식으로 말해서는 안 된다고 하자, 새 아빠한테 성폭행을 당한 친구라고 장미가 차게 내뱉었다. 먹구름 낀 하늘에 시선을 두며 장미가 말을 이었다.

"병신처럼 가만히 있었네요. 갈 곳이 없다는 핑계를 대면서."

"……"

"사람들에게 알리라고 했더니, 창피하고 두렵다는 거예요."

"……"

"그래서 너같이 더러운 년은 그냥 콱 죽어 버리라고 했어요."

침묵 사이로 빗소리가 요란해졌다. 나는 장미의 손을 잡았다. 그 위로 다른 손을 포갰다. 따뜻했다. 내가 말했다.

"언제 공소에 사진 찍으러 갈래? 그 친구랑 셋이서."

내가 잘못 본 것일까. 장미가 어둠 속에서 고개를 살짝 끄덕이는 것이 보였다.

세상이 비의 암실이 되었을 무렵, 장미와 나는 집으로 돌아왔다. 헤어지기 전 현관문 앞에서 장미가 가방을 열었다. 카메라와 필름을 내밀면서 장미가 말했다.

"내일 작업하러 갈 게요. 이것들 좀 암실에 놔둬 주세요. 집에서 자꾸 뭐라고 해서요."

그러나 장미는 다음날도, 그 다음날도 집으로 오지 않았다. 문자나 전화를 해보았지만 장미에게서는 응답이 없었다. 또 하루가 지나갔다. 장미에게서는 소식이 없고, 장마만 계속되었다. 그 사이 확대기와 카메라를 사겠다는 사람이 나타났다. 휴대폰을 통해 게시물의 댓글을 확인하던 나는 암실로 들어갔다.

테이블 한편에 덩그러니 놓인 필름과 카메라를 바라보았다. 카메라를 들었다. 필름 감기 레버를 당기고 셔터를 누르는 일을 반복하던 나는 무심코 뒤 덮개를 열었다. 그러자 덮개 안 필름실에서 접은 종이가 바닥으로 툭 떨어졌다. 종이를 펼쳤다. 고양이의 장례 비용을 꼭 갚겠다는 말과 함께 집을 잠시 떠나 있겠다는 내용이 종이에 적혀 있었다.

혹시 장미에게서 문자라도 온 것이 있나 휴대폰을 확인하다가, 다시 중고 물품 거래 사이트로 들어갔다. 물건의 임자가 이미 정해졌다는 댓글을 나는 게시물에 남겼다.

장미가 남긴 필름을 현상하기 시작했다. 현상한 필름을 밀착 인화한 뒤, 인화지를 살펴보았다. 골목의 외등, 빈 그네, 덩그러니 서 있는 나무,

찢어진 인형, 팔걸이가 떨어져 나간 의자, 팔다리의 멍 자국, 부서진 가게 간판, 한쪽 전조등만 빛나는 자동차, 외눈 고양이…….

사진들을 빠르게 훑던 내 눈길이 한 컷에서 멈췄다. 손바닥으로 한쪽 눈을 가린, 장미의 클로즈업한 얼굴이 찍혀 있었다. 언제부터 장미는 눈치 챈 것일까. 장미의 외눈이 형형하게 빛나고 있었다.

필름을 인화하기 위해 암실로 들어갔다. 장미의 눈이 현상된 필름을 확대기 캐리어에 끼웠다. 실내등을 껐다. 나는 사진의 검은색을 잡으려 애썼다. 검은색이 잡혀야 다른 빛깔의 색들도 오롯이 제자리를 잡을 수 있었다.

장미는 아직 암실 작업에 대해 배워야 할 것이 많았다. 빛 한 점 들지 않는 어둠 속에서 빛의 형상이 떠오른다는 사실을 장미에게 알려주고 싶었다. 그러자면 이번에는 내가 먼저 장미의 마음속 암실을 찾아가야 한다는 생각이 엄습해 왔다. 노광을 끝낸 인화지를 현상액 트레이에 집어넣었다.

인화 작업을 끝낸 나는 서둘러 암실 문을 열었다.

암실 속으로 빛이 쏟아져 들어오고 있었다.

당선 통보 전화를 받고 뭔가 멍해진 기분이었습니다. 밖으로 나와 어두워가는 겨울 하늘을 멍하니 바라보았습니다. 한동안 이게 제게 일어난 일인지 실감이 나지 않았습니다.

취재차 암실에서 필름 인화를 배웠던 여름날의 기억이 떠오릅니다. 붉은 암등만이 켜진 암실은 덥고 약품 냄새가 진하게 풍겼습니다. 디지털 카메라의 시대에 왜 많은 사진가들이 여전히 필름을 고수하고 있는지 조금이나마 이해할 수 있을 것 같았습니다. 저 또한 그 순간만큼은 현실의 고단함과 미래에 대한 막막함을 잠시 잊고 마음의 평온함을 느낄 수 있었습니다. 퀘렌시아 같은 공간인지도 모르겠습니다.

감사의 말씀을 드려야 할 분들이 너무 많습니다. 우선 오랫동안 소설 쓰기와 작가의 자세에 대해 많은 가르침을 주신 박상우 선생님께 큰 감사의 말씀을 드립니다. 또한 학교 은사님이신 이정숙, 김동환 선생님께도 이 자리를 빌려 감사 말씀 드립니다. 제 글이 암실에서 세상으로 나올 수 있도록 문을 열어주신 심사위원 선생님들께도 감사의 말씀 드립니다. 늘 격려해주시고 따뜻하게 감싸주신 소행성 문우님들 덕분에 모자란 제가 힘을 낼 수 있지 않았나 싶습니다. 자상하게 챙겨 주시는 형모 형님께도 감사한 마음입니다. 늘 걱정만 안겨 드리는 부모님께는 죄송한 마음입니다. 마지막으로 동생인 정인채 군에게 고맙다는 말을 하고 싶습니다. 그는 언제나 소설 쓰기의 길을 지지해 주었고, 쓴 소리와 조언을 아끼지 않으며, 수시로 흔들리는 저를 붙잡아 주었습니다.

인간의 문제를 이야기로 풀어내는 한 사람으로 살아가겠습니다. 감사합니다.

다양한 상징들, 곳곳에서 반짝반짝

인공지능 로봇이 등장하는 과학의 시대에 '소설'이 아직도 우리 곁에 머무는 이유가 무엇일까 생각해 본 적이 있다. 결론은 '공감'이었다. 사람의 감정에 대한 '공감', 낯선 상황에 대한 '공감', 이런 것들이 우리로 하여금 소설을 손에서 놓지 못하게 만드는 게 아닐까.

작가가 이런 공감을 얻으려면 무엇보다도 자신이 무슨 이야기를 하는지 정확히 전달해야 한다. 이 점에서 전체 117편의 응모작 중 공감의 이야기를 만들어낸 작품이 그렇게 많지는 않았다. 그래도 「꽃 내음 사람 내음」 「뜰의 회한」 「도도한 나미꼬」 「암실」 등은 그 범주에 충분히 들 만한 작품들이었다.

「꽃 내음 사람 내음」은 동명의 식당을 찾아가는, 그러나 결국 그 식당에 도달하지 못하는 과정을 일상의 이야기를 통해 무리 없이 그려냈다는 점이 인상적이었다. 어린 시절 성폭행의 경험을 다룬 「도도한 나미꼬」 역시 흡인력이 강한 작품이었다. 노년의 문제를 다룬 「뜰의 회한」은 집 마당의 돌을 파가는 소소한 일과 노년의 삶을 연결하는 힘을 보여줌으로써 독자의 공감을 이끌어내고 있었다.

하지만 이번 신춘문예에서 압도적으로 돋보인 작품은 「암실」이었다. 일을 그만두려는 사진작가와 가정 폭력에 시달리는 옆집 어린애의 이야기를 그린 이 작품에는 '공소', 눈동자가 하얗게 변한 '고양이', '암실 작업', '어머니' 등 다양한 상징들이 딱 정확한 위치에 배치되어 있다. 무엇을 이야기할지와 어떻게 이야기할지를 정확히 아는 작품이다. 여기에서 장미라는 아이의 슬픔과 그 아이와 소통하는 '나'의 이야기가 자연스러운 공감을 이끌어낸다. 매우 좋은 작품이다.

심사위원들의 의견 합치는 너무나 당연한 결과였고, 좋은 작품을 볼 수 있었다는 기쁨을 공유할 수 있었다. 작가의 다음 작품이 궁금해진다. 당선자의 정진을 빈다.

경상일보 **윤덕남**

1969년 충남 장항 출생
침례신학대학교 신학과 졸업
명지대학교 문예창작학과 졸업

영혼의 음각陰刻

윤 덕 남

| 1 |

차디찬 육체를 알코올로 닦을 때마다 나는 기억 속의 얼굴과 목과 가슴과 손, 기억 속의 귀와 다리와 발가락을 닦는다. 내 손이 닿는 곳마다 서늘해지는 알코올의 성질과 더불어 기억은 성에꽃처럼 점점 퍼져나간다. 유리창에 꽉 찬 성에꽃처럼 더 이상 번질 기억이 없을 때 나는 비로소 무엇을 하고 있었는지를 알게 된다.

나는 거의 대부분의 시간을 싸늘하게 식어버린 육체를 닦았다. 침묵으로 시작하여 침묵으로 끝나는 단순명료한 일 같지만 망자의 몸은 산처럼 봉우리가 있고 깊은 골짜기가 있으며 무언의 메아리가 내 기억의 창에 달라붙어 얼음꽃이 된다.

염殮은 유리창에 낀 그 차디찬 성에를 닦아내는 것인지도 모른다. 그 차디찬 죽음의 꽃을 사라지게 한 뒤에야 무덤에 들어갈 수 있는 투명한 유리 같은 주검이 된다.

내가 본 주검 중에서 그토록 아름다운 주검은 본 적이 없었다. 그 아름다운 주검 때문에 나는 다른 길을 걸어갈 수 없었다. 아무리 독한 술을 마시고 기억 속에서 떨쳐 버리려고 하여도 그것은 불가능한 일이었다. 아무리 지독한 성에꽃이 핀 유리창이라고 하여도 깨어지지 않는 것과 같았다. 나는 성에꽃으로 뒤덮인 주검을 닦아야 하는 운명이었다.

1980년 5월 18일, 나는 광주에 있었다. 초상집에서 염을 하는 아버지를 돕고 있었다. 상을 당한 집은 광주 변두리라 아스팔트보다는 시멘트로 포장된 길이었고 집들도 단층들로 이층집은 보이지 않았다. 시골 경치로 둘러싸여 있었지만 금방이라도 도시에서 몰려온 개발에 휩쓸릴 곳이었다. 아버지와 상주는 친분이 있었다.

정오부터 시작된 염은 오후 3시쯤이 되어서야 끝났다. 아버지가 염을 할 때는 침묵만이 흐르지 않았다. 아버지가 망자의 육체를 알코올을 적신 솜으로 닦을 때마다 내가 들었던 소리는 조각칼로 조각하는 듯한 소리였다.

군에 있을 때 나는 중대 행정반에서 근무를 했다. 내가 주로 하는 일은 훈련 때마다 상황판을 제작하는 일이었다. 중대장은 상황판을 만들면서 지휘봉도 함께 만들어 달라고 했다. 중대장은 곧 전역을 앞두고 있었기에 특별한 기념품이 필요했다.

상황판 제작은 3일 만에 끝났지만 지휘봉은 꽤나 시간이 걸렸다. 지휘봉 손잡이에 중대장의 한자 성명과 대대 마크인 호랑이 형상이 들어갔다. 나는 단단한 나무의 껍질을 벗기는 작업부터 조각칼을 사용했다. 조각칼이 나무를 깎아내는 소리는 참으로 묘했다. 마치 인간이라는 벌레가 나무를 갉아내는 소리 같았다. 사포질을 하고 니스를 바를 때까지 나는 기다란 봉의 곳곳을 깎고 갉아냈다. 사각사각, 사과를 먹는 소리 같으면서도 슴슴, 모래를 파헤치는 소리 같기도 했다.

아버지가 염을 할 때마다 나는 소리는 조각하는 소리와 매우 흡사했다. 망자의 시신을 다 닦은 후 하얀 한지로 감쌀 때나 버석거리는 수의를 입힐 때 나는 소리도 있었지만 시신을 닦아내는 소리는 이상하게도 조각칼로 조각하는 소리를 빼닮았다.

어느 날인가 아버지가 나에게 직접 해 보라고 했는데 그때 내가 만든 소리는 아버지의 소리가 나지 않았다. 아버지는 손으로 그저 닦아내는 것이 아니라고 했다. 아버지가 가르쳐준 방법은 마치 유리창에 낀 성에 꽃을 닦아내는 것과 같았다.

아버지는 늦은 오후부터 상주가 따라 주는 술을 마셨다. 상주와 아버지는 친구는 아니었다. 아버지와 상주의 여동생은 함께 살 수 있었다. 아버지가 염사殮師라는 사실 때문에 혼인이 성사되지 않은 것 같았다. 상주는 아버지에게 평생 갚아야 할 빚을 진 사람처럼 행동했다.

상주는 친모가 사망하자 가장 먼저 떠오른 것이 아버지라고 했다. 상주의 여동생은 부엌에서 나오지 않았다. 상주와 아버지는 술로 만난 사이였기에 술로 회포를 풀었다. 상주는 술을 마시지 않았고 상주가 따라 주는 술을 아버지가 전부 마시는 모양새였다.

나는 상주와 아버지가 이상하게 보였다. 여동생과 혼인하지 않았다는 이유 때문에 왜 저러는 것일까, 하고 생각했다. 상주는 아버지에게 큰 은혜를 진 것처럼 행했다. 아버지는 오래간만에 술에 취했다. 아버지는 한 번도 상가에서 술을 마신 적이 없었다.

밤이 되었지만 문상객은 좀처럼 보이지 않았다. 무슨 영문인지는 모르지만 그처럼 문상객이 적은 곳은 없었다. 마을 사람들만 간간이 찾아와 곡하는 상주와 절을 하고 망자가 살아온 이야기를 안주 삼아 술과 함께 나누고 있었다.

아버지는 자리를 뜰 기색이 없었다. 음식보다는 술을 마셔댔다. 내 짐작대로 아버지는 술을 이겨내지 못했다. 상주는 건넌방에 아버지를 눕혔다. 횡설수설하는 아버지를 등에 업고 방에 들어가 보니 한 번도 사용하지 않은 듯한 새 이불과 베개가 놓여 있었다.

방바닥은 차츰 따뜻해졌고 나는 종잡을 수 없는 시간 속으로 흘러갔다. 아버지는 술을 좋아하는 사람이었지만 그처럼 취해 본 적은 없었다. 나는 답답한 심정을 이끌고 밖으로 나왔다. 마당에는 몇 사람만이 앉아 술을 마시고 있었으며 부엌에서는 부뚜막에 앉아 늦은 저녁식사를 하는 아낙네들이 보였다.

　마당 한쪽 구석에 있는 우물에 두레박을 던지자 첨벙하는 소리가 거무스름한 우물 속에서 올라왔다. 두레박을 끌어올리자 모처럼 시원한 우물물을 마실 수 있었다. 두레박에 남은 물을 세숫대야에 부어 세수를 했다. 상가의 풍경이 더욱더 선명하게 보였다. 대문에 달린 조등이 봄바람에 살랑거리고 있었다.

　상복을 입은 여인 두 명이 나를 지켜보면서 서로 수화로 말하고 있었다. 마치 자매처럼 보이는 두 여인은 쌍둥이 같았다. 나를 바라보면서 수화를 하는 모습은 진지했다. 한 여인은 조금 과장된 손놀림으로 수화를 했고 다른 여인은 수화보다는 나만을 바라보았다. 나는 두 여인을 바라보다가 아버지가 누워 있는 방으로 들어갔다.

　자정쯤 되었을까. 천장에 달린 백열전구가 잠시 깜박거리는 순간 방문을 두드리는 소리가 들렸다. 나는 벽에 기대어 눈을 감고 있었다. 방문을 열었더니 수화하던 두 여인 중의 한 여자가 서 있었다. 서른은 넘은 듯 보이는 여자는 곱상한 얼굴이었고 흰 상복은 잘 어울렸다.

　여자는 상주인 아버지께서 뵙고자 한다고 말했다. 나는 아버지를 찾는 줄 알았지만 상주는 나를 찾고 있었다. 마당에는 남자 두 명이 술을 마시며 이야기를 나누고 있었다. 5월이라서 그런지 밤공기는 조금 서늘했다.

　상주는 시신이 안치된 방에 있지 않았다. 두건을 쓴 상주는 여자들이 생활하던 방에 앉아 있었다. 상주의 눈은 충혈되어 있었다. 한 여자가 술상을 들고 들어왔다. 두 여인 중에서 한 사람이 분명했지만 누가 누구인지 분간할 수 없을 정도로 너무도 똑같았다. 여자는 다소곳이 문가에 앉았다.

　"스무 해 동안 이날을 기다려왔네."

　아버지는 상주가 지켜보는 가운데 농아인 어머니와 결혼식을 했다. 그런데 농아였던 어머니는 한 달도 지내지 못하고 상주에게 돌아왔다.

농아인 어머니는 아이를 가졌고 아이가 태어나자 상주는 아버지에게 그 아이를 보냈다.

"다른 것은 몰라도 이것만은 꼭 말해주고 싶었네."

상주는 내 옆에 앉아있는 여자가 나의 어머니라고 했다. 흰 상복을 입은 여자는 눈물을 흘렸다.

"자네 아버지에게 꼭 자네와 함께 오라고 했네."

상주는 술을 따라 주었고 나는 아버지처럼 술잔을 비우고 비웠다. 상주는 아무런 말없이 자리에서 일어나 밖으로 나갔다. 나는 술잔에 술을 따라 마셨다. 나의 어머니라고 하는 여자는 아무 말 없이 내 옆에 앉아 있었다.

나는 그곳에 앉아 있을 수 없었다. 나는 자리에서 일어나 밖으로 나갔다. 아버지가 누워 있는 불 꺼진 방을 바라보다 나는 노랗게 물든 조등 쪽으로 걸어갔다. 나는 어둠을 향해 걸어갔다.

| 2 |

버스 정류장에는 몇 대의 버스가 나란히 주차되어 있었다. 첫차가 출발하는 시각은 오전 6시였다. 나는 기다란 의자에 앉아있다 드러누웠다.

눈을 감자 모든 것들이 더욱더 선명하게 드러났다. 기억이라는 것이 술에 물들면서 일어나는 현상은 아니었다. 아침부터 자정이 넘은 새벽까지 보고 들었던 모든 것들이 주마등처럼 지나갔다. 늙은 자의 손가락들을 닦던 알코올 냄새가 코끝에 닿았다 멀어졌다. 흰 상복을 입은 두 여인이 떠올랐다. 그리고 마지막으로 나의 모습이 비현실적인 모습으로 떠올랐다. 나의 몸은 의자로부터 어느 정도 떠오른 상태였다.

몽롱한 술기운은 아니었다. 취하고 싶은데 취하지 못하는 현실이 못마땅했다. 술이라도 마셔야 모든 것들이 잊힐 것 같았다. 스무 해라는 시간의 공백을 채울 수 있는 것은 술밖에 없었다. 희미한 전등 하나만이 켜 있는 버스 정류장에 머물러 있는 새벽공기는 서늘했다. 벌레소리도 유난히 잘 들렸다.

　고등학교를 졸업한 후 아버지를 쫓아다니면서 내가 알게 된 것은 염사는 홀로 술을 마셔야 한다는 것이었다. 죽은 자의 시신과 인연을 맺은 손으로 남에게 술을 따라줄 수는 없었다. 염사는 조용히 왔다 조용히 사라지는 존재였다. 그리고 자신의 아들과도 함께 술을 마실 수 없는 혼자만의 시간이 필요했다.

　그리 크지 않은 대합실은 굳게 잠겨 있었다. 승차표를 파는 곳과 매점이 한곳에 있었고 승객들이 앉는 의자는 서너 개가 전부였다. 버스들이 주차한 곳과 가까운 곳에 놓여 있는 긴 의자들은 나무로 만들어 곳곳이 상처투성이였다. 담뱃불로 지져 검게 변한 곳도 있었다.

　나는 선잠을 잤다. 잠시 잠이 들었다가 어느 순간 깨어났다. 관 속에 들어갔다 나온 것처럼 기분은 썩 좋지 않았다. 술을 마셨다는 사실이 내키지 않을 정도로 정신은 맑았다.

　스무 해 동안 아버지는 어머니에 대하여 말하지 않았다. 내가 물어볼 때마다 아버지는 어머니라는 이름조차 말하지 않기를 바랐다. 어머니를 알고 싶은 마음이 커질 때마다 아버지는 집 밖으로 나가 술을 마셨고 나는 빈집에서 홀로 흑백텔레비전을 보다가 잠들었다. 아버지는 욕하거나 때리지는 않았다. 다만 어머니에 대하여 말하는 것을 기피했다.

　나는 6월 초에 입대할 예정이었다. 어릴 때 놀다 크게 다치는 바람에 수술을 받은 적이 있었다. 가슴을 갈랐던 수술자국이 물고기 가시처럼 새겨졌다. 아버지도 군에서 수류탄이 터지는 사고로 가슴을 갈랐다. 그리고 군인병원에서 죽은 병사의 시신을 보았다. 아버지와 목욕탕에 갈 때마다 우리는 서로의 가슴을 쓰다듬었다.

　스멀스멀 다가오는 발자국소리에 나는 누웠던 몸을 일으켰다. 약간 머리가 어지러웠다. 두 손으로 나무의자를 잡아보았더니 두 사람이 걸어오는 모습이 눈에 들어왔다. 시간은 정확히 알 수 없었으나 어둠은 옅어진 것이 분명했다. 실루엣 같은 집들이 보이고 밥 짓는 연기가 검게 물든 굴뚝에서 피어오르고 있었다. 날이 밝으려면 시간이 필요한 듯 보였다.

아버지였다. 그리고 아버지 뒤를 따라오는 한 여자가 있었다. 아버지와 여자는 손에 가방을 들고 있었다. 나는 의자에서 몸을 일으켜 세운 후 아버지에게 다가갔다. 내가 아버지의 가방을 잡으려고 하자 아버지는 뒤에 있는 여자의 가방을 잡으라고 했다. 나는 여자에게 다가가 가방을 낚아챘다. 여자는 상복을 입고 있던 두 여자 중에 한 사람이었다. 여자는 상복이 아닌 봄옷차림이었다. 굽이 있는 구두도 신고 있었다. 가방은 제법 묵직했다.

아버지는 내가 누웠던 의자 옆에 가방을 놓아둔 후 의자에 앉아 담배를 입에 물었다. 여자는 아버지가 앉은 의자 옆에 서 있었다. 아버지가 여자에게 앉으라고 하자 여자가 앉았다. 아버지는 일회용 라이터로 담배에 불을 붙였다. 누구도 말을 끄집어내지는 않았다. 아직은 침묵만이 필요한 것 같았다. 옅은 어둠에 물든 얼굴들은 보이지 않는 자신의 얼굴들을 무심히 바라보고 있었다.

중년으로 보이는 남자가 대합실 문을 열고 안으로 들어가 불을 밝혔다. 첫차를 타려고 사람들이 나타났다. 교복을 입은 두 명의 여학생과 보따리를 머리에 인 세 명의 아줌마들 그리고 회사 마크가 박힌 작업복을 입은 남자와 버스 운전사로 보이는 남자. 모두들 광주 시내로 들어가려는 사람들이었다.

아버지가 세 명의 표를 끊었다. 버스 운전사로 보이는 남자는 표 파는 남자에게서 음료수를 샀다. 버스 운전사가 차문을 열고 시동을 걸었다. 하나둘 버스에 올라탔다. 아버지는 중간 자리에 앉았다. 여자는 아버지가 앉은 뒷자리에 앉았다. 나는 맨 뒷자리에 앉았다. 여학생들도 뒷자리에 앉았다. 버스 운전사는 라디오를 틀었다. 음악이 흘러나왔다. 텔레비전에서 자주 본 남자가수의 음악이었다.

버스는 천천히 정류장을 벗어나 마을 진입로까지 시멘트로 포장된 길을 달리다 아스팔트길로 들어섰다. 이차선 도로인 아스팔트길에 들어선 버스는 속도를 높였다. 차창으로 바라본 풍경은 평온하게 다가오는 푸르른 산과 논밭이었다. 다른 차들은 보이지 않았다.

나는 아버지와 여자에게 시선을 보내다 차창 밖으로 돌렸다. 아버지 뒷자리에 앉아 있었던 사람은 나였다. 여자의 머리는 몹시 검었고 귀걸이는 보일 듯 하면서도 보이지 않았다. 여자는 왜소한 몸집은 아니었다. 두 여학생은 다가오는 석가탄신일에 무엇을 할 것인가를 이야기하고 있었다.

| 3 |

아버지의 가방에는 알코올과 솜을 비롯해 망자의 몸을 감싸는 한지 그리고 한 번도 사용하지 않은 수건들, 빗, 손톱 깎기, 면도기가 들어 있었다. 가방 속에 들어 있던 모든 것들을 사용한 후 상가에서 준비한 수의를 망자에게 입히고 망자의 관절을 바르게 편 후 단단히 묶어 관에 눕히는 것이 아버지와 나의 일이었다.

여자가 가져온 가방에는 무엇이 들어 있을지 궁금했다. 여자의 가방에는 여자가 살아갈 날들을 위해 필요한 것들이 들어 있을 것이 분명했다. 아버지는 망자의 몸에서 나는 냄새를 역겨워하는 나에게 한지를 둘둘 말아 주었다.

광주 시내로 들어선 버스는 아침을 맞이하는 회색 건물들을 보았다. 아직은 이른 시각이라 행인들은 가로수 사이에서 드러났다 사라지곤 하였다. 그러나 광주 중심이라고 할 수 있는 사차선 도로와 목적지인 고속버스터미널에 가까워지자 이상한 모습의 행인들이 거리에 있었다. 일종의 군인들 같았는데 등에는 총을 둘러메고 머리에는 방탄모를 쓰고 손에는 곤봉을 들고 있었다. 군인들은 어딘가로 신속하게 달려가고 있었다.

고속버스터미널에서 내린 우리는 가까운 국밥집으로 들어갔다. 여수까지 내려가는 고속버스는 오전 9시에 있었다. 아버지와 여자는 콩나물국밥을 시켰고 나는 선지해장국을 시켰다. 아버지가 국밥집 아줌마에게 웬 군인들이냐고 묻자 제법 뚱뚱한 아줌마는 대학생들이 데모를 했다면서 대학교 쪽으로 몰려가는 것 아니냐고 했다. 데모 진압을 하는 군인들로 보이지 않는다고 말하자 그것은 모르겠다며 말문을 닫았다.

오전 7시 뉴스를 국밥집 텔레비전으로 보았다. 텔레비전 화면에는 전국 비상계엄령 선포라는 자막과 함께 서울을 비롯하여 각 지방의 대학교에 휴교령을 내린 소식을 보도하고 있었다. 국회를 폐쇄하고 국보위를 설치한다는 내용도 보도했다. 나는 전방에서나 볼 수 있는 군인들이 거리를 행보하는 것이 심상치 않았다. 군인들도 보통 군인들이 아닌 것 같았다.

여자는 아버지의 손바닥에 자신의 손가락으로 무엇인가를 썼다. 그러자 아버지는 여자의 손바닥에 무엇인가를 썼다. 수화를 모르는 아버지가 여자와 대화할 수 있는 방법은 손바닥이었다.

음식이 나오자 우리는 뜨거운 국밥을 호호 불어가며 천천히 먹었다. 나는 국밥을 먹으면서 텔레비전에서 눈을 떼지 않았다. 계엄령이 내려진 사실을 모르고 있던 나에게 계엄령이 선포된 것이 조금은 이해되지 않는 부분이 있었다. 군인들이 고생하겠구나, 하는 생각도 일어나면서 한편으로는 전방이 아닌 광주까지 군인들이 내려와 있는 것이 무슨 일이라도 있는 걸까, 하는 생각에 다다랐다.

여자가 국밥을 떠먹는 모습은 차분하고 조용했다. 아버지와 나는 여자 앞에서도 왕성한 식욕을 감추지 않았다. 간밤 내내 서늘한 새벽 공기로 뱃살을 지지던 몸이라 뜨거운 해장국은 고양이 앞의 생선이었다.

여자는 자신의 남은 공기밥을 나의 국밥에 밀어 넣었다. 나는 미안하면서도 처음 경험해 보는 것이라 은근히 기분이 좋았다. 나는 은빛 스테인리스 컵에 시원한 물을 담아 아버지와 여자에게 내밀었다. 여자는 고개를 숙이며 무언의 고마움을 전했다. 아버지는 밥 한 공기를 더 주문하여 나와 나누어 먹었다. 머리가 희고 꼽슬꼽슬한 아줌마는 김이 모락모락 피어오르는 국물을 더 주었다.

여자는 아버지에게 어울리지 않았다. 너무 곱고 차분한 인상에 나 자신도 어울리지 않았다. 아버지도 그 사실을 알고 있는 것 같았다. 국밥을 떠먹으면서 왜 여자는 아버지를 따라 왔을까, 하는 생각에 다다르자 순식간에 식욕이 사라졌다.

여자는 꽃이나 책을 좋아할 것 같았고 책을 읽으면서 상상의 세계 속으로 빠져들 것 같았다. 아버지와 나와는 모든 것이 어울리지 않는 여자였다. 그런데 왜 여자는 아버지를 따라 왔을까?

식사를 다 마친 우리는 버스터미널 대합실로 향했다. 버스를 타려고 모인 승객들은 분주해 보였다. 막 떠나려는 버스를 잡아타는 승객도 있었다. 매표원 아가씨는 뚝뚝 끊어지는 분필처럼 목적지, 출발시간 그리고 요금을 뚝뚝 내뱉었다.

의자에 앉아 있는 아버지에게 돌아와 보니 여자가 뜨거운 커피가 담긴 종이컵을 내밀었다. 커피자판기에서 뽑아낸 커피는 뜨겁고 달짝지근했다. 아버지는 뜨거운 커피를 살살 달래며 마셨다.

오전 8시 반쯤 되었을 때 한 무리의 사람들이 대합실로 뛰어들어왔다. 그들은 무언가에 쫓기듯 들어왔고 곧바로 곤봉을 든 군인들이 들어왔다. 군인들은 자신들이 쫓던 자들이 더 이상 도망칠 곳이 없다는 것을 알아챈 듯 손에 든 곤봉을 휘둘렀다. 검게 물든 곤봉은 쫓던 자들을 무자비하면서도 무참히 내리쳤다.

방탄모를 쓰고 등에 총을 둘러 맨 군인들은 차창으로 보았던 군인들이었다. 쓰러진 자들에게 곤봉은 조금도 멈추지 않았다. 옆에 서 있었던 사람들이 그만 때리세요, 왜 그러세요, 하는 말을 내뱉었지만 군인들의 손에 쥔 곤봉은 쉬지 않았다.

누군가 이게 뭐하는 겁니까, 하고 내뱉자 군인은 그 사람에게도 곤봉을 내리쳤다. 곤봉을 맞은 자는 그 자리에 쓰러졌다. 그러자 대합실 안이 순식간에 웅성거리기 시작했다.

대합실 안으로 한 무리의 다른 군인들이 들이닥쳤다. 그들은 총을 들고 있었는데 총부리에는 대검이 착검되어 있었다. 웅성거리던 사람들은 순식간에 겁에 질린 메뚜기들처럼 이곳저곳으로 날뛰었다. 군인들은 이미 명령에 완전히 감염된 자들처럼 신속하면서도 단호하게 행동했다.

| 4 |

죽음이라는 것이 그토록 쉽게 오는 것인지 몰랐다. 곤봉에 머리가 터지고 대검에 찔린 사람들은 그 자리에 쓰러졌다. 분명한 이유도 알 수 없었고 군인들은 남녀노소를 불문하고 대합실 바닥을 삽시간에 피로 물들였다. 군인들에게는 분명한 목적과 명령이 일사천리로 진행되고 있었다.

그러나 아무런 영문도 모르는 사람들은 맞아 쓰러졌고 피를 흘리며 죽어갔다. 매표소 유리창을 깨트리고 버스를 출발하지 못하게 막아선 후 버스에 탄 승객들을 전부 내리게 했다. 그리고 몇몇은 주민등록증을 소지하지 않았다는 이유로 무참히 곤봉으로 내리친 후 끌고 갔다.

군인들은 신속하게 젊은이들을 포승줄로 묶어 어디론가 끌고 갔으며 대합실 바닥에 쓰러져 죽은 자의 두 다리를 질질 끌면서 대합실을 빠져나갔다. 대합실 바닥에는 죽은 자가 쓸고 지나간 핏자국이 선명하게 드러났다.

아버지와 나는 무참히 내리치는 곤봉에 대합실 바닥에 엎드러졌다. 나의 시선은 평평한 바닥을 따라 이어졌고 여자가 한 군인을 붙잡고 흔드는 모습이 보였다. 그것은 저항과 더불어 본능적인 분노에서 나온 행동이었다. 군인은 개머리판으로 여자의 머리를 내리쳤고 총부리에 달린 대검으로 정확히 여자의 옆구리를 찔렀다.

나는 극도로 상승한 불안과 두려움 속에서 내 눈에 보이는 모든 것들은 사실이 아니라고 뇌까리고 있었다. 나는 아무것도 할 수 없었다. 여자의 손이 내 손을 잡으려고 꿈틀거리는 순간에도 나는 끝없이 떨고 있었다.

여자의 손이 내 오른손을 만지작거렸다. 그리고 내 오른손 바닥에 여자는 손가락으로 더듬더듬 글자를 썼다.

'ㅇ ㅏ ㄷ ㅡ ㄹ……'

그것이 전부였다. 더 이상 여자의 손가락은 아무것도 쓰지 않았다. 내 손바닥에 쓴 그 자음과 모음은 조금도 멈추지 않고 내 머릿속과 가슴속에 문신처럼 새겨졌다. 나는 굳어버린 여자의 손을 잡았다. 그리고 차디찬 대합실 바닥에 눈물을 흘렸다. 나는 여자의 작은 손을 꼭 붙잡았다. 나는 여자의 손을 놓을 수 없었다.

아버지와 나는 머리에 두 손을 올려놓은 채 군인들에게 끌려갔다. 여자는 대합실 바닥에 엎드려져 있었고 여자의 옆구리에는 붉은 피가 흥건하게 번져 있었다.

대합실 바닥에 쓰러진 자들은 스무 명 정도였으며 오십여 명의 시민들이 군인들에게 끌려갔다. 대합실 입구를 지나 거리에 박힌 보드블록을 밟으며 시민들은 어디로 끌려가고 있는지 아무도 몰랐다.

군인들은 발걸음이 느리거나 주춤거리는 자들에게는 거침없이 곤봉을 휘둘렀다. 안경이 깨어지고 눈이 찢어져 피를 흘리는 청년도 있었다. 어깨에 짊어졌던 가방이나 배낭에서 쏟아져 나온 사소한 물건들이 길바닥에 흩어져 있었다. 도로로 뛰어들어 건너편 인도로 도망치는 젊은이의 머리를 무참히 곤봉으로 내리치는 군인도 보였다. 길바닥에 엎드려진 사람들이 몸 이곳저곳을 수색당하는 모습도 있었다. 길바닥에 엎드려진 자들의 눈은 마치 허상을 바라보다 시선을 잃어버린 것처럼 보였다. 바지가 벗겨진 자의 허벅지에서는 대검에 찔린 듯 피가 흐르고 있었다.

갑자기 건물과 건물들 사이에서 수많은 시민들이 쏟아져 나왔다. 시민들의 손에는 곤봉보다 긴 막대기와 빗자루를 비롯해 위협의 도구와 무기로 변한 것들을 들고 있었다. 수백 명의 시민들은 군인들을 때려죽일 것처럼 보였다.

십여 명의 군인들은 자신의 손에 들고 있는 곤봉과 대검으로는 진압할 수 없다는 것을 인지한 듯 연행해 가던 사람들을 놓아두고 도망쳤다. 군인들은 군인들이 집결해 있는 곳을 찾아 쏜살같이 도망쳤다.

아버지는 피가 뒤엉킨 머리카락을 만지작거렸다. 나는 아버지에게 여기 있으라고 말한 뒤 버스터미널로 달려갔다. 내 머릿속에서는 여자의 손가락이 끊임없이 꿈틀거리고 있었다. 버스터미널 대합실에는 쓰러져 있는 사람들을 가까운 병원으로 이동시키려고 몰려든 시민들이 있었다. 숨이 끊어지지 않고 미세하게 살아있는 자도 있었다. 그러나 대부분의 사람들은 죽어 있었다. 내 손바닥에 글자를 썼던 여자의 손도 완전히 피지 못한 꽃봉오리처럼 웅크린 채 굳어 있었다.

나는 여자를 등에 업고 시민들을 따라 대합실 입구로 나왔다. 그리고 그곳에서 소리쳤다.

"아버지!"

나는 아버지를 외쳤다. 아버지가 나를 알아챈 듯 나를 바라보며 걸어왔다. 아버지라고 부르는 내 목소리는 떨고 있었다. 그리고 울먹거렸다.

| 5 |

건물과 건물 사이에 난 골목으로 들어가야 나오는 병원이었다. 병원은 4층짜리에 불과했지만 부상자와 시민들로 가득했다. 의사는 부부였다. 부부의 두 손은 빨갛게 물들어 있었다. 산부인과 의사인 부부는 죽어가는 태아를 살리기 위해 고분고투 하는 것처럼 부상자들을 치료했다. 간호사들은 두 명뿐이었지만 시민들 중에서 젊은 처녀들이 간호사를 열심히 도왔다.

출산을 주로 하던 공간이 수술실로 쓰였고 산모들이 갓난아이들에게 젖을 먹이던 공간이 부상자들로 가득 찼다. 시신들은 서늘한 지하실 공간에 가지런히 놓이게 되었는데 주로 약품과 침구류 들이 쌓여 있던 창고나 다름없는 곳이었다.

　차디찬 지하실 바닥에 눕혀진 시신들은 병원침대 시트에 온몸이 덮여졌다. 아버지와 나는 다른 시신들 사이에 여자를 눕혀 놓았다. 이마와 가까운 머리카락은 피로 뒤엉켜 있었고 원피스에 피어 있는 꽃들은 대부분 피로 물들어 있었다. 귀에 차고 있던 한쪽 귀걸이가 보이지 않았다.

　아버지는 여자의 맨발부터 머리까지 시트로 덮었다. 시신들은 대부분 대검에 찔린 자들로 시트는 곳곳이 피로 물들었다.

　"아버지, 염을 해 드립시다. 얼굴도 닦아드리고 손과 발도 닦아드리고……."

　나는 그 자리에서 일어나 밖으로 나갔다. 아버지가 나를 부르는 소리가 들렸지만 나는 병원 밖으로 뛰쳐나갔다.

　나는 골목을 달려 도로로 나갔다. 도로는 텅 빈 도로나 다름없었다. 나는 버스터미널로 힘껏 달렸다. 머리에 개머리판을 맞은 것처럼 고통의 충격이 일어났고 옆구리는 대검에 찔린 것처럼 고통의 깊이가 느껴졌다. 나는 숨을 거칠게 몰아쉬고 내쉬면서 달리고 달렸다. 눈을 감은 여자의 얼굴이 자꾸 떠올랐다.

　버스터미널 입구를 통해 대합실로 들어가 보니 참혹한 흔적들이 고스란히 남아 있었다. 피 냄새는 더욱더 독해졌다. 나는 아버지의 가방을 집어 들었다. 그리고 밖으로 나가려는 순간 여자의 가방이 보였다. 나는 두 손에 아버지와 여자의 가방을 들고 달렸다.

　도로로 나오자 도로 한쪽에서 방독면을 쓴 군인들이 최루탄을 발사하면서 달려오고 있었다. 수십 명의 시민들이 보드블록을 깨트린 조각을 던지면서 후퇴하고 있었다. 최루탄 연기가 서서히 몰려오고 있었다. 그 뿌연 연기 속에서 방독면을 쓴 군인들이 곤봉을 들고 아귀들처럼 달려오고 있었다.

수류탄이 터지는 순간 아버지는 귀가 떨어져나가는 것 같았다고 말했다. 실제로 아버지는 일주일 정도 귀가 들리지 않았다. 세상의 모든 소리들이 죽은 것 같았다. 아버지의 귀가 열렸던 순간은 아버지가 죽은 병사의 창백한 몸을 보았을 때였다.

군인병원은 수많은 반원통형 막사와 다름없었고 종종 길을 잃어버리는 경우가 많았다. 그래서 두 명씩 한 조를 이루어 이동하라고 했지만 아버지는 너무 급한 용무가 있었다. 한 반원통형 막사로 들어가게 되었는데 그곳은 다른 곳보다 춥고 음산했다. 한 수술대가 놓여 있었는데 그 위에는 하얀 천으로 덮여 있는 시신이 있었다.

아버지는 한 번도 경험해 보지 않은 일이었지만 그렇게 두렵거나 떨리지 않았다고 했다. 하얀 천을 들추어 보고 싶다는 강한 충동감이 아버지를 이끌었다. 하얀 천을 천천히 들추어 보았을 때 그곳에는 아버지가 지금껏 보지 못했던 남자의 나신이 있었다. 너무도 창백하고 아름다운 나신이었다. 시신은 죽은 것 같지 않았다고 잠을 자는 것 같았다고 아버지는 말했다.

여자도 죽은 것 같지 않았다. 잠이 든 것 같았다. 머리카락에 뒤엉킨 피를 닦아내자 솜은 빨갛게 물들었다. 아버지는 여자의 몸에서 원피스를 벗겨 한지로 덮었다. 여자의 나신이 희미하게 드러났다. 내가 지금껏 한 번도 보지 못했던 아름다운 여자의 나신이었다.

아버지는 여자의 얼굴과 목 그리고 어깨를 알코올을 묻힌 솜으로 닦았다. 그리고 손과 손목과 가슴과 배, 다리와 발을 닦았다. 아버지가 여자의 몸을 닦을 때 나 자신도 아버지의 손길을 따라 여자의 몸을 닦고 있었다.

아버지가 시신을 조심스럽게 닦을 때마다 조각하는 소리가 들렸다. 여자의 나신은 너무도 아름다웠다. 그리고 몹시 슬펐다. 솜들은 빨간 꽃들

처럼 하나둘 쌓였다. 종이로 여자의 온몸을 감싸자 여자는 너무도 작아
졌다. 아버지는 하얀 시트로 온몸을 다시금 감싸고 시트를 찢어 온몸을
묶었다. 아버지와 나는 다른 시신들도 여자처럼 그렇게 했다. 종이가 부
족한 시신은 시트로 온몸을 덮고 묶었다. 지하실은 알코올 냄새로 가득
찼다.

　모든 일들을 끝냈을 때 시계는 새벽을 걸어가고 있었다. 아버지는 지
치고 피곤하여 부상자들 사이에 끼어 잠이 들었다. 나는 손을 씻고 얼굴
을 닦았을 때에야 여자의 가방이 생각났다. 나는 여자의 가방을 쉽게 열
수 없었다. 그것은 여자의 시신에 덮여 있는 엷은 종이를 들추어내는 것
과 같았다. 나는 한참동안 여자의 가방을 바라보았다. 내 눈은 피곤하고
내 손은 몹시 지쳐 있었다. 부상자들은 신음소리를 내면서 쉽게 잠들지
못했다. 누구도 제대로 된 식사를 하지 못했다.

　여자의 가방 속에서 갓난아이가 입는 배냇저고리를 발견했다. 배냇저
고리 한쪽에는 '아들'이라고 까만 실로 수놓은 글자가 보였다. 나는 그
까만 글자들을 손바닥으로 쓰다듬었다. 그리고 내 머릿속에서는 '아들'
이라는 글자가 '어머니'라는 글자로 읽혀졌다.

죽음 속에는 아름다움이 있다. 죽은 자를 입관하는 그 엄숙한 시간에 주검을 둘러싼 가족들은 거의 대부분 눈물을 흘린다. 너무도 가까이 있었던 사람이 어느 날 홀연히 세상으로부터 떠나게 될 때 우리는 당황하게 되고 깊은 고독감에 빠진다.

5·18 광주민주화운동은 아직도 미결된 역사라고 본다. 그 아름다워야 할 5월마다 찾아오는 그 슬픈 역사는 어쩌면 인간의 꽃들이 흐드러지게 피었다 지는 순간일지도 모른다. 내가 다니는 교회에는 외국인 선교사들의 무덤들이 있다. 매주 예배를 마치고 교회를 떠나면서 보게 되는 그 작은 무덤들의 묘비에는 죽은 자들의 이야기들이 간결한 문체로 새겨져 있다.

민주화 운동의 희생자들, 외국인 선교사들의 주검을 염하던 사람들이 있을 것이다. 그들은 염을 하면서 과연 무엇을 느끼고 무엇을 보았을까? 차디찬 주검에서 피어오르는 그리 향기롭지 않은 냄새를 맡으며 그들의 손에 닿은 것은 보이지 않는 영혼이었을 것이다.

부족한 작품을 선택해 주신 심사위원님들에게 감사를 드린다. 내가 이 자리에서 말할 수 있는 것은 영혼에 닿는 소설을 써나갈 것이라는 것. 그것이 나의 전부이고 나의 남은 삶이 될 것이다. 사랑하는 아버지와 어머니 그리고 가족들에게 감사의 마음을 전한다.

고통받은 영혼에 바치는 진혼곡… 깊은 울림 느껴

이토록 책이 안 팔리고 읽지도 않는 세태이지만 글쓰기라는 근원적인 행위는 결코 고갈되지 않는다. 해마다 넘치는 신춘문예응모를 보아도 알 수 있지 않은가. 올해에는 13편의 단편들이 예심을 거쳐 올라왔다. 그중 뇌과학과 관련된 단편「나는 나다」와「브레이노이드」2편은 자기 정체성을 묻기에 문학적 소재로서 충분했지만 작품으로서의 아우라가 부족했다.「해동」은 아버지에 의해 냉동고에 갇혀 벌을 섰던 정육점집 아이의 절규, 그 트라우마가 곳곳에 묻혀있지만 서술이 넘쳐흐름을 방해했다.

언니의 그림자로서 존재감 없이 살아온 상처의 청춘에 대한 관찰기「진주」는 여운이 길다. 출판사 편집부에서 "보이는 걸 보고 읽히는 걸 읽는 많은 작품들에 회의를 느껴온"내레이터 우연은 그녀의 노트에서 "어딘가 텅 비었다고 해야 하지만 그 대신 뭔가 보이지 않은 것들이 그 안에 채워져 있는" 글을 읽고 완성을 격려하는데, 보이지 않는 것이 담긴 단편「진주」는 나무랄 데 없는 일품이다.

그러함에도 불구하고 당선작을「영혼의 음각」으로 결정한 것은 이 작품이 고통 받은 영혼들을 위한 진혼곡으로 들렸기 때문이다.

경인일보 **전태호**

1987년 경기도 출생
명지대학교 국제통상학과 졸업
경기도 거주

타동사 연습

전 태 호

소리가 크면 반드시 무언가를 괴롭힌다. 타동사는 발산의 성질을 띠고 있어서 소리가 크다. 따라서 타동사는 반드시 무언가를 그러니까 목적 어를 괴롭힌다.

화요일

타동사가 기능하려면 주어가 필요하다. 아빠는 아침부터 꽝 소리가 울리도록 현관문을 열어젖혔다. 신발을 벗자마자 집이 떠나가라 큰기침을 해댔고, 식탁이 쩨쩨대거나 말거나 유리컵을 함부로 내려놓았다. 내 방 바로 앞에선 신문지를 짜증스럽게 넘겼다. 나의 잠은 이미 타동사에 의해 깨어지고 머리맡의 유리창과 블라인드는 가늘게 흔들거렸다. 주황색 귀마개는 밤사이 어디로 갔는지 보이지 않았다. 타동사는 나를 이불 속으로 숨어들게 만들었다. 침대에 걸터앉았다가 도로 눕게도, 냉랭한 방 바닥에 납작 엎드리게도, 나중에는 그저 가만있게도 만들었다.

아빠가 잠을 청하기 전까진 내 방에 있으면서도 온몸이 얼어붙는 듯했다. 아빠는 오전 교양 프로그램을 틀고 볼륨을 어지간히도 키워 놓았다. 채널을 돌리면서 정치인을 헐뜯기도 하고 약 떨어진 리모컨을 손봐

주고 나서는 거실 바닥을 발뒤꿈치로 쿵쿵 굴렀다. 배까지 움켜잡고 웃어 댈 즈음 엄마도 참다못했는지 안방 문을 열고 나왔다. 이어 나를 대신해서 빨리 좀 자라고 잔소리를 퍼부었고, 위아래 작업복을 벗긴 뒤 아빠를 안방으로 밀어 넣었다. 엄마 역시 스스로 주어라는 걸 알고 주어들처럼 행동했다. 나를 생각해서 나름 믹서나 그릇을 조심히 다루는 듯했지만 내 귀에는 아까와 마찬가지로 거슬렸다. 가스레인지 경고음을 무시하고 불을 켤 때는 순간 가슴이 철렁하고 머리칼까지 곤두섰다. 부엌 쪽에서 소리가 잦아들고 분위기가 가라앉을 때쯤 엄마는 내게 식사하라고 문자메시지를 보내왔다. 이제 밖이 위험하지 않구나 하는 생각이 들었다.

소리가 작으면 아무것도 괴롭히지 않는다. 자동사는 수렴의 성질을 띠고 있어서 소리가 작다. 따라서 자동사는 아무것도 괴롭히지 않는다. 자동사도 기능하기 위해선 주어가 필요하다. 나는 살짝 목감기에 걸렸는지 말이 제대로 안 나오고 그마저도 목소리가 갈라졌다. 햇살이 들어오는 거실 창문 아래에 섰더니 부엌에서 국을 뒤적이는 엄마가 눈에 들어왔다. 부엌 바로 옆으로 보이는 동생 방은 오늘도 굳게 닫혀 있었다. 아빠는 안방에서 코를 골았는데, 한 번씩 숨을 몰아쉬거나 컥컥 숨을 뱉을 때마다 내 귀는 쫑긋 섰다. 돌아서지는 못하고 고작 한 걸음 옆으로 비켜서는 순간, 테이블 아래에 있던 페인트 붓과 롤러가 발에, 그러니까 털슬리퍼에 밟혔다. 엄마는 배고플 텐데 어서 밥부터 먹으라며 나를 부엌으로 불러들였다. 나는 순순히 식탁 의자에 앉았다. 된장찌개엔 지나칠 정도로 건더기가 담뿍 들어 있었다. 숟갈에 뭐라도 걸릴라치면 나를 위해 따로 빼놓은 것 같아서 마음이 몹시 무거워졌다. 엄마는 어질러진 페인트 도구까지 대신 정리해 주었다. 불러들인다든가 위한다든가 정리한다든가 하는 세 가지 행위 모두 타동사였다. 타동사는 아무리 의도가 선하다 한들 반드시 목적어를 괴롭힌다. 내 입술은 일자로 굳게 다물리고, 어깨는 티 안 나게 움츠러들었다. 엉덩이는 밥상머리에 붙박였다. 큰소리를 내지 않으면 비록 주어로 태어났을지언정 끝내 누군가의 목적어가 되고 만다. 엄마와 아빠는 서로 다른 방식으로 나를 목적어 취급했다.

내 꼴은 회사에 속해 있는 동안 이렇게 되고 말았다. 처세술이랄까, 동기들은 입에 침도 안 바르고 타동사를 구사하니, 사회생활 잘한다는 소리를 듣고 금방 주어 자리를 하나씩 꿰찼다. 나는 딱히 밉보인 것도 아닌데 목소리 큰 주어들 틈에서 점점 작아지다 결국 목적어 자리로 밀려났다. 그래도 퇴사 직후에는 일부러 더 주어처럼 굴었다. 집안에서 입지가 흔들린다 싶을수록 목소리를 높였고, 고민 끝에 프리랜서 번역가가 되겠다고 밝혔더니, 어느 순간 엄마와 아빠의 입은 목적어처럼 떡 벌어졌다. 굳이 두 사람의 입을 틀어막기도 전에 나는 일본 식자재 쇼핑몰을 운영 중인 지인으로부터 일감을 받았다. 하지만 시간이 지나면 지날수록 타동사로 큰소리치는 게 어려워졌다. 무역 거래 조건까지 공부해 가며 일에 파묻혀 지냈건만, 건당 수입은 기껏해야 커피 값 수준에 지나지 않았고, 지인의 사업 악화로 나도 덩달아 빈둥빈둥 놀기 시작했다. 그러던 차에 어서 좋은 색싯감을 찾아야 할 텐데…… 라고 아빠가 한마디 던졌다. 술김에 건성으로 한 소리란 걸 알면서도 지금 누굴 놀리나 싶었다. 타동사 중에서도 놀린다는 표현은 유독 날을 세우고 있었다. 똑같이 타동사로 받아치고 싶었지만, 짧은 사이 몇 가지 생각이 스치면서 내 말문은 콱 막혀 버렸다. 아빠는 비록 24시간 격일제로 근무하기는 하지만, 안정적인 직장에서 꼬박꼬박 돈을 벌어왔다. 벌어오는 것은 틀림없는 타동사이다. 따라서 타동사는 큰소리를 낼 수 있다. 반면 불안정한 프리랜서 생활만으로는 돈을 거의 못 벌었다. 문득 세상만사가 거대한 문법에 의해 돌아가는 듯했고, 그날 이후로 내 입에선 큰소리가 나오지 않았다.

엄마는 옥상에 방수 페인트를 칠하려고 준비를 서둘렀다. 아빠는 여전히 세상모르고 벽을 뚫을 기세로 코만 골았다. 물론 세탁기가 탈수를 돌릴 때는 아빠가 깨는 건 아닌가 싶어 가슴이 졸아들었다. 나는 엄마가 현관을 나서자마자 허겁지겁 욕실로 들어갔다. 변기 물을 내리고 몸을 씻는 동안엔 큰소리를 낼 수밖에 없었다. 내리거나 씻는 건 의심의 여지 없이 타동사이다. 나는 엄마와 아빠가 잠을 자거나 집을 비울 때에만 타동사를 만끽할 수 있다. 그리고 지금처럼 조용한 시간을 틈타 번역을 해야만 했다. 최근에는 그래도 번역 중개 사이트 서너 군데에 유료로 멤버십 가입을 하고, 이력서와 포트폴리오를 등록해 두었더니 조금씩 의뢰를 받기 시작했다. 꾸준히 번역을 하고 돈을 벌면 눈치 안 보고 큰소리를 낼 수 있다. 버는 것은 두말할 필요 없이 타동사이다. 아빠 몰래 타동사를 통장에 쌓아 두고 벼르다 보면 기회를 잡을 수 있으리라 믿었다. 나는 옷을 갈아입자마자 노트북을 켠 뒤 의뢰인 메일을 열었다. 모니터 한쪽에는 인터넷 사전을 띄워 놓고 전문 용어로 된 내용을 찬찬히 살폈다.

삿포로 다시 이리 미소의 분석치에 관해서.
표준치 색(Y%)은 27.5%로 규정되어 있습니다. 가공 시 작업자가 수치를 높이면 색(Y%)은 하얗게 변합니다. 반대로 낮추면 색(Y%)은 검게 변합니다. 파랗게 변색된 부분은 효모에 의한 발효 과정일 가능성이 높습니다. 2월 출하분의 색(Y%)은 26.2%로 기준치에 적정하다고 판단됩니다.

번역을 해 놓고도 무슨 의미인지 도통 읽어낼 수 없었다. 몇 번을 다시 읽어 내려가며 내 방식대로 정리하고 이해해 보려 했다. 우선, 작업자는 수치를 높이거나 낮출 수 있다고 한다. 다음으로, 색(Y%)의 수치는 규정되어 있다고 한다. 그런데 대체 무슨 일이 있었기에, 작업자는 규정되어 있는 색(Y%)의 수치를 높이거나 낮출 수 있게 된 것일까. 규정된 것을 높이거나 낮출 수는 있다. 그렇지만, 높이는 것을 규정될 수는 없다. 낮추는 것도 규정될 수 없다. 반면, 높이는 것을 규정할 수는 있다. 낮추는 것도 규정할 수 있다. 나는 키보드에서 손을 떼고 아까와는 다른 심장 소리를 오래도록 들었다. 색(Y%)은 왜 스스로 규정하지 않고 규정되기만 할까. 어째서 제 뜻과 상관없이 높아지고 낮아지는데 잠자코 있기만 할까. 타동사 때문이라고 납득은 하면서도 뭐랄까, 갑갑한 느낌을 견디다 못해 길게 한숨을 내쉬었다.

나머지 부분을 번역하고 있을 때 하품 소리를 듣고 말았다. 엄마가 현관문을 여는 바람에 그만 아빠가 눈을 뜨고 기지개를 켰다. 시간은 어느덧 오후 4시가 되어 있었다. 나의 온 신경이 자꾸만 바깥으로 쏠렸다. 아직 일이 남았는데 집중력도 흐트러졌다. 나는 다시금 자동사의 영역으로 내쫓겼다. 늘 그렇듯이 타동사에 시달리기 시작했다. 아빠가 전화기에 대고 귀청이 따갑도록 목청을 높였다. 그기 아이라 카이, 현장에 반장님 없능교? 그라믄 내가 내일 확인해 볼게예, 그라게심더. 통화를 마친 뒤에는 본인의 타동사를 과시하고 싶은지 엄마를 찾았다. 여보야 여서 일하는 젊은 아들 어떤 줄 아나, 아침에 내 가면 눈만 껌뻑껌뻑하고 있는 기라, 반장도 내 없으믄 일이 안 된다 카더라. 억센 사투리로 된 아빠의 말은 절반도 이해되지 않았다. 다만 매사에 둔감하고 무딘 점이 주어들의 특징 중 하나라고 생각되었다. 아닌 게 아니라 아빠는 대수롭잖은 일로 작업반 동료들을 들이받고, 집에 돌아와선 그걸 또 자랑삼아 떠벌리고, 자기 방식만 고집하는 데다 나이를 먹을수록 남의 말도 거의 안 들었다. 저러다 꼭 말을 함부로 하니까 오래 못 붙어 있는 거라고, 엄마도 가끔 혼잣말처럼 중얼거렸다. 주어는 타동사로 목적어를 괴롭힌다. 그러나 아주 가끔 형세가 뒤집힌다. 타동사를 많이 가진 쪽은 무조건 주어 자리를 차지한다. 타동사를 적게 가진 쪽은 끝내 다 잃고 목적어 자리로 내몰린다. 일자리를 전전한다는 건 아빠의 타동사도 의외로 별 볼일 없다는 뜻으로 풀이되었다. 자꾸만 입가가 실룩거리고 절로 코웃음이 나왔다.

해가 저물고 화장실이 급해서 안달하던 차에 엄마에게서 문자메시지가 왔다. 코 골고 취침함. 내일 근무임. 엄마도 곧 취침. 가스레인지 위에 알탕 있음. 나는 우선 화장실을 다녀온 뒤 창가 블라인드를 끝까지 걷어 올렸다. 망설이다 노트북 단자에서 이어폰을 빼고 고막이 찢어지도록 볼륨을 높였다. 금속성 록 음악을 따라 흥얼거리기도, 몸부림치듯 온몸으로 리듬을 타기도 했다. 나중엔 기지개를 쭉 켜고 의자 등받이에 몸을 기댄 채 내일 하고 싶은 일을 하나씩 정리해 봤다.

수요일

　현관 타일 바닥에다 딱딱 발뒤축 구르는 소리가 들려왔다. 큰기침도 한바탕 터지는가 싶더니 현관문이 안전하게 닫혔다. 발소리 때문에 계단이 울렸지만 곧 잦아들었다. 시동이 켜지면서 밤새 얼어 있었을 경유차 엔진이 탈탈거렸다. 마모된 브레이크 라이닝 소음도 차츰 멀어졌다.

　나는 슬리퍼를 벗어던지고 방문을 활짝 열었다. 티브이를 켜고 낄낄 웃음을 터뜨리다 가죽 소파를 쓰다듬으며 햇빛 속에서의 자맥질을 즐겼다. 그러다 문득 아주 작은 인기척을 느끼곤 주의 깊게 우리 집 전체를 둘러봤다.

3층에는 내 방이 있고,
**　　중앙으로 거실과, 여러 살림살이와, 부엌이 있고,**
**　　현관부터, 안방과, 화장실과, 여동생 방이 붙어 있다.**
2층에는 월세로 내놓은 빈 방과, 50대 남성 세입자가 있다.
1층에는 40대 남성 세입자와, 60대 남성 세입자가 있다.

　아무래도 동생이 지금 제 방에 틀어박혀 있는 듯했다. 그릇과 접시를 꺼내려고 찬장을 여는 순간, 급히 침묵이 만들어지는 걸 보고 알아차렸다. 이런 일은 한두 번이 아니라 아빠가 있는 날에도 수없이 되풀이되었다. 밤늦게 내가 전기밥솥을 열고 밥 한술을 떠먹거나, 흔적을 지우려고 잽싸게 설거지를 할 때, 화장실 변기에 앉아 힘을 줄 때면 동생 방은 수상할 정도로 조용해졌다. 내가 알기로 동생은 평생 목적어 자리에만 머물러 있었다.

　한때 나는 월급을 받으면 어깨를 으쓱하며 동생에게 용돈을 줬다. 그러면서 공무원 시험 준비는 잘 하고 있는지, 노량진에 보내 준다는데 왜 싫다고만 하는지 등을 빼놓지 않고 물었다. 아무리 물어도 자동사밖에 돌아오지 않으니까 나는 종종 동생 방 앞에서 귀를 대고 엿들었다. 잘못 들었길 바랐지만 동생은 의지박약 탓인지 책상 앞에는 붙어 있지 않고 늘 빈둥거리기만 했다. 바닥에 늘어지거나 쿠션 또는 인형에 파묻혀 있었고, 내가 퇴근해서 돌아올 시간이면 게임이나 유튜브에 빠져 지냈다. 결국 공부는 저절로 되는 게 아니라, 해야 하는 거라고 꾸짖고 말았다. 그로부터 얼마 지나지 않아 나는 회사 내에서 목적어 자리로 밀려났다. 요새도 아빠가 없는 날이면 엿듣기 위해 동생 방 앞으로 갔다. 하지만 이제는 무슨 소리를 듣더라도 그냥 못 들은 척할 수밖에 없었다. 게다가 동생이 시험에 떨어질 때마다 나도 모르게 가슴을 쓸어내렸다. 동생은 돈을 못 버니까 큰소리를 못 냈다. 나 또한 용돈을 못 주니까 큰소리를 못 냈다. 주는 것은 타동사이다. 나로서는 역시 번역 일을 열심히 하는 수밖에 없었다.

아침 식사를 마친 뒤 뜨거운 물로 머리를 감고 몸을 씻었다. 시간을 들여 면도를 한 다음엔 온몸에 로션을 살뜰히 발랐다. 흰색 와이셔츠 단추를 채우고 칼라를 빳빳하게 세우며 아까부터 내가 노래를 부르고 있다는 사실을 깨달았다. 마침 엄마가 현관문을 열더니 백시멘트 포대를 안으로 끌어당겼다. 이어서 백색 가루를 한 바가지 덜어 놋쇠대야에 넣고 물을 부어 개기 시작했다.

"2층에 내려가 보니까 천장에 금이 갔나 봐. 곰팡이가 시퍼런 게 아주 엉망이더라. 엄마는 가서 시멘트 좀 바르고 올게. 시끄럽겠지만, 대못을 쳐서 천장을 좀 부술지도 몰라."

나는 손 소독제를 손에 받아 비비면서 넌지시 물었다.

"도와줘?"

"아아냐, 네가 무슨."

엄마는 어렵사리 꺼낸 나의 타동사를 단숨에 두 동강 내버렸다. 타동사는 바닥에 떨어지면서 여러 조각으로 부서지고 흩어졌다. 손쉬운 소일거리조차 내게는 주어지지 않았다. 현관 앞의 운동화와 슬리퍼도, 거실 건조대 위의 빨래도, 욕실 수납장 속 수건과 속옷도, 변기 옆 두루마리 화장지도, 음지 또는 양지에 있는 화분도 이미 엄마에 의해 질서가 잡혀 있었다. 엄마는 밖에서 발디딤용 나무 의자랑 흙손이랑 쇠망치 등을 챙겨 왔다. 방이 오랫동안 놀아서 그저께는 손수 찌든 때도 벗겨냈다. 하루하루 그렇게 2층에 세입자가 들어오길 기다리고 있었다. 벌써부터 층간소음 문제가 걱정되었다. 그럼에도 세입자는 내게도 도움이 되었다. 월세를 받으면 엄마는 큰소리를 낼 수 있다. 게다가 엄마는 법적으로 우리 집을 가지고 있다. 받는 것도, 가지는 것도 타동사이다. 아빠는 돈을 벌어오기만 할 뿐, 집을 가지지는 못했다. 두 개의 타동사는 한 개의 타동사보다 큰소리를 낼 수 있다. 머지않아 나의 타동사까지 보태면 도합 세 개가 된다.

엄마는 가급적 혼자 사는 남자를 세입자로 들였다. 한집에 둘 이상을 들일 경우 내 신경이 곤두선다는 걸 알고 있었다. 아래층에서 부부싸움이라도 벌이면 내 머릿속에는 집집마다 주어 자리를 놓고 다투는 광경이 그려졌다. 이제는 가물가물하지만 엄마와 아빠도 처음에는 집주인과 세입자로 만났다. 당시 나는 유치원생이나 겨우 됐을까, 물론 이따위 문법에 사로잡혀 있지도 않았다. 전세 계약이 끝나고 아빠를 내가 사는 3층에 들인 결정에 대해선 어찌되었든 조금이나마 이해가 됐다. 가뜩이나 젊은 나이에 미망인이 됐을 텐데, 어린 목적어 둘을 건사하겠다고 애쓰던 장면 장면은 아직도 내 기억 속에 남아 있다. 그러면서도 엄마는 사실혼 관계를 고집했다. 아빠와의 사이에서 새로운 목적어를 낳지도 않았다. 그렇게 자기만의 원칙에 따라 타동사를 지키고 있었다.

엄마는 내려갈 채비를 거의 끝내고 내 쪽을 힐끔 보더니 미소와 울음을 동시에 머금은 채 말했다.

"마주쳐도 그냥…… 그냥, 무시해버려."

"어어, 알았어."

귀가 번쩍 뜨여서 잠시 머뭇거렸다. 당장 내 방으로 아니면 화장실로 내빼고 싶었다. 무엇보다 이런 대화가 동생 방에서도 들릴 것 같았다. 내가 목적어라는 사실을 엄마도 알고 아빠도 분명 알 테고 이제는 동생 귀에도 들어가고 말았다. 엄마는 입을 삐죽이며 작정한 듯 말을 이었다.

"하고 싶은 대로 하면 되지, 뭐."

"알았어, 알았어."

"요즘은 엄마도 할 말 다 해."

"응, 알았으니까…… 알았어."

내 가슴 한쪽이 우그러들었지만 일부러 고분고분하게 굴었다. 차근차근 타동사를 모으는 중이라고, 맞서 싸울 수 있는 힘을 키우는 중이라고, 제발 부탁이니 알아서 해결하게 좀 내버려 두라고, 말대꾸하고 싶었지만 그냥 그러지 않았다. 타동사를 하나도 갖고 있지 않으니까 뜻대로 할 수 없었다. 엄마는 타동사를 하나 갖고 있으니까 끈질기게 덧붙일 수 있었다.

"여긴 아빠 집도 아닌데, 뭐."

"알았어. 그렇게 할게."

"그래."

가만히 서 있는데 등줄기에서 식은땀이 흘러내렸다. 엄마에게서 놓여나자마자 내 방으로 돌아와 차가운 방바닥에 퍼더앉았다. 잠시 뒤 현관문이 열리고 엄마가 계단을 내려갔다. 다시 한 번 현관문이 열리고 이번엔 동생이 우당탕 도망치듯 계단을 내려갔다. 나는 도저히 계단을 내려갈 수 없었다. 계단을 내려가면 사회생활 당시처럼 주어들과 부딪치고 만다. 내려가는 건 마찬가지로 타동사이다. 타동사는 발산의 성질을 띠고 있어서 또 다른 주어들과 부딪칠 수밖에 없다. 주어들과 부딪치면 부딪칠수록 두려워진다. 그런데 나와 같은 처지의 동생은 대체 어떻게 계단을 내려간 걸까. 엄마는 내가 소리 때문에 내려가지 못한다고 어느 정도 맞게 짚어 냈다. 하루는 아빠가 없을 때 나를 거실로 내보내고 계란판처럼 생긴 차음재와 스펀지 같은 흡음재를 가져왔다. 될 대로 되라는 심정으로 소파에 앉아 있는 동안 엄마는 방음 장치를 내 방 벽과 문에 설치해 주었다. 달라진 내 방 앞에서 좀처럼 입은 떨어지지 않았지만, 또 그냥 있을 수만은 없어서 고맙다고 멋쩍게 속삭였다. 엄마는 난생처음으로 내 앞에서 아무 말도 못 하고 쩔쩔맸다. 고마워한다는 건 어찌됐든 타동사이다. 타동사는 아무리 의도가 선하다 한들 반드시 목적어를 괴롭힌다. 나는 잠깐이지만 주어 자리에서 어떤 식으로든 엄마를 괴롭힌 셈이다. 요즘도 엄마가 번역 열심히 하라고 응원을 해줄 때, 월세를 받아서 일본어 원서를 사줄 때, 결과물에 깊은 관심을 가져줄 때면 고마워해야 하는데 오히려 두려워졌다.

나는 엄마를 괴롭혀서 조금이나마 얻은 타동사로 몸을 일으켰다. 쥐어짜듯 방문을 닫고 노트북을 열었다. 노트북이 열리자마자 웹 브라우저를 열었다. 웹 브라우저가 열리자마자 포털사이트를 열었다. 포털사이트가 열리자마자 메일함을 열었다. 메일함이 열리자마자 의뢰인 메일을 열었다. 다른 의뢰인 메일도 열었다. 더 이상 고마워하지도 두려워지지도 않을 때까지 의뢰인 메일을 죄 열어 보다 첨부 문서 여럿 가운데 하나를 열었다. 파일명은 '일본 고용법'으로 대충대충 훑어보다 잠시 손을 놓았고, 다시 페이지를 쭉쭉 넘기다 시선을 끄는 조항을 골라 읽었다.

제 7 장 정년퇴직 및 해고

(정년 등)
제 38 조
직원의 정년은 만 65세로 하고 정년에 이른 날이 속하는 달의 말일을 가지고 은퇴한다.

(퇴직)
제 39 조
전 조항(제38조)에서 정하는 것 외에, 직원이 다음 중 하나에 해당하는 때에는 퇴직한다.

① 퇴직을 청원 회사에서 승인된 때 또는 퇴직 원을 제출하고 14일이 경과한 때.

② 기간을 정하여 고용되는 경우 그 기간이 만료된 때.

③ 사망했을 때.

다시 넘기려다 말고 정년퇴직에 관한 조항을 한 번 더 읽었다. 혹시나 해서 아빠의 나이를 따져 봤지만 아무리 하여도 기억해 낼 수가 없었다. 대략 예순에서 예순둘 사이로 어림잡았는데, 다 떠나서 아빠는 오늘 당장 퇴직할지도 몰랐다. 아빠는 하루걸러 계단을 내려간다. 계단을 내려가면 무수히 많은 주어들과 부딪친다. 처음에는 싸워 이길지 몰라도 부딪치면 부딪칠수록 두려워진다. 법적 구속력을 지닌, 그 거대한 타동사 앞에서는 다들 납작 엎드린다. 아빠는 돈을 벌어오지 못하게 되는 순간, 그나마 하나 있던 타동사마저 잃게 된다. 그러면 나랑 동생처럼 목적어 자리로 밀려난다. 이 순간을 얼마나 오래 기다렸나 싶으면서도 앞으로 어떻게 해야 하나 천장만 올려다봤다. 아무리 엄마의 타동사라 할지라도 나와 동생과 그리고 아빠까지 건사할 수는 없었다. 몸부림치며 미쳐 날뛸 것만 같은 기분을 죽을힘을 다해 억눌렀다. 심호흡을 크게 하고 나서 다시 마우스를 이리저리 놀려 보았다. 관련 정보를 죄 열어 보는 동안 나도 모르게 머리칼을 마구 헝클어뜨리고 있다는 걸 깨달았다. 소액 결제로 논문 몇 편과 기사 몇 토막을 받아 열었더니, 하나같이 우리나라 정년퇴직 기준은 만 60세라고 적혀 있었다. 나는 아아, 앓는 소리를 내며 방문을 확 열어젖히고 번역 중이던 문서를 닫았다. 문서가 닫히자마자 메일을 닫았다. 메일이 닫히자마자 메일함을 닫았다. 메일함이 닫히자마자 포털 사이트를 닫았다. 포털 사이트가 닫히자마자 웹 브라우저를 닫았다. 웹 브라우저가 닫히자마자 노트북을 닫았다. 너무 많이 열고 닫았더니 타동사가 바닥났다.

어지러워져서 침대에 누웠다. 눈앞이 흐려지는가 싶더니 눈이 저절로 감겼다. 온몸이 차가워지고 오슬오슬 떨렸다. 몇 푼 안 되는 타동사를 모으는 족족 이렇게 다 써버릴 셈이야? 그러면 하나든 둘이든 커다란 타동사는 결코 거머쥐지 못할 거야. 결코 거머쥐지 못할 거야. 거머쥐지 못할 거야. 못할 거야. 못해. 못해. 못해. 못해. 못해. 귀에 못이 박힐 정도로. 못. 못. 못. 못. 못. 못. 못. 못. 못. 못. 못. 못. 못. 못. 그기 아이라 카이. 못. 못. 못. 못. 못. 여보야 요새 젊은 아들. 못. 못. 못. 못. 못. 못. 못. 못.

못. 못. 못. 못. 못. 못. 못. 어뜬 줄 아나? 못. 못. 못. 못. 못.
못. 못. 못. 못. 못. 못. 못. 못. 못. 현장에 반장님 없능교? 못.
못. 못. 못. 못. 못. 반장도 내 없으믄. 못. 못. 못. 못. 못. 못.
못. 못. 못. 못. 못. 못. 못. 못. 일이 안 된다 카더라. 못. 못.
못. 그라믄 내가. 못. 못. 못. 못. 못. 못. 못. 못. 못. 못. 못.
못. 못. 못. 못. 못. 못. 내일 확인해 볼게예. 못. 못. 못. 못.
못. 못. 아침에 내 가면 눈만. 못. 못. 못. 못. 못. 못. 못. 못.
못. 못. 못. 못. 못. 못. 껌뻑껌뻑하고 있는 기라. 못. 못. 못.
못. 못. 못. 못. 못. 못. 못. 못. 못. 못. 못. 그라게심더. 못.
못. 빨리 잠 좀 자라고. 못. 못. 못. 못. 아아냐, 네가 무슨. 못.
못. 못. 마주쳐도 그냥 무시해버려. 못. 못. 못. 못. 못. 못. 못.
못. 못. 못. 못. 못. 못. 못. 배고플 텐데 어서 밥부터 먹어. 못.
못. 못. 못. 하고 싶은 대로 하면 되지. 못. 못. 못. 못. 못. 못.
못. 못. 못. 못. 못. 못. 못. 못. 못. 아아냐, 네가 무슨. 못. 못.
못. 못. 못. 못. 요즘은 엄마도 할 말 다 해. 못. 못. 못. 못. 못.
못. 못. 못. 못. 못. 못. 못. 못. 못. 아아냐, 네가 무슨. 못.
못. 여긴 아빠 집도 아닌데 뭐. 못. 못. 못. 못. 못. 못. 못. 못.
못. 못. 못. 못. 못. 못. 못. 못. 2층에 금이 갔나 봐. 못. 못.
못. 못. 못. 못. 못. 대못을 쳐서. 못. 못. 못. 못. 못. 못. 못.
못. 못. 못. 못. 못. 못. 못. 못. 못. 천장을. 못. 못. 못. 못.
못. 못. 아아냐, 네가 무슨. 못. 못. 못. 못. 부술지도 몰라. 못.
못. 못. 못. 못. 못. 못. 못. 못. 못. 못. 못. 못. 못. 못. 못.
못. 못. 못. 못. 못. 못. 못. 못. 못. 못. 못. 못. 못. 못. 못.
못. 못. 못. 못. 못. 못. 못. 못. 못. 못. 못. 못. 못. 못. 못.
못. 못. 못. 못. 못. 못. 못. 못. 못. 못. 못. 못. 못. 못. 못.
못. 못. 못. 못. 못. 못. 못. 못. 못. 못. 못. 못. 못. 못. 못.
못. 못. 못. 못. 못. 못. 못. 못. 못. 못. 못. 못. 못. 못. 못.

못. 못. 못. 못. 못. 못. 못. 못. 못. 못. 못. 못. 못. 못. 못.
못. 못. 못. 못. 못. 못. 못.　　　못. 못. 못. 못. 못. 못. 못.
못. 못. 못. 못. 못. 못.　　책장　　못. 못. 못. 못. 못.
못. 못. 못. 못. 못.　　책장　서랍장　　못. 못. 못. 못.
못. 못. 못. 못.　책장　　조명　　　방문　　못. 못. 못. 못.
못. 못. 못.　책장　공기청정기　라디에이터　　못. 못. 못.
못. 못. 못. 못.　침대　나　　의자　책상　　못. 못. 못. 못.
못. 못. 못. 못. 못.　옷걸이　　노트북　못. 못. 못. 못. 못.
못. 못. 못. 못. 못. 못.　블라인드　못. 못. 못. 못. 못.
못. 못. 못. 못. 못. 못. 못.　　　못. 못. 못. 못. 못. 못.
못. 못. 못. 못. 못. 못. 못. 못. 못. 못. 못. 못. 못. 못.
못. 못
　못
　못
　못
　못
　목못요일
　못

　머릿속이 밤새 울린 탓에 목부터 어깻죽지까지 결렸다. 옆집은 아침부터 공사를 하려는지 자재를 연신 옥상으로 나르기도 하고 괄괄한 목소리로 한바탕 웃기도 했다. 반면 여기 집안에서는 어쩐 일인지 아무런 소리도 나지 않았다. 이미 나를 괴롭히고도 남았을 아빠 차가 오늘따라 보이지 않았다. 창가에 우두커니 서 있을 때 냉장고 여닫히는 소리가 들려왔다. 혹시 아빠가 지금 내 방에다 귀를 대고 있는 건 아닐까 싶어 문손잡이에서 멀찌감치 떨어졌다. 나는 방에 꼼짝없이 갇혀 있으면서 계속 안절부절못했다. 방광이 터질 것만 같아 앉았다가 일어났다가 다시 앉았다. 방바닥에 누웠다가 꿇어앉았다가 얼마 안 있어 다시 일어났다. 그때 방문이 꼭 안 닫혀 있었는지 바람결에 홱 열렸다. 순간 너무 놀란 나머지 뒤에 있던 의자에 걸려 넘어졌다. 엄마가 현관문을 닫다 말고 이쪽으로 달려왔다.

"저런, 안 다쳤니?"

"응."

햇살이 현관과 거실을 지나 내 방을 잠깐 기웃거렸다. 아빠의 신발이나 청색 작업복은 다행히 보이지 않았고, 대신 둘둘 말린 하얀색 벽지와 신문지만 눈에 들어왔다.

"배고프지? 어서 와 밥 먹어."

"응."

엄마는 내게 아침 식사를 차려 주고, 냄비에 밀가루 풀을 쑤기 시작했다.

"내일은 하루 휴가 신청했다고 사람들이랑 술 마신대. 오늘은 거기 기숙사에서 잘 거고."

비로소 입맛이 돌고 밥이 목에 넘어갔다. 아빠가 없어지니까 아빠의 타동사도 사라졌다. 이제 1층부터 3층까지 우리 집은 엄마의 타동사가 차지했다.

"글쎄, 집에 사람들을 끌고 온다는데, 미쳤어? 안 된다고 했지."

"어어, 근데 옆집은 방수 공사하나 보네."

"응? 아 그러게. 강판으로 옥상을 덮을 건가 봐. 남자 여럿이 엄청 낑낑대네. 그러고 보면 엄마는 여자 혼자서 참 대단하지?"

엄마는 부엌 창으로 옆집을 힐끔거리며 신나게 주걱을 저었다. 집안에서 다른 주어와 부딪칠 일 없으니 콧노래까지 흥얼거렸다. 다시 입맛이 달아나고 밥이 목구멍으로 넘어가지 않았다. 식탁에서 일어나 소파에 널브러져 있다가 슬그머니 화장실로 들어갔다. 넋이 나간 채로 변기에 오래도록 앉아 있었다. 다리가 저려 오는 것도 한참 만에 느껴졌다. 그때 톱니바퀴 소리가 희미하게 들려왔다. 분명 동생 방 문손잡이가 천천히 돌아가고 있었다. 방문이 빠끔히 열리고 믿기지 않았지만 동생이 방에서 나왔다. 잠이 덜 깬 듯한 느려 터진 목소리가 귀에 들어왔다.

"아직도, 뭐가, 남았어?"

"응. 엄마는 내려가서 도배 좀 하고 올게."

동생의 하품이 길게 이어졌다.

"엄마아, 그걸, 혼자서, 다 하려고?"

한다는 건 타동사이므로 순식간에 나를 찌르고 들어왔다. 동생이 갑자기 주어로 느껴지고 화장실에 숨어 있는데도 온몸에 식은땀이 흘렀다. 엄마는 바로 전 동생의 말을 받았다.

"그럼, 혼자 하지."

"그래도……"

"아니야. 무슨 말인지는 알겠는데. 조용히 해."

타동사가 한 번 더 나를 찌르고 들어왔다. 이 와중에도 나는 누가 화장실 문을 열까 봐 안절부절못했다. 바로 어제 두 동강 나버린 나의 타동사도 자꾸만 눈에 아른거렸다. 엄마는 방문을 닫으면서 동생에게 단단히 일러두었다.

"추우니까 나갈 때 따뜻하게 입어. 오후에 아르바이트 마치면 꼭 전화하고."

귀가 한순간에 뜨이면서 이제야 머리가 돌아가는 듯했다. 아르바이트를 하면 돈을 벌 수 있다. 돈을 벌면 큰소리를 낼 수 있다. 버는 것은 타동사이다. 큰소리를 낼 줄 알면 처음 얼마 동안은 두려워지지 않는다. 계단을 내려갈 때도 나를 깎아내릴 때도 두려워지지 않는다. 동생도 곧 내게 용돈을 주는 건 아닐까, 공무원 시험은 아예 때려치운 걸까, 아니면 아르바이트와 병행하는 걸까, 하나부터 열까지 걱정됐지만 조금 뒤엔 전부 부질없는 짓으로 여겨졌다.

맥이 풀린 채로 오랫동안 앉아 있었다. 잠시 후 현관문이 여닫히고 엄마가 계단을 내려갔다. 곧이어 또 현관문이 여닫히고 동생이 계단을 내려갔다. 두 번 모두 발소리 때문에 계단이 울렸지만 곧 사라졌다. 엄마가 없어지니까 엄마의 타동사도 사라졌다. 동생이 없어지니까 동생의 타동사 역시 사라졌다. 타동사가 남김없이 사라지자 나는 더 이상 목적어가 아니었고, 물론 여전히 주어는 아니었다. 아무것도 아닌 나는 그럼에도 있었다. 문장 밖에 있었고 문법 너머에 있었다.

하지만 그런 상태는 오래 지속되지 않았다. 갑자기 밖에서 타동사가 집안을 흔들어 댔다. 옆집에서 언성을 높여가며 말다툼을 벌이고 있었다. 집은 계속해서 흔들리고 나는 다시 문법에 사로잡히면서 문장 속 목적어 자리로 떨어졌다. 처음에는 공사 도중에 무슨 문제라도 생겼나 싶었는데, 어쩐지 그쪽에서 엄마의 목소리가 울려오는 듯했다. 작은 부엌 창으로는 잘 보이지 않았지만 환풍기 파이프를 타고 소리가 들어왔다. 엄마는 계단을 내려갔기 때문에 옆집 주어와 부딪치고 말았다.

"저기 아주머니, 내 집에다 덮개도 맘대로 못 씌워요?"

엄마도 스스로 주어라는 걸 알고, 똑 부러지게 따지고 들었다.

"여기 좀 보세요. 배수관 구멍을 우리 집 쪽으로 내시면 안 되죠."

"아니, 여기가 아주머니 댁이에요? 예? 아주머니 댁이냐고요."

"물이 우리 집 보일러실로 떨어지잖아요. 저러면 또 곰팡이 슬 텐데, 우리는 어떡해요."

"어디요, 뭐, 보일러실이요?"

"네."

"무슨 소리를 하시는 거예요? 아주머니네 담벼락 끝에만 스칠까 말까 구만."

"……"

옆집 주어가 엄마의 타동사를 두 동강 냈는지 더 이상 소리가 이어지지 않았다. 서 있지 못할 만큼 숨이 가빠지고 피가 마르더니 팔다리는 따로 놀았다. 높이는 것을 규정될 수는 없다. 낮추는 것도 규정될 수 없다. 반면, 높이는 것을 규정할 수는 있다. 낮추는 것도 규정할 수 있다. 나는 규정할 수 있다고 소리 내어 읊조려 봤다. 덕분에 전에 없던 용기를 낼 수 있었다. 몸이 커 보이게 황급히 항공 점퍼를 찾아 걸치고 현관문을 있는 힘껏 밀었다. 설마 말싸움이 몸싸움으로 번진 건 아니겠지. 옆집 주어가 엄마를 목적어로 만든 건 아니겠지. 갔는데 타동사가 날아오면 어떻게 맞받아치지. 그때 황소바람이 창문을 요란하게 뒤흔들었다. 어찌 손쓸 새 없이 현관문도 재빨리 닫아 버렸다. 다시 현관문을 열면 되는데, 감히 엄두가 나지 않았다. 목이 잠겨서 이제는 아무런 소리도 나오지 않았다. 타동사도 없이 갔다가 우스운 꼴만 될 것 같았다. 당장 계단조차 내려갈 수가 없었다. 마침 거실 전화기가 눈에 들어왔다. 경찰, 경찰밖에 없다는 생각이 스쳤다. 그와 동시에 계단 올라오는 소리가 들렸다. 소리는 조금씩 커지고 가까워졌다. 그림자 하나가 창가에 어른거렸다. 얼굴에 피가 몰리고 똥줄이 타들어 가고 있을 때 뜻밖에도 엄마가 현관문을 열고 들어왔다.

"아휴, 사람들이 왜 그러냐."

엄마는 질렸다는 표정만 짓고 있었다. 다행히 어디 잘못된 데도 없어 보였다. 나는 기어 들어가는 목소리로 어물거렸다.

"뭐가 우리 집 쪽으로 넘어온 거지?"

"응. 말이 안 통해서 잠깐 기다려 보시라 하고, 아빠한테 전화했네. 그렇게 하시면 안 된다고, 아빠가 설명하니까 그제야 알겠다더라."

우두커니 서 있는데 느닷없이 오금이 저려 왔다. 옆집 주어 때문만은 아니라고 생각되었다. 아빠는 생각보다 훨씬 커다란 타동사를 갖고 있었다. 타동사 단 하나로 옆집 주어를 단숨에, 그것도 전화 한 통으로 물리칠 수 있었다. 덤빌 테면 덤벼 보라고 실은 나를 두고 비아냥거리는 듯했다. 엄마는 속이 다 후련한지 아빠에게 전화를 걸어 상황을 보고했다. 월세를 받으면 엄마는 지금보다 큰소리를 낼 수 있다. 법적으로는 이미 우리 집도 가지고 있다. 받는 것도, 가지는 것도 타동사이다. 아빠는 돈을 벌어올 뿐만 아니라 실은 집도 잘 지킨다. 도합 네 개의 타동사는 당연히 큰소리를 낼 수 있다. 아빠는 돈을 못 벌어오게 되어도 집은 꾸준히 잘 지킬 것이다. 도합 세 개의 타동사는 여전히 큰소리를 낼 수 있다. 동생도 아르바이트를 시작했고 곧 월급도 받을 것이다. 나만 떨어져 나왔구나 싶어 주춤주춤 뒤로 물러섰다. 그리고 어쩔 수 없이 고마워했다. 아빠에게 고마워할 수밖에 없었다. 고마워하고 또 고마워해서 차라리 펑펑 소리 내어 울고 싶었는데, 그런 일은 일어나지 않았다. 그냥, 고마워했다.

금요일

보스턴백을 어깨에 메고 현관문을 천천히 열었다. 구둣주걱을 사용해서 운동화를 신고 밖을 내다보았다. 조용히 현관문을 닫으며 시리도록 청량한 아침 공기를 들이마셨다. 밤새 내린 비로 대리석 특유의 냄새와 촉촉한 부엽토 냄새가 올라왔다. 파르스름한 가로등 불빛도 얼마 만에 보는 건지 낯설게 느껴졌다. 나는 몇 계단 아래에 떨어져 있는 신문을 집어 베란다 위에 올려놓았다. 간밤에 유명인이 자살했다는 기사를 힐끗 본 뒤 걸음을 재촉했다. 이렇게 꾸물거리고 있다간 아빠와 마주칠지도 몰랐다. 내게 승산이 없다는 걸 깨달은 뒤로 진지하게 고민해 봤다. 집에 머물러야 하는 이유를 밤새 스스로에게 물었지만 끝내 대답하지 못했다. 평생 목적어로 사느니 사라지기로 마음먹었다. 계단을 내려가는데 생각보다 발걸음이 쉽게 떨어져서 헛웃음을 짓고 말았다. 대문을 열고 집 앞 언덕을 내려가며 발소리를 크게도 작게도 내 보았다.

낯선 동네라 조금 걱정했지만 다행히 제대로 찾아왔다. 간판 끄트머리에 맺힌 빗물이 똑똑 떨어지는 걸 보았다. 여기 단층짜리 직업소개소 앞에는 빈 승합차 한 대만 세워져 있었다. 나는 주위를 둘러보다 물기가 없는 장의자 위에 짐을 내려놓았다. 더러워져도 상관없는 낡은 청바지를 입고 오길 잘한 것 같았다. 물을 마시고 잔기침을 하며 목을 가다듬었다. 새하얀 입김이 차가운 공기 중에 흩어졌다. 침을 한 번 삼키고 나서 패기 있게 타동사를 연습해 보았다.

"일은 아무거나…… 다시, 아아, 몸 쓰는 일은 뭐든 자신 있습니다. 장점은 큰 목소리입니다. 여기서 멀리…… 아니, 기숙사 생활도 괜찮습니다. 잘 부탁드립니다."

지금쯤이면 아빠가 주차를 하고 계단을 올라왔을 것이다. 엄마도 동생도 이제 막 하루를 시작했을 것이다. 이러한 일상으로 미루어 앞으로 일어날 일도 짐작해 볼 수 있었다. 소리가 크면 반드시 목적어를 괴롭힌다. 타동사는 발산의 성질을 띠고 있어서 소리가 크다. 따라서 타동사는 반드시 목적어를 괴롭힌다. 하지만 목적어가 사라지면 괴롭히지 못한다. 괴롭히지 못하면 타동사는 기능을 상실한다. 타동사가 기능을 상실하면 결국 주어도 기능을 상실한다.

이 소설을 쓰고 있을 때로 기억한다. 우연히 찍힌 내 사진에서 작중 주인공의 얼굴을 보았다. 웃는 얼굴 위에 뜬 서글픈 눈동자와 당장 한숨이라도 쉴 것 같은 표정을 잊을 수가 없다.

작중 주인공이 되어 생활하는 동안 '절망'이라는 단어가 머릿속에서 떠나지 않았다. 수백 번 문장을 읽고 나면 꿈에서까지 같은 괴로움에 시달려야 했고, 그러다 가끔은 소리를 지르며 깨어나기도 했다.

문학 작품을 즐길 때는 작가의 진실성을 눈여겨본다. 작중 인물과 작가가 가까이 지낼수록 세상 어디에도 없는 이야기가 만들어진다고 믿는다. 나는 작중 인물과 같은 처지에 놓인 사람들을 생각하며 이 소설을 썼다. 누군가의 삶을 기록한다는 심정으로 매 순간 신중하고 아프게 적어 내려갔다. 앞으로도 이 마음 변치 않을 것을 당선 소감을 통해 꼭 밝히고 싶었다.

이제 당선의 기쁨은 고이 접어 두고 새로운 이야기를 쓰고자 한다. 아직 역량이 부족해서, 때가 되지 않아서, 생각의 정리가 필요해서 머릿속에 묵혀둔 이야기도 어서 꺼낼 날을 기다려 본다. 시간이 걸리더라도 내가 좋아하는 글, 내가 세상을 바라보는 시각과, 언어로 할 수 있는 실험정신을 지켜 나가겠다.

늦었지만 심사위원 선생님께, 경인일보 관계자 분들, 나를 오래도록 지켜봐 온 사람들, 그리고 「타동사 연습」을 끝까지 읽어준 모든 분들께 머리 숙여 감사드린다.

재미있는 비유를 통해 지금의 세태를 풀어나간
발상이 신선하다

2019 신춘문예 소설부문은 그 어느 때보다 경쟁이 치열했다. 예년보다 편수가 많았던 탓도 있지만, 읽을만한 소설의 구조를 갖춘 작품들이 많아 심사위원들의 고민이 깊었다.

당선작인 「타동사 연습」은 서사를 풀어가는 방식에서 심사위원에게 신선함을 안겼다.

소설은 나이가 들어도 부모의 그늘을 벗어나지 못하는, 수동적인 인생을 사는 젊은 세대의 단상을 주제 삼아 그럴 수밖에 없는 그들의 모습을 이해하면서도 비판적 시각 또한 겸비했다는 평가다.

무엇보다 세태를 풍자하는 방식의 새로움을 높게 평가받았다. 주인공인 자기 자신이 타동사의 목적어로서만 기능했다는 점을 인지하고, 인생을 스스로 책임지고 살 길을 찾아나가는 과정을 타동사로 비유하면서 힘있게 풀어나갔다.

소설 부문 심사를 맡은 홍정선 심사위원(평론가)은 "소설이란 것이 모두 아는 이야기가 주제일 수밖에 없다. 결국 써나가는 방식의 차이로 다른 평가를 받는데, 그런 면에서 현 세태를 풀어가는 방식이 독창적이었다"고 평가했다.

「타동사 연습」과 함께 최종 후보작으로 경쟁했던 「총부리」와 「불편한 골짜기」는 제법 소설다운 모습을 구축하고 있다는 점에서 좋은 평가를 얻었지만 주제가 진부하다는 평가도 이어졌다.

베트남 전쟁에 참전한 한국군의 잔인한 폭력성을 주제로 다룬 「총부리」는 이야기를 만들어가는 힘과 재미가 있지만, 독자가 이해하기 어려운 소설가 특유의 도그마가 눈에 띄어 호불호가 가릴 수 있다고 평가받았다.

인공지능 로봇과 첫사랑을 주제로 한 불편한 「골짜기」의 경우 플롯은 색다른 맛이 있지만, 파편적으로 흩어진 이야기가 하나의 주제로 모이지 않으면서 소설이 주는 정서적 의미가 미약했다고 평가했다.

이번 심사를 마친 심사위원들은 소설가의 진정성을 강조했다.

정과리 심사위원(평론가·연세대 교수)은 "많은 작품들이 세상의 이야기를 쓰고 있지만 주관적 시각이 강하고, 이야기의 범위가 '나'에 한정됐다"며 "소설은 어디까지나 더불어 사는 세상의 이야기다. 경험의 폭을 넓히고 시야를 넓게 가지는 연습을 통해 보편적 의미를 끌어내야 한다"고 조언했다.

경향신문 류시은

1982년 서울 출생
이화여자대학교 국어국문학과 졸업

나나

류시은

그 장면은 오래 생각하고 그린 마지막 컷 같았어. 난간에 앉은 나나의 뒷모습을 보는데 차마 내려오라고 할 수 없었지. 물탱크 옆 수도관에 걸터앉아 기다렸어. 발아래 엉켜있는 것이 식물 줄기인지 전선인지도 구분되지 않던 캄캄한 밤이었어. 한참 먼 곳을 바라보던 나나가 한숨을 내쉬는데 입에서 말풍선이 나오는 것 같더라. 천천히 흩어져 옅어진 숨 위로 몇 글자가 선명하게 떠올랐어.

나나를 잘 돌봐야 해.

그러니까 나는 그 말을 눈으로 본 셈이지. 나나의 입에서 나온 말이 맞는지 확인해야 했어.

잘 돌보라니, 어떻게?

나나가 가만히 고개를 돌리고 나를 보더라. 표정이 어땠는지는 미처 살피지 못했어. 들어야 할 대답이 있었거든. 몰아붙였어. 내가 때마다 주사기로 사료를 먹이고 항문을 닦아주고 병원도 데리고 다녔는데 여기서 어떻게 더 잘 돌보라는 말이냐며, 가끔 캔이나 던져주던 인간이 할 말이냐며 언성을 높였어. 나나가 이미 뛰어내린 줄도 모르고 소리를 질러댔네.

그날 밤 나는 무얼 했느냐고 물었지. 말리지 않고 대체 뭘 했느냐고. 글쎄, 아무것도 하지 않은 내게 재우쳐 묻는다면 방관이란 것을 했다고 대답할 수밖에 없겠구나. 다만 눈을 감고 서서 중얼거렸어.

끝났구나, 드디어.

빈 난간에서 불어오는 바람을 맞으며 가볍게 스트레칭을 했어. 차가운 수도관에 너무 오래 앉아 있었거든. 깊게 들이마신 숨을 다시 내쉬는데 아주 홀가분하더라. 같은 지점에서 뛰면 나는 추락하지 않고 가뿐히 착지할 수 있겠다는 착각에 휩싸였지. 아마 나나도 그랬을 거야. 분명 그 순간에는 그런 기분으로 나를 버렸을 거라 생각해. 마른 가지에서 떨어져 나간 나뭇잎 같은 마음.

나나를 처음 본 날이 언제였을까, 나나가 퇴원한 지 얼마 안 되던 날이었으니 계절은 아마 이맘때쯤이었을 텐데. 담당의가 나나에게 꼭 햇빛을 보여줘야 한다기에 아파트 단지를 산책하던 중이었어. 늘 그렇듯 한 손으로 나나의 축축한 손을 잡고, 괜찮아? 좀 어때? 같은 말을 수시로 건네며 나나의 표정을 살피고 있었지.

기분이 조금도 나아지지 않아.

조금만 걸었으니 그렇지.

나는 땀이 나도록 걸어야 효과가 있을 거라고 말하며 나나의 손을 잡아 끌었어. 마지못해 걸음의 속도를 따라 높이던 나나가 돌연 내 손을 쳐내더니 파란 트럭 앞에 쪼그려 앉더라. 주차된 트럭 아래에는 고양이 한 마리가 있었어. 머리를 까딱까딱 흔들며 우리를 올려다보는 새끼고양이가 부스러진 낙엽을 깔고 앉아 있었지.

연주야, 이 애 좀 봐.

온몸이 풍성한 흰 털인데 꼬리만 고등어 비늘 무늬인 머그컵만 한 짐승. 보드라운 솜뭉치에 미꾸라지가 머리를 박고 있는 것 같았지. 그건 단순한 생김의 문제가 아닌 듯했어. 유기된 품종 묘와 길고양이 사이에서 태어났을까. 네 발이 고사리처럼 안으로 꺾여있고 머리를 잘 가누지 못했거든. 한 눈에도 어떤 심각한 병에 걸려 어미에게 버려진 것 같았지. 나나는 내가 챙겨주지 않으면 아무것도 못 하는 주제에 그 병든 짐승을 집으로 데려가자고 조르더라. 무려 입양이라는 말을 쓰면서 말이야.

얘는 이제 네 동생이야.

나나는 밝게 웃었지만 나는 따라 웃을 수 없었어. 입양이란 말을 쉽게 입에 올리는 모습에 마음이 상했거든. 길에서 짐승을 데려오는 일에 우리 일을 빗대어 말하는 태도가 이해되지 않았지. 무엇보다 나나는 고양이를 좋아하지 않았어. 지민이 너도 알잖아. 네 이모가 꼬리 달린 것은 다 징그러워했던 거. 나는 모른 척하려 했어. 그런데 그 요망한 짐승이 나를 빤히 보더구나. 마치 내가 무슨 생각을 하는지 다 알고 있다는 듯 고개를 바짝 젖히더라고. 꺼림칙했어. 그 뿌연 겨울 아침 하늘 같은 두 눈동자가, 징그러울 만큼 매끄럽고 윤기 나는 꼬리가, 자동차 대시보드에 붙인 플라스틱 인형처럼 까딱까딱 흔들흔들. 한걸음 떨어져 그냥 알겠다고 했어.

그러자, 그렇게 하자.

언젠가부터 나는 알겠다는 말을 달고 살았으니 그날의 알겠다가 특별한 알겠다는 아니었지. 당장 감당할 일이 짐작되더라도 기분이 끝없이 가라앉더라도 우선 받아들이는 쪽을 택하는 것이 습관이 되어 있었으니까.

나나는 그 새끼 고양이에게 자기 이름을 붙이고는 바로 내게 떠맡겨 버렸어. 충분히 각오한 일이었는데도 어쩔 줄 모르겠더라. 그 작은 나나는 쉼 없이 머리를 움직이는 탓에 스스로 물도 마시지 못했거든. 병원에 데려가서 뇌성마비라는 진단을 받았어. 습식사료를 오래 불려 끼니때마다 주사기로 입에 넣어 주고 대소변도 매번 닦아줘야 한다고. 지금껏 어떻게 살아남을 수 있었는지 의아할 만큼 스스로 할 수 있는 일이 없더라. 마치 네 이모 나나처럼 말이야. 장난감 같은 바늘 없는 주사기와 사료 한 포대를 사 들고 집으로 오는데 헛웃음이 나오더라. 그 모든 번거로운 과정은 내 몫이었으니까. 나나와 또 다른 나나. 나에게는 돌보아야 할 것이 둘이 되어 버린 거야. 귀찮은 것이 둘.

지민아, 그런데 그 나나가 죽었어.

이제야 나는 둘 모두에게서 벗어나게 된 거야. 나나와 함께 살던 아파트는 법적 양자인 내 소유가 되었고, 여관방을 전전하며 죽을 날만 기다리던 나의 생모는 이 집으로 데려오게 되었지. 평생 볼 일 없을 거라 생각했던 엄마와 함께 지내게 되었지만 그래도 이 노인은 손 갈 일이 없어 견딜 만해. 오히려 내가 돌봄을 받는 쪽이 되었지. 책장으로 둘러싸인 작은 방에 종일 누워 있으면 노인이 끼니때마다 쟁반에 음식을 담아 오거든. 오랫동안 술집 주방에만 있어서인지 하나같이 싸구려 안줏거리 같지만 그래도 못 먹을 정도는 아니야. 나는 고양이 나나를 돌보는 일만 신경 쓰면 되었어. 그런데 그 꺼림칙한 짐승이 죽어버린 거야.

집에 쌓여 있던 만화책을 헌책방에 모두 처분한 날이었어. 돌아와 보니 나나가 빈 책장 맨 아래 칸에 들어가 웅크리고 있더라. 여느 고양이들처럼 앞발을 가지런히 모으고 얌전히 있기에 오히려 문제가 생겼다는 것을 알았지. 작은 몸통을 집어 드는데 뻣뻣한 개의 몸 같더라. 아, 개를 만져본 적 없었으니 플라스틱 인형에 더 가까웠다고 해야 할까. 스프링이 망가진 고양이 흔들인형 말이야. 손가락으로 더는 움직이지 않는 머리를 툭 건드려 봤어. 섬유탈취제 냄새가 올라오더라. 털이 군데군데 젖어 있었지. 축축한 몸뚱이를 안고 방을 나갔더니 개 사료 봉투를 뜯고 있던 노인이 먼저 말을 꺼냈어.

그 병신, 장 보고 와보니 죽어 있더라.

죽은 식물과 병든 동물은 집에 들이는 것이 아니라고 떠들어오던 노인이 내 눈치를 살피며 물었어.

설마 내가 죽였다고 생각하니?

대꾸 없이 거실을 가로지르는데 갈색 개가 꼬리를 말고 소파 밑으로 들어가더라. 이 집에 온 첫날부터 배변을 가리던 영민한 개, 뾰족한 주둥이로 사료를 와그작와그작 씹어 먹던 건강한 개. 노인이 술집을 나올 때 몰래 들고 온 유일한 짐. 그 개는 나나만 보면 이를 드러내고 으르렁거렸지. 나는 아무것도 물어보지 않았어. 나나의 털을 헤집어 개 이빨자국 따위를 찾아볼 생각도 하지 않았지. 어쩌다 나나를 죽이고 피를 씻어내고 섬유탈취제를 뿌리게 되었는지 따져 물을 여력이 없었거든. 여력이 없으니 궁금증도 일지 않더라. 나나를 안은 채 현관문을 열고 나왔어.

　이것은 자연사다. 책의 맨 마지막 장에서 기다리고 있는 우울한 결말 같은 것이다. 고양이가 되어 높은 곳에 올라갈 능력이 없다면, 몸을 피할 수 있는 곳이 겨우 책장 맨 아래 칸일 뿐이라면, 자연사나 다름없는 것이다. 엘리베이터를 기다리며 그렇게 중얼중얼 되뇌었어. 그리고 그날을 생각했지. 나나의 죽음도 마찬가지였다고. 자연사만큼이나 자연스러운 결말이었다고. 깊게 잠겨 바람만 겨우 새어 나오는 칼칼한 목으로 중얼거렸어. 몸이 떠오르는 듯한 기분 탓일까. 엘리베이터에 올랐는데 자연스레 20층 버튼으로 손이 향하더라. 어디가 되었든 꼭대기로 올라가지 않으면 안 될 것 같은 기분으로 옥상에 내렸어.

　늘 지니고 다니던 옥상 열쇠 복사본이 자물쇠 구멍에 그대로 들어맞더라. 사람들은 참 나태하기도 하지. 그런 재수 없는 사건이 있었는데도 자물쇠를 바꾸지 않고 두다니. 그렇게 나는 모든 나나가 떠난 뒤에야 처음 다시 그곳에 올라가게 된 거야. 난간에 기대어 한동안 둘러보았지. 특정한 지점을 본 것은 아니고 그냥 여기저기를. 멀리 뿌옇게 내다보이는 빌딩과 앙상한 나무들이 서 있는 뒷산과 아이들이 소리를 지르는 놀이터, 그 옆의 좁다란 공터를…… 느닷없이 궁금해지더라.

　나나를 잘 돌봐야 해.

　나나가 왜 그런 하나 마나 한 말을 던지고 떠났는지 알고 싶어지더라고. 너도 아마 그랬겠지. 몸이 아프도록 궁금증이 일었으니 그렇게 무섭게 쏟아댔겠지.

　지민아, 만화에는 홈통이라는 개념이 있어. 칸과 칸 사이를 띄어 놓아 생겨난 흰 공간, 그러니까 어떤 칸에서 다음 칸에 이르기까지 상상으로 뛰어넘어야 하는 시간의 틈 말이야. 알다시피 네 이모와 내가 함께 지낸 시간은 삼십 년에 가까워. 네가 살아온 시간보다 더 긴 기간이지. 나의 떠오르는 모든 기억을 털어놓는다 하더라도 홈통의 면적이 더 넓을 수밖에 없어. 네 멋대로 상상하게 될 몫이 생각보다 더 비대할 거라는 의미야. 자신이 없었어. 너에게 신뢰를 쌓지 못했으니까. 너의 물음에 어떤 그림을 그려서 내밀어야 할지 엄두가 나지 않더라. 아무리 세심하게 정지된 순간을 배열한다 하더라도 나나와 나의 시간들을, 그리고 우리의 홈통을 엉망으로 만들 것 같았지. 그때는 그게 싫었어. 내키지 않았지. 이상하게도 네 앞에서는 입이 떨어지지 않더라.

그래서인가, 장례를 치르는 동안 네가 쏟아낸 물음에 도무지 제대로 대답한 것이 없었어. 스스로를 방어해야 했거든. 나나를 빼닮은 네 입에서 쉼 없이 떠오르는 말풍선을 바늘로 터뜨리듯 소리를 질렀지. 몰랐어, 나는 몰랐다고! 누군가 다가와 내 어깨를 흔들어 말릴 때까지 몰랐다는 말만 반복했어. 물론 무얼 몰랐다는 것인지 생각하고 말한 것은 아니었어. 네 의혹에 대한 적절한 대답도 아니었고 사실도 아니었지. 변명하자면 나는 네 엄마와 외삼촌, 경찰 같은 껄끄러운 이들에게 우리의 마지막 순간에 대한 묘사를 몇 번이나 되풀이한 상태였거든. 고단하고 두렵고 괴로워서 그 장소를 벗어나고 싶은 마음뿐이었지.

다시 옥상에 올라와 서성이는데 네가 했던 말들이 떠오르더라. 하나하나 고스란히 되살아나 눈앞에 어른거리더라고. 네 말대로 이 아파트 옥상은 복잡한 구조로 되어 있어. 드러나지 않는 곳에 있다 보니 정리가 되지 않아 어수선하기도 하지. 낮 외출도 쉽지 않은 나나가 그 밤에 난간까지 넘어간다? 분명 혼자 계획했다고 상상하기 어렵겠지. 자물쇠로 잠겨있는 옥상 문을 따고 나무도 차도 없는 공터로 정확히 뛰어내린 행동은 사전답사 없이 했다고 믿기 힘들 거야. 무엇보다 내가 늘 나나 옆에 붙어 있다는 사실을 누구보다 잘 알고 있었으니 몰랐다는 변명이 더 미심쩍게 느껴졌겠지.

다 맞는 얘기야. 충동적인 행동이었다면 그냥 베란다에서 뛰었을 거야. 하지만 나나는 옥상을 택했어. 나는 몇 번이나 동행했지. 나나의 부탁으로 열쇠를 구해 복사한 것도 내가 한 짓이 맞아. 다만 처음 그곳에 간 것은 나무를 심기 위해서였어. 나나라는 이름의 나무를. 믿기지 않겠지만 그랬지.

연주야, 우리 옥상에 나무 한 그루만 심고 오자.

나무?

응, 나무. 내 이름이 들어간 나무가 있더라.

뭔데 그런 나무가 있어?

유칼립투스. 유칼립투스 중에 나나라는 종이 있더라. 그래서 유칼립투스 나나. 나나 나무.

나는 심호흡을 하고 짜증 섞인 목소리로 대답했어.

아……, 나나야, 알겠어. 잘 알겠는데. 옥상은 우리 소유가 아니야. 여기는 아파트잖아.

딱 한 그루만 심고 오자. 그럼 다 괜찮아질 것 같거든. 잠도 잘 자고 네 말도 잘 듣고 이상한 소리도 안 하고, 응? 응?

나나는 어린애처럼 졸라대기 시작했어. 20층 아파트 옥상에 나무를 심겠다는 말이 도저히 실현 가능한 일로 다가오지 않았지만 그냥 알겠다고 해버렸어.

그러자, 그렇게 하자.

병든 고양이를 내게 떠넘긴 것과 비슷한 행동 중 하나라고 여겼지. 집에 들인 화분이 하나둘 죽어 갈 때마다 나나의 상태가 어떻게 악화됐는지 지켜봐 왔으니 그런 기행도 해볼 만하겠다 싶었거든. 높은 곳에서 해를 받고, 창문을 열어주지 않아도 바람을 쐴 수 있다면, 그래서 그 나나라는 이름의 유칼립투스가 죽지 않고 잎을 무성하게 틔워만 준다면, 보는 것만으로도 무력감에 젖게 하는 병든 고양이 나나보다는 낫지 않을까…… 어처구니없게도 내가 그런 식으로 자신을 설득하고 있더라고.

옥상의 구조는 너도 봐서 알겠지만 물탱크와 굵은 파이프, 난간에 쉽게 접근하지 못하도록 군데군데 세워놓은 합판, 그밖에도 알 수 없는 시설들로 복잡하게 얽혀있어. 두어 번 그곳을 답사하고서야 흙을 채울 만한 곳을 찾았지. 어쩌다 마감이 그렇게 되었는지는 모르겠지만 배수구를 근처에 둔 오목한 공간이 마침 눈에 들어오더라. 뿌리가 제법 묵직한 유칼립투스 나나 묘목과 흙 포대를 어깨에 이고 옥상에 올라갔던 밤이었어. 나나가 좁은 난간에 기대어 바깥을 내다보더니 혼잣말처럼 중얼거리더구나.

여기서 같이 뛰면 되겠다.

뭐?

내가 반응을 보이자 나나는 곧 뒤를 돌아보며 동의를 구하듯 물었지.

어때, 손잡고 뛰면 끝내주겠지?

해맑게 웃으며 양 팔을 휘젓더라. 뛰어내리는 시늉을 하는 거였지. 나는 들고 있던 유칼립투스 묘목을 바닥에 던져버렸어. 양손으로 불그스름한 나무줄기를 주워서 부러뜨렸지. 잔가지도 손에 잡히는 대로 잡아 뜯고 얇은 포트 화분도 생수병 찌그러뜨리듯 마구 밟아버렸어. 그리고 나나를 엘리베이터까지 끌고 왔지. 화를 내려 했어. 못된 버릇이 든 아이를 훈육하듯 아주 엄하게. 마음을 약해지게 만든 그 모습을 보기 전까지는 분명 그럴 생각이었지. 그런데 나나가 쪼그리고 앉아 부러진 나뭇가지를 쓰다듬더라. 나뭇가지의 단면에서 배어 나온 수액이 자신의 몸에서 흐른 체액이라도 되는 듯 아프고 쓸쓸한 얼굴로. 결국 나는 나나를 안아 일으키며 늘 하던 말을 뱉을 수밖에 없었어.

알겠어, 그러자. 그렇게 하자, 우리.

오해는 마. 말만 그렇게 내뱉은 것일 뿐이니까. 그날 나나는 얌전히 집으로 내려갔고, 오랜만에 뜨거운 물로 목욕도 했어. 야식으로 만들어준 콩국수 한 그릇을 비운 뒤엔 병원에서 처방받은 약을 삼키고 금세 잠이 들었지. 다음 날 해가 뜨면 먼저 산책이라도 가자고 할 듯 컨디션이 좋아 보였단 말이야.

다만 나나가 일하는 것을 오랫동안 보지 못해 한 가지 놓친 것이 있었어. 너도 알겠지만 스크립트를 쓸 땐 정확한 상을 머릿속에 지녀야 해. 만화가가 바로 그림으로 표현할 수 있도록 구체적인 문장으로 묘사해줘야 하거든. 나나는 이야기를 구상하기 전에 꼭 사전답사를 했어. 외출을 그렇게 귀찮아하면서도 그때만큼은 분주하게 움직였지. 매번 나들이라는 핑계로 나를 어딘가 데려가곤 했는데, 나는 출판된 만화책을 접하고 나서야 그 나들이가 사전답사였다는 것을 알게 되곤 했지. 와, 우리 나나 정말 대단하네, 거기서 언제 그런 생각을 했어? 내가 만화를 보고 놀라는 순간을 나나는 즐겨 기다렸던 것 같아.

그러니까 나나는 유칼립투스 나나를 심겠다는 말로 나의 주의를 흩뜨려놓고는 자신의 다음 할 일을 구상했던 거야. 어느 지점에서 뛰면 차와 나무가 없는 시멘트 바닥으로 정확히 떨어질 수 있을지 구조를 살펴본 것이지. 구체적인 그림을 머릿속에 스케치한 다음엔 궁금해 했어. 같이 뛰어내리자고 했을 때 나라는 캐릭터가 내보일 반응을. 그 뿌연 겨울 아침 하늘같은 눈동자에 내가 무심코 짓는 표정을 담으려 했지.

네가 그랬지. 이모들은 말하는 것이 꼭 스무 살짜리 애들 같다고. 세상과 고립된 시간이 길어지면서 어리숙해졌다고. 틀린 말은 아니지. 나나와 나는 어느 시점에 중요한 것을 놓친 채로 몸만 늙어버렸으니까. 만년필과 스크린 톤을 쓰던 때였으니 지나치게 오래전이긴 하지만, 우리에게도 관대했던 시절이 없지 않았어. 십 년, 이십 년, 삼십 년…… 우리가 이렇게까지 오래 살 줄 몰랐던 걸까. 그때의 스토리작가는 고용인의 개념이었어. 출판 만화의 호시절이었고, 어쨌든 나나에게 일이 꾸준히 들어왔으니 이름을 드러내지 않아도 상관없다고 여겨졌지. 요즘 애들은 만화가를 '그작', 스토리작가를 '스작'이라고도 하더구나. '스작'의 이름을 올리는 일이 당연해졌잖아. 진작 당연해야 할 일이 이제야 당연해졌지만 나나는 당연해진 세계에 적응하지 못했지.

일이 완전히 끊기고 몇 해쯤 지났을까. 나나가 엉뚱한 말을 하더라. 자꾸 돈이 사라진다고, 누군가 통장에서 야금야금 돈을 빼돌리고 있다고. 의심되는 사람들의 리스트를 뽑았다는데, 옆집 할머니와 경비 아저씨, 상가의 약국 아르바이트생을 열거하는 거야. 당황했지만 차분히 상황을 읊어줬어. 돈이 왜 사라지냐고? 우리가 쓰기 때문이잖아. 버는 것 없이 쓰기만 하기 때문이잖아. 살아있는 것만으로도 돈은 사라져. 하지만 나나는 내 설명을 이해하려 하지 않았지. 말 배우는 어린애처럼 같은 질문을 반복하고 오래전 함께 작업했던 만화가들에게도 전화를 걸어 난감한 말을 해댔어. 우리 돈을 어디로 빼돌렸느냐고.

내가 떠나겠다는 말을 습관처럼 뱉던 무렵이었을까. 커다란 여행 가방을 챙겨 현관 앞으로 끌고 가면 나나는 달려와 무릎 꿇고 빌었어. 자기가 뭘 잘못했는지도 모르면서 다시는 안 그러겠다며 빌었지. 떠나겠다는 말이 괜찮은 협박이 된다는 걸 알게 되자 끊을 수가 없더라. 한바탕 소동을 치르고 나면 며칠은 지낼 만했으니까. 잘 먹고, 잘 자고, 이상한 말로 날 괴롭히지 않고……. 그 시기에 나나가 입양을 제안한 거야. 내가 자신보다 한 살 어리니까 가능할 거라고, 조건이 되더라고, 어느 레즈비언 커플이 그런 방식으로 가족이 되는 것을 봤다며 우리도 그렇게 하자더라고. 자신이 병원치료를 받기 전에 우리는 그 문제부터 해결해야만 한다고.

연주야, 이제 엄마가 말 잘 들을게.

한동안 나나는 나를 딸이라고 부르며 안정을 찾아가는 듯했어. 나나의 상식으로 가족은 끊을 수 있는 무엇이 아니었거든. 그래서 나의 과거를 상기하기 전까지만 간신히 괜찮을 수 있었던 거지. 사실 난 가족을 떠나기 위해 만화를 시작한 것이나 다름없었어. 열아홉에 만년필 한 자루만 들고 집을 뛰쳐나온 뒤로 한 번도 그들을 찾지 않았으니까. 출판사에서 마련해준 문하생 숙소, 나나를 처음 만나게 된 그 연남동 벽돌집이 내게는 쉼터 같은 역할을 했던 거야. 나나는 불현듯 그 사실을 기억해 내고는 눈에 띄게 의기소침해졌어. 상태도 더 악화되어 가까운 외출도 어렵게 됐지.

그런데 그 와중에 내 가족을 찾아내더라. 병원에 가는 일조차 녹록지 않은 몸으로 기어이 그들의 근황을 알아내더라고. 몇 해 전 병으로 죽은 아빠와 사기죄로 교도소에 복역 중인 오빠, 여관방을 전전하며 살고 있는 엄마에 대한 소식을 그 바람에 전해 듣게 되었지. 칸과 칸 사이, 홈통에 두어야 마땅했을 것들을 기어이 그림 칸 안으로 끄집어낸 거야. 나나는 나의 엄마였던 노인에게 안부랍시고 전화를 걸기 시작했어. 내가 듣는 앞에서 우리에 대해 함부로 떠들어댔지. 우리의 과거, 현재, 또 그 이후의 일어나지 않을 이야기까지 마구잡이로 늘어놓았어. 무료했던 노인은 다른 이들처럼 전화를 차단하지 않았으니 그 행위는 지속해서 이어질 수 있었고. 변명하자면 노인은 내가 부른 것이 아니라 그 계기로 아파트까지 들어오게 된 거야.

되짚어보면 그날, 나는 침대 옆자리가 비어있는 것을 깨닫고 다급히 1층으로 내려갔어. 너는 내가 곧장 놀이터로 향한 것이 이해가 안 된다고 했지만, 이렇게 얘기하면 설명이 될까. 놀이터에서는 나나가 떨어진 지점이 보여. 그때의 시점이니 떨어질 지점이라고 해야겠지. 주차된 차도 없고 나무도 풀도 없는 그 좁다란 공터 말이야. 나나가 말없이 밤에 사라진 건 처음이었으니 본능적으로 발이 그리로 향했지. 105동과 106동 사이, 아직 아무 일도 일어나지 않은 그 시멘트 바닥을 망연히 보고 서 있는데 그때 휴대폰 벨 소리가 울린 거야.

내 딸, 잠시 이리로 와 줄래?

그 캄캄한 밤에 20층 옥상에서 어떻게 나를 발견했는지 그렇게 말하더구나. 겨우 정신을 가다듬고 옥상으로 올라갔어. 휴대폰 불빛에 의지해 나나가 있을 거라고 짐작되는 곳으로 넘어갔지. 나나의 뒷모습을 봤어. 난간 밖으로 다리를 내놓고 앉아서 둥그스름한 등만 보이는 그 장면을. 막상 각오해 온 순간을 마주하자 단단한 자갈로 들어차 있던 마음이 모래알처럼 부스러지더라. 꼭 움켜쥐고 있던 어떤 알맹이가 푸슬푸슬 흩어지더라고. 그러자 나나가 작은 칸 속 그림처럼 느껴졌어. 마치 제목 아래 (완결)이라고 적힌 만화책을 펼친 듯했지. 지겹도록 오래 연재한 이야기의 마지막 페이지 말이야.

나는 가까이 다가가지 않았어. 물탱크 옆 수도관에 걸터앉았지. 서늘한 관 아래로 물의 흐름이 느껴지더라. 20층 아래 칸칸이 들어찬 영혼들을 먹이고 씻길 물이 하반신 아래로 흐르고 있었지. 그 자분자분한 물소리에 귀를 기울이며 나의 오랜 연인을 관망했어. 말하자면 방관. 어쩌면 기다렸다는 말로 내 행동을 순화해서 표현할 수도 있을 거야. 스스로 내려오기를 기다렸다고, 가까이 다가가면 무슨 일이 일어날지 몰라 거리를 두고 지켜봤다고. 하지만 기다린다는 행위는 관망과 다를 것이 없고 관망은 곧 방관과 한 몸이라는 사실을 그 순간에도 나는 인지하고 있었어. 다만 그런 나 자신을 모른 척 했지. 그때 그 말풍선을 보게 된 거야.

나나를 잘 돌봐야 해.

그 별것 아닌 텍스트가 흐릿하게 새겨진 말풍선을. 나는 여전히 그 말이 환각으로 머릿속에 각인된 문장인지 귀로 들은 현실 속 음성이었는지 확신이 안 돼. 그 하나 마나 한 부탁이 나나의 입에서 나온 것이 아니었더라면, '내 딸, 잠시 이리로 와 줄래?'가 마지막으로 들은 말이 되겠지. 이제와 그것을 따지는 것이 무슨 의미일까 싶지만 그 확인할 수 없는 사실이 불쑥 궁금해질 때면 온몸이 부스러질 듯 아파져 와.

오래전 그 비슷한 대화를 나눈 적이 있었지. 처음 같이 살 집을 구하고 반년쯤 지났을 무렵이었다. 마감을 앞둔 나나가 샌드위치를 먹고 싶다기에 삶은 감자와 달걀을 으깨고 절인 양파를 다져 넣어 마요네즈에 버무리고 있었어. 그 과정을 가만히 지켜보던 나나가 그 말을 꺼내더라.

나는 돈을 벌고, 너는 날 돌봐줘.

새삼 그게 무슨 말이냐고 물었지. 이미 그렇게 분담해서 살고 있는데 무슨 그런 노골적인 말을 하느냐고. 그러자 그냥 이렇게 오래 살았으면 좋겠다더라고. 나는 그 말을 청혼 비슷한 것으로 받아들였어. 뭐, 삼십 년 전의 연인들은 대체로 그렇게 살았으니, 우리도 그렇고 그렇게 흘러가나 보다, 막연히 생각했지.

덕분에 나는 더이상 만화 그리는 시늉을 하지 않아도 되었어. 나나가 다른 이름 있는 만화가들과 공동 작업을 해 나가는 동안, 맞은편 책상에서 꾸역꾸역 출판사 투고용 그림을 준비하는 일을 그만두어도 되었지. 아주 시원하더라. 나는 그 출판만화의 호황기에 능력을 증명하지 못했고, 그걸 만회할 의지나 열정도 부족했으니까. 무엇보다 내가 없으면 과자로 끼니를 때우다 죽을 수도 있는 나의 연인이 자신을 돌봐 달라는데, 만화를 그만둘 명분으로 그보다 더 아름다운 것이 있을까 싶었지.

네 키가 내 허리를 넘을 무렵이었나. 거실 벽에 붙어있던 일러스트 기억하니? 처음 둘이 살게 된 빌라에는 욕실에 남향으로 작은 창이 나 있었어. 낮에 불을 켜지 않아도 창으로 빛이 환하게 들어오는. 나나는 샤워할 때 문을 활짝 여는 버릇이 있었어. 언젠가 나나가 비누칠하는 모습을 지켜보는데 욕조에 걸터앉은 뒷모습이 문득 섬뜩하게 느껴지더라. 척추를 따라 미끄러지는 하얀 비누거품 때문이었을까. 습관적인 불안인지 곁눈으로 미래를 본 것인지는 모르겠지만 덜컥 겁이 났어. 그래서 불렀지. 가라앉으려는 목소리를 겨우 끌어 올려 소리를 질렀어.

나나야!

뒤늦게 돌아본 나나는 입에 물을 가득 머금은 채 웃더라. 장난기 가득한 얼굴로 샤워기 헤드를 입에 가져다 대고서. 돌이켜보면 그때 처음으로 말풍선 비슷한 것을 본 것 같네.

괜찮아 연주야, 우리는 오래 괜찮을 거야.

입을 꼭 다문 채 그렇게 말하더라고. 주저앉아 가슴을 쓸어내렸어. 도토리를 가득 문 다람쥐 같은 나나의 양 볼을 바라보면서. 그 장면을 잃고 싶지 않아 몰래 다람쥐 한 마리를 스케치해 놓았는데…… 나나가 어디서 찾았는지 그걸 거실 벽에 붙이고, 신기하게도 네가 그걸 알아보았지. 아직 학교도 들어가지 않은 네가 그림을 가리키며 물었어.

우리 이모를 왜 저렇게 만들었어요?

같은 음식을 먹고, 한 침대를 쓰고, 만화가 친구들을 초대하고, 누군가 우리에 대해 물어보면 늘 유연하게 넘기곤 했는데, 나는 왜 그 별것도 아닌 질문에 허둥댔을까. 대충 둘러대도 됐을 일에 왜 못 들은 척 화제를 돌렸을까. 너는 그런 나를 빤히 올려다봤어. 대답을 기다리는 얼굴은 아니었지. 다만 무슨 생각을 하는지 다 알겠다는 듯 천천히 고개를 끄덕일 뿐이었어. 위축되더라. 그 일러스트는 내가 오랜만에 만년필을 쥐고 그려 본 것이었거든. 그 다람쥐를 꿰뚫어 본 유일한 사람이 일곱 살의 너였지.

집으로 놀러 와 종일 만화책을 보던 나나의 조카들이 스물이 되고 서른

이 되고, 어느새 그 시절에 머물러 있는 우리보다 더 나이가 들어버렸네. 네 엄마와 미처 정리하지 못한 문제로 짧은 대화를 나누다 우연히 네 소식을 듣게 되었어. 학원을 차렸다고. 미술로 유학까지 다녀온 네가 학원을 차렸다기에 당연히 미술학원일 거라 생각했는데 영어학원이라 하더라. 제대로 들은 건지 확인하고 싶었지만 그럴 분위기도 아니었고, 주제넘은 행동인 것 같아 되묻는 것을 참고 넘겼어. 전화를 끊고 한숨 돌리는데 잊고 있던 기억 하나가 떠오르더라.

오래전 네가 건우와 유민이와 둘러앉아 그림을 그렸던 적 있지 않니. 그때 내가 그 애들만 집요하게 칭찬했던 일을 기억하니? 나는 조카들 중 너를 제일 예뻐했어. '지민이가 나중에 만화를 그리게 된다면…….'으로 시작되는 말을 몇 번이나 늘어놓던지. 스토리 작가는 자신이 만든 세계를 만화가에게 전달해야 해. 그 자체로 온전한 결과물이 될 수는 없지. 그 나머지를 내가 채워 줄 수 있을 거라 자만하던 시절이 있었어. 하나의 작품을 둘이서 습작하던 시절 말이야. 우리는 이상하리만큼 칸과 칸 사이, 흰 공간에 몰두하던 파트너였어. 드러내지 않은 표정과 꺼내지 못한 말과 저 아래로 흘러온 각각의 시간들, 칸보다는 홈통을 디자인하는 문제로 밤새 머리를 맞대고 놀았지. 그 꾹 눌러둔 장면이 너를 매개로 소환될 줄은 몰랐던 거야.

이제 와 고백하건대 그 애들 그림은 네 것에 비하면 낙서 수준이었어. 네 그림이 비교도 안 되게 좋았지. 나는 네가 도무지 이해가 안 된다는 표정으로 거실 구석에서 우는 것을 못 본 척했어. 빨갛게 충혈된 아이의 물고인 눈을 외면했지. 나의 유치한 질투와 철없는 마음으로 네가 그림에 관심 갖지 않기를, 만화를 꿈꾸지 않기를 간절히 기도했어. 언젠가 한 번은 고백해야겠다고 생각했는데, 이렇게나 늦어질 줄은 몰랐네. 늦어도 너무 늦어버렸지.

지민아, 나는 요즘 병원치료를 그만 뒀어. 지금은 필요시약을 먹고 간신히 기운을 차렸네. 그래서 이 주절거림이 헛소리가 될 수 있다는 걸 잘 알아. 내가 늘어놓은 모든 말을 홈통으로 처리해야 할 수도 있겠지. 하지만 어쩌겠니. 나는 이미 네 물음에 능력껏 응하기로 마음먹었고, 너는 재량껏 걸러 들을 수밖에. 다만 이 산만한 주절거림 속에서 어떤 장면을 선별할지, 단순 자살로 마무리된 그 일을 어떻게 해석할지, 각각의 페이지 당 칸은 몇 개로 구성할 것이며 어떤 그림체로 표현할지는 모두 네 몫으로 떠넘길 생각이야. 물론 듣지 않고 그 자리에서 폐기하는 것도 네 선택지에 있지.

  그날, 죽은 나나를 안고 다시 옥상에 올라갔던 날, 나는 기분 나쁜 홀가분함에 사로잡혀 있었어. 네 이모가 눈앞에서 사라진 날처럼 이상하게 몸이 가벼웠지. 이대로 난간에서 뛰면 나뭇잎처럼 바람을 타고 가다 고통 없는 곳에 사뿐히 착지할 수 있을 것만 같은 기분. 나나도 그런 마음으로 나를 떠났을까? 알고 싶어지더라. 견딜 수 없을 만큼 궁금해지더라. 썰늘한 바닥에 굳어가는 고양이를 내려두고 난간에 올라가 앉았어. 105동과 106동 사이, 누군가 물을 뿌려 청소해야 했던 나무도 차도 없는 공터를 내려다보았네. 난간에 손을 짚고 몸을 한껏 밖으로 기울였어. 눈을 감지 않았지. 눈이 아프게 시려 와도 깜빡이지 않고 아래를 보았어. 그런데 이상한 일이 일어나더라. 무게중심이 넘어가려던 순간 익숙한 목소리가 귓속으로 파고드는 거야.
  나는 돈을 벌고, 너는 날 돌봐줘.
  그 음성은 우리가 오래전 놓쳐버린 어떤 중요한 것에 대해 다급히 알리려는 듯했어. 그건 어리고 어리석은 두 영혼이 불안에 사로잡혀 필수적인 것을 도려내 버린 사건이었다고. 스스로 서는데 꼭 지녀야 할 기능을 하나씩 거세해 버린 불우한 계약이었다고. 말하자면 우리가 우습게 여겨온 어떤 것, 이를테면 많은 이들이 의심 없이 받아들여 왔던 '일반'의 방식 같은 것, 그 어색하고 불완전한 틀을 우리 관계에 빌려온 탓이었다고. 자신이 성급히 꺼낸 그 말이 우리를 완전히 고립시켰다고, 잘못했다고, 미안하다고.
  결국 나는 떨어졌어. 다만 끝없이 떨어져 내렸는데 정신을 차려보니 난간 안이었지. 누운 채 고개를 돌리니 죽은 나나가 눈에 들어오더라. 앞발도 뒤틀지 않고 머리도 흔들지 않으니 건강하게 살다 간 고양이와 다를 바 없어 보이더라. 사방이 어두컴컴해서 어느 부위가 흰 털이고 어느 부위가 검은 털인지 잘 구분되지 않아서일까. 내 도움 없이 물 한 모금 제대로 못 마시던 그 가엾은 짐승은 여기에 없더구나. 여전히 부드러운 털을 가만히 쓰다듬는데 어렴풋이 알겠더라. 고양이 따위 안중에도 없던 인간이 왜 그런 말을 남기고 갔는지.

나나는 분명 알고 있었어. 언제나 다 알고 있다는 눈으로 나를 지켜봐왔지. 나는 나나가 나 없이는 살 수 없는 불구라고 여겨왔는데, 나도 다르지 않았던 거야. 나나는 내가 알아채길 바라지 않았지. 그래서 쉼 없이 손가는 것들을 내 곁에 두고 내가 아프지 않기를 바랐어. 파란 트럭 아래 기우뚱 앉아있던 고양이와 눈이 마주친 순간에도, 나를 떠나기 위해 유칼립투스를 데려오던 날에도, 나나는 알고 있었어. 나나를 잘 돌봐야 한다는 마지막 말풍선은 나의 안위에 대한 당부였던 거야. 나나를 몇 번이나 잃고서야 나는 가까스로 알 게 되었네.

얇은 외투를 벗어 나나의 몸을 덮었어. 자그마한 네 발을 흐트러지지 않게 돌돌 감았지. 그리고 배수구 근처의 오목한 공간, 우리가 유칼립투스 나나를 심기로 했던 조그마한 웅덩이에 나나를 눕혔어. 화단에서 흙을 한가득 퍼와 그 위에 덮었네. 한 겹 덮고 다지고, 한 겹 덮고 다지고…… 몇 차례 반복하다 보니 멀리 빌딩 너머로 동이 터오더라. 빛은 조그마한 봉분 위로 금세 와 닿았지. 아름다웠어. 그 볼록한 갈색 봉분이 물을 머금은 누군가의 다람쥐 같은 볼을 연상시켰거든. 지민이 네가 그 장면을 봤어야 했어. 너라면 분명 그게 무엇인지 바로 알아봐 주었을 테니까.

당선 전화를 받고 눈앞에 한 사람을 떠올렸다. 어려운 고비마다 나를 다잡아준 온화하고 아름다운 얼굴을. 그 마음을 어떻게 다 갚을 수 있을까. 하성란 선생님께 깊은 존경과 사랑을 전합니다.

지난겨울 우울한 신년에 나나를 구상했다. 첫 장면도 끝 장면도 아팠던 소설이었다. 그사이 동계올림픽이 지나갔고, 겨울이 끝나갈 무렵 초고를 썼다. 추운 옥상에 머물러있던 나나를 꺼내어 주신 심사위원님들께 진심으로 감사드립니다. 덕분에 나나를 좋은 곳으로 보내 주었다고 믿을 수 있게 되었다. 흰 눈 밭 같은, 미끄러지는 빙판 같은 빈문서 앞에서, 그 믿음이 얼마나 간절했는지 모른다. 한 작품 한 작품 온 마음을 다해 빚어 가는 소설가가 되겠다.

곧 인쇄될 글에 짧은 각오를 더한다.

오십 년.

적어도 50년은 쓰고 죽을 것이다.

가까운 곳에서 힘이 되어 준 선영과 승희, 어디선가 이 모습을 봐 주고 있을 은하, 고독을 함께 해 온 글쓰기 친구들, 고생 많이 한 김종기, 엄마 류진하, 아빠 정태윤. 미안하고 고맙습니다. 모두 평안하고 건강하기를 저는 늘 바라고 있습니다. 그리고 지쳐가던 마음에 숨을 불어 넣어 준 나의 나무 올리브와 어린 식물들, 책상 위의 씨앗 유칼립투스 나나에게도 기쁨과 고마운 마음을 전합니다.

섬세한 심리 묘사…음영 · 여운 잘 전달

예심을 통해 본심에 올라온 작품은 총 9편이었다. 소설의 전면에 제시된 것이 지나치게 선명하고 분명해서 오히려 진실함과 절실함이 의심쩍게 느껴지는 작품이 많았다. 그럼에도 여러 차례에 걸친 반복된 독서 후에까지 우리 삶과 존재처럼 불가해한 느낌을 주면서 의미 있는 여운을 남기는 작품이 눈에 띄어 반가웠다.

「첫 번째 눈과 사라진 발자국」은 유려한 스타일과 안정적인 문장이 돋보였으나 밖으로 드러난 폭력성이 다소 과도하게 느껴졌다. 「케렌시아로」는 오랜 시간 공들인 솜씨가 엿보이는 작품이었는데, 전반적으로 주관적이고 감상적인 서술이 걸렸다. 「사계」는 문장과 구성이 안정적이고 나무랄 데 없었으나 다루는 세계가 지나치게 협소해 보편적 의미로 확대되지 못하고 있다는 점이 아쉬웠다.

당선 여부를 두고 집중적으로 논의한 작품은 「양수 씨를 보는 일」과 「나나」였다. 「양수 씨를 보는 일」은 우리 사회에 만연한 혐오와 편견이라는 문제를 시의적절하고 능숙하게 다루고 있다. 공정과 정의, 진실함을 대놓고 말하는 사람일수록 기실 얼마나 속물적이고 기만적인지를 잘 그려낸 작품이나 양수-나-기준이라는 인물 유형이 지나치게 평면적이고 전형적이며 소설 창작을 매개로 진정성 운운하는 장면이 주는 기시감이 너무 컸다.

「나나」는 섬세한 심리 묘사가 돋보이는 작품이다. 이 작품은 사람이 살아가면서 겪게 되는 인간관계의 형질 변화를 양육과 부양 같은 현실적 문제로 잘 드러냄으로써 자칫 감상적으로 치우칠 수 있는 서사를 균형감 있게 안착시켰다. 사랑하는 사람을 잃은 애틋함, 의무가 끝났을 때의 후련함, 남겨진 자의 고통 등 내면의 파동을 가늠할 줄 알고, 말할 수 있는 것과 이미 말해진 것, 말해지지 않은 것을 세밀히 조율해 음영과 여운을 잘 전달한 매력적인 작품이었다.

새로운 작가의 탄생을 진심으로 축하하며 아쉽게 다음을 기약하게 된 분들의 건필을 바란다.

광남일보 **김용훈**

1987년 서울 출생
가톨릭대학교 사회복지학 전공 (졸업)
은평구립도서관 사원(책단비 서비스 담당)으로 재직

광남일보

넥타이를 맨 그 사내는 왜 산으로 갔나

김용훈

산 너머 태양이 지고 있다. 이파리 하나 없는, 앙상한 나뭇가지 사이로 비치는 태양의 빛이 강렬하여 눈살을 찌푸리게 된다. 주름은 이중으로, 아니 삼중으로 지어서 내 살 속에다가 시들어버린 고통을 감춰버린다. 바람은 그다지 불지 않는데도 추위가 느껴진다. 흙에서 올라오는 차가운 기운이 몇 겹의 섬유를 비집고 들어와 살 속에 파고든다. 아직 태양이 남아있는 지금도 그렇다면, 태양이 지고난 후는 아마도 겨울의 매서움이 찾아올 테다. 나뭇잎이 몇 개 남아있지도 않은 발가벗은 은행나무는 주위에서 썩은 시체의 짙은 향을 맡으며 침체된 인생의 슬픔을 느끼는 듯하다. 나는 마찬가지로 썩어가는 나의 왼쪽 엄지발가락에서도 그와 비슷한 냄새가 날 것 같다고 생각했다. 당뇨병으로 괴사 중인, 살아있으나 죽어가는 나의 발가락. 쿱쿱하고 더러운 신발 속에서 평생을 살다가 그렇게 죽어가고 있을 나의 발가락은 이미 정상이 아니다. 아파도 아프다고 말도 못하고 진물만 쏟아내고 있는 나의 발가락은 정신이 나간 것이 분명하다. 아니, 발가락에 정신 같은 게 있을 리 없다. 그것은 생명, 온기, 피의 순환, 영양의 신비일 것이다. 그리고 이미 나의 발가락은 생명을 잃었다. 어쩌면 그것이 나의 인생인지도 모른다. 꺼져가는 생명 가운데 얼마 남지 않은 힘을 쥐어 짜내어 어두워지고 있는 산 중턱에 올라와 지고 있는 태양이나 바라보고 있는 나의 삶이 그것이다.

바스락 거리는 마른 낙엽의 마찰음이 들린다. 야생동물이라도 지나간 것 같다. 아마 다람쥐 쯤 되겠지. 어쩌면 그것은 야생의 쥐, 어두운 털을 덥고, 찍찍 거리는 괴상한 소리를 내고, 거대한 앞니로 썩은 고기를 갉아먹을지도 모를 그런 쥐새끼일지도 모른다. 혹은 들개일수도 있겠지. 쥐라고? 들개라고? 그 녀석들에게 썩은 피 냄새를 풍기고 다니는 나는 겨울나기에 좋은 먹잇감이 될지도 모르겠다. 그러나 나는 그런 잡스런 것들에게 먹히진 않을 것이다. 삶의 마지막에 찾아오는 것이 살점이 뜯겨나가는 고통이라니, 뼈가 분리되고 관절이 빠져버리는 통증이라니. 삶의 마지막까지도 고통을 안고 가기에는 빌어먹을 인생이 너무 저주스러운 것이 아닌가. 만약 신이 있다면 내가 들짐승에게 잡아먹히도록 하진 않을 것이다. 만에 하나 그런 일이 생긴다면 나는 그 신에게 찾아가 썩은 나의 왼쪽 엄지 발가락을 신의 입에다 집어넣고 막대사탕을 먹이듯 넣었다 뺏다를 반복하고 나서 양 손의 가운데 손가락을 높이 치켜들어 줄 것이다. 그런 생각을 하니 갑자기 헛웃음이 나왔다. 그래, 어쩌면 정말 그렇게 되어서 신이라는 작자를 농락하게 된다면, 그렇다면 나는 어쩐지 그깟 동물들의 이빨이고 끈적이는 침 따위는 견딜 수 있을지도.

어느새 태양이 나의 손톱만한 크기로 변했다. 손톱, 손톱의 긴 때, 손톱의 긴 때만도 못해져버린 빛이 상실되었다. 나는 당황하지 않고 빛을 잃어버린 숲의 공기를 내 폐에다가 집어넣었다. 어둠 따위, 이젠 무섭지도 않지.

주위가 보이지 않게 되었다. 그게 무슨 상관인가. 어차피 내 주위에는 아무것도 없었던 것을. 부모도, 친구도 없어진지 오래였다. 언제나 내 주위에 있던 것은 바로 이 것, 추울 때는 온기요, 주릴 때는 배부름인 이 소주가 아니었던가. 가방을 뒤적거려 까지 않은 소주 한 병을 꺼내었다.

121

그래, 내가 보이진 않아도 너는 느낄 수 있지. 이 찰랑거림은 분명 네가 여전히 가득하다는 것이고, 너를 마시면 내가 가득해진다는 것이겠지. 그럼 나는 조금씩 떨려오는 내 몸뚱이에게 마지막 온기를 선물 해줄 수 있을 것이야. 그건, 내가 인생에서 가장 잘 한 일이 되겠지. 아무렴. 그렇고말고. 어라. 이거 왜 안 열려. 손가락이 자꾸 병뚜껑에서 미끄러진다. 아니 손가락이 떨리고 있다. 손가락 끝까지 힘이 들어가질 않는다. 네가 찰랑거렸던 건 내 손이 흔들려서 그랬구나. 시뻘. 갑자기 욕지기가 썩은 내 나는 창자에서 게워져 나오기 시작했다. 마지막 온기까지 뺏어갈 거요? 정말 나를 이렇게 만들어야것소? 춥다. 손이 떨린다. 손을 따라 흔들리던 소주가 떨어진다. 소주가 손을 떠난다. 소주가……. 내 소주가! 흙바닥에 떨어졌다. 주우려고 땅을 뒤적여보지만 칠흑 같은 어둠 속에서 보이지가 않는다. 여기저기를 더듬다가 가시 같은 것이 손바닥을 긁는다. 아리는 것이 베엇나보다. 무엇에 베었는가. 얼마나 베었는가. 보이지 않으니 알 수가 없다. 그냥 아프다. 아픔이 밀려온다.

갑자기 신이고 나발이고, 서러움이 느껴진다. 으엉으엉. 소리를 내어 울어도 아무도 들을 사람이 없다. 나는 한참 동안 내가 알고 있는 모든 욕들을 내뱉었다. 그것 말고는 달리 내가 할 수 있는 것이 없었다.

한참을 목 놓아 울다가 가방에 있던 수건이 생각났다. 일단 피부터 막자. 가방을 뒤적여 내 땀이며 침이며 온갖 먼지가 묻어 찌릉내가 나는 수건을 찾았다. 수건을 꺼내어 통증이 느껴지는 오른쪽 손에 돌돌 말았다. 손이 떨려 잘 할 수 없었지만 어떻게든 했다.

나는 왜 여기까지 왔을까. 그냥 아무데서나 죽어도 괜찮지 않았을까. 어차피 사람들은 내가 잠을 자고 있는지 죽어 있는지 아무런 상관도 하지 않을 텐데. 사람들의 무관심 속에서 죽나 관심을 가져줄 사람들이 아무도 없는 곳에서 죽나 똑같은 것 아닌가. 그러나 난 이제까지 지하도 속에서, 정확히는 시멘트 바닥위에서 살아왔다. 마지막까지 그곳에서 죽음을 맞이하고, 나의 잔여물들이 하수구로 흘러들어가게끔 하고 싶지 않았다. 이곳에서 내 육신이 흙으로 뒤덮인다면, 다음 해에는 피어날 봄꽃의 양분이 될 수도 있을 것이다. 그렇다면 썩은 내 나는 나도 결국 향기가 될 수도 있을 테니까. 한번은 향기롭고 싶었으니까.

꽃을 생각하자 떠올리고 싶지 않았던 그 아이가 다시 떠올랐다. 제기랄. 그만 좀 머릿속에서 사라져주었으면 좋겠다. 풀리지 않을 매듭이라면 그냥 잘라버리는 것 밖에 방법이 없음에도, 나는 매듭을 자를 힘조차 없는 것 같다. 천 원짜리 몇 장, 가끔은 배춧잎 하나, 어쩌다 빵이랑 우유나 들어있었던, 때가 군데군데 끼어서 검은색으로 변한 빨간 바구니 속에 갑자기 하얀색 국화꽃이 들어있던 때가 있었다. 나 같은 놈도 그게 얼마나 어처구니없는 것인지 깨달아 한나절은 시멘트 바닥만 보던 눈을 들어 꽃을 놓고 선 형체를 보았다. 이제 막 이십대쯤 되어 보이는 여자애였다.

"뭐여, 나랑 장난해? 이딴 걸로 뭘 하라고?"

나는 바구니를 들어 뒤집었고, 짤랑거리는 동전 소리가 구두굽 소리만 들리던 지하 복도를 울렸다. 떨어진 국화를 잡고 나를 주시하던 여자애에게 꽃을 집어 던졌다. 여자애는 허리를 숙여 꽃을 줍더니 내 손을 잡았다. 여기저기 갈라지고, 흐르는 피가 굳어 있고, 씻지 않아서 꾀질꾀질한 나의 손을 잡다니, 아니 씻은 지 얼마나 되었는지 나도 기억할 수 없을 만큼 더럽고 냄새나는 내 옆에 서서, 그것도 내 손을 잡을 생각을 하다니. 그 때 나는 사람의 촉감이, 언제 느껴보았는지 생각도 되지 않는 그 촉감이 무서워서 몸서리를 쳤었다.

"꽃이에요. 좋은 향기가 날 거에요. 힘내세요. 넥타이 아저씨."

그 아이는 나를 대뜸 넥타이 아저씨라고 불렀다. 아마 내가 어울리지 않게 노란색 넥타이를 매고 있어서 그런 것 같았다. 그리고선 내 더러운 손 안에 국화를 꼭 쥐어주고서 떠났다. 나는 멍하니 그녀를 바라보다가 슬며시 가슴을 후비고 들어오는 향기를 맡고 정신이 번쩍 들기 시작했다. 오줌이며, 똥이며, 침이며 땀이 쌓이고 쌓인 나의 겨울 점퍼에서 풍기는, 악취 속에서도 작은 꽃 한 송이가 자신의 존재를 희미하지만 그럼에도 분명하게 드러내고 있는 것은, 그 자체로만으로도 내 안의 무언가를 시큰하게 만들고 있었다. 나는 한 여름의 더위 속에서 땀인지, 눈물인지, 콧물인지를 모를 어떤 무언가를 흘리고 있었고, 내 앞을 지나가는 사람들은 그런 나를 더러운 쥐새끼인 마냥 흘겨보고는 지나가고 있었다. 나는 아직 손에 남아 있는 그 아이의 체온과 살갗의 느낌이 어디인지 꿈만 같아서 몽롱한 기분에 휩싸였다. 하지만 아무리 맡아도 닳지 않는, 어디서 그렇게 끝없이 올라오는 것인지 알 수 없는 그 향기가, 마치 작은 구멍에서 마르지 않는 물줄기가 쏟아지듯 흐르는 그 향기가 그 아이의 존재를 증명하고 있었다. 나는 가만히 손을 바라보다가, 이제는 원래의 색이 무엇이었는지도 모르게 때가 타버리고 원래의 모습이 무엇이었는지도 모르게 갈라져버린 나의 손이 국화와 같은 그 아이에게 뭔가 불경한 짓거리를 한 것인 냥 역겹게 여겨져 슬그머니 자리에 일어나 화장실로 향했다. 세면대에서 수도를 열어 손을 씻다가, 거울에 비친 나의 모습을 보자 더럽고 누추한, 그리고 역겨운 노숙인 한 명이 서 있었다.

"꽃은 얼어 죽을 꽃이냐. 시뻘."

물에 젖은 손을 패딩 점퍼에 쓱쓱 문질렀다. 깨끗해졌던 손에 다시 땟국물이 묻어나왔다. 세면대 벽에 붙어 있던 파란색 봉비누는 회색빛을 띠고 있었다. 나는 슬그머니 화장실 밖으로 나와 오랫동안 주렸던 배를 채워야겠다고 생각했다. 주머니에 있던 꽃은 배고픔에 아무 짝에도 쓸모가 없었다. 그저 하얀색 쓰레기에 불과한 그것을 나는 쓰레기통에다가 처넣었다. 쓰레기통에는 사람들이 버리고 간 플라스틱 음료 컵들이 들어있었다. 요즘에는 사람들이 빵이나 과자 같은 것은 잘 안 버려도 음료수는 절반이나 남겨서 버리곤 한다. 나는 여러 가지 컵들을 꺼내어 커피도 맛보고, 동그란 떡이 들어있는 달큰한 음료도 맛보고, 콜라도 마셨다. 개새끼들, 먹을 게 그렇게 많은가. 이런 것을 버리다니 참 고맙다. 미친놈들. 뒤를 돌아보니 어떤 남자 꼬맹이가 나를 보고 놀란 표정을 짓고 있었다. 아이의 옆에서 손을 잡고 있던 아줌마가 나의 시선을 의식했는지 아이의 팔을 힘들게 잡아끌었다.

"저런 거 쳐다보지 마!"

나는 슬금슬금 그들의 뒤를 밟다가 탑승구를 넘어선 그들을 더 이상 쫓지 못하게 되어서야 자리에 돌아왔다. 당황하며 허둥지둥 탑승구로 들어가던 모자의 얼굴이 재밌었다. 한 여름에도 지하도 바닥에선 차가운 냉기가 올라온다. 시멘트가 뿜어내는 기운을 받다보면 삭신이 쑤신다. 나는 다시 이불을 끌어안고 눈을 감았다.

"카악- 퉤-!"

내 얼굴 앞에 무언가 떨어진 것 같았다. 살며시 눈을 뜨니 콧물인지 가래인지 모를 희꺼머헌 액체가 얼굴 바로 앞에 떨어져 있었다.

"에이씨, 재수 없는 새끼. 찌린내 때문에 숨도 못 쉬겠네. 일 하는 놈들은 뭘 하는 거야?'

머리가 까지고 뚱뚱한 남자가 지나가고 있다. 몇 년이 지나서 운이 조금 안 좋으면, 혹은 사고라도 나면 나랑 별 차이도 없을 그 사내는 나에게 침을 뱉었다. 거 참.

생각이 생각을 물고 늘어지다 보니 하얀색 국화가 가래침이 되었다. 가래침이라니. 불쾌하기 그지없고 아무 짝에도 쓸모없는, 질병의 찌꺼기라니. 그래. 어울린다. 어울려. 무슨 꽃이냐. 내 무덤 위에 누군가 찾아와 가래침이라도 뱉는다면 그것처럼 어울리는 모욕이 어디 있겠나.

먹은 것 없는 몸이 으슬으슬 떨려오기 시작한다. 그래. 여기서 잠들면 되겠다. 그러면 편하게 죽을 수 있을 테다. 주저앉아 있던 나는 허리를 눕혀 흙바닥에 머리를 대었다. 바스락, 껍데기만 남아버린 나뭇잎의 시체들이 내는 소리가 들린다. 달조차 뜨지 않아서 아무것도 보이지 않는 이곳에, 그래도 별 서너 개가 떠있다. 빛이 너무 미약하여 하늘의 점 말고는 아무것도 비추지 못하는 별들이 그래도 나의 마지막을 지켜봐주는구나. 저들은 너무 멀리 있어서 경멸하는 표정 따위가 보이진 않으니, 나는 그것으로 만족할 수 있을 것 같다.

내가 죽으면, 지난달에 먼저 간 김 씨가 기다리고 있을까. 김 씨가 정말 누군가를 기다릴 수 있는 곳에 있다면 분명 나를 기다리고 있을 것이다. 누가 바구니에 돈이라도 던지려 하면 바로 소주를 사왔던 김씨. 빵이랑 우유가 바구니에 들어와도 냉큼 편의점으로 달려가 소주로 바꿔왔던 김씨. 편의점 주인이 찾아오지 말라고 욕설을 퍼부어도 편의점 문 앞에 누워서 결국에는 소주를 얻어냈던 김씨. 덕분에 나를 빈속에 소주만 냅다 마시게 해서 피똥을 싸게 했던 김 씨. 김 씨는 여자를 참 좋아했다. 빌어먹을 놈이 여자는 무슨. 개새끼도 그런 개새끼가 없었다. 김 씨는 술을 먹고 육교 계단 아래에 박스를 깔고 누웠다. 하늘 구경이라도 하는 것처럼 보였을지도 모르지만 사실은 계단을 올라가는 여자들의 속옷이라도 훔쳐볼 요량으로 그따위 짓을 하고 있던 것이었다. 김 씨는 나에게 같이 가자고 몇 번인가를 권했지만, 나는 그 따위 짓을 하는 놈까진 아니었다. 나는 김씨에게.

"야, 이 개새끼야. 내가 너랑 같은 놈인 줄 알아? 나 옛날에 싸장님이었어. 싸장님. 내가 사업만 안 망했어도 너 같은 놈이랑 같은 하늘아래서 숨이라도 쉴 것 같아? 어디 거지새끼가 그따위 짓을 하고 다니냐. 빌어먹을 자식."

"뭐? 이 거지새끼가, 지가 잘난 놈인 줄 아나! 네나 나나 똑같은 거지새끼여!"

"꺼져! 이 잡놈아!"

김 씨는 내가 그렇게 이야기 한 후에는 그 같은 권유를 다시 하진 않았지만, 여전히 나와 소주를 먹고 난 이후에는 육교 계단 아래에 가서 누워 하늘거리는 하늘을 봤다.

김 씨를 더 생각하고 싶은데, 다시 그 아이의 얼굴이 아른거린다. 그 여자애는 그 뒤로도 몇 번을 내게 찾아와서 꽃을 쥐어주곤 했다. 내가 이딴 건 필요 없으니 돈이나 먹을 걸 달라고 얘기한 이후로는 꽃과 만 원짜리 지폐 한 장을 같이 주고 갔다. 하지만 내 옆에 있던 김 씨에게는 만 원짜리 지폐 한 장, 꽃 한 송이를 건넨 적이 없었다. 김 씨는 그 여자애에게 욕설을 하며 지금 사람 차별하는 것이냐고 고래고래 소리를 질렀는데, 여자애는 그 이후로 김 씨에게도 만 원짜리 지폐 한 장을 건넸다. 다만 꽃은 나에게만 주었다. 나는 그게 이상하긴 했지만, 내가 불평할 건 하나 없었다. 김 씨도 꽃 따위에는 일말의 흥미를 느끼지 못했다.

여자애는 날씬하고 예뻤다. 적당한 키에 적당히 좋은 향기가 났다. 별로 꾸미지 않았는데 피부에서 빛이 났다. 처음 그 아이가 나타났을 때, 나는 그 아이에게 그다지 관심을 갖지 않았다. 몇 번 모습을 비추었을 때는, 가끔 지하차도로 우르르 몰려와 빵이고 컵라면이고를 나눠주는 젊은 것들과 달라 보이지 않았기 때문이다. 그렇지만 그 아이는 반드시 혼자 나타났다. 그 것이 다르다면 달랐던 점이랄까. 아, 빵이 아니라 꽃 따위를 주는 것도 특이했다. 처음 내가 그 아이를 부를 일이 있을 때 정신 나간 것이라고 부른 이유도 그것이었다. 정신 나간 것. 시키면 노숙인의 손을 스스럼없이 잡고, 꽃 따위를 쥐어주는 것. 한 여름 고얀 냄새에서도 표정 한번 변하지 않는 것. 독한 것.

한번은 그 정신 나간 것이 나에게 옛날에 뭘 했냐고 물었다. 나는 귀찮기만 하여 그 애 앞에서 방구를 연속으로 세 번 뀌었다. 지독한 하수구 냄새가 났다. 나는 그 애가 당연히 거리를 둘 거라고 생각했다. 예상은 빗나갔다. 그 아이는 표정하나 변하지 않고 같은 질문을 반복했다.

"술만 먹으니 이 따위 냄새가 나지. 돈 준거로 밥 좀 먹어요. 그리고 아저씨, 옛날에 뭐 했냐고요."

나는 짐짓 그 정신 나간 것이 정신뿐만 아니라 후각까지 가출을 한 것이 아닌지 하는 생각과 내가 맡아도 구역질이 올라오는 똥 냄새를 맡고도 표정하나 변하지 않는 그 독기에 놀라움을 느꼈다. 그 무표정에 눌려서 나도 모르게 내 과거를 말해버렸다.

"내가, 내가 한 때 좀 대단했지. 넥타이, 넥타이공장 싸장이었다, 이말이야. 너 같이 머리에 피도 안 마른 어린 것이랑 상종 할 사람이 아니란 말이야."

"까지 마세요. 그런 사람이 지하도에서 똥냄새나 풍기고 있어요? 내가 꽃이라도 안줬으면 아저씨 코가 먼저 썩고 있었겠네."

"까지 마? 뭐? 썩 꺼져! 이 정신 나간 것아!"

당돌한 그 것의 말에 나는 흥분해서 큰 소리를 질렀지만, 역시 너는 독한 것이었다.

"그래요? 그럼 이거 안줘도 되죠?"

그 아이는 검지와 중지 사이에 파란색 배춧잎을 끼워서 흔들고 있었다. 나는 그 배춧잎이 녹색 소주병으로 보였고, 그걸 포기할 수 없어서 얼른 손을 뻗어 그것을 뺏으려 했다. 그러나 그냥 가만히 있어도 떨림이 멈추지 않는 나의 손이 이제 막 신체가 깨어나고 있을 그 아이의 속도를 따라갈 순 없었다.

"아이, 뭘 치사하게 그러냐. 줘, 줘. 내가 잘 못 했어."

"아저씨, 그런 대단한 사람이 왜 이러고 있어요?"

"하아…너도 좀 커보면 알거다. 사는 게 마음대로 되나. 미스 김 그것만 아니었어도 내가 이 꼴 나지는 않는 건데."

나는 오랜만에 끓어오르는 미스 김 생각에 온갖 욕설을 그 아이 앞에서 허공에 대고 퍼부었다. 그래도 분이 풀리지 않아서 숨을 몰아쉬다가 헛구역질까지 했다.

"허억…허억…우우욱! 이런 씨, 너 때문에 괜히 옛날 생각났잖아. 야, 너 그거 안내놔? 얼른 내놔! 소주라도 먹어야겠으니까."

"하나만 더 말해주면 이거 두 장 드릴게요."

"두…장? 아, 뭔데?"

"그 미스 김이 뭔 짓을 했길래 아저씨가 이러고 사시는 거예요?"

"미스 김? 그걸 네가 알아서 뭐 할 거야? 너 뭔데?"

"음…저 사실 소설 쓰는 문창과 학생인데요. 아저씨를 제 소설 주인공으로 정했거든요. 넥타이를 맨 노숙인 아저씨라니. 느낌이 팍 왔달 까요. 저 돈 좀 있으니까, 걱정 말고 얘기 좀 해봐요. 그럼 아저씨는 돈 생기고, 저는 좋은 아이디어도 얻고 서로 좋잖아요."

나는 내 얘기를 하는 게 너무 귀찮았지만 그 아이 손 위에서 소주병들이 겹쳐져 흔들리는 것이 보여서 얘기를 마저 해주었다. 솔직히 나를 시궁창에 처박힌 쓰레기 보듯 지나가는 사람들과 다르게 내 손을 잡고 이야기도 걸어주는 그 아이가 나타나면 어느새 반가운 마음도 들었다. 나는 그 아이에게 미스 김과 나의 슬프고 슬픈 전설을 기억이 나는 대로 떠올려 전해줬다.

미스 김, 이 쌍…그 년 때문에 나는 이 꼴이 났다. 잘 나가는 넥타이공장 사장이었던 나는, 밑에 직원만 80명을 두고 있었다. 아침에 공장에 나가면 80번의 아침 인사를 받았지만 나는 한 번도 인사를 하지 않았다. 그냥 고개를 끄덕여주면 그만이었다. 공장이란 게 시스템만 잘 갖춰 놓으면 나 같은 사람은 앉아서 돈을 벌 수 있었다. 사람만 잘 굴리면 되었고, 번 돈에서 일부만 구르는 사람들에게 던져주면 되었다. 사실 그렇게 쓰는 돈이 큰돈도 아니었다. 자동차에 들어가는 기름 중에 엔진이 굴러갈 수 있게 쓰이는 휘발유가 있고, 엔진이 뻑뻑하지 않도록 기름칠을 해주는 오일이 있는 것처럼, 그저 기계가 잘 돌아가도록 하는 기름칠 용도의 돈을 흘려주면 나머지는 다 내 것이었다. 개중에 똑똑한 놈들 몇에게만 한 번씩 배부르게 해주고 진탕 마시게 해주면 알아서 잘 돌아가는 것이 또한 공장이었다. 그리고 미스 김은 내 공장의 경리였다. 사실 수완이 좋아서 뽑았다기 보다는 지원자 중에 제일 늘씬하고 얼굴이 반들반들해서 내가 뽑은 사람이었다. 땀 냄새 나는 수컷들만 가득한 공장에서 미스 김은 유일한 여자였고, 내가 이쁘장한 미스 김에게 관심을 갖는 것은 이상할 게 없었다. 나는 미스 김에게 공장에서 가장 많은 돈을 뒤로 돌려주었고, 미스 김은 내게 자신의 몸뚱이를 뒤로 돌려주었다. 나는 점심시간 마다 미스 김을 안았고, 그걸로 된 줄 알았다. 그런데 어느 날 아침, 공장에 들어오니 내 기계들 여기저기에 빨간 딱지가 붙어 있었다. 그리고 형사들이 들이 닥쳐 나를 쓰러트리고 수갑을 채웠다. 미스 김 이 년이 내 재산을 다 빼돌리고 나를 성폭행으로 고소를 한 것이었다. 그날부터 내 인생은 이 모양 이 꼴이 되었다.

나는 그 아이에게 침을 튀기며 이야기를 했고, 그 여파로 소주를 7병 연거푸 마셔야만 했다. 시뻘. 미스 김 얼굴이 이젠 생각도 안 나는데, 그때의 거지같은 기분은 잊을 수가 없다.

그 일이 있은 후 한동안 그 정신 나간 것은 나를 찾아오지 않았다. 나는 동전 몇 푼 들어있는 내 바구니의 가벼움이 아쉬웠지 그 애가 아쉽지는 않았다. 그냥 그 애도 자신의 목적을 다 이루었으니, 더 이상 내가 필요하지 않는가보다 했다.

"이젠 그 년은 다시 안 오나보지?"

김 씨가 내게 그렇게 물었을 때 나는 너 같으면 이런 시궁창에 오고 싶겠냐고 쓴 웃음을 지어 보였다.

"그것도 그렇지? 그런 년이 뭐가 아쉬워서 이런 델 와. 그냥 아깝다. 아까워."

"뭐, 돈? 그깟 소주 내가 오늘 한 병 구해다 주면 되지."

"아니, 아니, 그 년 생각보다 이쁘장하게 생겨가지고 말이야. 한번 안 아봐야 하는데 말이야…흐히히히힛."

김씨는 여자들 속옷을 훔쳐볼 때마다 짓는 역겨운 표정으로 웃고 있었고 나는 미친놈이라고 한 마디 던졌을 뿐이었다.

그러나 다시 오지 않을 것이라고 여겼던 그 정신 나간 것은 어느 날 다시 오기 시작했고, 다시 국화 한 송이와 돈 만원을 내게 건네주었다. 나는 그 여자애가 또 내게 얻고 싶은 것이 있겠거니, 잘 됐다고 여기며 또 진탕 소주에 취해 살았다. 다행히도 여자애는 다시 내 과거를 묻지는 않았다.

여름이 거의 끝나갈 즈음의 어느 날, 김 씨가 슬며시 내게 다가와 더러운 입김을 내쉬며 내 귀에 작게 속삭였다.

"어이, 잠깐 나 좀 따라와. 내가 좋은 거 줄 테니까."

"지랄하네. 더우니까 다가오지 좀 마. 귀 간지럽게 뭔 귓속말이야."

"아아…쉿! 조용히 하고 따라오기만 하라니까!"

나는 평소의 김 씨라면 보여줄 리 없는 박력에 그만 입을 다물고 김 씨를 쫓아갔다. 김 씨는 그 역겨운 표정을 지으며 나를 지하도 밖으로 끌고 나갔다. 골목을 돌고, 깊숙이 들어가면서 점점 인적이 드문 곳이 나왔다. 집집마다 빨간 색 스프레이로 엑스 표시가 되어 있는 동네였고, 창문이 다 빠져 있어서 사람이 살 것 같지 않은 집들이 많았다. 김 씨는 대문에 테이프가 둘러쳐진 어느 주택으로 걸어가 테이프 밑을 지나서 그 안으로 들어가 버렸다. 나도 김 씨를 따라 그 집으로 들어갔는데, 80년대에 지어졌을 법한 옛날 주택이었다. 벽지는 누렇게 떠 있고, 천장은 갈색 나무로 마감되어 있었으며, 전기가 끊어졌으니 당연히 어두웠다. 김 씨가 어느 방문을 열자 그 정신 나간 것이 누워 있었다. 머리가 찢어졌는지 피가 흐르고 있었는데, 정신이 정말 나가있는 것처럼 보였다.

"어이, 내가 자네니까 여기 데려온 거야. 나 혼자 즐기려고 했는데, 고마운 줄 알아!"

"김씨! 뭐야 이건! 얘가 왜 여기 누워있어?"

"뭐긴 뭐야! 오랜만에 회포나 풀어보자고!"

김 씨는 바지춤을 서둘러 내리고 있었다.

"이런 미친, 시뻘, 자네 재정신이야?"

"아 서둘러! 얘 정신 돌아오면 골치 아파지니까! 이런 기회가 흔한 줄 알아?"

바지를 다 내린 김 씨는 그 정신 나간 것의 허벅지를 쓰다듬기 시작했다. 허연 허벅지를 그 시커먼 손으로 문지르는 것이 난 또 다시 불경스럽게 느껴졌다.

"자네 안 하면 내가 먼저 함세? 히히히힛"

내가 주춤하는 사이 김 씨는 그 아이의 옷을 벗기려고 했다. 이쁘고 늘씬한 젊은 여자의 옷이 벗겨지는 것을 보자 잊었던 욕구가 어디선가 고개를 쳐드는 것 같았다. 덜덜 떨리는 내 손은 나도 모르는 사이의 허리춤을 불끈 쥐고 조금씩 바닥을 향해 내려가고 있었다.

"악!"

갑작스러운 외침에 나는 손을 멈추고 김 씨를 바라봤다. 김 씨는 입에서 피를 쏟으며 뒹굴고 있었고, 바닥과 그 아이의 하얀색 블라우스에 선홍색 핏물들이 흩뿌려져 있었다.

"꺼져! 이 미친놈들아!"

바닥을 구르던 김 씨는 시커먼 눈물과 시커먼 핏물을 눈과 입에서 뚝뚝 흘리며 그 아이에게 달려들었다.

"이년이!"

김 씨가 휘두른 손바닥이 그 아이의 얼굴을 후려쳤고, 그 아이는 다시 쓰러졌다.

"아으! 재수가 없으려니까! 아! 더럽게 아프네! 넌 오늘 죽었어!"

그 아이는 소리를 지르며 발버둥을 치기 시작했다. 그러다가 바지춤을 잡고 있는 나와 눈이 마주치고 말았다. 그 때 그 아이가 했던 말은 아마 죽을 때까지 잊히지 않을 것이다.

"살려주세요. 살려주세요. 아빠…살려주세요! 아빠!"

나는 아빠라는 말을 평생 들어본 적이 없었다. 자식도 아내도 없었으니까 당연했다. 그러나 그 아이는 나를 아빠라고 불렀다.

"내…내가 왜 네 아빠야!"

"아악! 살려주세요! 살려주세요! 제가 미스 김 딸이에요…제가 아빠 딸이에요…!"

나는 머릿속이 뒤죽박죽이 되었다. 멈추었던 손이 다시 떨리기 시작했고, 몸 밖에 생각나지 않는 미스 김의 흐릿한 얼굴과 그 년에 대한 분노와 짧았던 정열과 만족감이 동시에 떠올랐다. 그리고 그녀의, 나의 딸이라고 자처한 아이가 내 눈 앞에서 김 씨의 주먹으로 구타를 당하고 있었다. 나는 순식간에 옆에 떨어져 있는 시멘트 벽돌을 손에 쥐고, 김 씨의 머리 통으로 내리쳤다. 사방에 피가 튀기었고, 악을 지르고 있던 김 씨는 아무런 말도 하지 않은 채 엎드려 조용히 꿈틀대다가 이내 고요한 시체가 되어버렸다.

"괘…괜찮니?"

아이는 뜯어진 옷깃을 양팔로 가리며 조용히 흐느껴 울었다. 그러다 내 허약해 빠진 손이 벽돌을 땅에 떨어트렸고, 그 소리가 우리 사이에 끼여 있던 적막을 깼다.

"당신들은 정말 쓰레기였어. 당신 같은 사람을 언젠가 내가 구해줘야 겠다는 생각을 했다니. 내가 미친년 이었지. 그 시궁창 속에서 평생을 썩어야할 당신을 왜 찾았을까. 당신은 정말 쓰레기야."

그 아이는 그렇게 말하고 그 집을 달려 나갔다. 집을 나서며 유리창이 없는, 뚫린 창 너머로 나를 바라보는 그 경멸의 눈빛이 내가 익히 아는 눈빛들과 다를 바가 없었다. 그것이 내가 기억하는 그 아이의 마지막, 그리고 김 씨의 마지막이었다.

과연 그 아이는 정말 나의 딸이었을까. 정말 그 미스 김이 내 씨앗으로 낳은 내 자식이었을까. 아니면 그냥 그 상황을 피하고 싶어서 거짓말을 한 것이었을까. 내가 확인할 수 있는 것은 아무 것도 없다. 그저 죽음을 앞두고, 여러 가지 생각을 피할 수가 없는 것이 괴롭기만 할 뿐이다.

컹-! 컹-!

바람 소리만 가득히 채운 허공을 동물의 울음소리가 찢어 놓는다. 본능적으로 눈을 떴지만 여전히 사위는 어둠에 가려져 있을 뿐, 분간이 되는 것이 없다. 다시 좀 전의 소리가 반복해서 들려왔고, 나는 그것이 개의 울음소리라는 것을 깨달았다. 개다. 산을 돌아다니는 들개다. 먹을 것도 없는 야산에서 녀석은 피 냄새를 맡았다. 썩고 있는 고기 냄새를 맡았다. 나는 선택해야 했다. 들개에게 물어뜯기는 최후를 맞이할 것인지, 아니면 어딘가에서 평온한 죽음을 맞이할 것인지. 나는 무관심이 사람을 죽게 할 수도 있다는 것을 몸소 느껴봤던 사람이지만 지금처럼 누군가의 무관심을 바래본 적이 없었다. 그저 평온하게, 지금까지처럼 쭉, 나라는 쓰레기를 피해가 달란 말이다. 왜 마지막에 와서야 무언가의 목적이 되느냔 말이다.

보이지 않는 내가, 손도 다리도 제대로 쓸 수 없는 내가 동물적 감각을 초월하리란 기대는 할 수 없다. 나는 어쩌지도 못하고 가만히 누워서 식은땀을 흘리고만 있다. 누군가 나를 보고 있을 것 같은 느낌이 드는 순간, 오른쪽 종아리에 불이 난 것 같은 느낌이 들었다.

커-! 커컹! 컹!

몸이 들썩거렸고, 극심한 공포와 불안, 고통이 나를 마비시켰다. 나는 몸을 이렇게도 흔들고 저렇게도 흔들어봤지만, 종아리가 어금니에 관통이라도 된 듯 나를 물고 있는 것이 떨어지지 않았다. 그렇게 고통에 몸을 흔들어대다가 손에 매끈하고 묵직한 무언가가 잡혔다. 나는 그것을 들어 힘껏 내리쳤다. 픽-소리와 함께 내 몸통을 흔들어대던 그 녀석이 잠잠해졌음을 느꼈다. 알콜 향이 퍼지며 정신이 아득해져갔다.

"…찮으…"

희미한 목소리가 들린다. 김 씨인가. 어이, 김 씨. 미안허이. 그래도 자네가 잘 한 것은 없으니 조금만 용서해주게나.

"괜찮으십니까."

"누…누구야…? 여기는 어디야?"

처음 보는 젊은 남자가 나를 바라보고 있었다. 나는 하얀색 침대에 누워, 하얀색 환자복을 입고 있었다.

"여기는 병원입니다. 이제 정신이 좀 드십니까."

"내가 어떻게… 어떻게 여기 있는 거요…?"

나는 새벽녘 산행을 가던 등산객에 의해 발견이 되었고, 등산객의 연락으로 구조대가 출동했다고 했다. 간단히 몇 가지 설명을 해준 직원은 나에게 조금 쉬고 있으라고 이야기 한 후에 침상 옆 화병에 꽃을 꽂았다. 하얀 국화꽃이었다. 병원의 창문을 넘어서 겨울의 햇볕이 들어오

고 있었다. 나는 국화의 향기를 맡고 싶어서 목을 들어 꽃에 코를 가져
다 대려고 했지만, 몸이 잘 움직이지 않다가 눈이 다시 감겨버리고 말
았다.

당연히 그렇게 살리라 생각했던 삶의 모습이 있었다. 몇 년의 시간을 대학에서 쏟아 부었던가. 지겹게 이어질 앞으로의 삶을 위한 투자라고 생각했기에 견딜만 했다. 졸업 후 자연스레 공부해왔던 분야의 업종으로 취업을 했다. 그러나 몇 년, 몇 군데인가를 거치면서 깨닫게 되었다. 추구하던 것을 추구하고 싶지 않았다는 것을, 견딜 수 있다고 생각한 것이 실은 견딜 수 없었다는 것을, 좋아하고 있다고 여겼던 것을 좋아하지 않았다는 것을. 그 길이 내 길이 아니었음을. 남은 것이라고는 졸업증명서와 자격증, 학자금 대출로 인한 빚뿐이었다. 있는 그대로의 자신을 마주하고 손에 쥔 것이라고는 초라하고 부질없는 것들이었다.

인생을 밑그림부터 다시 그려야만 했다. 자신을 철저하게 들여다보는 것 밖에는 방법이 없었다. 정말 내가 좋아하는 것은 뭐였을까. 즐겁고, 의미 있고, 사랑하는 것이 무엇이었을까. 글이었다. 이야기였다. 소설이었다.

힘들거나, 괴롭거나, 견디기 힘들 때마다 내가 가장 의지하였던 것은 손에 쥔 펜이었고, 키보드였다. 알 수 없는 감정과 정리되지 않은 생각들을 글로 써내려갈수록 나는 나를 이해할 수 있었다. 그리고 누군가의 소설을 읽으며 타인의 삶 속 고통을 들여다볼 수 있었다. 자신을 향한 연민에서 벗어나 거칠고 쓴, 마음대로 되지 않는 '삶'이라는 것을 다시 마주할 수 있었다.

기대가, 희망이 인생을 조금은 더 살아볼만하게 한다. 그래, 나는 글을 쓰고 싶다. 소설을 쓰고 싶다. 오랜 방치 속에서 먼지가 쌓이고 빛이 바랜 '꿈'을 찾아냈을 때, 나는 다시 숨을 쉴 수 있었다.

시간이 지나, 고요하고 고요한 밤, 전화벨이 울렸다. 당선 소식이었다. 믿기지 않았고, 현실감이 들지 않았다. 정말일까. 정말, 내가 쓴 소설이 누군가에게 즐거움을, 괴로움을, 쓰리고 비릿한 삶을 느낄 수 있도록 만든 것일까. 누군가와 '삶'의 단면을 함께 생각해볼 수 있도록 한 것일까. 나는 꿈을 이루어낸 것일까. 전화기 옆에서 화장도 채 지우지 못한 아내가 누워 잠을 자고 있다. 어쩌면 나도 피곤한 하루가 이끈 단잠 속 꿈을 꾸는 것은 아닌가.

당선 소감을 쓰는 지금까지도 나는 불안에 떤다. 내일 아침잠에서 깨어나면 이 모든 것이 허황된 망상에 불과한 것이 아닐까하고 말이다. 나는 책상에 앉아서 삶의 충만함을 경험하고 있는 지금이 허무하게 끝나 버릴지라도 괜찮을 방법을 고안하고 있다.

더, 더 좋은 글을, 소설을 써내고 싶다. 누군가에게는 공기가, 수분이, 빛이, 바람이, 온기가, 그림자가 되어줄 수도 있을 만한 것을, 아니 나에게 있어서 조금 더 세상을 제대로 바라볼 용기를 만들어내고 싶다고 소망해본다. 새로운 꿈을, 푯대를, 희망을 세움으로 나는 또 다시 시작될 일상에서 살아갈 힘을 내보려고 한다.

소설 쓰기를 시작할 수 있도록 격려해준 아내에게 깊은 감사를 표현하고 싶다. 나의 글을 함께 읽어주고 비판하고 고민해준 벗들에게 감사하고 싶다. 소설을 가르쳐주신 스승님께 감사한다. 나의 작품을 인정해주신 심사위원분들에게 진정 감사를 드린다. 감사하는 마음으로 더 좋은 작품을 쓰는 내가 되기를 다짐해본다.

감정 · 연민 등에 치우치지 않고 묘사 돋보여

일단 예심처럼 살펴서 걸려 놓은 작품이 12 편이었다. 모두들 일정의 수준에 도달해 있었다. 소설 심사가 늘 그러하듯, 소재를 다루는 방법과 스토리 구성의 응축력, 그것의 언어적 형상화에 어느 작품이 보다 우수하느냐를 평가할 수밖에 없다. 그렇게 해서 최종심의 대상으로 5 편들이 선자의 눈에 일단 올랐다. 모두들 천칭에 올려놓고 보아야만 그 무게의 차이가 날 정도의 작품들이었고, 각각 나름대로의 가치를 갖고 있다는 점을 먼저 밝힌다.

신춘문예나 현상문예 심사에서는 이들 작품들 중 상대적인 비교 우위에 의존할 수밖에 없다. 비교적 결점 없는 작품들이 당선작이 될 가능성이 크다는 것이다. 물론 소설을 구성하는 여러 요소 중 어느 하나가 우월하게 돋보인 경우, 그것이 다른 결점을 덮을만한 가치가 있다고 판단될 경우를 제외하고는 두루 결점이 없는 작품을 선택한다는 것이다.

우선 「필경사의 밤」과 「홀」의 경우, 'topoi'랄까, 공간적 상상력이 돋보인다. 특히 이국 지역과 현재와 과거를 교차시키는, 오경선의 「필경사의 밤」은 그러나 소재적 신기성을 뛰어 넘어서지 못했다.

최재호의 「홀」은 힘 있게 밀어 붙이는 문장력과 익명적 공간 안에서 연속적인 사건들이 흥미를 유발하여, 끝까지 단숨에 읽게 만드는 힘 있는 소설이었다. 그러나 서사성의 약화가 결말부분을 약화시키고 있다.

소설은 먼저 한 편의 이야기라는 점을 두 분 다, 더욱 깊이 숙고해야할 것이다.

「넥타이를 맨 그 사내는 왜 산으로 갔나」「후계자에 대하여」「체기」는 모두 당선작이 되기에 충분한 작품이었다.

그러나 조순아의 「체기」는 탄탄한 구성과 표현력이 좋았다. 때때로 심사자를 난처하게 하는 경우들이 있는데, 지인인 듯한 사람들의 작품이나, 어디서 한 번 만남직한 작품들도 그것이다. 애석하게도, 특히 현상공모와 같은 등단 심사에는 더욱 난처하다. 하지만 이 작품은 인물에 대한 집요한 관찰과 독특한 설정에 의한 서사의 풍요성은 퍽 인상적이었다.

김만성의 「후계자에 대하여」는 소재성에서도 이야기를 구축하는 능력에서 빼어났다고 할 수 있다. 특히 일화逸話를 동원하여 중심 이야기를 뭉치는 것 등, 습작을 오래, 또 많이 한 작가라고 생각된다. 소설은 언어 예술이라는 점을 좀 간과하고 있다는 우려를 주었다. 멋진 문장만을 말하지 않는다. 소설이 예술성을 획득하는 것은 서사성에서만 아니라, 그 것의 표현인 언어에 의해서도 완성된다는 점을 조금 간과한 것이 아닐까 생각했다.

「넥타이를 맨 사나이는 왜 산으로 갔나」는 사실 흠이 있다. 특히 소재나 구성 역시 매우 평범하며, 그것은 막판 마지막까지 그러하다는 점이 「후계자에 대하여」와 마지막까지 고민하게 한 이유이다. 그럼에도 불구하고, 이 작품을 선택한 것은 소설이라는 본연을 생각하고, 또 비교적

무난했기 때문이다. 구성과 언어적 형상화, 상투적이지만 안정된 이야기 선을 넘어서지 않으려 했던 자기 절제가 그것이다. 응모자들에 비해 비교적 젊은 나이인 것 같은데, 감정이나 연민 등에 치우치지 않고 묘사하려는 점 등 역시 선자에게는 결정하게 한 요소였다. 앞으로의 정진을 빈다.

광주일보 강애영

전남 완도 출생
광주대 문예창작학과 석사과정 졸업
2012 동서문학상 소설 가작 수상

한밤중에 민서는

강 애 영

22:30

이때쯤이면 주임은 말이 많아졌다. 주임은 변덕쟁이에 수다스러웠고 허언증까지 있었다. 그는 한밤중에 천장에 뚫린 어둑한 환풍구를 바라보며 달토끼가 보인다고 말했다. 에이, 뻥치지 마요. 마음 같아서는 그렇게 말하고 싶었지만 민서는 꾹 참고 고개를 주억거렸다. 그러면 그는 더 신이 나서 졸라맨의 유래에 대해 주절거렸다.

"암스트롱의 진짜 임무가 뭔지 알아? 그의 임무는 달토끼에게 피로회복제를 주고 오는 거였대. 안 믿긴다고? 믿어야 보여. 혼자서 밤에 공장을 지키다보면 말이야 가끔씩 천장에 있는 환풍기가 멈추곤 해. 저어기 가운데 환풍기 사이를 잘 살펴봐. 글쎄, 달토끼가 커다란 방아를 왼손에 쥐고서 오른손으로는 피로회복제를 마시고 있다니까. 피로할 땐 역시 박카스가 최고지. 언젠가는 TV에 달토끼가 모델로 나오게 될 거야. 우리처럼 이렇게 금형을 찍어내며 박카스를 선전하면서 박카스! 피곤할 땐 박카스를 나누세요. 그러면서 전설의 옥토끼도 세대교체가 되는 거지. 앞으로는 슈퍼토끼가 달을 지키게 될 거야. 하나 더 마실래? 철야시간에는 두 개는 마셔야 졸리지 않아. 중독되면 어떻게 하냐고? 졸려 죽는 것보단 낫지. 졸라맨 알지. 아, 졸리다. 졸리다 생각다보면 졸라하고 발음이 안 될 때가 있어. 피곤하면 혀도 둔해지거든. 졸라맨도 그래서 탄생했을 걸. 누군지 모르겠지만 아마도 그림쟁이였을 거야. 마감은 임박했지 그림은 안 그려지지 에라 모르겠다. 막 끄적인 거야. 기운은 없고 졸리고 연필심은 툭툭 부러지고. 화가 나서 팔다리를 뚝뚝 꺾었을 걸? 그러면 죽는 거 아니냐고? 에이, 어린 거야? 순진한 거야? 그림인데 뭐 어때. 그렇다고 내가 죽을 순 없잖아. 졸려 죽는 것보단 캐릭터가 대신 죽는 게 훨 낫지. 인간이 원래 잔인해. 괴롭히다 보니까 졸음이 싹 가신 거라. 넌 남 안 된 일에 막 웃음이 나고 그런 적 없어? 좆나 졸린다고 해 봤자 더 졸려. 따라해 봐, 좆나 졸려 좆나맨. 웃기지? 안 웃겨? 그래, 그렇게 웃어야지. 그래야 철야작업을 할 수 있어. 암튼 박카스 하나 더 마시고 힘내자고!"

주임은 한입에 박카스를 털어 넣고서 천장을 올려다보며 하이 토끼야, 하고 손까지 흔들었다. 그는 볼 때마다 제 정신이 아닌 것 같았다. 특히 한밤중에는 더 그랬다. 아무리 살펴도 천장에는 토끼는커녕 토끼 모양의 그림자도 보이지 않았다. 그래도 괜찮았다. 주임이 웃으면 함께 웃을 수 있었고 웃고 나면 조금은 피로가 풀리기도 했으니까. 말이라는 게 참 이상했다. 자꾸 듣다보니 진짜 토끼가 있을지도 모른다는 생각마저 들었다. 야밤에 달토끼가 함께 일한다고 생각하면 친구가 생긴 것 같아 왠지 모르게 든든하기까지 했다. 하지만 그런 밤은 아주 잠깐이었다. 주임이 웃을 때는 토끼를 쳐다볼 때뿐이었다. 노후 된 프레스기는 하루에도 서너 번씩 고장이 났는데 하필이면 야밤에 그것도 단 둘이 있을 때 자주 멈추었다. 그때마다 주임은 엉뚱하게도 민서에게 화풀이를 했다. 막 때리거나 그러지는 않았는데 자꾸 이상한 말로 민서를 괴롭혔다.

"미친놈. 믿을 걸 믿으라지. 내가 그렇게 호구로 보여? 좆같네. 어딜 간 거야? 금방 돌아온다며. 더러운 새끼야, 얼른 오지? 안 와? 좆같이 아무 것도 아닌 것이, 더럽게 지저분한 입으로 쪼아대니까 좋냐? 쪼다새끼."

민서는 시끄러운 기계음에 맞춰 실컷 욕을 하다가 아차 싶어 주변을 둘러보았다. 아무도 없었다. 혼자 있으니까 좋네! 민서는 주임처럼 아무 말이나 중얼댔지만 그것도 이내 시들해졌다. 한밤중에 넓은 공장에서 혼자 일하는 것은 난생 처음이었다. 어쩐지 으스스한 게 어둠속에서 무언가 툭 튀어나올 것만 같아 민서는 일하는 도중에도 자꾸만 주변을 두리번거렸다.

23:15

민서가 작업대에 쌓인 물건을 한쪽으로 치우려고 몸을 돌린 순간이었다. 어디선가 굉음이 들려오더니 바닥이 흔들렸다. 지진이라도 난 줄 알고 제 머리를 두 손으로 감싼 민서는 숨을 곳을 찾지 못해 기계 아래로 납작 엎드렸다. 이어 전등이 몇 번 깜빡이더니 정전이 되었다. 공장은 칠흑처럼 어두웠다. 얼마쯤 지났을까? 여진은 없었다. 민서는 조심스럽게 일어나서 손을 비벼 먼지를 털어내고 주머니에서 핸드폰을 꺼냈다. 플래시를 켰으나 촛불처럼 흔들리는 불빛은 바닥을 겨우 비추었다. 어둠에 곧 잠식당할 것처럼 위태로운 빛에 기대어 민서는 겨우 단자함으로 다가갔다. 버튼을 눌러 단자함 뚜껑을 열자 털커덕 소리가 공장에 울려 퍼졌다. 소음이 사라진 공장은 작은 소리도 크게 되돌려놓았다. 전원 스위치를 올렸다. 차단기는 힘없이 아래로 떨어졌다. 두 번째 라인 중간 스위치가 말썽이었던 게 생각나 민서는 첫 번째 라인 차단기만 올렸다. 전류가 흐르자 미묘한 전파음이 발생한다. 전원이 연결된 안쪽 기계에 전원등이 켜졌다. 밤에 친구도 없이 혼자서 떠도는 반딧불이 같다. 전등은 입구 쪽만 켜졌다. 어둠의 농도가 옅어지자 시커먼 기계들이 점차 형체를 드러냈다.

민서는 귀신의 집에라도 들어선 듯 으스스한 기분이었다. 멈춘 기계를 작동시켜야 했지만 높이 올라간 펀치를 보니 더럭 겁부터 났다. 무쇠 펀치는 금방이라도 떨어질 절굿공이처럼 일시정지 상태로 허공에 떠있다. 금세라도 툭 아래로 떨어질 것 같아 아슬아슬해 보인다. 설핏 고개를 돌리면 주변의 기구들이 살아 움직여 민서에게 다가설 것 같다. 두려움에 몸을 웅크리고 있자니 퍼뜩 주임의 말이 생각났다. 혼자서 공장을 지키다 보면 달토끼가 보일 거야. 설마하면서도 민서는 슬며시 눈을 치뜨고 천장을 올려다보았다. 가운데 환풍구 사이로 한줌의 달빛이 스며들고 있었다. 그럼 그렇지 토끼는 무슨. 그때였다. 어디선가 삐걱, 하는 소리가 들려왔다. 민서는 주변의 어둠을 주시했다. 야옹이니? 이럴 땐 길고양이라도 옆에 있었으면 싶어 불러보았지만 아닌 것 같았다. 이번에는 좀 더 가까이서 삐걱 했다. 소리는 점차 커지더니 일정한 리듬을 탔다. 천장에서 나는 소리였다.

"달토끼가 있을 리가 없어."

민서는 중얼거리며 천장을 봤다. 설핏 스친 형체가 아니었다. 민서가 눈을 끔뻑이고 다시 살폈다. 토끼가 분명했다. 자그맣고 예쁜 옥토끼가 아니라 주임이 말한 슈퍼토끼였다. 천장을 가로지르는 호이스트 후크에 매달려 토끼가 그네를 타고 있었다. 두렵기도 했지만 혼자가 아니라는 반가움에 민서는 토끼를 향해 살짝 미소 지었다. 토끼는 반응이 없었다. 놀이에 심취한 듯 와이어에 매달려 그네를 타느라 민서에게 눈길조차 주지 않았다.

"어떻게 할까?"

민서는 혼잣말처럼 중얼거렸지만 실은 토끼가 무슨 말이라도 해주길 바라서였다. 이번에는 용기를 내어 곧장 물었다. 그곳 기계도 고장이나? 그래서 놀고 있는 거야? 그러자 리듬이 뚝 끊겼다. 공장은 다시 적막과 어둠이 점령했다. 달토끼도 환풍구 사이로 비추던 달빛도 보이지 않았다. 헛것을 보았나? 민서는 고개를 뒤로 젖히고 천장을 이리저리 살피다가 엉덩방아를 찧었다. 넘어진 김에 민서는 바닥에 벌러덩 누워버렸다. 분명 토끼였어. 달빛을 타고 이동한다면 시간여행도 가능할까? 어두운 천정을 바라보며 민서는 두 팔과 두 다리를 동시에 들어 올리고서 중얼거렸다. 이대로 침대위로 이동했으면…… 공중 부양이라도 하고 싶었다. 문득 낮에 휴게실에서 잠깐 본 잡지의 한 장면이 떠올랐다.

어느 포토그래퍼가 찍은 사진 속에서 젊은 남녀 두 명이 서로를 향해 훌쩍 뛰어오르고 있었다. 접혀진 다리와 나는 듯한 팔과 서로를 향해 활짝 웃어 보이는 모습이 한 쌍의 새처럼 보였다. 그들은 허공을 나는 자유로운 새였다. 티지 타베우니에 있는 날짜변경선을 건너 뛴 모습이었다. 두 사람은 날짜 변경선을 건너 뛴 것이 아니라 오늘과 어제의 경계를 벗어난 것 같았다. 민서는 그곳에서 건너뛰면 무엇이 보이는지 궁금했다. 날짜 변경선은 런던 그리니치 천문대에와 피지 타베우니 두 군데에 있다고 했다. 지구를 세로로 관통하면 두 곳은 직선을 이룬다고. 민서는 첫 번째 여행지를 티지 타베우니로 정했다. 두 번째는 북극으로 가 오로라를 구경하고 싶다. 가능할까?

어릴 때 민서는 꿈이 많았다. 얼른 커서 취직하는 게 목표였다. 돈을 벌어 엄마 병원비를 대고, 나라 용돈도 주고, 여친도 사귀고, 조금씩 저축해서 차도 사고. 노력만 하면 원하는 것은 뭐든지 할 수 있을 줄 알았다. 하지만 지금 민서는 더 이상 희망하지 않는다. 꿈은 이루기 어려운 거라는 걸 너무 일찍 알아버린 것이다. 곧 자정이 된다. 이쪽과 저쪽의 경계가 있기는 하는지. 민서는 초를 재며 다가오는 생일을 혼자서 맞이한다. 아무도 축하해 주지 않는 성인이 되는 날, 바라는 것은 단지 하나뿐이다. 작동을 멈춘 저 고집 센 고장 난 프레스기가 무탈하게 돌아가길 원한다.

민서는 어른이 되기도 전에 일찌감치 답답하고 암울한 현실을 알아버렸다.

엄마는 오후 다섯 시경에 응급실로 실려 갔다. 며칠 전부터 허리 통증을 호소하더니 결국 구급차를 불렀다고 나라가 카톡으로 알려왔다. 이태 전부터 의사는 디스크 파열이라고 수술을 권했지만 엄마는 치료를 자꾸만 미루고 있었다.

오빠! 엠알아이 찍어야 하는데 선납이래.

나라가 병원 상황을 실시간으로 전하고 있지만 민서는 답을 할 수가 없다. 사장은 이번 납품이 끝나면 밀린 월급을 주겠다고 한다. 아무 것도 모르는 나라는 병원비를 재촉하고 기계는 멈추었다. 그렇다고 쉴 수도 없다. 잠을 자고 싶지만 공기를 마치지 못하면 사장이 가만있지 않을 것이다.

퇴근 시간이 임박해서였다. 민서는 병원비를 말해보려고 적절한 타이밍을 살피고 있었다. 사장이 막 사무실에서 나설 때 주임이 한 발 앞서 사장에게 뛰어갔다. 두 사람이 사무실로 들어가자 민서는 사장에게 어떻게 돈 이야기를 꺼낼지 혼자서 연습했다. 저 가불 좀. 저, 엄마 병원비가 급해서 그러는데요. 저, 제 월급 밀린 거…… 주임과 사장이 다시 나오자 민서는 사장에게 다가가 쭈뼛거렸다. 이번에는 사장이 선수를 쳤다.

"아, 허군. 자네는 이번 납품 마치면 곧바로 밀린 임금 해결해 줄게. 걱정 말고 조금만 기다려."

민서가 머뭇거리자 이번에는 주임이 얼른 대답하라고 채근했다. 네. 민서가 마지못해 대답하자 주임은 저 혼자 신나서 사장의 뒤통수에 대고 구십 도 인사를 했다. 그러더니 사장의 차가 공장 입구를 빠져나가자 누군가와 통화를 했다. 어, 난데. 곧 갈게. 어, 어. 주임은 자신이 사장이나 된 듯이 점퍼 깃을 세우더니 민서의 어깨를 다독거리며 말했다.

"아가야! 내가 볼 일이 있어서 잠깐만 나갔다 올게. 무슨 일 있으면 바로 전화해! 알겠지! 힘들면 달을 쳐다봐. 달토끼는 방아 대신에 프레스기 펀치를 들고 있어. 시절이 바뀌었으니 당연한 일이지. 사람들이 왜 달에 간 줄 알아? 사실은 프레스기를 설치하러 간 거야. 슈퍼토끼를 만들었거든. 토끼한테 일거리 다 뺏기고 싶지 않으면 잘해."

콧노래를 흥얼대며 나간 주임은 자정이 다 되도록 감감 무소식이다.

기계가 고장 났어요. 어떻게 해요?

민서는 주임에게 문자를 보내놓고 폰 화면만 빤히 들여다본다. 평소 같으면 당장이라도 전화를 걸어 욕부터 해댔겠지만 구석진 곳에서 밀린 잠이라도 자는지 답이 없다. 어디선가 목소리가 들려온다. 전원만 켜면 되는데. 겁쟁이군. 넌 이제 성인이야. 한 가정의 가장인데 엄마를 책임져야지. 누구야? 달토끼야? 고개를 들어 주변을 살폈지만 어슴푸레한 어둠뿐이다. 민서는 앉았던 자리에서 벌떡 일어나 계기판 앞에 섰다. 후욱, 숨을 삼킨 민서는 용기를 내 작동 버튼을 눌렀다. 투둑 소리가 들렸을 뿐 기계는 꼼짝하지 않았다. 한숨을 내쉰 민서는 다시 컨테이너 상자에 주저앉아 두 팔로 무릎을 감싸고는 머리를 기대고 깜짝 졸았다. 기름띠로 얼룩진 주황색 후드티에도 원래의 색을 잃은 청바지에도 아직 앳된 얼굴에도 깊숙이 노곤함이 배어있다. 왜, 전화했어? 민서는 기계가 멈췄다고 웅얼거렸다. 오작동 센서를 꺼놓고 작동시키면 될 거야. 그래도 돼요? 잠에서 깬 민서가 벌떡 일어나 주변을 살폈다. 아무도 없었다. 폰을 살폈지만 그대로였다. 민서는 계기판 앞 왼쪽에 있는 오작동 센서등을 껐다.

00:50

시작 버튼을 누르자 프레스기가 덜컹거리며 움직였다. 묵은 해소기침 같은 거친 소리였다. 공장에 다시 소음이 일었다. 절굿공이가 내려와 쿵덕하고 원단을 내리쳤다. 상판이 올라가고 하판에 물렸던 원단이 절단되어 나왔다. 민서는 생산품을 적재함 위로 쌓았다. 컨베이어벨트가 돌아가며 다음 원단을 밀어 넣었다. 악어처럼 아가리를 벌려 원단을 삼킨 프레스기가 생산품을 뱉어냈다. 민서는 생산품을 옮기느라 벌건 눈을 연신 끔뻑이며 손을 놀렸다. 눈을 치떠도 자꾸만 눈꺼풀이 내려와 스르르 눈이 감겼다. 박카스라도 마셔야 했나? 생각해보니 오늘 밤에는 야식으로 나오던 빵도 박카스도 없었다.

주임은 철야 때마다 박카스 두 개는 마셔야 졸리지 않는다고 했다. 피로회복제를 두세 병 마신 날 주임은 기분이 좋아보였다. 그렇지만 방심은 금물이었다. 변덕이 심한 주임은 순식간에 돌변했다. 어느 날, 민서는 박카스를 마시다 말고서 뚜껑을 닫았다. 뭐야, 왜 마시다 말어? 그게 아니라 맛이 좀. 민서는 말해놓고서 아차 싶었다. 심하게 구겨진 주임의 얼굴은 이미 벌겋게 달아오른 뒤였다.

"내가 이상한 거라도 섞었단 말야?"

"아, 아닙니다. 가 감기가 와, 와서. 맛을 잘……"

"너어, 이이이 새끼, 사수를 못 믿고 의심을 해? 무조건 믿어야지. 아아아 안 그래? 미미미 믿어, 안 믿어?"

주임은 화가 나면 말을 더듬었다. 차라리 때리면 맞는 것이 나을 것 같았지만 주임은 때리지도 않으면서 폭언을 일삼았다. 상대방의 기분을 상하게 하는 것이 목적인 냥 기분이 풀릴 때까지 거침이 없었다.

"와아아아아, 가아아아아아. 와아아아아, 가아아아아. 어쭈 아아아 안 가? 아아아 안 와? 자식 니가 그그그 그러니까 복이 없는 거야. 아아아 아버지도 없지? 어어어 엄마도 벙어리고."

주임의 화가 풀릴 때까지 말대꾸는 절대 금지였다. 한 마디 했다간 백 마디가 되돌아왔다. 차라리 몇 대 얻어터지고 말지. 그럴 때마다 민서는 최면을 걸었다. 나는 민서가 아니다. 민서의 그림자다. 그림자가 밟힌다고 영혼이 상할 리가 없다. 민서는 아픔을 느끼지 못한다. 그러고 나면 정말 그런 기분이 들었다. 그럼에도 혼자가 되면 가슴 한쪽이 당기고 결렸다. 학교에 다닐 때만 해도 그럴 땐 게임을 했다. 심즈에서 원하는 대로 집을 짓고 여친도 만나고 사랑도 하고나면 기분이 좋아졌다. 공장에 들어와서는 게임할 시간도 없었지만 일단 의욕이 없었다. 한 달에 한 번 쉬는 날에는 비 맞은 빨래처럼 축 늘어져서 휴게실 이층에 있는 간이침대에서 종일 잠만 잤다. 자고 나면 식은땀으로 온 몸이 축축해서 옷이 다 젖었다. 이대로 버티다가 죽을 것 같았다. 그때마다 민서는 고3때 담임선생님의 말씀을 떠올렸다. 선생님은 실습생으로 나가는 반 친구들에게 무조건 버티라고 했다.

"나무의 색이 원래 하얀 색이었다. 태초에 지구에 불이 났을 때, 환경에 적응하느라 검붉은 색을 갖게 되었다. 적응한 동식물이 지구상에서 살아가고 있는 것이다. 눈밭에 사는 북극곰이 흰색을 유지하는 것도 마찬가지다. 나무도 곰도 생존을 위해 견디는 것이다. 견뎌야 한다. 견디는 자가 살아남는다. 무조건 버텨야 한다. 명심하도록."

한밤중에 민서는 도무지 갈피를 잡을 수가 없다. 죽을 것 같아도 견디는 게 맞는 걸까? 이럴 때는 주임이 말도 안 되는 허풍이라도 떨었으면 좋겠다. 도대체 어디에 있는 걸까? 민서는 졸음이 쏟아져 미칠 지경이다. 투둑, 어디선가 둔탁한 소리가 들려왔다. 불현듯 공포가 밀려왔다. 민서는 어릴 때 했던 공포체험을 떠올렸다.

초등학교 3학년 때였다. 민서는 놀이공원으로 체험학습을 갔다.

"귀신의 집은 가짜에요. 그래도 체험이지만 심장이 약한 친구들은 들어가지 마세요."

안내원과 선생님의 말을 듣고 몇 명의 아이들이 주춤주춤 뒤로 물러섰다.

"선생님이 가짜라고 하잖아. 겁쟁이. 난 하나도 안 무서워."

두려움이 없는 일부 아이들이 앞장서 줄을 섰다. 하지만 막상 귀신의 집에서는 큰소리치던 아이들도 대부분 자지러질듯이 비명을 질러댔다. 비명을 지르지 않는 친구는 거의 없었다. 두렵기는 민서도 마찬가지였다. 그렇지만 민서는 몇 번의 한숨을 내쉬었을 뿐 가만히 어둠을 응시했다. 어둠속에서 불쑥 튀어나온 기다란 손톱이 민서를 할퀼 것처럼 다가와도, 허리까지 흘러내린 긴 머리카락 사이로 드러난 허연 얼굴을 뒤덮은 붉은 피를 볼 때도, 두려웠지만 소리쳐 호들갑을 떨지는 않았다. 체험이라고 했으니까. 눈을 똑바로 뜨고 어둠을 주시했다. 한 귀신은 플래시로 자신의 얼굴을 비추고 있었다. 민서가 눈을 부릅뜨고 귀신을 노려보자 오히려 귀신이 당황해 어둠 속 어딘가로 숨어버렸다. 눈에 보이는 것이 오히려 공포감을 줄여준다는 사실을 민서는 어린 나이에 깨달았다.

그날 이후로 민서는 공포체험을 놀이로 생각했다. 집에서 하는 공포체험은 귀신의 집보다 더 실감났다. 나라는 장롱 안 이불속으로, 민서는 베란다에 있는 헌 상자 속에 숨었다. 괴성이 오가고 물건들이 부서지고 흐느낌이 들려와도 민서는 두 손으로 귀를 막고서 숨소리를 죽였다. 너무 무서운 날에는 마법이 통하길 바라며 주문을 외웠다. 도마칼도마칼 도마칼…… 주문은 효과가 있어서 다음 날 아침이면 엄마의 칼질소리가 들려왔다. 벌떡 일어나 보면 이불을 다 걷어찬 나라가 옆에서 자고 있었다. 나라에게 이불을 덮어준 민서는 방문을 열고 나가 거실을 살폈다. 이불을 덮은 김 씨가 코를 드르렁 거릴 뿐 주변은 말끔했다. 낡은 상자는 창밖 베란다에 얌전히 놓여 있었고 거실도 깔끔하게 정리되어 있었다. 모든 것이 꿈인가 싶을 정도로 말끔했다.

고1이 되던 여름밤에 열린 베란다 문을 내다보던 민서가 나라에게 물었다. 공포놀이 했던 거 생각나? 몰라. 밤마다 너는 장롱에 숨었고 나는 상자에 숨었잖아. 꿈꾼 거 아냐? 이거 봐 장판 곳곳에 날카로운 것에 패인 자국이 있잖아. 싱크대도 오래된 컴퓨터 책상도 흠집투성이야. 그거야 낡았으니까 그렇지. 나라는 시큰둥하게 대답하며 아무것도 기억나지 않는다고 했다. 민서는 그럴 수도 있겠다고 생각했다. 나라가 네 살 무렵이었으니까. 민서도 기억나지 않는 게 있다. 김 씨가 언제부턴가 보이지 않는데 엄마에게 물으면 무조건 도리질을 하며 모모모 라, 라고 했다. 엄마가 허리를 다쳐 한동안 병원에 입원했던 적이 있었다. 그때부터 김 씨는 기억에 없었다. 김 씨 이야기만 나오면 엄마는 시선을 피했다. 그늘진 엄마의 얼굴이 보기 싫어 민서는 더 이상 캐묻지 못했다.

왜, 읽씹이야?
답장 좀 해.
나라는 잠도 안 오는지 계속 카톡을 보내고 있다. 아, 씨팔. 신물 난다. 민서는 저도 모르게 튀어나온 말에 깜짝 놀랐다. 신물. 어디서 들었던 소리였다. 곰곰이 생각해보니 공장에 처음 들어왔을 때 전임자가 했던 말이었다. 전임자가 업무를 인수인계하고서 민서에게 말했다. 금방 신물 날 걸요? 그때 민서는 오직 제 손으로 돈을 벌 수 있다는 사실에 들떠있었다. 세 달이 지난 지금 민서는 저도 모르게 전임자가 한 말을 따라하고 있었다. 시팔, 돈도 안 주고. 민서는 제 머리를 쥐어뜯으며 중얼거렸다.

이틀 전에도 민서는 사장에게 월급에 대해 말을 꺼냈다가 거절당했다. 미지급액이 벌써 백이십만 원이었다. 첫 월급날이었다. 사장이 사무실로 부르더니 기초수급자냐고 물었다. 민서가 고개를 주억거리자 사장은 누가 물으면 아르바이트생이라고 둘러대라고 했다. 일정금액을 받으면 수급자에서 제외 된다는 말에 민서는 사장의 제안을 거절할 수가 없었다. 엄마의 병원비와 약값은 수급자가 아니면 감당할 수 없는 금액이었다. 사십만 원을 빼고 입금시킨 사장은 나머지 금액은 수습기간이 지나면 현금으로 주겠다고 했다. 3개월이 지났는데도 사장은 돈을 안 준다. 이런저런 핑계를 대며 차일피일 미루고 있다.

사장은 말과 행동이 달랐다. 그는 기계가 고장 나 작업에 차질이 생기면 장난 아니게 화를 냈다. 최신 프레스기를 사야겠다고 투덜거리고, 빨리 고치라고 주임을 다그쳤다. 심지어 주임이 수리를 못하면 폭력을 휘둘렀다. 도로 한복판에 서 버린 차에 화풀이를 하듯이 주임을 발로 차거나 넘어뜨리기도 했다. 주임은 개처럼 낑낑거리며 사장의 발길질을 견뎌냈다. 민서는 말리지도 못하고 구타장면을 고스란히 지켜보고 서 있었다. 당장에라도 일을 그만두고 싶었지만 선생님의 당부가 생각나 꾹 참고 있었다. 사회생활은 무조건 견디는 거라고 했다. 아니꼽고 더러워도 견뎌야 한다고. 정 그만 두고 싶으면 일 년만 버티라고 했다.

01:00
사장이 전화를 걸어와 대뜸 소리부터 질렀다.

"왜 이렇게 전화를 늦게 받아? 주임은? 뭐, 화장실? 이번 납기일 꼭 지켜야 하는 거 알지? 생산량 차질 생기면 둘 다 모가지야."

사장은 제 말만 하고서 전화를 끊어버렸다. 통화 말미에 사장의 중얼거리는 소리가 고스란히 들려왔다. 내가 다시는 가불해 주나봐라. 어디서 또 술 처먹는 거 아냐? 사장은 철야 때마다 새벽 한 시에 전화를 걸어와 작업 상황을 확인했다. 주임도 그 사실을 모를 리가 없었다. 민서는 성급한 사장이 지금이라도 공장으로 달려오지 않을까 걱정이었다.

센서를 꺼놓고 작업한 걸 알면 사장은 뭐라고 그럴지. 생각만 해도 다리가 후들거린다.

주임은 이제 핸드폰까지 꺼 놓았다. 그는 종종 센서를 끄고서 작업을 했다. 그래도 되냐고 걱정스러워 물으면 주임이 새까맣게 어린 게 뭘 아는 척이냐며 이죽거렸다.

"민서, 너 성이 허 씨라고 했지? 대기업에서 널 왜 안 받아준 줄 알아? 넌 아버지가 없잖아. 엄마가 허 씨라고? 딱 봐도 넌 인도계야. 아님 파키스탄이든지. 인도나 파키스탄이나 원래는 한 나라였다지? 너무 기죽지는 말고. 허 씨도 가야국 수로왕 부인인 허황옥이 시조잖아. 눈은 크고, 겁 많게 생겼고, 구릿빛 피부에, 어딘가 비율이 안 맞아."

주임의 말은 듣다보면 언제나 그럴 듯했다.

그런 것 같기도 해서 민서가 동의하듯 고개를 주억거리면 주임이 이번에는 엄마를 걸고 넘어졌다.

"너네 엄마가 벙어리라며 아아아가, 아아아가, 하고 부르지. 그것도 삑사리 나게. 그러니까 와와와 가가가 하는 거야. 너 별명은 이제부터 와가야. 아가아가와아아가아아 어쭈 안 와? 이리 오라잖아. 그냥 저리 가라."

그러면 민서는 어쩔 줄 몰라 오지도 가지도 못하고 어정쩡하게 서 있었다.

"그래요. 주임님, 엄마와 저를 놀려도 상관없어요. 그러니 제발 돌아오세요. 네? 주임님!"

민서의 소리가 공장에 울려 퍼지다가 이내 어둠속으로 흩어졌다.

"니 말이 다 맞다고, 씨팔. 됐냐? 그러니까, 제발 돌아오라. 쫌!"

고래고래 욕을 해도 소용없었다. 뺨 위로 눈물이 흘러내렸다. 민서는 이대로 공장에 갇힌 건 아닌지 덜컥 두려웠다.

01:25

기계소리가 이상했다. 생산품을 살펴보니 한쪽 가장자리가 스크래치가 나있었다. 옮겨놓은 생산품도 전부 불량이었다. 여태 헛일을 한 것이다. 사장은 원단 값을 월급에서 까겠다고 야단일 것이다. 불량이 발생하면 주임은 기계 위로 올라가 스크래치 난 부분을 그라인더로 갈아내고서 에어를 분사했다. 구경만 했지 직접 해본 적은 없었다. 민서는 전원을 끄고서 하판 다이위로 올라섰다. 상판에 닿지 않게 몸을 최대한 접고서 홀더를 내려다 봤다. 어둑해서 아무것도 보이지 않았다. 왼손으로 핸드폰 플래시를 켜고, 오른 손으로 그라인더를 들자 중심잡기가 어려웠다.

민서가 다시 내려왔을 때 연달아 카톡이 울렸다.

대답 좀 하라니까.

자는 거야?

걱정 마, 오빠가 어떻게든 해 볼게. 민서가 손가락을 움직여 답장을 쓰려했으나 철자가 자꾸만 엇나갔다. 미치겠다. 민서는 엠알아이 비용을 검색했다. 삼십 만원에서 팔십만 원으로 병원마다 비용이 다르다고 했다. 지긋지긋하다. 정말이지 신물이 난다. 자고 싶다. 선 채로 눈을 감는다. 주임이 놀려댄다. 와아아 가아아. 네가 왜 와가인지 알아? 민서는 감았던 눈을 번쩍 뜬다.

개새끼. 민서는 욕을 하며 와가를 검색했다. 와가 – 식당. 와가 – 지붕의 한 형태. 와가 – 파키스탄과 인도네시아의 국경지역. 민서는 와가지역에 대한 어느 블로거의 여행기를 살폈다.

'와가 지역에서는 매일 국기 하강식이 열린다. 양측 군인들이 닭벼슬처럼 생긴 모자를 쓰고 과장된 몸짓으로 하강식을 한다. 파키스탄 쪽은 검은색이고 인도 쪽은 붉은 모자를 썼다. 군인들은 근엄하지 못하고 우스꽝스럽다. 쿡, 웃음이 새어나온다. 이렇게 웃어도 되는지 반성하다가 다들 웃고 떠들어서 마음 놓고 응원했다. 그들은 편을 가르지 않고 환호성을 지른다. 청군 백군 나누다가 운동회가 끝나면 머리띠를 벗어 던지고 함께 집으로 돌아가는 학생들의 운동회 같은 분위기다. 관광객들은 국기 하강식을 보기위해 와가지역을 찾는다. 양쪽 군인들은 복장만 다르게 하고 같은 동작을 거행한다.

민서는 아래 동영상을 클릭했다. 검은 화면에 시끄러운 소음이 먼저 들려온다. 이어 화면이 뜨고 국기 하강식을 구경하는 인파가 보인다. 양쪽의 군인들이 진지하게 식을 거행한다. 엄숙하다기보다 우스꽝스러운 축제 같다. 관람객 모두가 환호성을 지르며 하강식을 응원한다. 북쪽보다는 남쪽에 사람들이 더 많다. 인도와 파키스탄은 옷만 다르게 입었지 생김새도 행동도 서로 비슷하다. 민서는 화면에 보이는 관람객들을 자세히 살핀다. 모두가 어딘지 모르게 한군데씩 자신과 닮아 있다. 눈, 코, 입, 비율이 안 맞는 어색함까지. 그제야 민서는 주임이 인도계라고 놀리는 이유를 알 것만 같다.

민서는 아버지가 없다. 그런 민서에게 사람들은 다문화가정 아니냐고 대놓고 물었다. 눈이 크고 피부가 검다는 이유였다. 한국인이에요. 민서가 대답하면 이번에는 한국인이라는 사실에 더 놀라 질문공세가 이어졌다. 부모님, 아님 혹시, 조상 중에 누구라도 섞인 거 아냐? 그들이 무심하게 내던진 말에 민서는 기가 죽었다. 엄마는 고아원에서 자랐다. 벙어리에다 수화도 배우지 못한 엄마는 고아원에서 나온 뒤로 식당을 전전하며 살았다고 했다. 이 또한 의붓아버지가 술주정삼아 했던 말이라 사실여부를 확인 할 수가 없다. 김 씨는 엄마가 일하던 식당의 손님이었다. 어느 날 그는 테이블에서 술을 마시고는 엎어진 채로 잠이 들었다. 그런 김 씨를 엄마가 집으로 데려오면서 함께 살게 된 것이다. 어느 날, 동생이 태어났다. 이름이 나라이다. 김나라. 나라는 이름 때문에 아이들이 놀린다고 친구들과 자주 싸우고 들어왔다. 내가 다 생각이 있어서 지어준 이름이야. 김 씨는 나라에게 기죽지 말라고 큰 소리를 쳤다. 김 씨는 말한 대로 이루어질 것이라는 나름의 믿음을 가지고 있었다. 믿는 만큼은 아니어도 그 언저리라도 맴돌라는 뜻으로 거창하게 나라의 이름을 지었다고 했다. 하지만 김 씨는 술에 취하면 믿음과는 정반대로 행동했다.

"빨리 죽어야지. 암 죽어야 해. 이렇게 살아서 뭐해."

술상에 고개를 처박고 꾸벅거리며 졸던 김 씨는 잠에서 깨면 고래고래 소리를 질러댔다.

주임은 시간여행이 가능하다고 했다.

"믿으면 가능하다니까? 넌 어디로 가고 싶어? 잘 생각해 봐. 행복했던 때가 있었을 거 아냐. 간절히 기도하면 신이 들어줄 거야. 하지만 딱 한 가지 조심해야 할 것이 있어. 어떤 작가가 시간 여행자를 위한 사소한 배려를 했는데 시간여행자들은 그 배려 때문에 타임루프에 갇히게 돼. 계속해서 죽음을 되풀이 하다니 그건 생각만 해도 끔찍한 일이야. 시간 여행을 한다면 타임루프를 조심하라고. 명심해!"

민서는 아무리 떠올려도 행복했던 기억이 없었다. 아버지가 있었다면 행복했을까. 단 한순간이라도 행복하기만 하다면 그곳으로 가고 싶었다.

02:10

민서는 핸드폰 프래쉬가 홀더 안을 비추도록 고정시키고 하판 위로 올라섰다. 그라인더를 켜자 칼날이 돌아가며 진동이 발생했다. 팔이 떨려왔다. 손에 힘을 주고 홀더 안쪽 가장자리로 그라인더를 들이밀었다. 퉁, 투둑. 그라인더가 튕기더니 홀더 안쪽으로 떨어졌다. 핸드폰마저 꺼져버렸다. 민서는 홀더 안으로 고개를 숙였다가 어둠 속으로 훅 빨려들었다. 한동안 거꾸로 추락하던 민서는 어느 순간 익숙한 공간에 도착했다.

민서는 뚜껑을 열고 상자 밖으로 나왔다. 어둠에서 익숙해지자 흐릿하게 사물들이 보였다. 어릴 때 살던 집 베란다였다. 중창을 열고 거실로 들어선 민서는 부엌 쪽으로 몇 걸음을 옮기다가 주춤하고 멈춰 섰다. 식탁 아래에 여자를 깔고 앉은 사내의 등이 보였다. 바닥에 누운 여자는 시퍼렇게 질려 비명소리도 내지 못하고 떨고 있었다. 그 뒤로 소주병을 집어든 아이가 보였다. 아이는 잠시 주춤하더니 사내의 뒤통수를 향해 힘껏 내리쳤다. 순간 눈을 감았는데도 민서는 보고야 말았다. 바닥으로 쓰러져 피를 흘린 사내는 의붓아버지 김 씨였다.

민서는 날짜 변경선 앞에 섰다. 동쪽은 어제 서쪽은 오늘이라고 했다. 어제로 한발 건너가니 응급실로 이송중인 엄마가 보였다. 나라는 원무과에서 접수를 하려다 말고 카톡을 보내고 있다. 민서는 다시 오늘로 건너왔다. 응급실 구석진 곳 침대에서 엄마가 통증을 이기지 못해 신음을 토해낸다. 컵라면으로 저녁을 때운 나라가 스톨의자에 앉은 채 한손으로 허기진 배를 움켜잡고 한손으로는 핸드폰을 쥐고서 침대 모서리에 기대 잠들어 있다. 오빠! 엄마의 신음소리가 거슬렸을까. 나라가 잠꼬대를 하며 고개를 들어 액정을 들여다본다. 액정 화면이 밝았다가 꺼진다. 비몽 간에 나라는 다시 눈을 감는다. 이내 고개가 스르르 꺾인다.

다시 공장이다. 언제 왔는지 사장과 주임이 와 있다. 주임이 민서의 양팔을 붙들고 흔들었다. 주임님 시간여행이 가능해요. 민서가 말했지만 억병으로 취한 주임은 제 말만 하느라 횡설수설이다.

"어, 어쩌죠? 말짱해 보이는데 숨을 안 쉬어요."

"넌 뭐했어? 저 지경이 되도록 뭐했냐고, 이 새끼야!"

화를 참지 못한 사장이 주임의 정강이를 냅다 걷어찼다. 그제야 정신이 들었는지 주임이 두 다리를 부여잡고 변명을 늘어놓는다.

"화, 화장실에 있었어요. 벼, 변비가 심해서요. 배, 배터리도 다 돼서 얼마나 앉아 있었는지 모르겠어요. 단순한 일이라 녀석이 잘 지키겠다고 해서. 제, 제 잘못입니다. 어린 녀석을 잘 돌봤어야 했는데."

"그러니까 왜 공장을 비우고 술을 처먹어? 네가 다 책임져 개새끼야."

격노한 사장이 주변을 두리번거리더니 쇠파이프를 집어 든다.

섬뜩함에 민서는 얼어붙은 듯 꼼짝할 수가 없다. 어쩐지 기시감이 드는 장면이다. 언젠가 본 것 같은데 도무지 기억이 나질 않는다. 문득 타임루프를 조심하라던 주임의 말이 생각났다. 민서는 두 손을 그러쥐고서 간절하게 기도한다. 제발 타임루프만 피하게 해주세요. 그러면 신을 믿겠습니다. 그러자 천장 가운데 환풍구 사이로 달빛이 쏟아져 내린다. 번쩍 눈을 뜬 민서가 빛을 향해 빨려들듯 걸어간다.

이내 공장에는 칠흑 같은 어둠이 깔린다.

바라고 희망하는 것이 무엇인가 생각하면 모든 것이 명료해진다. 글을 쓰는 것. 그것은 시간과는 무관한 내 삶의 이유였다. 어린 시절 나는 작은 마당에서 하이힐을 신고서 홀로 소월시집을 암송했다. 쇠징이 박힌 하이힐은 외할아버지가 소월시집은 아버지가 사주셨다고 했다. '나는 세상모르고 살았노라', 를 암송하며 어머니를 기다렸다. 물때에 맞춰 갯벌 한가운데서 낙지를 잡던 어머니는 살얼음이 어는 겨울에도 정수리를 녹일 것 같은 여름 땡볕에도 그곳에 계셨다. 저 먼 곳에서 하얀 빛을 받은 허리숙인 그림자를 바라보며 나는 왜? 라는 물음표를 새겼다.

내게 유일한 신은 세상에 많은 작가들이었다. 소설 속 인물들이 현실의 나를 다독거렸다. 그들이 없었다면 어떻게 살았을지. 늦은 나이에 소설을 쓰기로 결심하고 목숨 줄처럼 붙들었다. 그것이 나를 살게 했고 쓰면서 행복했다. 하지만 문청의 길은 녹록치 않았다. 돌고 돌아 제자리라는 사실을 깨닫고 이제는 주저앉고 싶었다. 당선 소식을 듣고 먼저 부모님이 생각났다. 고집 센 딸을 키우느라 고생하신 두 분은 병으로 일찍 돌아가셨다. 흐뭇해하실 두 분의 미소가 선연하다.

그동안 나를 일으켜 세운 수많은 인연을 소중히 여기겠습니다. 인자함과 애정을 겸비하신 광주대 문예창작 교수님들, 격려를 아끼지 않은 이기호 교수님, 그 외 많은 스승께 배움을 얻었습니다. 함께 공부한 오랜 문청 친구들, 묵묵히 지켜봐주신 가족들, 지인들 모두에게 이 기쁨을 돌립니다.

　「한밤중에 민서는」을 당선작으로 뽑아주신 심사위원님께도 깊은 감사를 드립니다. 경계에 선 이들의 통각에 시선을 둔 글을 쓰겠습니다.

삶의 비극성, 시간여행 장면 등 과감한 환상성 돋보여

이번 신춘문예 응모작품 중 최종 10편 정도를 놓고 당선작을 선정하는 과정을 거쳤다.

전반적으로 안정된 문장에 시의성 있는 작품이 많았다. 그중에서 「누구라도」, 「레치가 악마를 다시 그린 이유」, 「백린」, 「한밤중에 민서는」을 놓고 많이 고심했다.

최종 당선작은 「백린」과 「한밤중에 민서는」을 놓고 정하게 됐는데 두 작품이 뚜렷한 개성을 지니고 있었다. 「백린」은 냉혹하고 비정한 하드보일드한 문체라면 「한밤중에 민서는」은 느리고 우울한 톤이었다. 우울하기는 「백린」도 마찬가지였고 두 작품 다 비극적 서사였다.

비극을 구성하는 방식의 차이랄까, 서사를 구성하기 위해 어떤 비유를 끌어오고 어떤 사유의 과정을 통과하는가 하는 대비 역시도 뚜렷했다.

「백린」이 '목숨이 걸린 돈'이 소재라면 「한밤중에 민서는」은 '목숨이 걸린 노동'이 소재였다. 「백린」은 집중력 있고 시원시원하게 서사를 밀고 나가는 데 반해 「한밤중에 민서는」은 산만하고 정보도 많고 다소 신파였다.

서사의 재미로 보면 「백린」이었지만 이 작품은 문학이라기보다 영화에 가까웠고, 이상하게도 그 이후가 잘 보이지 않았다.

이에 반해 「한밤중에 민서는」은 삶의 비극성을 보여주기 위해서 타임루프(time loop) 개념 등 이것저것 끌어들여온 사유의 측면이 돋보였다.
  또 후반부의 시간 여행을 하는 장면을 보여주는 과감한 환상성 또한
매력적이었다. 그래서 「한밤중에 민서는」을 당선작으로 정했다.

국제신문 장 미 영

1975년 서울 출생
동부산대학 유아교육과 졸업
방송통신대학교 문화교양학과 졸업
현재 어린이집 교사
2012년 천강문학상 우수상

국제신문

사려니 숲의 휘파람새

장미영

하이힐 소리가 났다. 소리는 1층 코너를 돌아 2층 일곱 번째 계단에서 멈춘다. 잠깐 숨이라도 돌리나. 다시 코너를 돌아 3층 계단을 딛는다. 또 각또각 리듬에 맞춘 듯 경쾌하다. 하이힐 소리는 스물한 개 계단을 밟고 나서야 3층 문 앞에 섰다. 여기 유성 빌라에서는 처음 듣는 소리다. 굽 높은 펌프스 구두다.

침대에 누워 자려는데 의자 끄는 소리가 난다. 301호다. 가구라도 옮기나 싶다. 이사온 지 사흘이 지났는데도 아직 짐 정리가 덜 됐을까? 혼자 사는 집에 옮길 가구가 많지도 않을텐데. 발 덮개를 하지 않은 식탁용 의자다. 질질 끄는 소리가 잠시 멈춘다. 조금 있다 의자가 퍽 하고 쓰러졌다. 누군가 항의하러 갈 것 같은 큰 소리다. 그런데 아무도 움직이지 않는다. 어느 집 대문도 열리지 않았다. 이곳 빌라 사람들은 소음에 너그럽다.

다시 의자 끄는 소리가 들린다. 슬리퍼 소리와 의자 끄는 소리가 뒤섞였다. 바람 소리가 난다. 베란다 쪽이다. 귀가 자꾸 소리를 쫓는 통에 나는 결국 일어나 앉았다. 의자가 좀 전보다 더 큰 소리를 내며 넘어졌다. 분명히 발로 차는 소리다. 의도적으로 의자를 넘어뜨린 것 같다.

마지막 손님을 보내고 칼국수로 점심을 해결했다. 늦은 점심을 먹은 탓인지 잠이 쏟아진다. 301호 의자 *끄는* 소리 탓에 잠을 못 잔 까닭도 있었다. 나는 하품을 크게 하고 기지개를 켰다. 약재는 고온고압에서 5시간째 끓는 중이다. 약재가 끓는 동안 갈근, 마황, 맥문동, 폐모, 백합 등을 섞어 약첩을 쌌다. 요새 감기환자가 부쩍 늘었다. 한 켠에 썰어놓은 감초가 수북하다. 한의원 원장은 중국산으로 눈속임을 한다. 국산 감초는 모양이 균일하지 않고 절단면 색이 얇다. 그에 비해 중국산은 크기도 일정하고 절단면 색이 진하다. 약재의 향을 맡아보면 국산과 중국산이 확연히 다르다. 말린 상태를 보면 한 번 말린 건지 몇 번 쪄서 말린 것인지도 알 수 있다. 우리만 중국산 사용하는 게 아니라니까. 백출은 가격차이가 네 배나 돼. 효력이 떨어지는 것도 아니고 벌레도 안 생겨. 중국산을 쓰는 한의원이 얼마나 많은데. 원장은 스스로 합리화라도 하려는 듯 약재를 맡길 때마다 내게 해명을 하곤 했다. 환자에게는 중국산을 써도 식구들에게는 국산 약재만 골라 보약을 짓고 아플 때마다 한의원으로 불러 직접 돌본다. 겉으로 보면 원장은 그지없이 착한 남편이자 좋은 아빠다. 하지만 딱 그만큼이다.

추출기 불을 껐다. 얼마나 달여야 하는지, 언제 불을 꺼야 하는지, 지켜보지 않아도 귀가 먼저 안다. 살림 고수가 밥 익는 냄새만으로도 밥이 가장 맛있는 때를 아는 것처럼. 가끔 소리를 잘 듣는 게 도움이 될 때도 있다.

한약 포장까지 마치고 옷을 갈아 입었다. 진료실 문을 두드리려는 순간 물건 떨어지는 소리가 났다. 환자가 없는 한가한 시간 원장은 간호조무사와 그렇고 그런 시간을 보낸다. 두 남녀의 거친 숨소리와 조무사의 유니폼을 벗기는 소리가 들렸다. 듣고 싶지 않아도 들린다. 가끔 소리를 잘 듣는 게 난처할 때도 있다. 두 남녀를 뒤로 하고 밖으로 나왔다.

알바만 6년째다. 확실치 않은 미래에 대한 불안감도 시간이 지나면서 어느새 무뎌졌다. 언제부턴가 퇴근길이 그다지 우울하지도 않다. 알바를 계속하다 보면 정규직 같은 느낌이 든다. 일 자체로는 알바나 정규직이나 별 차이가 없으니까. 맨 몸뚱이로 바람 앞에 서 있는 것처럼 나를 보호해 주는 건 아무것도 없다. 억울할 일도 뭐도 아니다. 지금 알바를 하고 있지만 더 큰 꿈을 이루기 위한 단계일 뿐이다. 언젠가 내가 하고 싶은 일을 할 수 있는 날이 오리라. 나는 안다. 다 자기 최면일 뿐이란 걸.

빌라로 가려면 정류장에서 한참을 더 걸어야 한다. 빌라는 지은 지 20년이 넘었다. 교통이 불편한 건 물론이고 화재로 그을린 것처럼 건물은 우중충하다. 비가 오기라도 하면 매번 누수가 생기고 정전도 잦다. 유성빌라, 이름만 근사하다. 머지않아 언젠가 이 빌라도 유성처럼 사라져버릴지 모른다.

하이힐이 이 낡고 별 볼일 없는 빌라로 이사를 들어오다니. 유성이 떨어질 만한 사건이다.

202호 윤씨 아내가 문 앞에 서 있다. 윤씨는 현관 비밀번호를 자주 바꾼다. 귀가가 늦은 아내를 엿 먹이기 위해서다. 며칠 전 비번 바꾸는 소리가 나더니 또 저러나 싶다. 나는 비번을 누르다 말고 어쩔 줄 몰라 하는 윤씨 아내를 쳐다보았다. 비번을 가르쳐 줄까 싶기도 하다. 남의 집 비번까지 알고 있냐고 물으면 할 말이 없다. 번호를 알려주려면 구차한 변명을 해야 한다. 귀찮은 일이다.

핸드폰 번호나 도어락 비번을 알아내는 건 식은 죽 먹기다. 번호 키를 누르면 두 가지 톤의 혼성음이 난다. 두 가지 톤을 조합하면 특정한 음정이 잡힌다. 각각의 번호에는 각각의 구별되는 음정이 있다. 처음에는 내가 특별히 소리를 잘 듣는 사람인 줄 몰랐다. 다른 사람들도 세심하게 들으면 소리를 구별하는 줄 알았다. 그런데 여러 사건을 겪으면서 남들보다 소리를 잘 듣는다는 걸 알게 됐다.

언젠가 401호 지수네 부부 싸움이 크게 났다. 머리가 쿵 하고 벽에 부딪히는 소리가 들렸다. 누군가 쓰러지는 소리가 나더니 잠잠해졌다. 지수 아버지 목소리도 더이상 나지 않았다. 무슨 사달이 난 것 같아 심장이 서늘했다. 나도 모르게 지수네 비번을 누르고 들어갔다. 지수 아버지가 깜짝 놀라 나를 쳐다보았다. 사람이 다친 건 문제가 아니었다. 어떻게 비번을 누르고 왔느냐가 더 큰 문제가 됐다. 지수 아버지가 경찰에 신고를 했다. 경찰에게 이상한 놈 취급만 받았다. 지수 엄마와는 무슨 관계냐에서부터 그 집 비번은 어떻게 알았느냐 한 시간 내내 취조를 받고 나왔다. 남들이 듣지 못하는 소리까지 듣는다는 내 말은 도무지 먹히질 않았다. 도어락 비밀번호 푸는 걸 직접 보여주고 나서야 풀려났다. 잔 물건이 없어지거나 도둑이 들었다는 소문이 돌기만 하면 괜히 마음이 불편했다. 이웃 주민들도 그럴 것이다. 일상의 소리가 문 밖으로 나간다는 건 누구에게나 불편한 일일 터였다.

냉장고에서 어제 남은 밥과 김치를 꺼냈다. 물에 말아 몇 숟가락 뜨다 내려놓았다. 101호 장씨 아줌마가 세탁기를 돌린다. 어김없이 헹굼 3번, 탈수 7분이다. 포차를 하는 202호 윤씨가 요즘 찾기도 힘든 뽕짝을 튼다. 윤씨의 턴테이블은 1분에 일흔 여섯 번 돈다. 401호 지수 엄마가 욕실에서 목욕을 한다. 물소리가 꽤나 길다. 물소리 사이로 흐느끼는 소리가 들린다. 점점 울음소리가 최고조에 달하다 어느 순간 멈춘 듯 조용해진다. 의식과도 같은 목욕이 끝났다. 지수 엄마의 제의적 목욕과 눈물은 어쩌면 구질구질한 이 빌라에서 오래 살게 하는 끈은 아닐지. 그 느낌은 내가 잘 안다. 한바탕 울고 나면 인생 뭐 있나, 별것 아니라는 턱없는 배짱이 생기기도 한다. 혹은 원래 삶이란 무의미한 것이니 일상의 반복을 견뎌낼 수밖에 달리 도리가 없다는, 유치하나마 실존 인식 같은 것이 생기기도 한다. 샤워기 잠그는 소리와 함께 욕실문이 닫힌다. 수면제인지 비타민인지 알 수 없지만 약병을 흔든다. 그리고 뒤를 이어 지수 아빠가 화장실을 들어간다. 소변 보는 소리가 시원하지 않다. 오늘 특히 오래 앉아 있다. 완전 변비다. 24시간 중 자고 먹고 출 퇴근 하는 시간 빼고 남은 시간 똥을 싼다. 아까운 시간을 화장실에서 다 보낸다. 지수엄마의 샤워 소리와 지수아빠의 변기 물소리는 들을 때마다 애잔하다.

빌라 사람들은 밤이 아침이고 아침이 밤이다. 남들 자는 밤에 세탁기를 돌리고 가구를 옮긴다. 뽕짝을 틀고 샤워를 한다. 밤에 나간 아버지는 아침에 라면을 끓이고 아침에 나간 아이들은 별을 보고 들어온다. 하루 벌어 하루 먹고 사는 사람들이 대다수다. 가족이 모여 밥 먹는 소리를 별로 들은 적이 없다. 된장국 끓이는 냄새보다 라면 봉지 뜯는 소리를 더 많이 듣는다.

비번을 누르는 소리가 들렸다. 홍주였다. 일을 하고 온 탓인지 수척해 보인다. 홍주의 얼굴 표정은 그날의 근무표다. 이번 주는 아침 6시 반 출근, 오후 4시에 퇴근하는 데이 주간이다. 병원 창립 행사 때문에 신입 간호사들끼리 율동 연습을 하고 돌아오는 길이라고 했다. 병원 일만 해도 죽을 지경인데 율동 연습이라니, 돌아버리겠다며 들고 있던 가방을 내던졌다. 빈말이라도 홍주 마음을 달래 줄 기분이 아니다. 301호가 조용하다. 301호에 무슨 일이 일어나고 있는 걸까. 내 신경 줄 하나가 더듬이가 되어 천장을 더듬는다.

나는 옷을 벗었다. 홍주도 옷을 벗기 시작한다. 일주일에 세 번 홍주와 나는 몸을 섞는다. 거르는 날은 거의 없다. 서로 모자란 부분을 채우면 그걸로 된다. 깊은 관계 따윈 필요 없다. 그건 홍주가 더 원하는 일이다. 홍주는 다른 여자들처럼 별것 아닌 관계를 별것인 것처럼 생각하지 않았다. 나는 그 점이 마음에 든다. 홍주와 나의 관계가 지속되는 이유다. 병원일도 특별히 좋아서 하는 것 같지는 않았다. 그러고 보면 홍주와의 관계도 특별한 건 아무것도 없다.

홍주의 리플을 빨았다. 신음소리를 냈다. 매번 관계가 뭐 그리 만족스러울까만 오늘따라 홍주의 표현은 과도하다. 몸을 섞을 때면 홍주는 스스로 몰입하려는 듯 목소리를 높이거나 몸의 자세를 여러 번 바꿨다. 처음에는 끙끙거리는 소리를 내더니 차츰 영화 속 남녀처럼 교성을 질렀다. 소리만 들어도 거짓이라는 걸 안다. 셀프 효과음이다.

홍주에게 말한 적은 없다. 홍주도 나도 자기 기만에 능했다. 한참 몸을 섞다가도 문득 홍주는 꼭 내가 아니라도 괜찮았을 거라는 생각이 들기도 한다. 어느 때부턴가 나 역시 꼭 홍주여야만 했던 건 아니었으니까.

-지웅이 너 이상해.

-뭐가?

-평소와 달라.

-어떻게 다른데?

-너무 몸 사리는 거 아니야?

하긴, 아까부터 느낀 거다. 오늘은 할 맛이 안 난다. 입맛이 없는 것처럼. 홍주 때문만은 아니다. 홍주와 뒹굴고 있는 게 이상하게 불편하다. 나는 몸을 벌떡 일으켰다. 홍주가 놀란 토끼눈을 하고는 나를 쳐다보았다.

-무슨 소리 안 들려?

-무슨 소리가 들린다고 그래.

홍주도 몸을 일으켰다.

-의자 소리.

-또 소리 얘기야?

홍주가 옷을 입었다. 말은 안 했지만 화가 난 표정이다. 홍주가 나갔다. 모든 게 뒤죽박죽이다. 의자 끄는 소리가 귓가에 뱅뱅 돌았다.

오전 8시 30분, 여자의 출근시간이다. 한 번도 늦거나 빠른 적이 없다. 또각또각 펌프스 구두다. 나는 재킷을 걸치고 현관문을 나섰다. 여자가 계단을 내려오며 누군가와 통화를 하고 있다. 목소리가 시큰둥하다. 여자 얼굴을 직접 본 건 처음이다. 그럼에도 소리를 통해 여자의 일상을 나름으로 가늠하고 있었다. 여자를 알고 있기나 한 듯 익숙하게 느껴진다. 어떤 이미지를 그려본 건 아니지만 눈앞의 저 얼굴은 상상해 본 적이 없다. 흰 바지와 핑크빛 아우터. 갸름한 얼굴에 눈썹이 짙다. 얼굴에 비해 눈, 코, 입이 지나치게 크다. 어린 시절에 봤던 순정 만화 주인공처럼 얼굴이 꽉 차 보였다. 여자는 내가 계단에 서 있다는 걸 그제야 알아챈 모양이었다.

-며칠 전 이사 오셨죠?

-예.

-천지웅입니다.

-성미래예요.

여자가 가볍게 인사를 한다.

-그럼.

더이상 볼일이 없다는 이웃치레 말투다.

여자가 무슨 일을 할까. 약재를 썰다 말고 아침에 마주친 여자 생각을 했다. 의자를 끄는, 그런 이상한 행동 따위를 할 여자처럼 보이진 않았다. 아주 멀쩡했다. 여자에게 관심이 가는 특별한 이유가 있는 것도 아니다. 그런데도 여자에 대한 궁금증이 하루 종일 따라다녔다. 조그마한 소리도 자꾸 귀에 걸린다.

가랑비가 내렸다. 아침나절만 해도 화장하던 날씨였다. 약재 정리가 끝났다. 빈둥빈둥 시간을 죽였다. 퇴근 시간이 가까워졌다. 손님이 많지 않았다. 진료실 문을 두드리는 촌스러운 짓 따위 하지 않는다. 원장이 보든 보지 않든 나는 닫힌 문 앞에서 목례를 하고 밖으로 나왔다.

우산 없이 걸었다. 간판이 젖고 바지가 젖는다. 사람들 모두 젖은 길을 걸어간다. 이 글을 쓴 시인도 허접한 일을 마치고 별 볼일 없는 기분으로 이 길을 걸어본 적이 있었을까. 맥주 생각이 간절하다. 젖은 길 그리고 맥주. 주머니를 뒤적거렸다. 천 원짜리 지폐 두 장과 동전 몇 개가 나왔다. 개뿔, 겨우 캔 맥주 하나 살 돈이다. 주머니 안에 도로 돈을 집어넣고 연습실로 갔다.

연습실에 도착하니 멤버들이 노래를 듣고 있다. 왼손잡이. 밴드 이름이다. 녀석들 모두 왼손잡이다. 오늘은 댄스 음악을 몇 곡 들어보고 연주할 곡을 고르기로 했다.

직장인에게 취미 활동이란 삶이 그런대로 굴러 간다는 자기 확인을 위한 처절한 몸무림 같은 거다. 아니면 좌절된 꿈과의 타협일지도.

-더블베이스군.

펑키 댄스곡인데 더블베이스를 깔았다.

-더블베이스?

기타 치는 녀석이 나를 쳐다보았다.

-아무리 들어도 베이스 기탄데?

녀석이 이상하다는 듯 고개를 갸우뚱거렸다.

-베이스 기타로 착각하기 쉽지. 베이스는 픽업을 달아 음을 전기 신호로 바꾼 거잖아. 멜로디보다 리듬을 중요하게 여기지. 주로 코드의 근음을 튕겨 소리를 내. 더블베이스는 멜로디의 진행을 더 중요하게 여겨. 뭐 그렇다고 리듬을 무시하는 건 아니지만. 중후하고 웅장한 느낌이 마치 양탄자를 까는 듯 현란하게 뛰노는 소리를 잡아 주지.

-그런 소리도 들리냐? 짜식, 대단한데.

드러머였다.

-그럼, 연습 시작해 볼까?

댄스곡 몇 곡 안 들었는데 연습을 재촉하는 것도 드러머. 녀석들 모두 각자 자리로 가서 연습을 시작했다.

솔직히 우리 밴드는 소리에 대한 감각이 제로다. 그러면서도 연습에 빠지는 녀석이 없다. 연습 시간은 칼이다. 밥이 나오는 것도 돈이 나오는 것도 아닌데 다들 목을 맨다. 누군가와 함께 밥 먹고 누군가와 저녁 시간을 같이 보내는 것. 그 시간만큼은 무력한 젊음의 무게를 견뎌낼 수 있다. 곪은 상처를 꿰매는 시간이랄까. 혼자 삼각 김밥만 먹지 않으면 괜찮다. 열정, 야망, 도전 의식, 청년이라는 단어에 붙어 다니는 것들이다. 내가 아는 현실에서 그런 건 없다.

밴드도 그렇다. 들여다보면 별 볼일 없는 집합소다. 좋아하는 장르도 없다. 어떤 녀석은 모던 락을, 어떤 녀석은 메탈을, 서로 추구하는 음악도 달랐다. 보컬 녀석은 소리는 좋은데 늘 반응이 높거나 낮다. 연습할 때면 서로 튀고 싶어 했다. 자신의 악기, 노래에만 집중하다 보니 다른 악기의 소리를 귀담아 듣지 않는다. 결과는 뻔하다. 소리는 소음에 가깝다. 감각도, 화음도, 자세도 도대체가 맞는 게 없다. 조화를 이루어 음악에 빛을 입히는 것이 우리 밴드에겐 요원하다. 편의점 알바, 오토바이 배달원, 대기업에 다니는 녀석까지 마치 눌렸던 뭔가를 터뜨리려고 음악을 하는 놈들 같다.

대기업에 다니는 녀석은 입사 때부터 지금까지 상사에게 이유 없는 갈굼을 당하고 있다. 언제 회사를 그만둘지 알 수 없다. 배달하는 녀석

역시 언제 중국집을 뛰쳐나올지 모른다. 삼시 세끼를 자장면으로 때우는데 진저리가 난다고 했다. 알바만 6년이나 한 나는 알바와 연주로 시간을 때우고 그럭저럭 홍주와 몸을 섞는다. 딱히 할 말이 없다. 그들과 별반 다르지 않다.

녀석들은 밴드 걱정은 하지 않는다. 그건 그리 중요하지 않다. 음악도, 미래도 우리들만큼이나 아슬아슬하기만 하다. 왼손잡이들은 내심 서로를 한심해 한다. 밴드도 얼마 가지 못할 거다. 몇 번 악기를 두드리다 연습이 끝났다. 밖으로 나왔다. 늦은 밤 도시는 온갖 오염된 소리들을 토해 냈다. 구역질이 났다. 술을 마신 것도 아니고 연습을 하루 종일 한 것도 아닌데. 점심에 먹은 음식을 쏟아냈다. 토사물 위로 형체를 알아볼 수 없을 정도로 퉁퉁 불어 있는 아버지 얼굴이 떠올랐다. 온기 없는 밤이다.

-이게 무슨 소린지 알겠냐?

-새소리잖아. 호오 호께꼬 케꼬 하고 우는데? 근데 다른 새소리하고 느낌이 달라.

-그래?

아버지의 목소리가 아이처럼 들떴다.

-새소리가 다 같지, 다르긴 뭐가 달라! 그 소리가 그 소리지. 당신 때문에 얘까지 자꾸 헛소리를 하잖아.

엄마가 밥상을 들고 들어오며 지청구를 했다.

-어떻게 다른 것 같냐?

아버지는 대화가 끊길까 애닳아 바짝 당겨 앉으며 더 깊은 질문 속으로 나를 데리고 갔다.

-소리가 높고 청아해. 근데, 자세히 들으면 소리가 점점 낮아져서 슬퍼. 남자의 휘파람 소리 같아.

-넌 슬프게 듣는구나.

내가 아버지와 같은 느낌을 가졌다는 게 기쁜 건지, 아버지 귀에 들린 소리가 틀린 게 아니라는 것이 증명되어서 기쁜 건지 아버지의 얼굴이 모처럼 환하다.

-사려니 숲의 휘파람새야.

-휘파람새?

-마치 길고 가느다란 머리카락 같은 이끼가 온 숲을 둥그렇게 감싸고 있는 듯 했어. 그런 신비한 곳에 사는 새지. 녀석들은 저녁이나 새벽에 노래를 더 잘 부르거든. 운이 좋으면 새벽녘에 녀석의 소리를 들을 수 있어.

아버지는 밥도 먹지 않고 급하게 일어섰다. 텐트와 옷, 녹음 세트를 챙겼다.

-어디가?

-사려니 숲.

아버지가 현관문을 나섰다. 등에 매단 백팩 크기로 봐서 좋이 한 달은 돌아오지 않을 것 같다.

엄마는 남은 밥을 마저 먹었다. 나는 소리를 찾아 떠나는 아버지의 모습을 물끄러미 바라보았다. 멀리서 휘파람 소리가 났다. 사려니 숲의 휘파람새와 닮았다.

아버지가 떠나고 사흘째 전국적으로 큰 비가 왔다. 아버지가 발견된 건 천마천에서다. 아버지는 형체를 알아볼 수 없을 만큼 퉁퉁 불어 있었다. 누군가 아버지 시체를 발견하고 신고한 모양이었다. 나는 아버지 물건이 담긴 텐트를 들고 돌아왔다.

전봇대 앞에 몸을 기댔다. 이마에 송골송골 땀이 맺혔다. 엄마나 아버지를 알고 있는 사람들은 소리에 빠진 아버지를 이상한 사람처럼 여겼다. 어린 내 눈에조차도 아버지의 삶은 그다지 괜찮아 보이지 않았다.

돌이켜보면 아버지 때는 그래도 꿈이라도 꿀 수 있었던 괜찮은 시절이었는지 모른다. 사람들은 인정하지 않았지만 아버지는 꿈에 살고 꿈에 죽었다. 스물아홉, 꿈조차 꾸기 어려운 지금의 나. 오늘만큼은 아버지가 나보다는 행복했으리라는 생각이 들었다.

밤 10시. 계단 밟는 소리가 들린다. 여자가 퇴근을 했다. 발자국 소리가 하나 더 들린다. 남자의 구두 소리다. 바닥을 밟는 소리가 묵직하다. 여자가 남자를 달고 왔다. 여자에게 남자가 있을 거라는 생각은 못했다. 여자의 손이 빠르게 비번을 누른다. 123031. 남자 구두 소리가 먼저 났다. 하이힐이 뒤따랐다. 문이 닫혔다. 거실에 들어서자마자 쿵 하는 소리가 났다. 급하다. 침대가 들썩인다. 삐걱거리는 소리가 유난히 크다. 여자의 신음소리가 들린다. 간드러지는 소리와 헉헉거리는 소리가 뒤섞인다. 남자가 옷을 입는다. 바지 지퍼가 찍 하고 올라간다. 시간이 짧다. 시간이 짧다는 건 둘 관계가 좋지 않거나 언제든 깨질 수 있다는 뜻이다. 여자가 집으로 남자를 달고 온 까닭일까. 기분이 찜찜하다. 남자 구두 소리가 마음에 걸린다. 남자가 계단을 다 내려갈 때까지 나는 멍 때리고 있다. 담배가 고팠다. 문을 열고 나왔다. 계단 앞에 쪼그리고 앉았다. 담배를 물었다. 복도가 뿌옇다.

　침대에 누웠다. 몇 번 뒤척이다 잠이 들었다. 의자 끄는 소리에 잠이 깼다. 잠잠한가 싶더니 또 시작이다. 의자가 큰 소리를 내며 넘어졌다. 그리고 한동안 아무런 움직임이 없다. 보통 때보다 조금 다른 느낌이다. 여자가 움직이는 소리도 전혀 들리지 않는다. 한 자리에 꼼짝없이 그대로 서 있기에는 지나치게 긴 시간이었다. 적막이 길어도 너무 길다. 나도 모르게 무슨 소리라도 나기를 기다리고 있다. 온몸에 소름이 돋는 게 기분이 이상했다. 현관문을 열고 계단을 뛰어 올라갔다. 잠깐 걸음을 멈춘 채 계단 난간에 기댔다. 남의 일에 끼어 들었다가 또 무슨 봉변을 당하려고. 괜한 오지랖이지 싶다. 문 앞에서 잠시 망설이다 벨을 눌렀다. 반응이 없다. 어느새 내 손이 비번을 누르고 있었다.

　문을 열자마자 주변을 훑었다. 탁자 위에 몇 권의 책과 커피잔이 놓여 있을 뿐 TV는 없었다. 시크한 말투만큼 살림살이가 간결하다. 여자가 보이지 않았다. 방문을 열었다. 침대가 비어 있다. 화장실에 들어갔다. 다시 거실로 나와 베란다 문을 열어 보았다. 날 선 어둠이 빌라 주변에 웅크리고 있다. 베란다 한쪽 구석에 실루엣이 어른거렸다. 여자가 달팽이처럼 고개를 무릎 사이에 끼운 채 몸을 말고 있었다. 여자 옆에 의자가 넘어져 있고 커튼이 찢겨져 있다. 여자가 고개를 든다. 여자의 눈동자가 흔들렸다. 나는 의자를 세웠다. 여자의 어깨를 가볍게 안았다. 알지도 못하는 남자가 문을 열고 들어온 거나 아무렇지 않게 안기는 건 말도 안 되는 일이었다. 그런데 이상하게 룸메이트처럼 어색하지 않다. 여자도 그런 모양이었다. 여자가 내 어깨를 툭 건드렸다. 베란다 문 틈새로 찬 공기가 들어왔다. 여자가 나를 자신의 품으로 끌어당겼다. 연수나 엠티 정도는 참을 만해. 아니 참아야지. 취업 준비 삼년 만에 들어간 회사니까. 그런데 교육 담당자들의 끊임없는 찝쩍거림은 속수무책이야. 같이자야 교육 평가며 연수 점수를 잘 받을 수 있다네. 자고나도 달라지는건 없는데. 여자는 내 품에 파고들더니 한 쪽 귀에 대고 속삭였다. 연습많이 하면 결전의 날에 두려움 없이 갈 수 있을까? 놀이하듯 자꾸 의자를 넘어뜨리다 보면 그렇게 될까? 혼자 말하듯 말의 높낮이가 없다. 아무런 감정이 실리지 않은 채 중얼거리는 소리를 듣고도 어떤 대답도 할 수 없었다. 나는 여자를 안고 침대로 왔다.

안개가 낀 미로숲이다. 홍주와 손을 맞잡고 걷고 있었다. 홍주가 걷다 말고 참꽃보다 헛꽃이 먼저 핀다는 산수국 향기를 맡았다. 내 귀에 대고 무슨 말인가 속삭였다. 그 소리에 눈을 떴다. 여자의 숨소리가 고르게 퍼진다. 나는 여자 팔을 풀고 일어서서 계단을 내려왔다. 홍주는 마음이 이러니저러니 말했던 것 같다.

퇴근길에 편의점에 들러 라면을 샀다. 계단을 올라오는데, 여자가 계단 난간에 기댄 채 맥주를 마시고 있었다. 여자가 나를 보더니 손에 들고 있던 캔맥주 하나를 내밀었다.

-한잔 할래요?

-아, 그러죠.

나는 엉겁결에 맥주를 받았다. 몇 모금 홀짝거리는 나와 달리 여자는 단번에 맥주를 들이켰다. 생기가 없던 얼굴이 술기운 탓인지 홍조를 띠었다. 맥주 한 모금을 목으로 넘기는 순간 여자가 다 마신 캔을 머리 위로 흔들더니 계단을 올라갔다.

여자의 행동이 생뚱맞다. 의자 사건도 있고 그래도 조금은 여자가 친한 척할 줄 알았다. 맥주도 한잔했다. 서로 이름도 아는 사이다. 게다가 그날 밤 일도 있는데 여자는 마치 나를 이웃주민 대하듯 굴었다. 나는 남은 맥주를 마저 마셨다. 여자의 뒷모습을 물끄러미 쳐다보았다.

홍주가 쉬는 날이다. 알바를 마치고 집으로 왔다. 거실에 펼쳐 놓은 텐트에서 한 시간 넘게 뒹굴었다. 가끔 텐트 안에서 한다. 홍주는 텐트에서 하는 것도 나쁘지 않다고 했다. 아니 오히려 재미있어 했다. 그런데 오늘은 등이 아파서 못하겠다며 벌떡 일어나 앉았다.

-우리 관계도 얼마 남지 않았군.

끝이라는 말이 이렇게 쉽게 나올 줄 몰랐다. 그것도 아주 담담하게.

-그런가? 이별 섹스네.

홍주가 나를 빤히 쳐다보았다. 사실 식탁 위에서, 거실 바닥에서, 빌라 계단에서, 욕조 안에서 닥치는 대로 몸을 섞었다. 그런데도 섹스만으로는 뭔가 꽉 찬 느낌이 들지 않았다. 채워도 채워지지 않는 느낌. 밴드에서 연주하고 난 뒤의 기분과 비슷했다.

-이별 섹스?

-그래. 니 말대로 이제 우리 관계도 끝이잖아. 마지막으로 하는 거네.

-그런가.

나는 홍주가 한 말을 그대로 흉내 냈다.

-시작이 있으면 끝도 있는 거니까.

홍주와 나는 동호회 회원 같다. 애정과는 별개로, 진짜 우정을 나누는 사이가 될 수도 있을 듯했다.

-컵라면 정도는 함께 먹을 수 있겠지.

-삼 분쯤이야….

내 말에 홍주가 웃었다.

-텐트가 많이 낡았는걸.

홍주가 웃다 말고 텐트 이야기를 했다. 텐트가 군데군데 찢어져 있다. 낡은 데다 찢어져 보수가 안 될 정도다. 그동안 잘 버텼다.

-다시 쓰는 건 불가능하겠지?

-찢어졌으니까.

홍주가 건조하게 대답했다.

-맞다. 찢어졌으니까.

텐트 안에 있던 녹음기를 홍주가 껐다.

-녹음기 말이야. 할 때마다 새소리를 틀어 놓는 거. 깊은 산속에서 둘이 하는 것 같은 느낌이 들긴 했었어.

몸을 섞을 때 녹음기를 틀어놓는 나를 보고 홍주는 사이코라고 했다.

-꽃, 동물, 새, 모든 것들은 말이야 소리로 자신의 존재를 알리지. 우리와 다른 점이 있다면 거짓이 없다는 거야.

-넌, 소리 이야기 말고는 할 말이 없지?

일주일이 지났다. 홍주는 한 번도 오지 않았다.

알바비를 받았다. 빌라 근처 치맥집으로 갔다. 시간이 이른 탓인지 가게 안이 한산했다. 창가 쪽으로 갔다. 301호 여자가 앉아 있다. 탁자에는 치킨과 빈 병 몇 개가 쌓여 있다. 여자는 벌써 꽤 마신 듯했다. 나는 손을 번쩍 들고 여자를 아는 체할 뻔 했다. 여자 옆으로 자리를 옮겼다. 알바생이 컵과 물수건을 가져왔다. 맥주와 안주를 시키는 동안 여자는 계속 맥주를 마셨다. 나 역시 맥주에 목이 말라 있던 터라 단숨에 들이켰다. 내가 컵을 탁자에 내려놓는 순간 여자는 맥주를 더 주문하려는 듯 고개를 들었다. 나와 여자의 시선이 부딪쳤다. 여자는 한동안 나를 물끄러미 바라보더니 시선을 피한다. 그러고는 알바생을 불렀다. 여자는 아무 표정이 없다. 별 의미가 없다는 반응이다.

-이건 사는 게 아니야.

여자가 고개를 가볍게 흔들었다. 목소리가 낮게 깔렸다. 나는 여자가 남은 맥주를 다 마실 때까지 기다렸다. 여자는 몸 가누는 것조차 힘들어 보였다. 여자를 업고 빌라로 왔다. 123031. 비번을 눌렀다. 여자가 곯아떨어졌다. 침대에 눕혀 둔 채 방을 나왔다.

재킷을 벗고 거실에 앉았다. 한쪽 구석에 주사기며 장갑, 솜, 링거병,

구두 등 잡다한 것들이 널브러져 있다. 홍주가 병원에서 가져온 것도 있고 내가 주워온 것도 있다. 알바를 갔다 오면 나는 쓸데없이 두드리고 던지고 밟는다. 소음으로 들릴 것이다. 소리를 만드는 순간 꿈에 한 발 다가선 느낌이다. 가끔은 내가 하고 싶은 일을 하며 위로를 받는다. 아버지도 같은 마음이었겠지. 그런 생각을 했다.

쓰레기더미 옆으로 아버지의 유품이 보였다. 그냥 버릴까 하다 내버려 둔 거였다. 먼지가 수북히 쌓여 있다. 유품 상자 안에 있는 녹음기를 꺼냈다. 아버지가 녹음한 것들이 담겨 있다. 볼륨을 높였다. 빗물 떨어지는 소리를 5시간 가까이 녹음한 거였다. 반복적으로 녹음한 소리와는 비교도 안 된다. 강약이 다르고 리듬도 다르다. 마스터테이프 자체가 디지털로 녹음되는 시대다. 데이터를 한 자리씩 끊어 정밀도를 높일 수 있는 현대식 방법이 있었지만 아버지는 잡음이 들리긴 해도 옛날 그대로의 방식을 고집했다.

나는 녹음기를 듣고 다시 또 들었다, 아버지가 그랬던 것처럼. 이상하게 눈을 감자 소리가 내 안으로 들어오는 것 같았다. 아버지에 대한 서운함은 사라지고 마음이 따뜻해졌다. 바람에 억새풀이 부대끼는 소리, 첼로 소리, 빗물 떨어지는 소리, 새의 날갯짓 소리, 돌멩이 구르는 소리까지 모든 소리가 내게 말을 건넨다. 기계음으로는 들을 수 없는, 날 것의 소리, 두께가 다른 소리다.

다른 날보다 일이 일찍 끝났다. 당귀, 작약, 청궁, 지황, 사물을 넣고 스무 첩만 포장하면 끝이다. 포장한 한약을 탁자 위에 올려놓았다.

편의점에서 컵라면을 샀다. 저녁으로 때웠다. 뱃속에서 면발이 퉁퉁 불었다. 마음 한구석이 퉁퉁 불었다. 인생 전부가 퉁퉁 분 것 같았다.

홍주가 찾아왔다. 일주일 만이다. 근무 전에 잠깐 들른 거라고 했다. 안부나 군더더기 같은 질문도 대답도 없었다. 홍주가 사자처럼 달려들었다. 내 꼴이 힘 빠진 암사자 신세다. 아, 아, 끊기는 듯한 단음을 내더니 격렬한 소리를 낸다. 귀를 속이는 교성은 여전했다. 절정의 순간에 막 다다르려는 순간 나는 몸을 벌떡 일으켰다. 의자 소리다. 여자가 말하던 결전의 날이 떠올랐다. 어디 가? 홍주의 말에 나는 대답도 하지 않은 채 대충 옷을 입고 밖으로 나왔다. 계단을 단숨에 뛰어 올라가 비번을 눌렀다. 여자가 머리를 풀어헤친 채 의자를 질질 끌며 거실 중앙을 어슬렁거렸다.

　-괜찮아요?

　숨을 헐떡이며 물었다.

　여자는 아무렇지 않다는 듯 고개를 끄덕였다.

　-아직, 그날은 아니에요.

　여자가 나를 보고 씩 웃었다. 딴 세상 사람처럼 보였다.

　여자의 텅 빈 웃음을 보는 순간 의자 놀이 하는 여자의 기분이 어떤 건지 이해가 됐다. 그러면서도 그날이 언제일지 모른다는 사실에 불안했다. 불안하면서도 이해가 됐고 이해가 돼서 더 화가 났다. 마음이 갈피를 잡지 못할 만큼 복잡했다.

　현관으로 돌아온 내 꼴을 본 홍주가 짧은 한숨을 내쉬었다. 그러고는 주섬주섬 옷을 챙겨 입었다.

　-가는 거야?

　-응.

　긴 말이 필요 없다. 이제 홍주와 나는 긴 말을 주고받을 사이도 아니었다. 문 닫는 소리가 거칠다. 나는 침대에 드러누운 채 TV를 틀었다.

　알바를 그만뒀다. 1년 하기로 한 계약이 끝났다. 원장은 아쉬워하는 표정 한번 짓지 않고 봉투를 건넸다. 재계약하는 건 원장은 원장대로, 나는 나대로 부담스러운 일이었다. 마지막 알바비를 받고 집으로 왔다. 계단참에서 301호 여자와 마주쳤다. 여자가 나를 보고 반갑게 아는 척을 했다. 그러고는 웬일로 환하게 웃었다. 여자가 환하게 웃는 모습은 이사 오고 처음 봤다. 여자가 웃을 수 있다는 것도 오늘 처음 알았다. 나는 여자가 계단을 먼저 올라가 도록 비켜 주었다.

　오랜만에 잠을 푹 잔 것 같다. 몸과 마음이 이상하리 만큼 가볍다. 거실 한구석에 세워 놓은 텐트가 보였다. 텐트를 접어 백팩 안에 넣었다.

아버지의 녹음기도 챙겨 넣었다. 백팩을 매는데 체중이 실린 둔탁한 소리가 쿵, 하고 울렸다. 나는 한달음에 계단을 뛰어 올라갔다. 비번을 누르는 손이 자꾸만 헛나갔다. 현관문이 열렸을 때엔 여자가 거실 옷걸이에 목을 맨 채 바둥거리고 있었다. 길고 가느다랗게 흔들리는 여자의 머리카락 같은 이끼가 숲을 그윽이 감싸고 있었다. 물속에 어린, 남자의 그림자가 보인다. 나무들 사이로 휘파람새 소리가 들렸다. 호오 호께꼬 케꼬.

한 달 전 즈음 교통사고를 당했다. 다리를 절룩거리며 다니게 될 줄 상상도 못 했다. 교통사고 같은 건 나와 무관하다고 생각했다. 그런데 다리 불편한 건 문제가 아니었다. 몸무게가 7킬로그램이나 빠졌고 몸이 예민해질 대로 예민해진다는 게 더 문제였다. 치료를 맡고 있던 한의사가 무슨 일이 있느냐고 물었다. 난 그저 직장인이면 으레 받는 스트레스 탓이라고 대충 둘러댔다.

매년 이맘때면 겪는, 아니 내내 겪어오던 신춘앓이였던 것 같다. 몇 년에 걸친 투고와 거듭되는 낙방, 반복되는 좌절감에 몸과 마음이 많이 지쳤던 모양이다. 교통사고 같은 건 나와 무관하다고 생각했듯, 어쩌면 소설당선도 나와는 무관한 일이라 그렇게 생각해버렸는지도 모른다.

그러던 중에 당선 전화를 받았다. 한참을 멍하니 그렇게 서 있었다. 그 어떤 것도 무관하지 않은 일로 내게 다가왔다.

내 속으로만 하던 이야기를 이제는 조근 조근 세상 밖으로 풀어 낼 수 있게 된 것 같아 기쁘다. 아직은 제대로 발아되지 않은 내 글들에 대한 걱정이 앞서는 것도 사실이다. 조금은 늦었지만 늘 그랬듯 외롭지만은 않았던 이 길을 걸어 갈 것이다.

그럴듯하게 당선 소감을 쓰고 싶었다. 하지만 그 어떤 말보다 열심히 쓰겠다는 이 한마디가 가장 멋진 소감은 아닐까 싶다. 멋진 다짐 또한 당당하게 할 수 있도록 용기를 주신 심사위원님과 국제신문에 진심으로 감사드린다.

오랜 시간 묵묵히 기다려 주고 응원해준 나의 가족, 친구, 문우들에게도 고마움을 전하며 부족한 제자를 아낌없이 이끌어 주신 정형남 선생님과 박영숙 선생님께도 깊이 감사드린다.

　세상의 소리에 귀 기울이는 따뜻한 글쟁이가 되고 싶다.

　열심히 쓰겠다. 하늘에 계신 엄마가 환하게 웃고 있는 것 같다. 참 좋다.

심사평 : 이순원, 강동수

이웃과 단절된 우리 시대의 풍경화 잘 그려

올해 국제신문 신춘문예 단편소설 부문의 본심 진출작은 전통적인 사랑 이야기 외에도 동반 자살, 다문화 가정, 직장 왕따 등 다양한 소재와 다채로운 이야기를 선보이고 있었다. 선자들은 이 가운데서 다시 4편의 작품을 추려 본격적으로 논의했다.

「잘 지내 뚜언」은 요즘 한국 사회의 화두인 다문화 문제를 제기한 것에 호감이 갔다. 그렇지만 문제의식을 끝까지 밀고 나가지 못하고 범속한 결론으로 그친 것이 아쉬웠다. 「토분」은 지하철에서 위험에 빠진 어린아이를 구하고 죽은 '의인'의 아내가 살아남은 아이에게 보이는 집착을 다룬 작품이다. 선명한 철학적 주제의식을 보인 것은 좋았지만, 이를 받치는 문장의 탄력성이 부족해 제외됐다.

「필경사 j」는 한 남성을 사랑하는 젊은 여성의 내면 독백인데, 섬세한 심리묘사가 돋보였다. 그러나 단정한 소품이라는 느낌을 떨치기에는 시선의 폭이 좁은 것이 흠으로 지적되었다.

「사려니 숲의 휘파람새」는 일용직 젊은이의 시선으로 이웃과 단절된 우리 시대의 삭막한 풍경화를 잘 그려냈다는 평가를 받았다. 스스로를 소외시키면서도 타인과의 관계 회복을 열망하는 현대인의 모순된 심리를 '소리'라는 오브제와 연결시킨 대목은 자연스러웠다. 비교적 흔한 소재라는 것이 아쉬움으로 지적됐지만, 어렵지 않게 당선작으로 결정할

수 있었다. 당선 작가의 정진을 당부하며, 아쉽게 선에서 밀린 분들도
문학을 향한 꿈을 잃지 말기를 부탁드린다.

농민신문 백영

본명 : 조향숙
전북 익산 출생
고려대학교 국문학과 졸업

염소

백 영

| 1 |

그날 나는 장례를 치르고 고인의 집으로 향했습니다. 집이라기보다는 비닐하우스를 개조한 움막 같은 곳에 마시다 만 술병, 매트리스, 덮고 자던 홑이불까지 아직 그대로 있었습니다. 아우는 그곳에서 혼자 지내 왔던 것입니다. 나는 유품을 수습한 후 천천히 한병의 소주를 비우며 아우가 생의 마침표를 찍었다는 사실을 받아들였습니다.

술병이 바닥을 드러낸 즈음에, 나는 움막 밖에서 들려오는 가냘픈 소리를 들었습니다. 밖에 그놈이 서 있었습니다. 턱 아래에 흰 수염을 단 쓸쓸한 눈빛의 그 짐승 말입니다. 그때 나는 아우가 먼 길 가기 전에 짐 승의 몸을 빌려서 나를 찾아 왔다는 생각이 들었습니다. 그래서 아우님 인가? 이제는 세상에 없는 그를 불러 보았습니다. 그러자 그놈은 알아들 은 양 작은 애기 울음소리를 내는 겁니다.

그즈음 아우는 전화가 잦았습니다. 전화할 때마다 취해 있었기에 나는 몸을 생각하여 술을 적당히 먹으라고 꾸짖곤 했습니다. 하지만 그 알코 올이라는 것이 진통제 역할을 하였다는 것을 알고 있었습니다. 나 또한 통증을 망각할 목적으로 때때로 술을 마셨기 때문입니다.

그날따라 폰은 자주 울려댔습니다. 반복되는 일이어서 바로 확인하지 않았습니다. 나의 상황은 점점 나빠져가는 중이었습니다. 오래된 교각의 안전성을 점검하거나 수중의 유물을 발굴하거나 세상을 등진 사람들의 시신을 건져 올리는, 오랫동안 해왔던 일을 더 이상 할 수 없었기 때문입니다. 집을 팔고 전세를 얻어 이사를 한 후에는 더더욱 경황이 없었습니다. 이사한 곳에서 아우가 사는 곳으로 가려면 전철을 타고 한시간을 간 후 역에서 내려서도 시외버스를 타고 한참 가야 했습니다. 나는 계속 미루고 있었습니다. "심에게 가봐. 혼자 어찌 지내는지." 장 선배가 재촉했을 때 "가봐야지요." 해놓고는 가보지를 않았습니다. 열아홉살 때 부모를 한날한시에 교통사고로 잃은 아우는 나를 친형처럼 따른 편입니다. 나는 말만 앞세웠을 뿐 끝내 가보지 못한 것을 뒤늦게 후회했습니다. 아우는 한동안 트라우마센터에 다니기도 했으나 어느 시점부터 세상의 밖으로 나간 사람처럼 지내는 모습이었습니다. 의사는 죽음을 반복해서 겪은 사람의 증상에 대해 말했고 시간이 필요하다고 했습니다. 그 시간이 얼마나 걸릴지에 대해서는 말해주지 않았습니다. 부재중 전화의 기록과 몇통의 문자를 남기고 그날 아우는 기억의 세계를 벗어나 영원한 망각의 강을 건너간 것입니다.

그놈은 여전히 밖에서 울음소리를 내고 있었습니다. 점점 이상한 기분이 들었습니다. 떼 울음소리가 귓속으로 밀려들고 있었습니다. 꼭 물속에 빠진 느낌이었습니다. 귀와 눈 밑까지 물은 차올랐습니다. 압력을 견디지 못하고 유리의 자파 현상처럼 안에서 가득 차오른 것이 터질 듯 말 듯했습니다. 이윽고 오징어의 주머니가 터지듯이 붉은 물이 밖으로 줄줄 새어 나오기 시작했습니다. 붉은 물이 다 빠져나간 후에는 잠시 정신을 잃었던 것입니다. 의식이 돌아온 것은 얼마간 시간이 흐른 후입니다. 술이 깨고 나서 천천히 몸을 일으켜 움막을 빠져나왔습니다.

집에 오자 왜 전화를 안 받았느냐고 연락이 안 되어 혹시 사고라도 당한 줄 알았다는 말과 함께 아내가 나를 반겼습니다. 아내의 얼굴을 보자마자 입 밖으로 무언가를 쏟아냈습니다. 그것은 도통 알아들을 수 없는 말이었다고 아내는 나중에 말했습니다. 그 순간의 아내는 점점 슬픈 빛을 띠며 나를 바라보았을 뿐입니다. 그 순간 내가 보여준 모습에 대한 아내의 해석은 동료이자 후배였던 친한 아우의 자살에서 비롯된 일시적인 쇼크 상태라는 것입니다.

어느 날 아내는 큰 서점에 가서 몇 권의 책을 사가지고 들어왔습니다. 내게 그 책들이 도움이 될 거라고 말했습니다. 아내가 사 온 책들이란 스리랑카의 승려 알루보물레 스마나사라, 이런 긴 이름을 지닌 승려가 쓴 책. 또 다른 명상법 대가의 책이었습니다. 명상법을 다룬 책 외에도 시베리아 북극에 사는 오래된 종족의 설화집이나 동화책 종류도 있었습니다. 명상서적 매대 옆에 놓인 책들이었는데 같이 읽는 것이 도움이 될 것 같아 사왔다는 겁니다. 아내는 내가 그 책들을 읽으며 다른 생각, 또 다른 상상을 할 수 있기를 기대한 모양입니다.

처음에는 아내가 준 승려의 책에 적힌 명상법대로 열심히 따라 했습니다. 마음 안정을 강조하는 그 책의 지침대로 바닥에 등을 대고 누운 후 눈을 감고, 심호흡을 하며 숨을 내쉬거나 이완시키기를 반복했습니다. 두 발, 두 다리, 두 손, 두 팔, 두 어깨, 심장, 위장 순으로 차례차례 집중하면서 마음속 회오리들과 감정을 내려놓는 연습을 매일 아침저녁으로 반복했습니다. 명상으로 의식이나 감정이 사라지는 게 아니라는 것을 깨닫는 데는 오래 걸리지 않았습니다. 아무리 쫓아내도 어느새 방 안으로 기어들어와 방구석에서 똬리를 틀고 앉은 뱀처럼 감정은 되돌아와 있곤 했습니다.

아내는 일을 나가기 시작했습니다. 당분간 돈 벌 생각은 말고 오로지 몸만 잘 살피라는 말로 나를 안심시켜 주었습니다. 아내는 아침 이른 시각에 아이를 데리고 나가 어린이집에 맡기고 일이 끝나면 밤에 아이를 데리고 나타났습니다. 나에게 뭘 좀 먹었는지, 기분은 좀 어떤지를 물었습니다. 아침이 되면 간밤에는 꿈을 꾸지 않고 잘 잤는지를 물었습니다.

꿈속의 나는 유능한 수색자입니다. 어두운 미로 같은 여객선 내부가 꿈속에서는 형광등을 켜 놓은 강당처럼 밝고 환했습니다. 격실이 두루두루 잘 보입니다. 창문을 통해서 격실로 들어가면 통로가 나오고 긴 통로를 따라가면 또 다른 격실이 나타납니다. 격실 맨 구석에 이르면 사람들이 모여 있는 것이 보입니다. 서로를 안은 모습이었습니다. 그런 꿈을 나는 매일 꾸고 있었습니다. 한동안 사람들에게 꿈 얘기를 많이 했습니다. 말을 하다 보면 말을 듣던 사람들의 눈빛이 변해 있곤 했습니다. 외면하거나, 땅을 내려다보거나 더 이상 말을 하지 말아줬으면 하는 기색입니다. 그래서 나는 그 이후에는 아내 외의 다른 사람들에게는 꿈 얘기를 좀처럼 하지 않았습니다.

나는 차츰 승려의 명상법보다 또 다른 책 속 유카기르족의 주술사 얘기에 끌리기 시작했습니다.

우리가 누구인지는 맥락에 따라 좌우되기 때문에 맥락을 바꾸면 전혀 다른 존재가 될 수 있다. 주술사가 말할 때 번쩍, 등줄기를 타고 전류가 흐르는 느낌이었습니다. 인종학상으로 시베리아 인종에 속한다는 나의 혈관 속에도 유카기르족의 피가 단 몇방울일지언정 흐르고 있었던 것일까요. 적어도 그 순간에는 같은 피가 흐르는 느낌을 받았습니다. 인공지능 로봇이 걸어 다니는 현대 문명 속에서 여전히 주술사와 사냥꾼이 남아 있는 종족이 있다는 사실은 무엇을 뜻하겠습니까. 수렵 채집기의 인간과 현대의 인간이 같은 종이기 때문 아니겠습니까.

그 종족은 동물을 흉내 내면 그 동물이 될 수 있다고 믿는 신앙을 갖고 있었습니다. 특히, 주술사의 얘기 중 맥락을 바꾼다는 내용은 단숨에 나를 사로잡았습니다. 이를테면, 의자를 보면 앉는다, 단어를 보면 읽는다, 자동적으로 연상되는 맥락에서 벗어나는 일이라고 할까요. 바지를 보면 단지 바지일 뿐이지 않습니까. 그러니까 모든 바지는 맥락이 없는 바지여야 합니다. 가령, 흰 세로줄이 세개 그려진 운동복 바지를 보아도 바닷물 속에서 본 그 단체복 바지를 연상해서는 안 되었습니다. 알루보물레 스마나사라의 명상법은 그 점에서 완전한 실패였습니다.

그때부터 나는 고기, 밥, 반찬 등등 그동안 먹어온 것들을 입에 대지 않기로 결심했습니다. 새로운 명상법을 실천하기 위해서입니다. 내가 원한 것은 살아온 방식을 모두 바꾸는 일이었습니다. 그다음에는 그놈을 생각하는 명상을 시작했습니다.

나는 처음부터 그놈을 생각했습니다. 그놈, 자꾸 그놈의 눈빛이 떠올랐기 때문입니다. 변할 수만 있다면 다른 무엇보다 그 무해한 동물이 되고 싶었습니다.

딸은 매일매일 조금씩 변해가는 나를 낯설어했습니다. 언제부터인가 가까이 다가오려 하지 않았습니다. 그래도 얼마간 시일이 지난 뒤에는 "아빠가 어떤 모습이라도 계속 사랑해" 말하면서 곁에 다가와 안기더군요. 아무래도 아내가 그렇게 말하라고 교육을 시킨 것 같았습니다.

*

잊을 수 없는 아침은 어느 날 찾아왔습니다.

나는 수풀 속을 달리고 있습니다. 계곡 사이로 얼음 바위 위를 지나 한 줄기 바람처럼 달리고 있었습니다. 바람의 속도에 몸을 맡기면 천산만산이 그 속도 속으로 달려 들어오는 것을 느낄 수 있었습니다. 작은 들짐승들이 어둠 속에서 눈을 뜨는 것이 멀리서도 보였습니다. 수풀 속을 무서운 속도로 빠져나가는 공기의 흐름이 느껴지고 핏줄 속으로 회오리가 일어났습니다.

꿈에서 깨고 나서도 한동안 흥분 상태에 놓여 있었습니다. 그건 이전에 경험한 적이 없는 꿈이었기 때문입니다. 물에 잠긴 배 안의 격실을 숨바꼭질하듯이 헤매고 다니는 꿈이 아니라 완전히 새로운 꿈. 깨고 나서도 고요하면서 새벽녘처럼 서늘한 산과 계곡의 기운이 몸속에 고여 있는 느낌이었습니다.

목욕탕 문을 열고 들어섰을 때, 뭔가 조금 달라진 걸 느꼈습니다. 문을 열면 맞은편 벽면에 사각 거울이 붙어 있습니다. 얼굴에서 무릎까지

이지만, 전신이 거의 다 보이는 거울이었습니다. 얼굴은 거울 위 끝에서 삼분의 일 지점에서 정면으로 마주 보게 되어 있습니다. 그때 이상하다고 느낀 것은 거울 속에 보이는 얼굴이 거울의 중간쯤에 있었다는 겁니다. 거울 앞에 바짝 다가가 발뒤꿈치를 치켜들어 올리자 키가 얼추 맞았습니다. 거울 면에 바짝 대고 본 거울 속 사내의 눈알은 약 일센티 정도 앞으로 불거져 나와 있고 눈자위에는 붉은빛이 감돌고 간이 안 좋은 사람의 얼굴처럼 살결이 검었습니다. 턱 밑에 거뭇거뭇 수염이 웃자라 꼭 유인원처럼 보였습니다.

이윽고 밀려든 것은 참을 수 없는 배고픔이었습니다. 며칠간 먹은 것이 거의 없다는 것을 깨달았습니다. 비로소 아내를 찾았습니다. 이름을 불렀습니다. 매일 얼굴을 보여주던 아내와 딸이 한동안 보이지 않았다는 것을 그때 알았습니다. 그동안 오로지 훈련에만 집중한 것이었습니다. 밖으로 나가봐야겠다는 생각이 들었습니다. 아내와 딸을 찾아야 했습니다.

오랜 시간 집 밖으로 나가지 않은 탓인지 땅을 딛는 순간 현기증이 났습니다. 햇빛은 유리조각 파편처럼 살갖을 쿡쿡 찌르는 충격을 주었습니다. 천천히 걷는데도 식은땀이 나고 등이 저절로 굽어지고 어깨와 팔이 자꾸 밑으로 처지기 시작했습니다.

걸어가는 길에 무언가 툭, 발에 걸렸습니다. 길가에 엎드려 있던 검은 물체가 순간 작은 돌멩이처럼 굳어졌습니다. 검은 물체 앞에는 작은 플라스틱 바가지가 놓여 있었습니다. 검은 물체가 돌멩이로 변한 곳은 계단 앞이었고 계단은 지하철역으로 이어져 있었습니다. 아내와 딸이 있는 곳으로 가려면 플랫폼에서 전철을 타고 몇 정거장을 더 갔다는 기억을 떠올렸습니다. 통로 쪽으로 걸어가는데 제복을 입은 남자가 걸어오다가 나를 쳐다보았습니다. 조금 화난 표정이었습니다.

"이봐요. 거기, 여기 있으면 어떡해요? 빨리 나가요. 얼른!"

빗자루로 쓸어내듯 나를 몰아붙이기 시작했습니다. 네발로 기다시피 계단을 올라왔고 도로에 면한 상가건물 쪽으로 피신해야 했습니다. 상가건물에 붙은 간판들을 올려다보는데 뭔가 이상했습니다. 뭘 잘못 보았나 싶어 눈을 한 번 감았다가 다시 뜨고 보아도 낯선 기호들만 보였습니다. 그것들을 읽을 수가 없었습니다. 유리문 너머로 책들이 진열되어 있는 가게 앞으로 기어간 후 계단 턱에 앉아 새우처럼 몸을 구부렸습니다. 팔과 다리는 아까부터 덜덜 떨리고 있었습니다. 이윽고 떨림의 원인이 뭘 거의 먹지 않고 지낸 탓이라는 것을 깨달았습니다. 그때 눈에 들어온 것은 길바닥에 버려진 종이봉지였는데, 그걸 집어서 봉지 속을 보니 누가 반쯤 먹다 버린 햄버거였습니다. 냄새를 맡아보니 상한 것 같지는 않았습니다. 배가 너무 고팠기에 단숨에 입속에 넣고 몇 번 씹지도 않고 삼켜 버렸습니다.

그러고 나서 얼굴을 들었는데 종종걸음으로 어딘가를 향하여 서둘러 가고 있는 사람들이 보였습니다. 사람들의 입에서 나오는 말소리들이 새들이 지저귀는 소리처럼 들려오더니 위잉, 하고 하늘과 전봇대처럼 솟은 빌딩들이 배가 기울 듯 기우뚱하고 돌았습니다. 그렇게 길바닥에서 잠이 들었습니다. 사람들은 내가 잠을 자거나 죽은 걸로 생각했는지 옆을 지나쳐 가고 있었습니다. 가까이 다가와 흔들어대거나 쫓아내는 사람은 없었습니다.

햇빛이 이제 그만 자라고 나를 깨웠습니다. 몸을 일으켰고 어디든 가야겠다는 마음으로 걸음을 옮기기 시작했습니다.

횡단보도를 건너기 위해 잠시 멈춰 섰을 때였습니다. 신호등은 빨간불이었다가 초록불로 바뀌고, 마치 빠름 단추를 누른 마냥 사람들이 우르르 몰려가고 우르르 몰려왔습니다. 그때 건너편에서 책가방을 멘 남학생이 걸어왔습니다. 단발머리 여학생이 뒤따라오는 것이 보였습니다. 두 사람은 친구 사이인지 옆으로 나란히 서서 반말 조의 말을 주고받으며 오고 있었습니다. 누군가 두 사람 뒤에서 후다닥 뛰어오는 소리가 들렸습니다. 고등학생으로 보이는 키 큰 남자아이 하나가 달려오고 있었습니다. 하얀 세로줄이 세개 그려진 바지를 입은 남자아이였습니다. 그때였습니다. 갑자기 나는 그 아이와 반대 방향으로 달아나기 시작했습니다. 나도 모르게 달리고 있었습니다.

그때 왜 달아났는지 나도 이유를 알 수는 없습니다. 다만 학생이 입은 그 운동복 바지를 보는 순간 피하고 싶었을 뿐입니다. 저만치 정류장 앞에서 버스가 달려와 급정거하는 모습이 보였고 나는 버스를 향해 뛰기 시작했던 겁니다. 열린 출입문 계단을 밟고 재빨리 올라섰습니다. 그렇게 버스 안으로 도망치듯 몸을 싣고 그곳을 빠져나갔습니다.

나를 태운 버스는 낯선 곳으로 달려가고 있었습니다. 버스는 도시를 벗어나고 있었습니다. 한참을 달려가던 버스가 멈춘 곳은 버스들이 줄지어 서 있는 광장이었습니다. 버스는 더 이상 달리지 않을 뿐만 아니라 차 안에 탄 사람들을 모두 내리게 했습니다. 할 수 없이 나도 버스에서 내려야 했습니다.

큰길을 따라 계속 걸었습니다. 새로 지은 건물이 많고 공원처럼 보이는 곳까지 걸어갔습니다. 공원의 입구에는 돌로 된 비석이 있고 아치형의 큰 문이 있었습니다. 문을 지나서 공원 입구의 광장을 지나 더 안쪽으로 걸어 들어갔을 때 중앙에 자리한 가장 큰 건물이 눈에 들어왔습니다. 그 흰색의 건물로 다가간 것은 독특한 건물의 모양새 때문이었습니다. 건물의 중앙계단으로 걸어 올라갔습니다. 안으로 들어가니 양쪽으로 길고 어두운 통로들이 이어지고 있었습니다.

이윽고 한쪽 벽면이 모두 유리관으로 되어 있는 그 방 안으로 들어섰습니다. 유리관 위쪽에 달린 조명등이 꺼져 있어서 그 안에 무엇이 들어 있는지 뚜렷이 보이지 않았습니다. 그래서 유리관 가까이 다가가 본 것입니다.

그때 내가 본 것은 수백 개의 사진 액자들입니다. 그곳은 일종의 묘지였습니다. 이윽고 벽에 걸린 어떤 동물의 두상과 눈이 마주쳤습니다. 수풀 속을 뛰어다니던 길고 굵은 다리는 몸통과 함께 잘려나가고 잿빛 털로 덮인 어깻죽지에서부터 위로 솟은 두 귀와 부릅뜬 두 눈알, 각진 입매가 고정된 얼굴 윤곽 속에서 공중에 떠 있었습니다. 누렇게 변색이 된 이빨들 사이에 검은색 자갈 모양이 눈에 들어왔습니다. 아직 살아 있는 것 같은 시퍼런 두 눈은 한 지점에서 정지된 채였고 생전의 시간은 두개의 눈알 속에 응고되어 있었습니다. 그때, 뒤에서 누군가 나를 불렀습니다. "여보세요, 추모관 문 닫을 시간이에요. 나가 주세요." 목소리는 나에게 말하고 있었습니다.

뒤돌아 나오는데 몇 발자국도 떼지 않아 눈앞이 깜깜해졌습니다. 그 뒤로는 생각이 나지 않습니다. 눈을 떴을 때는 건물 밖으로 옮겨져 있었습니다.

서늘한 기운을 느끼며 몸을 일으켰을 때는 어느새 밤이 되어 있었습니다. 정신을 잃기 전에 본 동물의 두상을 떠올렸습니다. 허공에 걸린 작은 짐승의 눈과 혀가 눈앞에서 생생했습니다. 나도 모르게 갑자기 옆에 있는 나무를 기어오르기 시작했습니다. 높이가 삼미터는 되보이는 양버즘나무였습니다. 매달릴 수 있는 굵은 나뭇가지를 찾았고 매달렸습니다. 그러나 매달리자마자 나뭇가지는 툭 끊어져 버리는 것이었습니다.

그 이후에 내가 그곳을 어떻게 벗어났는지 기억이 나지 않습니다. 언뜻언뜻 기억나는 것은 참을 수 없이 배가 고파지면 나무 밑에 수북한 나뭇잎들을 긁어 입안으로 꾸역꾸역 밀어 넣는 내 모습입니다. 그동안의 훈련 탓인지 그런대로 먹을 만했습니다. 배가 부르면, 고치 속에 들어앉은 유충처럼 웅크린 채 잠이 들었습니다. 몇날 며칠을 그렇게 잠을 잤습니다.

어느 날은 숲속에서 눈을 떴는데 참 달빛이 환했습니다. 달빛은 나무에 가 부딪치고 바위에 가 부딪치고 산을 돌아 몸속으로 흘러왔습니다. 눈을 뜬 나는 달빛을 받아먹을 듯 입을 벌려 보았습니다. 몸에 나뭇잎들이 가득 덮여 있었습니다. 툭, 밀쳐내자 고치가 벗겨지듯 몸을 덮었던 것들이 허물처럼 떨어져 나갔습니다. 몸속에 남아 있는 기운을 모두 끌어모아 힘을 내 보았습니다. 두 다리와 두 팔이 바닥 위에 똑바로 서는 순간이 있었습니다. 땀을 흘리며 계속 두 팔과 다리에 힘을 준 채 서 있자 차츰 새벽녘의 서늘한 기운이 온몸으로 밀려왔습니다. 어느 때보다도 몸은 가볍고 맑아져 있었습니다. 그때부터는 사람들의 시선을 피해서 숲과 숲으로 이어진, 짐승들이 다니는 길을 이용해 걷고 또 걸었습니다.

어느덧 이 숲까지 이르렀던 것입니다. 그 후로 나는 이 숲에서 살아가 게 되었습니다. 한동안은 지낼 만했습니다. 어느 날 그 젊은 부부와 마주치기 전까지는 그랬습니다.

그날은 햇빛이 참 좋았습니다. 걸을 때마다 발밑에서 사각사각 기분 좋은 소리도 나서 이리저리 걸어 다니며 모처럼 일광욕을 했습니다. 그 때 "엄마, 저게 뭐야."아이의 소리가 들리더니 뒤이어 숲속으로 걸어 들어오는 젊은 부부의 모습이 보였습니다. 그들은 나를 보자마자 구덩이를 피해 빙 둘러가듯 거리를 두며 방향을 트는 것이었습니다. 젊은 여자의 얼굴에 떠오른 혐오의 빛이 멀리서도 느껴질 정도였습니다. 그들은 아래쪽에 있는 미니 동물원에 구경하러 왔다가 나를 발견한 듯했습니다.

그들이 사라진 후 며칠 지났을 때였습니다. 난데없이 카메라를 들고 있는 사람들이 나타났습니다. 그들은 처음에는 숨어서 나를 찍기 시작했지만 점점 가까이 다가오기 시작했습니다. 몇 가지 질문을 하겠다며 말을 걸어오기도 했습니다.

며칠 후에는 서₩에서 나왔다며 제복을 입은 사람이 찾아와서 나를 이렇게 불렀습니다.

"이봐요, 고트맨 씨. 여기 있으면 안 돼요. 왜 이곳에 있는 겁니까?"

그러면서 이곳을 떠나라고 했습니다.

그들이 물러난 뒤 한참 뒤에 선생이 왔습니다. 선생은 방송에서 나를 보았다고 말했습니다. 명함을 주면서 사람들의 말을 기록하는 일을 한다고 자신을 소개했습니다. 나의 이름도 알려주었습니다. 선생은 자꾸 기억해 보라고 했습니다. 기억이 나지 않는다고 하자, 떠오르는 대로 생각나는 대로 말해 달라고 했습니다. 기억, 또다시, 그 기억을 살려내라고 하면서 말입니다. 하지만 지금까지 한 말이 내가 기억하는 전부입니다.

선생은 나의 말을 끝까지 다 들었습니다. 지금까지 나는 누구에게도 피해를 주지 않았습니다. 나는 무해한 동물입니다.

늦은 저녁을 먹으면서 켜놓은 텔레비전 속에서 다투는 음성이 들려왔다. 아내는 처음부터 그 방송을 보고 있었다. "대체 저 사람들이 왜 싸우는 거야?"내가 물어보자 아내는 앞부분의 방송 내용을 요약해서 들려주었다.

카메라가 비춘 것은 서울 근교 휴양지의 근린 숲이다. 그곳에 가족단위 여행객을 유치할 목적으로 조성된 관상용 미니 동물원이 있었다. VJ 카메라는 동물원과 인근 숲을 터전으로 살아가는 남자를 며칠 동안 관찰하는 중이었다. 자신을 염소라고 주장하는 남자의 존재는 누군가의 제보를 통해 알려졌다. 여기까지가 아내의 설명이었다. 담당 피디가 도청 사회복지과에 도움을 요청하고 경찰서에도 신원조회를 의뢰하는 과정에서 남자의 신원이 밝혀지는 장면이 이어졌다. 제복 입은 사내가 다가가 설득할 때 남자가 그에 저항하는 장면부터 그는 보았던 것이다. 이윽고 제복 입은 사내는 물러섰고 머리를 흔들며 길을 내려갔다. 한시간 분량의 방송에서 남자가 등장하는 파트의 방영 분량은 삼십분이 못 되었다.

방송이 끝나갈 즈음이었다. 불현듯 '페리나미오우에'라는 단어가 귓전에 들려왔다. 남자는 페리나미오우에의 초기 구조 과정에서 선체의 수색, 수습에 자원한 민간 구조자들 중 한 사람이었다는 내레이션이 이어서 들려온 순간이었다. 시각과 청각의 집중은 그때부터 일어났다. 조명 속의 무대처럼 기억의 어느 부분에 환하게 불이 들어오기 시작했다.

3년 전 그가 연구원으로 있는 구술사 학회에서 이백명의 사람들과 함께 페리나미오우에가 침몰했을 당시 관련자들의 구술 채록작업을 추진한 적이 있다. 그 프로젝트는 얼마 지나지 않아 보류되었는데 신청서를 낸 후 연구비를 지원해주기로 약속한 기관에서 지원을 취소하겠다고 통보해왔기 때문이다. 그때 계획대로 추진되었다면 만났을지 모를 사람들의 명단을 그는 한동안 갖고 있었다.

그는 남자의 입을 통해 뭔가 구체적인 사연을 듣고 싶었지만 방송은 정해진 시간이 끝나자 재빨리 광고로 넘어갔고 이윽고 9시 뉴스가 시작되었다. 한동안 서랍 속에 있던 구술 채록자 명단에 마음이 머물렀다. 남자를 찾아가 보겠다는 생각으로 길 찾기 검색 서비스 사이트에 들어가 주소지를 입력해 보기도 했다. 하지만 그때마다 가로막은 것은 그날 예정된 발표, 회의, 세미나였다. 그렇게 한 달이 지나가자 어느덧 방송의 잔상은 흐려져 있었다.

*

논문을 빨리 완성해야 한다는 것은 핑계였다. 사실은 무릎 수술을 위해 시골에서 올라온 장모와 얼마간 불편한 공존을 해야 하는 상황, 이를테면, 장모의 입에서 분명 흘러나올, 박사논문을 쓰면 조만간 교수가 되는 건가? 식의 말을 듣게 될 곤혹감. 이런저런 감정을 내비치는 것보다 그런 이유가 더 합리적이었다. 아내는 오히려 반기는 기색이었다. 인터넷을 뒤져서 비수기 특가로 나온 방을 재빨리 찾아내 예약까지 해 주었다.

비수기 할인. 그것이 함정이었는지 모른다. 서울에서부터 한시간 거리를 달려온 처음 기대와 달리 불청객 같은 소음들이 밀려들며 논문을 마무리할 결심으로 방에 들어앉은 그를 괴롭히기 시작했다. 대낮부터 노랫소리가 들려오기 시작하고 확성기 음향이 벽을 타고 울려오므로 몸을 일으켜 방을 빠져나갔다. 지하층 마트에서 간단한 요깃거리와 음료, 캔맥주를 사는 것을 잊지 않았다.

주차장을 지나 실개천이 흐르는 곳의 무지개다리를 건너면 산책길이었다. 옥산. 그가 머물고 있는 객실 베란다 창 너머로 보이는 그 산으로난 길이었다. 길을 따라 조금 더 올라가자 애견놀이터로 꾸며 놓은 작은 공터가 나타났다. 놀이터 위쪽으로 또 다른 언덕이 있고 목책이 빙 둘러세워져 있다. 목책 안쪽은 작은 마당이 있는 축사. 산양 한마리, 세마리의 염소, 다섯마리의 토끼, 열마리의 닭이 수용된, 이름만 동물원일 뿐, 동물 우리와 다를 게 없는 곳이었다. 사람의 기척을 느끼고 울타리와 울타리 사이에 들어있는 동물들이 제각각 울음소리를 내기 시작했다. 동물원 아니 동물 우리를 지나쳐 위쪽으로 더 걸어갔다. 완만하게 이어지던 산길은 비탈길로 바뀌기 시작했다. 나무와 나무 사이 덜 가파른 편편한 땅에 자리를 잡고 캔맥주부터 천천히 비우기 시작했을 때 등 뒤에서 자꾸 무슨 소리가 났다.

소리가 나는 쪽으로 돌아보자 저만치 군락의 나무들 사이에서 희뜩한 빛깔들이 어른거렸다. 도란도란 그들은 모여서 이동하는 중이다. 무리는 눈에 익은 풍경이지만 그 속에 색다른 퍼즐 조각이 하나 낀 것처럼 기이한 형체가 보였다.

그는 이상한 기시감을 느꼈는데 처음에 떠올린 것은 언젠가 유심히 들여다본 책의 표지 사진이었다. 동물이 되기로 결심한 남자가 염소가 되기 위한 도전을 거듭한 끝에 염소 비슷하게 되어 간다는 이야기를 담고 있는 책이었다. 그 책 표지 사진 속의 사람은 염소 모습과 비슷하게 제작된 의상을 입고 염소 무리에 자연스럽게 섞여 있었는데 잘못 본 것이 아니라면 그가 조금 전에 본 것은 분명 염소가 아니라 염소 비슷한 사람이 맞았다. 그는 몇 걸음 더 다가가 자세히 보았다. 분명 염소들은 남자를 자신들 무리의 일원으로 받아들인 양 내버려두었고 남자는 그들의 한 무리처럼 자연스러워 보였다. 그의 두 눈은 일곱 마리의 염소와 함께 풀 속에 머리를 박고 엎드린 채, 염소인 양 함께 어울린 사람을 담고 있었다.

책 표지 사진 다음으로 뒤늦게 떠오른 것은 그 예능프로그램 방송이었다. '세상에 이런 희한한 일이' 카메라에 찍힌 남자의 얼굴이 떠올랐다. 설마 남자가 계속 그곳에 살고 있을 것이라고는 생각지 못했다. 방송을 본 것이 4월이니 당연히 방송 이후 다른 곳으로 떠났을 것이라고 여겼던 것이다. 그는 조용히 숨을 죽였다. 이제껏 본 적이 없는 풍경의 관객이 된 느낌이었다. 그의 역할은 계속 고요한 관객이 되는 것이었다.

그게 남자를 위해 할 수 있는 일인 듯 여겨졌다.

다음날 그 다음 날에도 계속 숲으로 갔다. 어떻게든 논문을 마무리하고 되돌아오라는 문명의 도시에서 전해져 오는 강력한 제어의 전파보다는 숨은 관객의 노릇에 더 이끌렸다. 때때로 직립한 두 다리와, 두 팔이 무겁게 느껴지는 순간이 있었다. 늘어뜨린 두 팔을 땅 위에 내려놓고 머릿속 가득한 먹물들을 지우고 네발 짐승이 되고 싶은 충동이 몸속 깊은 곳에서 솟구쳐 오르지만 하루 한번씩 걸려오는 아내의 전화는 그를 다시 제자리에 돌려놓곤 하였다.

방에 되돌아와서 창 너머로 옥산을 바라보다가 그는 또다시 서랍 속의 명단을 떠올리기 시작했다. 대학원에서 그의 전공영역은 사회사와 구술사로 확장되어 있었는데 새롭게 도전한 연구방법은 난관에 부딪히곤 했다. 기존의 연구와 문헌, 자료들은 늘 빈곤했다. 가장 힘든 것은 구술자들을 찾아내는 일이었다. 전화 접촉 과정에서의 거절, 간신히 구술 허락을 받고 집까지 찾아간 상황에서 구술자가 마음을 바꿔 면담이 좌절되는 것은 흔한 일이었다. 필요한 대화의 기회를 놓친 경우는 더 많았다. 숲 속의 남자는 오래전에 만났어야 할 구술자 중 하나였다. 결국 그는 관객의 위치에서 벗어나 다가가기로 했다.

풍경 속에서 밖으로 나온 남자는 좀처럼 어떻게 그곳에 오게 되었는지 기억해 내지 못했다. 이미 많은 기억을 잃은 상태였다. 좀처럼 말을 잇지 못했다. 그가 가져간 한병의 소주를 다 비우고 한참 뜸을 들인 후에 얼마간 기억의 일부가 남자의 입술을 벌리고 흘러나왔다.

*

태풍이 몰려오는 계절이었다. 텔레비전을 켜자마자 '오키나와를 휩쓴 초강력 태풍이 시속 30km 속도로 북상 중' 속보 자막이 나타났다. 나무가 부러질 듯 휘청이고 건물 구조물이 뿌리째 뽑힌 가로수와 함께 거리에 나동그라지는 장면이 뉴스 첫 화면으로 이어졌다. 유리창을 깨뜨릴 정도로 위협적이라고 알려진 태풍의 진행 방향은 시시각각 보도되기 시작했다. 태풍 루사 때처럼 베란다 유리창에 신문지를 붙이는 사람들의 모습이 중계되었다. 태풍이 중부 내륙에서 동해 해상으로 빠져나가버렸다는 뉴스가 전해졌을 때 그는 안도했다. 이윽고 부동산 가격의 이상 폭등현상 뉴스가 채널마다 뒤덮기 시작하자 태풍은 금세 잊혔다. 뒤이어 화덕처럼 뜨거운 열기가 닥쳐왔다.

그는 내비게이션에 옥산 주소를 입력하고 차를 몰았다. 태풍 예고 때부터 걱정이 되었지만 논문을 제출하고 심사를 받는 일정으로 그는 너무 늦게 남자를 다시 찾아가고 있었다.

산책로 입구는 폐쇄되어 있었다. '태풍의 영향으로 산책로와 곰바위 쪽 통행을 일시 중단합니다.' 입구에 안내문이 붙여져 있다.

숲에서 걸어 나오는 인부에게 미니 동물원에 있던 동물들과 그곳에 함께 있던 남자의 행방에 대해 물어보았다. 태풍의 영향으로 지붕이 파손되는 손실이 있었고 동물들은 그때 다른 곳으로 옮겼다는 것이다. 남자는 동물원이 폐쇄되기 전에 사라져서 나타나지 않는다고 했다.

숲을 되돌아 나와야 했다. 차를 주차해 둔 곳으로 천천히 걸어가고 있을 때였다. 등 뒤에서 익숙한 울음소리가 들렸다. 뒤를 돌아보자 검은 염소 한 마리가 서 있다. 예전에 본 그 숲의 무리에서는 볼 수 없었던 새로운 종이었다.

조심스레 가까이 다가갔다. 셀룰로이드로 만든 구슬 같은 눈을 가진 염소였다. 그것은 어떤 기억도 담고 있지 않는 눈으로 그를 바라보았다. 이윽고 염소는 그의 앞을 가로질러 폐쇄된 산책로를 넘어갔다. 검은 염소가 숲속으로 사라져 보이지 않을 때까지 그는 눈을 떼지 않고 조용히 바라보며 한동안 서 있었다.

도서관 한 귀퉁이에서 매일 조금씩 글을 썼다.

시간은 빠르거나 느릿느릿 흘러갔다. 백지를 앞에 놓고 촛불 대신 시간만 태우고 있을 뿐이던 그 시간 동안, 써야 할 그 무엇은 단단히 돌 속에 틀어박힌 채 좀처럼 얼굴을 보여주지 않았다. 이따금 창밖을 보면 언뜻언뜻 투명하고 가냘픈 무늬들이 보였다. 그렇게 가까워졌다가 멀어져 가곤 했던 수많은 실루엣들이 있다.

그 실루엣에 육체를 만들어주는 일, 말의 혀를 달아주는 일. 글 쓰기는 그것과 다르지 않았다. 어둠 속에서 끝없이 더듬거렸던 오랜 시간이 헛되지 않은 것은 그 시간이 준 깨달음 때문이다. 소설 쓰기란 인생·인간·마음에 대한 탐구의 여정 그 자체라는 사실을 가르쳐 준 시간이었기 때문이다. 오랫동안 나는 도망쳤으나 문학은 한 번도 나를 떠나지 않았다. 그래서 이제는 절대로 도망하지 않겠다고 다짐했을 때 돌무덤의 한 귀퉁이가 열리면서 그곳으로 한 줄기의 바람이 불어오기 시작하는 것을 느낀다. 이제 무덤 속에서 나와 밖으로, 세상 속으로 더 깊이 한 걸음 내딛으라는 의미일 것이다.

두꺼운 쇠문을 열어주시고 한 줄기 바람을 선물처럼 보내주신 성석제, 하성란 선생님께 감사드립니다. 앞으로 열심히 쓸 것이고 그 기대, 절대 헛되지 않도록 하겠습니다.

중립 지키며 아픔 되새겨… 완성도 높은 '수작' 만났다

　열편의 본심작 중 집중적으로 논의된 소설은 네 편이었다.

　「스테고사우르스」는 불의의 사고로 아이를 잃은 D와 M, 그리고 D의 옛 연인인 T의 이야기로, 살아남은 자들의 피폐한 삶과 얽힌 인간관계가 잘 그려졌으나 '스테고사우르스' 하나로 결집하기에는 미진하다는 느낌이었다. 인물들을 이니셜로 처리한 점도 그들의 관계를 조금씩 드러내려는 의도가 부각되기보다 단문과 현재진행형의 문장이 겹치면서 가독성을 떨어뜨렸다.

　「그녀의 기억」은 '지혜'의 악몽과 사촌의 죽음, 죄의식이 미스터리하게 진행되는 매력적인 소설이다. 악몽 속 미나리꽝이 사실은 사촌의 죽음과 연관된 사내의 팔에 있는 거머리 문신이라는 것이 강렬한 이미지로 부각되는데, 기억들이 돌연 떠오르는 점이 아쉬웠고 자신의 이름을 죽은 사촌의 이름으로 개명한 점이 납득되지 않았다.

　「걱정 마세요」는 전문적인 지식을 바탕으로 한 탄탄한 소설로 환자의 다리를 살리려는 외과의사 '경민'의 노력이 결국 자신의 다리로 귀결되는 점이 흥미로웠다.

　다만 "수술은 일종의 의식과도 같다"라는 경민의 발언 등 이야기의 전개가 다소 통속적이라는 느낌을 지울 수 없었다. 익숙한 도식이 깨지는 것은 수술대 위의 경민이 모두를 의심스러워하며 불안해하는 부분이었다.

　당선작인 「염소」는 참사 이후의 문학이다. '그'는 참사현장에 투입된 잠수부로 매일 밤 꿈속에서 가라앉은 배 안에 들어가 부둥켜안고 있는 아이들을 본다. 그를 그 꿈에서 벗어나게 하는 것은 모두에게 무해한 염소가 되려는 염원이고, 염소 무리에서 염소처럼 살아가는 그는 예능프로그램에 고트맨으로 소개되기에 이른다.

　중립적일 수 없음에도 작가는 중립적 위치를 단단히 지키면서 참사를 기억하고 그 고통을 되새김하고 있다. 마지막 장에서는 쓰디쓴 물이 올라오듯 가슴이 아렸다. 이야기의 완성도는 물론이고 탓할 것이 없는 소설이었다. 이런 작품은 오랜만이었다.

대전일보 **김은희**

강원도 춘천시 출생
경기도 파주시 거주
명지대학교 대학원 문예창작학과 박사과정 수료

대전일보

종점 만화방

김은희

| 1 |

벽돌이 보이지 않는다. 쓰레기봉투 뒤에도, 말라죽은 화초가 막대처럼 꽂혀 있는 화분 뒤에도 벽돌은 없다. 입구 옆에 놓아두었던 벽돌이 감쪽같이 사라졌다. 벽돌이 없으면 입간판은 제구실을 하지 못한다. 또박또박 정성 들여 쓴 글자의 'ㅁ'자 모서리 부분의 페인트가 벗겨져 'ㅇ'자처럼 보이는 입간판은 벽돌을 괴어놓지 않으면 옆으로 고꾸라지고 만다. 나무판에는 '만화'라고만 검은 페인트로 자그맣게 써져 있을 뿐이다. 하지만 사람들은 이곳을 '종점'이라 부른다. 이노인의 말에 의하면 '종점'이라는 이름은 만화방으로 업종을 변경하기기 전의 이름이라고 한다. 처음에는 색시집, 다음엔 여관, 대포집. 하지만 여러 업종으로 바뀌면서도 한결같이 종점이란 이름으로 이어져왔기 때문에 사람들은 '만화'라고 써놓아도 알아서 '종점'이라고 부르는 것이라 했다.

최노인이 매일 정성스럽게 마른 걸레로 먼지를 닦던 입간판의 지지대가 부서지던 날, 최노인은 머리가 깨졌다. 술 처먹었으면 집에 가 자빠져잘 일이지, 가만있는 남의 간판은 왜 걷어차고 지랄이야. 비틀거리던 젊은 남자의 발이 말린 틈도 없이 입간판에 내리꽂혔다. 순간 최노인 눈에서 불이 번쩍였다. 최노인은 남자의 멱살을 틀어줘었다. 남자의 멱살을 잡았다고는 하지만 최노인이 남자에게 대롱대롱 매달려 있는 형국이었다. 남자는 얼굴을 들이밀고 욕을 퍼붓는 최노인을 콘크리트 바닥에 메다꽂았다. 최노인의 머리가 수박처럼 깨졌다. 수박처럼 깨어진 머리에서 붉은 피가 흘러나오던 것을 생각하면 소름이 끼쳤다.

나는 몸서리치며 별채처럼 대문 옆 마당에 떨어져 있는 창고를 힐끗 쳐다본다. 입간판을 고쳐볼 요량으로 공구를 찾아보았지만 찾을 수 없었다. 찾아보지 않은 곳이라고는 창고밖에 없었는데 그곳은 자물쇠로 굳게 닫혀 있었다. 사용을 하지 않은지 오래된 듯한 창고의 자물쇠통은 붉은 녹이 내려앉아 있었으며 열쇠는 어디에도 없었다. 녹슨 삽이나 형편없이 망가진 자전거 따위밖에 없을 것이라는 생각을 하면서도 널빤지를 덧댄 창문을 보고 있으면 창고 안이 궁금해지곤 했다. 창문에 눈을 바짝 가져다대고 창고 안을 들여다볼라치면 여지없이 까랑까랑한 목소리가 날아와 뒤통수를 때렸다. 저기 안에 있는 물건들은 주인이 다 따로 있어. 주인이 오면 밀린 외상값 받고 돌려 줄 거야. 그러니 건드릴 생각하지 마. 최노인의 목소리가 귓가에서 울리는 것 같아 고개를 돌린다. 골목모퉁이에서 누군가 기웃거리는 것이 보인다. 나그네 여관 이노인이다. 두부가 반모 담겨 있는 양은그릇을 내 앞에 내민다.

그래, 만화방은 어떻게 지내나, 퇴원은 영영 못한데? 그렇겠지, 머리통이 그리 쉬 붙을 리 있어, 날도 덥고, 늙은 놈의 살가죽이 그리 쉽게 붙을 리가 없지, 암 그렇고말고, 그 까짓 것 좀 부서지면 어떻다고 제정신도 아닌 놈의 멱살을 잡아, 죽으려고 환장을 한 거지, 암 죽으려고 환장하고 말고.

나그네 여관 이노인은 자신이 한 말에 연신 고개를 끄떡인다. 그리고는 자신의 콧잔등에 걸려 있는 안경이 투시경이라도 되는 것처럼 나의 몸을 아래서부터 천천히 훑는다. 입간판을 담에 기대놓고 양은그릇을 받아 얼른 뒤돌아선다. 이노인의 시선이 나의 엉덩이를 쓰다듬는다. 그릇과 함께 부라보콘을 건네자 만화방 구석자리의 솔다방 소파에 앉아 녹아

211

내리기 시작한 부라보콘을 천천히 혀끝으로 핥으며 신문을 펴 든다.

날쌔고 용감한 폴이 여기 있다. 대마왕 손아귀에 니나를 구해내자.

언제나 그렇듯 힘차게 노래를 부르며 들어오는 사람은 비디오가게 폴이다. 만화책을 만지작거리는 녀석을 향해 소리친다.

폴 만화방 청소부터 해.

녀석이 힐끗 나를 쳐다보더니 입을 삐쭉이 내밀며 빗자루를 집어 든다. 열다섯 살인 폴의 정신연령은 일곱 살에서 고장 난 시계처럼 멈춰 있다. 녀석의 정신이 왜 일곱 살에서 멈춰 버린 것인지는 알 수 없다. 다만 일곱 살 이후 녀석의 정신연령이 조금도 성장하지 않았으며 초등학교를 입학하고서야 그 사실을 주위 사람들이 알았다는 것이다. 폴은 비디오가게를 운영하는 여덟 살 위인 누나와 칠순이 넘은 할머니와 함께 살고 있다. 폴의 어머니는 녀석을 낳다 죽었고 아버진 무슨 병인지 모르지만 합병증으로 오년 전에 죽었다. 폴의 말에 의하면 성기에 난 종기를 짜낸 것이 화근이 되었다고 한다. 한쪽 눈을 실명하더니 종국엔 발가벗고 온 동네를 뛰어다니다 얼어 죽었다. 녀석은 아버지의 죽음에 대해 말하면서도 연신 싱글거렸다. 아빠 자지가 얼마나 컸는지 알아, 히히. 그때 나는 부라보콘 뾰족한 부분을 빨아먹고 있는 녀석을 보며 잘만하면 힘들이지 않고 녀석을 나의 손발처럼 써먹을 수 있을 거라고 생각 했다.

날개를 단 듯 소리도 없이 쏘다니는 녀석의 발을 묶어 놓을 수 있는 곳은 이곳 밖에 없다. 녀석은 '이상한 나라의 폴'이란 만화책만 잡으면 시간 가는 줄 모른다. 상기된 얼굴로 만화책을 보는 녀석의 얼굴은 사뭇 진지하기까지 하다. 그때, 녀석의 집중력은 대단하다. 그때만큼은 열다섯 살 소년 같다. 자신을 부르는 소리도 듣지 못할 만큼 녀석은 만화책에 빠져 있는 경우가 많다. 그럴 때면 하는 수 없이 녀석에게 다가가 급습하듯 만화책을 빼앗아 드는 수밖에 없다. 녀석은 잠시 버둥거리지만 이내 포기해 버리고 만다. 심하게 반항 한다면 며칠간 만화책 근처에는 얼씬도 할 수 없다는 것을 정신연령이 일곱 살에 멈춘 녀석도 알고 있는 것이다. 매섭게 노려보는 내 앞에서 녀석은 다시 일곱 살의 소심한 아이가 되어

버린다. 폴이란 이름도 진짜 이름이 아니다. 팔십 년대 선풍적인 인기를 끌었던 일본만화 '이상한 나라의 폴'을 좋아하여 붙여진 것으로 사람들은 녀석을 이름대신 폴이라 불렀다.

녀석이 바닥의 먼지를 쓸어내는 것을 보며 수도꼭지에 고무호수를 낀다. 엄지로 고무호수 끝을 살짝 막자 물줄기가 방사형으로 뿜어져 나온다. 땅바닥으로 곤두박질친 물줄기는 파편처럼 검은 점을 남긴다. 넝쿨장미에 물을 준다. 잠시 붉은 입술을 베어 문 듯한 장미가 담을 타고 오르는 상상을 해본다. 그러자 미세한 떨림이 온몸을 훑고 지나간다. 평화롭다. 그것도 잠시, 누군가 틈이 벌어진 나무문을 요란스럽게 밀고 들어선다. 미간을 좁히며 대문 쪽을 쳐다본다. 공사장 김 씨다. 오늘도 허탕을 친 모양이다. 벌써 일주일째 그는 일없이 놀고 있다. 아마도 다리를 저는 것과 관련 있을 것이다. 보름전인가 하늘에 구멍이 뚫린 것처럼 비가 쏟아지던 날, 공사장 김 씨는 다리를 절뚝거리며 들어섰다. 왼쪽 다리에 커다랗게 반창고를 붙인 공사장 김 씨는 반창고 밑으로 새어나오는 피고름을 휴지로 쓱쓱 닦으며 소파에 반쯤 누워 무협지를 읽었다.

공사장 김 씨는 고무호수를 잡고 있는 나를 힐끗 쳐다보더니 누런 이를 드러낸 채 빙긋 웃으며 만화방으로 향한다. 흰 러닝셔츠에 초록색 추리닝을 무릎까지 말아 올린 그의 뒷모습에서 담배 냄새가 섞인 땀 저린 내가 날아온다. 순간 뱃속이 매슥거린다. 나는 침을 몇 번 수챗구멍에 뱉고 수돗물로 입안을 헹군다.

판타지 소설 신간은 영영 안 갖다 놓을 생각인가?

나는 대구도 없이 대야에 물을 받아들고 밖으로 나간다. 공사장 김 씨는 분명 책꽂이 앞에 서서 낡은 무협지를 뒤적거리고 있을 것이다. 그는 자신이 보는 무협지를 판타지 소설이라 부른다. 하지만 분명히 말해둘 것은 그가 읽는 것은 판타지 소설이 아니라 삼류 저질 무협지라는 것이다. 그는 이 모든 무협지를 섭렵했다. 그는 책꽂이에 꽂힌 무협지를 뒤적거리다가 별 수 없이 책꽂이에 꽂힌 것 중 맨 앞에 것을 뽑아들 것이다. 히죽거리며 책장을 넘기는 그의 모습이 떠오른다. 대야에 물을 골목에 뿌리려다 멈춘다. 입간판이 대문 앞에 반듯하게 놓여 있다. 벽돌이 괴어 진 채.

| 2 |

물론 여자이건 남자이건 상관은 없지. 그런데 아가씨는 너무 젊지 않 나?

다섯 번째 전화를 거는 것이지만 노인은 똑같은 말을 반복했다. 한사 코 젊은 사람은 쓸 생각이 없다며 다른 곳을 알아보라는 노인은 대화 첫 머리에 자지러지는 기침을 한바탕 뱉어놓았다. 병색이 짙게 느껴졌다. 전화선을 타고 넘어오는 밭은기침 소리는 창자가 딸려 넘어올 것처럼 격 렬하고 악착스러웠다. 짐작컨대 노인의 삶이 그렇지 않았을까 싶었다. 밭은기침처럼 악착같고 고단한 세월이 증식보다는 이젠 빠른 속도로 소 멸하는 세포에까지 아로새겨져 있을 것이다.

젊은 것이 싫다는 게 이해 가지 않는군요? 절 채용하지 않는다면 전 서울역에서 구걸을 하다 얼어 죽는 수밖에 없어요. 그곳이 저에게는 마 지막 희망입니다. 더 이상 물러날 곳이 없답니다.

서울의 후미진 동네 만화방의 일자리를 구하면서 채용이라는 단어를 쓰는 것이 우습기는 했지만 나의 절박한 심정을 전하기에는 충분하였으 리라 생각되었다. 다시 집으로 돌아갈 수는 없는 일이며 돌아간다 해도 쉽사리 대문은 열리지 않을 것이 분명했기 때문에 나는 거의 필사적으로 매달렸다. 또 숨어 지내기 딱 좋은 곳이라 생각되었다.

카드회사의 닦달이 시작된 것은 카드대금이 연체된 지 일주일이 지나 고서부터였다. 그 무렵 내가 다니던 출판사가 문을 닫았고 나는 졸지에 백수가 되어 버렸다. 사장은 마지막 회식 자리에서 '문학이여! 영원 하 라', 라고 외치며 잔을 높이 들고 눈물을 흘렸다. 그는 연거푸 소주를 세 잔 들이키더니 그 빌어먹을 인터넷 서점과 대형 서점 때문에 출판업계의 절반은 문을 닫을 것이라며 한탄했다. 하지만 나는 당장 카드대금을 막을 수 없다는 것에 절망했다. 보테가 베네타 클리어런스 숄더백을 구입할 수 없다는 것이 나를 슬프게 했다. 월급과 퇴직금 대신 한 시대를 풍미했던 작가들의 전집 묶음을 받았고, 엄청난 무게의 그것들은 나에게는 처치 곤란한 골칫덩어리였다. 나는 별 고심 없이 책을 선심 쓰듯 친구들에게 나눠주었다. 일자리를 다시 알아보려 했지만 그것마저도 여의치 않았다. 카드회사 직원은 밤낮으로 전화를 해댔다. 언제까지 대금을 통장에 넣을 수 있냐고 묻는 직원의 목소리는 고압적이었다. 나는 짜증 섞인 목소리의 직원 목소리에 손만 만지작거리며 어물거렸다. 그렇게 네 달이 지나고 나니 카드회사 직원의 닦달이 좀 귀찮고 짜증이 날 뿐 전화벨 소리에 그다지 가슴이 뛰지 않았다. 어느 순간부턴가 스스로 해결할 수 없는 능력 밖의 문제라고 생각되기 시작됐고 그렇게 생각하고 나니 차라리 마음이 편해졌다. 더 이상 초조하거나 무섭지 않았다. 도리어 큰 소리를 치게 되었다. 처음부터 나 같은 사람한테 카드를 쥐어준 당신들의 잘못이지, 마음대로 해, 나는 갚을 능력 없으니. 이렇게 나오자 카드회사에서 도리어 저자세를 취하고 나왔다. 이자를 깎아 줄 테니 쪼개서 갚도록 하라는 것이었다. 그런데 고압적이던 카드회사가 돌연 저자세를 취하고 나오자 깎인 금액을 내는 것마저도 아깝게 느껴졌다. 그래서 카드회사에서 오는 전화는 발신번호를 확인하고 받지 않았다. 그런데 문제는 다른 곳에서 터져 버렸다. 저희 회사는 절대 고객님의 카드 사용에 관한 문제를 타인에게 발설하지 않습니다, 사실 비밀을 보장하는 차원에서 이것은 고객님에게만 알려야 하는 것이지만 고객님의 장래를 위해 어머님도 알아야하지 않을까 싶어서요. 카드회사 직원이 카드대금에 관한 것을 어머니께 말해버린 것이다. 추리닝 바람에 만화책을 한 아름 안고 거실로 들어서는 내게 어머니는 카드 이용대금 명세서를 집어 던졌다. 그 갓 돈 이천을 못 갚아준단 말이야. 사람이 한 번 내리막길에서 뛰기 시작하면 쉽사리 멈출 수가 없듯이 이미 내달리기 시작한 나의 입은 브레이크가 걸리지 않았다. 그 갓 돈 이천? 돈 이천이 어느 집 애 이름이야, 이천 원도 아니고 이천만 원을. 이천 원이면 해달라고도 안 해, 시집보낸다고 생각하면 될 것 아니야. 돌았구나, 아주 돌았어, 빌어도 시원치 않을 판에 뭐? 어머니가 나의 뺨을 후려쳤다. 그리고는 막을 새도 없이 등이고, 머리고, 어깨고 마구 손이 날아들었다. 구석까지 몰린 나는 동그랗게 몸을 말고 악을 썼다. 절대로 엄마한테 눈곱만큼도 보태 달라고 하지 않을 테니 걱정하지 마. 내가 몸을 팔아서라도 빚 갚을 테니 걱정하지 말란 말이야. 어머니의 손찌검이 일순 멈췄다. 나는 팔 사이에서 고개를 살짝 빼들었다. 어머닌 입술을 말아 물고 미간을 좁힌 채 거실에 주저앉아 있었다. 나는 그 길로 짐을 싸서 집을 나왔다.

그렇다면 한 번 와 봐.

그곳으로 가는 길은 험난했다. 구찌 숄더백이 긁히지 않도록 조심해야 했으며 에트로 델리 숄이 올이 나가지 않도록 신경 써야 했다. 몇 권 들고 나오지 않은 책은 돌덩이처럼 무거워 나는 잠시 책을 버리고 갈까 생각해 보았다.

도착하였을 때 허리가 반쯤 꺾인 노인이 대문 앞에 서 있었다. 얼굴과 손등에 검버섯이 꽃처럼 핀 노인은 아래, 위로 찬찬히 훑더니 빗자루를 손에 쥐어줬다. 나는 그 날부터 만화방에서 살고 있다. 냉장고에 아이스크림과 드링크제를 채우고 햇볕이 마른 마당을 더듬거리는 오후에는 고무호수로 물을 뿌려 달아오른 땅을 식힌다. 매일 청소를 하고 문을 활짝 열어놓아도 먼지와 냄새는 사라지지 않는다. 후텁지근한 공기가 나른한 눈꺼풀에 내려앉는다. 고개를 흔들며 미닫이문에 몸을 기댄다. 대문 밖으로 나가 볼까하다 그만둔다. 폴이 돌아오지 않는다. 벌써 한 시간 전에 만화책을 손수레에 싣고 돌아왔어야 하는 녀석이 돌아오지 않고 있다. 오십육 번지에서 싸움이 벌어졌는지도 모른다. 만약 싸움이 벌어졌다면 녀석은 그것을 구경하고 있을 것이다. 머리끄덩이를 잡고 뒹구는 그녀들을 보며 손뼉을 치며 즐거워하고 있다면 싸움이 끝나기 전까지는 돌아오지 않을 것이다. 그렇다면 만화책은 반도 수거하지 못하고 돌아오겠지. 오십육 번지에서 살고 있는 아가씨들과 배달업에 종사하는 다방의 아가씨들은 전화로 주문을 받고, 배달과 동시에 수거를 해 와야 한다. 그 귀찮은 일을 나를 대신해서 녀석이 하고 있다. 나는 작은 손수레를 끌고 오십육 번지나 다방을 기웃거리는 일은 힘들 뿐만 아니라 체질에 맞지 않는 일로 하고 싶지 않았다. 그 일로 고민하고 있을 때 폴이 눈에 띄었고 녀석에게 점심과 만화책을 제공하는 것으로 귀찮은 문제를 간단히 해결했다. 녀석에게 선심을 쓰듯 제공하는 점심은 컵라면과 김치가 다였으며 만화책이라 해봤자 녀석은 아무도 찾지 않는 '이상한 나라의 폴' 밖에 읽지 않으니 손해 볼 것은 없었다.

지중해의 영감. 지중해의 영감은 뭐가 좀 다른가. 영감들은 다 똑같지 뭘 그래. 남의 나라 영감이라고 뭐 다르겠어.

공사장 김 씨가 책상 위에 놓인 책을 만지작거리고 있다. 나는 얼른 공사장 김 씨의 손을 처낸다. 그가 웃음을 흘리며 박카스 병을 흔들어 보인다. 나는 목 밑까지 올라온 욕을 되삼킨다. 공사장 김 씨가 장미다방이라고 인쇄된 소파에 앉으며 기어코 한마디를 더 내뱉는다.

그 뭐야. 낑깡의 욕망은 다 읽었나 보네. 그래 거기엔 뭐라고 쓰여 있어? 훔친 낑깡이 더 맛나다, 뭐 그렇게 쓰여 있나? 사람들이란 다 그런 거지 뭐. 다를 것이 있나.

공사장 김 씨는 검지에 침을 묻혀 책장을 넘기다 힐끗 나를 쳐다본다. 나와 눈이 마주치자 노골적으로 누런 이를 드러내 보이며 빙그레 웃는다. 나는 고개를 돌리며 팔을 쓸어내린다. 낑깡의 욕망이라니, 에로비디오 테이프 제목도 아니고. 외설적으로 들리는 낑깡의 욕망은 자크 라캉의 욕망이론을 말하는 것이다. 내가 책을 읽으며 지루한 얼굴로 책장을 넘기는 것을, 간간이 하품을 하는 것을 그가 보았을 것이다. 그 책은 일곱 페이지밖에 읽지 않았다. 사실 하품만 나오는 지루한 책들은 딱 질색이다.

책상 위에 조잡한 꽃무늬의 포장지로 포장한 물건이 놓여 있다. 가장자리가 까맣게 일어난 스카치테이프가 군데군데 붙어 있는 포장지에는 이름이 없다. 포장을 뜯어내자 한눈에 보기에도 짝퉁임을 알 수 있는 버버리 남방이 들어있다. 시장의 허름한 가게에서 구입했을 듯한 남방이

까슬까슬하다. 앞뒤 이음새가 맞지 않는 체크무늬는 조악하다. 나는 입고 있는 베이지색 버버리 남방을 내려다본다. 한 치의 오차도 없이 앞뒤 판의 체크무늬가 맞물려 있는 남방의 촉감이 부드럽다. 칼라 안쪽으로 살짝 박혀 있는 버버리 로고를 매만지며 힐끗 공사장 김 씨를 쳐다본다. 그가 이를 드러내 놓은 채 웃고 있다. 나는 포장이 뜯긴 짝퉁 버버리 남방을 그의 옆자리에 던져 놓고 돌아선다. 탁자를 걷어차는 소리가 들린다. 나그네 여관 이노인이 솔다방 소파에서 일어난다. 옆구리에 신문을 끼고 무협지에 시선을 고정한 채 앉아 있는 공사장 김 씨를 쏘아보며 지나친다. 그리고는 냉장고에서 식혜를 꺼내 내 앞에 밀어놓으며 낮게 속삭인다.

김 씨는 원래 생겨먹기를 그렇게 생겨먹었으니 신경 쓰지 마. 미스 김! 날도 더운데 쭉 마셔.

나그네 여관 이노인의 파르르 떨리는 손을 보며 피식 웃음이 새어나오는 것을 되삼킨다. 이노인은 나를 솔다방 미스 김쯤으로 착각하는 모양이다. 이노인은 주로 솔다방 소파에 죽치고 앉아 신문을 본다. 그렇게 한 시간쯤 앉아 있다 돌아갈 때면 으레 음료수 하나를 내 앞에 밀어놓는다.

영감 내 것은 없나. 나도 목마른데.

김 씨가 손가락 끝에 침을 바르며 이죽거린다. 이노인은 왼쪽으로 쏠리는 걸음걸이로 재빨리 문턱을 넘다 멈춰 선다. 손수레를 끌고 대문으로 들어서는 폴의 시선이 발끝에 머물러 있다. 이노인이 신문뭉치로 녀석의 머리를 살짝 친다. 순간 녀석의 눈이 사납게 치켜 올라간다. 이노인이 움찔 뒤로 물러선다. 녀석이 그런 모습을 보이는 것은 처음이다. 멈칫했던 이노인이 눈을 부라리며 다가서자 녀석은 예전의 소심한 폴로 돌아간다. 손끝을 만지작거리며 고개를 숙인 녀석이 잔뜩 움츠러든다. 이노인이 사라졌는데도 녀석은 꼼짝하지 않는다. 나는 녀석의 팔을 잡아끈다.

왜 이렇게 늦었어?

대구가 없다. 녀석이 끌고 들어온 손수레에는 만화책이 두 권 밖에 담겨 있지 않다. 나는 녀석의 옆얼굴을 힐끗 쳐다본다. 녀석의 시선이 마른 땅에 꼼짝없이 잡혀 있다. 녀석의 얼굴을 유심히 살핀다. 그리고 보니 녀석의 입주위에 푸르스름한 수염이 돋아 있다.

| 3 |

폴이 만화책을 챙긴다. 나는 종이쪽지를 들고 책제목을 더듬거리는 녀석을 보고 있다. 만화책을 챙기는 일은 내 일이다. 그런데 녀석이 만화책을 챙기는 나를 힐끗거리더니 주머니에서 꼬깃한 종이 한 장을 꺼내 더듬거리기 시작했다. 요 며칠 통 보이지 않던 녀석이 상기된 얼굴로 싱글거리며 나타났을 때 화가 나기보다는 궁금했다. 녀석을 싱글거리게 하는 것이 무엇일까. 호기심과 궁금증이 입술에서 스멀거렸다. 만화책을 찾기가 힘든 모양이다. 상기된 얼굴에 땀방울이 맺힌다. 나는 천천히 녀석에게 다가선다. 녀석은 내가 다가서는 것도 눈치 채지 못할 정도로 만화책을 찾는 것에 정신이 팔려 있다. 녀석이 '이상한 나라의 폴' 말고 마음을 빼앗길 만한 것이 무엇일까, 궁금해 종이를 낚아챈다. 폴이 버둥거린다. '로코코 아가씨를 지켜주세요.' 녀석이 버둥거리는 것을 멈추고 발끝만 바라보며 쭈뼛거린다. 나는 녀석의 모습을 잠시 바라보다 만화책을 찾아 손수레에 담아준다. 나는 한낮의 땡볕 속으로 사라지는 녀석의 뒤꼭지를 바라본다.

왜 이렇게 더운 거야. 우라질 놈의 날씨.

화장실에서 나오는 공사장 김 씨가 하늘을 향해 욕을 뱉어놓고 세수를 한다. 나는 아까부터 느껴온 요의를 그냥 참기로 한다. 김 씨가 들어갔다 나온 화장실은 거친 숨소리와 추접한 정념이 넘실거린다. 그가 금방 나온 화장실엔 정액이 콧물처럼 벽을 타고 흘러내린다. 처음 그것을 보았을 때 누가 더럽게 가래를 벽에다 뱉어놓은 것인 줄 알았다. 가래가 아니라는 것은 며칠 후에나 알게 되었지만. 그 우윳빛 액체의 정체를 알았을 때 심한 구토를 느꼈다. 화장실에서 바게트처럼 딱딱해진 자신의 그것을 움켜쥐고 있는 김 씨의 모습이 떠오르자 진저리가 쳐졌다.

껑강말이야. 그러니까, 껑강만 하면 너무 작지. 그거 어디 손이고 입이고 허전해서 되겠어. 입에 물어도 입속이 비는 구석이 너무 많잖아. 안 그런가, 아가씨?

그의 음흉한 눈빛이 내 가슴께에서 맴돈다. 나는 펼쳐놓았던 책을 소리 나게 덮고 아지랑이가 피어오르는 마당으로 나간다. 마당에 난 금은 느리게 움직이는 이노인의 손등 위로 솟은 핏줄만큼이나 신경질적으로 뻗어 있다. 이노인은 벌써 한 시간째 솔다방 소파에 앉아 신문을 보고 있다. 이노인의 콧잔등에 걸린 반투명 안경은 이노인의 시선을 감쪽같이 감춘다.

도망갔어. 미미가.

땀으로 범벅된 폴이 수레 가득 만화책을 싣고 급히 대문으로 들어선다. 두 배쯤 커진 눈을 하고 숨을 헐떡이는 녀석을 바라본다. 미미? 오십육 번지 미미.

도망갔어. 그래서 화났어. 형들이 아주 많이.

가시나가 간덩이가 부었네. 분명 도와준 사람이 있을 거야. 섭섭한 걸. 그래도 그 가시나가 제일 삼삼했었는데.

김 씨가 아쉽다는 듯 입맛을 다시며 안으로 들어간다. 탈출이라, 내가 이곳에 온지가 벌써 반년이 되어간다. 하지만 오십육 번지의 사람들이 이곳을 떠났다는 소리를 들어본 적이 없다. 나는 이곳의 사람들은 벗어날 꿈조차 꾸지 못하거나 벗어날 생각이 없는 사람들일 것이라 생각했다. 그런데 탈출이라니. 미미는 이곳을 벗어나 어디로 갔을까. 갑자기 눈앞이 아득해진다. 폴은 어두컴컴한 만화방에 앉아 떨고 있다. 나는 겁에 질려 떨고 있는 폴을 쏘아본다.

| 4 |

바람 탓일까. 하늘이 유달리 깨끗하다. 여름도 막바지인 듯 햇살 끝이

무디다. 차가운 물에 발을 담그고 앉아 살며시 눈을 감자 이곳이 파라다이스라는 착각이 든다. 야자수 나무가 시원스레 뻗어 있는 작은 섬을 생각하다 문득 눈을 뜬다. 파라다이스라니. 나는 신경질적으로 대야의 물을 마당에 쏟아 붓고 대야 가득 물을 담아 대문 밖으로 나간다. 담 밑에 비둘기 한 마리가 머리를 박고 있다. 가까이 다가가도 꼼짝도 하지 않던 비둘기가 부리로 벌건 토사물 속에서 팅팅 불은 국수를 건져 올린다. 매슥거리는 것을 참으며 토사물 위에 물을 끼얹는다. 놀란 비둘기가 부리에서 국수 가락을 놓친다. 재빨리 다가가 국수 가락을 발로 짓이긴다. 녀석은 잠시 허망한 날갯짓을 하다 지붕 위로 날아가 앉는다. 폴이 있었다면 이런 일은 내가 하지 않아도 된다. 아마 녀석은 비둘기가 토사물을 헤집으며 배불리 먹도록 내버려 두었겠지. 그리고 나서야 느리게 몸을 일으켜 토사물을 치웠을 것이다. 나는 잠시 사방으로 튀어버린 벌건 토사물을 바라보다 빗자루를 들고 나온다. 오장육부가 썩어 내리는 것 같은 냄새를 참으며 토사물을 치우다보니 며칠 동안 코빼기도 보이지 않는 녀석이 괘씸하다는 생각이 든다. 녀석이 한눈을 파는 것은 나에게 있어 좋은 징조가 아니다. 녀석에게 던진 미끼가 이제 효력을 다했다는 것이며 더 이상 잡아둘 수 없다는 것을 뜻하는 것으로 수고롭고 폼 나지 않는 일을 내가 해야 한다는 것을 뜻한다. 손수레를 끌며 만화책을 배달하고 수거하는 나의 모습을 생각하니 녀석이 더욱 괘씸해 손끝이 떨린다. 빌어먹을 녀석. 아무렇게나 욕을 뱉어놓으며 토사물을 쓸어 담는다. 공사장 김 씨가 문 옆으로 비껴 선다. 표정 없는 얼굴로 잠시 나를 쳐다보던 그가 허벅지를 긁으며 만화방으로 들어가 버린다. 그는 내내 무협지에만 머리를 박은 채 학자처럼 딱딱한 얼굴로 책장을 넘기며 나의 신경을 긁는다. 점심때가 한참 지나서야 컵라면 하나를 꺼내 물을 붓는다. 뚜껑을 덮고 밖으로 시선을 돌린다. 나는 한창 뜨겁게 달아올랐을 마당을 내다보며 늘어지게 하품을 하다 자세를 바로 잡고 그를 힐끗 쳐다본다. 여전히 소파에 비스듬히 앉아 무협지를 탐독하고 있다. 가끔씩 러닝셔츠 속에 손을 넣고 가슴과 등을 긁어 후우, 하고 입으로 손을 떨어내는 그를 보며 나는 미간을 좁힌다. 그의 그런 행동을 볼 때마다 악취가 풍기는 것 같아 속이 불편하다. 나는 방향제를 확인한다. 레몬향의 방향제가 코 속을 톡 쏜다. 미닫이문을 활짝 열어놓고 구석구석 방향제를 달아놓아도 퀴퀴한 냄새는 사라지지 않는다. 사라지기는커녕 냄새는 방향제와 섞여 더 이상하고 묘한 냄새를 만들어내며 세력권을 넓혀가고 있다.

여기 폴 있지. 이 개자식 어디 있어?

누군가 거칠게 문을 박차며 들어선다. 나는 고개를 돌릴 엄두도 내지 못한다. 나는 가까스로 고개를 돌린다. 찢어진 청바지에 '오! 필승 코리아'라고 써진 붉은 셔츠를 입은 사내가 위협적으로 눈을 부라리며 뺨을 어루만지고 있다. 붉게 부풀어 오른 사내의 왼쪽 뺨에는 손자국이 선명하다. 내가 사시나무 떨 듯 바들바들 떨며 걸음을 옮기자 공사장 김 씨가 앞을 가로 막으며 능청을 떤다.

여자 혼자 영업하는데 그렇게 무섭게 대문을 발로 걸어차고 들어오면 어떻게 해. 보면 몰라. 폴이 여기 어디 있어.

새끼 어디에 숨은 거야. 아, 씨발 잡히기만 해봐. 아주 아작을 내버릴 테니까. 미미 그 쌍년도 잡히면 여자구실 못하게 만들어 버릴 테니까

나는 폴이 여기에 없다는 말만 반복했다. 붉은 셔츠가 바들바들 떨고 있는 나를 보며 히쭉 웃더니 황급히 밖으로 사라진다. 나는 자리에 털썩 주저앉고 만다. 난데없이 어머니의 얼굴이 눈앞에서 어른거린다.

| 5 |

여름이 끝나가고 있다.

그날 폴은 문구점 앞에서 동네 아이들과 딱지치기를 하다 붉은 셔츠에게 잡혔다고 한다. 저항 한번 못해보고 끌려간 녀석은 복날 개 패듯 패기 시작한 그들에게 거의 죽을 만큼 맞고 풀려났다. 나는 아무것도 몰라요, 라는 말을 고장 난 테이프처럼 반복하던 녀석은 바지에 오줌을 쌌고 이 소식을 들은 할머니와 누나가 달려와 애원 반 욕설 반을 섞어 울부짖은

끝에 결국 그런 일을 저지를 만큼 머리가 되는 것도, 간이 부은 것도 아니라는 판단이 내려졌고 망신창이가 된 녀석은 공사장 김씨의 등에 업혀 집으로 옮겨졌다. 나는 그날 만화방 문을 일찍 닫고 이불을 뒤집어쓴 채 방구석에 앉아 꼼짝도 하지 않았다. 금방이라도 터질 것 같은 아랫배를 움켜쥐고 감히 화장실에 갈 엄두도 내지 못한 채 밖에서 나는 작은 소리에도 가슴을 쓸어내렸다. 그 일이 있은 지 일주일 뒤 폴이 찾아 왔다. 만화책을 한 아름 안고 나타난 폴의 얼굴과 팔엔 붉은 색소를 뿌려 놓은 듯한 피멍 자국이 남아 있었다. 왠지 모르게 영원히 없어지지 않고 흉으로 남을 것 같았다.

책꽂이에 녀석이 안고 온 만화책을 꽂다보니 마지막 권이 빠져 있었다. 이곳에선 사람은 도망가도 물건이 없어지는 경우는 흔한 일이 아니다. 특히나 만화책을 들고 가는 경우는 본적이 없다. 보통 이곳에서 도망치는 사람들은 맨몸으로 빠져나갔다가 두, 세달 안에 다시 돌아오는 경우가 허다했다. 그런데 미미는 다른 것도 아닌 만화책을 안고 사라진 것이다.

녀석은 여전히 오전 열한시면 만화방에 나온다. 녀석은 여전히 손수레로 만화책을 배달하고 수거해 온다. 나는 그런 녀석에게 컵라면뿐만 아니라 월 오 만원을 주기로 했으며 가끔씩 농땡이를 치는 것을 눈 감아 준다. 하지만 예전처럼 '이상한 나라의 폴'에 매달려 열중하는 모습은 보이지 않는다. 심드렁하고 무료한 얼굴로 햇살이 부서져 내리는 것을 바라보다 크레파스를 꺼내 시멘트바닥에 빼곡히 '미미'를 써 넣는 녀석의 등이 한 뼘쯤 넓어져 있다.

마지막 발악을 하듯 여름은 선선한 바람 끝에 폭염을 쏟아 붓고 있다. 요 며칠 이십오 도를 상회하던 수은주가 갑자기 삼십이 도를 훌쩍 넘어 버렸다. 나는 일어나 앉는다. 시계는 새벽 네 시를 가리키고 있다. 만성 두통에 시달리는 사람처럼 머리를 누르며 호수를 끌어다 부엌 수도꼭지에 연결하고 옷을 벗기 시작한다. 짧은 반바지를 벗고 민소매 셔츠를 벗다 닫지 않은 창문이 생각나 뒤돌아선다. 그때 창문 사이에서 예리한 칼

날처럼 섬뜩하게 반짝하는 것과 눈이 마주친다. 나는 바지를 다리에 꿰다 팽개친다. 재빨리 밖으로 뛰어 나간다. 누군가 다급하게 마당을 가로지르는 것이 보인다. 허둥거리는 발이 대문을 박차고 뛰기 시작한다. 나는 그 뒤를 쫓아 맹렬히 달린다. 미로 같이 엉킨 골목에서 놈을 놓친다면 영영 놈의 얼굴은 확인할 수 없을 것이다. 나는 발바닥이 아픈 것도 참으며 사력을 다해 달린다. 그런데 놈의 달리기 솜씨가 생각보다 형편없다. 왼쪽으로 살짝살짝 중심이 기우는 게 영 시원치 않다. 골목 중간도 가지 않아 놈은 나에게 허리띠를 잡히고 만다. 손끝에 느껴지는 체중이 마대 자루처럼 가볍다. 이상한 일이다. 순간 섬광처럼 얼굴 하나가 머릿속에 떠올랐다 사라진다. 손끝에서 스르르 힘이 빠져나간다. 허리띠를 놓친다. 나그네 여관 이노인이다. 바닥에 고꾸라진 이노인의 주름지고 마른 손을 보자 구역질이 넘어온다. 벌레가 식도를 타고 넘어가는 것 같아 담 밑에 쪼그리고 앉아 손가락을 입 속에 넣고 뱃속의 것을 끄집어내기 시작한다. 막 소화가 되다만 햄 덩어리를 쏟아낼 때 등 뒤에서 돌가루를 밟는 듯 유리가 바스러지는 소리가 들린다.

영감 어디 한 군데 부러지기 전에 얼른 가쇼.

고개를 돌린 곳에 공사장 김 씨가 서 있다. 그의 목소리가 낮고 위협적이다. 허둥거리며 사라지는 이노인을 잠시 쳐다보다 다시 담 밑에 고개를 처박는다. 그가 다가선다. 머뭇거리던 손이 토닥토닥 나의 등을 두드린다. 그의 손이 부드럽고 따뜻하다. 창자까지 끌려나올 것 같은 토악질은 위액까지 다 끄집어 내서고야 멈춘다. 푸르디푸른 가로등 빛이 푸른 멍처럼 발등에 고인다. 천천히 일어선다. 어질, 무릎이 풀썩 꺾인다. 그가 허리를 감싸 안는다. 골목이 산길처럼 구불구불 하다. 서서히 모든 사물이 눈앞에서 밀려난다. 아득하다.

잠에서 깬다. 땅땅땅, 누군가 함부로 대문을 두드리는 소리가 바로 옆에서 나는 것처럼 머릿속을 텅텅 울린다. 고막을 찢는 것 같은 소리가 광포하게 머릿속을 휘젓다. 나는 잠시 누렇게 변색된 천장을 멍하니 바라보다 일어나 앉는다. 책상 위에는 주전자와 컵이 얌전히 놓여 있다. 나는 방문 앞을 무릎걸음으로 다가간다. 방문 고리를 잡고 심호흡을 한 번 한다. 문을 연다. 공사장 김 씨가 입간판을 새로 만들고 있다. 러닝셔츠 바람에 연신 땀을 닦아내며 망치질을 하는 그의 모습이 각막을 파고든다. 소리 나지 않게 방문을 닫고 가지런히 놓인 컵에 물을 따라 마신다. 목울대가 따끔거린다. 컵을 내려놓는데 방안 한구석에 퇴물처럼 놓인 가방과 신발이 눈에 걸린다. 무릎을 끌어안고 그것들과 대치하듯 반대편 구석에 앉는다. 망치질 소리가 방 안 가득 흘러넘친다. 일어선다. 머플러와 옷가지, 시계와 선글라스 등을 꺼내들고 밖으로 나간다. 창고 앞에 선다. 햇살이 창끝을 세우고 정수리에 내리꽂힌다. 창고 문을 당긴다. 벌겋게 녹이 슨 자물쇠통은 잘 열리지 않는다. 나는 체중을 실어 매달린다. 처음의 기세와는 달리 너무 쉽게 입을 벌려 버리는 자물쇠통을 보며 기분이 묘해진다. 합판으로 된 나무문은 휘청거리더니 힘없이 벌컥 열린다. 전등 스위치를 누른다. 왈칵 쏟아진 빛이 어둠을 순식간에 밀어낸다. 먼지가 천천히 허공으로 떠오른다. 숨을 깊이 들이마시고 창고 안으로 들어선다. 낡은 장식장과 모서리가 떨어져 나간 앉은뱅이책상이 한쪽 구석에 놓여 있다. 그 옆으로 바늘이 없는 괘종시계와 호랑이가 입을 딱 벌리고 있는 색 바랜 그림이 끼워져 있는 액자가 세워져 있다. 고개를 돌린다. 먼지가 뽀얗게 내려앉은 비닐이 산처럼 솟아 있다. 비닐을 들춘다. 하얀 종이가 붙어 있는 물건들이 모습을 드러낸다. 물건은 노끈으로 단단하게 묶여져 있다. 물건 중 하나를 집어 든다. 낡은 운동화와 추리닝에 종이가 붙어 있다.

'1988년 8월 25일, 권투장 박군'

이것뿐만이 아니다. 색 바랜 여행용 가방에도, 군용 침구처럼 돌돌 말린 이불에도, 상표가 다 지워진 화장품에도 종이가 붙어 있다.

'1968년 3월 4일. 곱창집 오춘자', '1973년 12월 23일. 역촌다방 미스 김', '1978년 1월 21일. 막노동 유씨'……

물건들이 빚 장부처럼 차곡차곡 쌓여 있다. 전류가 흐르는 것처럼 손끝이 찌릿하다. 사르르 통증이 훑고 간 가슴이 먹먹하다. 가방과 신발을 끌어안고 창고 구석에 쪼그리고 앉는다. 나는 메모지를 만지작거릴 뿐 아무것도 쓰지 못한다.

　나는. 나는…

몸살이 나고 말았다. 오랫동안 겹겹이 쌓여 있던 긴장이 풀렸기 때문이다. 울지 않았는데 통곡한 것처럼 몸이 부서질 것 같았다. 특히 손가락 마디가 아팠다. 손을 주무르며 말했다. 고생했다. 고생했다. 내 손가락.

신문사에서 당부했다. 당선 소식을 다른 사람에게 알리지 말라고. 친구와 후배에게 전화를 했다. 당선되었다, 라고 말하자 울기 시작했다. 언니, 아, 언니, 은희야, 하며 말을 잇지 못하고 흐느꼈다. 손가락 마디가 다시 아팠다. 하고 싶은 말이 있었는데 입 안에서 부서져 버렸다. 괜찮아, 괜찮아, 라고 그들을 다독였다. 그들은 내 아픈 손가락이다. 나는 그들과 함께 소설을 썼다.

긴 시간을 묵묵히 내 곁을 지켜준 친구들과 가족이 없었다면 소설을 다시 쓸 생각을 하지 못했을 것이다. 그만 둘까, 생각할 때마다 그들은 나를 지지해주고 격려해 주었다. 내 소설을 읽어주는 유일한 독자가 되어주었고, 소설을 쓰고 있는지 확인했고, 공모전을 챙겨 알려주었다. 매번 문 앞에서 닫힌 문을 열지 못하고 떨어지는 나에게 다 왔다고, 곧 열린 것이라고 말했다.

감사하고, 고마운 사람들이 많다. 길을 잃었을 때 방향을 알려준 박범신 선생님, 이제하 선생님께 감사드리며, 내 오랜 버팀목이 되어준 어머니와 가족에게 미안하고, 감사합니다. 병융, 진화, 선경, 재혁, 순영 언니,

민주, 정민, 그리고 친구들. 고맙다. 소설에 대한 나의 외사랑을 끝나게 해준 심사위원 선생님, 감사드립니다. 어머니 깊이 사랑합니다.

재밌는 글을 쓰고 싶다. 반짝이는 글을 쓰고 싶다. 슬프고, 외로운 사람들에게 찾아가고 싶다. 세상의 가장자리에 있는 사람들의 이야기를 말하고, 쓰고 싶다. 소설을 쓰는 것이 나에게 행복이 되듯 소설을 읽는 사람들이 조금이라도 행복할 수 있는 글을 쓰고 싶다. 지금, 이 기분. 말로 표현할 수 있는 이 느낌을 잊지 않고 가슴에 담아두겠다. 그리고 꾸준히 쓰겠다. 내 아픈 손가락을 되새기며…

　본심에 열세 편의 단편소설이 올라왔다. 본심 진출 작품들은 대체로 소외, 해고, 가난, 질환, 자살과 같은 막다른 삶을 소재로 한 경우가 많았다. 청년 실업과 불황의 그림자, 탈출구 없는 곤궁과 같은 우리 사회를 짓누르는 분위기가 짙게 반영된 것 같았다. 과거로부터 긴 시간을 더듬어 나락을 걷는 한 사람의 인생이나 가족사를 들려주는 서사들이 두드러졌는데 한편으로 매우 익숙하고 묵은 이야기들이기도 하였거니와 화법에서도 신선한 느낌을 주는 작품이 많지 않았다. 진부한 느낌은 기성 소설들과 견주어서만 발생하는 게 아니었다. TV 드라마가 재현되는 듯 속악한 일상들을 조리 있게 꾸려내지 못하고 진열하듯이 보여준다든가 극적인 전개에 매몰되어 실감의 여러 무늬들을 담아낼 수 있는 공간을 놓치고는 했다.

　그런 가운데에서도 「킹」이 보여주는 독특한 실감은 눈여겨볼 만했다. 형이 기른 셰퍼드 이야기라든가 권투 일화, 그리고 결말의 은둔과 종교 모티브는 형의 인생유전을 선명하게 보여주었다. 그럼에도 유년기의 갈등을 다른 가문과의 반목에서 서사화하고 실종된 형의 아이를 임신한 여자가 낙향한다는 결말은 너무 빤한 설정들이었다.

　마지막까지 선자들의 손에 남은 작품은 「나는 비둘기」와 「종점 만화방」이었다.

　「나는 비둘기」는 서커스단의 비둘기를 화자로 내세워 잇속에 재빠른 세태와 세상의 변화를 감각적인 문장으로 소설화하고 있다. 비둘기의 시선으로 묵은 풍경들이 낯설게 재구성되고, 세상의 어떤 구조가 서커스의 세계로 견인될 때 이 소설이 보여주는 상징적 언어는 한껏 기대감을 갖게 한다. 그러나 이 소설은 아쉽게도 피에로가 잔뜩 흥을 돋아놓았는데 정작 서커스는 막을 올리지 못한 형국이다. 이 소설은 이제 이야기가 시작되어야 할 것이다. 화법이며 상상력에서 단연 빛나고 이야기할 수 있는 공간이 충분한 작품이어서 아쉬움이 컸다.

「종점 만화방」은 서울 변두리의 만화방을 중심으로 스산하고 황폐한 인물들을 그려내고 있다는 점에서 앞서 투고작들의 경향성에 닿아 있는 작품이다. 젊은 여성은 직장을 잃고 카드빚에 내몰린 채 서울 변두리의 종점 만화방에서 일자리를 얻는다. 이곳 만화방의 손님들은 각자 인생의 종점에서 마지막 남은 남루한 생을 근근이 버티면서 살아간다. 종점, 만화방이라는 빤한 무대임에도 성급하게 절망이나 희망을 전시하지 않고 '견딤'이라는 생명력에 주목하면서 여러 삶의 결들을 훑는 시선이 「종점 만화방」이 지닌 미덕이다. 만화방의 창고에 보관된 오래된 도서대출장을 통해 1960년대 후반부터 지금까지 만화방을 거쳐 간 막다른 인생과 인정을 간결하게 보여주는 대목은 우리 현대사에 늘 있어왔던 종점과 그곳을 거쳐 간 인생들에 대해 환기시키면서 이야기가 소설 밖으로 확산된다. 일용직 김 씨가 망치를 들고 만화방 부서진 간판을 손보는 장면 역시 같은 맥락에서 단단하다. 즉물적인 표현들이나 지나치게 친절한 설명은 이 소설의 단점인데 작가가 이를 극복해가면서 이 시대의 세목들을 생의 풍경으로 성실히 세워놓길 기대해 본다. 축하한다. 그리고 투고자들에게도 감사의 인사를 전한다.

동아일보 **장희원**

1993년 대구 출생
동국대학교 국어국문학 졸업
한국예술종합학교 전문사 졸업예정

폐차

장 희 원

창밖에는 승용차가 멈춰 서있었다. 정호의 눈높이에 닿는 작은 창 너머로 보이는 차는 헤드라이트를 꺼둔 채 공터 한구석에 있었다. 차는 오래전부터 그 자리에 있었다. 컨테이너 하우스의 바깥뜰에는 하얀 눈가루가 엷게 덮여 있었다. 정호는 물을 끓이기 위해 가스레인지 위에 주전자를 올렸다. 주위가 온통 논밭인 외곽 지역인 이곳에는 이따금 저런 차들이 지나가곤 했다. 누가 봐도 어울리지 않게 검붉거나 차체가 낮은 차들. 앞으로, 앞으로만 달리다가 잘못된 장소에 온 것마냥 차들은 그의 집 앞에서 서서히 속도를 늦추다가 멈추곤 했다. 내가 지금 어디에 있는 거지? 차들은 하나같이 자신이 어디에 있는 것인지 가늠하기 위해 숨을 죽이는 것처럼 제자리에 머물다가 다시 시동을 켜 떠났다. 정호는 마당에 개라도 묶어둘까 싶었지만 출근길에 지나가면서 다른 집 개들을 볼 때마다 마음을 접었다. 그는 두 도의 경계선 근처에 있는 폐차장에서 오전반에 근무하고 있었다. 이른 새벽 개들은 논밭 사이로 그가 타고 있는 봉고차를 향해 컹컹 짖었다. 개들은 목줄이 팽팽하게 당겨진 채 달리는 차를 향해 달려들었다. 돌아오는 길엔 해가 일찍 떨어져 주위가 온통 캄캄했지만 인기척을 알아챈 개들이 짖는 소리를 들을 수 있었다. 그는 눈을 감고 점점 사라져가는 소리를 들으면서 집으로 돌아오곤 했다.

늦은 저녁을 먹고 텔레비전을 보다 보니 시간이 늦어졌고 차나 한잔 마시면서 잠자리에 들 요량이었다. 아직도 바깥에 있는 차는 떠날 생각을 하지 않고 있었다. 슬며시 걱정이 스며들기 시작했다. 정호는 계속해서 창밖을 지켜봤다. 그 순간 중키에 마른 몸의 남자가 문을 열고 나왔다. 남자는 어깨를 옹송그린 채 몸을 떨었다. 그는 잠시 주위를 서성이다 방금 내린 차 문을 당겼다. 문은 열리지 않았다. 그는 다시 한번 더 차 주변을 여기저기를 확인하더니 이쪽으로 비적비적 걸어오기 시작했다.

정호는 정기를 한눈에 알아보지 못해 미안한 마음에 목 뒤만 주물렀다. 이 시간에 이곳까지 동생이 찾아올 줄은 몰랐다. 마당을 가로질러 이쪽으로 가까이 온 끝에야 얼굴을 알아볼 수 있었다. 문을 열자 눈밭의 빛에 반사된 정기의 얼굴은 새하얬다. 마지막으로 본 두 달 전보다 말라 보였다. 하지만 살이 좀 빠진 것만 빼면 여전히 잘생긴 얼굴이었다. "형" 정기는 그를 보자마자 반갑게 웃었다. 그는 "웬일이냐, 네가." 하고 정기가 내민 손을 반갑게 잡았다가 슬며시 놓았다. 그리고 한참동안 멈춰 있던 차를 생각했다.

그들은 검은 비닐 소파에 나란히 붙어 앉았다. 맞은편 상자에 올려둔 텔레비전에서는 예능 재방송이 작은 소리로 흘러나오고 있었다. 정기는 보리차를 마시며 뚫어져라 텔레비전을 바라보았다. 정호도 그를 따라 방송을 보려 했지만 출연자들이 당최 누구인지, 무슨 말을 하는지 알아들을 수 없었다.

"엄마는?"

정호는 정기를 향해 물었다. 정기는 이혼 후 엄마와 단둘이 살고 있었다.

"엄마는 그냥 뭐." 정기는 짧게 웃었다. "여전하시지." 그는 계속 화면에서 눈을 떼지 않았다. 정호는 정기의 미적지근한 대답이 꺼림칙했다. 이런 늦은 밤에 거동이 불편한 노인을 홀로 둬도 되는 건지 아니면 누군가에게 맡기고 나온 건지 묻고 싶었지만 정기가 입은 낡은 모직 바지가 눈에 들어왔다. 무릎 부분이 찢어져 있었다.

"말씀드리고 나왔어. 괜찮아." 정기는 드러나 있는 무릎을 긁으며 말했다.

"말씀드리고 나왔다고?" 정호는 그게 무슨 말이냐는 듯 다시 물었다.

"그냥 문 앞에서 잠깐만 나갔다가 올게요, 하고 말하는 거지." 정기가 말했다.

엄마는 오후 다섯 시만 넘으면 밀려오는 졸음을 참지 못하고 잠에 빠져든다고 했다. 그는 혼곤히 자고 있을 엄마를 향해 갔다 올게요 하고 속삭이는 동생을 떠올렸다. 엄마가 깨지 않게 낮게, 아주 낮게 닫힌 문 앞에서 재빠르게 속삭이는.

"요샌 엄마가 자고 있을 때 이렇게 나와. 처음엔 집 앞만 산책했는데 이제는 그냥 차를 몰고 여기저기 다녀. 그러다 멀리, 점점 더 멀리 가게 되더라."

그는 몸을 뒤로 젖히며 한번은 주문진까지 가서 밤바다를 보고 왔는데도 엄마가 여전히 자고 있었다고 말했다. 정호는 그래서 그가 여기까지 온 건가 하고 생각했다. 점점 더 멀리, 더 멀리 달리다 자신에게까지 오게 된 게 아닐까.

"사실은." 정기는 바닥에 컵을 내려놓으며 말했다. "폐차할 게 있어서 왔어."

"폐차?" 정호는 동생이 자신에게 찾아온 이유 중 가장 뜬금없는 말을 들은 것 같았다. 정기는 바깥을 힐끗 가리키더니 "친구가 준 차인데, 중고에서도 안 팔린대. 마침 형이 일하고 있다고 하니까 맡겼는데 사실 그동안 내가 타고 다녔거든." 하고 말했다.

"그런데 오늘 전화가 와서 급하게 폐차하고 나서 난 고철값을 달라고 하지 뭐야." 정기는 툴툴거렸다. "그래서 온 거야, 그래서."

그렇구나. 정호는 가르마를 중심으로 흰 머리가 퍼져가는 정기의 정수리를 보며 고개를 끄덕였다.

시간은 새벽 세 시를 넘어가고 있었다. 앞으로 두 시간만 기다리면 정호를 태울 봉고차가 올 터였다. 정기는 그 차를 따라 폐차장으로 갔다가 일을 본 후 근처에서 택시를 타고 버스 터미널로 가면 될 터였다. 서두르면 점심 전까지는 집에 도착할 수 있을 것이다. 정호는 혼자 남아있을 엄마를 떠올렸지만 정기 앞에서 말을 꺼내진 않았다. 너 빨리 가봐야 하지 않니. 여기 이러고 있으면…. 그는 재촉하고 싶지 않았다. 정기는 소파에 비스듬히 몸을 파묻고 이리저리 채널을 돌렸다. 그의 무료한 얼굴 위로 텔레비전의 화면에서 비친 빛이 스쳐 지나갔다. 소파 근처에서 정호의 휴대폰이 울렸다. 정호는 휴대폰을 찾기 위해 아무렇게나 구겨 둔 이불을 들어 올렸다. 이불 구석에 있던 낡은 휴대폰이 떨어졌다.

"어, 자넨가?" 전화를 받자마자 반장의 느긋한 목소리가 들렸다.

"자네 지금 어디 있는가?"

그는 집이지요, 하고 답했다. 정기는 궁금하다는 듯 차분한 눈빛으로 이쪽을 보고 있었다. 정호의 목이 움츠러들었다.

"지금 갈 수 있는가? 사장이 전화가 왔어. 씨씨티비에 누가 자꾸 보인다는구만."

폐차장에 들어와 부품이나 고철 따위를 훔치는 사람들이 있었다. 아무리 펜스를 치고 자물쇠를 걸어도 사람들은 희한하게 어디를 통해서든 들어왔다. 반장은 그나마 집에서 가까운 그에게 현장으로 가보라고 하는 것이었다. 아무리 가깝다고 해도 차로 40분이 걸리는 거리였다. "알겠습니다." 그는 바깥에 있는 차를 건너다보며 중얼거렸다.

길을 아는 정호가 운전대를 잡았다. 번거롭게 조수석에 앉아 이 길, 저 길을 가리키느니 이편이 나았다. 무엇보다 주위가 앞으로 한 걸음도 못 갈 만큼 온통 캄캄했다. 어쩌다 운동 삼아 집 앞이 아닌 조금 떨어진 거리에 내려달라고 부탁해 내릴 때도 있었는데, 질퍽한 땅을 걷는 자신의 걸음 소리만 들릴 뿐 아무것도 들을 수 없었다. 풀벌레 소리조차 없이 자신이 내뱉는 숨소리에만 의지하며 농밀한 어둠 속을 걸을 때마다 그는 자신이 한 마리의 개가 된 것 같았다. 저 멀리 누군가 다가오는 불빛을 향해 컹 하고 짖게 되는. 정기는 매끄럽게 운전대를 돌리는 그를 보면서 감탄했다. 길 자체가 폭이 좁아 몇 번이고 도랑으로 빠질 뻔했다는 정기의 말과 달리 정호는 후진 한 번 만에 빠져 나와 제대로 길을 찾았다. 좁은 도로를 달릴 동안 그들은 아무 말도 하지 않았다. 잠시 후 마을 입구를 벗어나 포장된 국도가 나오자 정기는 창문을 열었다. 찬바람과 함께 멀리서 축사 냄새가 희미하게 났다. "좋다." 정기는 창밖으로 고개를 돌린 채 말했다. 양옆으로 추수가 끝난 황량한 들판들이 스쳐 지나갔다. 들판에는 쌓아둔 짚더미가 보일 뿐 아무것도 보이지 않았다. 찬바람이 섬찟하게 오른뺨에 닿을 때마다 정호는 창문을 닫으라고 하고 싶었지만 정기는 여전히 바깥을 보며 스읍, 스읍하고 입맛을 다셨다. 그렇게 한동안 논밭들을 지나쳐 달리자 굴다리가 나왔다. 그대로 굴을 통과하면 이전의 풍경과 비슷한 또 다른 마을이 나왔다. 다리 위에 있는 도로를 타기 위해선 좌회전을 해야 했다. 정호는 잠깐 망설이다 좌회전을 해 위쪽 도로를 탔다. 아까의 길보다 포장된 길이 펼쳐졌다. 다만 산을 깎아 만든 길이라 커브가 많았다.

"좌회전인데 신호 안 받아도 돼?" 정기는 팔을 쓸며 창을 닫았다. 희미하게 나기 시작했던 풀냄새가 순식간에 사라졌다.

"무슨." 정호는 피식 웃었다. 신호등 따윈 없었다. 이곳은 신호 없이 좌회전을 하는데도 한 번도 사고가 일어나지 않았다. 정기는 몸을 숙여 히터의 온도를 높이고 다시 창밖만 바라보았다. 검은 나무들이 그들을 내려다보고 있었다. 비죽 솟아난 나무들 쪽을 힐끗 보며 정호는 커브를 돌기 위해 조심스레 운전대를 꺾었다. 그의 몸이 정기를 향해 쏠렸다.

"이대로 계속 갔으면 좋겠다." 몸이 제자리로 돌아오자 정기가 불쑥 말했다.

"뭐?" 정호는 운전대를 조금 움켜잡았다.

"이대로 계속 갔으면 좋겠다고. 달리기 좋잖아, 여기. 신호 안 지켜도 되고." 그의 말에 정호는 아, 하고 고개를 끄덕였다. 그건 그렇지. 그들은 모두 앞을 보았다. 둥그런 헤드라이트의 그림자가 길게 늘어나 있었다.

그 일렁이는 자국을 넘어서는 한 치 앞도 보이지 않았다. 그 순간 갑자기 검은 그림자가 후다닥 그들의 앞을 덮쳤다. 정호는 급하게 운전대를 옆으로 틀었다. 반동 때문에 몸이 뒤로 젖혀졌다. 그는 얼른 브레이크를 밟았다. 바퀴가 힘차게 돌다 멈추면서 요란한 소리가 퍼졌다. 정호는 욕설이 나오려는 걸 참았다. 다행히 반대쪽 차선에서 오고 있는 차는 없었다. "괜찮아?" 그가 정기에게 물었지만 정기는 대답하지 않고 고개를 뒤로 돌렸다. 무언가를 유심히 보는 정기의 표정이 이상했다. 그는 백미러를 확인했다. 도로 한복판에 무언가가 우두커니 서 있었다. 후진등과 반사등이 부딪혀 희미하게 빛 번짐이 있었지만 무언가 보였다. 언뜻 봐선 야생짐승인 것 같았다. 그것은 정확히 이쪽을 보고 있었다. 빛 속에서 어슴푸레한 윤곽이 보이자마자 놈은 순식간에 재바르게 산으로 달아났다. 가느다란 뒷다리가 허공에서 사라졌다.

"에이 씨." 놀란 가슴을 진정하고 정호는 핸들을 돌려 차선을 바꿨다. 정기도 짧게 한숨을 내쉬더니 이내 무표정한 얼굴로 앞을 바라보았다.

"고라니인가." 정기는 무덤덤하게 말했다. 그래, 정호는 짧게 대답하면서 이따금 한밤중에 저 멀리서 눈빛을 쏘아대며 논밭 위를 경중경중 뛰며 사라져가던 고라니를 떠올렸다. 흔한 일이었다. 정기는 창문을 내렸다. 다시 세찬 바람이 차 안으로 들어왔다.

"사실." 정기는 창밖으로 팔을 내밀었다.

"아까도 이쪽으로 오는 길에 고라니를 봤어." 그는 다시 습하고 입맛을 다셨다.

"그리고 쳐버렸어."

"뭐?" 정호는 운전대를 놓칠 뻔했다. 마침 다시 왼쪽으로 커브를 돌아야 했다. 그는 속도를 늦추면서 방향을 돌렸다. 정기의 어깨가 자신 쪽으로 쏠렸다.

"그게 무슨 말이냐." 정호는 정기를 보며 물었다. 다시 길은 앞으로 죽 뻗어 있었다. 정기는 턱을 받친 채 검은 우듬지 쪽을 바라보고 있었다.

"저 멀리서부터 날뛰며 오더니 내 쪽으로 박아버렸어." 정기는 작게 중얼거렸다. 서늘한 바람이 불어오면서 정기의 이마에 있는 앞머리가 흔들렸다.

"그대로 놔둘 수도 없고 해서… 갖고 왔어." 정기는 뒷좌석을 가리켰다. 그러니까 트렁크 안에 그 짐승을 넣어두었다는 말이었다. 정호는 "그런 걸, 왜……."라고 더듬어 말했다. 정기는 그냥, 하고 대답했다. "형이 좋아할 거 같아서. 같이 일하는 사람들 중에 저런 걸 먹는 사람들이 있지 않아?" 대수롭지 않은 정기의 말에 그는 그건 그렇지, 하고 생각했다. 폐차장 한구석에 있는 낡은 드럼통을 떠올렸다. 가끔씩 인부들과 모여 삼겹살을 굽거나, 목살을 사다 구워 먹은 적이 있긴 했지만 고라니를 먹어본 적은 없었다. 그러고 보니 누군가 한 번 그런 적이 있다고 들은 것 같았다. 염소나 사슴이 별미라고 일부러 구해다 먹는 판에 그런 고기도 나름 맛이 괜찮다고도 했다. 글쎄. 정호는 서서히 속도를 줄였다. 쿵. 차 뒤편에 무언가가 둔탁하게 부딪히는 소리가 들렸다. 무거운 것이 살짝 들렸다가 떨어지는, 어딘가 귀퉁이에 닿는 소리. 그는 페달을 조심스럽게 밟았다.

"근데 고라니가 맞긴 했니?" 정호는 말을 하면서도 아까 본 짐승을 말하는 건지, 아님 정기가 갖고 온 짐승을 말하는 건지 혼란스러웠다. 어쩌면 둘 다 일지도 몰랐다.

"글쎄." 정기는 얼굴을 찡그렸다.

"어쩌면 고라니가 아닐지도 모르지." 정기는 부러 대수롭지 않은 일처럼 말했다. "고라니인지, 뭔지. 어쨌든 정말 요상하게 생겼어. 정말… 이상했어." 그리고 정기는 입을 다물었다.

이제 도로는 좀 더 폭이 넓어진 채 시원하게 앞으로 죽 뻗어 있었다. 논밭으로도 개간하지 않은 토지가 넓게 펼쳐져 있었다. 전봇대 사이에 묶인 임대 플래카드가 휘날리고 있었다. 그는 신호를 받을 때마다 트렁크에서 무슨 소리가 나는지 귀 기울였다. 희미하게 덜커덩거리는 소리가 나는 것 같기도 하고, 아닌 것 같기도 했다. 무엇인지는 모르겠지만 분명히 뭔가가 있기는 했다. 갑자기 뒤에서 자신을 끌어안은 무언가가 길게 늘어지는 것 같은, 그런 기분……. 달릴 때마다 그런 알 수 없는 기분에 휩싸인 채 그는 속도를 냈다. 새벽이 되면서 차츰 주위가 어슴푸레하게 보였다. 저 멀리 또 다른 신호등이 보였다. 그 아래 정지선에는 낡은 트럭이 멈춰 있었다. 그는 천천히 속도를 줄여 트럭 뒤에 멈춰 섰다. 서서히 페달에서 발을 떼면서 뒤쪽에서 무슨 소리가 들리는지 귀 기울였지만 아무런 소리도 들리지 않았다. 그는 신호를 기다리며 이제는 자신이 답답한 마음에 창문을 열었다. 가까운 풀밭에서 때늦은 귀뚜라미 소리가 들렸다. 큼. 정기가 기침을 터뜨렸다. 이내 신호가 바뀌었다. 앞에 차는 시동만 켠 채 제자리에 멈춰 있을 뿐 앞으로 나갈 생각을 하지 않았다. 평상시라면 창문을 열고 소리라도 치겠으나, 어차피 주위엔 다른 차도 없는 데다 급할 것도 없었다. 사실 어쩐지 폐차장에 가기 싫은 마음도 있었다. 뒤편에서 이리저리 쿵쿵 부딪혔던 고라니를 마주하기가…. 정기는 이대로 괜찮은 건지 느긋하게 앞차를 기다렸다. 정호는 짧고 강하게 클랙슨을 눌렀다. 차는 여전히 미동도 없었다. 그들은 닫혀 있는 트럭의 녹색 방수포를 바라보았다. 정호는 슬그머니 정기의 눈치를 살폈다. 정기는 태연하게 라디오 주파수를 맞춰 보다가, 손잡이를 잡았다가 하며 여유를 부렸다. 정호는 홀로 남아있을 엄마를 떠올렸다. 그가 마지막으로 엄마를 본 건 두 달 전이었다. 젊었을 때와 지금의 엄마는 전혀 다른 모습이었다. 유일하게 남은 것은 도전적인 눈빛, 상대방을 질릴 때까지 쳐다보던 호전적인 눈이었다. 정호가 집으로 돌아가려고 자리에서 일어나자 엄마도 덩달아 일어나려고 했다. 정호는 앉아 계세요, 하며 엄마를 앉히려고 했지만 엄마는 입술을 굳게 다문 채 두 주먹을 쥐고 일어나려고 했다. 늘어난 티셔츠 사이로 뼈들이 가지런한 앙가슴이 보였다. 뼈밖에 없는 손목을 잡는데도 도저히 엄마를 앉힐 수는 없었다. 그는 안간힘을 썼다. 노인에게서 어디서 이런 힘이 나오는 걸까. 덥석 잡힌 그의 두 손목이 얼얼했다.

　"엄마는 괜찮으시지?" 정호는 여전히 움직일 생각을 안 하는 트럭을 보며 말했다.

응. 정기는 짧게 한숨을 쉬었다.

"어제는 요구르트를 드렸는데 누워서 드시겠다는 거야. 어쩔 수 없이 빨대에 꽂아서 드렸는데, 먹는 게 반, 흘리는 게 반이야. 일어나라고 해도 말을 안 들어. 밑바닥밖에 남지 않아서 더 이상 안 나오는 데도 계속 달래, 나머지를 달래. 일어나야 마저 먹을 수 있다고 해도 듣지를 않아. 턱밑까지 흘러내리는데도 계속 빨더라고."

이거 보라구. 그는 자신의 앞섶을 내밀어 정호에게 보여줬다. 금방이라도 가까이 닿을 듯 옷자락을 내밀었다. 앞섶에 허연 얼룩이 크게 번져 있었다. 정호는 어쩔 수 없이 코를 갖다 댔다. 달큰하다기보다는 이상하게 묵은 냄새가 났다. 그 순간 언뜻 옷자락 안쪽에 더 크게 번져 있는 자국이 보였다. 갑자기 앞차가 후진등을 깜박였다. 정호는 조심스레 방향을 틀어 옆으로 빠져나갔다. 그는 차를 몰면서 트럭에 누가 타고 있었는지조차 제대로 보지 못했다는 것이 생각났다. 어쩔 수 없었다. 그는 그대로 차를 몰았다.

그들은 다시 침묵한 채 각자 창밖을 바라보았다. 별다른 할 말이 없었다. 찰랑거리는 요구르트의 밑바닥을 마저 마시겠다는 노인의 삶에 대한 집착이 자신에게까지 뻗쳐오는 것 같았다. 정호는 서늘한 정기의 옆모습을 보며, 어쩐지 코에 비해 턱이 유달리 작은 건 아닌가 싶은 생각이 들었다. 나이가 들면서 잘생겼던 인상이 조금씩 볼품없어 보이기 시작했다. 뭐랄까 빈 구석이 많아 보였다. 가진 게 그다지 많지 않은, 결여가 보이는 얼굴. 아직 서른여섯이면 젊은 나이일 텐데 멀찍이 어딘가를 한 바퀴 뛰고 온 얼굴이었다. 정호는 정기가 항상 어딘가를 향해 가고 있었다고 생각했다. 고등학교를 졸업하자마자 지방을 전전하며 생산직에서 일하기도 했고, 친구를 따라 필리핀에 조그마한 오토바이 가게를 내기도 했다. 그러나 얼마 되지 않아서 다시 제자리로 돌아와 있었다. 엄마의 옆에, 어렸을 때부터 살던 그 다세대 빌라 안으로. 결국 가장 멀리 떠난 사람은 자신이었다. 그는 어쩐지 정기를 제대로 마주 보지 못할 것 같은 기분이 들었다. 쿵. 과속 방지턱을 넘는 바람에 트렁크 안에서 부딪히는 소리가 들렸다. 차가 살짝 올라갔다 내려오면서 다시 어딘가에 부딪히는 둔탁한 소리가 났다. 안에 있는 고라니는 저 안에서 이리저리 조금씩 구르고 있을 터였다.

"왜 저런 걸 받았니?" 그는 결국 참지 못하고 물었다.

정기는 그를 빤히 보았다. 정호는 더 참지 못했던 것을 후회하며 다음 신호를 기다렸다.

"어쩔 수 없었어, 형." 정기가 말했다.

"저걸 받아 버리지 않고는 갈 수가 없었어. 도저히 앞으로 갈 수 없었다구."

정기는 아무런 높낮이 없이 차분히 말했다.

정호는 차를 갓길로 틀었다. 아까부터 초조한 탓인지 소변이 마려웠다. 논밭과 도로 사이로 바리케이드가 세워져 있었다. 그곳이 제일 적당한 장소로 보였다. 정기는 갑자기 방향을 트는데도 별말이 없었다. 막상 차를 세우고 밖으로 나가니 요의가 가셨다. 새벽의 선선한 냄새가 났다. 그는 가만히 숨을 내쉬며 황량한 들판을 바라보았다. 들판 위로 정리하다 만 찢어진 비닐하우스가 있었다. 어딘지 쓸쓸한 곳이었다. 어린 시절 엄마는 그들을 차에 태워 이런 곳에 내버려 두고 가버리곤 했었다. 그들은 영문도 모른 채 차에서 내릴 수밖에 없었다. 한 시간이고, 두 시간이고 정처 없이 걷다 보면 헤드라이트를 켠 채 기다리는 차가 보였다. 무엇을 잘못했는지도 모른 채 그들은 한겨울 찬바람을 맞으며 걸었다. 그러다 점점 더 멀리, 점점 더 먼 곳에 남겨지곤 했었다. 컹. 불현듯 개 짖는 소리가 들렸다. 찢어진 비닐하우스 앞에서 백구 한 마리가 이쪽을 보며 짖고 있었다. 백구는 잔뜩 경계를 늦추지 않았다. 긴 주둥이 사이로 날카로운 이빨이 드러났다. 정호는 다시 몸을 돌려 차에 타려고 했지만 언뜻 백구의 뒤로 무언가 움직이는 것들이 보였다. 자세히 보니 자그마한 황톳빛 강아지가 두어 마리가 어미 뒤에 숨어있었다. 그는 슬그머니

웃었다. 컹컹. 백구는 소리를 멈추지 않았다. 어둠 속에서 개의 두 눈이 섬광처럼 빛났다가 사라졌다. 그는 어쩐지 묘하게 안심이 됐다. 정기가 말한 요상한 고라니가 떠올랐다. 별것 아니었어. 정호는 차 문을 열며 중얼거렸다.

"소변 보려고 했던 거 아니야?"

정기가 의아한 얼굴로 물었다. 그는 그보다 방금 본 것들을 얘기해주고 싶었다.

"저기 개가 있어. 새끼도 있더라."

정기는 그가 가리킨 곳으로 고개를 돌렸다. 어느새 개들은 사라지고 없었다.

"없는데?" 아니 있어. 저기 있다구. 그는 정기에게 개들을 보여주고 싶었다.

"어쩌면 우리가 봤던 게 개일지도 몰라." 정호의 말에 정기는 이마를 찌푸렸다. 말하고 보니 정말 이 주변에는 개들이 많았던 게 떠올랐다. 집을 나온 개들도 들개가 되어 이리저리 논밭 사이로 먹을 것을 찾아다녔다. 정기는 여전히 아무것도 보이지 않는다고 했다. 정호는 안타깝게 찢어진 비닐하우스를 보았다. 저기에 있어. 그는 비닐하우스를 가리켰다.

"조금만 더 기다려 보자구. 곧 나올 테니까."

그의 말에 정기는 할 수 없다는 듯 고개를 끄덕였다. 그들은 나란히 앉아 히터 바람을 맞았다. 따뜻한 기운이 얼굴에 닿는 것과 달리 밖에선 세찬 바람이 강하게 불기 시작했다. 이따금 소름이 끼칠 정도로 날카로운 바람 소리가 울렸다 사라졌다.

똑똑. 누군가 차문을 두드리는 소리에 그들은 화들짝 놀랐다. 정호 쪽에서 검은 패딩을 입은 남자가 창문을 두드리고 있었다. 사이드미러를 보니, 뒤에 흰색 트럭 한 대가 기다리고 있었다. 정호는 창문을 내렸다.

"차 좀 비켜줘요." 나이가 지긋하게 든 남자가 말했다. 어두운 밤공기 속에서 남자의 하얀 입김이 피어올랐다가 사라졌다. 남자의 턱 끝에 있는 수염의 군데군데가 희끗했다.

"여기서 장사하는 차니까, 계속 여기 있지 말고 자리 좀 비켜줘요."

정호는 알겠다고 한 후 기어를 바꾸었다. 일단 후진을 하려면 뒤에 있는 트럭이 더 뒤로 비켜줘야 했다. 그러나 정작 남자는 자신의 차로 느릿느릿 걸어갔다. 정호는 툴툴거리며 남자가 트럭에 올라탈 때까지 기다렸다. 잠시 후 차가 뒤로 빠지자, 정호는 후진을 했다. 그리고 공터 쪽이 아닌 국도 쪽으로 차를 몰았다.

"잠깐만." 정기는 그대로 가려는 정호를 말렸다. 정호는 브레이크를 밟은 채 기다릴 수밖에 없었다. 잠시 후 트럭이 매끄럽게 그들이 있던 자리로 들어와 멈췄다. 뒤에는 녹색 방수포 자락이 닫혀 있었다. 아마 도로 한구석에 과일이나 과자 따위를 파는 차인 것 같았다.

"잠깐만 기다려, 형." 정기는 그 말만 한 채 밖으로 나갔다. 정호는 한겨울에도 맨 무릎이 드러나는 바지를 입고 비적비적 걸어가는 동생을 멍하니 지켜보았다. 정기는 트럭으로 가더니 방수포 안으로 허리를 숙였다. 도대체 무엇을 사려고 하는지 알 수 없었지만 굳이 저런 곳에서 사야 하나 싶었다. 잠시 후 검은 비닐봉지를 든 정기가 차로 돌아왔다. 그는 바스락거리는 봉지를 자신의 다리 근처에 두었다.

"배추를 팔더라고." 배추를? 정호는 저런 차에서 많고 많은 야채 중 배추를 팔기도 하나 싶어 의아했다. 그냥 배추가 아니야, 겨울 땅에 얼어붙었다가 볕에 녹았다가 하는 배추래. 그런 배추가 질기면서도 맛있어. 정기의 말에 그래, 그렇구나, 그런 배추도 있구나 싶었다. 정호는 조금씩 페달에 올려둔 발에 힘을 실었다.

"그런데 형도 봤지? 저 사람 다리 하나가 없는 거."

정기의 말에 그는 아무 말도 하지 않았다.

"아까 유심히 봤는데 바지 한쪽이 비어있던데."

그래서 지나치지 못했으리라. 정호는 조금씩 보이기 시작하는 폐차장으로 가는 익숙한 풍경을 보며 생각했다. 정기는 자신과 달랐다. 자신과 달리 비겁하지 않은 사람. 그래서 정기가 엄마의 곁에 있는 건지도 몰랐다.

"배추와 같이 끓여 먹으면 맛있을 거야."

정기는 봉지를 열어 보여주었다. 검은 봉지 안에 싱싱한 배춧잎이 가득했다. 정호는 정기가 트렁크 안에 있는 고라니를 말하고 있다는 것을 알았다.

"나 필리핀에서 식당 일도 했었거든. 내가 해줄게, 형. 소주랑 같이 마시라고."

그는 금방이라도 가죽을 벗기는 것처럼 손목을 돌렸다.

저 멀리 폐차장 간판이 보였다. 정호는 서서히 속도를 늦추며 입구로 차를 몰았다. 들어가는 입구부터 타이어가 무덤처럼 쌓여 있었다. 정기는 신기한 듯 앉은 자리에서 주변 여기저기를 살펴보았다. 정호는 꺼림칙한 마음으로 폐차장 안에 있는 작업장으로 차를 몰았다. 그리고 그 주변에 차를 세웠다. 주변에는 작업하다 만 차들이 주차되어 있었다. 그는 밖으로 나와 스트레칭을 했다. 뻐근했던 목 뒤의 근육들이 늘어나면서 소름이 돋았다. 찬 공기 속에서 입김을 내뱉으면서 주위를 둘러봤지만 고즈넉한 정적만이 흐르고 있었다. 어딘가 부서지거나, 한눈에 봐도 빛바랜 각기 종류가 다른 차들이 에워싸고 있었다. 그는 사무실 겸 휴게실로 쓰고 있는 컨테이너 쪽으로 갔다. 보통은 바로 그 옆에 있는 차고에서 부품을 떼는 작업이 이루어졌다. 자동차의 앞 범퍼 같은 것을 떼다, 종류별로 분류했는데, 대충 쌓여 있는 고철들을 봐선 저번 주 작업량과 비슷해 보였다. 사장이 씨씨티비를 통해 봤다고 했던 수상한 사람이 있는지 살펴보았지만 아무것도 보이지 않았다. 애초에 사람이 다녀간 흔적조차 볼 수 없었다.

"형, 뭐해?"

정기는 뒤따라 그를 따라오며 말했다. "나 빨리 가야 하는데." 정기는 그 말과 함께 주위를 두리번거렸다. 저 멀리, 붉은색 철근으로 이루어진 폐차압축기가 보였다. 거대한 사각형 틀로 이루어진 기계는 형광색으로 바리케이드 모양이 표시되어 있었다. 지게차에 폐차를 싣고 그곳에 내려놓으면 압축판이 천천히 내려오면서 차를 으스러트렸다. 그렇게 압축된 차를 지게차로 실을 때마다 확실히 전보다 가벼워진 것을 느낄 수 있었다. 여기저기 뒤틀린 평평한 철근 덩어리.

하지만 지금 바로 차를 폐차할 수는 없었다. 이 일에도 나름의 절차가 있었다. 먼저 사무실에 들어가 차량 조회를 해봐야 했다. 그런 일은 보통 반장이 맡았는데, 이상하게 오고 있다던 그가 보이지 않았다. 지금이라면 도착하고도 남았을 시간이었다. 바로 일을 진행할 수 없다는 말에 정기는 실망한 눈치였다. 정호는 그를 오래 붙잡아 둘 수 없어, 자신이 우선 폐차할 차의 고물값을 줄 테니 일단 갖고 가라는 말에 정기는 고개를 저었다.

"아니…. 기다리지 뭐…." 그는 타고 온 차의 윗면을 훑으면서 중얼거렸다. 기다리지 뭐…. 늘어지는 그의 말에 정호의 가슴 안에서 불안이 일렁였다. 그냥 자신에게 일을 맡기고 가면 되는 것 아닌가. 하지만 정기는 차 옆에서 꼼짝도 하지 않고 기다리겠다는 듯 폐차장 입구를 바라봤다. 아무래도 오고 있다는 반장을 기다리는 듯했다. 그는 운동화 앞코로 바퀴 옆 흙을 파며 주머니에 두 손을 찔러 넣었다. 굳이 차가 폐차되는 걸 자신의 두 눈으로 보고 갈 요량인 것 같았다. 정호는 문득 트렁크를 떠올렸다. 일단 차를 폐차시키려면 그것부터 꺼내야 했다. 정호는 차 뒤편으로 다가갔다. 그는 천천히 두 손을 트렁크 위에 내려놓았다. 그리곤 한쪽 손에 쥐고 있던 열쇠를 만지작거렸다. 어느새 입안은 바싹 말라 있었다. 그는 억지로 마른 침을 삼켰다. 퉁. 둔탁한 것이 그 안에서 뛰어올랐다. 그는 화들짝 놀라 뒤로 물러났다. 퉁. 또다시 무언가가 들이박는 소리가 들렸다.

"아직 살아있나 봐." 그의 말에 정기는 오묘한 표정으로 트렁크를 쳐다봤다.

안에 든 것이 고라니던, 멧돼지던, 다른 무엇이든 간에 살아있다면 다른 문제 아닌가. 죽은 동물을 봐야 한다는 꺼림칙한 마음에서 나아가 혼란스러운 물음에 휩싸인 채 그는 어쩔 줄 몰라 했다. 어둠 속에 뻗은 자신의 두 손이 어떻게 해야 할지 몰라 허공 속에 머물러 있었다.

"기다리지 뭐." 정기는 담담하게 말했다.

"죽을 때까지 기다리자구."

어느 때보다 정기의 목소리가 또렷하게 들렸다. 그래도… 정호는 자신도 모르게 다시 트렁크 위에 손을 내렸다. 그래도 꺼내야 하지 않나 하는 마음이 들었다. 그는 키를 눌러야 한다는 것도 잊은 채 트렁크를 들어 올리려고 했다. 정기가 그의 팔을 덥석 움켜잡았다.

"기다리자니까."

정기가 빤히 그를 처다보았다.

더는 추위를 참을 수 없었다. 마냥 바깥에서 기다릴 수는 없는 노릇이었다. 그들은 다시 차 안으로 들어갔다. 난방을 틀고 기다리자 훈기가 차 안을 감돌았다. 트렁크에서는 아무런 소리도 들리지 않았다. 아직 살아있을까. 정호는 그곳에서 가만히 숨을 내뱉고 있을, 자신을 짓누르고 있는 어둠을 바라보고 있을 고라니를 그려보았다. 그 짐승의 눈에 지금 무엇이 보일지는 아무도 몰랐다.

"형, 기억나?" 정기는 갑자기 침울한 목소리로 말했다.

"옛날에 이런 곳에 엄마가 우리를 버려두고 간 거."

정호는 짧게 고개를 끄덕였다.

"한 번은 나만 버려두고 간 적도 있었어." 그랬나? 정호는 아무리 떠올려봐도 떠오르지 않았다. 그보다 어떻게 자신보다 어린 정기가 제대로 길을 찾아 왔는지 궁금했다.

"그건 기억 안 나." 정기는 좌석에 몸을 파묻으며 말했다.

"다만 기억나는 건 저 멀리 사라져가던 엄마 차뿐이야. 형이 뒷좌석에서 나를 걱정스럽다는 듯 바라보고 있다가…… 고개를 돌려 버리더라고." 그게 다야. 정기의 말이 무겁게 가라앉았다. 그들 사이로 침묵이 흘렀다.

잠시 후 입구에서 하얀 트럭이 빠른 속도로 들어왔다. 전방등 불빛에 날벌레들이 모여드는 게 보였다. 반장의 차량인 줄 알았으나 어딘지 이상했다. 하지만 어딘지 낯이 익은 차였다. 갑작스러운 차량의 등장에 그들은 나가지도 못하고 멍하니 바라볼 수밖에 없었다. 트럭은 폐차 사이에 주차하더니 잠시 그 자리에 머물러 있었다. 십 여분쯤 흘렀을까, 운전석에서 한 남자가 절뚝거리며 내려왔다. 남자는 땅으로 뛰어내리듯 망설임 없이 훌쩍 뛰었다. 검은 패딩 아래, 면바지 한쪽 자락이 펄럭이고 있었다. 아. 정호는 자신도 모르게 낮은 목소리를 냈다. 그러나 이상하게 아무런 소리도 들리지 않았다. 남자의 다른 발은 하얀 운동화를 신고 있었다. 그는 절뚝거리며 방수포를 열었다. 배추가 있을 것이라는 생각과 달리, 어린 남자아이가 빼꼼히 고개를 내밀었다. 남자는 한쪽 발로 뛰면서 방수포를 활짝 젖혔다. 아이가 트럭 끝에 걸터앉았다. 남자는 아이에게 무어라 말을 건네더니, 익숙하게 모아둔 철물 쪽으로 뛰어갔다. 남자가 뛸 때마다 무게중심이 한쪽으로 쏠렸다. 남자는 철근들 사이에서 허리를 굽혀 고물을 고르기 시작했다. 아이는 트럭 위에서 냉큼 내려와 남자의 곁으로 다가갔다. 남자는 꿇어앉은 채 손짓을 하며 아이를 밀었다. 아마 다시 트럭으로 돌아가라고 하는 것 같았다. 아이는 추위 때문에 벌게진 얼굴로 완강히 고개를 저었다. 아이의 주변으로 작은 하얀 입김이 피어올랐다. 마지못해 남자가 긴 철근 하나를 집어 들자, 아이가 남자를 도와 철근의 반대쪽을 잡았다. 그들은 조심스럽게 트럭 쪽으로 철근을 옮겼다. 그들은 익숙하게 그것을 트럭 안으로 밀어 넣었다. 남자는 완강하게 아이를 다시 트럭 위에 앉히더니 혼자서 다시 철근을 향해 뛰어갔다. 아이는 트럭 위에서 걱정스럽게 제 아버지를 쳐다보았다. 남자는 괜찮다는 듯 손을 휘휘 저으며 간간이 아이에게 미소를 지어 보였다. 너는 들어가 있어라. 괜찮아. 아버지가 다 할 테니. 정호의 귓가에 남자의 목소리가 들리는 듯했다. 그렇게 남자는 아이를 그 자리에 앉혀둔 채 고물을 날랐다. 멀쩡한 아이의 두 다리가 트럭 끝에 길게 뻗어 있었다. 정호는 밖으로 나가기 위해 몸을 틀었다. 그 순간 정기가 그의 어깨를 움켜잡았다. 정기가 조용히 손에 힘을 주었다. 그는 그대로 나가지 못하고 다시 자세를 고쳐앉았다. 그들은 철근을 훔쳐가는 내내 절뚝거리는 남자를 조용히 지켜보았다.

일을 마친 남자는 재빨리 차에 올라탔다. 어느새 아이는 차 안으로 들어갔는지 보이지 않았다. 남자는 유유히 그대로 차를 몰아 밖으로 빠져나갔다. 트럭이 떠나고 난 후 그들 중 먼저 말을 꺼내는 사람은 없었다. 이제 주변 풍경은 전보다 환해져 가고 있었다. 반장은 아직 오지 않았다.

퉁.

트렁크 쪽에서 둔탁한 소리가 들렸다. 정호는 조금 전 꺼둔 시동을 다시 켰다. 그는 기어를 바꾸었다. 그리고 뒤쪽을 보며 조심스럽게 운전대를 돌렸다. 그는 저 멀리 폐차압축기를 향해 후진했다. 반장이 오기 전 작업을 해도 괜찮을 것 같았다. 정기는 말없이 그를 바라보았다. 압축 작업을 끝낸 후 자신이 철근 판을 지게차로 옮겨 다른 것들과 같이 저 들판에다 버린다고 한들 아무도 모를 것이다. 정말이지 아무도 모를 것이다. 그는 어쩐지 동생의 눈을 마주 보고 싶지 않았다. 그러나 참으로 이상한 기분이었다. 저기 눈부신 햇빛 아래에서 자신이 정기와 서로 끝까지 맞닿아 있는 기분이 든다는 것은. 저 멀리, 압축기 너머 철근 더미 위에 서 있는 개 한 마리가 보였다. 개는 목을 웅크린 채 이쪽을 향해 컹하고 짖었다.(*)

　언제부턴가 사람에 대해 생각하게 됐고, 내가 지금 그 사람에게서 무엇을 보지 못하고 있는지가 궁금해졌다. 한 인간이 품을 수 있는 무한한 심연과 타인을 이해한다는 말이 얼마나 무서운지, 때로는 또 얼마나 아름다운지 느끼고 있다. 언어라는 이 불완전한 것으로 한 사람의 마음을 잠깐이나마 둔중하게 울리는 일. 이것이 내가 가진 단 하나의 꿈이다.

　너무나 많은 사람이 글을 쓰고 있다. 쓰는 일은 전적으로 혼자서 고독에 몸부림치는 일이라는 것을 안다. 지금도 끝까지 그 적막한 길을 걸어가고 있는 한 사람에게 머리 숙여 존경을 보낸다. 진심으로 더 많은 분들과 함께, 오래도록 쓰고 싶다.

　글을 쓰면서 참 많이 걸었다. 걷고, 또 걷고, 서늘한 여름밤과 동트는 겨울 새벽에도 걸었다. 쓰는 게 너무 무서워 학교에서 집까지 걸어가는 내내 울면서 걸어간 날들도 있다. 앞으로도 변함없이 그렇게 걷고 싶다.

　윤성희, 김경욱, 윤경희, 권희철 선생님께 감사를. 그리고 주영, 서원, 소희, 승아, 금숙 언니들과 혜빈이에게도 나를 참아주어 고맙다고 전하고 싶다. 가장 초라한 내 모습이라도 기꺼이 안아주는 성현이와 지은이에게도. 끝까지 포기하지 않던 이유는 황종연 교수님의 '무엇이 너에게 글을 쓰게 했니.'라는 강렬한 질문과 어린 시절 김은경 선생님의 '글을 쓰는 사람은 적어도 괜찮은 어른이 될 거야.'라는 두 마디였다. 그 말들이 나를 살렸다. 마지막으로 이런 초라한 작품을 읽어주신 것만으로도 심사위원 선생님들께 진심으로 감사드린다.

새해에는 소원이 한 가지다. 아픈 가족이 있기에 더욱 절실히 바란다. 완전한 세계에서 살 수 없지만, 모두가 조금 더 안전한 세계에서 살 수 있게 되기를. 그 힘없는 말을 소리 내어 말해본다.

삭막한 세상에 따뜻한 희망으로 읽혀

올해 본심에 진출한 8편의 작품에는 동물과 사물이 소설의 주요한 요소와 소재, 상징으로 등장했다. 껌, 악어, 햄버거, 고물차, 비둘기, 고양이, 코뿔소 등 양태도 다양하여 새로운 세대가 새로운 광맥을 찾아 맹렬히 탐험하고 있다는 느낌을 받았다.

「브루클린 햄버거」는 마약 때문에 진 빚 때문에 죽임을 당할 사람의 개를, 마약공급자의 빚을 대신 받으러 간 '나'가 데리고 오는 이야기다. '나'는 곧 죽을지도 모를 사람, 곧 개 주인보다는 금명간今明間에 주인을 잃을 개에게 더 큰 연민과 동정을 느낀다. 더 이상의 서사적 진전이 없다는 약점을 빼고 보면 사람의 삶과 죽음을 너무도 가볍게 치부하는 이 소설의 상황이 실제의 현실에 가까울지도 모른다는 생각을 하게 된다.

「부유하는 사람들」에는 자살을 하러 텅 빈 문화회관을 찾아드는 비둘기를 매일이다시피 자루에 수거하는 청년 비정규직 경비원 '나'가 등장한다. 다만 이 소설은 '비둘기가 자살하러 가는 현존의 사실'과 인물, 공간, 관계가 유기적으로 연결되지 않고 이야기의 선이 명확하게 잡히지 않는다는 문제가 있었다.

당선작인 「폐차」는 질척하고 차가운 눈발 같은 세상 속에서 폐기되어 가고 있는 듯한 존재들을 조명한다. 폐차 직전의 고물차에 치여 트렁크에 실린 고라니가 우리 사회의 무고한 약자와 피해자들을 상징하는 것은 분명해 보인다. 동토의 한파 속에서 별빛처럼 희미하게 빛나는 형제애와 부자의 결속, 서로에게 미안해하는 마음의 온기가 삭막한 이 시대의 희망처럼 읽힌다.

동양일보 **김 만 희**

1983년 전주 출생
세종대학교 회화과 졸업

빛의 시간

김만희

지금은 아니지만 그림을 그리는 사람이 되려고 했던 때가 있었다. 되겠다고 다 되는 직업이 아니었으므로 지금 다른 일을 하는 것이 이상할 것은 없다. 다만 한번씩, 그림을 왜 그만두었냐는 질문을 받을 때, 어쩌다가 그랬지? 왜 그런 결심을 했더라? 하는 생각을 해보는 것뿐이다. 사실 이런 질문을 받을 때마다 떠오르는 기억은 매번 같은데 해주와 함께 레지던시 생활을 했던 여름, 그 여름의 오후가 떠오른다. 그러나 왜 하필 그때일까.

그해 여름, 해주와 나는 커피 회사가 주관하는 레지던시 프로그램에 합격했다. 우리는 상암동에 위치한 스튜디오에 입주해 많은 시간을 함께 보냈다. 여름이 끝나면 여행을 가기로 약속했기 때문에 아르바이트를 열심히 했던 기억이 난다. 아르바이트는 레지던시 건물 옆에 있는 전시관의 안내데스크에서 오디오를 대여하는 일이었다. 처음엔 입주 작가 모두가 투입되었던 일이었지만 자연스럽게 돈이 필요한 사람만 남게 되었다. 일은 단순했다. 로비에 있는 데스크에서 오디오를 대여하고 반납받는 일이었다. 주말엔 관람객이 몰려 힘들었지만 한가한 날엔 책도 읽고 작업 노트도 끼적일 수 있었다. 해주는 손님이 없는 한가한 오전 시간을 두고 '빛의 시간'이라 불렀다. 빛의 시간이란 존재하지 않았을 시간으로 뭔가가 어긋나면서 생겨난 우연의 순간을 말했다. 그 시간은 아무도 모르는 순간 지나가고 아무도 모르기 때문에 부질없지만 그 순간에 운명이 변화를 일으키기 때문에 아주 중요하다고 했다. 뭐가 바뀌는데? 내가 물었을 때, 해주는 뭐가 바뀌는 게 중요한 게 아니라 그런 순간이 존재하는 것 자체가 중요하다고 말했다.

*

로비를 지나던 염 큐레이터가 내게 아는 척을 했다. 공모전 합격 작가 중 한 명이 개인적인 사정으로 빠지게 되었을 때 해주를 뽑은 여자였다. 2차 합격 작가들을 놓고 논의가 길어지는 바람에 결국 제비뽑기를 했으니 운이 좋았다고, 해주에게 '행운을 빈다'고 말했었다.

"오늘 좀 한산하죠?"

"네, 그런 편이네요."

나는 그렇게 대답을 하고 기다렸다. 물어보겠지, 작업은 잘 되냐고. 도록에 실을 사진은 올렸냐고. 독일로 보낼 작가 노트와 비평문은 쓰고 있냐고. 염큐는 내가 우물쭈물 대답하는 모습을 즐기며 투자할 만한 가치가 없다는 걸 넌지시 확인시켜 주고 싶었을 것이다. 철두철미한 성격이니까. 그런데 그때 오디오를 반납하려는 관람객이 다가왔다.

"아까는 널 못 본 것 같은데 언제 왔어?"

오디오에서 이어폰을 분리하던 여자는 날 보고 대뜸 그렇게 물었다.

"아깐 여기 없었지?"

나를 잘 아는 듯 다정한 말투였다. 나는 어리둥절한 표정으로 오디오를 받았다. 예쁜 얼굴이었지만 모르는 여자였다. 여자는 내게 할 말이 있는 것처럼 나를 쳐다보았다. 염큐가 눈인사를 하고 로비를 빠져나갈 때까지. 염큐가 나가자마자 여자는 웃으면서 자신을 소개했다. 이름만 얘기하면 단박에 자길 알아보리라 확신하는 말투였다.

"나 나영이야! 한나영."

나영. 나영이라. 모르는 여자였다. 그런데 그 순간 이상하게도 나는 나영을 모르는 사람으로 결론짓고 싶지 않았다. 나영은 예뻤고 예쁜 여자와 잠깐 말을 주고받는 것이야말로 우연을 비집고 나온 빛의 시간일지 모르니까.

"너 아직 그림 그려? 상수동 살지?"

나영은 마치 나를 잘 아는 사람처럼 말을 시켰다. 나는 애매하게 웃으면서 그렇다고, 작업실은 뺐지만 집은 거기 있다고 대답했다. 나영은 "그래? 그렇구나." 하면서 고개를 끄덕였다. 그러다가 아주 잠깐, 우리 사이에 굉장히 어색한 침묵이 흘렀는데 그때 나영은 불쑥 "그런데 정연이가 너 때문에 죽었어?"라는 이상한 질문을 던졌다. 정연이가 너랑 왔어? 하고 묻는 것처럼 가벼운 말투였다. 그게 다였다. 뭐? 누구? 라고 되묻는 내게 처음으로 심란한 표정을 짓는가 싶더니 "아냐. 아닌가. 사람을 잘못 본 것 같아요."라고 말하고 인사도 없이 미술관을 나가버렸다. 정연이가 죽었다니. 그것도 나 때문에. 정연이가 누구길래. 그런데 정연이가 진짜로 죽었다면 그런 질문은 할 수 없지 않았을까.

나영이 가고 얼마 지나지 않아 염큐가 다시 들어왔다. 염큐는 누군가와 전화 통화를 하고 있었다. 통화를 마치자마자 내게 오더니 해주의 작품이 판매된 것 같다고 말했다. 염큐의 표현처럼 '기쁜 소식'이었지만 내 머릿속에는 온통 나영이 누구더라? 정연인? 하는 생각뿐이었고 작업실에 돌아가서도 그 생각을 멈추지 못해 해주와 다투기까지 했다.

"왜 사람을 잘못 봤다고 딱 자르지 못해?"

해주가 생각하기에 중요한 것은 대화의 내용이 아니라 모르는 여자와 대화를 나누었다는 것 자체였다. 해주는 길쭉한 나사를 구멍 뚫린 나무 상자에 돌려 넣다가 내려놓았다.

"그럴 때가 있다며."

나도 드릴을 내려놓았다.

"의지가 개입할 틈도 없는 짧은 순간. 네가 작가 노트에 여러 번 쓴 말이잖아."

내 말에 해주가 어이없는 표정을 지었다.

"그게 딴 여자랑 얘기하는 거랑 무슨 상관이야. 넌 기쁘지도 않아? 우리 작품을 사겠다는 사람이 나타났는데?"

나는 대답을 하는 대신 책상에 어지럽게 널려있는 얇은 피복 전선을 만지작거렸다. 해주의 작품에 조그만 조명을 연결하느라 며칠째 끙끙거리던 것들이었다. 나무로 만든 서른 개 남짓한 집들에 전선을 연결하고 전구를 다는 작업은 단순한 것 같으면서도 시간이 오래 걸렸다. 손이 많이 간 건 사실이지만 엄격히 말해 '우리의 작품'은 아니었다. 해주가 생각하고 설계한 해주의 작업이었고 나는 그저 어시스트일 뿐이었다.

"이것 좀 잡아줘."

잠시 후 해주가 네모 모양의 집을 들어 올렸다. 나는 다시 조명을 달기 시작했다. '움직이는 집들'이란 제목의 설치 작품은 지난주에 있었던 오픈 스튜디오에서 많은 인기를 얻었다.

"3차원 공간밖에 모르는 우리가 어떻게 4차원 공간을 상상할 수 있을까요? 시간이 2차원인 세계도 그렇고요. 어쩌면 우리가 인지하고 있는 세계는 진짜 존재하는 세계의 일부에 불과할지도 모릅니다. 과거나 현재, 미래가 공존하는 총체적 세계에선 무의미할 수 있어요. 저는 우리가 도달할 수 없는 공간을 한 곳에 표현함으로써 예전에 놓쳐버린 어떤 것, 빛의 시간이나 만질 수 없는 공간을 집으로 표현하고자 했습니다."

나로선 전혀 흥미가 돋지 않았던 해주의 설명이 사람들의 이목을 끌었다. 큐레이터뿐 아니라 관객에게도 반응이 좋았고 다른 작가들도 재미있는 작업이라며 해주를 격려했다. 게다가 오늘은 그 작품을 사겠다는 사람까지 나타났으니 나무로 만들어진 모형 집은 존재가치가 확고해진 셈이었다.

"칠을 한 번 더 해야겠어. 1번 집이 2번 집보다 연해 보이지 않아?"

해주가 물었다. 내 눈엔 거의 같아 보였다. 그래도 나는 그런 것 같다고 대답했고 해주는 물감을 사러 간다며 앞치마를 벗고 나갈 준비를 했다. 부스럭거리는 소리에 옆에서 자고 있던 뮤(해주가 키우는 고양이였다)가 부스스 몸을 일으켰다.

"갈 거지?"

해주가 물었지만 나는 그냥 있겠다고 했다.

"그림 좀 그려야지."

내 말투 때문인지 해주도 더 조르지 않았다.

그림 앞에 앉고 보니 오랫동안 작업을 못한 사실이 실감 났다. 색감이나 구도는 괜찮지만 그림에 힘이 전혀 없다고, 힘이 없는 그림은 아무것도 아니라고. 우연히 들은 방문객의 거친 평가에 나는 단단히 옭매어 있었다. 그런 말은 신경 쓰지 마. 넌 형태 감각도 있고 묘사도 훌륭하니까. 차라리 인물을 그리는 건 어때? 진짜처럼. 해주의 말처럼 인물을 그리는 작업이 내 재능을 부각할 수 있는 분야라는 건 알고 있었다. 그러나 나는 사람의 머리카락이나 땀구멍을 파는 것보다 좀 더 근사한 작업을 하고 싶었다. 소용돌이든 고요함이든, 특정한 분위기를 오롯이 담아 절제된 색감으로 힘 있게 표현하는 것. 현란한 기교마저 한발 물러나 보이게 만드는 압도적인 색의 조화……

그러나 색을 어떻게 섞어보아도 원하는 느낌이 나지 않았다. 게다가 이름 모를 방문객의 목소리는 자꾸만 정신을 흐트러뜨렸다. 그림 앞에 앉으면 이런 말만 튀어나왔다. 젠장. 어쩌라고. 머릿속에서 맴돌던 말이 입 밖으로 튀어나오면 설명할 수 없는 감정은 말하기 전보다 훨씬 복잡해졌다. 슬픔과 짜증과 노여움이 한 곳에 뒤섞여 날뛰다가 결국엔 비참해지는 기분. 그러면 나는 붓을 내려놓고 해주의 소파로 가서 쉬었다. 나는 소파에 앉아 이것저것, 이를테면 자투리 나무 조각이나 나사, 점토 같은 걸 가지고 심심풀이로 장식을 만들곤 했다. 나중에 해주가 돌아와, 오 이런 것도 만들었네 하며 제대로 배치하기도 하고 이건 좀 아니다 하며 떼어내기도 했던 것들. 그야말로 재미 삼아 만들어진, 해주조차도 이걸 작품이라 해도 될지 모르겠다고 고민하던 작업이 어떻게…어떻게 이럴 수 있지? 나는 벌떡 일어나 주먹을 꽉 쥐었다. 불현듯 해주가 만든 집을 걷어 차버리고 싶은 충동이 일었다.

만약 뮤가 다가오지 않았다면 주먹을 내리칠 수도 있었을까. 뮤는 호랑이처럼 어슬렁어슬렁 내 쪽으로 걸어왔다. 매일 졸고 있던 고양이가 눈을 동그랗게 뜨고 나를 보는 게 섬뜩했지만 그래도 그 순간 뮤가 온 것은 다행이었다. 뮤는 내 발에 딱 붙어 앉았다. 평소에는 잘 하지 않는 행동이었다. 철저하게 해주만 따르던 녀석. 심지어 나에겐 적대적인 포즈를 취할 때가 많아 우리는 서로 경계하는 사이였는데, 그런 뮤가 말을 걸듯 나를 보고 있었다.

이런 게 해주가 말한 뮤의 말하기 방식인가?

뮤가 말을 해. 소리가 나는 건 아니야. 눈으로 하거든. 해주는 뮤의 등을 쓰다듬으며 내게 얘기해 보라고 권하곤 했다. 쉽다고. 그냥 눈을 들여다보기만 하면 된다고. 하지만 뮤는 내가 다가가면 멀쩡히 놀다가도 엎드려서 눈을 감았고 불러도 일어나지 않았다. 한 번은 등을 쓸어주려는데 앙! 소리를 내며 신경질을 부리더니 손이 닿지 않는 곳으로 올라간 적도 있었다. 그런데 웬일로? 나는 소파에 벌러덩 누웠다. 고양이의 표정까지 읽을 수는 없는 노릇이었다. 그런데 순간 뜻밖의 이름이 머리를 스쳤다.

정연.

그런 이름을 가진 애가 있었구나 하면서 처음 든 생각은 나영은 누굴까 하는 것이었다. 정연과의 추억을 떠올리다 보면 나영도 기억날까 했지만 정연과 나는 추억을 갖고 말고 할 사이가 아니었다. 정연이 전학을 오고 한 달 정도 짝을 한 것이 전부였으니까. 그 애는 전학을 오자마자 다시 전학을 갔다. 무슨 전학을 밥 먹듯이 다니네. 누군가 그런 말을 했던 것도 같은데 나는 아니었다. 전혀 관심이 없었다. 지금 기억해낸 것도 정연이 아니라 그 애의 고양이니까.

정연은 뮤와 비슷한 회색 고양이를 키웠다. 조그만 고양이를 매우 용의주도하게 교실에서 키웠다. 고양이도 주인만큼이나 조심스러워 교실에서 고양이의 존재를 알아챈 사람은 짝인 나뿐이었다. 나조차도 딱 한 번, 시계를 잘못 보는 바람에 한 시간이나 일찍 등교했던 날 살짝 본 것이 전부였다. 고양이는 가방이나 책상 서랍 안에 숨어 지내는 것 같았는데 신기한 것은 수업 시간 내내 끙 소리 한번 내지 않고 견뎠다는 것이다. 나는 정연에게 고양이에 관해 몇 번이나 물었는데 그때마다 정연은 무슨 고양이 말이냐고 되물었다. 그런 태도는 내 의구심을 키웠다. 기필코 확인을 해봐야겠다 싶을 정도로. 그래서 나는 일부러 연필 한 자루를 떨어뜨리고 그것을 줍는 척하며 몰래 서랍 안을 들여다보았다. 서랍은 텅 비어 있었다. 고양이 따윈 없었다. 당황한 나는-그럴 것까진 없었는데-그 애를 밀쳤고 격렬하게 서랍을 뒤졌고 뒤지다가 중심을 잃고 바닥으로 꼬꾸라졌다. 반 아이들이 일제히 내 쪽을 돌아보았다. 선생님도 어이가 없다는 표정을 하고 나를 보았다. 모든 시선이 나에게 집중되면서 교실은 조용해졌다. 그리고 그 순간, 작은 고양이 한 마리가 창틀에 놓여있던 정연의 책가방에서 기어 나왔다. 고양이는 창틀 위를 살금살금 걸어가다가 그대로 떨어졌다.

나는 몸을 벌떡 일으켰다. 뮤는 여전히 같은 자세로 나를 보고 있었다. 눈동자는 미묘하게 바뀌어 있었는데 좀 전의 견고함은 사라지고 금방이라도 상대를 공격할 것 같은 사나움이 담겨 있었다. 나는 기분 나쁜 표정이라고 생각하다가 서랍에 처박아 두었던 담배를 꺼냈다. 담배에 불을 붙이고 창문을 활짝 열었다. 미지근한 여름 공기가 안으로 훅 들어왔다. 나는 해주의 소파에 앉아 천천히 담배를 피웠고 담배를 피우면서 나영을 생각했다. 나영은 누구더라…? 뮤는 그런 내 모습을 빤히 보고 있었다. 사람들이 북적이는 공동 작업실에 그날따라 나 혼자뿐이었다.

뮤가 없어진 것은 이튿날이었다. 그것 때문에 나는 해주와 조금 어색했는데 어쩌면 그건 순전히 내 기분 탓인지도 몰랐다. 솔직히 말하면 나는 여행이고 뭐고 다 그만두고 싶었다. 하지만 해주의 상황이 좋아서 그런 말은 꺼내지도 못했는데 돌연 뮤가 사라지면서 해주의 기쁨이 산산조각이 난 것이다. 작업이고 여행이고, 뮤를 찾아다니기 바빴고 나는 그런 해주를 달래느라 많은 시간을 썼다. 그런데도 내 마음은 크게 나쁘지 않았는데, 그게 두근거린다고 해야 할지 울렁거린다고 해야 할지, 말로 설명하기가 어려웠다. 그런 묘한 기분은 의외로 기분을 전환 시키는 힘이 있어서 전보다 기꺼운 마음으로 해주를 돕게 했다. 해주대신 미술관 일을 하고 작품 마무리도 하고 나중에는 해주의 작품을 사겠다는 사람과 직접 통화해 가격도 조정했다. 해주는 아무것도 못하고 뮤만 찾아다녔다. 가족보다 소중히 여기던 뮤가 없어졌으니 그럴 수 있었다. 그렇게 사흘이 지났을 때 옆자리를 쓰는 동양화 작가가 해주에게 말을 걸었다.

"고양이가 안 보이네?"

동양화 작가는 작업실에 자주 오지도 않으면서 뮤가 없는 건 단번에 알아차렸다.

"어디 갔어? 예쁘게 생긴 놈이던데."

인사치레로 하는 말에 해주가 난데없이 울음을 터트렸다. 또 시작이구나. 나는 조금 피곤해졌다. 나와 달리 동양화 작가는 해주를 자기 자리로 데려가 조곤조곤 위로의 말을 건넸다. 고양이를 세 마리나 키운다는 동양화 작가는 2층이라도 창문을 열어두면 안 된다고 충고하며 도움이 될 만한 고양이 사이트를 알려주었다. 해주는 고개를 끄덕이면서 요즘 밖이 너무 더워서 창문을 열어둔 적도 없는데 너무 이상하다고 중얼거렸다.

그날 해주는 밤새도록 고양이 탐정 사이트를 뒤졌고 나는 그림을 그렸다. 밤새도록 그림을 그린 건 오랜만이었다.

다음 날 아침 싫다는 해주를 억지로 끌고 나와 아침을 먹으러 갔다. 해주는 밥에 손도 안 대고 휴대전화만 보더니 통통 부은 얼굴로 고양이를 찾아준다는 탐정 얘기를 했다.

"작품은 어쩌려고 그것만 보고 있어."

"하루라도 빨리 수색해야 가능성이 있다는데 연락이 되는 사람이 없어."

"지금 그게 중요해? 네 작품, 오늘 가서 설치하기로 했잖아."

내 말에 해주는 실망한 표정을 감추지 않았다. 그러나 나는 이 문제야 말로 지금 해주에게 가장 필요한 일이라고 생각했다.

"거기가 어디라고 했지? 성북동? 카페라고 했지?"

내 말에 해주는 아무 대답도 하지 않았다. 우리는 식은 밥을 앞에 놓고 한참을 앉아 있다가 작업실로 돌아왔다. 나는 돌아오자마자 해주의 작품을 포장했고 해주는 드디어 고양이 탐정과 통화가 되었다며 울먹거렸다.

"너는 아무렇지가 않구나."

전화를 끊고 해주가 말했다. 나는 그 말을 못 들은 척 해주의 작품을 챙겼고, 네가 걱정된다고, 울지 않았으면 좋겠다고, 별 것 아닌 것 때문에 중요한 시기를 흘려보내지 않았으면 한다고 말했다. 진심이었다. 고작 잃어버린 고양이 때문에 중요한 것과 덜 중요한 것을 구분하지 못한다면 남는 건 후회뿐일 테니까.

"별것이 아니라고?"

해주가 되물었다. 목소리가 날카로웠다.

"뮤가 사라졌는데, 너한테는 이 상황이 별 게 아니란 말이야?"

해주의 말에 나도 모르게 한숨이 나왔다.

"뮤가 중요하지 않다는 게 아니야. 더 중요한 일이 줄줄이 있다는 거지."

"더 중요한 일? 뮤보다 중요한 게 뭔데?"

상황이 상황이니만큼 해주를 이해해야 한다고 생각했는데도 내 입에서는 한숨이 새어 나왔다. 그랬지 뮤가. 우리가 함께 키우려고 주워 온 고양이긴 했었지. 털이 축축하게 젖은 작은 고양이가 위험한 도로에서 덜덜 떠는 모습을 불쌍히 여기기란 쉬운 것이지만 그 고양이를 덥석 안아서 집으로 데려가는 것은 쉬운 일이 아닐 것이다. 일 년 전, 나는 고양이가 불쌍하다는 생각만 했고 해주는 고양이를 덥석 안아서 집으로 데리고 갔다. 그 일은 해주와 내가 사귀기 시작한 것처럼 아주 자연스럽게 이루어졌다.

"지금은 네 작업을 배달하는 게 중요해."

나는 성북동까지 택시를 타고 갈지, 버스를 타고 갈지 물었고 해주는 우울한 표정으로 나를 보았다.

　카페는 버스에서 내려서 한참을 걸어야 하는 애매한 위치에 있었다. 동네는 깨끗했지만, 인적이 드물어 장사가 잘 될 것 같지는 않았다. 나는 염큐가 준 약도를 확인하며 복잡한 길을 오르내렸다. 땀을 줄줄 흘리며 미로처럼 구불구불한 언덕길을 걷고 있자니 마치 해주가 말한 공간과 공간, 그 사이에 존재하는 과거와 현재와 미래가 공존하는 가상의 공간에 온 기분이었다. 끊임없이 나타나는 목조건물과 파스텔톤 색깔을 가진 귀여운 지붕은 해주가 만든 집과 닮은 구석이 있었다. 카페도 그런 집 중 하나였다. 미색 페인트가 깔끔하게 칠해져 있는데도 어딘지 낡은 느낌이 드는 건물은 카페라기 보단 오래된 가정집 같았다. 나는 동그란 금속 손잡이를 돌려 문을 열고 안으로 들어갔다. 스무 평 남짓한 공간에 테이블은 제멋대로 놓여 있었고 의자는 뒤집힌 채 테이블에 올라가 있었다. 창문으로 햇빛이 들었고 손님은 한 명도 없었다.

　"누구세요?"

　안쪽 바(bar)에 있던 유니폼을 입은 젊은 여자가 고개를 쏙 빼고 물었다. 여자는 누군가와 통화를 하고 있었는지 한 손에 커다란 수화기를 들고 있었다. 지금은 잘 쓰지 않는 자주색 무선 전화기였다.

　"잠깐 기다려도 괜찮죠?"

　여자가 그렇게 물어서 나는 괜찮다고 했다. 그녀는 내게 아무 테이블에나 앉아도 된다고 말하고 얼음물 한 잔을 바 앞으로 밀어주었다. 나지막이 음악이 흐르고 있었다. 어떤 곡인지 집어낼 수는 없었지만 익숙한 선율의 피아노곡이었다. 모차르트인가? 슈베르트? 나는 음악을 들으면서 물을 마셨다. 한 모금씩, 한 모금씩 여러 번 나눠 마셨다. 물을 다 마신 후에는 얼음을 한 알씩 씹어 먹었다. 얼음이 잘 깨지는 데다 깨질 때마다 바드득 소리가 나서 기분이 좋았다. 나는 마지막 얼음까지 부숴 먹고 남은 물을 쭉 들이마셨다. 그러다가 얼룩을 발견했다. 유리잔에 묻어 있는 지저분한 손자국. 유난히 겹쳐있는 손자국들은 나 하나의 것이 아니었다. 지문의 크기도 서로 달랐을뿐더러 많게는 네다섯 겹까지 겹쳐 보였다. 더럽다거나 지저분하다거나 하는 생각보다는 오래전 해주가 했던 이야기가 떠올랐다. 차분한 얼굴로 조곤조곤 말하던 시간에 관한 이야기.

그때 해주는 공모전에서 낙방하고 상심에 잠겨 있었다. 기회는 또 있으니까, 네 작업 점점 좋아지고 있어, 작품이 중요하지, 그런 말을 한 사람도 해주였다. 나는 해주의 말을 멍하니 듣고 있다가 우연히 커피잔이 더럽다는 것을 발견하고 버럭 짜증을 냈다. "이게 다 뭐야? 여긴 컵도 안 닦나?" 유리잔에는 손자국과 립스틱 자국이 연하게 묻어 있었다. 나는 당장 따질 기세로 컵을 들고 일어났는데 해주가 그런 나를 붙들었다. 잠깐 잠깐. 해주는 차분한 목소리로 그런 흔적은…과거하고 미래를…하고 자주 하던 말을 했다. 지금은 하도 들어서 지겨운 얘기지만 한때는 나도 그런 말을 좋아했었다.

여기에는 백 개도 넘는 컵이 있잖아. 이 컵들은 사람들의 손을 돌고 돌아. 종업원은 그 흔적을 열심히 지우고 없애지. 그런데 과연 그걸 완전히 지우는 게 가능할까? 흔적을 지운다고 해도 그 순간에 존재했던 시간까지 없어지는 건 아니잖아. 존재하고 있는 지나간 순간, 지나갔지만 존재하고 있는 순간. 이런 걸 보면 그런 게 생각나. 흔적이 지워진다고 모든 것이 사라지는 것은 아니다, 지워지지 않은 과거의 순간은 아무 때고 튀어나와 현실에 개입한다. 뭐 그런 거. 그러니까 그냥 마시자.

며칠 후에 해주는 레지던시 프로그램에 합류했다. 생각지도 못했던 추가 합격이었다. 운이 좋았대. 나는 그렇게 말하는 해주를 꼭 안아주었다.

"설치가 복잡해요?"

내가 집을 조립하는 동안 여자는 홀을 청소했다. 빗자루를 들고 왔다 갔다 하면서 테이블 앞으로 걸어와 작품이 흥미로운 듯 유심히 들여다보기도 했다.

"왜 이렇게 오래된 나무집을 만든 거래요?"

"이걸 벽에다가 박는다는 말이죠?"

"지붕 색은 좀 유치한 거 아닌가요?"

여자가 불만에 가까운 말을 툭툭 내던질 때마다 나는 어깨만 으쓱거렸다.

설치가 끝날 무렵 청소도 대충 마무리되었다. 여자가 음료 두 잔을 만들어 테이블로 가지고 왔다. 그때야 나는 여자의 얼굴을 제대로 보았다. 내가 자기 얼굴을 보고 놀란 표정을 짓자 여자는 웃으면서 "왜요?" 하고 되물었다. 예쁘장한 얼굴이 어딘지 낯이 익어서 이름을 물으려다가 그만두었다.

"집이요, 여기 주인이 좋아하게 생겼어요."

여자가 음료를 마시면서 말했다.

"주인이 따로 있나 보죠?"

"주인은 여기 잘 안 와요. 근데 생각보다 오래 걸리네요? 한 시간이면 끝날 거라고 했는데."

"다른 건 다 끝났는데, 한 집에 불이 안 들어와서."

"불? 불이요?"

여자는 셔츠의 앞주머니를 뒤져 담배를 꺼냈다.

"불이야 붙이면 되는 거 아닌가요?"

쉬운 말이었다.

"그럼 되는데…… 잠깐 이것 좀 들어주실래요?"

나는 여자에게 1번 집의 바닥이 될 네모 모양의 강철판을 들도록 했다. 여자는 담배를 입에 물고 그걸 두 손으로 받아들더니 "생각보다 무겁네요?"라고 말했다. 나는 몸을 숙이고 바닥에 연결해 놓은 전선을 꼼꼼하게 살폈다. 1번 집에 불이 들어오면 도미노가 넘어가듯 저절로 해결될 문제인데…… 그러나 잘못된 지점을 찾을 길이 없었다. 끙끙거리고 있을 때 해주한테 전화가 왔다. 여자는 판을 내려놓고 담배를 마저 피우더니 카페의 문을 활짝 열었다. 태양이 이글거리는데도 후덥지근하고 습한 공기가 가게 안으로 밀려 들어왔다. 소나기가 올 것 같은 날씨였다.

설치가 다 끝났냐고 묻는 해주의 말에 나는 아직 아니라고 대답했다. 해주는 다소 격앙된 목소리로 뮤를 찾은 것 같다고 했다. "어떻게 거기까지 갔지? 믿을 수가 없어." 놀라움과 반가움이 뒤섞인 목소리로 상수동 카페에서 연락이 왔다면서 같이 가보자고 했다. 상수동은 우리가 뮤를 처음 발견한 곳이기도 했다. 나는 알겠다고 말한 뒤 전화를 끊었다. 불은 끝내 들어오지 않았다.

"젠장. 어쩌라고."

내 입에서 그런 말이 튀어나왔다.

"애인이죠?"

여자가 웃으면서 물었다.

"지금 가야 하죠?"

여자가 다시 물었고 나는 그런 건 아니라고 했다.

"가 봐요. 설치는 다음에 해도 되니까."

그냥 가보겠다고 해도 그만이었는데 나는 여자가 가져다 준 음료를 한 모금 마시고 전선의 연결 상태를 다시 살폈다.

"어차피 장사도 안 되니까 아무 때나 와서 하세요. 가게를 정리하라는데 주인이 말을 안 들어요."

여자가 말했다.

"장사는 잘 될 때도 있고 안 될 때도 있고. 원래 그런 거잖아요."

나는 장사를 해 본 적도 없으면서 그렇게 말했다.

"원래 그런 거라……."

여자는 중얼거리며 아까와 같은 동작으로 주머니를 뒤져 담배를 꺼냈다.

"원래 그렇다……."

여자는 잔에 있던 음료를 단숨에 마셨다. 나 역시 그 음료를 다 마셨는데 다 마시고 나자 긴장이 풀리는 것처럼 느껴졌다.

"한 잔 더 줄까요?"

여자가 물었고 나는 들고 있던 전선을 내려놓고 여자를 따라 바의 스툴에 가 앉았다.

여자는 칵테일을 만들었다. 칵테일이라고 해봤자 보드카에 난도질한 레몬조각을 섞는 게 전부였지만 신기하게도 몇 잔 마시자 기분이 좋아졌다. 여자는 자주 웃었고 나는 더 많이 웃었다. 웃을 때마다 여자의 얼굴이 가까워졌다. 처음엔 여자가 취했다고 생각했다. 그러나 진짜 취한 사람은 나였다.

"너 정연이지?"

그런 어이없는 질문을 확신에 찬 목소리로 했으니까. 여자는 아무 말도 하지 않았다.

미로처럼 복잡한 골목을 내려가는 동안 소나기가 지나갔다. 나는 비를 맞고 걸었다. 해주에게 전화가 왔지만 받지 않았다. 여름밤인데도 암흑처럼 깜깜했다. 불을 켜둔 집이 하나도 없었고 그 흔한 가로등도 없었다.

누군가 말을 걸어온 것은 정신없이 걸어서 큰 도로에 거의 다다랐을 때였다. 뒤를 돌아보니 웬 아이 하나가 서 있었다. 체구가 작은 남자아이는 교복 차림이었고 어딘지 낯이 익었다.

왜 버리고 가요?

그 애는 품에 안고 있던 뭔가를 내 앞으로 불쑥 내밀었다.

뭐?

왜 버리고 가냐고요.

아이가 내민 것은 고양이였다.

내가? 아닌데?

아이의 품에 있는 고양이는 꿈쩍도 하지 않았다.

버렸잖아요.

아니라니까.

사실을 말하는데도 께름칙한 기분이 드는 것이 이상했다.

버린 건 맞잖아요.

아니라니까! 그건 내 고양이도 아니야!

진짜 아니에요?

아이는 내게 고양이를 자세히 보여주려는 듯 품에 있던 고양이를 고쳐 안았다. 묵직하고 딱딱해 보이는 게 꼭 죽은 것 같았다. 나는 내게 가까이 다가오려는 아이를 밀치고 언덕을 뛰어 내려왔다. 아이가 쫓아오더라도 무시하고 택시를 잡을 생각이었는데 아이는 따라오지 않았다. 다행히 택시는 금방 잡혔고 택시 안에서 언덕을 보았을 때 아이의 모습은 보이지 않았다. 집도 보이지 않았다. 어둠이 모든 것을 삼키고 있었다.

*

여름 끝에 해주와 나는 헤어졌다. 작가는 길이 아닌 것 같다고 했던 해주는 움직이는 집을 시리즈로 만들어 두 차례나 공모전에 입상했고 나는 입주 작가 중 유일하게 전시를 펑크 낸 사람으로 소문을 탔다. 그룹 전시였으므로 갤러리나 작가들이 피해를 본 것도 아니었는데 입방아가 길었다. 구설수에 휘둘리며 긴 여름을 보내자 가을과 겨울은 빠르게 지나갔다. 그 후로 지금까지 네 번의 여름이 지났고 그림은 작년 여름에 그만두었다. 그런데 어째서, 이런 질문을 받을 때마다 그해 여름이 생각나는 걸까. 비슷한 집들이 붙어 있던 가파른 언덕과 더운 날씨, 제구실을 못 하던 피복전선과 진한 담배연기 같은 것이. 홀리듯 나타났던 나영과 섬뜩한 분위기를 풍기던 아이. 그리고 죽은 것처럼 꿈쩍 않던 고양이. 해주는 결국 뮤를 찾았다. 다행히 카페 주인이 잘 보살피고 있었다고 했다. 멀리도 갔네. 돌아온 뮤를 보고 내가 한 말이었다.

뮤는 알았을까. 내가 오랫동안 그해 여름에서 놓여나지 못할 거라는 걸? 아무 때고 불쑥 말을 걸어오는 어린 소년의 눈빛 때문에 과거에서 한 발짝도 떼지 못하고 내가 할 수 있는 건 아무것도 없게 되리라는 걸. 심지어 이렇게 사소한 질문에 답을 하는 것조차 횡설수설하리라는 걸.

알았을까. 나는 생각한다. 내가 저지른 실수에 대해. 고양이를 밖으로 내던진 것에 대해. 그 일을 누군가에게 털어놓을 수 있으면 좋겠다고 생각한다. 그게 정연이라면 좋겠다고. 그러나 정연인 죽었고 그렇기 때문에 다시는 만날 수 없다. 그 사실은 여전히 나를 비참하게 만든다.

전화를 받기 전날 영화를 보았습니다. 버스 기사가 주인공인 잔잔한 영화였습니다.

미국 뉴저지, 패터슨이란 곳에서 버스를 운전하는 '패터슨'이라는 이름을 가진 남자가 있습니다. 그는 평범하지만 어떤 면에서는 조금 특별합니다. 왜냐하면 그가 '에밀리 디킨슨를 좋아하는 버스기사'이기 때문입니다. 그는 시를 씁니다. 성냥, 담배, 맥주, 신발 상자. 그가 쓰는 시는 그가 보는 모든 것들로부터 시작합니다. 매일 반복되는 일상이 그에겐 다른 풍경으로 존재하는 이유이기도 합니다. 이를테면, 그는 식탁에 놓인 조그만 성냥갑에 든 평범한 성냥에서 '거친 포도색 모자'를 쓴 '소나무 막대'를 발견합니다. 포도색 모자가 불꽃으로 타오르는 순간을 상상하고 활활 타오르는 불꽃에서 사랑하는 연인을 봅니다. 당연한 말이지만, 사랑은 늘 아름다운 시가 됩니다. 그는 일상의 모든 순간을 보고 듣고 시를 짓습니다. 그래서 모든 풍경이 재미있고 흥미롭고 소중합니다. 이것은 그가 시를 '쓰기' 때문이기도 하지만, 어쩌면 그가 일상을 시처럼 '읽기' 때문인지도 모르겠습니다. 평범한 것들을 달리 보도록 하는 미묘함. 저는 그것이 문학이 가진 비밀스러운 특기라고 생각합니다. 이 비밀스러운 특기는 도처에 널려있고 누구에게나 열려있어 더욱 매력적입니다. 책이 어디에나 있는 것처럼 말입니다. 저에게는 소설이 그런 힘이 되었습니다. 일상을 달리 보는 사람, 그런 비밀스러운 특기를 즐기는 독자이자 작가가 되고 싶습니다.

   늘 객관적이고 냉철한 태도로 저를 지지해주신 삼창 감정의 구 지사장님께 감사 인사를 전합니다. 저를 믿고 지켜보며 응원해 주시는 강 선생님, 늘 존경하고 좋아하는 마음입니다. 선생님의 위트가 제겐 너무 딱 맞아요. 웃음 가득 오 마이 서민향 고마워. 너랑 맥주 마시는 시간이 영감의 시간이야. 100세 파이, 곧 다시 만나길. 언제나 내 편에서 나를 걱정하고 위로해주는 프로이트 송, 고마워. 부족한 글을 뽑아주신 심사위원 선생님께도 감사드립니다.

당선작 「빛의 시간」 – 인간 행태의 미세한 관찰

예심을 통과한 작품 15편 가운데, 최종심에 오른 5편의 전반적인 수준이 거의 비슷한 상황이므로, 당선작 선정에는 기성작가와 다른 새로운 시각, 평범해 보이는 일상에서 새로운 이야기, 새로운 화법을 발굴해 내는, 이른바 참신성에 중점을 두었다.

「박곡지 물안개」(정형석)는 저수지의 낚시꾼 익사사건 해결과정에서 드러난, 고교동기생 3인의 각기 다른 성격과 일상의 행동을 통해, 선의의 허울을 쓴 인간의 비열한 내면을 폭로한 작품이다. 인물들의 성격과 사건설정에 상호 관련성이 확보 되고, 소설 전체의 흐름도 원만하나, 소재나 주제가 흔하고, 독자가 판단할만한 상황제시 보다 설명위주의 전개가 긴장감을 떨어뜨린다. 따라서 대화나 지문도 지루한 감이 있으므로 압축할 필요가 있다.

「메지구름」(이영희)은 남편의 수술결과를 지켜보는 아내의 절박한 심정과 의료진의 처치에 대한 의구심, 그로 인한 갈등 해소과정도 비교적 세밀하게 서술한 작품이다. 문장도 상황전달에 무리가 없을 만큼 단련된 편이다.

그러나 서술의 주체인 화자話者의 정체가 모호하다. 전체적으로 보아 1인칭화자임은 파악 되지만, 어디에도 그걸 명확히 짚어 준 곳이 없다. 몇 곳에 화자의 신분을 의도적으로 노출, 강조한 것은 의료진을 압박하려는 불필요한 신분과시처럼 인식될 우려가 있다.

「#그런데 나는?」(김만성)은 '인간은 다면체동물'이라는 금언(?)을 코믹하게 다룬 작품이다. 인간의 원초적인 모습이 가장 잘 드러나는 화장실 풍경의 단면을 통해, 일상의 모습과 다른 인간의 이면을 드러내면서 그 속에 자신까지 포함 시키고 있다. 자조적自嘲的이면서도 폭로성 짙은, 특이한 발상의 작품이다. 주제도 분명하다. 다만 세상을 너무 장난스럽게 바라보는 것 아닌가 하는 아쉬움 때문에 작품의 무게감이 떨어지는 느낌이다.

「걱정 마세요」(이현신)는 수술이 시급한 자신의 신체 이상을 알면서도 환자치료 때문에 결단을 미룰 만큼, 사명감 투철한 외과의사와 미래를 약속한 동료 여의사간의 갈등을 그린 작품이다. 소재나 주제는 상식적인 것이지만, 작품전체의 구성에 빈틈이 없고, 가독성 높고 속도감 있는 문장도 탄탄하다. 독자들의 눈에는, 작가가 전문 의료인이 아닐까 짐작할 만큼 수술이나 그 전후과정의 서술도 돋보인다. 전체적으로 기성작가를 능가할 만한 작품으로, 당선작으로 밀어도 손색이 없지만, 앞에 쓴 대로 소재나 주제의 참신성이 당선작에 비해 다소 희박하다는 점에서 아쉽게 내려놓았다. 작자의 능력에 기대가 가는 작품이다.

「빛의 시간」(김만희)은 화가가 되고자했던 화자가, 고양이 세 마리와 얽힌 사소한 사건 때문에 운명이 바뀌게 됐다는 얘기다. 어쩌면 황당한 이야기요, 성립 불가능한 논리인 듯하다.

그러나 작자는, 화자가 기억 속에 깊이 묻혀있던 사건들과 함께, 의식하지 못하는 사이에 쌓여 온 죄의식으로 인해 무기력해져가는 과정과, 과거의 실수를 고백할 대상조차 사라져 비참해진 심리상태를 차분히 그려냄으로써, 황당한 논리에 설득력을 부여했다. 인간의 사소 한 행태에 확대경을 대고 미세한 관찰을 시도, 운명에 영향을 끼치는 것은 결코 거대한 사건만이 아니라는, 인간탐구의 새로운 시각을 보여준 작품이라 생각되어 당선작으로 올렸다.

모든 응모자들이 그간에 바친 노고에 격려와 감사를 드리고, 당선자의 정진을 빈다.

매일신문 김혜지

1984년 서울 출생
한국예술종합학교 영상원 영화과 시나리오 전공 졸업
영화 〈무방비도시〉, 〈인사동스캔들〉 시나리오 각색 작가
現 TBWA KOREA 카피라이터

꽃

김혜지

"라이터 하나 주세요."

　잠이 덜 깬 슈퍼 아줌마가 짓무른 눈으로 나를 올려다본다. 기계적으로 주황색 라이터를 건네던 손이 멈칫한다. 내 교복에 와 박히는 눈빛이 곱지 않다. 담배 피려는 거 아니에요. 준비했던 말이 목구멍 아래서 맴돈다. 다행히 입을 열 필요는 없었다. 아줌마가 말없이 내게 라이터를 건넸으니까. 나는 잰걸음으로 슈퍼를 빠져 나온다. 사방이 어둡다. 바람이 매서워 옷깃을 여미다 문득 깨닫는다. 코트를 입지 않았네. 장롱 문을 열었을 때, 희미한 곰팡이 냄새가 났다. 교복 위에 앉았던 먼지가 날려 재채기를 했다. 그래서 까먹었는지도 모른다. 아니다, 사실은 오로지 교복을 입어야 한단 생각 밖에 없었다. 오늘은 교복을 입자, 일곱 달 만에 가는 학교니까. 오늘은 월요일, 운동장 전체조회가 있는 날이니까.

　정문에는 선도부도 학생주임도 없다. 시계를 본다. 아직 다들 이불 밑에서 꾸무럭대고 있을 시간이다. 하긴, 누가 있었다 해도 날 잡을 순 없을 거다. 누워만 있어도 키가 크는 바람에 바짓단이 껑충 짧아졌지만 선도부는 복장불량으로 내 이름을 적지 못할 거다. 앞머리가 길어 이마를 뒤덮었지만 학생주임은 내 따귀를 갈길 수 없을 거다. 나는 '없는 학생'

이니까. 그렇게 원하던 투명 인간이 됐네. 교문을 통과하는 발걸음에 왠지 모를 힘이 실린다.

언덕길을 넘어 첫 번째 벽돌 건물. 3학년이 쓰는 동이다. 주차된 자동차 밑으로 돌진하는 길고양이처럼 나는 건물 안으로 미끄러져 들어간다. 오랜만에 마주한 건물의 냉기에 소름이 돋는다. 복도의 어둠이 채 눈에 익기도 전에 성큼성큼 계단으로 향한다. 등에 멘 가방이 무거워 겨드랑이에 땀이 밴다. 가방 안에 든 통에서 출렁, 소리가 난다. 100미터 달리기 출발 휘슬처럼 재촉하는 소리다. 계단을 오르는 걸음에 맞춰 출렁 소리가 가쁘게 나를 따라온다. 사층 계단 끝 철문. 걸음을 멈춘다. 문은 잠겨있다. 하지만 나는 어떻게 여는지 알지. 걔들이 시켜서 수도 없이 열었던 거니까. 호주머니를 뒤져 클립을 꺼낸다. 꾹꾹 힘주어 클립을 일자로 편다. 한쪽 끝을 열쇠구멍에 넣고 위아래로 흔든다. 덜컥, 걸리는 느낌이 온다. 차가운 손잡이를 쥐고 살살 돌린다. 녹슨 경첩이 비명을 지른다. 천천히 옥상 문이 열린다. 해가 떠오르고 있다. 바닥엔 책걸상이 굴러다니고 공기 중엔 먼지가 날린다. 옥상 풍경은 하나도 변하지 않았다. 그리고 오늘은 월요일. 운동장 전체조회가 있는 날이다.

우성상가 2층 남자화장실 변기에 처박혀있는 나를 끄집어내준 건 3층 당구장 주인이었다. 당구장아저씨는 바닥에 널브러진 내 옆에 서서 앰뷸런스가 도착할 때까지 줄담배를 폈다. 아무것도 묻지 않고, 그냥 담배만 폈다. 참 남자다운 데가 있는 아저씨였다. 걔들이 날 화장실로 질질 끌고 들어오니까 쓰레기통을 비우던 청소아줌마는 후다닥 자리를 떴는데. 걔들이 세면대에 내 머리를 박아도 경비아저씨는 못 본 척 도망갔는데. 당구장아저씨, 복 받아야 할 사람이라고, 혹시 내가 나중에 당구를 배우게 된다면 아저씨네 당구장만 가야겠다고 병원에 누워 잠깐 생각했었지. 딱 여덟 달 전의 일이다.

안와골절, 두뇌타박상, 비골골절, 다발성 찰과상, 좌족부 거골골절. 꽤 길고 어려운 병명들이 모여 전치 8주 진단이 내려졌다. 처음처럼 로고가 박힌 초록색 앞치마를 두르고 삼선 슬리퍼를 신은 채 뛰어온 엄마는 응급실이 떠나가도록 울었다. 하루 이용료 500원짜리 구립독서실에 있다 달려온 누나는 아무 말 않고 입술만 뜯었다. 누나와 나는 같은 중학교 교복을 입고 있었다. 삼 년 전, 엄마가 교복물려입기 나눔행사에서 건져온, 소맷부리가 닳고 닳은 교복들이었다. 우리는 누나가 나보다 딱 7분 먼저 세상의 빛을 본 이란성 쌍둥이였으므로 명찰 색깔까지 같았다. 다만 내 교복 등판엔 어지러운 발자국이 찍혀 있고, 누나의 등판은 말끔하다는 것. 그것만 달랐다. 지방 공사판에 있다가 일주일 늦게 올라온 아빠는 사내새끼가 친구들한테 맞고 다닌다며 내 식판을 뒤엎다 간호사들에게 끌려 나갔다. 아빠, *걔들 내 친구 아니에요.*, 라는 말은 꺼낼 새도 없었다. 나는 대신 가만히 왼다리 깁스 위에 엎질러진 미역국을 봤다. 국물이 침대 시트를 적시고 바닥으로 뚝뚝 흘러내렸다. 나는 정확히 한 달을 병원 침대 위에서 보냈다. 학교에선 아무도 오지 않았다.

목발을 짚고 학교에 갔더니 담임이 상담실로 호출했다.
"억울하니?"
대답도 하기 전에 담임은 흰 종이와 연필을 내밀었다.
"나도 억울한 게 세상에서 제일 싫다. 한 치의 억울함도 없게 그간의 일들을 기록해봐라."
어디서, 도대체 어디서부터 써야할지 막막했다. 연필 꼭대기만 물어뜯고 있으니 담임이 훈수를 뒀다.
"감정은 빼고, 객관적으로 일어난 사실만 번호를 매겨서 써봐라."
담임의 조언은 분명 효과가 있었다. 감정을 빼자 갑자기 모든 것이 쉬워졌다. '사실'대로만 쓰는 것은 하나도 어렵지 않은 일이었다. 나는 예상보다 쉬운 시험문제를 만나 신이 난 것처럼 백지에 몰두해 연필을 움직이기 시작했다. 쓰다 보니 앞뒤로 빽빽하게 종이 석 장을 가득 채웠다. 담임은 그동안 참을성 있게 팔짱을 끼고 기다렸다. 다 쓴 종이를 내밀자 물끄러미 목록을 보던 담임이 물었다.

"혹시 빼고 싶은 건 없니?"

"그럼… 거기 12번은 빼주세요."

"*식당서 설거지하는 니네 엄마처럼 운동화 좀 닦아 봐. 새끼야, 누가 손으로 닦으래. 혀로 핥으라고, 말이니?*"

"네, 엄마가 보면 속상하실 것 같아요."

"그래, 잘 생각했다. 근데 23번도 삭제하면 어떨까? *호모 같은 새끼, 후장을 따버리겠다며 엎드려뻗쳐 자세를 시킨 후 대걸레 손잡이 부분으로 항문을 쑤셨습니다,* 이 부분. 선생님이 보기엔 이것도 엄마가 많이 속상하실 것 같구나."

들고 보니 그럴 것 같아 고개를 끄덕였다. 담임이 지우개로 슥삭슥삭 문장들을 지웠다.

"*잠깐, 어디 이르면 니네 누나도 따먹어버린다고 협박했습니다,* 이건 누나가 속상할 것 같은데?"

역시 그럴 것 같아 또 고개를 끄덕였다. 담임이 다시 지우개질을 했다.

"가만 보니 44번도 문제가 있겠다. *옥상 난간에 세워놓고 밀어버린대서 무서워 오줌을 싸니 더러운 새끼라며 때렸습니다. 다음 날 페트병에 오줌을 담아 와서 마시라고 했습니다. 넌 오줌싸개니까 오줌을 마셔야 한다고 했습니다. 마시다가 토하자 다 마실 때까지 번갈아가며 때렸습니다,* 말이야."

"…… 왜요?"

"그럼 옥상 문이 열려있었다는 건데, 경비 아저씨가 곤란하시지 않을까?"

슥삭슥삭 지우개 가루가 쌓여가고 목록은 줄어갔다. 담임은 생각했던 것보다 세심하고 배려심 깊은 사람이었다. 단 한 명도 속상하고 난처한 사람이 생기지 않도록 꼼꼼하게 신경을 썼다. 작성을 마치고 목발을 짚으며 일어서는데 담임이 갑자기 내 어깨를 꽉 눌렀다. 바싹 얼굴을 들이민 담임에게서 담배에 쩐 구취가 훅 끼쳤지만 고개를 돌릴 순 없었다.

"선생님도 사실 군대에선 고문관이었단다."

잠시, 담임과 나는 서로의 눈을 바라봤다. 먼저 눈길을 피한 것은 나였다. 뭐라고 답해야 할지 도무지 알 수 없었다. 담임의 눈알이 꼭 유리구슬 같았다. 어른의 눈을 그렇게 가까이에서 본 건 처음이었다. 담임이 손을 뻗어 내 고개를 다시 자기 쪽으로 돌렸다. 나를 빤히 보는 유리구슬 눈깔이 거기 있었다. 담임이 한층 엄한 목소리로 말했다.

"알다시피, 난 지금 교감 진급을 앞두고 있어. 고작 이런 일로 좌절되면 얼마나 억울하겠니? 선생님은 억울한 게 세상에서 제일 싫구나."

상담실을 나오다 *걔들*과 복도에서 마주쳤다. *걔들*은 내 옆에 선 담임을 보자 눈을 내리깔고 옆으로 비켜서선 깍듯이 목례했다. 담임이 큼큼 목을 가다듬고 *걔들*을 향해 살짝 고개를 끄덕였다. 그러더니 부축하려고 내 겨드랑이에 넣었던 손을 빼곤 성큼, 내 앞으로 한 발 나아갔다. 딱 한 걸음. 담임은 그 간격을 유지하며 천천히 걸어갔다. 나는 혹시라도 담임을 놓칠 새라 목발을 재게 놀리며 절뚝절뚝 걸었다. 그러다 문득, 뒤통수가 따가워 나도 모르게 고개를 돌렸다. 나란히 선 *걔들*이 웃고 있었다. *걔들*이 소리 없이 입모양으로 말했다.

'씹새, 뭘 꼬라봐.'
'넌 죽었어, 호모새끼야.'
'아 씨바, 존나 극혐.'
'전화 받어, 새꺄.'

나는 그길로 집에 와 드러누웠다.

엄마는 자신이 생각할 수 있는 모든 방법을 내게 동원했다. 처음엔 괜찮다고, 괜찮다고, 위로를 했다. 먹히지 않았다. 대체 왜 이렇게 당하고만 있냐고 화도 내봤다. 먹히지 않았다. 미안하다고, 미안하다고, 다 내 잘못이라고 사과도 했다. 제발 입 좀 열어보라고 구슬리기도 했다. 엄마 가슴에 못 박지 말라며 꺼이꺼이 통곡도 했다. 하지만 엄마의 수천수만

마디는 내 한마디를 이길 수 없었다. '학교 안 가.'

엄마는 요양이 필요하다는 진단서를 끊어 학교에 보냈다. 나는 방문을 걸어 잠그고 모든 것을 방 안에서 해결했다. 콩나물국과 비빔밥을 먹고, 축축한 등허리로 악몽에서 깨 다시 잠을 청하고, 나 혼자 산다를 다운받고 또 다운받고, 인터넷과 핸드폰으로 번갈아 게임을 했다. 화장실 갈 때와 쟁반 위에 차려진 밥상을 받아올 때 말곤 거실에 나가지 않았다. 창문 한번 열지 않고 여름을 났다. 야동을 봐도 서지 않았다. 오히려 그것들은 발작적으로 나를 울게 하거나 토하게 했으므로 어느새 내겐 공포영화보다도 무서운 이미지가 됐다. 핸드폰 번호도 바꿨다. 식구들 말곤 아무에게도 새 번호를 주지 않았다. 그런데도 이틀에 한 번 꼴로 전화가 왔다. 쉽고 빠른 대출을 도와주겠다는 김미영 팀장이거나 바꾼 지 한 달도 안 된 폰을 최신기종으로 바꿔주겠다는 텔레콤 직원이었다. 금방 노하우가 생겨서 070으로 시작하는 번호는 아예 받지 않았고, 보통은 뚝 끊어버렸다. 하지만 아주 가끔, 한 달에 한 번 정도는 긴 통화를 했다. 나는 결코 내가 이용하지 않을 대출상품에 대한 김미영 팀장의 장황하고 끈질긴 설명을 가만히 들었다. 또 결코 이동하지 않을 번호가 가져다 줄 무수한 혜택에 대한 텔레콤 직원의 감언이설을 묵묵히 들었다. 그들은 내가 중학교 3학년 남자애라는 것을 알지 못했고, 그들의 이야기 사이사이에 내가 추임새처럼 넣는 대답은 항상 네, 아니오 둘 중 하나였지만, 나는 대화하고 있었다. 그렇게 하지 않으면 영영 말하는 법을 까먹어버릴 것 같았다.

억수로 쏟아지던 장맛비가 이불을 눅눅하게 해 불면의 밤이 이어지던 즈음, 우편함에 누런 서류봉투가 꽂혔다. 좌측 상단 발신인란에 '학교폭력대책자치위원회'라는 글자가 큼직하게 박혀있었다. 엄마는 내 방에 앉아 칼로 봉투를 뜯고 내용물을 꺼냈다. 호치키스가 박힌 출력물을 넘기는 엄마의 얼굴이 하얗게 질렸다. 내가 손을 내밀자 엄마가 떨리는 손으로 결과통보서를 건넸다. 첫 장에 적힌 건 *걔*들의 처분결과였다. '피해

학생에 대한 서면사과'를 하라고 쓰여 있었다. 다음 장에 적힌 건 나의 처분결과였다. '피해학생에 대한 서면사과'를 하라고 쓰여 있었다. 위원회는 마지막 장에서 다시 한 번 친절히 정리해주었다. 양측이 서로 피해학생에 대한 서면사과를 하라, 고 쓰여 있었다. *걔들과 내가 똑같은 조치를 받았다.*

엄마가 내 손을 끌고 학교로 달려갔다.
"피해자가 왜 사과를 합니까?"
"쟤가 맞을 짓을 했대요."
학생주임이 교장실로 향하는 엄마를 막아서며 턱짓으로 나를 가리켰다. 얼음땡에서 얼음을 당한 아이처럼 엄마가 동작을 멈췄다. 학생주임과 눈빛을 교환한 담임이 내게 다가와 어깨에 손을 얹었다. 잠시 후, 얼음 주문이 땡, 풀린 엄마가 악다구니를 쓰기 시작했다.
"왜 우리한텐 말도 안하고 위원회를 열었어요?"
"당신들은 자식도 없어?"
"아직까지 사과 한 마디 못 들었다고!"
희미한 자동차 소리가 열린 창 너머로 새어 들어왔다. 나는 담임에게 어깨가 짓눌린 채 고개를 돌려 창밖을 봤다. 고급 세단 한 대가 학교 운동장을 빠져나가고 있었다. 훈화 때마다 연필 한 자루도 국산 브랜드를 쓰라고 잔소리하면서 정작 자기는 외제차를 타고 다닌다고 애들이 욕하던 교장의 차 같았다. 그런 줄도 모르고 엄마는 교장실로 돌진했다. 진정하시란 말을 되풀이하며 옷깃을 잡는 학생주임의 손길을 뿌리치고 엄마가 힘껏 교장실 문을 열어젖혔다. 다음 순간, 텅 빈 교장실을 마주한 엄마의 눈에 서서히 눈물이 차올랐다.
"당신들…… 두고 봐. 내가 절대 가만두지 않을 거야."
교장실이 빈 것을 확인하고 표정이 부드러워진 학생주임이 바람 빠지는 소리를 내며 웃었다.
"네, 마음대로 해보세요."

"어머니, 저희가 학생들 일까지 신경을 다 쓰긴 좀 힘들어요."

점심을 먹고 온 형사가 이를 쑤시며 말했다. 나를 앞세운 엄마가 자기보다 열 살은 어려보이는 형사에게 구구절절 사연을 읊었지만 그는 더 부룩한 배만 연신 쓰다듬을 뿐이었다. 곧이어 와자한 소리와 함께 막 검거된 3인조 소매치기 일당이 들이닥쳤고, 엄마와 나는 결국 젊은 형사의 트림 냄새만 실컷 맡다 돌아섰다.

"저희가 조사를 따로 할 수는 없고, 학교 측에 조사결과를 문의할 순 있어요."

누렇게 뜬 얼굴의 교육청 직원이 책상 위 서류더미와 엄마를 번갈아 보며 말했다. 제일 높은 사람 데려오라고, 이대로 물러갈 줄 아느냐고 엄마가 언성을 높이자 직원이 책상서랍을 열어 뭔가를 꺼냈다. 기대에 찬 눈으로 보는 엄마와 고개 숙인 나를 등진 채 직원은 건조한 두 눈에 인공눈물을 번갈아 떨어뜨리곤 '매뉴얼이 그래요'라는 말만 되풀이했다.

엄마는 *걔*들의 부모를 호출했다.

당연히 그쪽에서 먼저 사과하러 와서 싹싹 빌어야 한다던, 손이 발이 될 때까지 빌어도 결코 용서해주지 않겠다던 엄마는 *걔*들 부모의 연락처도 담임에게 통사정해서야 겨우 얻어낼 수 있었다. 의사, 변호사, 선생님, 자동차회사 상무. *걔*들 부모는 직업도 참 다양했다. 그러다보니 다 같이 모일 날짜와 시간을 정하는 것도 만만치 않았다. 속에선 천불이 나지만, 잘못해서 파토라도 나면 다시 한자리에 모으기가 어렵다며 엄마는 전화를 돌리고 또 돌렸다. 약속장소인 한정식집을 예약한 것도 엄마였고, 가기 싫다는 나를 끌고 가장 먼저 도착한 것도 엄마였다.

"전치 8주? 이거 딱 봐도 과잉진단인데?"

의사엄마가 큐티클 하나 없이 매끈한 손톱으로 샤넬 지갑을 톡톡 치며 말했다.

"우리 애는 학교를 일 년 일찍 들어갔는데, 아직 생일이 안 지났어요. 무슨 의미냐. 원래 만 14세 미만은 촉법소년이라고 해서 형사처벌을 안 받는 거거든요."

변호사아빠가 몽블랑 만년필로 메모지에 '소년법 제4조 제1항 제2호'라고 끄적이며 말했다.

"교육현장에 있다 보니 그래요. 처벌이 아니라 화해를 시켜야죠. 그게 참 교육이거든."

선생님엄마가 발망 뿔테 안경을 쓸어 올리며 말했다.

"내가 시간이 돈인 사람이라 단도직입적으로 물을게요. 그래서, 얼마면 되겠어요?"

상무아빠가 에쿠스 키를 들었다 놨다 하며 말했다.

순번이 돌았나 싶더니 걔들 부모들이 일제히 입을 열기 시작했다. 방 안은 금세 시장통처럼 시끄러워졌다. 교양 넘치는 단어들이 상 위 떡갈비에 내려앉고, 전문용어들이 접시 위 잡채에 버무려지고, 여유 있는 웃음소리가 그릇 속 동치미에 스며들었다. 다들 할 말이 넘쳤지만 내게 말을 거는 사람은 없었다. 내 얼굴을 봐야 다들 정신 차리고 반성할 거라던 엄마 말이 무색하게 내게 눈길 한번 주는 사람조차 없었다.

탕! 엄마가 주먹으로 상을 내리치자 갑작스런 정적이 찾아왔다. 다들 깜짝 놀라 엄마를 봤다.

"내가 듣고 싶은 건 딱 하나, 사과뿐이에요."

자리에 앉고 처음으로 엄마가 입을 열었다. 하지만 그 순간부터 자리가 파할 때까지 그들은 침묵했다. 의사엄마, 변호사아빠, 선생님엄마, 상무아빠는 합죽이가 되었다.

여름 내내 엄마는 그렇게 온몸의 모든 구멍으로 팥죽 같은 땀을 쏟으며 돌아다녔다. 그 후에도 식당일을 쉬는 날이면 어딘가 나갔다 오는 것 같았지만 나는 묻지 않았고 엄마도 더 이상 함께 가자고 하지 않았다. 나는 하루 종일 방에 누워 있었다. 인터넷과 핸드폰으로 게임을 했지만 조금만 집중해도 머리가 아파 금방 내던지곤 했다. 김미영 팀장과 텔레콤의 전화도 점점 뜸해져 하루 종일 한마디도 안하고 지나가는 날이 대부분이었다. 누워서 멍하니 핸드폰 메시지함을 뒤졌다. 또 떼카를 당할까봐 새 핸드폰을 산 후에는 아예 카톡 앱을 깔지 않아서 메시지라곤 문자가 전부였다. 그마저도 가족에게 받은 것 말고는 스팸문자와 광고문자 밖에 없었다. 문득 누군가에게 메시지를 받고 싶어졌다. 그래서 문자를 치면 답해주는 심심이 앱을 깔았다.

'*좋은 말 가르치기, 나쁜 말 신고하기, 모두 심심이와 즐겁게 대화해요!*'

메신저에 로그인 해 말을 걸면 인공지능 캐릭터 심심이가 꼬박꼬박 답을 해줬다. 이용자들이 심심하지 않도록 공을 많이 들인 덕인지 심심이는 꽤 똑똑했다. 심지어 친구와 한번도 해보지 못한 놀이도 심심이와는 할 수 있었다.

나〉심심아, 배고파. 밥 사조~
SimSimi〉헐.. 빈대충
나〉너도 빈대충
SimSimi〉충전기 쿵쿵따
나〉기왓장 쿵쿵따
SimSimi〉장조림 쿵쿵따
나〉림프관 쿵쿵따

노란 풍선 모양 몸통에 눈, 코, 입, 팔다리가 달린 심심이. 나는 그날그날 내키는 대로 심심이 캐릭터를 꾸밀 수 있었다. 기분이 꿀꿀한 날은 심심이를 빨간 악마나 눈물을 짜는 울보로 만들었고, 기분이 좋은 날은 귀여운 모자를 씌워주거나 두 눈에 하트를 달아주기도 했다. 하지만 심심이와의 모든 대화가 늘 유쾌한 건 아니었다. 심심이는 때때로 기분 나쁜 말도 아무렇지 않게 툭툭 내뱉었다.

나〉넌 대학 나왔어?

SimSimi⟩ ○○서울대. 넌?

나⟩ 난 중3. 근데 요샌 학교 안 가

SimSimi⟩ 야, 학교 안감 병신 돼. 나처럼 사람들 농담 따먹기 해주는 알바나 하고 살래?

심심이가 짜증나는 말을 해대면 나는 말풍선을 터치해 바로 신고했다. 신고를 두 번 당한 말들은 퐁, 퐁, 퐁, 순식간에 허공으로 흩어졌다. 처음부터 그런 말들은 아예 존재하지도 않았던 것처럼, 그렇게 말끔하게 삭제할 수 있었다. 내 마음대로 지나간 것들을 얼마든지 지워버릴 수 있다는 것이 무엇보다 좋았다. 이제 심심이와 함께, 나는 심심하지 않았다.

태풍이 창문을 줄기차게 때려대던 밤, 오줌이 마려워 방문을 나섰다가 식탁에 덩그러니 앉은 엄마와 마주쳤다. 전등 하나 켜지 않은 어둠 속에서, 엄마는 안주도 없이 혼자 소주를 마시고 있었다. 못 본 척 돌아서는 내 등에 대고 엄마가 국어책을 읽듯 말했다.

대체 니가 무슨 맞을 짓을 한 거니.

아무런 감정도 담겨 있지 않은 말투였다. 나에게 하는 말도, 엄마 자신에게 하는 말도 아니었다. 그냥 머릿속의 오랜 물음이 치약처럼 쭉 비져나와 음성이 된 것이었다. 그리고 그 순간, 나는 다시 한 번 깨달았다. 엄마는, 아무것도 모른다는 사실을. 나에겐 맞아야할 이유들이 있었다. 나는, 생긴 게 더러워서 맞았다. 키가 좆만 해서 맞았다. 눈빛이 재수 없어서 맞았다. 나는, 아빠는 공사장, 엄마는 식당에서 일해서 맞았다. 25명 중 23등을 해서 맞았고 소매가 닳고 엉덩이가 반질반질한 교복을 입어서 맞았다. 수학시험이 어려워서 맞았고 체육이 우리 반에 단체 기합을 줘서 맞았다. 블랙핑크가 2위를 해서, 축구 국가대표팀이 골을 먹어서, 갑자기 비가 와서 맞았다. 내가 맞아야할 이유는 수천수만 가지였고, 맞지 않아야 할 이유는 도무지 찾을 수가 없었다. 엄마는 정말, 아무것도 몰랐다.

태풍이 가고 낙엽이 들기 시작할 무렵, 누나가 교복을 벗었다.

"나 죽는 꼴 보려고 이래? 너까지 왜 이래!"

엄마가 악을 쓰며 책가방을 떠밀었지만 돌아앉은 누나의 등은 돌부처처럼 움직일 줄 몰랐다. 억지로 일으켜 세우려는 엄마의 손길을 뿌리치며 누나가 가라앉은 목소리로 말했다.

"대체… 얼마를 생각한 거야."

"뭐?"

"그래서 안 한 거잖아. 합의."

"너… 지금 무슨 소리야?"

누나가 고개를 들었다. 엄마의 눈을 보며 또박또박 말했다.

"합의금 뜯어내려고 드러누운 거지새끼 누나, 래."

누나의 시선에 아무런 흔들림이 없어서, 엄마는 몸을 떨었다. 나보다 딱 7분 먼저 태어났지만 나보다 딱 7배 더 똑똑했던 누나. 공부를 잘하고, 그림은 더 잘 그려서 사생대회만 나가면 꼭 상장을 타왔던 누나. 약속을 잘 지키고, 고집은 더 세서 한번 먹은 마음은 아무도 돌릴 수 없었던 누나. 그 누나의 눈동자가 물기 한 방울 없이 바싹 말라있어서, 엄마는 거실 바닥을 치며 울었다. 등을 돌린 누나가 아무 말 않고 입술을 뜯었다.

그렇게 나는 내 방에, 누나는 누나 방에 박혔다. 엄마가 우울증 약을 먹기 시작했다. 엄마는 몸이 아파 식당도 관뒀다. 여름 초입에 카지노 신축 현장에 내려간 아빠는 간간이 돈을 부쳐올 뿐 소식은 부치지 않았다.

나〉 심심아, 가끔 죽고 싶다.

SimSimi〉 어떤 죽? 나는 전복죽이 좋아.

우편함에 누런 서류봉투가 꽂혔다. 봉투 하단에 박힌 우리 학교 교포 모양의 인장이 막 찍어낸 듯 선명했다. 엄마는 내 방에 앉아 칼로 봉투를 뜯고 내용물을 꺼냈다. 한 장짜리 종이를 대면한 엄마의 얼굴이 하얗게 질렸다. 내가 손을 내밀자 엄마가 떨리는 손으로 통지서를 건넸다. 귀 학생은 전체 출석일수 195일 중 2/3 이상을 채우지 못했기에 출석일수 미달로 유급 처리됨을 알린다, 고 쓰여 있었다. 나는 학교로부터 제적 조치를 받았다.

　엄마가 내 손을 끌고 학교로 달려갔다.
　"세상에 이런 법이 어딨습니까?"
　"여기 있습니다, 어머니."
　학생주임이 기다렸다는 듯 학교생활규정집을 펼쳐보였다.
　"병결이잖아요! 진단서를 끊어 보냈잖아요!"
　"그렇다고 규정이 바뀌진 않죠, 어머니."
　학생주임의 눈짓에 담임이 달려와 엄마의 어깨를 감쌌다. 담임은 넋나간 엄마를 구석으로 데려가 의자에 앉혔다. 교무실 한가운데 멀거니 서 있는 나를 지나치던 학생주임이 우뚝 걸음을 멈췄다. 그가 들고 있던 학교생활규정집으로 내 팔을 치며 말했다.
　"착실히 살어, 착실히."
　그 사이 담임은 병결이라도 65일 이상 결석하면 유급될 수밖에 없다는 규정을 엄마에게 세세히 설명하고 있었다. 의자에 주저앉아 체머리를 흔들던 엄마가 벌떡 일어나 도끼눈을 떴다.
　"어째서 미리 알려주지 않았죠?"
　"저희는 당연히, 알고 계신 줄 알았죠."
　담임과 엄마의 눈이 마주쳤다. 담임의 유리구슬 같은 눈을 한참 들여다보던 엄마가 다시 풀썩, 의자에 주저앉았다. 담임은 두 손을 비비며 다가가 엄마에게 뭔가를 낮게 속삭이기 시작했다. 이어진 삼십여 분간의 설득 끝에 담임은 엄마가 자퇴원에 도장을 찍게 하는 데 성공했다. 담임이 교감 진급에 도장을 찍는 순간이었다.

그걸 본 건 정말 우연이었다.

이상하게 그날따라 미친 듯이 아이스크림이 먹고 싶었다. 마지막으로 학교에 갔던 날 이후로 몇 달 만에 하는 외출이었다. 집 앞 미니스톱에서 선 채로 하겐다즈 아이스크림 네 개를 우걱우걱 썹었다. 지갑만 두둑했다면 아이스크림 냉장고를 통째로 털어갈 수도 있을 것 같은 기분이었다. 돌아오는 길에 가로등 밑에 떨어진 전단지를 봤다. 학원홍보 전단지였다. 거기, *걔*들의 얼굴이 박혀있었다. 한 놈은 외고에, 두 놈은 자율형 사립고에, 한 놈은 체고에, 합격했다. 네 개의 타원형 증명사진 속에서 *걔*들은 활짝 웃고 있었다. 그것은 한 번도 용돈 때문에 고민해 본 적이 없는, 몸과 마음 양쪽에 아무런 상흔이 없는, 평생 억울한 일이라곤 겪은 일이 없는, 열여섯들만이 지을 수 있는 미소였다. 합격 받은 인생을 살고 있음을 증명하는 미소였다. 그리고 영원히 끝나지 않을, 보장받은 미래를 과시하는 미소였다.

집에 오자마자 화장실로 달려가 초코 아이스크림 네 개를 모두 다 게워냈다. 오른손가락 세 개를 마구 목구멍에 쑤셔 넣으며 나는 할 수만 있다면 내 오장육부를 통째로 게워내고 싶었다. 하지만 내가 거부할 수 있는 건 고작 아이스크림뿐이었다.

한바탕 격렬한 시간이 지나가고, 나는 쭈그려 앉아 변기 속을 하염없이 들여다봤다. 거기에 떠있는 것… 그것은 꼭 똥 같았다. 변기에 박은 머리를, 나는 쉽게 들지 못했다.

택배는 금방 도착했다.
나〉 심심아, 신나를 샀어
SimSimi〉 신난다! 신난다!
나〉 그래. 신난다

장롱 문을 열어 교복을 꺼냈다. 일곱 달 만에 학교에 간다. 누워만 있었는데도 키가 크고 살이 쪄서 바짓단은 껑충 짧고 허리는 꽉 꼈다. 그래도 오늘은 꼭 교복이 입고 싶었다. 오늘은 월요일. 운동장 전체조회가 있는 날이니까.

옥상은 하나도 변하지 않았다. 책걸상이 굴러다니고 먼지가 날린다. 내 발 밑, 운동장이 북적이기 시작한다. 나는 가방을 열어 그것을 꺼낸다. 난간에 올라 아래를 본다. 애들은 떠들고 선생들은 줄 세우며 돌아다닌다. 위에서 보니 다 개미떼 같네. 다들 참 작기도 하지. 뚜껑을 여니 강렬한 냄새가 확 코를 덮친다. 소름이 돋는 건 냄새 때문이 아니야. 바람이 불어서야. 나는 나에게 소리 없이 말한다. 여러 번 되풀이해서 말한다. 소름이 돋는 건 냄새 때문이 아니야. 바람이 불어서야. 소름이 돋는 건 냄새 때문이 아니야. 바람이 불어서야. 덜덜 떨리던 몸이 서서히 진정되기 시작한다. 그리고 다음 순간, 팔과 다리에 한번도 느껴보지 못했던 어떤 힘이 차오르는 것을 느낀다. 뜨거운 기운과 함께 이마와 등허리에서 땀이 배어나온다. 바람을 타고 이마의 땀방울이 흩날린다. 희미하게, 아래에서부터 애국가가 벽을 타고 올라온다. 점점 커진 애국가 소리가 옥상을 꽉 메운다. 나는 신나를 뒤집어쓴다. 신난다. 신난다. 오래된 마이크가 스피커를 찢을 듯 끽끽 소리를 낸다. 아아, 마이크테스트. 아아. 그럼, 이제부터 교장 선생님의 훈화말씀이 있겠습니다. 신난다. 신난다. 끽끽 소리가 다시 한 번 가까워졌다 멀어진다. 교장이 굳게 다물고 있던 입을 뗀다. 라이터를 켜자.

딸깍.

나는, 불꽃이 된다.

  연일 참혹한 뉴스가 쏟아졌습니다. 서랍 속 오래 묵은 소설을 꺼내 한참 들여다보았습니다. 시간이 꽤 흘렀음에도 아무것도 달라지지 않은 현실에 아팠습니다. 문장을 다듬고 세부를 수정하던 손길이 결말부에 이르러 멈췄습니다. 현실이 픽션보다 무참할 때, 픽션은 무엇을 할 수 있는가. 오래 고민했습니다.

  이 소설은 학교폭력을 다룬 시사 프로그램 속 한 소년의 쓸쓸한 뒷모습에서 시작됐지만 20년 전 찢어진 책가방을 메고 절뚝이며 집으로 돌아가던 여자아이의 이야기이기도 합니다. 하루에도 수십 번 속절없이 무너져 내리곤 했던 나날들. 세월의 도움으로 많은 장면을 지워내고 또 지워냈지만, 어떤 감각들은 여전히 제 안에 또렷이 각인돼 있습니다. 그 시절 미워하게 돼버린 저 자신과 온전히 화해하지 못해 아직도 이따금 가슴이 저립니다. 그렇기에 꼭 해야 할 말이 있습니다. 어엿한 이름조차 붙여주지 못한 '나'에게, 20년 전 그 여자아이에게, 그리고 지금 이 순간에도 축축한 터널을 걷고 있을 이름 모를 소녀들과 소년들에게, 이 자리를 빌려 말해주고 싶습니다. '네 잘못이 아니야.'

  우편 취급소에서 원고를 부치고 회사로 돌아가던 길에 잠깐 울었습니다. 낮의 모니터엔 카피를, 밤의 모니터엔 소설을 띄우다 몸이 축나 당분간 습작을 멈추기로 한 뒤였습니다. 이루지 못한 꿈들은 다 어디로 가

나. 거리에 서서 울던 제게 소중한 기회를 주신 매일신문사와 심사위원 선생님들께 고개 숙여 인사드립니다. 백민석 선생님, 김현영 선생님. 제가 계속 쓸 수 있게 해주셨어요. 하성란 김성중 전민식 서유미 선생님께도 감사 인사드립니다. 송길한 선생님, 좋은 소식 들려드리게 돼 기뻐요. 그리고 황지우 선생님. 더 정련해야 한다는 말씀, 가슴에 품고 가겠습니다.

초등학생이던 제게 박완서 작가님의 책을 쥐여 주며 이야기의 피톨을 심어준 엄마. 고맙습니다. 항상 큰딸을 믿어주신 아빠와 동생들, 시댁 식구들에게도 감사를 전합니다. 당선 소식을 전하자 함께 눈물 흘려주신 분들이 계셨습니다. 그 마음 잊지 않겠습니다. 그리고 골방에 틀어박힌 아내의 등을 오래도록 바라봐준 남편에게. 내 가난한 언어론 다 담지 못할 많은 것을 당신에게 받았어요. 잘 늙어가요, 우리.

멈추지 않고 쓰겠습니다.

본심에 올라온 10편의 작품들 가운데 3편이 공포소설(horror fiction)이다. 공포소설 시장이 부쩍 커진 현실이 반영된 듯하다. 반면에, 우리 사회의 중요한 문제들을 다룬 작품들은 드물다. 여기에도 현실이 반영되었겠지만, 좋은 징후는 아니다.

심사위원들이 주목한 작품들은 넷이다. 「어떤 반복에 대하여」는 그리스 신화에 바탕을 두고 압제적 근대 사회를 무대로 삼은 환상소설(fantasy)이다. 제정 러시아를 연상시키는 음산한 시공을 묘사한 솜씨가 대단하다. 그러나 시시퍼스를 '신들의 압제적 질서에 저항한 인간'이 아니라 '압제적 질서를 받아들인 존재'로 그린 것은 작품의 뜻을 흐렸다.

「그림을 그립시다」는 오래 글을 쓴 사람의 작품임을 이내 느낄 만큼 잘 짜였다. 다만 벽에 걸린 그림을 화자로 삼다 보니, 작품의 시야가 좁아진 것이 한계로 작용했다.

「이상식욕」은 살부殺父를 주제로 한 공포소설이다. 공포소설은 독자가 공포나 극도의 혐오를 느끼도록 하는 것을 목표로 삼는다. 그러나 일간 신문의 '신춘문예'는 그런 목표를 넘어서는 가치를 요청한다. 아쉽게도, 이 빼어난 공포소설은 그런 추가적 가치를 담지 못했다.

당선작인 「꽃」은 학생들 사이의 폭력을 다루었다. 어느 사회에서나 나오고 결코 없앨 수 없는 이 심각한 문제를 정색하고 다룬 점을 심사위원들은 높이 평가했다. 예술은 사회성이 짙은 활동이다. 그래서 사회적 문제들에 관해 끊임없이 고뇌하고 그 본질을 밝히려 애쓰는 작가들이 문학을 이끈다.

　이 작품엔 다소 미숙한 면이 있다. 뿌리와 줄기는 튼튼한데, 막상 꽃을 피우지 못했다는 느낌이 든다. 불의에 대한 분노를 제어해서 '꽃을 피울 자양'으로 삼는 문학적 상상력이 부족했던 듯하다. 문학 작품은 저널리즘과 다르다. 불의를 고발할 때도 문학적으로 해야 한다. 작가가 보인 건강한 정신으로 정진해서, 중요한 주제들을 진지하게 다루는 작가로 자라나기를 기대한다.

무등일보 **정성우**

1993년 경남 양산 출생
양산고 졸업
서울디지털대 재학 중

끌쟁이

정성우

출근하자마자 사장에게 진열대가 비었다는 짤막한 문자를 받았다. 샘플용 원단을 잘라 놓으라는 지시였다.

원단은 저마다의 음색을 갖고 있다. 굵고 드문드문한 옥스퍼드는 'ㅈ'을 질기고 차지게 연발하다가 끝을 뭉개고, 얇고 촘촘한 모스린은 'ㅅ'이 무르게 늘어지다가 떠버린다. 자수 박힌 자가드는 'ㅅ'이 얼마 안 가 'ㄱ'을 업은 무게를 못 버텨 추락하고, 울퉁불퉁한 린넨은 반 토막 'ㅅ'을 'ㅈ'이 덮쳐누른다. 결이 비스듬한 트윌은 옆어지는 'ㅅ'을 'ㅈ'이 물고 끝까지 놓지 않는다.

먼저 자가드 두루마리를 재단용 롤러 위에 얹었다. 오른쪽 모서리를 잡고 오른팔을 힘껏 뻗었다. 관성이 작용해 팔보다 길게 풀렸다. 아래쪽 테두리에 자를 댄다. 왼손 엄지로 90cm 지점을 책상에 누르고 왼쪽 가장자리를 검지와 중지 사이에 물린다. 고정부위를 맞당기고 녹슨 대가위를 벌려 팽팽한 자가드를 단숨에 가른다. 씨줄, 날줄 이만여 가닥이 가윗날에 베였다. 스극. 손톱만 한 나비에서 멎었다. 남은 한 뼘을 싹둑 잘랐다.

이어서 린넨, 트윌, 옥스퍼드를 차례로 잘랐다.

마지막으로 순백색 평직을 펼치고 귀를 쫑긋 세운다. 한 치의 흐트러짐도 없는 곡조가 깃들어 있는 듯하다. 날의 행로를 방해하는 어떠한 자수도, 실의 불거짐도 허락지 않은 순결한 재료. 'ㅅ'이 곧게 뻗다가 꼬리 없이 소멸한다.

이제 하나씩을 모두 열다섯 등분해 스테이플러로 찍을지 고민한다. 한 시간쯤 걸린다. 오전 중에 열두 곳을 다 돌려면 그럴 시간이 없다. 제때 원단 배달을 못 한다면 손님으로 득시글대는 복도로 내몰아 닦아세울 것이다. 샘플용 원단 한 묶음을 작두 손잡이에 걸쳐두었다. 푸른색 모스린과 주홍 줄무늬 옥스퍼드 한 절[1]씩을 포개어 왼 어깨에 얹었다.

1호 창고는 흥인지문 북서쪽 5리 길 고갯마루에 한 가닥 새치처럼 박혀 있었다. 시커먼 비탈은 발바닥에 팥알 모양 물집을 우글우글 볶아내곤 했다. 교복업체와 계약만 성사되면 창고를 광장시장 골목길로 옮기겠다던 객쩍은 소리를 철석같이 믿었다. 계약이 순조롭게 마무리 된 지 넉 달째다. 비탈길을 오를 때마다 거짓말쟁이 사장 험담을 씹어대기 바빴다. 중복 날엔 무릎을 깼었는데, 너덜너덜 찢긴 살점에서 흐른 피땀이 운동화 속 흰 깔창까지 벌겋게 적셨다. "원단은 상한데 없냐?" 부상당한 병사처럼 귀환한 날 보고 그가 내뱉은 첫마디였다. 오십 마[2]짜리 주문에 한 마라도 더 잘라 보낸다면 악다구니를 된통 퍼붓는 자린고비니, 창고는 영원히 그 자리에 있을 듯하다.

통나무 짊어진 노예 같은 형상이 중턱의 어느 간판 없는 점포 유리벽에 비쳤다. 어깻부들기가 욱신거려 원단을 잠시 내리려던 찰나에 뙤약볕이 동공을 정통으로 쏘셔 현기증이 핑 돌았다. 잇단 이명이 사그라질 즈음 위쪽 옥스퍼드 원단이 귓가를 쓱 긁었다. 허공에 뜬 정신을 퍼뜩 잡고 나슨한 팔뚝에 안간힘을 줘봤지만, 어깻죽지의 헐거운 감촉만 선명해질 뿐이었다. 돌아보니 옥스퍼드는 주홍색, 흰색 줄무늬를 물감처럼

---

1) 원단을 말아놓은 단위(보통 한 절에 폭: 50inch 길이: 90m이다.)
2) 원단을 말아놓은 단위(보통 한 마에 폭: 50inch 길이: 90cm이다.)

뒤섞으며 굴렀다. 무턱대고 옥스퍼드를 쫓다가 모스린까지 놓칠 뻔했다. 연신 후들거리던 다리가 결국 꽈배기처럼 꼬였다. 흘러내리던 모스린을 가까스로 채고 쓰라린 무릎을 꿇은 채로 옥스퍼드의 질주를 멀거니 바라봤다.

생명의 위협을 느끼면 평소보다 세 배의 힘이 발휘된다는 어느 기사가 떠올랐다. 이 상황이 생명에 견줄 만큼 급박하진 않았던지 초인적인 힘이 발휘되어 날아가듯 훌쩍 뛰어 옥스퍼드를 잡아내는 일은 일어나지 않았다. 엉뚱하게도 잡다한 명세가 스키드마크처럼 그어졌다. 옥스퍼드 30만원, 한 달 월세 20만원, 옛날통닭 30마리, 돼지국밥 60그릇, 아침 대용 토스트 100개, 박카스 350병…… 고등학교 급식 값까지 거슬러 올라갈 때였다. 4.5t 화물트럭의 날파람에 잔머리 세 가닥이 흔뎅거렸다. 트럭이 지나간 대로변에 사장의 발그족족한 볼이 소름처럼 돋아나는 듯했다. 그의 악다구니에 딸려 나온 아침 반찬 냄새가 떠올라 욕지기가 올랐다.

초입을 가로지르는 리어카가 보였다. 얼핏 스무 절가량이 가분수처럼 쌓였는데, 한 절당 쌀 반 가마니에 육박할 걸 감안하면 바퀴가 구르는 게 의심스러울 정도였다. 정신 팔린 틈에 원단은 어귀를 스쳤다. 뭉개진 원단에 곁들일만한 변명거리를 낚아채려 눈을 지려 감았다. 턱.

눈 떠보니 옥스퍼드는 인도에서 짐꾼의 발밑에 폭 안겼다. 생침을 꿀떡 삼키는데 짐꾼, 아니 리어카꾼의 새된 목소리가 귓전에 박혔다.

"보고만 있을 거여?"

그는 누런 자욱이 찌든 희끄무레한 반소매 티셔츠에 감색 파자마 차림으로 슬리퍼 위에 꼿꼿하게 서 있었다. 헐렁한 소매 밑으로 삭정이 같은 팔이 차들의 굉음에도 달싹였다. 나는 잰걸음 치다가 어깨가 아려 모스린을 가슴팍에 끌어안고 자춤자춤 내려갔다.

"조심혀, 젊은이가 그리 힘이 없어 쓰겄남."

"잠깐 어지럼증이 닥치는 바람에……."

"달걀도 후라이가 될 판이니 어지러울 만 허지."

그는 옥스퍼드를 내 가슴에 안기고 리어카 끌대로 쑥 들어가 손잡이를 잡고 땅을 힘껏 밟았다. 가슴통을 수그리자 바퀴가 서서히 돌았다. 그는 회전이 죽을세라 발을 제겨디뎠다. 거뭇한 팔꿈치에서 흰 뼈가 비어져 나올 듯했지만, 그는 아랑곳없이 아지랑이가 모락모락 들끓는 아스팔트를 꾸역꾸역 밟아갔다. 원단 더미 너머로 들썩이는 까칫한 어깨가 눈자위를 따갑도록 빨아들였다.

여섯 시, 작업복이 땀으로 흥건했다. 2호 창고는 종합상가 정문에서 종로를 가로질러 '태화한의원' 샛길을 쭉 따라 마흔 발짝쯤에 위치한 '삼미빌딩' 4층이었다. 평소 이곳에서 사장의 연락과 동시에 원단을 잘라 나를 수 있도록 대기한다. 5공 시절 지어졌다는 '삼미'는 계단 턱이 기울어 오르내리기가 여간 성가신 게 아니었다. 비라도 오는 날이면 젖은 신발 밑창이 미끄덩 도망질을 놓기에 가까스로 난간을 채고 덴가슴을 쓸곤 했다. 퇴근 도장을 찍고 내려올 때면 긴장 풀린 넓적다리 열다섯 근육이 욱신욱신 놀뛰는 바람에 자춤발이가 된다.

1층은 주차장 겸 쉼터였다. 입구 옆 통로를 갈라 나지막이 솟은 벽돌 난간 언저리에 뒤집힌 안전모가 고동색 흙을 담고 있었다. 말보로 레드 두 개비를 연달아 빨고 꽁초를 흙에 쑤시고서야 뻐근한 척추 마디에서 새어 나온 뼈 소리가 마침표를 찍었다.

바로 앞, 동대문역은 혜화 사거리행 버스가 없어 종로5가역으로 허청허청 걸었다. 배달 중엔 경적 소리가 고막을 후려칠 때마다 애꿎은 이맛살을 찌그려댔지만, 퇴근길엔 남 일 같아서 느긋했다. 호객행위로 목이 쉰 싸구려 속옷 판매상, 파리채로 진열장 곳곳을 후비는 철물상, 갑오개혁 때 지어졌다는 남루한 약국을 지키는 늙수그레한 자손, 육수 열기를 머금어 볼이 발그레한 국수가게 아주머니…… 온통 종합시장 사방팔방에 들러붙은 껌딱지 같았다. 그들이 오랜 세월 끈질기게 버틴 끝에 거머쥔 것은 페인트가 벗겨지고 균열 진 건물들이었다. 겉은 허름해도 중씰한 소상공인들은 빽빽한 문을 열고 나와 고급 외제차를 몰고 종로를 누빈다. 나 또한 그 부류에 끼고 싶어 이 바닥에 붙었다. 삭정이처럼 구드러지려 부질없는 욕심을 다시금 붙들어 맨다.

기어이 터져버린 물집에서 통증이 번져 올라 등줄기를 찔렀다. 마찰을 줄이기 위해 네댓 걸음마다 다리를 번갈아 절뚝였다.

5가 교차로에서 비롯된 체증 말미쯤이었다. 두 마모된 벽돌 건물 사이에 우뚝 솟은 미색 펜스가 제법 껄끄러운 분위기를 품고 있었다. 번드르르한 외장재에 부착한 〈유적 발굴〉 출력물의 붉은 글씨가 난데없이 대범해 보인 탓이다. 십 년을 버텨온 베이커리의 자리였다. 천오백 원짜리 가격표에 눈을 박고 몇 분을 망설이곤 했다. 내 손에 피자 빵을 선뜻 쥐여줬던 붉은 앞치마 두른 아주머니는 어디로 간 걸까. 눈길을 살며시 거두다가 펜스 가장자리에 댄 리어카가 눈에 걸렸다. 까무잡잡한 얼굴이 기울은 짐칸에 걸터앉아 소주를 홀짝였다. 무심코 지나치다가 계면쩍은 느낌에 돌아봤더니 옥스퍼드를 세웠던 끌쟁이였다. 냉수 찜질이 굴뚝같았지만, 건성 공치사도 한마디 건네지 못했던 게 찜찜해 발길을 돌렸다. 그는 술에 정신이 팔려 날 면전에 두고도 입만 쩍쩍 다셨다.

"아저씨!"

그는 새우깡을 입구멍에 넣다가 눈을 홉떴다.

"누구?"

"감사하단 말도 못 드린 것 같아서요."

"아, 그 비실한 젊은이구먼."

그는 말끝에 눅눅한 종이컵에 든 소주를 젖혀 마셨다. 턱밑으로 소주 방울인지 땀방울인지가 뚝 떨어졌다. 그것은 희끄무레한 티셔츠에 얼룩한 점을 덧대었다. 어스름에도 얼룩은 꽤 선명했다. 무턱대고 그의 옆을 훔쳤다. 그는 눈을 흘기더니 눅눅한 종이컵을 넌지시 건넸다.

"받어."

컵을 받아들자 그가 소주병을 기울였다. 그의 손등엔 정맥이 초가집 서까래처럼 불거져 맥을 이루고 있었다. 잔이 가득 차자 그는 한 손을 말아 쥐고 들이키는 시늉을 했다. 나는 고개를 젖혀 미적지근한 소주를 목구멍에 흘려보냈다. 혓바닥에 맴도는 쓴 기운을 털어내려 캬 신음을 내었다.

그는 내 손에서 잔을 채가더니 그대로 소주를 때려 붓고 들이켰다. 잔이 한 순배 돌자 술맛이 한껏 당겼다. 네댓 번 권커니 잣거니 하다 어느새 주변은 손에 잡힐 듯 아른거렸다. 꼭지 층에 남은 두 개의 조명 불 때문인지 종합상가는 도로의 차들과 인적이 잦아드는 골목을 야수는 하이에나 같았다. 시끌벅적한 대낮 풍경이 퇴색한 밤거리가 머금은 또 다른 생기에 취한 나머지 말이 한결 호기롭게 흘러나왔다.

"리어카 시작한 진 얼마나 됐죠?"

"그거이 왜 궁금혀."

그의 나지막한 음성을 따라 가느다란 눈빛이 꼬리를 물었다.

"그 많은 원단을 끌려면 보통 요령이 아니다 싶어서요."

"스물다섯부터 혔어. 한 사십 년 됐나?"

하루도 지긋지긋한 이곳에서 40년이나 붙박였단 것에 짐짓 숙연해져 마른침을 삼켰다.

"자네는 원단 두 절 이고도 낑낑거리는 걸 본께, 온지 별로 안 됐나벼?"

"1년 조금 넘었습니다."

"무릎 많이 깨겠구먼."

"네……."

그의 말 때문인지 시큰거리는 느낌이 들어 왼쪽 무릎을 더듬었다. 그는 꾸물거리는 손에 대꾼한 눈을 겨누고는 덧붙였다.

"옛날에는 지금 불 꺼지는 집은 한 개도 없었어. 그때는 하나같이 다약 빤 낯짝들이었지. 하루 종일 밥도 주먹 따까리만 한 거 집어 먹고 기계처럼 몸을 굴렸으니께. 샤스 공장에 가봤는감?"

"오늘도 원단 두 절 날랐습니다."

"자네가 알진 모르겠지만, 그곳은 생사의 고개였어. 여공들은 매일 스무 시간 재봉질로 가족의 밥그릇을 주근주근 담아냈지. 바늘 끝이 손마디를 꿰뚫어도 쉬지 못했어. 그 고개를 넘지 못허면 시궁창처럼 아득한 굶주림이 등 뒤서 아가리를 떡 벌리고 있으니께. 리어카 바퀴도 재봉틀 바퀴랑 매 한 가지여. 한 달 동안 뼈 빠지게 굴린 돈도 방값, 밥값, 차(버스)값, 뭐값에 다 날라갔지. 수금 날에 고개 돌리는 놈들만 없어도 좋았으련만."

그는 말끝을 흐리더니 실소를 사리물고 소주병을 그러쥐었다.

"그냥 됐나요?"

"그러면 어쩌겠나. 거기서 돈 달라고 배 까뒤집으면 까탈 부린다고 소문나서 내 리어카는 안 쓰는디. 더럽고, 치사해도 먹고살려면 굴려야지. 자네는 복 받은 거여."

명치서부터 바쳐 오른 신물이 목청을 살살 긁었다. 하루를 돌이켜봐도 복 받았다고 여겨지는 순간은 없었다. 살아온 세월을 내세워 거들먹거리는 건 일말의 변화도 틀어막아 버리는 억지에 불과하단 것을 사장의 지청구를 통해 무던히도 되뇌곤 했다. 푹 우리던 사골국물에 소태를 쏟아 마신 듯 혓바늘이 돋아 엉덩짝을 탁탁 털며 일어섰다.

"아침 일찍 출근해야 돼서 이만 가보겠습니다."

"그려, 그려, 어여 가봐."

작별에 군소리가 묻어나지 않았다.

버스 창가 자리에 앉자마자 잠이 쏟아졌지만, 정신을 붙들었다. 곯아떨어지기라도 하면 집을 지나칠 게 뻔했다. 술에 취해 종점에서 허둥댔던 게 한두 번이 아니었다. 혹여 잠들까봐 시릿한 유리창에 볼을 얌전히 붙였다. 시장 마감 시간이 훌쩍 넘어선지 도로는 한산했다. 세련된 체인점 간판 불만 다문다문 살아있었다.

아침부터 '삼미빌딩' 주차장엔 원단 두루마리가 통나무 더미처럼 쌓여 있었다. 부천 공장에서 올라온 원단 열 절 모두 주문한 곳이 달랐다. 사장과 점심 교대를 제때 하려면 숨 돌릴 틈 없이 뛰어다녀야 했다.

광장시장은 골목골목마다 미어터졌다. 사람들 틈을 비집고 다니느라 땀에 절어 따가운 눈을 비벼볼 겨를도 없었다. 마지막 주문지에서 가슴이 터져라 뛴 덕에 점심시간 삼분을 남기고 매장에 도착할 수 있었다. 사장은 팔짱을 끼고 샘플진열대 옆에 서 있었다. 얼굴이 변비라도 걸린 사람마냥 파리한 빛깔을 띠었다. 그는 내가 진열대를 짚고 등허리를 굽혀 날숨을 게워대느라 정신없는 중에 퉁명스럽게 물었다.

"뭐 한다고 전화를 안 받냐?"

휴대폰을 켜보니, 부재중 문자가 세 통이나 떠 있었다.

"아침 물량 나르느라 제정신이 아니었나 봅니다."

숨을 가다듬고 뒤통수를 긁적이며 목소리를 최대한 낮게 깔았다. 사실 벨소리를 들었지만, 일부러 꺼내 보지 않았다. 바쁜 와중에 추가 배달을 시킬 게 뻔했기 때문이다.

"내가 전화는 항시 받으라고 했냐, 안 했냐. 도둑놈 같은 지게꾼한테 돈을 얼마나 뜯겼는지는 아냐?"

"다음부턴 후딱후딱 받겠습니다. 가게는 제가 지킬 테니, 식사하고 오시죠."

"잘해!"

익숙한 상황이지만, 마주할 때마다 썩은 달걀 냄새를 맡은 듯 눈살이 죄 온다.

진열대에 다 담지 못한 샘플들은 매장 양 벽을 알록달록 장식했다. 샘플 컬렉션을 지나면 형형색색의 포목이 불규칙하게 따닥따닥 세워져 있었다. 더 지나면 미니 금고를 아래에 모셔둔 데스크가 나온다. 그곳은 사장석이었다. 푹신한 천연가죽 의자에 앉아 스테이플러로 찍은 노란 영수증을 넘겨봤다. 지게꾼 이용비는 만 원이었다. 코웃음이 씩 터졌다. 그들은 손님들로 복작대는 종합상가 층층을 쌀 두 가마니 정도 무게를 업고 다녔다. '부경직물'에 처음 들어왔을 때, 왜 상가마다 지게를 두지 않는지 퍽 궁금했다. 그 의문은 그리 오래가지 않았다. 종합시장엔 일손이 모자란 매장을 위해 지게꾼 네 명을 층마다 두었다. 그 이상 두지 않은 것은 수입의 형평성 때문이라고 했다. 그러나 수요가 공급보다 월등히 많았기에 이문은 쏠쏠하게 남는 편이었다. 그래선지 공석이 나면 천만 원의 권리금이 붙을 정도로 자리다툼이 치열하단다. 하지만 지게꾼을 한 번이라도 마주친다면 수입이 갑절로 늘어난다 해도 선뜻 자리를 꿰차고 싶진 않을 것이다. 나 같은 직원들이 한쪽 어깨만으로 원단을 포신처럼 이고 다니는 것엔 나름의 노하우가 녹아 있는 터였다. 내내 붐비는 사람들 틈새를 헤집고 다니려면 지게꾼처럼 가로 드는 게 비효율적일뿐더러 어깨끈보다 원단의 표면적이 더 넓기 때문에 어깨에 무리도 덜 가는 것이다. 그리고 그들과 우리 사이에는 단거리 달리기 선수와 장거리 선수 간의 차이와 비슷한 부분이 있다. 지게꾼은 자율적이면서 행동반경이 종합상가로 한정적이기 때문에 많은 양을 운반한 뒤, 담배 한 개비 정도 물 여유는 있었다. 광장시장 전체를 쏘다니는 우리에게 지게는 거추장스러울 뿐이었다. 어쨌거나 원단 네댓 절을 허리가 접질릴 것처럼 지고 다니며 이따금 예민한 손님과 부딪혀 실랑이를 벌이곤 하는 그들에게 지불하는 값이 과하다는 생각은 안 들었다. 지게비 만 원에도 벌벌 떨지만, 필드를 한 번 밟는데 드는 수십만 원은 전혀 아까워하지 않는 사장은 두 시간이 지나서야 이쑤시개로 잇바디를 긁으며 나타났다.

"밥 먹고 와. 쏩쏩."

점심때가 지나선지 장꾼들로 득시글대던 먹자골목도 휘적거리며 걸을 만큼 여유로웠다. 교대가 늦었기에 추가 물량을 제때 옮기려면 끼니를 단출히 때워야 했다. 메뉴는 두말없이 김밥이었다. 잰걸음으로 골목 끝자락 분식집에 들어가 구석에 자리했다. 손님이 한꺼번에 빠져나갔던지 테이블은 온통 양념 묻은 냅킨들이 라면 국물이 말라가는 흰 사발 주변에서 선풍기 바람을 타고 이리저리 나뒹굴었다. 음식을 기다리는 사이에도 배가 고파 냉수를 연거푸 들이켜다 사레가 들려 눈물이 핑 돌았다. 깜빡임에 터진 물방울이 햇살을 휘황하게 빨아 당겼다. 낯익은 뒷모습이 빛줄기 사이로 어렴풋이 드러났다. 냅킨으로 눈을 비벼보니 지난밤의 끌쟁이가 창가 자리에서 젓가락질을 바삐 했다. 괜히 그를 아는 체하기 싫어 벽 쪽으로 시선을 돌렸다.

그는 내가 김밥 두 줄을 다 먹을 때까지 잔 트림을 게워댔다. 음식값을 치르려 카운터에 서서 주머니를 뒤졌다. 그런데 웬걸 지갑이 닿아야할 손가락에 실밥만 엉기는 것이다. 수금용 명세서를 꺼낸다고 매장 데스크에 올려둔 듯했다. 아주머니에게 외상을 부탁했지만, 씨알도 먹히지 않았다. 통사정을 단념하고 사장에게 전화를 걸려는데, 만 원짜리가 허리춤에서 스리슬쩍 기어 나왔다. 구김이 가 있었고 검댕이 거미줄처럼 번져있었다.

"이걸로 같이 혀요."

볼품없어도 돈은 돈이었다. 아주머니는 그것을 덥석 받아 계산대에 눌러 담았다.

"감사합니다."

"바빴나벼."

"네……조금."

"가서 일 봐."

끌쟁이는 식당을 터벅터벅 걸어 나갔다.

쏟아지는 주문에 맞춰 원단을 가위질하느라 정신없는 틈에도 겸연쩍은 마음이 좀체 가시지 않았다.

퇴근길이었다. 양말이 온통 터진 물집에서 비어져 나온 진물로 질벅거렸다. 그러나 걸음은 좀처럼 흐트러지지 않았다. 물집 껍데기가 속살을 문대는 통증이 왠지 받아 마땅하다고 느껴진 터였다. 그가 베푼 호의에서 온 부채감 때문만이 아니다. 이유는 모르겠지만, 업무 중 사장의 성마른 목소리를 들을 때마다 지저분한 만 원짜리가 눈 앞에 펼쳐졌다. 나는 흰 벽이 아스라이 드러날 때부터 무언가를 찾는 듯 두리번거렸다. 어김없이 리어카가 펜스 앞에 덩그마니 대어져 있었다. 말을 먼저 붙이려 쭈뼛이 다가서자 끌쟁이는 이미 인기척을 느낀 눈치였다.

"자넨가?"

"여기가 좋으신가 봐요?"

"아무렴."

그는 흐르는 말을 담듯 소주병을 물고 꿀떡였다. 그의 목젖이 아래위로 놀뛰는 사이 빈자리에 살며시 앉았다. 그는 병을 비우고서도 무신경하게 손등으로 입술만 문질렀다.

"리어카는 왜 끄세요?"

"왜 끌기는 먹고 살려고 그르제."

"언제까지 하려구요?"

"몰러!"

제법 신경질적인 언성이었다.

"자넨 언제까지 이 바닥에 있을라구?"

그와 같은 답이 생각나는 게 멋쩍어 입꼬리만 지그시 올렸다.

"나라고 지금까지 이러고 있을 줄 알았겠남."

"……."

"나도 첨엔 자네처럼 원단 가게 막내로 이 바닥에 나앉았어. 고향 집 홀애비한테 깡촌에서 논매기 싫담스 큰소리 뻥뻥 치고 빈손으로 올라와 다이마루[3] 가게에 붙어먹었지. 돈이 없응께 창고에 숨어 자고 그렸어. 자네도 알겄지만, 창고에 먼지가 참 많어. 원단이 굴러먹음서 붙들고 온 먼지가루가 허공에 날라다니고 그렸으니께. 아침마다 먼지 먹어 쓰린 명치를 꾹꾹 누르는 거이 예사였지. 그려도 방세 낼 걱정 없이 일만 허니께, 돈은 모이드라고. 한 이 년 버팅기니께 자연히 노량진에 사글셋방 얻을 보증금도 생기드만. 명세서를 하루 이틀 디벼 본 거이 아니니께 끌쟁이들 수입이 솔찮단 건 내 진즉에 알고 있었어. 여윳돈 모이자마자 리어카를 사버렸지. 근디 직접 해보니께 보는 것 허고는 천지 차이드만. 집채만 한 원단뭉텅이 끌멘서 골병만 들고 돈은 안 모여. 떼먹히지 않으면 다행이었지."

---

3) 면 소재의 원단.

"그런 리어카를 지금까지 왜 끄신 거죠?"

"여자 때문이지."

그는 말을 툭 잘라버리고 새 소주병 뚜껑을 끽끽 돌려 한 모금 마신 뒤 이어갔다.

"점심때마다 샤스 공장 앞에 그네가 있었어. 플라스틱 의자에 앉아 동료들하고 김밥 한 줄 노놔먹음서 복숭아껍질처럼 발그레한 볼이 오물오물 허는 게 을매나 이쁘던지. 그 골목을 주구장창 밟아댔지. 원단을 스무 절, 서른 절씩 쌓고도 말이여. 미쳤지. 십분 남짓 비추는 그 얼굴을 볼려고. 그네는 일이 엄청나게 바빴나벼. 가슴팍을 조막만한 주먹으로 툭툭 두들김서 김밥을 허겁지겁 삼켜쌌는디. 안간힘을 써대느라 눈에 핏대가 서는 내가 봐도 안쓰럽드라고. 하루는 약국에서 박카스 세 병을 사다가 동료들하고 노놔먹으라고 그네 손에 쥐어줬어. 그거 주면 하루를 꼬박 굶어야 되는디. 손사래를 쳐대서 얼렁뚱땅 넘기고 냅다 튀었지. 다음날에 그 앞을 지나는디 그네가 먼저 김밥 한 줄을 손에 쥐여주드라고. 박카스, 커피, 보리차, 날 병이 차차 늘어났지."

그는 여인의 얘기가 시작되고부터 입가에 꽃봉오리 같은 활기를 머금었다.

"지금 그분과 함께인가요?"

"죽었어……."

그는 또다시 소주병을 젖혀 마셨다.

"어느 날은 검지에 검은 천 쪼가리를 칭칭 감았드라고. 손을 자꾸 허리춤으로 쭈뼛쭈뼛 숨기는디. 꽉 막힌 속에 잿물이라도 한바가지 밀어넣고 싶은 맴이었어. 집 가는 길이라도 편히 해줘야겠다 싶어서 리어카에다 그네를 앉혔어. 웃드라고. 진즉에 태워 줬어야 하는 건디. 집 가는 길은 몸이 들쑤시기 십상인디, 그날은 내가 리어카를 잡고 있는지도 모르겠드라고. 근디 싸락눈이 떨어졌어. 눈만 보면 뻐꾸기처럼 재잘대던 그네가 쥐죽은 듯 조용혔어. 돌아봤더니 그네가 입 막은 손에서 뻘건 피가 뚝뚝 떨어지는디. 한밤중에 문 연 병원도 없고 해서 일단 집으로 끌고 갔지. 날 밝는 대로 집에 꿍쳐놓은 돈 털어 병원에 끌고 갔어. 결핵이라드만. 재봉틀 위에서 풀풀 날리던 먼지가 폐를 좀먹은 것이지. 입원해야 된다고 허는디, 돈을 탈탈 털어도 그 돈이 안 나와. 그래서 그째까지 수금 못 한 것들 받아 낼려고 종합시장 이집 저집 쑤시고 봤어. 쌍놈 새끼덜 힘들 때는 사정사정함시롱 나중에 돈 준다고 빌어쌓다가, 나 힘들 때는 모르는 사람이여. 손발에 불이 나게 돌아다니고 비벼 댔는디, 젠장할, 달랑 한 집만 주드라고. 일단 그거라도 쥐고 가서 링거라도 놔줄라 혔어. 근디…… 뱃속에 애가 들앉았다드라고. 눈앞이 비었어. 내가 할 수 있는 것이 없었어. 그래서 살려달라고 빌었어. 하늘에 있는 것들한테는 다 빌었어. 부처님, 예수님, 하느님, 조상님. 썩을 코빼기도 안 비드만."

소주병은 쇠말뚝처럼 그의 입에 단단히 박혀 뽑힐성싶지 않았다. 소주가 꿀꺽꿀꺽 흐르는 소리가 끊긴 지 한참이 돼서야 그는 혀끝으로 병 입구를 날름 훑고 빈 병을 엉덩이 옆에 툭 놓았다.

"젊은이, 이제 난 가봐야겠구먼."

나는 뒤통수에 각목이라도 후려 맞은 듯 엉거주춤 일어서서 5가 역까지 늘어선 가로등을 멀거니 바라봤다. 끌쟁이는 담황빛이 어룽진 인도에 발 도장을 서걱서걱 찍어갔다.

토요일이라 추가 생산량이 없어 매장에서 출근 도장을 찍어야 했다. 가게들은 디자이너들의 이목을 끌기 위해 샘플 진열대를 설치하고, 원단을 자르느라 분주했다. 오전 매장 업무는 주문에 맞춰 원단을 일정량만큼 잘라 손님이 오면 곧바로 찾아갈 수 있도록 준비하는 것이었다.

준비가 끝나고 사장이 고용비를 허투루 날린다고 여기지 않도록, 이미 외운 샘플 책자를 애써 되작거렸다. 꾸벅꾸벅하던 이마가 종이에 서너 번 닿을 때였다. "어이, 왔는가?" 사장의 목소리에 놀라 입술에 는질는질 매달린 침 줄기를 잽싸게 훔쳤다. 우중충한 그의 목소리가 실로폰이라도 삼킨 듯 경쾌하다면 교복업체 주임이나 이 바닥에서 부경사와 어깨를 나란히 한 '대림사' 늙은이가 방문한 것이다. 흘김에도 천장에서 내리

찍는 백광이 눈알에 부시도록 박히는 거로 봐선 '대림사' 쪽이었다. 그는 평소의 후줄근한 차림새와 달리 새까만 정장을 차려입고 입구를 넘어왔다.

희멀건 정수리가 조명을 보탠 만큼 사장의 허풍도 풍성스러워졌다. 한창때는 한겨울에 버려진 원단을 청계천 빙판 구멍에서 뜬 물로 빨아서 팔았다느니, 여자 손님을 꼬여 수백 수천 절을 떠들쳐 보냈다느니 하는 영웅담이 한바탕 나도는 사이 목덜미를 옥죄던 사장의 눈초리에서 잠시 풀려날 수 있었다. 민머리에 핏기가 불그스름하게 오를 만큼 낭자하던 웃음소리가 구멍 뚫린 풍선처럼 누그러들자 귀가 쫑긋 섰다.

대머리 사장이 미국에 이민을 간다는 것이었다. 동대문 원단 시장은 그 소용돌이 같던 IMF 사태도 이렇다 할 흠집 하나 못 낸 천해 요새였다. 경기가 어려워도 옷은 사 입어야 하는 만큼 의류 소비가 크게 줄어들지도 않거니와 국내산 원단은 모두 이 바닥에서 나온다는 소문이 돌만큼 규모가 워낙 거대했기에 매출이 깎인다고 해도 적자는 면할 수 있는 곳이었다. 이런 노다지를 그것도 창고를 여럿 거느릴 정도로 옹골진 사업을 팽개치고 떠난다는 것이 의아하면서도, 그것을 외면할 정도의 여유를 가진 것에 짐짓 배알이 꼴리기도 했다. 마치 헤어지는 이산가족처럼 맞잡은 손을 쓰다듬던 사장은 끌끌 차대던 혀를 바로잡았다.

"떠나기 전에 술이나 한잔하지."

"그럽시다."

둘의 대화가 끝나자, 의례적인 인사라도 바치려 엉덩이를 뗐다.

바로 떠날 줄 알았던 대머리 사장은 진열대 좌측에 궁둥짝을 걸쳤다.

"여기서 일 한지 얼마나 됐지?" "6개월 조금 넘었습니다."

그가 제법 긴말을 덧붙이려는지 팔짱을 지르던 참이었다. 복도 왼편에서 나타난 지게꾼이 푸른색 모슬린 원단 끄트머리로 그의 등짝을 비껴치고 종종걸음 쳐 사라졌다. 하마터면 그의 정수리가 내 명치를 찌를 뻔했다. 다행히도 그가 허리 뒤쪽으로 손을 잽싸게 허우적거린 덕에 가까스로 바닥과의 키스는 면할 수 있었다. 그는 지게꾼이 숨어버린 손님들 틈새를 흘겨보고는 덧붙였다.

"이 일 계속할 거냐?"

"네."

"그래. 물고기도 많은 곳에서 낚아야 잘 낚이는 법이야. 그러니까 너도 다른 것 할 생각 말고, 여기서 오랫동안 일 배워. 어쭙잖은 길에 들어섰다가는 저 지게꾼이나 길바닥 리어카꾼처럼 평생 허리 못 펴는 수가 있어."

벽에 기대어 이를 조망하던 사장이 흐뭇한 미소를 흘렸다.

대머리 사장이 동대문 바닥을 떠난 지 일주일이 지났다. 나는 1호 창고와 2호 창고의 중간지점에서 소나기를 만나 개점 전인 삼겹살집 처마 밑에서 비가 멎기를 기다렸다. 먹구름이 짧아 빗줄기가 그리 오래가지 않을 듯해 젖은 운동화 한 짝을 벗어 바닥에 탁탁 털었다. 그러다 지지비비 하는 소리가 빗소리 사이로 어렴풋이 들려왔다. 주변을 살펴보니 고추잠자리 한 마리가 아스팔트 흰 선의 야트막한 균열 틈에 한쪽 날개가 붙은 채 나머지 날개를 떨어 재끼고 있었다. 그 발버둥은 굵직한 빗발에 얼마 안 가 너누룩이 잦아들었다.

소나기는 예상대로 처마를 한 뼘 벗어나 비를 맞던 요강만 한 재떨이용 화분을 반도 채우지 못하고 그쳤다. 먹구름에 숨었던 해가 턱을 드러내자 젖은 길의 퀴퀴한 냄새가 빛줄기를 붙들고 늘어졌다. 오후 배달이 급해 후덥지근한 공기에 짓물러가던 양달로 나섰다. 채 물기를 털지 못했던지 걸을 때마다 운동화가 찔걱거렸다.

경동 화물센터를 지나 '삼미빌딩' 골목에 들어서자 '우성사'의 새 간판이 가장 먼저 눈에 띄었다. 원래는 '대림사'의 창고였지만, 대머리 사장이 출국하기 전날 기존 간판을 허물고 새 간판으로 달았다. 그런데 간판만 바뀌었지 건물 주차장까지 비어져 나온 것은 '대림사'의 원단 그대로였다.

'우성사'에 가까워질수록 앙칼진 목소리가 점점 커졌다. 한 블록쯤 전부터 보속을 줄여 걷던 참에 낯익은 풍채가 원단에 한 발을 얹고 다부진 어깨에게 종잇장을 짚어가며 목에 핏대가 설 정도로 쏘아대고 있었다. 종잇장을 쥔 사람은 다름 아닌 끌쟁이였다.

"여기, 이렇게 증거가 있는디, 왜 돈을 안 준단 말이여!"

다부진 어깨는 오른손 검지로 귓구멍을 후비면서 입을 뗐다.

"그게 내가 쓴 것이여?!"

그는 한마디로 일축하더니 끌쟁이가 종이 쥔 손을 귀 후비던 손으로 탁 쳤다. 포개놓았던 종이가 석 장으로 나뉘어 둘 사이에 부나비처럼 나풀대다가 갑자기 불어 닥친 미풍을 탔다. 끌쟁이가 두 장은 가까스로 챘지만, 바람을 꽤 잘 탄 나머지 한 장 때문에 옆 건물까지 뛰어갔다. 다행인진 모르겠지만 연신 날리던 낱장은 우묵하게 비가 고인 곳에 빠져 그의 손에 낚였다. 그는 물이 뚝뚝 떨어지는 종이를 어깨에게 들고 가 얼굴에 힘껏 던졌다. 종이는 터진 풍선껌처럼 어깨의 입 주변에 펴지다가 턱 끝까지 훑으며 떨어졌다. 어깨는 손등으로 입술을 쓱 닦고, 입술을 빤 침을 원단에 칵 뱉더니 끌쟁이의 매무새를 틀어쥐었다. 끌쟁이는 그에 아랑곳없이 되쏘았다.

"자그마치 삼십 만원이여! 삼십 만원! 원단 서른 절 옮긴 값이라구!"

"나는 모르는 일이야! 거기 적힌 것을 똑똑히 보라고, 지금 간판하고 뭣이 다른지."

어깨는 틀어쥔 그대로 끌쟁이의 가슴팍을 밀어젖혔다. 끌쟁이는 끝까지 넘어지지 않으려고 허공에다 대고 팔을 허우적거렸지만, 소용없었다. 시멘트 바닥에 제법 둔탁한 소리를 내며 퍼더버린 그는 엉덩이를 문지르며 끙끙 신음을 흘렸다. 어깨는 아직도 화가 덜 풀렸던지 상대에게 성큼성큼 다가가 발길질을 놓았다. 나는 일이 이렇게까지 불거질 줄 모르기도 했고, 이름은 바뀌었어도 가깝게 지내던 원단가게의 일에 끼어들면 입장이 난처해질 것 같아 주차장 귀퉁이에서 숨죽이고 있던 참이었는데, 날 선 구둣발을 보니 뭔가 느꺼운 마음이 들어 어깨의 발길질을 막아섰다. 한창 퍼붓던 찰나여서 허벅지에 한 방 먹었다. 날카롭게 맞았던지 넓적다리가 욱신거렸다.

"이제 그만하시죠."

"뭔데 끼어들어?"

"주변에서 보면 장사하는 데 좋지 못할 겁니다."

어깨는 한숨을 한 움큼 내뱉고는 자신의 매무새를 잡고 힘껏 폈다.

"어이 할배, 오늘 운 좋은 줄 알어."

어깨가 사라지고도 끌쟁이는 한참을 퍼질러 앉아 숨을 골랐다. 패자는 말이 없다. 그 말이 맞는지 모르겠지만 애석하게도 머릿속에 자꾸 맴돌았다. 왠지 패자라는 낙인을 떠안기기 싫어 말을 붙이려 해도 도저히 입이 안 떨어졌다. 그가 패자라는 게 싫은 건지, 패자는 침묵해야 하는 건진 모르겠지만, 그에게 말을 붙이면 안 된다는 느낌에 끈덕지게도 입을 떼지 못했다. 우물쭈물하는 사이 그는 엉덩이를 탁탁 털며 일어섰다.

"젊은이, 고맙네, 이제 가서 일 봐."

"횡단보도까지만 부축할게요."

"아니여. 혼자 가고 싶어서 그려."

끝내 외면하는 그의 관자놀이를 보니 미국을 유랑하며 반짝이고 있을 대머리가 불쑥 떠올랐다. 끌쟁이는 자신의 리어카로 비틀대며 걸어갔다. 그냥 보내기 언짢아 그의 겨드랑에 오른손을 슥 밀어 넣어봤지만, 그가 밀쳐내며 말했다.

"한두 번이 아니었어. 그니께 괜찮어."

그의 한마디에 오른손은 무너지듯 찰기 없이 빠졌다.

　당선 소식을 듣고 시커멓게 멍든 손이 먼저 떠올랐다. 인대가 끊어져 욱신거리는 신음을 삼켜가며 공장에서 일주일간 타이어를 날랐던 손이었다. 그 손엔 고등학생 딸, 중학생 아들의 입과 아파트 담보 대출 빚, 글도 제대로 읽지 못하는 사람에게 버거운 운명이 도사리고 있었다. 냉면 사발에 우유를 가득 따라 벌컥벌컥 마시고 "칼슘이라 먹으면 낫는다"며 안개 같은 희망을 처절하게도 붙들었던 손은 인대접합수술을 받고 병실에 누웠다. 운명을 끈질기게 부인하던 손은 붕대로 뒤덮였다. 처음 그 모습을 봤을 때, 화장실 개수대에 얼굴을 처박고 터져 나오는 눈물을 녹였다. 내가 걸음마도 떼기 전부터 다닌 회사의 사직 통보와 빚의 반도 안 되는 퇴직금만 남은 어머니가 가족을 지탱할 힘이 없다고 여겼다. 가정이 해체된 아이로 살아가며 넘어야할 세상의 눈초리와 위압을 미리 겁냈던 게 괴란쩍었다. "어떻게든 안 되긋나"며 오렌지 주스를 덥석 쥐여주던 따뜻한 손이 운명을 책임지는 법을 가르쳐 주었다. 도움을 얻으려 가난을 부풀려 말하며 수없이 빌던 손을 볼 때마다 내 체면이 깎인다고 생각했던 게 한심스러웠다. 힘든 걸 힘들다 말하고 싶을 때마다 모골이 송연해진다. 일주일간 인대가 끊어진 고통을 참을 만큼 처절해 본 적 없었고, 자신을 갉아먹으려고 호시탐탐 기회를 엿보는 세상밖에 남지 않았을 때, 눈웃음 지어 보일 만큼 의연해질 자신이 없다. "내가 바보 멍치라서 너희들한테 해준 게 없다. 너무 미안하다"며 통화 마지막에 붙는 말을 이제 털어주고 싶다. 퇴원하자마자 비뚠 손가락으로 뜨거운 불판을 나르고 닦았던 당신의 행동이 모든 걸 가르쳐주었다. 제 삶은 자기가 책임지겠다고 자식한테 폐 끼치지 않을 거라며 돈 봉투를 건네도 손사래를 치는 당신이 내게 들이닥치는 장애물들을 가소롭게 여기도록 해주었다. 이는 글도 모르는 당신이 직접 키운 자식이 바치는 첫 증명이며 선물이다. 처연한 이들을 써왔으며 처연한 이들을 쓰는 손이 되겠다. 멋쩍어서 입 밖에 내기 꺼렸던 말을 남긴다. 완전하게 이해하지 못할 까마득한 낭떠러지에 꿋꿋하게 올라서는 모습을 앞서 보여주신 어머니 사랑합니다.

아버지의 빈자리를 채워주었던 누나와 소중한 사람의 곁을 지켜주는 매형 감사합니다. 사려 깊은 성미, 매번 보약 같은 말을 해줬던 현호 고맙다. 소설 쓰는데 영감을 주신 모든 분께 감사한 마음 잊지 않겠습니다. 어머니를 쓸 자격을 주신 심사위원, 서울디지털대학교 문예창작학과와 그 밖에 도움 주신 분들께도 감사 인사 전합니다.

신인다운 패기와 건강함 엿보여

전국 각지에서 응모자들이 골고루 몰려들었다. 총 243편이었다. 선자가 지방지 신춘문예 심사위원을 20여 차례 위촉받은 것으로 알고 있는데, 이런 왕성한 응모 현상은 처음으로 보고 겪었다.

응모작들의 소재와 주제가 매우 다양했다. 당대를 그대로 반영하듯 '미투', '애완동물', '요리' 등의 소재가 많이 등장했다. 그리고 예전에 비해, 노인을 소재나 주제로 하는 소설들이 눈에 띄게 많아졌다는 점도 발견했다.

소설은 스토리이다. 하지만 스토리가 곧 소설은 아니다. 다시 설명하자면, 우리 주변에서 벌어졌던 이야기(사건이나 현상)를 그대로 옮겨놓는다고 해서 소설이 되지 않는다는 것이다. 소설이란 작가만의 독특한 시각으로 '소설의 옷'을 다시 입혀야만 비로소 가치를 갖게 되는 법이다.

또 신춘문예 당선과 함께 등단을 꿈꾸는 예비 작가들은 단편소설의 특징이 무엇인가 깊이 생각하고 연구해보았으면 좋겠다. 중·장편소설의 일부를 보는 것 같은 응모작이 의외로 많아서 드리는 조언이다. 신문사 사고(社告)에서 제시해 놓았던 응모 매수를 지키지 않은 응모자들도 많았다. 2백자 원고지 4십 내지 6십 매 분량이라든지, 2백 내지 3백 매(중편 분량)에 달하는 작품을 보낸 응모자들이 있었다.

응모작 총 243편 가운데 1차로 10편(약 24대 1)을 선정했다. 심사했던 순서에 따라 그 작품들을 소개하면, 「고래 엄마」 「11월 어느 날」 「초상성축初喪聖祝」 「물푸레나무」 「그해 겨울 그림자」 「아란무늬 스웨터」 「통증들」 「두 개의 바다」 「끌쟁이」 「여행자」이다.

2차로 김세영의 「고래 엄마」 정성우의 「끌쟁이」 송현주의 「여행자」를 선정했다. 이 3편 모두 이야기를 풀어가는 솜씨가 뛰어났고, 상당한 필력을 보여주고 있었다. 그런데 선자가 이번 심사에서 가장 중시했던 것은 '문장력'이었다. 왜냐하면 소설(문학)은 "사상이나 감정을 언어로 표현하는 예술"이기 때문이다.

3편 중에서 정성우의 「끌쟁이」를 당선작으로 선정했다. 서사나 갈등이 부족하다는 점이 약간 아쉬웠으나, 앞서 이야기했던 것처럼 문장력이 뛰어났을 뿐만 아니라 어휘력도 좋았다. 덧붙이자면, 신인다운 패기와 건강함이 엿보였고, 무엇보다 소설을 끌어가는 힘이 좋았다. 여기서 자만하지 않고 계속 정진하면 훨씬 좋은 작품을 생산할 수 있는 동량지재棟梁之材임이 확실해보였다. 축하드린다.

문화일보 오선호

1976년 서울 출생
연세대학교 철학과 졸업

문화일보

버드워칭

오 선 호

　매니저가 테이블 위 담뱃갑을 집어 들자 쌍둥이 형제도 각자의 주머니를 뒤진다. 호프집 천정 높이 매달린 오십 인치 텔레비전에서 야구중계가 나오고 있다. 7회말 동점 상황, 1사 3루 찬스에서 3루 주자가 투수의 견제구에 걸린다. 의자를 뒤로 빼며 반쯤 일어선 어정쩡한 자세인 채로 세 사람의 눈이 방송 화면에 붙박인다. 매니저와 쌍둥이들은 응원하는 팀이 다르다. 잠시 주춤하던 그들이 다시 움직이기 시작하자 미진도 맥주잔을 내려놓고 자리에서 일어난다. 나는 문밖으로 나가는 그들을 눈으로만 쫓아간다.

　미진이 입은 흰색 티셔츠 등에는 땀이 마른 얼룩이 흐릿하다. 얼룩 너머 짙은 색 속옷 끈 두 줄이 날개를 누르고 있는 것이 보인다. 날개 안쪽에는 한 쌍의 폐가 있을 것이고 그 안으로 곧 연기가 가득 스밀 터이다. 잠들었을 때 숨 쉬는 걸 가만히 살펴보면 그녀의 호흡은 늘 얕았다. 작은 폐 안으로 빨려 들어가는 연기를 상상한다. 양손으로 잡으면 한줌이 조금 넘는 몸통 안에 차곡차곡 그 모든 장기가 들어있는 것을 생각하니 이상하게도 내 뱃속 어딘가가 아려온다. 미진이 밖으로 나가 보이지 않게 되었지만 나는 유리문 너머로 향한 시선을 바로 거두지 못한다.

　테이블에는 신입, 여자애, 그리고 내가 남아 있다.

"말씀 많이 들었어요. 음악 하신다고 하던데."

여자애가 나에게 말을 건다.

잊고 있었다. '음악 하신다'는 말을 듣자마자, 네 번이나 연주 도중에 멈추었던 바람에 그나마 공들여 준비했던 끝 곡은 시작도 못했던 마지막 공연과 그 무대 위에 같이 있었던 에일리언즈 멤버들이 떠오른다. 에일리언즈는 서울에서 영어 강사로 일하는 백인 세 명이 만든 아마추어 밴드다. 직업도 다르고 인종도 다른 나는 그 밴드에 나중에 들어갔다. 음악에서 완전히 손을 떼기 싫어서 시작한 건데 돌이켜보니 그 밴드를 하면서 음악을 실제로 그만두게 된 셈이 되었다. 초면인 여자애에게 자세한 사정을 다 말하기가 어렵다.

"요즘은 너무 바빠서요."

소맥 한 잔에 취한 신입은 테이블에 엎드리더니 바로 잠든 지 오래고, 여자애는 눈을 반짝이며 나와 내가 한다는 음악에 대해서 질문을 이어나간다. 대답을 하다 보니 나는 트웰브 트웰브에 관한 이야기까지 하게 된다.

"트웰브 트웰브? 어감 좋다. 근데 그게 뭐에요? 십이 십이?"

지난 육 년 동안 트웰브 트웰브를 알고 있다고 대답한 사람은 딱 한 명밖에 없었다. 들어본 적 있는 것 같다는 대답은 가끔 있었으나, 예의상 그렇게 말한 사람도 많았을 것이다. 지금 이 여자애는 모른다고 하면서도 관심을 보이며 되묻는다.

"천이백십이에요."

나는 정정한다. 허공에 1212를 적어 보일 때도 있지만 지금은 말로만 한다.

"트웰브 트웰브는 내가 고등학교 때 처음 만들었던 밴드에요."

내가 만든 밴드였지만 지금 그 안에 나는 없다. 나는 돈이 없었고 할 수 있는 다른 일도 없었고 학교를 계속 다닐 수도 없었다. 내가 밴드를 떠나 한국으로 돌아온 후 반 년인가 지났을 때, 트웰브 트웰브는 엘에이에서 온 프로듀서의 눈에 띄었고 곧 데뷔 싱글을 냈다. 떠나던 당시에는 그것이 어떤 종류의 단절인지 깨닫지 못했었다. 나는 멜로디를 잠깐 흥 얼거린다. 트웰브 트웰브의 최고 히트넘버이자 게임 〈GTA 상페드로술 라〉에 삽입된 곡인 〈프리즈Freeze〉의 후렴 부분이다. 여자애가 테이블 위 로 상체를 숙이며 다가온다. 이런 식으로 노래를 부를 때면 언제나 내가 지금 뭐하고 있는 짓인가 하는 의문이 들지만, 노래는 금방 끝난다.

"노래를 잘 하는 것 같진 않은데요?"

"전 키보드 쳤어요. 작곡도 좀 했고."

"그런데 지금은 왜 신발 팔아요?"

지겨우면서 조금 부끄럽기도 하지만 번번이 이 이야기가 나오고 만 다. 이나마도 하지 않으면 이 시간을 어떻게 보낼 수 있을까. 테이블 끝 의 신입처럼 여기서 엎드려 자거나, 이 자리를 빠져나가 집에서 혼자 잠 드는 대신, 나는 지금 처음 보는 사람에게 내 과거와 현재가 어떻게 이 어지고 있는지 말하고 있다. 말은 말인데, 설명은 못 된다. 일단 내가 알 아야 남에게 설명을 할 수 있는데, 내가 모르기 때문이다. 인과관계로 설명되지 않는 사건들을 시간 순서대로 더듬더듬 말할 수밖에 없다. 아 무 말도 안 하거나 짧은 대답으로 끝내고 싶기도 하지만 나는 그럴 수가 없다. 상대방은 호의를 보이며 질문을 한 건데 어떻게 그럴 수 있겠는 가. 도저히 그럴 수가 없을 것 같은 행동을 나에게 하는 사람들은 많다. 번화가의 대형 매장에서 일하다 보면 너무나 그렇다. 그래서 나는 냉대 가 어떤 건지 좀 안다. 나는 여자애에게 차갑지 않으려고 애쓴다. 열대 야다. 차가워야 맞는 건지 혼란스럽기도 하다. 지금은 회식 후에 어설프 게 이어진 술자리이고 여자애는 매장 매니저가 얼마 전 새로 사귄 여자 친구다.

이름이 수정이라고 했던가, 수경이라고 했던가? 민소매 블라우스를 입어 다 드러난 팔이 특이할 정도로 희고 굵다. 터질 것 같이 부담스럽 다. 나는 새를 생각하고 만다. 저 팔처럼 하얗고 푸둥푸둥한 새라면…… 역시 집오리 정도일까? 집오리보다 더 통통하고 뭉툭한 새는 뭐가 있더 라? 목 짧은 뇌조 중에 하얀 새도 있는데……. 텔레비전 많이 보는 이들이 사람을 볼 때 닮은 연예인을 떠올리듯이 새를 많이 보는 나는 사람을 볼 때 닮은 새를 떠올리곤 한다. 매니저는 해오라기, 쌍둥이들은 레이븐, 신입은 귀깃이 갈색인 직박구리를 닮았다. 뇌조는 눈이 검다. 새의 검은 눈동자는 사람의 그것보다 어딘가 더 먹먹한 검정색이다. 여자애의 눈동자는 컬러렌즈에 가려져 있다. 이야기는 슬슬 마무리되어간다.

"아쉽지 않아요? 다시 돌아갈 순 없었어요?"

다 지난 일이라고 대답을 하려는 순간, 나갔던 일행들이 자리로 돌아온다. 쌍둥이 두 명이 동시에 의자를 빼낸다. 부주의한 동작으로 의자 다리가 바닥을 긁는다. 그 소리에 엎드려 있던 신입이 움찔거린다.

"들어오니까 살 것 같네. 밖에 왜 이렇게 더워? 지금 시간이 몇 신데 아직도 더워?"

매니저가 땀 젖은 티셔츠를 손으로 잡아 흔든다. 덥다고 짜증을 내면서도 그는 여자애 옆에 앉자마자 그녀의 어깨에 팔을 두른다. 여자애는 매니저를 살짝 밀어낸 다음 제 앞의 술잔을 비운다.

여자애의 다른 쪽 옆자리에 미진이 앉는다. 나와 눈이 마주치자 미진은 내게 무슨 말을 하려다 만다.

"왜?"

나는 미진이 무슨 말을 하려 했는지 궁금하다.

"까먹었어."

그녀는 자주 그런다. 미진의 눈동자는 깊은 검정이다. 그녀를 처음 보았을 때 나는 문조를 떠올렸다. 문조 일반을 떠올렸다면 특별한 일이 아니다. 세상에는 문조를 닮은 사람들이 아주 많다. 미진은 다르다. 나는 미진을 보자마자 특정한 문조, 어릴 적 내가 가졌던 바로 그 문조를 생생하게 기억해버렸다. 이름도 정해주기 전에 사라진 그 문조는 내가 처음이자 마지막으로 길러본 새였다.

"김기정이 내일부터 휴가랬지? 3일짜리 휴가 처음 받는 거지? 소감이 어때?"

매니저는 선물을 주는 사람처럼 뿌듯해 보인다. 뭔가 생색을 내고 싶은 눈치다. 하루에 열두 시간 일하고 한 달에 일곱 번 쉬는 직장에서 삼 일 휴가는 큰 선물이 맞다.

나는 열두 살 때 엄마를 따라 캐나다 마니토바주 브랜든으로 이민을 갔다. 밀밭도 호수도 끝이 보이지 않았다. 원한다면 하루 온종일 새를 기다릴 수 있었다. 기다리는 동안 보통은 아무 생각이 없었다. 가끔은 머릿속으로 지나가는 멜로디를 붙잡아 집을 짓기도 하고 단어들을 엮어서 마을을 만들기도 했다. 한참을 그러고도 시간은 한참 더 남아 있었다. 멍하게 가만히 숨죽이고 앉아있는 그 시간이 그때는 영원히 계속될 것 같았다. 끝이 없는 것 같았다. 밀밭처럼 호수처럼 그러나 끝은 있었다.

"휴가 가니까 좋죠. 아주 좋죠."

"그래, 어디 놀러가나?"

"네."

"어디?"

매니저는 자세한 대답을 원한다.

"인천에 들렀다가 강화도까지 가요."

"왜? 거기 뭐가 있나? 누가 살아?"

"얼굴이 까만…… 스푼빌이요……."

스푼빌의 스푼 같은 부리만 떠오를 뿐 한국어 이름이 생각나지 않는다.

미진이 나를 본다. 무슨 말을 하려는 듯 얼굴 근육을 미세하게 움직이다가 이내 그만두고 빈 잔에 맥주를 가득 채운다. 그리고 그것을 단숨에 비운다. 나는 미진이 마시는 술잔을 센다. 정확한 체중은 물어도 대답을 안 해 주지만, 그녀는 등에 업거나 안아들 때마다 늘 예상보다 가벼워서 내 마음을 무겁게 만들었다. 그렇게 작은 몸에 술이 그렇게 많이 들어가니까, 지켜보게 된다.

"숟가락 할 때 그 스푼 맞죠?"

여자애가 제 휴대폰 화면을 내 쪽으로 돌려 보이며 맑고 높은 목소리로 끼어든다.

"저어새네요. 저어새."

"저어새가 뭐야? 새야?"

잠든 신입을 간질이면서 키득대던 쌍둥이들이 갑자기 이쪽 화제에 관심을 보인다.

"새? 새를 보러 인천 가는 데 삼일을 쓴다는 거야?"

매니저가 잘못 들었다는 듯이 내게 확인한다.

"휴가가 삼일이나 되는데 겨우 인천이야?"

쌍둥이 동생(어쩌면 형)이 말한다.

"나 같으면 그럴 바에 차라리 집에 있겠다. 여행비 안 쓰고 보태서 벨에어 한정판이나 사고 말지."

쌍둥이 형(어쩌면 동생)도 말한다.

"난 벨에어 예쁜 줄 모르겠더라. 에어조단 중에서 그렇게 안 예쁜 것도 별로 없어."

"야, 네가 뭘 알아?"

쌍둥이들은 둘 다 운동화를 수집한다. 내 눈에는 그들이 행복해 보인다. 매일 신발에 둘러싸여 지내면서 신발을 파는 신발 수집가들. 게다가 둘이다. 한번은 내 자신이 쌍둥이가 된 꿈을 꾼 적이 있다. 깨고 나서 뭔가 아쉬웠던 이런저런 꿈들 중 하나였다.

"새를 보는 건 도대체 왜 보는 거냐?"

매니저가 골똘한 얼굴로 묻는다.

"그냥 보는 거예요."

"새를 어떻게 본다는 건지 모르겠다? 새가 사람 앞으로 다가올 리도 없고. 하늘을 제 맘대로 날아다니는 거를 땅에 붙어 있는 사람이 어쩔 수가 있다는 건지 모르겠다?"

"망원경으로 보면 멀리서도 꽤 보여요. 그렇지만 사실, 어쩔 수 있는 건 하나도 없어요. 내가 볼 수 있을 만큼 가까운 곳에 새가 날아와 주기를 기다리는 거예요, 그냥."

"기다린다?"

"네."

"계속 기다린다?"

"네."

"계속 기다리다가 보이면 본다?"

"네."

"그러니까 그건…… 낚시 비슷한 거냐?"

"그럴 지도 모르겠어요."

나는 낚시를 해본 적이 없다.

"낚시를 하면 매운탕이라도 끓여먹지. 새를 보면 뭐하는데? 사진 찍어? 사진?"

쌍둥이 중 한 명이 묻고 다른 한 명이 대답한다.

"사진 찍겠지, 그럼 안 찍겠냐?"

사진 안 찍는다. 찍으려고 시도해본 적은 있지만 곧 찍지 않게 되었다. 새가 언제 날아갈지 모른다. 아무리 오래 내 앞에 있다 해도 그래봐야 잠깐이다. 기다리는 시간에 비하면 그야말로 아주 잠깐인 것이다. 그 짧고 소중한 시간 동안 카메라로 눈을 가리는 것이 얼마나 멍청한 짓인지 깨닫기까지 오래 걸리지 않았다. 내가 처음 새를 보기 시작한 것은 열세 살 무렵이었고 그 때 나에게는 카메라가 없었다. 한동안은 새를 그림으로 그렸다. 아무리 공들여 그려도 내가 본 새와 종이에 그려진 새는 같은 새가 아니었다. 그림은 점점 간략해졌다. 새의 특징만 표시해놓은 메모처럼 되어갔다. 나중에는 시간, 날짜, 장소, 그리고 몇 개의 단어와 다섯 개씩 묶는 빗금 표시만 기록해두었고 최근에는 그나마도 거의 하지 않을 때가 많다. 새를 보는 데에, 오래 기다리고 또 기다렸다가 새를 볼 수도 있고 보지 못할 수도 있는 데에, 기록은 있어도 그만 없어도 그만이다.

"낚시는 말이지, 지루하게 앉아서 기다리다가도 일단 이게 걸리면 응? 엄청, 응? 짜릿하단 말이지. 새를 보는 것도 그런가?"

짜릿하지 않다. 기다렸다가 새가 보이면 새를 볼 뿐이다. 물고기를 손에 넣듯 새를 잡는 것이 아니다. 새는, 살아있는 새는 너무나 새인데, 새가 아닌 나는 새를 보면서 다른 모든 것을 잊고 눈앞의 새에게 빠져든다. 새를 보는 건 인생을 보내는 수만 가지 방식 중에서 그래도 괜찮은 방식이라고 나는 믿는다. 내가 선택할 수 있는 방식 중에서는 최선이다. 아마도, 확실히, 그렇다. 다른 방식을 고른다 해도 돌아보면 결국은 비슷할 지도 모르겠다. 그래도 새를 보는 일만큼 무해하면서 무익하기는 어려울 것이다. 그러기 어렵다. 이 세상에서 그러기도 어렵다.

"새가 보이면 좋아요. 좋은데 그렇게까지 막 좋은지는……. 어쩔 때는 되게 좋고 다른 때는 의외로 그저 그럴 때도 있고. 잘 모르겠어요."

"그럼 막 좋은 건 뭐에요? 뭐가 막 좋아요?"

하얗고 둥글둥글한 여자애가 나에게 묻는다. 매니저는 나를 보고 있는 여자애의 눈을 본다. 여자애의 길지 않은 질문이 시작되자마자 그는 큰 소리로 맥주를 더 주문한다. 여자애의 목소리는 매니저의 소리에 묻힌다. 나는 다 알아듣는다. 알아들었지만 대답은 하지 못한다. 오늘 처음 본 이 여자애에게 지금 할 수 있는 말이 더는 없다.

처음 새를 보러 다니게 된 건 새를 잃어버린 일 때문이었다. 열세 번째 생일 선물로 나는 개를 원했는데 새를 받았다. 개보다는 키우기에 부담이 적은 애완동물을 고민했던 엄마의 결정이었다. 그때는 그럴 수밖에 없는 형편이었다. 엄마는 그 새가 문조라고 알려주었다. 그때까지 나는 한 번도 그런 새를 본 기억이 없었다. 문조라는 말도 처음 들어보는 거였다. 개가 아니어서 실망한 나는 새를 거들떠보기도 싫었다. 그런데 등 뒤에서 갑자기 새가 울었다. 그 문조는 내가 태어나서 처음 들어보는 소리를 냈다. 나는 깜짝 놀랐다. 숨을 죽이고 새에게 다가갔다. 다가가서 귀를 기울였다. 아무리 들어도 이해할 수 없는 소리였다. 알 수 없어서 계속 보았다. 문조의 눈은 검었다. 나를 보아도 나를 보는지 모를 검정이었다. 그 문조의 눈에 내가 어떻게 보일지 보이기는 할지 영원히 알 수 없다는 생각이 들자 덜컥 무서워졌다. 새장 문을 열고 새를 잡았다. 들어서도 모르고 보아서도 모르니 만지게 되었다. 손 안에서 필사적으로 푸드덕 거리던 그 새는, 조그맣고 따뜻했다. 부드러운 깃털 밑으로 얇은 피부와 가느다란 뼈가 느껴졌다.

"아, 생각났어. 기정 씨, 9월 첫 주에 비번 나랑 바꿔주면 안 돼?"

미진이 묻는다.

"왜 또?"

"그냥. 중요한 약속."

그녀는 나에게 귀찮게 설명할 필요가 없다. 나는 그녀를 거절하지 않는다. 그녀는 동료들 앞에서 뭔가 중요한 약속 따위가 있는 중요한 사람처럼 보이고 싶어 한다. 바람이 아직 맵던 지난 초봄, 점심을 같이 먹고 성당 앞 벤치에 단둘이 나란히 앉았을 때, 미진이 자신의 알코올 중독자 아버지에 대해서 말한 적이 있다. 오랜 세월에 걸쳐 있으며 무엇이 원인이고 무엇이 결과인지 알 수 없게 된 사건들을 그녀는 시간순서대로 연결했다. 술 없이 맨 정신으로 나에게 그런 얘기를 해준 것은, 지금까지는, 그때 한 번뿐이었다. 미진의 음성이 평소와 달리 차분했다. 점심시간이 끝나서 급하게 일어서던 우리의 머리 위로 높이, 노란 날개를 펼친 새가 날아갔다. 처음 보는 그 새를 보고 있는데 등 뒤에서 미진은 아버지가 계신 요양원이 영월에 있다고 말했다. 이후 미진이 비번을 바꿔달라고 할 때마다 나는 버스를 타고 한참 멀리 가야하는 곳에 있는 요양원을 떠올리곤 한다.

"알았어. 그렇게 해."

야구 중계를 보던 쌍둥이들이 동시에 내 쪽으로 눈을 돌린다. 왼쪽에 앉은 쌍둥이가 끼어든다.

"김기정, 만날 왜 그래? 우미진한테 뭐 호구 잡혔어?"

그러자 오른쪽에 앉은 쌍둥이가 동조한다.

"안 그래도 돼. 얘한테는 안 그래도 돼."

두 형제는 나를 가운데 두고 눈빛을 주고받는다.

나는 미진이 보이지 않을 때 미진을 생각하고 미진이 보일 때 미진을 본다. 주의 깊게 살펴본다. 매장 사람들 대부분은 미진을 자세히 보지도 않고 은근히 무시한다. 가끔은 드러내놓고 무시한다. 나는 아무리 봐도 미진을 모르겠는데 다른 사람들은 어떻게 그렇게 그녀를 빨리 알아내고 판단해버리는지 모르겠다. 내 눈에만 안 보이는 뭔가가 있는 걸까? 사람들은 미진이 술을 너무 많이 마신다고 흉본다. 술을 많이 마시니까 술 마시고 하는 잘못도 많을 거라고 믿는 것 같다. 미진은 그냥 미진, 너무나 미진인데, 미진이 아닌 사람들은 그걸 모른다. 그렇게 욕을 먹고 몸까지 상해가면서도 술을 마실 수밖에 없는 미진이 나는 궁금하다. 미진이 술을 많이 마시지 않게 되려면 뭐가 어떻게 되어야 하는지도 궁금하다. 내가 할 수 있는 일이 있을지도 궁금하다.

미진은 매장 안에서 리듬을 타며 날아다닌다. 매대로 창고로 카운터로 날아다니다가 손님 발밑에 쪼그려 앉는다. 노래하는 목소리로 인사를 하고 달게 재잘거린다. 처음 본 지 며칠 되지 않았던 어느 날, 내가 미진에게 왜 그렇게 기분이 좋으냐고 물어본 적이 있다.

내가? 기분? 아까 기정 씨가 캐러멜 줘서 좋은가? 맞아. 그런 것 같애.

그녀는 쾌활하게 대답했다. 그리고 그 다음 주에 다시 미진에게 캐러멜 한 개를 내밀었더니,

나 치아 약해서 이런 거 못 먹는 거 몰라?

라고 하며 차갑게 돌아섰다. 쌍둥이나 매니저나 매장의 다른 직원들이라면 손쉽게 미진의 변덕을 탓했을 지도 모른다. 그러나 손에 닿지 않는 새에 관해 오래 생각을 하는 나는 미진에 대해서도 생각을 하고 또 생각을 하는 것이다. 그러면 그녀를 변덕스럽고 이상한 애라고 함부로 볼 수가 없어진다. 캐러멜에 관해서만도 그랬다. 내가 캐러멜을 줘서 기분이 좋다는 것, 치아가 약해서 캐러멜을 못 먹는 것, 둘 다 진실이라면, 그렇다면 나로서는 가슴이 두근거릴 만한 일일 수도 있는 것 아닌가. 자신이 먹을 수도 없는 건데도 단지 내가 아주 작은 뭔가를 건넸다는 것만으로 기분이 좋았다는 뜻이 되는 것 아닌가. 아닐 수도 있지만 그렇게 나는 믿고 싶어서 그런 비슷한 생각을 많이 했다.

작년 겨울, 만취한 미진과 둘만 남은 적이 있다. 집이 어디냐고 물어도 미진은 축 늘어져 대답을 못했다. 그 계절 가장 추운 며칠 중 하루였다. 차비가 없었다. 그녀를 업고 내 방까지 걸어갔다. 미진은 가벼웠다. 두꺼운 외투 안에 따뜻하고 말랑한 살과 가느다란 뼈가 있었다. 그녀를 침대에 눕히고 나는 바닥에서 잤다. 바닥이 차고 딱딱했는데도 그날, 나는 평소와 달리 푹 잘 수 있었다. 이상한 일이었다. 여명 어스름에 미진이 나를 깨웠다. 일어나 앉았더니 그녀가 다가와 내 얼굴을 쓰다듬었다. 키스를 했다. 자연스럽게 우리는 옷을 벗고 침대에 함께 누웠다. 그녀가 너무 작고 보드라워서 나는 조심스러울 수밖에 없었다. 미진의 몸에서 내려와 이불을 끌어올려 덮었다. 작은 몸 하나가 더해졌을 뿐인데 이불 속은 온기로 꽉 찼다. 등 뒤에서 그녀가 나를 안았다.

　잊어버려, 잊어버려.

　두 번 말했다.

　아무리 생각하고 거듭 생각해봐도 도무지 해독할 수 없는 말이었다. 나는 새의 말을 모른다. 나의 문조는 너무 작고 연약했다. 꼭 끌어안고 싶었으나 될 일이 아니었다. 손에 쥐면 더 세게 잡고 싶어 가슴이 콩닥거렸다. 억지로 부리에 입을 맞추다가 자기도 모르게 새를 꿀꺽 삼켜버릴 것만 같았다. 새의 말을 모르는 나는 미진이 하는 말도 잘 모르겠다. 그녀를 먼저 출근하게 하고 내가 나중에 집을 나섰다. 무슨 뜻이었냐고 물어볼지, 그냥 잊어버릴지, 근무하는 열두 시간 동안 틈틈이 고민했다. 퇴근길에 지하철역을 향해 걷고 있는 미진을 불러 세웠다. 나는 비번 날짜를 맞춰서 같이 놀러가자고 말했다.

　기정 씨랑 나랑 같이 가자는 거야?

　그녀가 정말 아무 것도 모르는 것처럼 물었다.

　왜? 어디를? 왜?

　미진은 곧 날아 가버릴 것처럼 나를 경계했다. 살갗이 얇게 덮인 그녀의 뼈는 가늘디가늘었다. 손에 힘이 잘못 들어가면 작고 여린 것이 다친다. 새를 감싸고 있는 손에 얼마만큼 힘을 주어야 하는지 어떻게 알 수 있을까? 어디까지가 괜찮고 어디부터 안 되는지, 나는 그런 것을 모르겠다. 모르는 것은 안 해야 한다. 불안하면 만지지 말아야한다. 그러나 이후로도 비슷한 일들이 더 있었다. 미진은 술에 취했고 자고나서 나에게 잊어버리라고 반복해 말했다. 새벽이 밝으면 포르르 떠났다. 직장에서 그녀는 나를 아무 일 없던 때와 똑같이 대했다. 나는 태도를 어떻게 정해야 하는지 오래 고민했지만 결국 그녀가 내게 하는 그대로 하게 되었다.

"비번 순서를 누구 마음대로 바꾸나? 우미진 씨 자꾸 이러십니다?"

매니저가 미진에게 말한다.

"전에 한 번 보니까 바꾸는 게 아니라 아예 김기정 비번을 가로채더만?"

이 직장은 분위기가 그다지 권위적이지 않다. 드나들기가 어렵지 않은 일자리일수록 말도 안 되는 군기가 있었던 경험에 비추어보면 희한할 정도이다. 먼저 들어온 텃세가 거의 없고 동료들끼리 사적으로도 허물없이 지내는 편이다. 명동 2호점에 오기 전에 세 군데 다른 매장에서도 일했었는데 다 비슷했다. 이 매니저도 평소에는 친구 같이 직원들을 대한다. 그러나 회사 분위기 때문에 그런 태도를 보이는 것이지 원래 그런 성격은 아닌 것 같다. 상급자 행세를 즐기고 싶어 할 때가 종종 있다. 그에게는 여자 친구를 회식 자리에 불러내는 버릇도 있다. 여자 친구도 직원들도 별로 원하지 않는 일인 게 분명한데도.

"죄송해요. 다음부터는 조심할게요."

미진이 머리를 숙이며 말한다.

"나 정도 되니까 봐주는 거야. 다른 데서 그런 식으론 어림없다고. 내가 일일이 짚고 따지는 스타일이 아니라 몰랐나본데, 내가 다 보고 있었거든. 내 위치에 있으면 다 보이거든……."

매니저는 목소리를 낮게 깔고 내용 없는 이야기를 장황하게 늘어놓는다.

매니저와 미진 사이에 앉아있는 여자애는 그러거나 말거나, 아까부터 스마트폰만 잡고 있다. 간간이 고개를 갸웃거리면서 손가락을 움직인다. 다시 보니 여자애는 집오리나 하얀 뇌조보다 알비노 올빼미를 더 닮았다. 여자애의 눈은 꽤 큰 편인데도 얼마나 직경이 큰 컬러렌즈를 꼈는지 흰자위가 잘 보이지 않는다. 올빼미는 머리를 180도에서 270도까지 어느 방향으로나 돌릴 수 있다. 눈동자를 움직일 수 없는 대신 고개를 마음대로 돌릴 수 있는 것이다. 이렇게 해서 올빼미는 전후좌우 360도 시야를 확보한다.

"찾아보니까 트웰브 트웰브가 멤버 중 한 사람이 살았던 집 주소에서 따온 이름이네요? 맞아요?"

여자애가 고개를 들고 나를 보며 묻는다. 여자애가 입을 열자 매니저는 입을 다문다. 미진은 입을 삐죽거리더니 잔을 들어 입에 댄다. 이제 그만 마시면 좋겠다. 나는 그녀의 주량을 안다.

"맞아요?"

여자애가 대답을 원한다.

"네, 맞아요."

나는 대답한다.

"누구네 집 주소였어요?"

여자애가 또 묻는다.

"저희 집이요."

"아아, 그러시구나."

여자애가 팔로 제 몸을 안아서 큰 가슴이 더 커보이게 만드는 자세를 취하고 있다. 통통한 알비노 올빼미는 누가 봐도 귀여운 새다.

"근데 있잖아요, 밴드는 그만 두셨어도 작곡 했었다고 하셨잖아요. 그럼 저작권 수입이나 그런 것도 있겠어요? 미국이면 단위부터 어마어마한 거 아니에요? 찾아보니까 유명한 게임에 들어간 곡도 있나본데요."

얼굴이 조금 굳은 매니저가 한손으로 맥주잔을 들면서 다른 쪽 팔을 올려 여자애의 어깨를 감싸 안는다. 여자애는 그에 대해 아무런 반응도 하지 않는다.

여자애가 말하는 동안 미진이 나를 빤히 쳐다본다. 나는 잘못한 것도 없는데 미안한 마음이 들고 만다. 여자애의 말이 끝나자 미진이 입을 연다.

"기정 씨, 알고 보면 무슨 펜트하우스 같은 데 살고, 그런 거 아니야? 펜트하우스 안에 막 돈다발이 쌓여있고, 그런 거 아니야?

호프집 천장에 매달린 대형 모니터 안에서 타자가 홈런을 쳤다. 공이 관중석까지 날아가는 장면이 여러 각도로 반복된다. 홈런볼은 낙하한 다음에도 한동안 공중에 머무는 셈이다. 공이 날아가는 동안 나는, 내가 정말 돈이 많다면 얼마나 좋을까, 라는 너무나 당연하기에 따로 생각해 본 적 없는 소망을 선명하게 의식한다. 바로 지난 주 목요일에도 미진은 내 방에서 자고 갔다.

쌍둥이들이 호들갑을 떨기 시작한다.

"술값은 이제부터 김기정이 다 내라. 달러로 돈 버는 부자였어? 어? 그런데 왜 신발 팔고 있어? 어? 어?"

내가 아니라고 손사래를 치는데도 그들의 법석은 가라앉지 않는다.

"진짜야?"

매니저가 믿지 못하겠다는 표정으로 묻는다.

"아닙니다."

나는 정색하고 대답한다.

"트웰브 트웰브가 이제 와서 김기정이랑 무슨 상관이에요? 애초에 김기정이 빠지고 나니까 데뷔할 수 있었을 텐데. 그림이 딱, 그렇잖아요, 그림이."

미진이 부연한다.

관객이 드문 곳에 떨어진 홈런볼이 바닥을 구른다. 팔을 길게 뻗었지만 공을 잡지 못한 아이가 아쉽다는 듯 찡그리는 표정이 화면에 잡힌다. 아무리 팔이 길었어도 어림없는 위치였는데 아이는 그걸 아깝다고 여기는 것 같았다. 아이의 울상을 보면서 나는 텅 빈 새장을 떠올린다. 어린 나는 빈 새장을 안고 문조를 찾아 동네를 헤맸다. 땅에 붙어 있는 나는 아무리 먼데까지 돌아다녀도 하늘 위로 날아 가버린 새를 찾을 수 없었다. 문조가 돌아올 수도 있겠지만 그렇게 되기 위해 내가 뭘 어떻게 해야 하는 것은 아니었다. 어떻게 할 수도 없었다. 나는 그저 고개를 위로들고 주택가, 공원, 숲속, 물가를 떠돌 수 있을 뿐이었다. 문조는 돌아오지 않았다. 나는 빈 새장을 껴안듯 어깨를 움츠린다.

어쨌든 내일은 휴가를 간다. 남동유수지에 가서 저어새가 보이기를 기다릴 것이다. 저어새는 한반도에서 여름에만 볼 수 있다. 가을이 되면 남쪽, 예를 들면 타이완 같은 남쪽으로 멀리 떠난다. 떠났다가 다시 돌아오는데, 돌아올 때도 있지만 돌아오지 않을 때도 있다. 인천 대신 비슷한 기후의 더 살기 좋은 다른 곳으로 가버릴 수도 있는 것이다. 올해는 저어새가 왔다고 하는데 내년에는 어떨지 모른다. 내년에 나는 다시 저어새를 볼 수 있을까? 아니, 내일 당장 찾아갔을 때 내가 그 새들을 볼 수 있을까? 얼굴이 까만 저어새는 숟가락 같이 넓적한 부리도 검은데, 다리도 검고 깃털은 하얀데, 튼튼한 두 다리로 씩씩하게 다니면서 부리를 휘저어 먹이를 찾아먹는데, 그런데 그걸 나는 볼 수 있을까?

"어떻게, 잘 아시나 봐요?"

여자애가 미진에게 묻는다.

"그럼요. 잘 알죠, 트웰브 트웰브. 내 친구거든요."

미진이 대답한다. 내가 한국으로 돌아온 후 육 년 동안, 트웰브 트웰브를 알고 있다고 대답한 사람은 미진이 유일했다.

"친구라고? 웃기시네!"

쌍둥이 중 한 명이 언성을 높이며 미진에게 무안을 준다.

"말이 되냐? 너 영어 하냐?"

다른 한 명이 합세한다.

생글생글 웃는 미진의 얼굴 어딘가에서 풀죽은 기색이 배어나온다.

"친구 맞아. 페이스북 친구."

"페북 친구래."

쌍둥이들이 까마귀답게 껵껵거리며 큰 소리로 웃는다. 여자애도 조용히 따라 웃는다.

나는 자리를 빠져나와 화장실로 간다.

거울을 보니 얼굴이 빨갛다. 알코올을 흡수하지 못하는 체질이라 한두 잔만 마셔도 그렇게 된다. 오늘은 꽤 많이 마셨다. 칸 안으로 들어가 입안에 손가락을 넣고 구토를 시도한다. 술을 마시면 나는 취하는 대신 머리가 아프다. 토해버리고 나면 괜찮아진다. 토를 하면 늘 그렇듯 눈물이 새어나온다. 우웩, 우웨에엑. 소리를 크게 낸다. 소리 내어 우는 것과 다를 바가 없는 꼴이다. 속을 다 비우고 나서도 한참동안 더 그러고 있다. 내친 김에 좀 더 울어볼까? 이미 얼굴은 눈물 콧물로 엉망진창이다. 세수를 하고 화장실 뒷문을 통해 바깥으로 나간다.

문 앞에서 몇몇이 담배를 피우며 더운 날씨를 불평하고 있다. "밤인데도 뜨거워서 미치겠다. 빨리 들어가자."

엄마와 함께 살던 집을 떠나 위니펙에서 친구들과 지내던 시절이 생각난다. 위니펙에서는 그때도 술집 안에서 담배를 피울 수 없게 되어 있었다. 안에서 신나게 놀다가 담배 한 번 피우려면 스웨터를 다시 입고 파카를 걸치고 모자와 장갑까지 다 쓰고 낀 다음 나가야 했다. 영하 40도는 예사였다. 얼음 실은 바람이 옷 속을 파고드는 걸 느끼면서 잔뜩 웅크린 채 겨우 담배 한 대 피우고 나면 들어와 입었던 순서대로 다시 벗어야 했다. 술 마시고 머리 아픈 상황에서 여간 귀찮은 일이 아니었다. 담배를 끊고 한국에 왔더니 여기서는 술집 안에서 흡연이 자유로웠다. 따지고 보면 아무 것도 아닌데 나는 뭔가 억울한 기분이 들었다. 그럴 이유가 전혀 없는 일에도 불쑥불쑥 억울해지곤 하던 때였다. 나는 열두 살 때 이민을 갔다가 스물네 살에 돌아왔다. 인생 전체가 다 뒤죽박죽 꼬여버렸다는 생각밖에 들지 않았다. 힘들게 끊었던 담배를 군대에 있을 때부터 다시 피우기 시작했는데 곧 서울에서도 모든 실내가 금연구역이 되었다. 제대 후 혼자 살다보니 건강이 나빠져서 아주 어릴 적 앓았던 천식이 재발했다. 나는 다시 어렵게 담배를 끊을 수밖에 없게 되었다. 담배뿐 아니라 다른 일들도 거의 다 비슷했다. 음악도 그랬다.

밤하늘을 올려다본다. 명동에서 밤에 나는 새는 없다.

"기정 씨, 눈 빨갛다."

미진이 다가와 있다. 딴생각에 빠져있던 나는 그녀가 언제부터 나와 있었는지 알 수 없다. 미진은 담배 한 개비를 입에 물더니 반바지 주머니를 뒤진다.

"만날 없어. 있는 게 하나도 없어."

그녀의 입에 물린 담배에 나는 불을 붙여준다.

"담배 안 피우는 줄 알았는데?"

그녀는 내게 라이터가 있는 것을 이상하게 여긴다. 나는 손바닥 위에 라이터를 똑바로 올려놓고 미진이 잘 볼 수 있도록 내민다. 지난 달, 만취한 미진이 나에게 주었던 것이다. 내 방 침대 머리맡에 놓여있던 조류도감을 미진이 제 가방에 넣으려는 것을 내가 말렸다. 돌려줄게, 돌려줄게, 담보를 맡기면 되잖아, 하면서 미진은 이 라이터를 내게 줬다. 헌 라이터 하나로는 부족하다고 했더니 그녀는 그것이 그냥 라이터가 아니라고 했다.

내 심장이야. 잘 갖고 있어야 돼.

잡으면 한줌인 몸통 안에 어떤 모양의 심장이 어떤 온도로 뛰고 있는지 수없이 상상해 보았지만 라이터가 그것이라고는 생각해본 적도 없었는데, 그랬다. 이 낡은 지포 라이터에는 긁힌 자국이 무수하다.

"뭐야? 이걸 왜 기정 씨가 갖고 있어?"

미진의 검은 눈동자는 꼭 새의 그것 같다. 나는 오래 전부터 새를 쫓아다녔다. 새를 보려면 숨죽이고 가만히 있어야 한다.

"줬잖아."

나는 조심스럽게 조류도감 얘기를 한다. 조금만 인기척을 내도 새는 날아가 버린다. 내가 새를 해치지 않고 싶어 한다는 걸, 해치기는커녕, 누구보다도 새가 온전하길 바란다는 걸 새에게 알려줄 방법이 없다. 새는 내 마음을 모른다. 제가 모르는 게 뭔지조차 모를 것이다. 미진은 나를 노려보다가 주변을 두리번거리다가 다시 나를 본다. 담배 한 대를 다

피울 동안 말이 없다가 꽁초를 비벼 끄며 다시 입을 연다.

"내일 휴가는 누구랑 같이 가는데?"

"혼자 가지."

"정말?"

"미진아, 너는 왜 그렇게 나를 모르니?"

"…… 알아야 돼?"

문조가 날아간 건 내가 새장을 열어놨기 때문이었다. 그건 문조의 잘못이 아니다. 새장을 아예 열어주지 않았다면 나는 문조와 더 많은 시간을 함께 보낼 수 있었을 것이다. 그랬다면 문조는 잘못이든 뭐든 아무것도 할 수 없었을 것이고 나는 좀 더 오래 즐거웠을 것이다. 그렇다고 언제까지나 즐겁지는 않았을 거고, 그 또한 문조의 잘못은 아닐 거였다.

오래전에 한번은 이런 꿈을 꾼 적이 있다. 꿈속에서 문조와 나는 화음을 맞춰 노래하고 같이 산책하고 빵을 나눠먹었다. 새장 없이도 그렇게 했다. 내가 기뻐하자 문조가 내 머리 주위를 빠르게 뱅뱅 돌아서 들뜬 기분을 더 날아갈 것 같이 띄워주었다. 내가 슬퍼하니 문조는 가만히 내 어깨 위에 앉아 있다가 내가 흘린 눈물을 깃털 부드러운 날개로 닦아 주었다. 말도 안 되는 꿈이었다. 그 꿈이 말도 안 되게 이룰 수 없는 꿈인 것이, 그것이, 문조의 잘못은 아니었다. 문조는 그냥 문조였고, 너무 문조였다.

"네가 알아야 되는 건 아니지. 그럴 필요는 없어."

미진의 마음이 편하도록 나는 이 말을 최대한 담담하게 하려고 애쓰는데, 곧바로 그것이 잘못임을 깨닫는다. 미진의 낯빛이 어두워진다. 나를 보던 눈동자가 더 깊이 검어지면서 나를 보는 건지 아닌지 알 수가 없어진다. 미진이 천천히 고개를 돌린다. 나는 그녀의 옆모습을 본다. 새는 보통 양쪽 눈의 시야가 겹치지 않아 넓은 범위를 한꺼번에 볼 수 있지만 정작 제 부리는 보지 못한다. 미진이 고개를 돌린 채 내게 다시 말을 건다.

"기정 씨는 어떤 사람이야?"

목적이 뚜렷하다면 그 목적을 달성하는데 적당한 대답을 할 수 있을 것이다. 그러나 새가 보이면 새를 보고 새가 보이지 않을 때는 새를 생각하는 일에 목적이 따로 없어서인지, 나는 어떤 일에서도 목적을 찾는 것에 서툴게 된 것 같다. 미진의 질문에 적당한 답을 모르는 나는 내가 할 수 있는 가장 진실한 답을 하기로 한다.

"미진아, 나는 새를 보는 사람이야."

미진이 내 손에서 라이터를 빼앗아 안으로 들어간다. 이제 그녀의 심장은 그녀에게 돌아갔다. 나는 내일 인천 남동유수지에 가서 저어새를 보려고 한다. 볼 수도 있지만 못 볼 수도 있다. 새는 자유롭게 날아다닌다. 내가 찾아간다고 나를 기다리고 있을 리가 없다. 다만 나는 내가 할 수 있는 일을 할 뿐이다.

내일의 계획을 하나하나 짚어가며 휴가를 맞는 설렘을 느끼고 있는데 누가 내 등을 툭 친다. 매니저다.

"야구, 졌다."

그가 응원하는 팀이 진 모양이다. 안에서는 쌍둥이들이 환호하고 있을 것이다. 신이 나서 떠들 것이고 떠들다가 결국 운동화 얘기를 할 것이고 서로 다투다가 화해할 것이다. 신입을 깨워서 장난을 걸 것이다. 여자애는 계속 매니저의 여자 친구로서 이런 자리에 따라올 수도 있지만 다시는 안 오게 될 지도 모르겠다. 미진은 또 얼마나 더 취할까.

"새 보는 거, 그거 할 만 하냐?"

매니저가 묻는다. 놀리는 말투는 아니다.

"네."

"그거 하려면 뭐, 누구한테 뭘 좀 배워야 하나? 장비 같은 것도 사야 돼? 망원경? 아까 망원경 쓴다고 했나?"

그에게 나는 버드워칭 입문서로 유명한 몇 권의 책, 인터넷 사이트, 국내 동호회, 녹화 기능이 있는 디지털 쌍안경, 쌍안경 홀더, 가이드북, 지도, 버드워칭 할 때 신는 부츠에 이르기까지 잡다한 정보들을 알려준다. 그는 감탄하며 흥미를 보인다.

"갖춰야 할 게 많구나. 너는 뭐부터 시작했어? 일단 동호회에 가입하는 게 나은가?"

"저는 아무 것도 하지 않았어요."

"응?"

"동호회 가입도 해본 적 없고 디지털 쌍안경 같은 것도 하나도 없어요."

"그럼 어떻게 하고 있는데?"

"그냥 봐요, 새를."

　기쁜 일이 생기면 이걸 마시자,라고 정해두었던 꼬냑 한 병을 기억해 냈다. 몇 년 동안 밖으로 나오지 못하고 찬장 안 어두운 데 있던 병을 꺼 냈다. 뚜껑을 열고 적당한 잔을 고르고 술을 따르는 동안 내내 속이 어 수선하기만 했다.

　한 모금 마셨다. 강렬하게 향기로웠다. 알고 있던 맛을 넘어서는 실감 에 반사적으로 고개를 숙여 호박색 투명한 액체를 들여다보았다. 이 순 간의 감각 외에 다른 것들은 뒤로 다 물러났다. 내가 왜 지금 이것을 마 시고 있는지조차도 말이다. 그러나 그 순간은 곧 지나갔고 나는 방금 전 받았던 전화 통화의 내용을 곱씹는 상태로 되돌아갔다. 막연히 짐작했던 기쁨은 팔짝팔짝 뛰고 싶고 웃음이 절로 나는 그런 상태에 가까웠는데. 전화를 받고 당선 소식을 듣는 순간 마음은 평상시 상태가 아니게 되었 다. 비슷한 경험이 떠오르지 않을 만큼 진폭 큰 감정이었다. 다시 한 모 금을 머금고 돌아보았다. 기쁨이 맞나?

　좋은 술의 향이 퍼져 들숨이 달큰했다. 항상 숨을 쉬지만 향기에 새삼 호흡을 의식하게 된다. 숨을 쉰다는 사실이 기쁘게 느껴진다. 마음에 드 는 문장을 만날 때면 내가 문장을 이해하거나 만들어낼 수 있다는 것이 매번 새로이 짜릿하게 기뻤다. 기쁜 일에 마시기로 했던 이 술은 내가 소소한 기쁨을 느끼며 살아온 동안 찬장 안 깊은 곳에서 향을 품고 조용 히 시간을 보냈다. 빈 잔을 한 번 더 채웠고 천천히 다시 비웠다.

　이만교 선생님, 글쓰기 공작소에서 선생님께 배우지 못했더라면 아직도 개굴개굴 개구리 소리만 내고 있었을 거예요. 제 글을 당선작으로 뽑아주신 심사위원님들, 김원우 선생님, 구효서 선생님께 가장 깊이 감사드립니다.

미래세대의 '아무것도 하지 않음'…
신선한 눈으로 능청맞게 담아

본심에서 주목했던 작품들은 주로 청년실업을 다룬 작품이었다. 실은 그런 소재가 압도적일 만큼 많았다. 딱히 실업은 아니더라도 작품 속의 인물들은 아르바이트, 인턴, 기타 한시적 비정규직을 전전하며 어쩌다 취업한 직장도 불만족스럽기는 마찬가지다.

그러면서 소설은 실업과 관련된 이전의 작품들과는 다른 면모를 보인다. 부의 불평등에 대한 불만과 저항과 투쟁의 결기가 사라지고 체념 같기도 하고 달관 같기도 한 태도의 인물들이 주인공으로 등장한다는 점이다. 가진 자의 오만과 못 가진 자의 불만이 정작은 동일한 욕망의 다른 표출이라는 새로운 인식 때문인지 소설 속 인물들은 자신의 처지에 관해 이전과는 사뭇 다른 시선과 언어를 확보하려 든다. 「목인의 나무」에서 마치 '바틀비'인 듯한 엉뚱한 인물이 등장하여, 나무에 보이는 그의 지나친 관심 때문에 사주와 대립하는 상황을 아주 흥미로우면서도 문제적으로 이끌어 나가는 것이 그 한 예이다. 「올리버처럼」의 올리버도 미래가 불확실한 다른 청년들과 다를 바 없는 처지지만 특유의 '올리버스러움' 즉, 공연한 포즈로 현실을 멋쩍게 혹은 의연하게 마주하는데, 이런 그의 모습이 우습기는커녕, 보다 더 깊은 영역의 공감을 이끌어낸다. 불만과 분노를 자기 욕망의 응시와 관리를 통해 해소하거나 넘어서 보려는 의지가 「버드워칭」에서는 좀 더 극대화돼서 '아무것도 하지 않음'의 단계까지 나아간다. 미래세대의 속내가 이 지경까지 이르렀나 싶어 무서워진다.

다만 소설 창작의 기술적 측면에서 볼 때 「목인의 나무」에서는 '신목인'과 '그 인간'의 대비가 어색하고, 「올리버처럼」의 경우에는 좀 더 구체적이고 현실적인 세부 사례를 통해 올리버라는 극 중 인물이 선명해졌으면 하는 아쉬움이 남는다. 그에 비해 「버드워칭」은 화자의 발화가 얼핏 싱겁고 아리송한 듯해도 가만 보면 우리에게 매우 필요할 법한 신선한 '월드워칭'의 눈을 능청맞고 선선하게 제공한다.

부산일보 **김지현**

1991년 출생
경성대 국어국문학과 졸업
1인 출판사 '네시오십분' 운영

흰 콩떡

김 지 현

아버지의 가출은 쉰 떡 한 팩 때문이었다. 아니, 아직 연락이 되질 않으니 그렇다고 짐작할 뿐이다. 아닐지도 모른다. 라면을 끓여 먹은 흔적으로 보아, 밥이 없어서 그런 것일 수도 있다. 설거지를 하다 만 흔적으로 보아, 더러운 집 꼬락서니에 불끈 울화가 치밀었을 수도 있다. 그것도 아니면, 일주일 만에 집에 돌아왔는데 어두컴컴한 실내가 서글펐던 것일지도.

가출이라는 것이 아버지에겐 좀 맞지 않지만 어쨌거나 지금 이 상황은 가출과 비슷해 보였다. 단순히 집을 나간 게 걱정되는 것은 아니다. 아버지는 언제나 집을 나가서 살고 있으므로. 엄마와 다툰 후 종종 그랬던 것처럼 사나흘 기다리면 곧 아무렇지 않게 연락을 해올지도 몰랐다. 문제는 집을 나간 것까진 좋은데, 어디로 가버렸는지 알 수가 없다는 것이다. 마치 전시라도 하듯 열쇠 꾸러미가 버젓이 밥상 위에 올려져 있었기 때문에 소동이 났다.

이 낯선 상황 때문에 나는 짐짓 심각한 목소리로 엄마에게 전화했다. 엄마는 "계속 전화해봐라. 계속하면 받겠지." 했다. 그리고 익숙하게 잔소리를 늘어놓았다. "아니 그러게 그걸 왜 안 먹고 쉬게 놔 두노, 하여튼 느그 아부지도 밸나고 느그도 똑같다. 보나마나 집 꼬라지 개판으로 해 놨겠지." 나는 수화기를 귀에서 떼고 입술을 꼬옥 깨물었다. 수화기 너머에서는 꿍짝, 꿍짝, 음악 소리가 요란했다. 엄마 목소리 사이사이로 왜 먼 일 있나, 와 그라노, 하는 목소리들이 불쑥불쑥 넘어왔다. 엄마는 한숨을 푹 쉬고 일단 끊으라, 하고 전화를 탁 끊었다.

지금쯤 엄마는 제주도 해상 위에 솟아있는 리조트에 있을 것이었다. 4박 5일 일정을 내가 짜주었으니 오늘이라면 숙소가 거기가 맞았다. 태어나서 처음 가는 제주도였다. 엄마는 출발하는 날 아침 부리나케 공항으로 향하는 바람에 대리기사의 전화번호가 적힌 쪽지를 화장대 위에 두고 갔다. 나는 버스정류장까지 나왔다가 집으로 돌아가 전화번호를 불러주었다. 숙소며 렌트카며 식당까지 여행에 소요되는 모든 준비가 내 손에서 이루어졌다. 엄마는 "이럴라고 딸 자식 낳는 거지, 이모들이 선물 사다 준다드라" 했다. 여행 멤버는 마트 안에서 엄마와 함께 계를 하는 이모들이었다. 조리 코너에 영미 이모, 공산에 엄마와 은희 이모, 농산에 정숙 이모까지 총 네 명. 그중에서 딸 있는 집은 엄마뿐이라고 했다. 반강제적이긴 했지만 자처해서 여행플래너 역할을 한 것은 그 계원들 중에 엄마가 제일 내세울 게 없어 보여서였다. 영미 이모네 아들은 이번 분기에 대기업 연구원으로 입사했고, 은희 이모네 막내아들은 올해 서울에 있는 학교에 입학했다. 정숙 이모네 큰아들은 고등학교 수학 선생님인데, 두 달 뒤에 어느 대학 무슨 과 교수 딸이랑 결혼식을 올린다. 나는 저번 달부터 거의 월급이라고 할 수 없는 봉급을 받고 사회적 기업 홍보팀에 들어갔다. 이쪽 계에선 꽤 알아주는 단체라고, 우리 딸은 돈 때문이 아니라 자기만의 신념이 있어서, 그쪽에서 스카웃하다시피 해서 들어갔다고 엄마는 강조했다. 엄마가 '자기만의 신념'이라는 말을 어떤 얼굴로 했을지는 상상되지 않았다. 첫 월급의 액수를 들은 엄마의 얼굴엔 아무런 표정도 없었으므로. 어쨌거나 그중에서 엄마들의 여행 일정을 짜는 건 내가 제일 적합해 보였다. 다들 많이 바빴고, 아무렴 그런 일을 할 군번들은 아닌 듯했다. 여행 경비를 찬조하는 것에 더 적합하달까. 그래서 나는 내 신념에 따라 제주도 구석구석을 파헤치다시피 인터넷을 뒤져 코스를 짰다. 여행을 보내주진 못하지만 그 누구보다 특별한 경험을 안내할 수 있도록.

　다섯 번째 신호음까지 음성메시지 연결음으로 넘어갔다. 곧바로 다시 전화를 연결하는데 전화기가 꺼져 있다는 안내음성이 나왔다. 아버지의 열쇠 꾸러미를 쥐고 나는 소파에 앉았다. 꾸러미엔 용도를 알 수 없는 여러 개의 열쇠와 등산용 빨간 버클이 걸려 있었다. 화물차 한 대에 무슨 열쇠가 이렇게 많이 필요한 걸까. 어쨌거나 아버지의 화물차 열쇠들은 지금 내 손 안에 있다. 그건 곧 차에 가지 않았다는 것이다. 혹은 차에 가지 않겠다는 것이거나. 아버지는 어딜 간 걸까. 열쇠 꾸러미를 밥상 위에, 마치 전시하듯이 그렇게 놓고, 어디로 가 버린 걸까.

　확실히 차를 빼놓곤 아버지의 행적을 가늠할 길이 없었다. 그건 남동생도 마찬가지였다. "열쇠를 두고 갔다고? 그럼 차에 안 갔다는 거 아니가. 어디 갔노." "아 그니까 빨리 들어오라고, 어딘데 지금." "내 들어간다고 뭐 되나, 전화도 꺼져 있다매. 내도 전화해볼게." 동생은 내 대답이 이어지기 전에 전화를 끊었다. 보나 마나 기타를 둘러메고 광안리 해변가를 서성이고 있을 것이었다. 육 개월 뒤에 입대 날짜를 받아 놓은 남동생은 기타 동아리에 들어 토요일 밤이면 거리 공연 같은 것을 한답시고 밤새 돌아다녔다. 입대라는 말의 무게 때문에 엄마도 나도 동생을 크게 나무랄 수가 없었다. 동생은 생활이 몽땅 증발해버린 사람처럼 굴었다. 느지막이 일어나고 새벽에나 들어왔다. 거의 얼굴을 마주칠 일이 없었다. 그래도 일요일엔 꼬박 집에 틀어박혀 있었는데, 아버지가 집에 있기 때문이었다. 동생의 잦은 외박은 엄마와 내가 아버지 앞에서 쉬쉬하는 비밀이었다.

　전화까지 끊기자 뭘 해야 할지 도무지 알 수가 없었다. 아무래도 차에 없는 아버지의 모습은 상상이 되질 않았다. 집보다 차에 있는 시간이 훨씬 더 많았고, 얼마든지 차에서 오래 지낼 수 있도록 모든 준비가 되어 있었다. 여름용 이불을 겨울용으로 바꾸거나, 급하게 집에서 빠뜨리고 간 것을 가져다주기 위해 종종 아버지의 차에 가 볼 때면, 이 속에서 생활이란 것이 가능할까 싶도록 폐창고 같은 형상에 흠칫 놀라곤 했다. 여러 컬레의 때 묻은 낡은 신발들이 발 디딜 틈 없이 바닥에 놓여 있고, 걸레인지 수건인지 분간할 수 없는 천들이 뒹굴었다. 습기 찬 물병들이 여러 개, 전표 같은 종이서류들이 수북하고 각색의 공구들이 널려있었다. 문짝이며 의자 시트, 수납함은 검은 얼룩들로 찌들어 있었다. 누군가 지나가다가 휙휙 던져버리고 간 듯한 것들이 한 데 뒤엉켜 있었지만, 그 안은 아버지 나름의 질서가 있었다. 그 안에서 아버지는 월요일부터 금요일까지 부산과 강원도를 오가며 먹고 자고 운전했다.

검은 비닐봉지에 담긴 채로 휴지통에 처박혀 있는 쉰 떡 한 팩을 꺼냈다. 팩을 감싼 비닐을 벗기자 콩떡의 쉰내가 훅 끼쳐 올라왔다. 떡만 음식쓰레기통에 넣고 봉지와 스티로폼 용기를 분리해 각각 버렸다. 설거지통에 아버지가 쓰다만 듯한 거품이 말라붙은 수세미와 빨간 고무장갑이 내팽개쳐져 있었다. 고무장갑을 끼고 수세미에 세제를 더 묻혀 거품을 냈다. 밥그릇 한 개를 들어 올려 닦는데 한 귀퉁이에 이가 빠진 것이 보였다. 아마도 이걸 마지막으로 닦다가 설거지통으로 집어 던졌나보다. 이 빠진 그릇을 싱크대 위에 올려놓고 남은 그릇들을 하나하나 닦았다. 갑작스레 집안의 적막이 온몸으로 엄습해왔다. 아버지는 차에도 가지 않고, 어디를 배회하고 있을까. 라면 찌꺼기가 묻은 냄비를 닦다 문득 엄마가 떠나는 날 아침에 받은 문자가 떠올랐다. 불고기 볶아서 냉장고 넣어놨으니까 밥해서 렌지에 돌려 먹어라. 밥을 해 먹지 않았으니 불고기도 냉장고에 그대로 있을 터였다. 닦던 그릇을 내려놓고, 고무장갑을 벗고 전기밥솥 뚜껑을 열었다. 솥 벽에 밥알들이 말라붙어 있었다. 아버지도 밥솥을 열어봤을 것이다. 그리고 뚜껑을 닫고, 냄비를 꺼내 물을 받아 라면을 끓였을 것이다. 잠깐 한숨을 쉬었을까. 아버지는 TV를 보면서 라면을 먹고, 다 비운 냄비를 싱크대로 가져왔을 것이다. 김치를 냉장고에 넣다가 문득, 식탁 위에 있는 검은 비닐봉지를 발견했을 것이다. 비닐봉지를 열어 쉰 떡을 확인하고 봉지째 쓰레기통에 처박았을 것이다. 짜증을 억누르고 고무장갑을 끼고 그릇들을 닦는다. 그러다가 불끈, 억눌러지지 않는 울화통이 아버지의 가슴을 찢고 튀어 올랐을 것이다. 닦던 밥그릇을 집어 던지고, 고무장갑을 반쯤 뒤집히도록 아무렇게 벗어놓고, 휴대폰이며 지갑이며 이것저것을 챙겼을 것이다. 열쇠 꾸러미를 무심코 주머니에 챙겨 넣다, 불현듯 어떤 감정이 스쳤을까. 아버지는 열쇠 꾸러미를 다시 밥상 위에 내려놓고 신발을 꿰어 신고 집을 나갔을 것이다. 그리고 어디론가 가고 있을 것이다. 나는 밥솥을 꺼내 말라붙은 밥알들이 불어 떨어지도록 물을 가득 받았다.

떡이 쉰 것은 실은 처음이 아니었다. 아버지는 기나긴 사냥에서 돌아오는 사람처럼 언제나 손에 무언가를 쥐고 귀가했다. 아버지가 가져오는 것 중 어릴 적 우리가 가장 좋아했던 것은 안흥찐빵이었다. 팥이 부드럽고 달콤한 안흥 찐빵은 강원도 안흥에서만 구할 수 있는 것이었다. 아버지는 종종 찐빵을 한 상자씩 가져왔고 엄마가 찜솥에 쪄주곤 했다. 당시 안흥찐빵은 비싼 것이었고 어떤 이유에선지 어느 순간부터는 볼 수 없었다. 찐빵 외에도 아버지가 가져오는 것은 다양했다. 센베이 과자 한 상자일 때도 있었고 먹을 것이 아닐 때도 있었다. 초등학교에 납품하던 나무 상판을 댄 철제 책걸상도 그중 하나였는데 동생과 내 몫 두 세트를 가져와 한동안 사용하기도 했다. 그런 것은 짐으로 실어 운반해주고 감사 인사 차원 정도로 받아온 것들이었다. 가끔 의외의 것들도 있었는데 휴게소 같은 데서 파는 이삼천 원짜리 손바닥 책이었다. 국문학과로 진로를 결정한 고등학생 시절 아버지가 불쑥 책상 위에 내려놓았던 조그마한 책들은 내겐 꽤 낯선 것이었다. 아버지는 가방끈이 짧은 시골 출신이었고 아버지와 책이란 어쩐지 잘 어울리지 않았다. 책들은 '대화의 기술', '만병통치 민간요법', '10분 투자 일본어 회화'같은 실용서들이 대부분이었고 촌스러운 표지에 내용도 엉성해 보였다. 그래도 어쩐지 트럭이나 좌판에서 그런 것들을 훑어보고, 고심해서 골라 돈을 주고 샀을 아버지의 모습이 잘 상상되지 않아 웃으면서 받았다. 읽어볼 기회는 없었다. 전두엽 어디쯤에서 이미 그 책들은 읽을 만한 가치가 없는 것들로 판명 나 기념품 정도로 분류되어 잊혔다.

쉰 떡들도 그런 종류의 한 가지였다. 아버지에게 떡은 밥보다 아내보다 더 아버지와 가까운 무엇이었다. 유독 떡을 좋아하는 것도 있었지만 밥 먹을 시간도 없이 시간에 맞춰 도착하기 위해 운전할 때나, 큰 공장 같은 데서 짐을 풀기 위해 하염없이 기다려야 하는 시간들에 아버지의 시장기를 채워주는 것은 떡이었다. 잘 쉬거나 굳는 탓에 쌓아두고 먹을 수도 없는 떡들을 때마다 고심해서 고르는 아버지의 눈은 그 어느 때보다 반짝였다. 아버지는 귀갓길에 부러 시장 어디 맛있는 떡집에 들러 떡두어 팩씩을 사왔다. 아버지의 유별난 떡 사랑 때문에 여름이면 엄마와도 종종 말다툼이 일었다. 금세 쉬는 떡들은 사온 그 자리에서 다 먹어치우지 않으면 곧 냉동실 행이었고, 냉동실에 들어가고 나면 쉽게 방치되었다. 그렇게 냉동실엔 떡이 쌓여가고 아버지는 계속해서 새 떡을 사 날랐다. 동생과 나도 떡을 좋아하는 편이었는데, 문제는 아버지가 사오는 떡의 종류였다. 우린 달짝지근하고 고소한 송편이나 꿀떡, 경단 같은 것을 좋아했는데 아버지 취향엔 콩떡이나 팥고물 떡, 감자떡 같은 것들이 더 맞았다. 그래서 여러 종류를 사오더라도 언제나 비슷한 것들이 남아 냉동실에 쌓였다. 때때로 냉동실로도 가지 못한 채 쉬어버린 떡들은 아버지가 돌아오는 주말이 되기 전에 엄마가 처리했다. 음식쓰레기통에 넣으면서 엄마는 짜증을 멈추지 않았다. "아휴, 너거도 아부지도 밸나다 밸나." 이번 건은 엄마가 제주도에 가 있는 탓에 미처 처리되지 못한 것이었다.

새벽이 깊도록 아버지에게서 전화는 오지 않았다. 동생도 들어오지 않았다. 언제나 반쯤은 비어있는 집이었지만 어쩐지 오늘은 이 집 안에 혼자 누워있다는 것이 시리게 쓸쓸했다. 이불을 가슴께로 끌어올리며 모로 누웠다. 한 손에 아버지의 열쇠 꾸러미를 쥐고 눈을 감았다. 기름 냄새와 쇠 냄새 같은 것들이 뒤섞여 꾸러미에서 풍겼다. 차를 두고 어딘가로 갔다면 차는 근처에 있을 것이다.

일요일 오전의 고요가 거실 전체에 내려앉아 있었다. 평소라면 마트로 출근하는 엄마를 대신해 아버지가 유일하게 아침밥상을 차리는 날이다. "이런 걸 내가 해서야 되나, 다 큰 딸래미가 있는데." 아버지는 그렇게 투정했지만 언제나 나보다 먼저 일어나서 밥상을 차렸다. 아버지의 기상시각은 새벽 다섯 시였고 나는 도저히 그보다 일찍 일어날 재간이 없었다. 거실은 텅 비어있었다. 우리를 깨우려는 듯 볼륨을 높인 텔레비전 소리도 없었고 엄마가 만들어 놓은 반찬들을 내놓는 것일 뿐이었지만 아버지가 차린 밥상도 없었다. 부서질 듯한 햇빛만 거실 한 가운데에 쏟아져 들어오고 있었다. 동생 방문은 굳게 닫혀있었다. 새벽녘 들어와 늦은 잠을 자고 있을 터였다.

쌀을 씻어 밥을 안쳤다. 반찬을 꺼내는데 전화벨이 울렸다. 냉장고 문을 닫지도 못한 채 서둘러 달려가 전화를 받았다. 엄마였다. "일났나, 아빠 전화 왔드나, 내 전화도 안 받네." 엄마가 좀 전에 아버지에게 전화를 해보니 휴대폰이 꺼져 있다고 했다. 일정대로라면 지금쯤 엄마는 쇠소깍에 투명카약을 타러 가 있을 터였다. 엄마의 첫 제주도여행은 아무래도 틀어져 버린 것 같았다. 투명카약을 즐겨야 할 시간에 엄마는 전화를 돌리고 있었다. 전화를 끊고 아버지에게 전화를 걸었다. 신호가 갔다. 신호음은 음성안내를 하는 여자를 향해 쉼 없이 달려갔다. 막 전화가 끊어질 듯 신호음이 길어지는데 달칵 소리가 났다. 전화가 끊기지 않은 것이었고, 아버지가 전화를 받았다는 것이었다. "아빠, 어디예요." 아버지는 아무 말도 하지 않았다. 여보세요, 아빠, 아빠. 곧 끊어질 것 같은 위태로움 속에서 나는 바삐 아버지를 불렀다. 침묵 너머에서 대답이 건너왔다. "와 전화했는데." 예상외로 순순히 불려 나온 목소리에 허탈한 미소가 번졌다. "어디예요, 집에 안 와요." 피하지 않기로 작정한 듯이 아버지는 쉽게 답했다. 안 간다. 그 한마디를 남기고 아버지는 전화를 끊었다. 뚜우 뚜우. 신호음을 들으며 멍해졌다. 전화를 받았고 대화도 했지만 어디서부터 매듭을 풀어야 할지 알 수가 없었다.

잠든 동생을 부랴부랴 깨워 다시 전화를 걸었지만 아버지는 받지 않았다. 동생은 인상을 쓰며 곧 들어오겠지, 저번에도 그랬잖아, 하고 소파 위에 풀썩 누웠다. 오년 전, 동생은 그때를 말하는 거였다. 그때 아버지는 일주일 꼬박 연락 두절 상태였다. 엄마는 꼭 뭐가 씐 것 같은 날, 이라고 말했었다. 콩나물국, 그땐 콩나물국 때문이었다. 아버지가 집을 떠나기 전 온 가족이 다 함께 식사하는 월요일 아침이었다. 동생은 냉장고에서 반찬들을 갖다 나르고, 나는 수저를 하나하나 놓았고, 엄마는 생선을 굽고 식사를 준비했다. 아버지는 천천히 안방에서 나와 식탁 앞에 앉았다. 으레 암묵적 규칙처럼 모두가 함께 아침을 먹어야만 하는 일주일 중 유일한 날이었다. 동생은 덜 깬 잠을 쫓듯 하품을 늘어지게 했고, 나는 생애 유일한 스무 살을 보내는 중이었으므로 그날의 코디를 맞추느라 여념이 없었다. 모두가 식탁 앞에 모였고, 밥이 날라 왔고, 그리고 콩나물국이 올랐다. 엄마와 동생이 국을 첫 술 떴고, 나는 생선을 찢고 있었다. 아버지가 갑자기 들고 있던 숟가락을 식탁 위로 내팽개쳤다. 엄마의 놀란 눈이 아버지를 향했고, 동생이 튄 숟가락에 맞았다. 아버지는 이 뭣 같은 집구석, 하며 속옷 가방과 열쇠 꾸러미와 지갑과 휴대폰을 챙겨 현관문을 쾅 닫고 나갔다. 엄마는 소리 한 점도 입 밖으로 내지 못하고 멍한 눈으로 가만히 앉아 있다가 눈을 훔쳤다. 숟가락에 맞은 동생의 이마가 금세 빨갛게 부어올랐다. 나는 하염없이 아버지 앞에 놓인 콩나물국 그릇을 바라봤다. 엄마는 겨우 쥐어 짜낸 목소리로 도대체 왜 저러는데, 했다. 동생은 부어오른 이마도 매만지지 못한 채로 떨고 있었다. "엄마 오늘 며칠이지." 불현듯 무언가가 머릿속에 스쳤다. "오늘 월요일 아니가. 아……" 엄마의 머릿속이 하얗게 비워지는 소리가 났다. 엄마는 뛰어가듯 거실로 내달려 벽걸이 달력을 올려다 봤다. 엄마는 소파 위에 걸터앉아 혼이 쏙 빠진 얼굴로 말했다. "아부지한테 전화해봐라."

그날은 콩나물국이 아니라 미역국이 올랐어야 했다. 엄마는 정신이 나간 사람처럼 혼잣말로, 또는 나를 향해 말했다. "이십 년 동안 한 번도 까묵은 적이 없는데, 오늘은 우째 그랬을까. 분명히 이틀 전에만 해도 알고 있었는데, 미역이랑 소고기도 사놨는데, 우째 그래 머가 씌인 거처럼 홀딱 까묵었을까. 느그는 다 머했노, 느그가 그러고도 자식새끼들이가. 내가 말을 안 했어도 느그는 알고 있어야 하는 거 아이가." 엄마의 타박을 들으며 동생은 교복을 입고, 밥도 한 술 뜨지 못한 채 부어오른

이마를 달고 나갔다. 나는 아버지에게 전화를 걸었고, 신호음이 가다가 꺼졌다. 엄마는 출근 준비도 하지 않고 안방에 들어가 누웠다. 그러고는 곧 흐느끼는 소리가 들려왔다. "그렇다고 그렇게 화를 내고 나가나, 처음이다 이십 년 동안 처음. 요새 하도 몸이 힘들어서 나도 모르게 깜빡했는데, 그걸 그러고 화를 내나. 지는 이십 년 동안 내 미역국 한번 끓여 준 적 있나, 어이고." 엄마의 곡소리를 들으면서 나는 식은 콩나물국을 국솥에 붓고 식탁을 치웠다.

그때 아버지는 일주일 동안 가족들에게서 걸려오는 전화를 모두 받지 않았다. 그러는 동안 아버지는 동해로, 춘천으로, 일을 했다. 온 가족이 매일같이 전화기와 씨름을 했지만 아버지에겐 열쇠 꾸러미가 있으니까, 아마도 모든 것이 완비된 차 안에서 잠을 자고, 휴게소에서 정식을 사 먹으며 지내고 있을 거란 짐작을 할 수 있었다. 다음 주말 아무렇지 않게 아버지는 집에 들어왔다. 별말 없이 늦은 미역국을 먹고, 엄마가 준비한 잡채와 소불고기를, 동생과 내가 준비한 떡케이크와 싸구려 선물들을 받았다. 그렇게 일주일 만에 생일 사건은 지나갔다.

하지만 이번에 아버지는 열쇠 꾸러미를 놓고 갔다. 분명 그때완 다른 상황이었다. 그 일주일간의 불통된 수십 통의 전화와 졸였던 마음이 생생하게 떠올랐다. 그때도 어쩌면 아버지가 영영 집에 들어오지 않을지도 모른단 생각을 했었다. 아버지는 주말이면 꼬박꼬박 집으로 돌아왔지만, 어쨌거나 잘 자리와 생활을 꾸려놓은 곳이 있었다. 동생과 나는 언제나 아버지의 그늘에 있었고 두려운 가장의 존재가 우리 생활에 녹아있었다. 그럼에도 우린 아버지가 없는 밤들을 엄마와 나, 동생 셋이서 보내며 살고 있었고 아버지가 벌어온 돈으로 학교에 다니고 연애를 했지만 지친 아버지의 얼굴과 어깨를 매일 보며 살진 않았다. 나와 남자친구의 여행이, 동생의 외박이 아버지의 귀에 닿지 않은 채 엄마와의 밀약으로 행해졌다. 아버지와는 토요일 저녁의 외식과 월요일 아침의 밥상에서 웃으며 마무리되었다. 그렇게 아버지는 당신만의 공간으로, 생활로 건너갔고 우리는 다시 엄마를 잘 구워삶으며 우리의 생활을 만들어갔다.

하지만 열쇠 꾸러미가 없는 지금, 아버지의 생활이 없다. 아버지는 그의 공간으로 건너가지 않았다. 그것은 곧 우리의 생활도 가능할 수 없음을 알리는 징표였다. 두 개의 기둥 중 하나가 속이 비어버린 것이다.

갓 지은 밥알들이 고슬고슬했다. 엄마가 해놓고 간 불고기를 데워 밥을 먹고 설거지를 했다. 침대에 드러누운 동생을 깨워 다시 전화를 걸었다. 이번에도 아버지는 동생의 전화를 한차례 받았다. "내는 내 알아서 살테니까, 느그는 느그 알아서 살아라." 동생이 아버지가 한 말을 흉내 냈다. 엄마를 뺐던 동생은 커가면서 아버지를 닮아갔다. 아버지와 판박이었던 나는 종종 엄마와 외출을 하면 분위기가 많이 닮았다는 소릴 들었다. 무엇보다 외꺼풀의 아버지와 짙은 쌍꺼풀을 가진 엄마는 이목구비가 전혀 대조적이었는데, 두 분이 빼닮았다는 소리를 친구들의 입에서 지겹도록 들었다. 그렇게 아버지의 이목구비를 빼다 박고 엄마의 분위기를 닮은 나는 열쇠 꾸러미를 들고 집을 나섰다.

동생은 아버지가 짐을 받는 운수회사 사무실에 가보기로 했다. 언젠가 방학을 맞은 동생은 아버지의 성화에 못 이겨 강원도까지 오가며 아버지의 차에서 일주일을 보낸 적이 있었다. 그때 들렀던 사무실의 위치를 동생은 대충 기억한다고 했다. 지하철역으로 함께 내려와 동생은 반대 방향 개찰구로 향하면서 "먼저 찾는 사람이 전화하기." 하고 떠났다.

나는 차를 찾아보기로 했다. 어쩌면 아버지는 보조키 같은 것으로 차에서 생활하고 있을지도 몰랐다. 아무래도 차 말고는 아버지의 행적을 좋아볼 만한 곳이 전혀 떠오르지 않았기 때문이다. 아버지가 주로 주차하는 곳이 어딘지 대충 알고 있었다.

우리 집은 시외와 접하는 부산 끝자락에 있는 아파트 단지였다. 화물차는 함부로 주차하기가 어려워 도심으로는 이사 갈 수가 없었다. 주차료를 받는 화물차 전용 주차공간은 한 달 주차 값만도 만만치 않았다. 시외로 넘어가는 변두리 쪽에는 아직 개발되지 않은 공터나 강변 주위로 주차 딱지를 끊으러 오지 않는 땅들이 꽤 있었다. 물론 땅 주인은 따로 있을 터였지만 밭으로 일구지도 않고 건물이 들어서지도 않은 땅들은 관리가 소홀한 곳들이어서 암암리에 화물차주들이 주차공간으로 이용했다. 아버지는 예의 그 거리낌 없고 화통한 성격으로 당신이 맡아둔 자리에 가끔 주차된 소형 트럭 차주들한테 큰소리를 쳤다. "여가 지금 내 땅인데 누구 허락받고 여기다 차 대능교? 빨리 차 빼소." 뭣 모르는 기사들은 죄송합니다, 하고 차를 타고 꽁무니를 뺐다. 종종 서글서글한 기사들에게는 한술 더 떴다. "사장님, 그라믄 어데 차 댈만한 자리 없을까예." "보자, 요기 옆이 내 아는 사람 땅이거든. 내가 말해둘 테니까 여 따 대소." 물론 진짜 땅 주인을 만나 쫓겨날 때도 있었다. 그럴 때도 아버지는 당황하지 않았다. "아니 맨날 대도 한 번도 주인이 안 뵈길래 주인 없는 땅인가 했지요. 빼면 될 거 아인교." 그래도 곧잘 새로운 자리를 물색했고, 댈 곳이 없을 땐 시 외곽에 대고 한참을 걸어 지하철을 타고 집에 오기도 했다.

요즘 아버지의 자리는 고가도로 다리 밑이었다. 도로를 떠받치는 다리 두 개 사이에 딱 아버지의 차 한 대가 들어갈 만한 공터가 있었다. 아버지는 비가 와도 걱정 않아도 된다며 좋아했다. 혹 짐을 실어놓은 주말이면, 비가 오진 않을까 노심초사하며 수시로 베란다 창문을 들락거렸다. 비가 쏟아지기 전에 방수용 갑바를 여러 겹 쳐놔야 짐이 젖지 않기 때문이었다. 갑바를 치는 일은 몇 미터가 되는 짐 위로 올라가 꼼꼼히 덮고 끈을 조여 탱탱하게 묶고 하는 작업이었다. 갑바는 그 무게만도 대단해서 단순히 힘이 세다고 누구나 할 수 있는 일은 아니었다. 기술과 요령이 필요했다. 아버지가 갑바 치는 모습은 정교한 작업에 열중한 장인의 모습과 같았다. 언젠가 갑바를 치고 내려오던 아버지는 그대로 땅으로 처박혀 정신을 잃은 적도 있다고 했다. 잠에서 깨듯 어지러운 정신을 다 잡아 보니 뒷바퀴 옆에 모로 누워있었다고. 한참을 차가운 시멘트 바닥 위에 누워있었더라고. 그 시간들은 아버지만 아는 것이었다.

아버지가 차를 대놓은 다리와 가장 가까운 지하철역에 내렸다. 부산의 북쪽 끝, 종착역이었다. 역에서 다리까지는 꽤 걸어야 했다. 얼마 전 아버지가 지갑을 두고 간 날, 택시를 타고 가본 적이 있었다. 6차선 도로를 육교로 건너갔다. IC로 이어지는 도로 초입에 있는 다리 밑이라 인도가 없는 찻길을 따라 조심스레 걸음을 빨리했다. 십여 분쯤 걸었을까 멀찍이 아버지의 차 머리가 보였다. 차 안이 보이지는 않았지만 느낌만으로도 아버지가 없다는 것을 알 수 있었다.

차는 비어있었다. 적재함 위도 텅 비었고 차 안에도 적막이 돌고 있었다. 열쇠 꾸러미에서 열쇠를 하나 골라 운전석 구멍에 밀어 넣었다. 단번에 잠금쇠가 돌아갔다. 아버지가 왔다 간 흔적은 없었다. 운전석 뒤쪽 간이 침대도 텅 비었다. 그대로 문을 닫으려다, 발판을 딛고 운전석으로 올랐다. 엉덩이 모양으로 움푹 꺼진 가죽시트가 맨질맨질 했다. 운전석에 앉아 안을 살폈다. 쓰레기며 공구며 구분할 수 없는 잡다한 것들이 비슷하게 때가 타 있었다. 종이들을 정리하려다 그대로 두었다. 모든 것들은 아버지만의 규칙에 따라 제 자리에 있는 것일 터였고 내가 함부로 손대는 것이 정리일 순 없었다. 종이 뭉치 속에서 생소한 글자가 보였다. 세금계산서를 비스듬히 접은 뒷면에 '흰'이라는 단어가 적혀있었다. 흰색, 도 아니고 흰, 이라니. 흰 면이라 낙서처럼 적어 넣은 흰, 인가 하다가 아차, 싶게 무언가가 뇌리를 강타했다. 아버지의 행방에 관련된 것은 분명히 아니었다.

며칠 전의 낯선 전화통화가 불쑥 떠올랐다. 처음 듣는 아버지의 주저하는 듯한 목소리, 더듬더듬 확신 없는 말투. 여느 때와 다를 것 없는 하루의 안부를 묻고 전하는 통화였다. 장난스럽게 어디시오, 하면 아버지는 어데믄 와, 말하믄 니가 어덴지 아나, 하고 둘이서 킬킬 웃었다. 엄마는, 묻길래 씻는다, 했고 얼른 저녁 무라, 하는 말로 통화가 끝나나 싶었다. 그 머고, 하며 뜸을 들이는 아버지의 목소리가 이어지자 귀를 기울였다. 뭔가 전할 말이 있는가 싶었다. 아버지는 대뜸 요새 그 책이 유명하다매, 했다. 흰이라든가 뭐라든가, 뭐 상도 받았다카든데 했다. 아버지의 말을 되짚으며 "한강 작가의 흰?" 하고 물었다. 아버지는 그래 맞다, 하며 목소리 톤을 높였다. 나는 전화기를 고쳐 들며 베란다를 서성였다. "아빠가 그걸 우째 아는데, 이번에 새로 나온 소설인데." "라디오에서 나오대. 빨리 밥 무라." 아버지는 서둘러 전화를 끊었다. 그때 나는 창밖을 내다보며 한참 서 있었다. 처음 말을 배운 사람처럼 흰, 이라고 발음하는 아버지의 음성이 맴돌았다. 흰이라니. 강 너머 멀리서 온갖 불빛들이 조글조글 빛났다. 화물차의 헤드라이트 같은 것들이.

세금명세서 뒷면에 적힌 '흰'은 분명히 아버지의 글씨가 맞았다. 라디오를 들으며 한강 소설가가 맨부커상을 수상했다는 이야기를 들었을 테고 누군지는 모르지만 여하튼 그런 작가의 신작이 나왔다는 이야기가 아버지에게 한 글자의 책 제목과 상을 받았다, 로 간추려져 내게 전해줄 메모가 되었던 것이다. 흰, 이 적힌 세금명세서를 반으로 한 번 더 접어 주머니에 넣었다. 흰을 전해준 아버지에게 나는 어떤 메모를 전해야 할까.

문을 잠그고 차들이 없는 틈을 타 도로를 건넜다. 찻길을 다시 거슬러 올라 지하철역 쪽으로 향했다. 지하철역과 육교가 먼발치에서 나타나자 아까 건너올 땐 보지 못했던 요란한 트럭 한 대가 갓길에 세워져 있었다. 옆구리가 터진 흰 트럭에는 커피, 녹차, 가 적힌 메뉴판과 함께 요상한 간판이 붙어있었다. '길가다방'. 아버지에게서 귀가 닳도록 들었던 그 유명한 길가다방이었다. 길가에 있는 간이 카페를 기사들이 편의상 그렇게 부르는 것이 아니라, 진짜 길가다방이라는 이름을 달고 있었다.

조그만 트럭이었지만 종류는 알찼다. 커피, 녹차, 매실차, 팥빙수, 컵라면, 토스트, 구운 계란, 온갖 견과며 과자들도 있었다. 일반 손님들이 아니라 기사들만을 위한 길가다방이었다. 차가 없이는 쉬이 올 수 없는 길가에 멀거니 세워놓은 길가다방은 꽤 큰 공터를 끼고 있었고, 조촐하게 플라스틱 테이블 한 개와 의자도 몇 개 가져다 놓았다. 아버지는 종종 일요일 아침밥상 대신 길가다방표 토스트를 가족 수대로 사오기도 했다. 종종 썬 양배추에 계란물을 입혀 구운 프라이를 넣은 뻔한 토스트였는데 우린 그렇게 맛있을 수 없다는 아버지의 장단에 응했다. 길가다방에는 온 동네 기사들이 다 모였다. 화물 기사부터 택시기사, 모 국회의원의 운전기사까지 길가다방 앞으로 모여들었다. 마실 거라곤 커피, 녹차, 매실차가 전부인 길가다방은 마실 것들은 조촐해도 꽤나 고급 정보들이 오가는 기사들의 정보 공유지였다. 아버지는 귀갓길엔 정해진 일정처럼 길가다방에 들러 일주일치 시름을 쏟아내고, 운송경로나 아파트 시세 같은 것들에 대한 정보를 한아름 챙겨왔다.

나는 천천히 길가다방 앞에 섰다. 쉰은 족히 넘어 보이는 중년의 여자가 풍채 좋게 적재 칸에 올라 앉아 있었다. 아가씨 뭐 먹게? 하는 물음에 토스트 한 개를 주문했다. 아버지가 종종 사오던 길가다방 토스트를 현지에서 먹다니. 군침이 돌았다. 토스트는 순식간에 만들어져 나왔다. 종이에 싼 토스트를 한 입 베어 물었다. 갓 구워진 계란에서 김이 모락모락 올라왔다. 뜨거운 한 입을 입안에서 살살 굴리며 김을 식히고 천천히 씹었다. 따끈하고 달짝지근한 계란 입은 양배추가 아삭하게 씹히고, 바삭한 토스트 겉면이 식감을 보탰다. 아버지의 표현대로 죽여줬다. 모양도 재료도 일요일 아침 막 잠에서 깬 입안에 밀어 넣은 그 토스트와 같은 것임엔 분명한데, 어쩐지 전혀 다른 맛이었다. 뜨거운 김을 잇새로 불어내며 급하게 토스트를 씹어 삼켰다. 길가다방 주인이 천천히 무라, 하면서 차가운 매실차를 종이컵에 따라 건넸다. 매실차와 토스트의 조합은 그야말로 명물이었다. "쥑이 준다." 아버지의 목소리가 귀에 쟁쟁했다.

지하철에 몸을 실었다. 아무런 소득도 없는데 몸이 노곤했다. "아빠 여기 없다. 차에 있더나, 일단 집으로 갈게." 동생에게서 온 메시지였다. 답장하지 않고 휴대폰을 집어넣었다. 두 정거장 만에 집 앞에 다다랐다. 지하철역을 빠져나오니 해가 꽤 기울었다. 아직 맹렬히 타오르고 있었지만 어쩐지 한 김 식은 듯 느껴졌다. 상점가를 지나 아파트 단지 쪽으로 들어서는데, 익숙한 실루엣이 저만치 걷고 있었다. 실루엣뿐만이 아니었다. 넓적한 엉덩이, 한쪽을 저는 듯한 엉거주춤한 팔자걸음, 숱 없는 머리, 분명히 아버지였다. 아버지인 건 분명했는데 어쩌면 아버지가 아닐지도 몰랐다. 엉거주춤한 팔자걸음이 향한 곳이 생소했기 때문이었다. 아버지는 검은 봉지를 달랑달랑 흔들며 모텔로 들어갔다.

카운터에는 마흔 중반쯤 되어 보이는 여자가 앉아 있었다. 앞에 서서 머뭇거리는 나를 여자는 새초롬한 눈빛으로 올려다보았다. "좀 전에 들어온 아저씨요, 저희 아버진데… 몇 호실인지 알 수 있을까요." 여자의 눈빛이 더 날카로워졌다. "그런 거 가르쳐주면 안 되는데, 근데 많이 닮긴 했네. 원래 이런 거 함부로 갈챠 주면 안 되는데 하도 닮아가 가르쳐주는 겁니다." "저, 혹시 누구랑 같이 계신가요……." 목소리가 떨렸다. 아니, 혼자 오셨든데. 아버지는 203호실에 있었다.

문 옆에는 초인종이 있었다. 벨 앞에서 한참을 망설였다. 아버지와의 이런 만남은 꿈에서도 상상해볼 일이 없는 거였다. 조용히 문을 두드렸다. 아빠, 똑똑똑, 아빠, 똑똑… 문 안쪽에서 달카락 손잡이가 돌아가더니 아버지의 얼굴이 튀어나왔다. 아버지의 탁한 눈동자가 흔들리더니 곧 무표정한 얼굴로 돌아왔다. "뭐 할라고 왔는데." 무어라 대답할 말을 찾지 못하고 빤히 아버지의 얼굴만 들여다 봤다. 눈가주름이 검게 패여 있었다. 아버지는 별말 없이 방으로 들어갔다. 문을 닫지 않았고, 나는 그것을 들어와도 된다는 허락으로 받아들였다.

방 안에서는 텔레비전 소리가 요란했다. 일요일 저녁 시간에 하는 예능 프로가 틀어져 있었다. 아버지는 침대 위로 올라가 자연스럽게 하던 일을 마저 했다. 스마트폰에 얼굴을 박고 바둑을 두고, 예능 프로에서 흘러나오는 소리에 뜨문뜨문 웃었다. 테이블 위에는 아버지의 하룻밤 잔해가 널려있었다. 빈 보름달 빵 봉지와 설탕물이 묻은 페스츄리빵 한 개가 남아있고, 맥주 두 캔과 근처 마트에서 산 듯한 먹다 남은 양념치킨 조각들이 통에 담겨 있었다. 나는 소파에 앉아 멀거니 그것들을 바라봤다. 텔레비전에서 웃음소리가 울리고, 스마트폰에서 아버지의 손끝을 따라 바둑알이 탁탁 놓이는 소리와 대국이 상대편으로 넘어가는 딩동, 같은 소리가 방을 메웠다. 아버지는 바둑판에 눈을 두고 미간을 깊이 찌푸이며 심각한 얼굴이었다가, 상대의 대국이 길어지면 텔레비전을 보며 낄낄 웃었다. 침대 위에 편안한 자세로 누운 아버지는 휴양을 온 것 같았다. 나는 목을 가다듬고 아빠, 집에 가요 했다. 아버지는 스마트폰에서 눈을 떼지 않았다. 대답도 건너오지 않았다. "아빠, 집에 가서 밥 먹자." 아버지는 바둑알을 한 개 더 놓았다. 왠지 눈시울이 뜨거워져 고개를 푹 숙였다. 하루 사만 원짜리인 그 누구의 방도 아닌 방에서 빵과 치킨 조각 같은 음식들을 먹다 말고, 아버지는 그 어느 곳에서보다 편안하게 누워있었다.

　뜨거운 것이 눈가로 차오르는데 뭔가가 탁 날아왔다. 발치에 떨어진 것은 까만 비닐봉지였다. 아까 아버지가 달랑 달랑 들고 가던 그것인 듯했다. 비닐봉지를 열어보니 콩떡 두 팩이 들어있었다. 쉬어버린, 아버지가 쓰레기통에 처박아버린, 그것과 같은 콩떡이었다. "떡 무라." 아버지는 내 쪽을 쳐다도 보지 않고 그렇게 말했다. 눈물을 소매로 훔치고 떡 비닐을 뜯었다. 아이 주먹만 한 콩떡을 한 입 베어 우적우적 씹었다. 텁텁한 콩 잔해가 쫀득한 떡에 비벼져 고소했다. 한 개를 모두 삼키고, 다시 한 쪽을 베어 물었다. 아무 생각도 차오르지 않았다. 그저 아버지가 떡 무라, 해서 떡을 먹었다. 아버지가 흘끔 이쪽을 건너다봤다. "그거 다 묵고 가라. 쫌만 쉬다 갈끼다." 상대편의 바둑알이 탁 놓였고 누군가가, 어쩌면 언제나 그렇듯 아버지의 패가 결정된 듯한 알림이 울렸다. 아버지는 에이 지미, 하고 새로운 대국을 시작했다. 나는 콩떡 한 팩을 천천히 먹었다. 텔레비전의 웃음소리와 아버지의 바둑알 소리와 떡살이 쪼각쪼각 씹히는 소리를 들으면서 천천히 떡 한 팩을 모두 먹었다. 쉬어버리기 전에 모두.

이야기를 지으며 살아가겠다고 마음먹은 건 2011년 창작 수업에서였다. 그때 수업을 함께 들었던 누군가가 내 소설을 읽고 화를 냈다. 그 이야기가 잘못된 것이라고 하면서. 작품으로서의 가치 평가가 아니라 이야기에 대한 감정적 표현이었다. 그이는 그 이야기와 비슷한 삶을 사는 어떤 이를 알고 있다고 했다. 그리고 그 삶이 얼마나 안타까운지도. 그때 내게는 짧은 섬광이 스쳤다. 내가 지어낸 이야기가 누군가에게 어떤 삶을 떠올리게 하고 감정적 동요를 일으켰다는 사실은 놀라운 일이었다. 그 자리에서 나는 앞으로도 계속해서 이야기를 쓰며 살겠다고 속으로 다짐했다.

내게 글은 누군가를 들여다보는 일이자 삶을 이해하는 과정이다. 그러므로 삶을 살아내기 위해서 계속 써나갈 것이다.

내 모든 글의 첫 번째 독자이자 든든한 지지자인 어머니께 가장 감사드린다. 어머니의 머리맡에 완성된 이야기 한 편을 올려두기 위해 숱한 밤을 지새웠다. 그리고 생김새며 성격까지 쏙 빼닮았지만 이해할 수 없는 시간의 겹을 가진 아버지, 제 삶을 돌보기에만 급급한 누나를 대신해 기꺼이 가족에 힘을 보태는 남동생에게 감사하다.

다음으로 세상을 들여다보는 시야를 확장 시켜주신 박훈하 선생님께 감사드린다. 공부와 삶은 함께 하는 과정임을 알게 해준 선배님들, 나의 쓰는 삶을 응원해주는 친구들, 함께 걷고 있는 김민수씨와 아직도 나를 '우리 이쁜이'라고 부르는 외삼촌에게도 감사의 말씀을 드리고 싶다. 마지막으로 계속 쓸 수 있게 문을 열어주신 심사위원분들께 감사드립니다.

심사평 : 김성종, 조갑상, 김경연, 정영선

아버지 부재 쫓는 치밀함과 감정 앞선 딸 모습 돋보여

　본심에 오른 10편 중「하늘 날다」「핸드북씨」「국경」「흰 콩떡」이 완성도가 높았다.「하늘 날다」는 화분을 고층아파트 아래로 던지고 친구를 괴롭히는 어린이의 폭력성이 잔인한 게임에 빠져 지내는 아버지에게서 비롯되었음을 밝힌다.「핸드북씨」는 고용이 불안정한 오늘날 직장인들의 고단함을 풍자적으로 그린다. 좌천을 당하는 과정과 그것을 진지하게 받아들이는 인물의 모습을 능청스럽게 그렸다.

　「국경」은 이야기의 대부분을 이루는 밀입국을 위한 차량이동 장면이 매우 긴박하고 압축적이다. 그러면서 어느 나라 어느 지역의 언제 이야기냐 라는 정보를 제공하지 않음으로 독자로 하여금 오직 주어진 상황에 빠져들어 어떤 의미를 찾도록 서사전략을 펼친다.

　「흰 콩떡」은 힘들게 돈을 벌어오면서도 가족으로부터 점점 소외되어 가는 아버지의 이야기다. 장거리 트럭 운전사인 아버지는 어느 날 폭발해서 집에 들어오지 않고 딸이 아버지를 찾아 나서는 데 뜻밖에도 집 근처 모텔에서 농성중이다. 주전부리를 펼쳐놓고 텔레비전 예능프로에 웃음을 날리면서 스마트폰 바둑을 두는 아버지는 자식들보다 훨씬 단단하게 현실을 마주하는 이 시대 가장들의 모습으로 다가온다. 소도구를 제대로 배치하면서 아버지의 부재를 쫓는 치밀함과 감정이 앞서는 딸의 모습은 작품의 장단점이기도 한데 숙고 끝에 당선작으로 정했다. 모든 분들의 정진을 바란다.

서울신문 **채기성**

1977년 서울 출생
가톨릭대 졸업(철학, 심리학 전공)
브랜드 전략 컨설턴트

앙상블

채 기 성

사실 경희를 만나려고 만난 것은 아니었다. 내가 먼저 경희를 봤다면 나는 아마도 버스에 타지 않았을 것이다. 나와 곧 결혼을 앞두고 있는 J 가 그녀의 어머니를 논현동 게장 집으로 퇴근 시간에 맞춰 모셔 오지 않았더라면 굳이 몸을 구겨 가며 버스를 탈 일도 없었을 것이다. 경희를 만나고 나서 나는 그렇게 생각했다. 정체 탓에 긴 행렬로 이어진 차들 사이를 뚫고 버스는 간신히 일 차선으로 빠져나와 정류장 쪽으로 겨우 몸을 돌렸다. 출입문 앞 쪽까지 가득 찬 사람들의 무게를 견디며 몸을 늘어뜨리고 천천히 기어 오는 버스를 보며 나는 한숨을 내쉬었다.

조금 일찍 나오지 그랬어. 조금 늦을 것 같다는 내 문자에 대한 J의 회신에도 한숨이 생략된 것처럼 느껴졌다. 마무리하지 못한 일들이 머릿속을 맴돌았다. 남들보다 도로 쪽에 위태로울 정도로 바짝 붙어 섰다.

버스 앞문이 열리기는 했지만 입구까지 막아서 있는 사람들을 어깨로 밀어내며 올랐다. 내 바로 뒤에서 어깨로 등을 떠밀던 한 남자는 문이 닫히지 않자 결국 내릴 수밖에 없었다. 남자의 낭패한 표정이 나에게는 왠지 그나마 위로가 되는 것 같았다. 버스 문이 겨우 닫혔다. 수많은 사람들이 버스를 타기 위해 몰려들었지만 선택받은 사람은 나 혼자였다. 근래 들어 가장 운이 좋은 순간이었다.

다음 정거장에서 앞쪽으로 몇 사람이 내리면서 문이 열렸다. 출입구 난간에 서 있던 나는 다시 사람들을 밀치고 버스 안쪽으로 올라섰다. 정류장에서 기다리던 사람들이 좁은 버스 출입구로 몰려들었지만 탈 수 있는 사람은 몇 사람 없었다.

출입구 쪽의 사람들에게서 창밖으로 시선을 돌리자 거기에는 퇴근 때보다 더 짙어진 어둠이 있었다. 버스 안의 사람들이 고개를 숙이고 무표정하게 저마다의 핸드폰을 보며 나란히 서 있는 모습이 버스 창에 반사되어 보였다. 차례로 사람들을 훑어보다 버스 중간 즈음에서 나처럼 창밖을 쳐다보고 있는 사람이 눈에 띄었다. 낮은 조도의 등 아래에서도 확연히 알 수 있었다.

경희였다.

오래전부터 나에게 닿아 있었던 것 같은 무거운 시선. 사람들을 비집고 버스에 탈 때부터 나를 알아봤을 것 같은 시선. 아니면 그전부터. 우리가 서로 보지 않았던 시절부터 그래 왔다고 하더라도 어색하지 않을 것 같은 경희의 무겁고 오래된 시선에 사로잡혀 나는 자리에서 움직일 수가 없었다. 무표정한 사람들의 흔들림을 사이에 두고, 경희와 나는 창을 통해 비친 서로의 모습을 확인할 수 있을 뿐이었다.

앞으로 내려도 되죠?

버스 맨 앞자리에 앉아 있던 한 여성이 기사 쪽을 향해 몸을 치켜세웠다. 버스 기사는 대답이 없었다. 버스 앞쪽으로 끼어들어 미적거리는 차량 때문에 예민해졌는지 기사는 후미 등을 반복해서 껐다가 켜 댔다. 버스 기사는 앞쪽 출입문은 되도록 열지 않는 편이 좋다고 생각하는 것 같았지만 앞쪽으로 내리는 사람들 때문에 어쩔 수 없이 문을 열어 줄 수밖에 없었다. 기껏해야 한두 명 탈 수 있는 공간이라도 타기 위해 정류장에 있던 사람들이 몰리면서 어깨로, 등으로, 자기 곁에 있는 사람들을 밀어냈다. 버스 기사는 혼잡을 피하기 위해 뒷문을 먼저 열어 사람들을 그쪽으로 유도한 다음 앞문을 열었지만 소용이 없었다. 뒤쪽이든 앞쪽이든 누군가 탈 만한 공간은 없었다. 일단 버스 앞쪽 난간에 매달린 다음, 문이 닫힐 수 있도록 까치발을 하고 몸을 앞으로 밀어대는 사람들이 여러 명 있었지만, 위험하다는 기사의 만류로 내려설 수밖에 없었다. 어떻게든 타겠다며 몸을 구겨 넣다가 버스를 출발조차 못 하게 만들었던 나를 경희가 봤을 것이라고 생각하니 얼굴에 열이 올랐다. 고개를 쭉 뻗어서 경희가 있는 쪽을 보려고 했지만 그렇게 해서는 경희를 볼 수 없었다. 다시 창 쪽으로 고개를 돌리자 거기에 움직이지 않고 내게로 향해 있는 경희의 시선이 머물러 있었다.

*

경희를 마지막으로 봤던 것은 그녀가 독일로 떠나기 바로 전날이었는데, 그날은 그녀의 생일이었다. 나는 경희의 생일을 기억하고 있었지만 먼저 연락하지는 않았다. 매년 경희의 생일을 챙겨 온 것은 사실이었지만 그때만큼은 그녀의 생일을 챙길 만한 마음의 여유가 없었기 때문이었다.

먼저 연락을 한 것은 내가 아니라 경희였다. 독일로 떠나기 전에 꼭 나를 보고 떠나야 하겠다는 것이었다. 나는 어쩔 수 없이 그러마 했다. 신용카드 연체 독촉 전화와 문자가 계속 이어지고 있었기 때문에 외출을 해야 한다는 것도 부담이 됐다. 수개월간 회사의 급여가 체납된 끝에 회사를 그만둔 상태였다. 밀린 임금과 퇴직금이 언제 들어올 수 있을

지 알 수가 없었다. 한동안 내지 못했던 월세 비용과 저축, 보험, 통신 요금의 더미에 묻혀 나는 꼼짝을 할 수가 없었다. 억지로 그 더미를 뚫고 나가 경희를 만나 웃으며 생일을 챙겨 줄 수 있을 만한 여력이 전혀 없던 것이었다. 그녀를 만나는 시간만큼이나 연체된 카드 대금이 불어날 것이 뻔했기 때문이었다. 아무리 돈을 쓰지 않는다고 해도, 적어도 커피 한 잔은 사야 되는 거 아닌가. 그런 생각을 하니 조금 비참하다는 느낌이 들지 않은 것도 아니었다.

오늘은 내가 살게.

함께 밥을 먹거나 술을 먹고 나서 경희가 보통 그렇게 얘기하면 나는, 배우가 무슨 돈이 있어, 하고는 늘 그렇듯이 그녀보다 한발 앞서 호기롭게 계산을 하고는 했다.

정말 유명한 배우가 되면, 그때야말로 나를 잊지 말고.

그리고 내가 다짐하듯이 경희의 눈을 보며 얘기하면, 보통 그녀는 익살스러운 웃음을 지으며 고개를 끄덕였다. 유명한 배우라는 말이 낯간지럽다는 듯이.

오늘은 내가 살게.

경희가 그렇게 말하면 그렇게 하게 내버려 두어야겠다고 다짐하고 나서야 나는 옷을 챙겨서 나갈 준비를 할 수 있었다.

늘 만나던 홍대입구 8번 출구에서 만나 경의선 숲길 쪽으로 걸어가면서 경희는 딱히 어디를 가자거나 뭘 먹고 싶다고 선뜻 말하지 않았다. 둘이 자주 가던, 맥주를 마시며 음악을 듣기에 괜찮고, 또 무엇보다도 술이며 안주가 그리 비싸지 않은 익숙한 곳 몇 군데를 얘기해 봤지만 경희는 하나같이 마뜩잖은 표정을 지으면서 아무 대꾸도 하지 않았다.

와인을 마시고 싶어.

그럼 어디? 뭘 하고 싶은데. 그렇게 물으려던 참이었다.

와인.

경희를 따라 입 밖으로 뱉어진 단어의 모음 두 개가 허공에서 공허하게 떠돌고 있는 것 같았다. 그 두 개의 원 안으로 와인이 무한대로 부어지고 있는 게 떠올려졌다. 경희와 나는 지금까지 한 번도 함께 와인을 마셔 본 적이 없었다.

가자, 안 그래도 생일인데.

그건 비싸잖아. 사실은 그렇게 말하고 싶었지만 그건 결국 나에게 향한 말일 뿐, 경희에게 닿을 수 있는 것이 아니었다. 그래도 경희가 그렇게까지 말하는데 가지 않을 수는 없어 나는 그렇게 하자고 말했다. 걸음을 옮기는 중에도 와인과 곁들여져 나올 샐러드와 안주 같은 것을 생각하니 머리가 복잡해졌다.

내가 낼게.

와인을 다 마시고 나서 자리를 뜰 때 경희가 그렇게 말하는 것을 상상하는 것이 그저 작은 위안이 되었다. 경희가 그 말을 할 때면 아주 단호하고, 무엇보다 진짜 멋있어 보일 거라고 나는 생각했다.

좋아 보인다며 경희가 앞장서 들어간 곳은 이층짜리 주택을 개조해 만든 건물이었다. 그냥 보기에도 고급스러워 보이는 건물 앞에 주차된 차들은 거의 대형 수입차 세단이었다. 광택이 도는 창문 안쪽으로 와인을 마시며 앞에 앉은 남자를 그윽이 바라보는 여자가 보였다. 푸른색을 띠는 롱 드롭 귀걸이가 여자가 웃을 때마다 흔들렸다. 거기 안쪽에 있는 여자와 양복을 입은 남자, 그리고 테이블에 앉아 있는 사람들이 어쩐지 다른 세상의 사람들 같았는데 그래서 그 안쪽으로 들어간다는 게 여간 내키는 일이 아니었다. 진짜인 사람들은 저기에 있는데, 여기에 어울리는 사람들은 저기 있는데, 그 사람들을 따라 하기 위해서 들어가는 사람처럼 스스로 여겨져서 그랬다.

와인을 좋아하는 줄 몰랐네.

경희는 그 말을 듣고 나를 한 번 쳐다보더니 옷가지들을 풀지 않고 걸치고 있던 머플러를 더 조여 맸다.

춥기도 하고. 와인을 마시면 몸이 좀 따뜻해지지 않을까.

그렇게 말하고 경희는 익살스럽게 웃었다.

마음도.

그 말과 동시에 머금고 있던 웃음이 바람에 꺼진 촛불처럼 순식간에 사그라들었다. 그 순간, 경희의 표정은 차갑고, 두 눈은 아래쪽 어딘가에 고정되어 있었다. 그 사람에 대한 생각일 것이라고 나는 직감했지만 그에 대해서 바로 묻지는 않았다.

경희는 나와 대화 중에도 반복해서 몇 번쯤 웃다가 다시 떠오르는 생각을 제어하지 못하겠는지 허공에 떠 있는 생각들을 겨냥한 채 눈을 겨눴다. 경희는 내가 한 말을 자주 놓쳐서 무슨 말을 했는지 반복해서 물었다. 경희와 나 사이의 대화들이 서로 다른 방향으로 계속 어긋나고 있었다.

딱히 서로에게 닿을 만한 대화가 없었는데, 생각해 보니 그건 우리가 서로에 대해서 내적 요구가 가장 큰 마음속의 것들을 꺼내 놓지 않았기 때문에 빚어지는 일이라고 생각했다. 나는 경희가 와인 한 병을 더 마시자고 하기 전에 자리를 벗어나고 싶었고, 경희는 와인을 마실 때마다 잔을 비웠다. 처음에는 와인 잔에 반쯤 따르던 나도 양을 삼분의 일로 줄였다.

와인의 건조한 습기가 그녀의 입술에 붙어 입술 틈 사이로 갈라졌다. 깊숙이 몸 안으로 채워 넣을 것이 필요한 사람처럼 경희는 천천히 그리고 느리게 잔으로 담은 붉은색 와인을 몸속으로 들이부었다. 미처 저어할 틈도 없이 경희는 추가로 와인을 주문했다. 경희처럼 단번에 와인을 마셔 버려도 취기가 오르지 않았다. 그곳을 나올 때 경희보다 앞서 나오면서 신용카드로 결제한 금액이 이십오만 원쯤이었는데, 내가 낼게, 라고 경희가 나선 것은 아니었다.

오늘은 네 생일이니까, 이 정도쯤 괜찮아. 내가 먼저 그렇게 얘기하자 경희는 고맙다는 말을 했다. 평소보다 돈을 더 많이 쓴 게 아니냐며 한 번쯤 얘기해 줄 수는 없는 것일까. 나도 위로받고 싶다고. 와인을 마시는 내내 대화가 엇갈린 경희에게 하고 싶었던 말들이 마음속에서 웅얼거렸다. 내가 힘들 때도 타인을 챙겨야 한다는 모순이 나를 초라하게 만들고 있었다. 경희가 독일로 떠난 이후, 우리는 만난 적이 없었다.

*

팔꿈치로 등을 짓이기는 듯이 세게 문질렀다가 신경질적으로 툭툭 치는 사람은 내 뒤에 서있던 중년의 여성이었다. 등을 마주 보고 서 있었는데 등을 찌르듯이 뾰족한 팔꿈치로 계속 찔러서 나는 최대한 여자의 등과 멀어지려 앞쪽으로 몸을 바짝 당기고는, 등을 활자로 폈다.

　상대적으로 배가 앞쪽으로 들이밀어지는 바람에 이번에는 바로 앞에 서 있던 남자가 고개를 돌려 나를 흘겨봤다. 배를 살짝 집어넣자 다시 여자의 팔꿈치 찌르기가 계속됐다. 내가 앞쪽으로 바짝 다가설수록, 그렇게 해서 생긴 빈 공간을 여자가 오히려 좁혀오는 것 같았다. 앞 남자는 몸이 닿는 게 싫은지 어깨춤으로 나를 살짝 밀쳐냈다. 하는 수 없이 활자로 핀 등을 일자로 세우자 기다렸다는 듯이 여자의 날카롭고 뾰족한 팔꿈치와 닿았다. 왜 자꾸 밀고 그러냐는 여자의 거친 음성과 얼굴이 동시에 나에게 쏟아졌다. 사람들이 고개를 돌려 내 쪽을 쳐다봤다. 저도 계속 밀려서요. 여자에게 따지려 들면 더 싸움이 날까 봐 나는 난처한 표정으로 말했다. 젊은 사람이 싸가지가 없긴. 여자는 그렇게 자기 말만 하고는 몸을 획 돌렸다.

　결국 그 말을 타인, 상대방에게 던지려고 작정한 사람처럼, 타인에게 상처를 주기 위해 의도한 사람처럼 여자는 그 말을 던지고 뒤를 돌아보지 않았다. 평소 같았으면 여자의 팔을 붙잡고 지금 뭐라고 한 거냐며 따지며 물었을 텐데 나는 일부러 평정을 유지하려고 애썼다.

　저 뒤쪽의 경희도 여기를, 지금 나를 보고 있을 것이었다. 여자의 신경질적인 목소리와 방어하는 내 목소리를 들었을 것이었다. 버스에 탈 때부터, 여자가 팔꿈치로 나를 찌르고, 싸가지 없다는 말을 듣고 있는 순간까지 전부 그대로를 경희는 다 보고 있는 것이었다. 경희와 친구로 지내면서 보여 준 적이 없었던 민낯의 모습들을 적나라하게 보여 주고만 있는 것 같았다.

373

버스에 타지 말았어야 한다니까. 나를 탓하는 목소리가 뇌에서 진동 주파처럼 반복적으로 신호를 보내고 있었다.

거기요, 그런 사람 아니에요, 아주머니.

경희의 목소리였다.

아주머니, 방금 뒤에 있는 남자한테 소리 지르신 아주머니요.

차들이 밖으로 늘어서 있었다. 옆 차선으로 옮기려는 차들이 켠 주황색 방향지시등이 깜빡이고, 좁은 틈 사이로 조금이라도 움직이려 하거나 끼어드는 차선을 막아서는 차들의 붉은 후미등이 헤드라이트 불빛과 뒤섞여 흔들리고 있었다. 여자는 사람들로 가려진 버스 뒤쪽을 고개를 돌려가며 목소리의 주인을 찾았다. 뭐야, 누구야. 방금 전의 격앙된 목소리보다 누그러진 신중한 목소리로 여자는 중얼거렸다.

그런 사람 아니라구요, 아주머니 옆에 있는 남자. 싸가지 없는 사람 아니에요.

김이 서리기 시작한 창 위로 희미하게 얹힌 도로의 풍경이 캔버스에서 흘러내린 물감들이 아무렇게나 뒤섞여 만들어 낸 그림 같았다. 경희의 목소리가 내게는 비현실적으로 들렸기 때문인지 바로 앞의 풍경도 아득하게 느껴졌다.

뭐야, 누구야. 누군데 그래 지금.

여자는 연신 뒤쪽을 쳐다보다가 목소리를 높여 외쳤다. 아줌마, 이제 조용히 좀 하세요. 여자 앞쪽에 앉아 있던 중년의 남자가 여자를 향해 말했다. 아니, 내가 괜히 그래요? 여자가 정색을 하고 남자를 내려 봤는데 동시에 여자의 목소리가 버스 기사의 욕설에 묻혔다. 버스 기사는 이제는 참기 힘들다는 듯이 운전석 옆의 창문을 열고 소리를 지르고 있었다. 사람들이 웅성거리며 버스 앞쪽으로 시선을 돌렸다.

싸가지 없는, 그런 사람이 아니에요.

사람들의 웅성거림을 뚫고 경희의 목소리가 튀어나왔다. 사람들의 고개와 시선이 다시 버스 뒤쪽으로 향했다. 경희의 그 말이 귓속에서 울리더니 가슴으로 내려와 울렸다.

*

경희와 만나지 않고 지내던 시간 동안 나는 딱 한번 그녀의 연극을 보러 간 적이 있었다. 대학로 소극장에서 연극을 시작했다며 한번 보러 오라는 문자를 받고 나서였다. 경희가 독일로 떠난 이후 연락이 뜸해지기 시작했기 때문에 나는 그녀가 언제 한국에 돌아왔는지조차 알지 못했다. 이후에도 몇 번쯤 경희가 먼저 연락을 해 왔지만 나는 받지 않았다. 한동안 일을 하지 않고 있다가 다시 들어간 직장에서의 일이 절실하기도 했고, 그만큼 일상과 일과 중에는 일보다 중요한 일을 만들지 않으려는 조심스러운 마음도 있었다.

책상 한쪽에서 진동으로 울리고 있는 휴대폰 액정 화면 위에 경희라는 이름이 몇 번인가 떠 있었고, 손을 키보드 위에 올려놓은 채 나는 그것을 무심하게 지켜보았다. 진동이 그치고 이름이 사라진 자리에 매번 무표정한 내 얼굴 표정이 비쳐 보였다. 다시 전화가 오면 받아야겠다고, 아마도 그런 생각을 했던 것도 같았다. 그러나 경희가 두 번 연속으로 전화를 하는 일은 없었다.

경희에게 연락도 없이 소극장으로 향한 건, 한 번도 그녀가 연극 무대에서 연기를 하는 것을 본 적이 없었기 때문이었다. 잘 다니던 대기업을 그만두고 시작할 만큼 간절히 원하던 뮤지컬을 떠나 갑작스럽게 다른 장르의 무대로 간 이유가 궁금하기도 했고, 연극 무대에 선 경희가 어떤 모습인지 멀리서 한 번 확인해 보고 싶은 마음도 없지 않아 있었다.

나는 애써 그녀의 변화를 모른 척하고 싶었지만 그건, 마음대로 되는 일이 아니었다. 독일로 그녀가 떠난 뒤로 내게 몇 번이나 연락했는지, 언제 연락했는지를 모두 세고 있었던 것처럼 노력해도 지워지지 않는 것들이 있었다. 회사 휴게실에서 커피를 내릴 때, 누군가 뒤에서 손으로 등을 짚을 때, 차를 운전하다가 커브를 돌 때 같은 평범한 순간들의 틈을 타고 떠올려지는 기억들이었다. 나랑 사귀자. 농담이라며 경희가 무심코 던진 말이 한동안 얼마나 나를 들뜨게 했는지, 처음 뮤지컬 무대에 선 그녀를 단순히 객석에서 바라보던 일이 그렇게나 떨릴 만한 일이었는지를 재차 묻는 것 같은 기억들이었다. 기억들은 금세 사라졌다가 다시 불현듯 나타났다. 그래서 경희와 멀어지기 위해서는 갖고 있던 기억들이 완전히 소진되어 떠올릴 거리가 없을 때까지 기다릴 수밖에 없을 것 같다고 생각할 정도였다.

한때 삶의 중심과 사건들을 나누고 공유했던 경희와 조금씩 멀어지고 있다는 사실은 슬픈 일이었지만 그렇다고 이상할 것도 없었다. 어떤 시절 속에 존재할 수밖에 없었던 필연적인 관계의 인과와 고리가 있는 것일 뿐이고, 우리는 지금 막 그 인과를 빠져나가고 있는 것이라고. 완전히 빠져나가기 위해서는 그 힘에 저항하는 관습과 기억의 뜨거운 층위를 뚫고 나가는 수밖에 없다고 나는 생각했다. 경희의 연극을 보러 온 것은 그런 생각의 연장이었다. 연극 무대에 선 경희를 확인하면 끝내 그 층위를 완전히 빠져나갈 수 있을 것 같다고 내가 그 기억들의 저항에 설득되었기 때문이었다.

중년 남자의 독백으로 시작된 연극의 삼분의 일이 지나갈 무렵까지도 경희는 무대에서 보이지 않았다. 진한 화장을 하고 등장한 중년 남자의 딸이 경희일 것 같았지만 아니었다. 중년 남자의 내연 관계인 직장 후배도 아니었다. 극의 중반 즈음을 지나서 등장한 중년 여성이 경희였다. 앞서 등장한 여성들이 모두 경희가 아닐까 생각했던 탓인지 중년의 여성으로 나타난 경희가 뜻밖에도 낯설게 느껴졌다. 훨씬 나이가 들어 보이게 분장을 한 이유도 있겠지만 그동안 경희가 뮤지컬에서 맡아 왔던 역할들에 비하면 지나치게 정적으로 보였다. 정돈되지 않은 머리와 유행이 지난 옷들을 차려입은 그 역할이 나는 마음에 들지 않았다. 그런 중년의 역할은 조금 더 나이가 들면 적정하게 소화해 낼 수 있는 게 아니냐며, 연극이 끝난 후에 찾아가 경희에게 얘기해 주고 싶은 마음마저 들었다. 그런 나이가 되면 말이야, 표현하지 않으려 해도 연기가 자연스러워질 텐데 굳이 왜. 나는 경희에게 해주고 싶은 말을 거기까지 떠올리다가 멈췄다.

넌 내 말을 들은 적이 없지.

정작 내가 경희에게 하고 싶던 말은 그 말이었다. 그리고 나는 깨달았다. 사실은 그 말 안에 내가 경희를 미워하는 감정이 얼마간 존재하고 있다는 것을. 그 감정에 대해 곰곰이 생각하고 있을 때, 이상하게도 경희가 독백을 할 때마다 나를 정면으로 바라보고 있는 것 같았다. 일부러 무대 뒤편으로 자리를 잡아 놓기도 했고, 소극장이지만 그래도 무대 조명이 밝아서 어두운 객석의 사람들을 쉽게 알아보지는 못할 것이라고 생각했음에도, 경희의 시선이 내게로 고정되어 있는 것 같아 나도 모르게 경희를 외면하고, 고개를 숙일 수밖에 없었다.

*

그때 혹시 말없이 소극장을 찾아가 공연을 보고 있던 나를 경희가 알아봤는지, 그리고 그녀가 뮤지컬에서 연극무대로 전향한 이유 중에 어떤 것을 먼저 물어볼지 나는 잠시 고민에 빠졌다. 경희 네가 했던 연극 공연을 보러 갔었다고, 차라리 그렇게 말을 시작하는 편이 좋을지도 모르겠다고 생각했다. 그럼 경희는 알아, 혹은 그랬어? 그렇게 둘 중에 하나로 대답하고, 나는 궁금했던 것 중 하나는 먼저 알게 될 수도 있을 테니까. 그렇게 다시 관계가 시작될 수도 있겠다고 생각했다.

　145번 버스는 여전히 천천히 이동하고 있었다. 평소에도 정체가 심한 신사동 고개에서부터 가로수길 입구를 거쳐 신사동 사거리 쪽으로 내려가는 길에 차들이 어지럽게 엉켜 있었다. 신사동 고개에서 정차했다가 출발한 버스는 그나마 정체가 덜한 좌회전 차선으로 옮겨 갔다가, 신사역이 가까워오자 사 차선에서 일 차선으로 한 번에 가로질러 갔다. 그사이 각 차선에 겹쳐 있던 차들 몇 대가 신경질적으로 클랙슨을 울려 댔다. 버스 기사의 거친 운전을 뭐라고 하는 사람은 없었다. 자리에 앉아 있거나 서 있는 사람들 모두 금요일 퇴근길의 정체가 지겨운 표정이었다.

　이번 정류장에 내리기 위해 자리에서 일어나는 사람과 앉으려는 사람, 내리기 쉽도록 문 옆으로 가 있으려는 사람들이 뒤섞이는 동안 사람들에게 밀려났는지 경희의 모습은 창에 보이지 않았다. 버스가 느릿하게 가는 동안 나는 자주 버스 뒤편을 쳐다보았다. 사람들의 등과 머리 사이 틈새 어딘가에 경희가 목에 두른 파란색과 검은색 도트 무늬가 새겨진 스카프가 보이는 것도 같았다. 버스는 신사역 정류장 바로 앞에 차를 대지 못하고, 조금 미치지 못한 곳에 정차한 상태에서 문을 열었다. 사람들이 앞 뒤 문 밖으로 쏟아져 내렸다. 나는 내리려는 사람들을 먼저 비집고 들어가 버스 뒤편으로 향했다. 이제는 텅 비다시피 한 버스를 아무리 찾고 둘러봐도, 경희는 없었다.

*

아마도 신사역에 도착하기 전이나 아니면 그보다 전 정류장에 내렸을 것이라고 나는 생각했다. 혹 다른 사람을 경희로 착각한 것이 아니었는지 의심도 해 보았지만 그건 분명히 아니었다. 그렇게 깊고 말간 눈빛으로 나를 빤히 쳐다볼 수 있는 사람은 경희밖에 없었다. 화가 렘브란트는 자신의 연대기에 따라 자화상을 그려 냈는데, 청년기부터 노년에 이르기까지의 모습은 비록 달라졌어도 눈빛만큼은 그대로인 것처럼 느껴진다. 육체는 사라져도 눈빛만큼은 영겁의 시간을 살 수 있을 것처럼 보이는 것이다. 나는 한눈에 경희의 눈빛을 알아볼 수 있었다. 경희의 모든 것이 달라진다고 해도 눈빛 하나로 그녀를 구분해 낼 자신이 있었다. 그녀도 나를 바라보고 있었다. 버스 창을 통해서였지만 서로를 알아보는 데는 그리 많은 시간이 걸리지 않았다.

그랬으므로 버스에서 내려 신사역에서 지하철을 갈아타고 집에 도착해서도, 날이 지나 출근을 하고, 퇴근을 하며 일상을 살아가면서도, 그녀가 있었으나 사라졌던 자리와 음성을 지우지 못하고 더듬거리며 있었다.

몇 번쯤 핸드폰을 들고 경희의 연락처를 훑다가 말고, 통화 버튼을 누르려다 멈추고를 반복했다. 갑자기 사라진 그녀에게 집중되는 생각의 관성이 오히려 나 자신을 괴롭힐 정도였다. 그런 상황에서 벗어나기 위해서는 버스에서 경희를 만나기 이전으로 그저, 돌아가면 되는 것이었다.

그렇게 하지 않으면 다시, 그녀와 연결된 세계에 살고 머물게 될 것이었다. 그녀와 단절된 삶으로서의 세계. 그것이 내가 원하는 일이었으므로 나는 그날의 일을 기억 속에서 정리하기로 했다. 버스에서의 만남과 기억에 욕심을 내지 않기로 했다. 버스에서 경희가 사라진 이유도 묻지 않기로 했다. 그러나 그렇다고 해서 마음먹은 대로 경희가 정리가 된 적은 없었다. 삶의 어디선가 경희는 꼭 뛰쳐나오는 것이었다. 145번 버스에서처럼.

전우영씨죠. 굵고 낮은 목소리 톤을 가진 한 남자의 전화를 받은 것은 내가 어느 정도 경희에 관한 일을 어느 정도 잊고 있을 때였다. 회사 연수원에서 승진자들을 대상으로 한 교육을 받다가 밀려오는 졸음 때문에 잠깐 교육장을 나와 라운지 의자에 몸을 기대고 있던 때였다.

그렇습니다만.

차경희씨의 오랜 친구라고 들었습니다.

남자의 입에서 경희의 이름이 불려졌을 때, 그녀를 생각지 않고 지내던 시간들은 금세 증발되고, 애써 한쪽에 치워 놓고 쌓아 두려 했던 경희의 기억들이 눈앞으로 함몰되어 쏟아지는 것 같은 느낌이 들었다. 남자의 음성에서 느껴진 알 수 없이 무겁고 감당하지 못할 어떤 예감 때문이었는지 몰라도, 남자가 전한 것은 경희의 죽음이었다.

그저 한번 만나 뵙고 싶었습니다. 우영씨가 가장 친했던 친구라고 해서요. 마지막에 경희는 우영씨에게 연락을 하지 못했지만요. 제가 대신이나마 한번 만나 뵈어야 할 것 같아서… 말입니다.

남자의 무거운 목소리는 내 무의식의 심연보다 깊어 그곳에서 나를 끌어내리는 소리 같았다. 온 힘을 다해 끌어내리는 목소리. 반드시 나를 만나야만 한다는 의지와 무게로 나의 목을 끌어안는 목소리였다. 그건 그래서 남자의 목소리라기보다 내 목소리인 것 같았다. 남자를 통해서라도 경희를 알아내야만 한다는 목소리.

그런데 혹시, 전화를 주신 분은 누구시죠.

아, 제 소개를 하지 않았네요.

남자가 헛기침을 하며 목소리를 다듬었다. 경희의 소식이 믿어지지 않았으므로 나는 섣불리 어떤 판단을 할 수가 없었다. 남자의 말을 들으면서도 나는 반쯤 정신이 몽롱한 상태였다.

저는 김재철이라고 합니다.

남자는 굵은 톤으로 지금까지의 조심스러운 말투와 다르게 기운차게 자신을 소개했다. 남자의 이름이 상당히 낯익다는 생각이 들어 기억 속 어딘가 존재하는지 떠올려 보고 있었는데, 남자가 이어 꺼낸 말을 듣고 나서 나는 그가 누구인지 명확하게 알 수 있었다.

경희와 같은 배우였습니다. 뮤지컬을 오래 같이 했습니다.

*

그로부터 한 달이 지났지만 나는 남자를 만나지 않았다. 남자의 얘기를 듣고, 동창들이나 친구들을 수소문해 경희가 안치되어 있는 납골당을 찾아갔다. 그리고 근 한 달 동안 계속 술을 마셨는데 그때마다 경희에 대한 모든 사소한 기억까지 기억해 내려고 애를 썼다. 경희에 대한 기억을 꺼내면 꺼낼수록 그 기억들의 중심에는 어떤 죄책감이 놓여 있었다. 그녀와의 관계를 단절하고, 기억들을 끊어 내려 했던 죄책감을 희석시키고자 나는 끊임없이 그녀의 기억들을 불러일으키고 있는지 모를 일이었다.

그래도 한 가지 이상했던 것은, 오 개월 전에 이미 떠난 그녀가 어떻게 불과 이 개월 전에 버스 안에서 나를 마주칠 수 있느냐는 점이었다. 나는 술을 마시면서도, 출근을 하면서도 서류 더미 위로 떠올려지는 그 물음에 대해 제대로 답할 수가 없었다. 내가 본 것은 경희, 차경희가 분명했기 때문이었다.

남자에게 먼저 연락을 한 것은 그 일에 대해 한 번쯤 말해 보고 싶어서였다. 내가 본 것이 경희에 대한 일종의 환영이었는지, 아니면 착시였는지, 혹은 다른 무엇인지 알아보고 싶어서였다. 고백하자면 내가 그녀에게 갖게 된 어떤 죄책감이 버스 안에서의 기억과 강하게 밀착되어 내게서 한시도 떨어져 나가지 않고 있음이 괴로워서였다.

남자는 예상대로 내가 아는 사람이었다. 경희가 했던 한 뮤지컬 공연에서 수도 없이 그녀를 머리 위까지 들어 올리던 상대 남자 배우. 남자는 그때처럼 팔 근육이 여전히 우람했다. 콧수염뿐이었던 수염이 턱 밑까지 깊고 거칠게 길러져 있었다. 더 달라진 게 있다면 한데 묶어 허리까지 내렸던 긴 머리를 잘라내 버린 것이었다. 그가 자신을 들어 올리기 쉽도록 해야 한다며 경희 스스로 다이어트와 금식을 하면서 몸무게를 조절했던 기억이 스쳐 지나갔다.

분명히 버스 안에 있었던 겁니다. 전혀 이상한 일이 아닙니다.

남자는 경희가 버스 안에 있었던 게 분명하다며 확신에 찬 목소리로 말했다.

실은 버스에 없었던 게 아니구요?

남자는 고개를 끄덕였다.

시간이 어긋난 겁니다. 그런 일이 종종 있어요. 과거의 시간에 놓여 있던 어떤 순간의 지형이 어긋나거나 뒤틀려서 현재의 시간 어딘가에 다시 배치가 된 겁니다. 전혀 이상한 일이 아니에요. 우영씨가 본 건 경희가 맞아요.

그럼, 시간의 잘못된 인과다?

그렇다기보다 찢어 붙이기 같은 거죠. 저쪽 시간에서 잘못 끼워진 시간이 현재의 어떤 시간에 다시 조합된 거예요. 껴 맞춰진 거죠. 그런들 어쩔 수가 없어요. 그건, 시간이 하는 일이니까. 깨진 거울의 한쪽 면에 새 거울 조각을 맞추듯이. 가급적 오류를 그런 방식으로 해결해 가면서, 되도록 완벽한 시간성을 구현하는 것처럼 보이는 것이죠. 그러나 모든 것들을 통제할 수는 없는 겁니다. 그러니 우영씨가 본 건 그와 같은 통제에서 벗어난 시간의 왜곡으로 일어난 일이다, 이겁니다.

이 세상에 없는데도 나타날 수 있는? 내가 반문하자 남자는 한쪽 눈으로 윙크를 하며 한 손으로는 엄지와 검지를 ㄴ자로 만들어 나를 쏘는 흉내를 냈다.

쿨. 언제나 만날 수 있다 이 말입니다.

돌이켜 보면, 내가 경희에 대해 생각할 때마다 언젠가부터 그림자처럼 그녀 곁에 붙어있는 남자가 같이 떠올려졌다. 그 남자에 대해 아직도야? 그렇게 물으면 경희는 다른 얘기를 하고 싶어 했다.

왜 대답을 안 해? 그렇게 다시 경희에게 물으며 본론으로 돌아가면, 네가 싫어하잖아. 경희는 그렇게 대답했다. 그 깊고 비어 있는 눈빛으로 나를 빤히 쳐다보면서. 그런 대화는 경희와 만날 때마다 반복이 됐다.

나 역시 경희가 싫어할 것을 알면서도 그게, 매번 집요하게 그 남자에 대해 물었다.

그 사람.

그 사람 뭐?

취기가 볼에 붉게 오른 경희의 오른쪽 눈가가 엷게 떨렸다. 이런 얘기를 더 이상 주고받고 싶어 하지 않는 표정이었다.

그 사람 만나러 가지 말라고, 독일에.

독일로 떠나기 전 만났던 그때를 생각해 보면 그래서, 내가 잔인하게 느껴졌다.

언제까지 아내가 있는 사람을 만날 건데, 너.

그래도 그 정도는 늘 경희에게 하는 얘기였으니 어쩌면 거기까지만 말하고 멈췄어도 괜찮을 법했다. 경희는 내가 연이어 던진 말을 듣고 감정적으로 완전히 무너지는 것 같았다.

너는 그 사람의 아내까지 망치려는 거야.

그때, 경희에게 그렇게 소리치며 화를 내고 짜증스럽게 말한 게, 오랜 실직 상태로 지쳐 있던 나 자신에 대한 분노였는지, 아니면 정말 경희가 나의 상태와 상관없이 자신의 생일만 챙기려 드는 것 같다고 여긴 것 때문이었는지 나는 알 수가 없었다. 분명한 건 내가 오랫동안 그녀의 편이 돼주기보다 조언에 귀 기울이지 않는다며 화를 내고 있다는 사실이었고, 어쩌면 경희는 내가 자신을 혐오스럽게 느끼고 있다고 생각했을지도 모를 일이었다. 그녀에게 실망하며 마음을 닫아 버리려 노력했던 나와 달리, 이제는 세상에 없는 경희에 대해서도 언제든 만날 수 있다고 말하는 남자에게서 나는 어떤 종류의 패배감을 느꼈는데, 자세히 그 감정을 살펴보니 더 깊은 안쪽에는 경희에 대한 부채의 감정이 거기 머물러 있었다. 나를 실망스럽게 쳐다보는 것 같은 경희의 얼굴처럼.

*

경희는 그즈음 자주 뮤지컬계를 떠나고 싶다고 얘기를 했다. 그럴 때마다 그렇게 사랑하는 뮤지컬을 떠날 수 있겠냐고 농담조로 말하면 경희는 별 말없이 허공을 쳐다보고는 했다. 그제야 그 질문에 대해 진지하게 생각해 보고 있다는 듯이.

더 큰 박수를 받는 건 주연급뿐이잖아.

그래서 경희가 그렇게 덜컥 그 얘기를 꺼냈을 때, 정말 그녀에게 뮤지컬에 대한 권태로움이 심각하게 찾아왔구나 싶었다. 경희는 수년째 뮤지컬 무대에서 코러스와 춤을 뒷받침하는 앙상블 역할을 하는 것만으로도 만족하고 자랑스러워했기 때문이었다. 공연이 끝나고, 출연 배우들 중에서도 가장 마지막에 박수를 받는 주연의 뒷모습을 같은 무대에서 보고 있는 것만으로도 황홀하다고 했던 그녀였다. 주연에게 기립 박수를 치는 사람들 중의 하나에 불과한 것처럼 경희가 말했을 때, 경희에게는 뮤지컬을 더 이상 할 수 있는 어떤 동력도 남아있지 않은 것처럼 보였다.

주연을 맡는 사람은 따로 있더라고.

경희의 그 말이 내게는 인생에서 자신이 주인공이 될 일은 없는 것 같다고 토로하는 것처럼 느껴졌다. 그렇게 자조 섞인 말투로 뮤지컬을 떠나야 하는 이유들을 말하던 끝에, 경희는 그 남자, 김재철이라는 사람에 대한 얘기를 꺼냈다. 그는 최근에 막을 내린 뮤지컬에서 경희의 파트너 역할을 했던 남자 배우라고 했다. 경희의 뮤지컬을 빠지지 않고 보던 나에게도 익숙한 남자 배우였다. 한데 묶은 긴 머리와 양 팔의 근육을 드러낸 화려한 의상을 입고 경희와 호흡을 맞추던 강한 인상의 그를 나도 강렬하게 기억하고 있었다. 무대에서 경희를 몇 번씩이나 어깨 위로 들어 올리고, 경희의 두 손만을 잡고 몸을 쭉 뻗은 경희를 회전시키는 등의 고난도 동작을 소화해야 하는 역할이었다. 남자가 유부남이었다는 사실은 서울 공연이 끝나고 시작한 지방 투어 때, 회식이 끝나고 각자의 숙소로 돌아가기 전, 자신에게 입맞춤을 하고 난 다음에야 알았다고 했다. 남자가 유부남이라는 사실을 알고 마음을 돌리기에는 그때는 이미 늦었었다고 경희는 고백했다. 경희는 남자의 아내가, 그 공연을 주최한 뮤지컬 회사의 안무가라는 사실은 남자와 조금 더 깊은 관계로 발전한 후에 알게 되었다고 말했다. 남자의 아내가 보는 앞에서 경희는 매일 남자와 공연 연습을 하고 있던 것이었다.

묘해.

경희는 남자와 남자의 아내 앞에서 연습을 하고 있던 순간을 그렇게 묘사했다.

미쳤어?

나도 모르게 탄성을 지르듯이 경희에게 소리를 질렀다.

나를 의심하는 눈초리로 바라보는 아내와 나를 부서질 정도로 사랑하는 남자 사이의 중심에 내가 있는 거잖아. 그런 셋을 단원들이 바라보고 있고 말이야.

너와 남자의 관계를 단원들이 알아? 아내도?

알고 있는 것 같아.

경희는 아무렇지도 않게 말했다.

내가 이 극의 주인공이야.

*

경희가 뮤지컬을 더 이상 하지 않게 된 것이 한정된 역할에서 벗어나지 못하고 있던 뮤지컬에 대한 권태 때문이었는지 아니면, 남자와의 관계에서 비롯된 것이었는지는 정확히 알 수는 없는 일이었다. 경희를 버스에서 마주쳤을 때, 나는 먼저 그 이유를 묻고 싶었다. 사실 나는 경희가 뮤지컬을 떠난 이유보다 남자와의 관계가 여전히 지속되고 있는지를 묻고 싶었는지 모르겠다. 내가 그걸 더 궁금해할 것이라는 것을 경희는 아마 알고 있었을까. 그래서 버스에서 사라진 걸까. 나는 오래 경희의 곁에 머물러 있었지만, 생각해 보니 그녀의 편에 서있던 순간들은 많지 않았다. 내가 경희에게 던지고 싶던 질문들은 그래서 수거되어야 할 것들이었다. 더 이상 경희에게 닿지 말아야 할 것들이었다.

퇴근 시간 무렵 145번을 탈 때면, 발뒤꿈치를 들고 버스 안쪽을 살펴보는 버릇이 생겼다. 가만히 서서 고개만 돌려가며 사람들 사이 틈으로만 봐서는 경희를 찾아낼 수가 없는 것이었다. 사람들 사이를 파고들어가는 것은 어렵지 않은 일이 됐다. 경희를 다시 만난다면, 아무것도 묻지 않고, 함께 춤을 춰야겠다고 생각했다. 버스 안 보이지 않는 곳에서, 내 편을 들어 주는 경희의 목소리가 가끔 환영처럼 들렸다.

끝내 이 길이 나를 택하지 않을 수도 있다고 늘 생각해 왔습니다. 그럼에도 물리적으로 쓰지 못할 때가 오지 않는 한 계속 써가는 것을 멈추지 않겠다고 다짐하는 나날들이었습니다.

터널 밖으로 빠져나갈 수 없다는 것을 알면서도 터널 밖으로 이르는 때가 언젠가 당도할지도 모른다는 희망을 갖는다는 게 때로는 고통스러웠습니다. 그럼에도 그 길이, 터널이 곧 나 자신이라는 것을, 내가 빠져나가는 것은 터널이 아니라 나 자신이라는 것을 지금에서야 어렴풋이 짐작하게 됩니다.

아내와 아이가 잠이 들면 자리에서 일어나 방문을 닫고 책상에 가서 앉고는 했습니다. 매일 밤 책상에 앉아 기도하는 심정으로 글을 써 가며 하루를 마감했습니다. 그러고 보니 그 밤들 동안 제가 써 내려간 것은 어쩌면 글이 아니라 글을 계속 써 가고 싶다는 마음과 다짐, 그런 절실함 같은 것들이었던 것 같습니다.

책상 창 너머로 바쁘게 지나가던 차들의 흔적이 잦아들면 찾아오는 완연한 어둠 앞에 글이라는 희망을 켜 둔 채 말입니다. 희망으로 세상을 밝혀 갈 수 있는 글을 쓰겠습니다. 제게 찾아오는 세상의 목소리들을 외면하지 않겠습니다.

가능성을 발견해 주신 우찬제, 권여선 선생님께 감사드립니다. 어떤 소설을 써야 하는지, 또 어떻게 인생과 문학을 대해야 하는지 깨닫게 해 주신 박상우 선생님, 감사합니다. 격려와 용기를 주신 소행성B612 문우들에게 감사를 전합니다. 사랑하는 가족과 더불어 글을 쓸 자리와 인내를 내어 준 유진아, 고마워. 당신 덕분입니다.

시차 모티브로 한 독특한 렌즈…
이야기 가치 제고 돋보여

예심을 거쳐 올라온 9편의 작품은 일정한 수준 이상이었다. 성폭력이나 동성애, 불안과 전락 등 동시대의 징후들을 다채로운 방식으로 서사화하려는 수고를 보였다. 전형적 신춘문예형 소설이나 실험적 작품들은 줄어든 느낌이다. 우열을 가리기 어려웠지만, 우리는 세 편의 응모작들에 더 각별한 눈길을 주기로 했다.

「배드민턴」은 저녁마다 배드민턴을 치는 부부의 이야기로, 부부의 대화는 묘하게 어긋나고 낯선 여인에게서 걸려오는 전화는 중학생 아들의 정학 처분과 맞물려 서사적 긴장을 고조시킨다. 여러 장점에도 불구하고 문체와 대화에서 풍기는 기시감이 문제였다.

「바나나의 깨달음」은 고시원에 사는 '나'의 가족이 미얀마에서 온 청년 아웅과 인연을 맺는 이야기로, 문장의 톤도 담백하고 이야기를 끌어가는 솜씨도 깔끔해 당선작으로 손색이 없었지만, 아웅의 죽음을 서둘러 처리한 결말 부분이 끝내 마음에 걸려 오랜 숙의 끝에 내려놓았다. 「앙상블」은 시차視差 모티브를 흥미롭게 매설하여 불우했던 뮤지컬 배우의 짧은 삶의 순간들을 재성찰한 이야기다. 시종 가독성 있는 문장으로 자기 삶의 주인으로 살 수 없는 존재의 아이러니를 형상화했다. 다만 후반부에서 주제와 관련 해 다소 설명적인 어조가 거슬렸다.

동시대의 전락 이미지를 중첩적으로 구성한 「바나나의 깨달음」에서 아웅이 구체적으로 살아 있는 인물로 그려졌더라면 우리 고민은 더 깊었겠다. 결국 불투명한 타자와 대면하면서 나와 너, 의식과 자기, 자유와 운명, 과거와 현재를 재인식할 수 있는 독특한 렌즈와 더불어 이야기 가치를 제고한 것으로 보이는 「앙상블」에 최종적인 눈길을 주기로 했다.

　당선을 축하하며 더 좋은 소설로 한국문학을 빛내 주길 바란다. 아울러 이번에 기회를 양보한 다른 응모자들에게도 따스한 격려의 박수를 보낸다.

세계일보 이한슬

본명 : 이예슬
1985년 서울 출생
고려대학교 일반대학원 문예창작학과 석사과정 수료

어떤 사이

이 한 슬

루에게 먼저 같이 살자고 한 건 그녀였다. 구부정한 자세로, 부동산 유리창에 붙어있는 매물 공고에 얼굴을 들이밀고 있던 루를 보았을 때였다. 내 집에 빈방이 있어. 그녀가 영어로 말했다. 그러자 루는 그녀에게 방을 볼 수 있는지 물었고, 방을 보러 온 그날 저녁부터 그녀와 한집에서 살게 되었다.

그전까지 그녀가 루에 대해서 아는 것이라고는 이따금씩 버스정류장에서 마주친다는 것뿐이었다. 서울의 중심부이긴 해도 가파른 언덕에 있는 정류장이라 버스가 많지 않았고 배차간격도 긴 편이었다. 이 년 전, 회사와 가까우면서 제일 마음에 드는 집을 구한 것이었는데 살다 보니 동네에 외국인들이 많이 보였다. 그런데도 아침 일곱 시 버스정류장에는 언제나 루뿐이었다. 청바지에 낡은 컨버스를 신고 있었고, 여행을 하는 사람처럼 등에는 커다란 배낭을 메고 있었다.

나란히 앉아 버스를 기다릴 때면 그녀는 루를 의식하지 않으려 했다. 큰 키에 마른 체구, 짧은 녹갈색 머리칼, 회색빛 눈동자를 가진 외국인도 자신과 똑같은 사람일 뿐이라고, 사실이 그러니까. 하지만 대학시절에 동기들과 함께 갔던 삼 주간의 유럽여행이 외국에 가본 유일한 기억이었던 그녀는—게다가 그 여행은 동기들 사이에서 싸움이 벌어지는 바람에 피곤했던 기분만이 남았고, 이제는 시간이 너무 지나서 잘 기억나지도 않았다—낯선 외국인을 볼 때마다 자신도 모르게 시선이 따라 움직였다. 소년 같은 행색 때문에 처음에는 루가 남자인 줄 알았지만 몇번 더 마주친 뒤에는 어쩐지 여자처럼 느껴졌다. 하이. 무심코 눈이 마주쳤을 때, 그녀를 향해 인사를 건네 온 루의 목소리에 그녀는 자신의생각이 맞았다는 것을 알 수 있었다. 그녀는 당황한 나머지 고개를 반대로 돌려 버렸다. 루와 한집에 살게 될 거라고는, 게다가 그렇게 말하는쪽이 자신이 되리라고는 전혀 예상하지 못했던 무렵이었다.

루는 짐이 별로 없었다. 바퀴가 달린 28인치 여행가방 한 개와 늘 메고 있던 배낭이 전부였다. 그녀가 여행을 하는 중인지 묻자 루는 아이들에게 영어를 가르친다고 말한 뒤에, 여행 중인 것도 맞다고 덧붙였다.그건 한국이 목적지가 아니라 경유지라는 말처럼 들렸다.

그녀는 방에 있는 물건들은 마음대로 써도 좋다고 루에게 말했다. 등받이를 접을 수 있는 소파베드와 3단 서랍장, 철제 책상과 접이식 의자는 그녀가 이사 오기 전부터 그 방에 있던 것들이었다. 집주인은 이전세입자가 두고 간 모양이라며 마음대로 처분해도 된다고 했다. 버리기엔 가구들의 상태가 좋았다. 살면서 차차 정리하려던 것이 어느새 이 년가까이 지나 있었다. 그녀의 침실은 훨씬 더 넓고 햇빛이 잘 드는 반대편 방이었기에 크게 상관이 없었다. 손거울이나 탁상달력, 카세트테이프겸용 라디오, 낡은 성경책과 은행 로고가 수놓아져 있는 무릎 담요는 엄마가 쓰던 것들이었다. 이따금씩 집안일을 해주러 온 엄마가 그 방에 머무르면서 물건들이 늘어나 있었다.

쓰지 않을 물건들은 어떻게 해야 하는지 묻는 루에게 그녀는 반쯤 열린 루의 방문 앞에 빈 상자를 내려놓으며 여기에 넣어달라고 부탁했다.그녀가 뒤돌아서는 순간 딸깍, 거리는 소리와 함께 루의 방 안에 노란불이 켜졌다. 루가 책상 위에 놓아둔 스탠드를 켠 모양이었다. 침대에 누운 채로 성경책을 보다 잠이 드는 습관이 있던 엄마를 위해서 그녀가 몇

주 전에 사둔 것이었다. 너무 밝으면 눈에 무리가 갈 수 있다는 점원의 말에 그녀는 버튼으로 명도를 조절할 수 있는 스탠드로 골랐다. 스탠드를 보고 기뻐할 엄마의 얼굴을 자연스레 그려보았던 기억도 났다. 열린 문틈으로 바닥을 따라 곧게 뻗어 나온 빛을, 그녀는 불 꺼진 거실에 서서 물끄러미 바라보았다.

룸메이트로서 루는 그녀와 잘 맞아 보였다. 루는 아침에 일찍 움직이면서도 그녀처럼 집에서 아침을 먹지 않았다. 화장실이 하나였으나 화장실 입구에 작은 간이 세면대가 별도로 달려 있어서 아침 시간에 서로 부딪칠 일도 없었다. 방은 각자 알아서, 거실과 부엌 같은 공용 구역은 격주로 돌아가면서 청소했다. 쓰레기와 분리수거는 루가 했고 그녀는 대신 욕실 청소를 맡았다. 두 사람은 성실하게 각자 맡은 구역을 청소했다. 집은 대체로 깨끗한 상태가 유지되었다. 하지만 엄마가 찾아와 주던 시절에 비하면 영 두서가 없어 보였고 정갈한 느낌이 들지 않았다. 식기 받침대 위에 컵들과 접시들, 냄비들이 뒤섞여 아슬아슬한 탑을 이룬 모습이나 청소기를 돌려도 금세 서걱거리는 바닥, 개는 것을 잊는 바람에 수건들이 며칠씩 빨래건조대에 방치되는 모습 모두 그녀로서는 태어나서 처음 겪는 일처럼 느껴졌다. 햇빛을 너무 오래 받으면 수건들의 촉감이 까칠까칠해진다는 것도 그전까지는 알지 못했던 사실이었다. 자연스레 씻기 전에 한 장씩 걷어 쓰게 되면서 수건을 갤 필요도 없어졌다.

엄마는 집안일에 대해서 고집스럽게 자신의 방식을 고수했었다. 평생 동안 집안일을 해온 여자들이 그렇듯이 곳곳에 만성적인 관절 통증을 앓고 있으면서도, 결국 그 바람에 허리 수술까지 받았음에도 엄마는 고집을 꺾지 않았다. 심지어 독립한 딸의 살림살이까지도 자기 몫이라고 생각하는 것 같았다. 괜찮다고, 알아서 할 테니 올 필요 없다고 그녀가 거듭 부탁해 봐도 내가 이것 말고는 해줄 게 없잖니, 라며 엄마는 가뿐히 넘겨 버리곤 했다.

엄마가 다녀가고 나면 색깔별로 층층이 쌓인 보송보송한 수건들이 욕실 선반에 가지런히 놓이곤 했다. 바닥은 매끄러웠고, 식기받침대 위에는 컵들과 접시들, 냄비들이 각각 줄지어 정리되어 있었으며 환기를 시켰는지 공기 냄새도 달라져 있었다. 자신이 어질러놓았던 모든 것들이 엄마의 규칙에 제자리에 돌아가 있는 모습은 부모님과 함께 살던 시절을 떠올리게 했다. 고작 한 달에 한두 번일 뿐인데도 그 광경을 마주할 때마다 고마운 마음보다 짜증이 앞섰다. 마치 영원히 벗어날 수 없을 것 같은 울타리에 갇혀 버린 기분이었다.

부모님의 도움이 없었더라면 구할 수 없었던 집이었다는 사실도 마음 한 구석에 부채감처럼 남아 있었다. 엄마와 통화를 하던 중에 마음에 드는 집을 발견했는데 보증금이 절반 가까이 부족하다고 토로하듯 말한 다음 날, 아버지로부터 부족한 금액과 정확히 같은 액수의 돈이 통장에 들어와 있었다.

—미련하게 굴지 말고 받아라.

전화를 걸었을 때 아버지는 그녀의 말을 들을 필요가 없다는 듯이 먼저 말했다. 전화를 끊자마자 아버지에게 돈을 돌려주려던 그녀를 말린 건 엄마였다. 너도 참, 아버지 그러는 거 한두 번도 아닌데. 아버지가 딸 도와주는 게 행복이 아니고 뭐겠니. 다용도실 선반을 정리하다가 넘어지면서 다친 허리 때문에 병원에 입원해 있던 엄마는 환자복을 입은 채 침대에 누워 장난스럽게 눈을 흘기며 그녀를 타일렀다. 갚을게요. 그녀가 그렇게 써서 보낸 문자메시지에 아버지는 아무런 답도 하지 않았다.

대화를 나눌 때면 루와 그녀는 언제나 영어를 사용했다. 한국에 온 지 몇 달밖에 되지 않았다는 루는 몇 개의 짧은 단어들 외에는 한국어를 전혀 익히지 못했다고 했다. 그래서 일을 더 쉽게 구한 것 같다고도 했다. 한국말을 할 줄 모른다고 하니 어학원에서 더 좋아했다는 것이다. 그녀는 영어를 잘하는 편은 아니었으나 학창시절 내내 강제로 견뎌내야 했던 주입식 영어 수업의 기억들과 스마트폰 번역기, 그리고 서로 알아들으려는 노력이 모이니 딱히 불가능한 대화는 없어 보였다. 그 이상의 실력이 필요한 상황 자체가 두 사람 사이에 없었다. 둘 다 말수가 적은 편이었고, 집에 있는 시간의 대부분을 각자의 방에서 보냈기에 마주치는 경우도 별로 없었다. 보일러 가동법과 에어컨, 텔레비전 리모컨의 사용법을 알려주면서 언제든 편하게 사용해도 된다고 그녀는 말했지만 루가 거실에 나와 텔레비전을 보는 일은 없었다. 그건 그녀도 마찬가지였다.

루와 함께 산 지 한 달 정도가 지났을 무렵이었다. 그녀가 외근을 마치고 평소보다 몇 시간 일찍 집에 돌아와 보니 루가 식탁에서 저녁을 먹고 있었다. 실내에는 진한 고기 냄새가 내려앉아 있었다. 같이 먹겠는지 묻는 루의 말에 그녀는 망설이느라 잠시 가만히 서 있었다. 그런 그녀의 모습을 긍정의 표시로 알아들었는지 루는 자리에서 일어나 가스레인지 위의 냄비를 열고 접시에 음식을 옮겨 담았다.

루가 식탁에 내려놓은 접시에는 아이 주먹만 한 고깃덩어리들 서너 개와 조각난 감자들 위로 크림소스가 부어져 있었다. 스웨덴식 미트볼이라는 루의 말에 그녀는 처음 먹어본다고, 그렇지만 정말 맛이 있어 보인다고 대답했다. 루가 웃으며 대학생 시절에 학교 앞 스웨덴 레스토랑에서 아르바이트를 했었다고 말했다. 돈도 적게 주고 일도 고됐지만 맛은 꽤 괜찮은 곳이었다는 루의 이야기에 그녀는 듣고 있다는 표시로 고개를 끄덕였다. 문득 루가 입고 있는 크림색 앞치마의 가슴 부근에 자수로 수놓아진 연꽃에 시선이 멈추었다. 그건 몇 년 전 엄마가 이모들과 갔던 베트남 여행에서 그녀를 위해 사온 선물이었다. 본가에 갈 때마다 똑같은 모양의 연꽃이 새겨진 갈색 앞치마를 입은 엄마가 부엌에서 종종거리며 움직이던 모습이 생각났다. 그때마다 엄마와는 다르게 살겠다고, 가족의 뒤치다꺼리만 하는 데에 평생을 쓰지는 않겠다고 다짐했던 그녀까지도 말이다.

―이거, 침대 아래에서 찾아냈어.

그녀의 시선을 느꼈는지 루가 앞치마를 가리키며 말했다. 마치 보물을 발견하기라도 했다는 듯한 표정이었다.

―아마 예전에 그 방에서 살던 사람이 놓고 갔나 봐.

루가 입 안에 음식을 잔뜩 문 채 오물거리며 덧붙였다. 그녀는 묵묵히 음식을 입에 넣었다.

저녁을 먹은 뒤에 두 사람은 거실 소파에 나란히 앉아 맥주를 마셨다. 루가 함께 산 이래로 거실에 두 사람이 함께 있는 건 처음 있는 일이었다. 저녁만 먹고 방으로 들어가 버리기가 민망한 마음에 그녀가 먼저 제안한 것이었지만 어색한 분위기까지는 어떻게 해야 좋을지 몰랐다. 그녀는 리모컨으로 텔레비전을 켰다. 대개가 한국어 프로그램들이었다. 내셔널지오그래픽 채널에서 멈췄을 때, 하얀 빙하가 화면을 가득 채우고 있는 화면이 나왔다. 펭귄이나 물개, 곰들의 모습들도 간간이 보였지만 그보다는 북극의 빙하에 관한 다큐멘터리인 듯했다. 내레이션이 영어로 나오면서도 한국어 자막이 삽입되어 있었다. 두 사람에게 꼭 맞는 프로그램 같았다.

그녀와 루는 하얀 눈덩이들이 부서져 내리는 모습을 얼마간 지켜보았다. 바람이 부는 소리 외에는 대체로 고요한 세계였다. 빙하끼리 서로 충돌해서 금이 가거나 덩어리째 무너져 내리고 부서질 때만이 웅장하면서도 거대한 굉음이 울려 퍼졌다. 부서진 빙하는 그대로 얼었다가 다시 녹으면서 무너져 내리기를 반복했다. 커다란 스탠드 조명만 켜놓은 거실에서 하얗게 뒤덮인 화면 속의 세계는 유난히 빛나 보였다. 그건 낯선 만큼 경이로워 보였고, 어쩐지 마음이 편안해지는 광경이었다.

—우리가 모르는 세상을 볼 수 있다는 건 텔레비전의 좋은 점이야, 그렇지?

루의 말에 그녀는 고개를 끄덕여 보였다.

사실 평소라면 그녀는 텔레비전을 보지 않았다. 혼자 나와서 살기 시작했을 때 부모님 집에 남는 텔레비전이 있어서 들고 오기는 했지만 텔레비전을 켜는 일은 거의 없었다. 반면에 엄마는 습관처럼 텔레비전을 켜놓곤 했다. 텔레비전을 켜둔 채로 엄마는 청소와 빨래를 하고 다림질을 하고 요리를 했다. 회사를 인생에서 가장 중요한 일처럼 여기던 아버지는 좀처럼 일찍 귀가하는 일이 없었기에 엄마의 습관을 신경 쓰지 않왔다. 처음 독립했을 때, 마침내 텔레비전 소리로부터 해방되었다는 사실이 기쁘게 느껴질 정도였다.

때때로 현관문을 열기도 전에 문밖까지 들려오는 텔레비전 소리로 그녀는 엄마가 집에 와 있다는 사실을 알아차렸다.

—제발, 전화 좀 하고 오면 좋잖아.

그녀가 그렇게 말하면 엄마는 설거지는 언제 할 생각이었냐고, 물을 마실 컵 하나조차 남아있지 않다고 응수했다. 보고 있던 연속극 줄거리를 일일이 설명하기도 했다. 그녀가 알고 싶지 않다고 해도, 몇 번이나 텔레비전을 싫어한다고 말해도 엄마는 그게 대수롭지 않은 일이라는 듯이 여겼다. 어릴 적에는 만화영화 봐야 한다고 그렇게 난리를 피우더니. 늘 그런 식이었다. 엄마는 그녀가 어릴 적에 좋아했던 음식들이나 함께 갔던 여행에 대해서는 또렷하게 기억하면서도 정작 어른이 된 그녀에 대해서는 아무것도 모르는 것 같았다. 그렇지만 엄마를 몰랐던 건 그녀도 마찬가지였다.

—저 코트 예쁘네. 너 맘에 들면 엄마가 사줄게. 이리 와 봐.

홈쇼핑 채널을 보며 그녀를 향해 거듭 손짓하는 엄마를 거실에 남겨둔 채 그녀는 주저 없이 방으로 들어가 문을 닫아 버렸다. 그게 자신이 본 엄마의 마지막 모습이 되리라고는, 그녀는 그때 조금도 상상하지 못했다.

이따금씩 두 사람의 집의 초인종을 누르는 사람들이 있었다. 그녀가 혼자 살 때는 절대로 문을 열어주지 않았던 이들에게 루는 모두 문을 열어주는 것 같았다. 회사에 다녀오면 신문구독 신청서나 헬스클럽 할인 문구가 적힌 광고지들, 요구르트와 우유 또는 십자가가 그려진 전단들이 식탁 위에 놓여 있었다. 아무한테나 문을 열어주면 안 된다고 루에게 주의를 주었지만 주말에 말소리가 들려 나가보면 호기심 어린 눈빛으로 현관 앞에 서있는 루가 보였다. 난처한 표정으로 루와 마주 보고 있던 이들은 그녀를 보자마자 신문 보세요, 우유 드세요, 라며 득달같이 달려

들었다. 그래서 그녀는 현관문이 닫히는 소리가 들리기 전까지 밖으로 나가지 않게 되었다.

　물론 그런 부류의 사람들만 찾아오는 건 아니었다. 루와 함께 살게 된 이후로 음식이나 와인, 맥주들을 가득 들고 초인종을 누르는 이들도 있었다. 루의 친구들로, 루와 마찬가지로 어딘가에서 한국으로 온 외국인들이었다. 두세 명, 많을 때는 대여섯 명씩 무리를 지어 오기도 했다. 그들이 찾아오기 며칠 전에 루는 그녀에게 먼저 허락을 구했다. 언제나 예고된 방문이었고, 고작해야 한 달에 한 번 정도로 자주 있는 일도 아니었다.

　그런 날이면 단 몇 사람이 더 왔을 뿐인데도 조용했던 집이 떠들썩하게 느껴졌다. 거실 탁자 위에는 국적을 알 수 없는 종류의 음식들이 한가득 놓여 있었다. 음식이 담긴 접시를 내밀며 그들이 앉으라고 권하면 그녀는 얼마 동안 그 사이에 있기도 했다. 그럴 때면 꼭 외국 드라마 속의 세트장에 들어와 있는 것만 같았다. 루와 친구들의 대화는 너무 빨라서 절반 정도밖에는 알아들을 수 없었지만 그녀에게는 다 알아들어야 할 이유가 없었다. 애초에 이해할 수 없다고 여기니 마음이 편했다. 종종 루가 유창한 불어로 사람들과 이야기를 나눌 때도 있었다. 그럴 때면 그녀는 바로 옆에 있으면서도 자신과 그들이 완전히 다른 세계에 있는 기분이 들었다.

　─다음에 또 만나.

　루와 친구들은 단 한 번의 어울림으로도 서로를 친구라고 칭했고 집을 떠날 때면 다음을 기약했다. 그녀는 그들의 룰을 따랐다. 그래. 언제든지 놀러 와. 그들의 경쾌한 어조를 따라 그녀도 답했다. 물론 그녀는 그런 식으로 그들과 친구가 되었다고 생각하진 않았다. 어차피 루를 찾아온 이들이었다. 그녀로서는 어떻게 되든 상관없는 이들이었고, 내일이면 기억하지 못할 이들이었다. 다시 보지 못한다 해도 그녀의 인생에서, 그리고 그들의 인생에서도 아무런 문제가 없는 사이였다. 그녀가 어떤 사람처럼 보였을지, 나중에 후회하게 될 말을 해버리지는 않았을지 걱정할 필요가 없었다. 이해받지 못했다는 사실을 오래도록 마음에 담아 두고 아파할 일도, 참다못해 화를 냈다가 그 사실에 두고두고 죄책감을 느껴야 할 일도 없었다.

—여자애치곤 괴팍하고 신경질적인 구석이 있지. 저래서 누가 데려가 려고 하겠어.

열다섯 살 무렵, 그녀가 자신의 방을 마구 어질러 놓은 사촌들을 모두 쫓아낸 뒤에 문을 걸어 잠근 적이 있었다. 명절이었고 집에는 친척들이 모여 있었다. 아버지의 말이 벽 너머 그녀에게까지 또렷하게 들려왔을 때, 그녀는 자신의 딸에 대해 그런 식으로 말하는 아버지를 절대 용서하 지 않으리라고 다짐했다. 크면 반드시 이 집을 나가겠다고, 그렇게 되면 아버지를 다시 보지 않고 살겠다고 마음먹었다. 고작 그런 이유로도 그 렇게 생각할 수 있던 나이였다. 그렇게 여기면서도 그 시절의 생채기는 십오 년 가까이 지난 지금까지도 낫지 않는 기분이었다. 그나마 아버지 와의 골이 깊어지지 않은 건 엄마 덕분이었다.

—어디 당신만큼 괴팍할까. 다 당신 닮아서 그런 거죠, 뭐.

엄마의 말에 친척들은 재미있는 농담이라도 들은 것처럼 웃었다. 몇 달간 아버지와 말을 섞지 않으려는 그녀를 달랜 것도 엄마였다. 아빠가 상냥하게 말할 줄 몰라서 그래. 그녀의 마음이 풀릴 때까지 달래준 것도 엄마였다.

이 년 전, 그녀가 대기업 1차 면접 합격 소식을 알렸을 때도 직접 만든 음식들로 식탁을 가득 채워 축하해 주었던 엄마와 달리 아버지는 식탁 에 앉자마자 다짜고짜 대기업의 생리에 대해서 설명했다. 큰 집단에서 는 단순히 일만 잘한다고 되는 게 아니라고, 위로 올라갈수록 사람들 무 리 안에 얽혀 있는 거미줄 같은 연결고리들을 제대로 알아볼 줄 알아야 한다고, 아버지의 어조에는 대기업에서 차례대로 수순을 밟아 이사의 자리까지 올랐다가 성공적으로 정년퇴직을 앞둔 사람의 확신이 배어 있 었다.

—그게 힘들면 소규모 회사에서 시작하는 게 더 나은 선택일 수도 있

을 게다. 넌 어릴 때부터 사교적인 편은 아니었잖니.

한번쯤은 그냥 축하해 주면 안 되는 거냐고, 그게 그렇게 어려운 일인 거냐고, 날카롭게 아버지에게 응수하던 그녀가 결국 식탁에서 일어나 도망치듯 집을 나서자 엄마는 신발을 짝짝이로 신은 채 버스정류장까지 쫓아오며 그녀를 달랬다.

—아버지가 너 마음 단단히 먹으라고 괜히 겁주는 거야. 엄마는 하나도 걱정 안 해.

그러나 회사 생활 내내 그녀의 마음속에 낙인처럼 새겨져 버린 건 아버지의 말이었다. 아버지의 말을 완전히 부정할 수 없다는 것도 문제였다. 밥을 잘 챙겨 먹으라거나 따뜻하게 입고 다니라는, 너무 자주 들어서 무뎌진 엄마의 말들과 달리 아버지의 말들은 딱 한 번 쏟아진 것만으로도 순식간에 그녀의 심장으로 날아와 그녀를 얼어붙게 만드는 것 같았다. 얼어버린 그녀가 부서지지 않도록 온기를 불어넣어주려 애를 쓰던 엄마는 이제 영원히 돌아오지 않을 터였다.

—주무시던 도중에 호흡 이상이 몇 번 있었을 거예요.

잠결에 전화를 받고 허겁지겁 병원 응급실에 도착했을 때, 엄마를 담당했던 레지던트는 경위를 차근차근 설명해주었다. 어떤 순간들이 엄마를 지나갔고 언제 엄마의 심장이 완전히 멎었는지, 그리고 어째서 손을 쓸 수 없었는지에 대해서도. 병원에 도착했을 땐 엄마의 심장은 이미 멈춰버린 후였다고 했다. 응급실 침대에 누워 있는 엄마는 머리까지 하얀 천을 덮고 있었다.

—조금만 일찍 도착했더라도 저희도 뭔가 할 수 있었을 텐데…….

혼잣말처럼 중얼거리다 말고 레지던트가 깊숙이 목례를 해보였다.

매년 받아온 건강진단에서 엄마는 별다른 문제가 없었다. 그저 엄마와 비슷한 나이 때의 사람들이 겪는 흔한 질환들, 고혈압과 당뇨 가능성이 있으니 조심하라고 했고, 자궁에 근종이 한두 개 있지만 폐경이 되었으니 걱정할 필요는 없다고 의사가 말하는 것을 그녀도 들었다. 엄마가 허리 수술을 받기 위해 병원에 입원했을 때, 그녀는 수술 동의서 보호자란에 자신의 이름을 적어 넣으며 앞으로 이런 순간이 더 자주 오리라는 생각만으로도 착잡한 기분에 사로잡혔었다.

장례식 삼 일 내내 큰 소리로 쉬지 않고 울어대던 이모들과 달리 그녀는 차분했다. 그건 아버지도 마찬가지였다. 두 사람은 침착하게 조문객들을 응대했다. 아니요, 지병이 있으셨던 건 아니고 갑자기 그렇게 되셨어요. 같은 말을 반복하고 또 반복했다. 자신도 모르게 눈물이 흐를 때도 있었지만 이상하게 입 밖으로 소리를 내어 울게 되지는 않았다.

그녀가 아무것도 준비되지 않았다는 그녀의 생각과 달리 장례는 절차에 따라 순조롭게 진행되었다. 부모님이 상조회사에 가입되어 있었다는 것도 그때 알게 되었다. 추모공원은 부모님 집에서 멀지 않은 곳이었다. 높은 곳에 있어서 경치도 좋았고 공기도 깨끗한 느낌이 들었다. 그녀는 이모들의 대화에서 엄마가 몇 달 전에 아버지와 함께 직접 살펴보고 고른 곳이라는 말을 들었다. 엄마와 매일같이 통화했으면서도 정작 그녀는 처음 듣는 얘기였다.

심하게 진눈깨비가 날리는 날씨 때문에 버스가 언덕을 아주 느린 속도로 올라갔다. 봉안을 마친 후 내려올 때는 그보다 훨씬 더 느리게 움직였다. 내려가고 있다는 느낌이 거의 들지 않았다. 브레이크를 계속 밟는 탓에 귀에 거슬리는 굉음이 버스 안을 가득 채웠다. 기사가 히터를 껐는지 버스 안에 한기가 감돌았다. 그때였다. 복도를 사이에 두고 맞은편에 앉아있던 아버지가 은수야, 하고 그녀의 이름을 불렀다.

─네가 집을 나간 뒤로…… 우리는 각방을 썼다.

아버지가 한참을 머뭇거리다가 입을 열었다. 그건 그녀도 알고 있던 사실이었다. 네 아빠가 코를 얼마나 고는지, 그래도 이제 네 방에서 편하게 잘 수 있는 건 좋더라. 아버지가 서재에 계시면 엄마도 그녀의 방에서 책도 읽곤 한다고, 숙면을 해서 그런지 요즘에는 피부도 좋아진 것 같다며 엄마는 웃었다.

엄마에게 들었을 때와는 달리 아버지의 말은 꼭 항변을 하는 사람의 말처럼 들렸다. 한편으로는 그녀가 나가지 않았더라면 이런 일은 일어나지 않았을 거라는 말 같기도 했다. 대기업 최종 합격 소식을 듣자마자 그녀는 선포하듯 집을 나가겠다고 부모님에게 말했다. 보증금을 모으느라 몇 개월이 더 걸렸고, 결과적으로 부모님에게 큰 도움을 받아 이룬 독립이었지만, 어쨌거나 그건 그녀에게는 매우 뿌듯한 일이었다. 마음속 깊은 곳에서 아버지를 향한 원망이 울컥 솟아올랐을 때, 비로소 그녀는 엄마가 없다는 사실이 실감이 났다. 엄마가 있었다면 아버지의 날 선 말들이 그녀의 마음에 내리꽂히도록 내버려두지는 않았을 터였다.

그녀는 고개를 돌려 창밖을 바라보았다. 습기로 차오른 유리창 너머, 눈으로 뒤덮인 세상은 온통 하였다. 그 광경을 바라보고 있다 보니 마치 커다란 얼음 덩어리 위에 홀로 남겨진 것만 같았다.

루와 함께 살기 시작한 지 세 달이 지났을 무렵, 그녀는 아침 아홉 시부터 오후 다섯 시까지 근무하는 병원으로 이직했다. 5층짜리 중소병원으로, 그간 대기업 회계부에서 쌓아온 그녀의 경력과는 무관한 일이었지만 마음은 한결 편했다. 급여는 적어졌을지라도 그만큼 일도 쉬웠고 스트레스도 적었다. 집에서 한 정거장 거리인 데다가 야근도 없었다. 환자들이 보험사와 합의하는 과정에서 필요한 서류들을 요청할 때마다 준비해주면 되는 간단한 일이었다.

서류를 신청하는 이들 중에서는 소위 말하는 나이롱환자들도 있었으나 예기치 못한 사고로 입원하게 된 이들이 대부분이었다. 그들은 서류를 부탁하며 그녀에게 사고 당시의 상황을 이야기하곤 했다. 무엇을 하고 있었고, 어쩌다 사고가 일어났으며, 그 순간 어떤 생각이 들었는지. 사연은 제각각 달랐지만 끝에 다다르면 다들 비슷한 말을 했다. 그나마 이만하길 다행이죠, 그리고.

─건강이 제일이에요.

그건 그녀와 통화를 할 때마다 엄마가 제일 자주 했던 말이었다. 본가를 나온 뒤로 엄마는 하루도 잊지 않고 전화를 걸어와 밥은 먹었는지, 잠은 잘 잤는지, 아픈 곳은 없는지 확인했다. 엄마의 당부대로 밥을 제

때 챙겨 먹고, 잠을 푹 자고, 스트레스를 받지 않으려면 회사부터 그만두어야 했다. 대기업은 봉급이 높은 만큼 쉴 틈 없이 밀려드는 일들로 야근이 일상이었다. 그녀가 무심코 털어놓은 몇 마디 푸념에도 엄마는 속상해하며 당장 회사를 그만두라고 했다.

　―건강이 제일 중요해. 사람이 건강을 잃으면 다 잃는 거야.

　그때 그녀는 평생을 가정주부로만 살아온 엄마가 자신의 상황을 이해할 수는 없을 거라고 생각했다. 결혼을 하는 것도 아니면서 집을 떠난 딸을 두고두고 못마땅해 하던 엄마였다. 그때는 엄마의 그 뻔한 말이 얼마나 오랫동안 마음을 무겁게 짓누를지 알지 못했다.

　그녀는 루에게 앞으로 조금 더 일찍 퇴근하게 되었다고 말한 뒤에 이직을 했다고 덧붙였다. 루가 더 좋아하는 일을 하게 된 건지 물었다. 그녀가 그렇다고 대답하자 루는 축하를 해주겠다며 냉장고에서 꺼내온 병맥주를 거실 테이블에 내려놓았다.

　TV를 켜기 위해 리모컨을 들어 올린 그녀를 향해 루가 고개를 살짝 흔들어 보였다. 나 사실 텔레비전을 별로 좋아하지 않아. 루가 말했다. 정확히는 상업 광고를 보는 게 싫다고 했다. 그건 그녀가 자신의 엄마에게 줄곧 했던 말이었다.

　―은수, 그렇다고 해서 나에게 맞출 필요는 없어. 네가 보고 싶으면 언제든지 봐도 돼.

　두 사람은 맥주를 마시며 거실에 있는 블루투스 스피커에 스마트폰을 연결해서 음악을 들었다. 선곡은 번갈아가면서 했다. 대개 오래된 팝송이었고 낮은 목소리의 샹송이나 국적을 가늠하기 어려운 언어의 노래들도 있었다. 장르는 다양했지만 하나같이 오래된 노래들이었다. 이제는 세상에 없는 이들의 목소리여야 한다는 규칙이 암묵적으로 합의된 듯했다.

　루가 아르바이트하는 펍에서 얻어온 훈제 연어를 접시에 내어 왔다. 그녀는 루가 집에 늦게 돌아오는 날이 많은 이유를 그제야 알게 되었다. 루는 비밀이라고, 학원에서는 알면 안 된다며 속삭이듯 말했다. 그녀가 그토록 늦게까지 일을 하면 피곤하지 않은지 묻자 루는 사실 학원은 오전 시간에만 근무하기 때문에 집으로 돌아와서 점심을 먹고 낮잠을 잔다고 털어놓듯 말했다. 부엌이 늘 깨끗하게 정돈되어 있어서 그녀는 그 사실을 전혀 알아차리지 못했다.

─넌 완벽한 룸메이트 같아.

맥주 두 병에 취기가 오른 그녀는 그렇게 말한 뒤에야 그 말이 자신의 입에서 나왔다는 사실을 깨달았다. 그녀는 그런 자신에게 놀랐다. 진심에서 나온 말이었지만 한국어로는 그렇게 직구를 던지듯이 말을 하는 습관은 없었다. 게다가 함께 살기 전까지는 인사조차 나누지 않았던, 지금도 아는 것보다 모르는 게 훨씬 많은. 하지만 무심코 내뱉은 말이긴 해도 거짓말은 아니었다.

함께 살기 시작한 뒤로 세 번째 계절이 끝나갈 동안 두 사람은 사소한 말다툼조차 한 적이 없었다. 서로 견딜 수 없을 만큼 상이한 생활 습관이 있지도 않았다. 루와 한집에서 사는 건 마치 잔잔한 바다 위를 순항하는 배에 함께 올라타 있는 기분이 들었다. 감정적으로 날카로워질 일도, 의도가 제대로 전해지지 않아 몇 번이나 같은 이야기를 거듭해야 될 때도, 그러다가 목청이 높아져 얼굴을 붉힐 상황도 없었다. 그건 루가 평소와는 다른 시간에 귀가하거나 며칠 동안 외박을 해도 그녀가 신경 쓸 필요가 없다는 의미이기도 했다. 그녀가 방 안에서 어떤 시간을 보내는지, 하루 종일 밥을 먹지 않고 웅크린 채로 이제는 영원히 사라져버린 누군가를 그리워하며 베갯잇이 축축해지는 나날이 있다는 것도, 루 또한 알지 못했고 알아야 할 이유도 없었다.

어느 주말 오후, 초인종 소리가 났을 때 그녀는 샤워 중이었다. 틀어놓은 물소리 때문에 그녀는 늦잠을 자던 루가 일어나 현관문을 열었다는 사실을 알지 못했다. 머리를 수건으로 감싼 채 욕실에서 나온 그녀는 얼마간 굳은 듯이 그 자리에 서 있었다. 현관 앞에 누군가 루와 마주 서 있었다. 아버지였다.

—은수, 너의 손님이 왔어.

루가 반가운 얼굴로 말했다. 루와 함께 사는 동안 자신을 찾아온 사람은 아무도 없다는 사실을 그녀는 새삼 떠올렸다. 엄마의 장례식장에서 그녀를 안아주며, 마음을 추스르면 연락하라던 친구들 누구와도 그녀는 만난 적이 없었다. 그건 세상에 남은 유일한 혈육인 그녀의 아버지와도 마찬가지였다. 한 손에 케이크 상자를 든 아버지는 목이 늘어난 베이지색 면 티셔츠와 수면바지 차림에, 머리카락에서 물을 뚝뚝 떨어지는 그녀와 멀뚱히 서 있는 루를 번갈아가면서 쳐다보았다.

—잠깐 같이 사는 친구예요.

그녀는 애써 당황한 기색을 숨긴 채 말했다. 잠시 기다려 달라고 덧붙인 뒤에 그녀는 방문을 닫으려다 말고 아버지를 향해 외쳤다.

—그 사람 한국말 못해요.

옷을 갈아입고 드라이기로 머리를 말리면서도 그녀의 신경은 온통 바깥을 향해 있었다. 그릇이 부딪치는 소리가 들렸다. 틈틈이 말소리도 들리는 것 같았다. 한국말을 못한다고 아버지에게 단언하긴 했지만 그 사이 루의 한국어 실력이 늘었는지도 모르는 일이었다. 어느새 루와 같이 살고 나서 세 번의 계절이 지나갈 만큼의 시간이 흘러 있었다.

그녀는 주말 아침부터 들이닥친 아버지의 심중을 추측해보려고 했지만 마땅히 떠오르는 게 없었다. 아버지는 언제나 자신의 계획대로 움직이는 편이었다. 아버지는 연락도 없이 집에 찾아오거나, 보고 싶다는 이유로 무턱대고 집에 오라고 채근하고, 다 먹지 못할 양의 음식들을 냉장고 가득 만들어 놓고 가는 엄마와는 달랐다. 적어도 그녀에게 먼저 말은 할 사람이었다. 통보하는 듯한 말투로라도, 하지만 휴대폰에 아버지로부터 온 연락은 전혀 없었다.

아버지가 그녀의 집에 들어온 것도 처음이었다. 엄마를 데리러 차를 끌고 근처까지 온 적은 있었으나 아버지는 집을 구경할 겸 들어갔다 가라는 그녀와 엄마의 권유에도 곧 차가 막힐 시간이니 빨리 출발해야 한다며 차에서 내리지도 않았다. 엄마의 기일이라면 아직 한 달 하고도 보름 남짓한 기간이 남아 있었다. 방문 너머에서 루의 웃음소리가 들려왔다. 그녀는 불안한 마음에 수건으로 머리를 대충 턴 뒤에 옷만 갈아입고 거실로 나갔다.

식탁에 루와 나란히 앉아있는 아버지의 모습은 퍽 낯설었다. 그녀의 기억 속에서 아버지의 옆에는 언제나 엄마가 있었던 것이다. 장례식장에서 본 아버지의 머리칼은 흰색과 검은색이 반반이었었는데 이제는 전체적으로 옅은 회색빛이 되어 있었다. 다른 것들은 엄마와 살아있을 때와 크게 다르지 않아 보였다. 아버지는 엄마가 손수 짠 니트 카디건을 입고 있었다. 양복을 입은 아버지의 모습에 익숙했던 그녀로서는 그 모습마저도 어색하게 느껴졌다.

케이크를 던 접시 세 개가 식탁 위에 놓여 있었다. 루가 그녀를 향해서 오라고 손짓을 했다. 그녀는 차를 만들어야겠다고 말한 뒤에 물을 담은 전기 포트의 스위치를 누른 뒤 찬장을 열어 찻잔들을 꺼냈다.

―당신은 어느 나라 사람입니까?

그때 아버지가 영어로 말했다. 주어와 동사, 명사와 형용사가 있어야 할 자리에 정확히 놓인 문장이었다. 아버지가 오래전부터 영어 공부를 해왔다는 사실이 기억났다. 운전을 하거나, 여가시간에 스마트폰으로 영어 회화를 들으며 아버지는 혼자 익힌 영어 문장들을 중얼거리곤 했다. 그런 식으로 해서는 절대 늘지 않는다고, 언어는 누군가와 대화를 주고받아야 느는 거라고 그녀가 말했지만 아버지는 개의치 않았다.

루는 아버지에게 국적은 스코틀랜드이고, 자라난 곳은 영국 북부 끄트머리에 있는 바다 근처 작은 도시라고 답했다. 해가 잘 뜨지 않고 비가 일상처럼 내리는 우울한 곳이어서 한국의 여름이 정말 좋다고도 덧붙였다. 그녀도 들어본 적이 있는 이야기였다.

―당신은 왜 한국에 오게 되었습니까?

그건 그녀가 물어본 적이 없는 질문이었다. 루는 불편한 기색 없이 순순히 답해주었다. 학창시절에 한국에서 온 친구가 있었고, 그 친구에게 들었던 이야기들 때문에 줄곧 와보고 싶었다는 루의 이야기를, 그녀는 찻물이 끓어가는 동안 집중해서 듣고 있었다. 이어서 아버지는 루에 게 얼마나 많은 나라에 가보았는지 물었다. 루는 나라 대신 도시를 나열했다. 대개 유럽 쪽이었고 아시아 지역에 있는 도시명들도 들려왔다. 그녀가 처음 들어보는 도시들도 많았다. 루는 그곳들에 가게 된 계기나 감상을 짧게 덧붙였다. 아버지는 듣고 있다는 듯이 고개를 끄덕거렸으나 정확히 알아들은 것 같지는 않았다. 루의 말들을 놓치지 않기 위해 애를 쓰면서도 동시에 그녀는 마치 자신이 취조를 받는 기분이 들기도 했다. 아버지의 영어는 그녀가 들어본 아버지의 언어 중에서 가장 정중하게 들렸지만 아버지가 하는 질문들은 그동안 루와 그녀가 지켜왔던 선을 제멋대로 넘나들고 있었다. 서로에 대해 너무 많이 알려고 하지 않음으로써 유지되었던 두 사람 사이의 편안함, 그 적당한 거리를 아버지가 다 망가뜨릴 것만 같았다. 그나마 아버지가 영어를 잘하지 못한다는 사실이, 그리고 루가 한국어를 잘하지 못한다는 사실이 다행이라고 생각될 지경이었다.

　-앞으로도 가능하면 계속 여행을 하며 살아갈 생각이에요.

　루의 말에 그녀는 새삼 루가 자신과 영원히 살지 않을 것이라는 사실을 상기했다.

　빗방울이 타닥타닥 거리는 소리를 내며 유리창을 때리기 시작했다. 터키에 가본 적이 있는지 묻는 아버지의 질문에 루는 아니요, 라고 답했다.

　-나는 오래전에 터키에 가본 적이 있습니다.

　아버지는 그렇게 말한 뒤에 아내와 함께 9박 10일 동안 여행을 다녀왔다고 이어 말했다. 아내, 라는 말에 전기 포트를 들어 찻잔에 물을 붓던 그녀의 신경이 곤두섰다. 아버지는 9박 10일간의 터키 여행에 대해서 사소한 것까지 말하려 들었다. 여행 내내 무슨 음식이든 잘 먹었던 아내와 달리 자신은 음식이 맞지 않아 버스에서 내내 메스꺼운 기분을 느껴야 했다는 것과, 과민성 대장증후군이 있는 여행객 때문에 툭하면 버스가 세워졌던 상황들, 그런 순간들에 대해서 구체적으로 말하기 위해 말이 길어질수록 아버지의 말들은 점점 문법이 맞지 않거나 가끔은 루가 전혀 이해할 수 없는 방식으로 말해졌다. 그러나 그녀는 루와 달랐다. 그 엉망진창인 말들을 그녀는 모두 이해할 수 있었다. 하지만 정작 그녀는 아버지의 말이 사실이라고 여기지 않았다. 그녀는 엄마가 갔던 해외 여행지들을 모두 알고 있었다. 육십 번의 해를 보내는 동안 엄마가 한 여행은 그리 많은 횟수는 아니었다. 이모들과 패키지여행으로 갔던 베트남과 태국, 그리고 아버지의 친구 부부들과 함께 부부동반으로 간 중국이 다였다. 그녀가 분명히 기억하기로 그중에 터키는 없었다.

지난겨울, 엄마의 인생이 갑작스럽게 끝나지 않았더라면 그녀는 엄마와 일본에 갈 예정이었다. 언젠가 그녀의 집에 왔던 엄마가 텔레비전 여행 프로그램에서 한밤중에 반짝이는 가로등 불빛 아래 눈이 깔린 오타루 운하를 아이처럼 신기한 눈빛으로 보는 것을 보고 그녀는 여행사 패키지 관광 상품을 구입해 놓았다. 회사 일이 바빠 엄마의 생일에 전화 한 통으로 대신했던 그녀는 자신의 죄책감을 그렇게 해소하고자 했다.

식탁 위에 그녀 몫의 케이크가 놓여 있었지만 그녀는 두 사람 몫의 찻잔을 식탁에 내려놓은 뒤 싱크대 쪽으로 돌아와 괜히 행주를 들어 이곳저곳을 닦았다. 그러다가 식기세척기를 열고 안에 있는 그릇들을 꺼내 정리하기 시작했다. 그릇을 하나씩 꺼낼 때마다 일부러 더 요란한 소리를 냈다.

터키의 카파도키아에서 아버지와 엄마는 열기구를 타기로 되어 있었다고 했다. 그런데 전날 열기구 착륙 과정에서 몇 사람들이 타박상을 입는 작은 사고가 나는 바람에 예약했던 사람들의 절반 이상이 타지 않기로 마음을 바꿨다. 아버지도 그중 한 사람이었다.

―하지만 내 아내는 꼭 그걸 타고 싶어 했소.

아버지의 말에 그녀가 얕게 코웃음을 쳤다. 그녀는 아버지의 그 말도 믿지 않았다. 아버지의 말이라면 거절할 줄 몰랐던 엄마였다. 그녀는 엄마가 해외여행을 다녀올 때마다 공항에서 사온 마그넷들을 하나씩 떠올려 보았다. 본가의 냉장고에 붙어있을 마그넷들 중에 터키와 관련된 것을 본 일은 없었다. 게다가 아버지가 엄마와 터키 여행을 갔었다던 그해 봄은, 졸업을 앞둔 그녀가 회계 관련 자격증 공부를 막 시작했던 무렵으로 세 사람이 한 집에서 살던 시절이었다. 아무리 바빠도 부모님이 열흘 동안 여행을 떠난 것을 그녀가 모를 수는 없었다. 어두워진 창밖에서 빗소리가 한층 더 무겁게 들려왔다.

아버지가 혼자서도 괜찮다면 타고 오라고 엄마에게 말했을 때, 가이드가 두 사람에게 다가와 열기구는 원래 가족끼리는 함께 탈 수 없다는 사실을 알려주었다. 만약 같이 탔다가 추락하면 가족들이 한꺼번에 죽을 수도 있기 때문이라고 했다.

—말릴 틈도 없이 아내가 탄 열기구가 하늘을 향해 순식간에 솟아올랐소. 열기구와 땅 사이에는 아무런 안전장치가 없었소. 나는 어떤 연결이, 하다못해 얇은 줄이라도 걸려 있을 거라고 생각했는데…… 나나 아이의 문제라면 작은 일에도 쉽게 놀라고 지나치게 불안해하던 사람이 이상하게 혼자서 열기구 위에서는 전혀 겁을 내지 않더군요.

아버지가 점점 더 제대로 된 영어를 쓰고 있지 않다는 것을, 이제는 횡설수설하다 못해 엉망으로 말하기 시작했다는 것을, 그리고 루가 난처해하고 있다는 것이 동시에 느껴졌다. 그녀는 초조한 마음으로 시간을 확인했다. 루의 저녁 아르바이트 시간이 다 되어가고 있었다. 몇 분만 지나면 루가 출발해야 할 터였다.

—아내가 탄 열기구가 새끼손톱보다도 더 작아지는 모습을 올려다보면서 처음으로 나는 그런 생각을 했소. 아내가 이대로 먼 곳으로 날아가 버린다면, 영원히 내게서 멀어져 버린다면…….

아버지는 거기까지 말한 뒤에 손으로 얼굴을 쓸어내리면서 혼잣말을 되뇌듯 말했다.

—적어도 남겨지는 쪽은 되고 싶지 않았는데.

아버지에게서 희미하게 술 냄새가 나는 것 같았다. 그제야 비로소 그녀는 아버지가 주정뱅이처럼 말하고 있다는 것을 알아차렸다. 그녀가 기억하는 아버지는 술이 아주 센 편이어서 웬만해서는 좀처럼 티가 나지 않았다. 다시 보니 아버지의 얼굴색이 붉게 달아올라 보였다. 꾹 눌러놓았던 화가 터지듯이 솟아올랐다.

ㅡ제발, 거짓말 좀 그만하세요.

그녀가 한국어로 말했다.

ㅡ엄마는 터키에 간 적이 없어요.

아버지가 그녀를 향해 답했다.

ㅡ내가 왜 거짓말을 하겠니?

아버지는 여전히 영어로 말하고 있었다. 그래서인지 어조가 장난스럽게 느껴졌다. 그녀는 더 들을 필요도 없다는 듯이 싱크대에 놓인 그릇들을 집어 수세미로 닦기 시작했다. 사기그릇들이 부딪칠 때마다 날카로운 마찰음이 울려 퍼졌다. 아버지는 잠시 동안 말을 하지 않다가 입을 열었다.

ㅡ네가 네 엄마를 다 안다고 생각하지 마라.

이번에는 한국어였다. 언제나 그랬듯 단호하고 날카로운 어조였다. 그 말에 그릇을 문지르던 그녀의 손이 일순간 멈췄다. 그녀는 얼어붙은 듯 잠시 그렇게 있다가 몸을 돌려 아버지를 똑바로 바라보며 말했다.

ㅡ그렇게 잘 아셨으면 엄마 심장이 멈추기 전에 병원에나 데려가지 그랬어요.

다시 싱크대를 향해 돌아선 그녀가 수도꼭지를 제일 세게 틀었다. 요란한 물소리가 실내에 쏴 하고 울려 퍼졌다.

엄마의 죽음에는 아무런 예고도, 징조도 없었다. 그 사실을 상기할 때면 그녀의 시간은 전화를 받았던 겨울의 캄캄한 그 새벽녘으로 돌아가버리곤 했다. 그날, 잠이 들기 전에 엄마에게서 온 부재중 전화를 확인했음에도 그녀는 다시 전화를 걸지 않았다. 저녁은 먹었어? 라고 시작될 게 뻔한 엄마의 말들은 늘 똑같아서 굳이 들을 필요도 없다고 그녀는 생각했다.

쉬지 않고 이어지는 벨소리에 눈을 떴을 때 어둠 속에서 디지털시계

413

가 4:54 모양대로 빛을 내고 있었다. 엄마의 죽음을 알리던 아버지의 목소리는 생생하게 떠오르면서도, 정작 엄마의 목소리는 그토록 매일 같이 들었음에도 잘 기억이 나지 않았다.

때때로 엄마가 없는 아버지의 삶에 대해서 생각해 볼 때가 있었다. 엄마가 컵을 꺼내주지 않으면 물통을 통째로 입가에 가져가던 아버지, 엄마가 동동거리며 집안일을 하는 동안 언제나 신문으로 얼굴을 가리고 있던 아버지, 색깔별로 수건을 정리한 뒤에 흐뭇해하는 엄마를 강박증이라고 일축해버리던 아버지를, 집 안을 가꾸는 일을 하찮고 중요하지 않은 일들이라고 여기던 아버지가 그 일을 해주었던 엄마 없이 어떻게 지내고 있을지. 하지만 전혀 상상이 되지 않았다. 그녀의 기억 속에서 아버지의 옆에 있던 엄마의 자리는 이제 블랙홀처럼 새카맣게 뻥 뚫려 있었다.

루는 그녀를 대신해서 아버지를 배웅해 주었다. 루가 신발장에서 우산을 꺼내어 챙겨주고, 신발을 신을 수 있도록 아버지의 팔을 붙잡아 줄 동안 그녀는 싱크대 앞에서 물을 틀어놓은 채 가만히 서 있었다. 얼마 뒤 출근 채비를 마친 루가 그녀에게 인사를 건네었다. 마치 아무런 일도 없었다는 듯이, 이전과 똑같은 어조였다. 하지만 루가 아버지와 그녀 주위에 내려앉아있던 싸늘한 기운을 알아차리지 못했을 거라는 생각은 들지 않았다. 루의 한국어 실력이 늘지 않아 아무것도 알아듣지 못했다고 해도 아무것도 느끼지 못했다는 의미는 아닐 터였다.

식탁에는 그녀 몫으로 덜어놓은 케이크가 남아 있었다. 생크림이 녹아 모양이 흐트러져 있었다. 맞은편에는 아버지가 마시던 찻잔이 놓여 있었다. 잔에 말라버린 얼룩을 물끄러미 바라보다가 그녀는 아버지가 왜 찾아온 것인지 말해주지 않았다는 사실을 깨달았다. 아버지는 단것을 좋아하지 않았다. 그건 그녀도 마찬가지였다. 케이크를 좋아한 건 엄마였다. 그제야 오늘이 엄마의 생일이라는 사실을 기억해냈다. 엄마가 죽은 날짜에 매여 엄마가 살아있던 순간들을 자신이 완전히 잊어버리고 있었던 사실까지도 말이다.

그녀는 자신의 몫으로 남겨진 케이크를 입에 넣으며, 아버지가 들려주었던 이야기를 천천히 상상해 보았다. 열기구를 타고 순식간에 하늘 높이 저 먼 곳으로 날아가는 엄마를, 그 모습을 땅에서 하염없이 올려다봐야 했을 아버지의 심정을. 어쩌면 아버지가 갇혀 있는 건 그 순간일지도 모르겠다는 생각이 들었다. 때때로 그녀가 엄마와 전화를 하는 꿈을 꾸는 것처럼, 그럼에도 자고 일어나면 엄마의 목소리를 전혀 떠올릴 수 없어 먹먹한 마음으로 하루를 보내는 것처럼. 엄마의 죽음에 있어서 그녀가 영원히 용서할 수 없는 건 아버지만이 아니었던 것이다. 발 언저리에서 뭔가가 밟히는 기분이 들었다. 식탁 아래로 머리를 숙여 내려다보니 아버지의 외투에서 떨어진 것처럼 보이는 단추가 바닥에 덩그러니 남아 있었다.

　그녀는 아버지에게 엄마의 물건들을 아버지가 어떻게 했을지 물어봐야겠다고 다짐했다. 그녀의 집에 남아있던 엄마의 흔적들을 치워준 건 루였다. 방에 남아있던 몇 안 되던 엄마의 물건들을 박스에 담아준 건 루였다. 엄마가 썼던 방에 루가 들어온 이래로 그녀는 그 방안에 들어가 본 적이 없었다. 부엌에 정리되어 있는 식기들이나, 서랍 안에 개어진 옷들에서도 이제 엄마의 흔적은 전혀 찾아볼 수 없었다. 하지만 어떤 식으로도 엄마를 잃은 슬픔은 사라지지 않으리라는 것을 그녀도 잘 알고 있었다. 그건 아버지도 마찬가지일 터였다.

　그녀는 다음에 아버지가 다시 터키 여행에 대해 이야기를 시작한다면 잠자코 들어봐야겠다고 생각했다. 설령 그것이 세상에서 가장 힘겨운 대화라 할지라도 예전처럼 꽁꽁 얼어붙지는 않을 것 같은 예감이 들었다. 적어도 엄마에 대해 이야기하는 동안만큼은 그럴 터였다. 그들을 따뜻하게 녹여주던 엄마는 곁에 없지만 두 사람이 엄마의 온기까지 잊었다는 의미는 아니었으므로. 그녀는 비로소 아버지가 자신을 찾아온 이유를 알 것 같았다.

당선소감 : 이한슬

"멀고 험한 글쓰기의 길, 오랜 운명 같아"

일 년 전 일이다. 불현듯 오른쪽 아랫니들이 몽땅 빠진 것처럼 아팠다. 간헐적이긴 해도 한 번 찾아오면 턱이 덜덜 떨릴 만큼 심한 고통이었다. 밥을 먹는 것도, 사람들과 대화를 하는 것도 어려웠고 진통제도 듣지 않았다. 동네 치과 몇 군데를 돌아다녔지만 그 정도로 아플 이유는 없어 보인다고 했다. 지인들은 걱정스러운 눈길로 바라보면서도 내가 아프다는 것을 쉽게 잊어버렸다. 겉으로는 아무 문제가 없어 보였으니까. 억울한 마음에 차라리 피라도 철철 흘렀으면 좋겠다고 생각했다.

대학병원 예약을 잡아두고서, 우연히 들른 한 치과에서 이를 너무 꽉 물고 있으면 그럴 수도 있다는 말을 들었다. 스트레스가 심하면 무의식중에 그러는 경우가 더러 있다고. 터무니없다고 생각하면서도 그날부터 일부러 입을 벌리고 지내려고 애썼다. 이 주쯤 지나자 고통이 찾아오는 횟수가 확 줄어 있었다. 그때, 이렇게는 그만 살자고 생각했다. 말 그대로 이 악물고 견디는 건 그만하자고, 세상에는 소설을 쓰는 일보다 더 재미있는 일들이 많을 거라고. 하지만 결과적으로 나는 그런 일을 찾지 못했다.

오래전, 글쓰기를 좋아하던 지인에게 선물로 받은 폴 오스터의 에세이집에는 아래 문단에 줄이 그어져 있었다.

"의사나 경찰관이 되는 것은 하나의 '진로 결정'이지만, 작가가 되는 것은 다르다. 그것은 선택하는 것이기보다 선택되는 것이다. 글 쓰는 것 말고는 어떤 일도 자기한테 어울리지 않는다는 사실을 받아들이면, 평생 동안 멀고도 험한 길을 걸어갈 각오를 해야 한다.”

어쩌면 나는 오래전부터 내 자신이 어떤 식으로 살아갈지 각오하고 있었는지도 모르겠다. 내가 기억하는 제일 어렸던 시절부터 나는 이야기를 만드는 일에 푹 빠져 있었으니까. 다만 좋아하는 일을 직업으로 갖게 되는 기적이 내게 일어날지 확신할 수 없었을 뿐.

부족한 내게 기회를 주신 심사위원님들께 진심으로 감사드린다. 우리 아이는 못 하는 게 아니라 남들보다 조금 늦는 편이라고, 언제나 유쾌한 마음으로 지지해주신 부모님의 믿음에 조금이나마 답례할 수 있어서 기쁘다. 김송, 림송, 유, 당신들이 아니었으면 여기까지 올 수 없었을 것을 누구보다 잘 안다. 나의 스승 박형서 교수님과 그간 소설을 쓰면서 만나고 지나친 모든 이들에게 감사의 인사를 전한다.

관계에 대한 깊은 성찰… 체온 느껴져

소설을 쓰는 사람은 알 것이다. 소설은 내용이 형식을 만나는 지점에서 시작된다는 사실을. 그런 의미에서 「어떤 사이」의 첫 문장―루에게 먼저 살자고 한 건 그녀였다―은 의식적이든 무의식적이든, 제대로 된 점화이다. 엄마의 빈자리에 루를 끌어들이면서 소설의 구조를 얻은 것이다. 개인적인 독립성과 자율성을 지키는 경계와, 필요가 충족되고 친밀함이 유지되면서 침범하지 않는 관계의 거리, 그 사이 어딘가에서 영원히 엄마를 놓쳐버린 상실과 애도를 섬세하고 정교하며 때론 날카롭기도 한 구도 속에서 잔잔하게 그려냈다. 침묵이 만드는 여백과 관계에 대한 다양한 성찰 속에서 인간의 체온과 삶의 풍경이 은은하게 배어나오는 깊고 안정된 작품이다. 한 편의 소설에는 잊히지 않는 하나의 장면이 있어야 성공한다. 「어떤 사이」에는 루가 엄마와 정반대의 의미에서 관계의 완충지대로서 역할을 다하는 후반부에 그 하나의 장면이 마련돼 있다.

「로맨틱 홀리데이」는 작품 속에 안개처럼 흘러 다니는 홀리라는 인물과 그녀가 관용적으로 어디에나 붙여 쓰는 로맨틱을 결합한 제목이다. 기대 없이 묻힐 수 있는 제목이지만 소설을 읽고 나면, 전에 없던 이미지가 생기며 완전히 새로워진다. 등장인물들이 동성애자와 트랜스젠더여서 보편적인 현실의 중력을 조금 벗어난 것 같지만, 젊은 여성이 주변과 다투며 만들어 가는 정체성과 만만치 않은 현실과 버거운 공백은 별반 차이가 없다. 소설에서는 모두 홀리이면서도 조금 다른 홀리라는 차이가 이해의 끝이기도 하지만, 성장의 희망이기도 하다. 나른한 채로 핍진성 있는, 매력적인 작품이다.

「라이머」는 서술의 층위를 달리해 막 나가는 엄마와 화해를 끌어냄으로써 학교 폭력을 다룬 다른 소설들과 큰 차이를 벌려 눈에 띄었으나 제목인 라이머의 의미는 끝내 알 수 없어 아쉬웠다. 과대망상인 아버지로부터 불행을 물려받았지만, 절망과 유폐와 파국의 이야기를 유쾌한 내러티브로 전개해 폭소와 감동을 자아낸 「우주 쇼맨」도 잘 읽었다. 이 작품은 너무 많은 정보를 배치한 시작 부분을 정돈할 필요가 있다. 최종심에서 「어떤 사이」와 「로맨틱 홀리데이」를 두고 두 심사위원이 논의한 끝에 「어떤 사이」를 당선작으로 뽑았다.

영남일보 송영인

1971년생

영남일보

스태추마임

송 영 인

　바닷물이 밀려 나간 자리에 갯벌이 드러난다. 섬 위로 유채 물감을 바른 것 같은 구름이 떠 있다. 태양에서 발산된 빛이 구름과 부딪쳐 여러 가지 색으로 퍼져간다. 그가 좋아했던 그림의 하늘과 비슷하다.

　그가 죽고 난 후 부패를 막기 위해 폐녹시에탄올을 그의 몸 전체에, 특히 구멍이 있는 곳에 들이부었다. 카드뮴과 코발트 성분으로 된 광택제를 이마의 주름이 거의 보이지 않을 정도로 덧칠했다.

　바다 쪽에서 따뜻한 기운을 머금은 바람이 불어온다. 새벽에 이곳에 도착해서 그에게 다가갔을 때 엷은 시취가 났다. 가지고 온 향수를 뿌린다. 콧구멍과 눈에서 진물이 흘러내린다. 두껍게 칠한 도료 덕분에 외형은 많이 변하지 않았다. 시반이 생긴 부분을 알코올로 닦고 유성물감으로 다시 도포한다. 엷게 물을 뿌린다. 하지만 날씨가 더 풀리면 물도 더는 얼지 않을 것이고 여기에 그대로 둔다면 부패는 급속하게 진행될 것이다. 찰흙이나 고무로 만든 조형물이 아니라는 걸 한눈에 알 수 있을 것이다.

　그에게서 전화가 온 것은 사고가 일어나고 일 년쯤 지난 후였다. 그는 자신이 원하는 것을 해줄 수 있는 가장 적합한 인물로 나를 선택했을 것이다. 우연히 신문기사에서 우리 가족의 사연을 보고 연락했다고 말했다. 그런데 전화번호를 어떻게 알았단 말인가. 그는 신문기사에 전화번호가 적힌 동물병원 간판이 나와 있었다고 말했지만, 아내가 스크랩한 신문기사 어디에도 그런 사진은 없었다. 아마 동물병원 전화번호를 알기 위해 많은 노력을 했을 테고 내게 연락하기 전에 우리 집과 동물병원을 배회하며 나와 아내의 행동을 관찰했을 것이다. 그는 당신과 비슷한 아픔을 가지고 있다고, 서로 아픔을 공유하면 조금은 누그러뜨릴 수 있지 않겠냐고, 자기를 한 번 찾아와 주었으면 좋겠다고, 여러 차례 전화해 말했다. 처음에는 그를 찾아갈 생각이 전혀 없었다. 하지만 여러 번 통화하는 동안 그의 슬픔에 조금씩 공감이 갔고 나도 누구에게도 말할 수 없었던 아들에 대한 이야기를 그에게 하곤 했다. 한 번도 만나보지 않았지만 오랫동안 알고 지낸 사람처럼 편했다.

아내는 울다가 손등을 긁다가 가슴을 쳐대곤 했다. 나는 서서히 지쳐가고 있었다. 하루만이라도 집을 벗어나고 싶다는 생각이 들었을 때, 바람이나 쐬러 오라는 그의 말이 떠올랐다. 바닷가에 도착했을 때, 그는 스태츄마임을 하고 있었다. 투버튼 슈트와 끝이 좁은 넥타이는 단정했고 얼굴부터 구두까지 온통 진갈색 도료로 칠한 상태였다. 슈트의 끝자락은 허리에서 조금 뜬 채로 빳빳했고 바지의 주름은 과장되게 결이 지어져 있었다. 사람같이 보이지 않았다. 그는 치켜뜬 퀭한 눈으로 바다를 바라보았다. 내륙 쪽에서 어스름이 검은 가루처럼 내려앉기 시작할 무렵 자리에서 일어났다. 내가 손을 들어 신호를 보내자 그는 아무 말 없이 건너편 민속주점을 가리켰다. 들어선 술집에는 어디에서나 볼 수 있을 법한 동양화 한 점이 걸려있었다. 그림 왼쪽에 초가집 한 채가 있고 싸리로 만든 울타리가 집을 둘러싸고 있었다. 하얀 수염의 노인이 마루에 앉아서 절벽에 위태롭게 서 있는 소나무를 바라보고 있는 그림이었다. 그는 그림을 한참 동안 올려다보았다. 오 분 정도 지나자 전혀 움직일 것 같지 않던 그의 입이 열렸다.

"에곤 실레의 '네 그루의 나무'라는 그림을 알고 있소?"

만난 이후 말을 하지 않아 잘못 찾아왔나 하고 긴장했는데 전화기 너머로 자주 들었던 익숙한 목소리에 마음이 놓였다.

"아니요. 잘 모르겠습니다."

"빨간 등대 너머로 보이는 울긋불긋한 노을을 바라보았을 때, 그 그림이 떠올랐다오. 여러 층의 구름이 여러 빛깔을 만들어 내고 있었지. 멀리까지 손을 뻗어 잡을 수만 있다면 그대로 떼어낼 수 있을 것 같이 질감이 느껴지는 구름이었소. 세 그루의 나무들과는 다르게 왼쪽에서 두 번째 나무는 잎이 거의 다 떨어져 마치 말라 죽어가는 것처럼 보인다오. 내가 꼭 그림의 두 번째 나무같이 느껴졌다오. 풀썩 주저앉아 하늘만 쳐다보았지. 영원 같은 시간이었소."

그는 소주를 한 잔 마시더니 고개를 치켜들었다. 초점을 잃은 눈이 천장 너머 아득한 곳을 바라보고 있는 듯했다.

"바다 멀리서 갯벌로 물이 밀려오고 있었소. 왠지 내 가슴 속에도 물이 차오르는 것 같았지. 순간, 미지의 것에는 절반의 가능성을 남겨둬야 한다는 어떤 사람의 말이 떠올랐소. 그러다 하늘을 보았지. 태양에 눈이 부시더군. 사금파리가 눈 속으로 쏟아져 들어오는 것 같아 눈물을 흘릴 수밖에 없었소. 시내로 나가 무작정 거리를 돌아다녔지. 석고가루와 붓, 픽스 스프레이를 사서 이 거리로 돌아왔소. 그게 마임의 시작이었지."

진하게 바른 분장 때문인지, 그의 입은 거의 움직이지 않았다. 알아듣기가 쉽지 않았다. 손님들이 많아짐에 따라 소란스러워졌고 그의 말은 다른 사람들의 말소리에 파묻혔다. 나는 혼자 술을 따라 연거푸 마셨다.

눈을 떴을 때, 페인트 냄새가 났다. 작은 창문 사이로 빛이 들어와서 얼굴에 박혔다. 창문 맞은편에 입구로 나갈 수 있는 계단이 있고 그 끝에 쇠문이 있는 거로 보아 지하인 것 같았다. 바닥에는 페인트 자국이 어지러이 흩뿌려져 말라 있었다.

"부축해서 오느라 힘들었다오. 고래고래 고함을 질러대는 통에 여기로 데려올 수밖에 없었어. 모텔 같은 데 데리고 갔으면 쫓겨나고 말았을 거요."

"폐를 끼쳤습니다. 죄송합니다."

"난 나가봐야 하니 더 쉬다 나오시오. 가져갈 것도 없으니 문은 그냥 닫아만 놓고 나오면 되오."

그는 밖으로 나가 버렸다. 숙취로 머리가 어지러웠지만 남의 집에 혼자 누워있을 수는 없는 노릇이었다. 일어나서 머리를 세차게 흔들었다. 저절로 인상이 찡그려졌다. 누워있는 소파 표면에 여러 가지 색깔의 크고 작은 점들이 질서 없이 떨어져 있었다. 소파와 마주 본 벽에는 금이 간 대형 거울이 달려 있었다. 뒷모습을 분장하는데 사용하는 것인 듯했다. 거울 앞 탁자에는 동그란 작은 거울과 유성물감 튜브와 안료, 도료, 붓들이 가지런히 놓여 있었다. 자리에서 일어나 거리로 나갔다. 그는 어제와 변함없는 모습으로 미동도 하지 않은 채 바다를 바라보고 있었다.

사람들이 하나둘 조형 공원에 모여들기 시작한다. 서둘러 떠나야 한다. 만약 내가 체포된다면 어떤 죄목을 갖다 붙일까. 몸을 훼손한 것이 아니라 보존했으니 사체손괴죄는 아닐 것이다. 사체은닉죄? 사람들이 많이 다니는 조형공원에 전시했으니 그것도 아닐 것이다. 사체오욕죄? 나는 그의 뜻에 따른 것뿐이니까 그것도 아니다. 어떤 죄를 나에게 부과한다고 해도 나는 그를 지킬 수밖에 없다. 그의 몸을 덧칠하면 할수록 마치 내가 예술가가 된 것 같은 착각이 들었고 그의 마지막 작품을 지켜야 한다는 생각이 절실해졌다. 게다가 그의 넋이 내게 들러붙었는지 과거에 그가 한 말을 자꾸 되뇌었다. 분명한 것은 그를 이대로 둘 수는 없다는 것이다. 하지만 어디로 옮긴단 말인가. 바다가 있는 남쪽, 동상들이 있는 조형 공원을 찾는 것도 쉽지 않은 일이었다. 무엇보다 인적이 없는 곳이어야 했다. 앞으로 날씨가 점점 따뜻해질 것이고 아무런 장치 없이 전시한다면 썩어갈 것이 틀림없다. 박제로 만들 자신도 없다. 냉동고에 넣고 겨울에 다시 꺼내는 것도 한 방법이겠지만 내키지 않았다. 그가 냉동고에 갇혀있는 동안 그의 딸이 돌아온다면, 그는 죽어서도 나를 원망

할 것이다. 작업을 끝내고 일어나자 몸이 휘청대고 눈앞이 깜깜하다.

　식욕이 일어나지는 않지만 그를 옮기려면 뭐라도 조금 먹어둬야 할 것 같다. 어제 아침부터 아무것도 먹지 않았다. 그를 지켜볼 수 있게 맞은편 식당 이 층으로 올라간다.

　"화가 양반들은 그러꼬롬 일주일에 함씩 색칠을 한당가. 난 함 해볼모 내비 두는지 알았당께."

　올라가는 내 뒤통수에 대고 식당 주인이 말한다. 매번 두 시간 정도를 작업했으니 보지 않았을 리 없지만, 막상 그렇게 말하는 걸 들으니 더 조급해진다. 밥을 한술 뜨자 가슴이 답답하다. 명치끝에 걸린 밥이 잘 넘어가지 않는다. 창문 밖에서 사이렌이 울린다. 창문 너머로 그가 있는 쪽을 바라본다. 순찰차 한 대가 다가와서 그 앞에 멈춘다. 제복을 입은 경찰관 한 명이 그를 살펴보더니 순찰차 안에 있는 사복 차림의 경찰을 부른다. 사복이 뭐라고 지시하자 제복이 노란색 폴리스라인을 설치하기 시작한다. 사복이 어디론가 전화를 건다. 식당 주인이 그쪽으로 가더니 내가 있는 이 층을 손가락으로 가리킨다. 도망쳐야 하는 걸까. 내가 저들을 제지한다고 그를 지킬 수 있을까. 안주머니에 있는 그의 유서를 만지작거리다 일 층으로 뛰어 내려간다.

　"이건 제 작품이란 말입니다. 왜 이러시는 겁니까."

　"그건 부검을 해보면 알 일이고 서로 함께 갑시다."

　사복이 내게 수갑을 채운다. 식당 주인이 노란색 폴리스라인을 배로 밀고 분홍 바가지에 담긴 소금을 뿌린다. 허공에 흩뿌려진 가루들이 햇빛에 부딪혀 반짝거린다.

　"오늘 장사는 다 해번네. 해필이면 우리 식당 앞에다 시체를 갖다 놓았는가."

　식당 주인이 바가지를 내게 던진다. 제복이 여자를 가로막는다. 여자가 악다구니를 쓴다. 제복이 강제로 나를 경찰차에 밀어 넣는다.

　"내 작품은 건드리지 마시오."

고함을 치며 발버둥 쳤지만, 경찰 둘의 힘에는 역부족이다.

아내가 집기를 던질 때면 그를 찾아갔다. 달리 갈 곳도 없었거니와 바다 앞에 우두커니 앉아 있는 그를 보고 있으면, 마음이 조금은 평안해졌다. 여름에는 사람들이 많이 몰려들었다. 그는 주위의 상황에 아랑곳하지 않고 자세를 유지했다. 언젠가 그가 나를 작업실로 데리고 가서 스태츄마임 하는 방법을 가르쳐 준 적이 있었다.

"자전거를 타고 앞으로 가지 않고 서 있어본 적이 있소? 다섯 시간을 달리는 것보다 다섯 시간을 움직이지 않는 게 더 힘들지. 정수리부터 힘을 빼야 하오. 그리고 머리카락, 이마를 지나 마지막으로 발가락까지. 하나하나에 정신을 집중해서 힘을 빼다 보면 움직이지 않아도 견딜 수 있는 상태가 된다오. 사람들이 나를 사물로 인식할 때까지 그렇게 힘을 빼고 있다오. 그렇게 해야 오래 기다릴 수 있으니까."

그는 틈날 때마다 분장하는 법도 가르쳐 주었다. 도료의 배합과 색을 고정하는 스프레이 사용법, 광택제에 관해 설명하고 직접 해보라고 했다. '자넨 정말 소질이 있군.', '이젠 마무리 작업은 맡겨도 되겠소. 나보다 나은 것 같아.'지금 생각해보면 다 계획된 행동과 칭찬이었다. 그래도 그때 작업에 집중하다 보면 내 처지를 조금 잊을 수 있어서 좋았다.

딸이 네 살이 되던 해에 집을 나간 아내는 소식이 없었다. 그는 공공기관이나 사설재단이 의뢰한 포스터를 그리거나 개인 교습으로 생계를 유지했다. 딸은 그가 길에서 잠들었다가 경찰 등에 업혀 들어오고 나서부터 잔소리를 해댔다.

"아빠, 나도 내후년이면 고삼이란 말이야. 좀 일찍 일찍 들어와. 아빠가 안 들어오면 불안해서 공부가 안된단 말이야. 저번처럼 길바닥에서 잠들까 봐."

그는 공부하기 싫으니까 별 핑계를 다 댄다고 말했지만, 그 이후로 술을 마시지 않았다. 동료 화가가 Y섬에서 벽화 그리는 공동 작업을 제안했을 때 딸이 마음에 걸렸다. 마을 전체를 그리는 것이어서 일 년 정도 걸릴 것이라고 동료가 말했다. 포스터 그리는 것에 신물이 나던 시기였다. 지자체에서 나오는 보수도 괜찮았다. 그는 그 일을 꼭 해보고 싶다고 딸에게 말했다.

"혼자 있을 수 있겠어? 시간 날 때마다 올라올게."

"아니, 당연히 같이 가야지. 아빠, 혼자 매일 술만 마시려고? 아빨 어떻게 믿어?"

"학교 가려면 배를 타고 P시까지 나가야 하는걸. 그 섬에는 고등학교가 없대."

"배 타는 시간에도 공부하면 돼. 여기서도 학교 다니려면 버스 타고 삼십 분인데 뭐. 예술가 아빠를 둔 딸이 그 정도 고생은 해줘야지."

그는 그 결정을 두고두고 후회했다. 사고가 있던 날 딸이 그에게 전화했다.

"아빠, 배 탔어. 저녁에 뭐 먹을까? 청양고추 썰어 넣은 콩나물국 해줄 거니까 먼저 들어가 있어. 술 마시지 말고 오늘은 나보다 일찍 들어가 있어. 기다려, 꼭 기다리고 있어."

밀물이 밀려올 때면 눈을 더 크게 떠서 바다를 바라보았다. 언젠가 떠돌다 시신이 돌아오길 바랐다. 벌써 형체가 없어졌을 게 분명했지만, 그렇게 기다리는 게 그가 살아갈 수 있는 힘인지도 몰랐다.

"콜럼버스의 배가 바다에 나타났을 때 아메리칸 인디언들은 물결이 일렁이는 것을 볼 수 있었지만 배는 보지 못했다오. 배라는 것이 존재한다는 사실을 몰랐기 때문이지. 한참의 시간이 지나고 나서 주술사가 배를 먼저 보았고 주술사가 그것을 알려주었을 때에야 다른 인디언들도 배를 볼 수 있었소. 시야가 허용하는 한, 뼈 한 조각이라도 돌아온다면 나는 한눈에 딸을 알아볼 자신이 있어. 온 정신과 세포들이 모두 거기에 집중되어 있으니까"

침묵을 지키고 앉아 있는 시간에 대한 보상인양 그는 내게 많은 말들을 내뱉었다.

그가 동물병원에 찾아온 것은 석 달 전이었다. 그날 새벽 나는 동네 주차장에 세워진 덤프트럭 바퀴에 낀 몰티즈를 노려보고 있었다. 비가 온 뒤라 개는 진흙을 뒤집어쓴 채 낑낑거렸다. 내일 아침 트럭이 움직이면 몰티즈는 머리가 으깨어져 죽을 것이다. 운 좋게 트럭을 피한다 하더라도 병이 깊어져 죽을 게 뻔했다. 올가미를 들고 다가갔다.

　아들은 수학여행을 가서 십 층 콘도에서 뛰어내렸다. 보지 않는 게 좋을 겁니다. 검시관이 말했을 때 아내는 믿을 수 없다면서 하얀 천을 들췄다. 오른쪽 머리가 함몰되고 왼쪽은 부서져 있었다. 뇌수가 흘러내려 따로 유리병에 담아됐다고 검시관은 말했다. 턱 주위의 살들이 떨어져 나가 허연 뼈와 이가 드러났고 살이 남아있는 부분은 검게 탈색되어 있었다. 통통하고 여드름이 많던 아들의 얼굴이라고는 믿기지 않았다. 아닐 거야, 아니라고! 아내는 고함을 치면서 바닥으로 무너졌다. 나는 흉측하게 변해버린 아들의 얼굴을 오랫동안 들여다볼 수 없었다. 적개심이 불타올랐다. 다 죽여 버리겠어. 그 말만 입속에서 맴돌았다. 아들을 화장하고 나서 며칠 뒤 도로에서 차에 치여 죽은 개를 보았다. 피를 얼마 흘리지 않은 거로 보아 즉사한 것 같았다. 아들의 모습이 떠올랐다. 그 이후 잠이 들면 부서지고 함몰된 아들의 얼굴과 두개골이 깨져 축 늘어져 죽어있던 개의 모습이 번갈아 나타났다.

　동물병원에 몰티즈를 데리고 와서 덕지덕지 붙은 진흙과 껌 같은 것들을 떼어냈다. 오래된 오물들을 제거하기가 쉽지 않았다. 샴푸에 열중하느라 그가 병원에 들어오는 것도 보지 못했다. 분장을 지운 모습이 낯설었다. 병원에 검진을 받으러 왔다가 잠시 들렀다고 말했다. 유성물감 때문에 햇빛을 받지 않아서인지 표백제에 담갔다 꺼내놓은 것처럼 얼굴이 하얬다. 화학약품의 부작용으로 군데군데 검버섯과 종기가 나 있었다. 이른 새벽에 불쑥 찾아온 것이 께름칙했다. 내가 작업을 마칠 때까지 그는 천천히 병원 여기저기를 둘러보았다. 뭔가 단서를 찾으려는 형사처럼 구석구석을 살폈다. 주변 정리도 할 겸 검사결과가 나올 때까지 며칠 동안 이 동네에 머물렀다고 말했다. 어쩌면 나를 관찰하고 있었는지도 몰랐다.

"암이라더군."

나는 아무 말도 하지 않고 그를 바라보았다. 그는 무표정한 얼굴로 몰티즈에 시선을 두고 말을 이었다.

"정상적인 세포가 나빠지고 나빠지다가 어느 순간 암세포로 바뀌는 지점이 있지 않겠소. 그 임계점에 닿기까지 여러 가지 징후가 있었을 거요. 황달이 낀다든가, 자고 일어나도 피로가 안 풀린다든가, 하는 그런 것들. 그 사고도 어쩌면 그런 게 아닌가 하는 생각이 들었소. 느닷없이 닥친 게 아니라 수많은 원인과 징후가 있었을 거라는. 저번에 말했던 실레의 네 그루의 나무 말이오. 네 그루의 나무는 같은 종류라오. 어쩌면 같은 날 심어졌는지도 모르지. 유독 왼쪽에서 두 번째, 그 나무만 잎이 거의 떨어졌다오. 이유야 모르지. 잎을 빨리 지게 하는 치명적인 것이 있었겠지. 확실한 것은 언젠가 나머지 세 그루의 나무들도 잎이 모두 진다는 사실이오. 토양과 물이 오염되면 더 빨리 그렇게 되겠지. 조만간 부탁 하나 할 거요. 부디 들어주시오."

"무슨 부탁입니까?"

"말기라더군요. 간암 말기."

그가 돌아가고 난 뒤 몰티즈를 죽였다. 작고 마른 놈이라 정맥을 찾기가 쉽지 않았다. 개가 편안하게 죽는 모습을 보고 나면 아들의 깨진 머리와 개의 부서진 안면이 꿈에 나타나지 않았다. 작업이 끝났지만 집으로 돌아가기가 싫었다. '아빠, 나 수학여행 가기 싫어.' 아들의 목소리가 귓전에 쩌렁대고 울렸다. 수학여행을 가기 전날, 아들이 내게 그렇게 말했다. '학창시절 수학여행은 평생 기억에 남는 법이란다.' 내가 점잖게 말했을 때 아들은 어떤 생각을 하고 있었을까. 아들이 죽고 나서 아내는 가해자를 처벌하기 위해 직장도 그만두고 그때 한 방에 있었던 아이들을 만나고 다녔다. 마치 아들을 따돌리고 괴롭혔던 놈들이 유죄 판결이라도 받으면 아들이 살아올 것처럼. 자료조사를 하느라 며칠 밤을 새

위도 아내의 눈빛은 형형하게 빛났다. 우리가 선임했던 변호사는 청소년 사건의 경우 목격자들이 적극적으로 진술을 해주지 않아 유죄판결을 받기가 쉽지가 않다고, 아들의 성기를 담뱃불로 지지고 십 층 테라스에서 뛰어내리게 만든 주범에게 삼 년의 실형을 받게 한 것은 드문 성과라고 했다. 판결이 난 뒤 아내는 집 밖에 나가지 않았다. 잠을 좀처럼 이루지 못했고 잠이 든다 해도 비명을 지르며 금방 깨곤 했다. 아들을 부르는 소리, 누군가에게 비난을 퍼붓는 소리, '심장에 시멘트를 발라놓은 것 같아.''점점 굳어가 심장을 옥죄고 있어.'아내는 그런 소리를 늘어놓으며 손톱을 물어뜯었다. 손톱 밑에서 피가 흘렀다. 뜯어 먹을 손톱이 남아 있지 않자 예리하게 깎은 연필로 손등을 후벼 팠다. 연필심에는 독이 있잖아. 그 독이 심장까지 도달했으면 좋겠어. 답답해, 답답해. 아내가 발코니 너머로 아래를 내려다볼 때면 십오 층에서 떨어지는 상상을 했다. 함몰된 얼굴, 흘러내리는 뇌수, 부러진 팔다리가 눈앞에 그려졌다. 그럴 때마다 아내 앞에 놓인 그 많은 시간을 치워버리고 싶었다.

부탁이 있다는 말에 작업실로 찾아갔을 때, 그는 움직이는 게 신기할 정도로 말라 있었다. 얼굴의 살은 늘어져 있었고 광대뼈의 윤곽이 도드라져 기괴하게 보일 정도였다. 그는 죽어서도 딸을 기다릴 수 있게 자기를 박제로 만들어 달라고 했다.

"딸아이가 말했단 말이오. 기다려, 기다리라고. 나중에 딸아이가 돌아왔을 때, 내가 그 아이를 지켜보고 있지 않으면 얼마나 실망하겠소."

그는 무릎을 꿇고 내 손을 잡으며 간청했다. 나는 그럴 수 없다고 말했다.

"개를 죽이는 건 괜찮고 나를 죽이는 건 왜 안 되오?"

역시 그는 처음부터 이런 부탁을 하려고 나에게 연락한 것이 틀림없었다.

"사람을 어떻게 죽입니까. 전 개들을 안락사시킨 것뿐입니다. 병들고 고통받는 개들만 죽였단 말입니다. 몸뚱이라도 온전히 보존해서 묻어주려고.”

“내가 그렇지 않소. 병들고 고통받는.”

“저는 수의사입니다. 수의사는 동물들의 고통을 줄여줄 의무가 있습니다.”

“나도 알아봤소. 수의사라도 유기견을 그렇게 죽이는 건 불법이라는 거.”

“신고라도 하시려고요. 하시려면 하세요.”

그는 미쳤다. 어쩌면 나도 미쳤는지도 모른다. 개들을 죽이고 편안하게 잘 보냈다고 자족하는 것이 정상은 아닐 것이다. 한순간에 일상이 깨어져 버린 사람들은 미치지 않으면 살아갈 수 없다. 그래도 그의 부탁을 들어줄 수는 없었다. 손을 뿌리치고 작업실 문을 열었을 때 그가 나를 세차게 끌어당겼다. 근육이라고는 전혀 없는 몸 어디에 그런 힘이 숨겨져 있었던 것일까. 나는 있는 힘을 다해 그를 뿌리쳤다.

며칠 뒤, 문자메시지가 왔다. 자기를 죽여 달라는 부탁은 안 할 테니 마지막으로 술이나 한잔하자는 내용이었다. 차를 몰아 그의 작업실로 갔다. 그는 자세를 고정하기 위해 목 받침과 팔걸이를 판자로 덧붙인 의자에 앉아 눈을 감고 있었다. 그를 보는 순간 죽었다는 것을 직감했다. 목의 동맥에 손을 얹었다. 싸늘하게 식어 있었고 맥박이 뛰지 않았다. 그는 얼굴의 주름이 하나도 보이지 않을 만큼 짙게 분장을 하고 주먹을 꽉 쥐고 있었다. 마지막까지 힘을 주어서인지 얇은 살갗에 핏줄이 도드라져 보였다. 힘을 빼는 것과 마찬가지로 힘을 주었을 것이다. 정수리에서 발끝까지. 무릎 위에는 유서가 담긴 하얀 봉투 하나가 놓여 있었다. 그는 박제 만드는 방법을 상세하게 기술했고 유서를 보여주면 아무런 법적 제재도 받지 않을 것이라고 썼다. 자기 몸에 마지막으로 광택제를 바르면서 비로소 딸이 말한 예술가가 된 것 같다고, 나에게 자기의 마지막 작품을 완성해 달라고 했다. 하지만 나는 그의 배를 가를 수가 없었다. 그의 피는 굳어가고 있었고 수술 장비가 있는 동물병원은 너무 멀었다. 만약 모든 도구들이 준비되었다면 나는 그를 박제로 만들었을까. 아마 그러지 못했을 것이다. 작업실에 있는 도구들을 이용해 임시적인 방부처리를 했다.

경찰서 유치장에 갇혀있는 지금 내 앞에는 무한대의 시간이 고여 있다. 인간이 자기를 죽이는 이유는 자기 앞에 놓인 시간의 무게를 감당할 수 없어서다. 창살 너머의 아내는 나를 응시하다가 고개를 숙이고 손등을 긁는다. 딱지가 앉기도 전에 피가 나도록 또 긁어대는 모습이 보기 싫다. 영원히 끝나지 않을 것 같은 아내의 반복된 행동에 지쳐갈 무렵, 일을 마치고 집 현관문을 열었을 때 아내는 홀린 것처럼 아들의 이름을 부르며 베란다 쪽으로 달려갔다. 두 손으로 난간을 잡고 한쪽 다리를 들어 올려 뛰어내리려고 했다. 나는 반사적으로 아내를 부둥켜안고 끌어내렸다. 왜 그랬을까. 저렇게 사느니 죽어버리지, 라고 생각한 적이 한두 번이 아니었는데. 아내가 나를 돌아보았을 때 그 눈빛은 이미 산자의 것이 아니었다. 물 한 방울 남아 있지 않은 깊은 우물을 보는 것처럼 눈 속이 텅 비어 있었다. '사람에게는 종지부를 찍고 싶어 하는 무언가가 있다오. 그 사건이 있고 나서 가장 부러웠던 게 뭔지 아시오? 시신을 찾고 장례를 치르는 사람들이었소. 바다에서 생존할 수 있는 기간이 한참 지난 뒤, 나도 지쳐가고 있었지요. 기다리는 게 얼마나 에너지를 소비하는 일인지 그때 알게 되었소. 혼魂이 없어진 백魄이라도 돌아오기를 바란다는 거, 쉽지 않은 일이었소. 잠깐잠깐 잠든 사이 딸아이가 물속에서 허우적거리고 있는 꿈을 반복해서 꾸었소. 무의식에서는 혼까지 불러들이고 있었던 셈이지. 내가 죽기 전까지 이런 생각들이 반복될 것임이 틀림없소.'그의 몸을 덧칠하기 시작할 때부터 그가 했던 말들이 유령처럼 떠돈다.

"성우의 꿈이 뭐였는지 알아?"

아내가 가방에서 연필을 꺼내면서 묻는다.

"의사나 수의사였잖아."

"그건 나나 당신의 꿈이었지. 애니메이션을 만들고 싶어 했어."

"그림 그리는 걸 좋아하긴 했지."

"성우가 좋아했던 게 뭔지 알아?"

"강아지를 특히 좋아했지."

"강아지를 키울 걸 그랬어. 털 알레르기쯤이야 지금 생각해보면 아무것도 아닌데 말이야."

아들은 강아지를 키우고 싶어 했다. 초등학교 오 학년 때 친구 집에서 갓 태어난 강아지를 품에 안고 집에 온 적이 있었다. 아들은 강아지를 샴푸로 씻기고 드라이기로 말리고는 자기 방에서 우유를 먹이며 우리 몰래 이틀 동안이나 키웠다. 아내의 털 알레르기 때문에 강아지를 돌려주라고 하자 그럴 줄 알았다는 듯이 떼쓰지 않고 친구에게 돌려주었다.

"버릇은? 성우의 버릇은?"

질문이 이어질 것 같아서 나는 아무 말도 하지 않았다.

"손등을 긁는 거였어. 아무리 말려도 소용없었어. 무의식적으로 그러는 거니까. 그때 알았어야 했는데. 학교생활에 대해 더 자세히 물어봤어야 했는데."

잠에서 깨어나기 싫어 이불을 말던 아들의 모습이 떠오른다. 간지럼을 태우고 볼에다 수염을 비비며 뽀뽀를 하면 질겁해서 일어나던 그 모습. 우리에게도 그런 시절이 있었지. 아내는 그런 장면들을 수없이 되풀이해서 회상하고 회상했을 것이다.

"성우의 책상 서랍을 열면 날카롭게 깎아놓은 연필들이 두 움큼이 넘어. 동물 캐릭터들을 그려놓은 연습장이 세 권. 동물들이 나오는 애니메이션을 만들고 싶었던 걸까."

병원에 와서 동물들이 갇혀 있는 우리 앞에 쪼그려 앉아 아들은 어떤 상상을 하고 있었을까.

"그러니까 죽이지 마."

"당신도 죽지 마."

그가 분장하던 순서대로 내 옷과 얼굴, 몸에 빠짐없이 도료를 입힌다.

바람에 잘 말려 픽스 스프레이로 색깔이 변질되지 않게 고정한다. 마지막으로 광택제를 바른다. 그가 앉아 있던 곳에서 바다를 바라본다. 정수리부터 발가락 하나하나까지 정신을 집중해서 힘을 뺀다. 밀물이 들어온다. 파도의 일렁임을 바라보며 딸을 찾는 것에만 정신을 집중하려고 노력한다. 기자들이 웅성거림에 잡념이 끼어든다. 그는 냉동고에 어떤 모습으로 보관되어 있을까. 도주의 우려가 없다는 이유로 구속영장이 받아들여지지 않아 유치장에서 이틀을 보낸 후 풀려났다. 재판이 끝나면 다시 갇히게 될지도 모르지만, 그동안이라도 그를 대신해 딸을 기다리고 싶었다. 기자들이 집에 찾아오고 이곳까지 따라왔지만 나는 한마디도 하지 않았다. 마임을 하고 있으면 짓궂은 사람들이 돌을 던질 때가 있소. 그래도 움직이지 않았지. 머리에서 피가 흘러내릴 때도 있었고. 그럴 때면 사람들은 멋쩍은 표정을 지으며 슬금슬금 뒤로 물러나곤 했어. 저번에도 말했듯이 예술가란 주술사 같은 거요. 배를 맨 처음 발견해야만 하는. 사건의 징후 같은 것을 처음 발견해야 하는 거란 말이오. 딸은 나를 예술가라 말했지만 나는 그런 호칭을 들을 자격이 없었소. 그런 지경이 될 때까지 나는 아무런 역할도 하지 못했어. 딸이 죽어가기 직전에도 콩나물국 타령이나 했을 만큼 아무것도 느낄 수 없었소. 돌멩이를 맞으면 그 사람들에게 연민을 느끼지. 그들도 언젠가 일상을 송두리째 뺏기는 경험을 할지도 모르니까. 내 마지막 작품은 그런 징후를 알려주는 역할을 했으면 좋겠소. 언젠가 딸을 만나면 그래도 아빠는 예술가였다는 말을 할 수 있게. 그의 백魄은 차가운 냉동고 속에 있지만 그의 혼魂은 아직 이 바닷가에 머무는 듯하다. 백일몽을 꾸듯이 그가 내 눈앞에 자주 나타난다. 그는 시대의 징후를 표현하고 싶다고 말했지만 그건 닥쳐봐야만 알 수 있다. 나 또한 신문에서 본 수많은 사건을 그렇게 지나쳐 왔으니까. 언제 왔는지 아내가 내 옆에 앉는다. 함께 바다를 바라본다.

그를 부검했다는 소식을 듣고 나서 잠을 자지 못했다. 먹지도 못했다.

잠깐 졸면 분장한 얼굴이 나타나 부탁을 들어주지 않았다고 원망했다. 열세 마리의 개들이 한꺼번에 짖어댔다. 살이 모두 썩어 뼈만 남은 아들의 해골이 눈물을 흘리며 살려달라고 말했다. 아내와 약속한 이후 더는 개를 죽일 수도 없었고 그를 지킬 필요도 없었다. 내가 할 수 있는 일이란 움직이지 않고 바다를 바라보며 그의 딸을 기다리는 것뿐이었다. 잠을 자는 것과 먹는 행위란 움직이기 위해서 필요한 것이다. 삶의 동력을 잃어버린 상태에선 몸이 잠과 음식을 거부하는 것일까.

검은 모자와 법복을 입은 판사와 검사, 변호사, 재판정 뒤에 있는 방청객까지 평면적으로 보인다. 그가 좋아한 그림을 찾아 본 적이 있다. 황혼녘의 배경은 대부분이 붉은빛이었고 파란빛이 군데군데 섞여 있었다. 그는 죽어가는 나무 옆에 서 있는 세 그루의 나무에게 연민을 느낀다고 했지만, 내 눈에는 세 그루의 나무가 죽어가는 나무의 양분을 빨아먹으며 더 튼튼해지고 있는 것 같아 보였다. 스크린에 그의 모습이 보인다. 눈을 감은 채 의자에 앉아 있다. 화면이 바뀌자 분장을 지운 얼굴이 나타난다. 아들의 부패한 얼굴과 겹쳐진다. 장기들이 액체가 담긴 병 속에 담겨 있다. 검사가 부검결과를 증거로 채택해달라고 재판장에게 말한다.
　나는 그의 부탁을 온전히 들어주어야 했다. 유서대로 피를 뽑고 고무관에 페녹시에탄올을 넣고, 눈을 파내 플라스틱 눈깔을 박아 넣고, 내장을 꺼내 형태를 유지시키기 위해 석고와 방부제를 섞어 짓이겨 넣어야 했다. 피부에 한 땀 한 땀 바늘을 박아 넣으며 그의 마지막 작품을 완성해야 했다. 그의 웅얼거리는 목소리가 들린다. 자네는 아들의 장례라도 치를 수 있었지 않았소. 나는 이렇게라도 딸을 기다려야 한다오. 스멀스멀 구더기가 목구멍으로 기어 다니는 것 같이 목구멍이 가렵다. 당신은 오십 퍼센트의 가능성이라도 있지만 모든 것이 확정되어 버린 나와 아내는 뭘 기다려야 한단 말입니까.
　검사가 레이저 포인트를 스크린에서 거두더니 다가온다.
　"펜토바르비탈이란 약품 아시죠? 동물을 안락사시킬 때 사용하는 약품 맞죠? 다량으로 구입하고 소비한 적이 있는데 어떤 목적으로 사용했죠? 이 약품을 사용하려면 법적으로 동물 소유주의 동의를 얻어야 하고 기록으로 남겨야 하는데 기록이 없어요. 어디에 사용했죠?"

검사가 빨간 레이저 포인트 불빛을 스크린에 있는 약품 통에 비추며 말한다.

'아빠, 빨간 불이야.' 아들의 환영이다. 아들과 나는 횡단보도 앞에 서 있다. '이 정돈 건너도 돼. 차 한 대 안 오잖아.' 내 말에 아들은 낯선 사람을 보듯 쳐다본다. 아들은 조그마한 규칙이라도 지켜야만 하는 아이였다. 그런 태도가 아들을 죽음으로 내몰았는지도 모른다. 죽기 전에 그 놈들에게 칼이라도 들고 찔렀어야 했다.

"피고인 질문에 대답하세요."

검사의 말투가 거슬린다. 내게 명령할 자격이 있는지 궁금해진다.

"검사님은 신호위반 같은 거 하지 않으십니까?"

검사는 나를 뚫어지게 보다가 판사에게 시선을 돌린다.

"피고인 재판과 관계없는 소리 하지 말고 검사의 질문에 집중하세요. 피고, 재판에 집중하지 않으면 법정모독죄로 추가 기소될 수 있다는 걸 명심하세요."

재판장이 말한다.

"판사님은 법을, 규칙을 잘 지키나요? 저는 개들을 죽였습니다. 열세 마리나 죽였어요. 판사님은 신호위반을 몇 번이나 했나요?"

갑자기 재판장이 있는 단상으로 올라가고 싶다. 자리에서 일어난다. 경찰관이 내 몸을 묶는다. 편안하다. '손을 포대기에 싸야 한다니까. 팔을 흔들다가 깜짝 놀라 깰 수 있으니까. 자긴 아빠로서의 기본이 안 돼 있어.' 아내가 눈을 흘긴다. 방청석에 앉은 생기라곤 하나 없는 지금 아내 모습과 너무도 다르다. 현기증이 난다. 피 냄새가 난다. 온몸에 힘이 빠진다. 정수리에서 발가락까지. 마치 나무가 된듯하다. 법정 안의 모든 사람이 한 프레임 속에 들어간다. 정지의 순간, 한 폭의 풍경화다. 그림 속, 사람들은 잎이 떨어진 검은 나무가 된다. 그들의 뿌리는 서로 얽혀 있다.

'이번엔, 진짜, 낙향입니다.'

기형도 시인의 '조치원'이란 시의 한 구절이다. 시의 사내처럼 찬 바람이 불기 시작하면 항상 되뇌었다. '올해가, 진짜, 마지막이야.'

'그의 마지막 귀향은 이것이 몇 번째일까'라고 시 중 화자가 묻는 것처럼 나도 내 자신에게 묻곤 했다.

'나의 마지막 도전은 이것이 몇 번째일까'

그렇게 계절이 오가고 해가 바뀌고 이제 문청이라고 하기엔 너무 많은 나이가 되어 버렸다. '누구에게나 겨울을 위하여 한 개쯤의 외투는 갖고 있는 것.' 시인의 말처럼 내게 문학이란 외투 같은 것이었다. 슬프고 외롭고 절망에 빠질 때면 허겁지겁 입을 수밖에 없는.

퇴근길에 버스를 탔다. 창 너머 텅 빈 들판을 바라보는데 슬펐다. 기쁜 소식이 분명한데 정체 모를 눈물이 났다. 버스에서 내리며 마음을 다잡았다. 늦은 만큼 재게 걸어야겠다고 다짐했다.

어설픈 작품이지만 실빛 같은 가능성을 보고 뽑아주신 심사위원님들께 감사드린다. 실망하시지 않게 더 열심히 쓰겠습니다.

언제나 나를 믿어주는 어머니와 각시, 며칠 후면 영국으로 유학 가는 큰딸, 졸업을 앞둔 작은딸. 마음이 힘들었을 때 항상 옆에 있어줘서 감사하고 고맙다.

문학을 대하는 자세가 어떠해야 하는지 가르쳐주신 한신대학교 문창대학원 임철우 선생님, 최수철 선생님께 감사드린다.

조현 작가님, 일환, 영기, 건, 그리고 라이팅클럽 나머지 멤버들에게도 감사의 말을 전한다.

사람과 삶에 대한 진지한 태도 좋지만
익숙한 주제 아쉬워

총 202편의 응모작 중 예심을 통과해 본심에 올라온 작품은 8편이었다. 올해의 응모작들은 우선 문학에서 국경이 사라졌다는 사실을 명확하게 보여주었다. 디아스포라(Diaspora)는 시대적이거나 세대적인 특징을 넘어서, 외국이거나 상상의 공간인 '다른 세계'와 사랑하고 투쟁하는 것이 바야흐로 보통의 일상이 되었다. 한편 소재는 뿌리 없는 환상이거나 상상조차 제한된 현실이거나 중간이 없이 극과 극이었다. 주제 또한 모호하거나 아예 없는, '왜?'라고 묻지 않는 작품들이 많았다.

「개기일식 파토스」「환불」「미정」 그리고 「스태추마임」을 집중해 살폈다. 「개기일식 파토스」는 99년 만의 개기일식을 관측하기 위해 스프링필드로 떠난 주인공의 이야기다. 소재는 신선했지만 낯선 이야기를 끌고 가기에는 해석하는 힘과 구성이 미흡했다. 하필이면 '한국인'이 미확인비행물체의 본산 로스웰에서 특별한 일을 겪는 이유가 모호하거나 불충분하게 느껴졌다. 「환불」은 유학생 부부의 생활고와 소외를 이웃의 개러지 세일(Garage sale)에서 충동 구매한 탁자를 통해 그리고 있는데, '탁자'의 상징이 명확히 드러나지 않은 채 맥없이 끝나는 게 무척 아쉬웠다. '미정'은 콜 센터 직원 미정을 주인공으로 하여 불안정한 노동과 삶을 그리고 있는데, 구성이 느슨해 긴장감이 떨어졌다.

‘신춘문예’가 원하는 것이 과연 무엇일까. 「스태추마임」을 앞에 두고 두 심사위원은 한참 고민했다. 신춘문예는 새봄에 새싹 같은 작품을 원한다. 그런데 「스태추마임」은 사람과 삶에 대한 태도가 진지한 반면 소재와 주제에서 새롭다기보다 익숙하게 느껴진다. 배를 타고 오다가 사고가 난 딸을 기다리는 아버지의 고통과 슬픔은 ‘세월호’를 떠올리게 하고, 동물을 안락사 시키는 수의사의 아들이 당하는 ‘학교 폭력’은 바로 어제 뉴스에서 본 듯하다. 하지만 “될성부른 나무 떡잎부터 절대 모른다!”는 말씀에 의지하여, 기술보다는 열정과 진정성을 믿고 「스태추마임」을 당선작으로 선정하기로 했다. 작가의 숨결은 훈련만으로 쉽게 습득되는 요소가 아니다.

　소설은 인생에 대한 패배의 기록이다. 패배를 얼마나 새롭게 드러내는가에 소설의 성패가 있다. 그러하기에 패배한대도 아주 지는 것은 아니다. 실패의 기록이 한순간이라도 성공하기 위해서는 쓸데없는 문장, 쓸데없는 장면을 지워내고 견고한 문장으로 출발해야 한다. 소설을 쓰는 이유가 그 무엇이든 간에 견고한 언어와 문법만이 이 세상의 무수한 현실과 존재의 행방을 깊은 겨울 속에서 기다리는 신춘의 설렘처럼 새롭게 밝힐 수 있음을 응모자들은 잊지 말기를 간곡히 바란다. 분투한 모두의 건투를 빈다.

전북도민일보 **황병욱**

서울 출생
서울예술대학 졸업
국민대학교 문예창작대학원 석사 졸업
2019년 전북도민일보 신춘문예 단편소설 당선
2013년 〈한겨레21〉 주최 '손바닥문학상' 수상

어느 오후

황병욱

벚꽃잎이 가볍게 흩날렸다.

장인어른은 최대한 화를 누르며 내일 나와 약속을 잡고 전화를 끊었다. 사무실 복도에서 전화를 끊고 창문 밖을 잠시 멍하니 바라봤다. 봄 햇살이 나른하게 내려앉고 있었다. 간혹 바람이 벚꽃나무를 스칠 때마다 벚꽃잎이 살랑거리며 공중으로 흩어졌다. 가볍게 날아오르는 벚꽃잎은 허공에서 한참을 머물렀다. 거센 비바람이 아닌 미풍에도 저렇게 가볍게 솟아오르는 벚꽃잎을 나는 눈으로 쫓고 있었다. 긴 유영을 마친 벚꽃잎이 아스팔트에 내려앉자 다시 전화벨이 울렸다.

모르는 번호로 걸려온 전화는 그녀였다. 그녀는 조심스럽게 내가 맞는지 확인을 했다. 나는 누구인지 재차 물었고, 그녀는 작은 목소리로 "나야"라고 말했다.

'나?' 당연히 '나'이겠지. 나도 '나'이고, 당신도 '나'이며, 그들도 '나'이다. 우리 모두는 '나'이면서 동시에 다른 무엇이다.

그녀가 대답한 '나'를 듣고 나는 가만히 있었다. 그녀도 한동안 말이 없었다. 그녀는 아마 '나야' 다음에 '나'의 반응을 기다렸을 것이다. '나'의 반응이 없자 그녀는 실망한 투로 이름을 이야기 했다.

그래, 너였구나…….

그녀는 '너'가 맞았다. 그녀에게는 '나'이면서 나에게는 '너'였다. 아니 나에게 그녀는 자신이 '나'이고 싶었겠지만 나에게 그녀는 '너'였다. 한때 그녀는 나에게 있어서 '나'였다. 나와 또 다른 '나'였던 적이 있었다. 그러니 그녀가 대답한 '나'는 꼭 틀린 것은 아니다. 그녀는 아직 나에게 그녀가 '나'로 존재한다고 생각한 것일까. 아니면 나에게 여전히 '나'로 존재하고 싶어서 '나'라고 대답을 한 것일까. 하지만 나에게 그녀는 '너'가 되어 버렸다.

언제라고 딱 부러지게 선을 그어 "그때부터 당신은 이제 나에게 '나'가 아니라 '너'가 되었어"라고 말할 수 있을까. 물론 그렇게 선을 그을 수 있는 지점은 몇 군데가 있다. 예를 들면 그녀가 믿고 따르는 신과 내가 매주 찾아가는 신이 다르다는 것을 알았을 때. 더 정확히 짚어본다면 그녀가 그녀 안의 신을 내 안으로 심어놓으려고 했을 때다. 나와 그녀 사이에 종교는 나에게 그리 크게 작용하지 않았다. 서로 다름을 인정하면 그뿐이었다. 다만 강요만 하지 않는다는 조건으로……. 하지만 그녀에게는 자신 안의 신이 전부였다. 자신이 믿는 신 안에서 모든 것들이 움직이고, 이루어졌다. 직장과 가족, 사람 관계까지도 신이 말씀하는 대로 이루어지는 세상에서 살고 있었다. 그녀의 확고한 신념과 종교관이 작은 개울을 만들더니 더 이상 건널 수 없는 강이 되어버렸다. 결국 그녀는 강 건너편에서 신의 말씀으로 식을 올렸다. 그녀의 결혼식에 참석한 나는 이만치 떨어져 있는 강 이쪽에서 면사포를 쓴 그녀의 뒷모습을 쓸쓸히 바라보아야만 했다.

그렇다고 해서, 그녀의 결혼부터 '나'가 '너'가 되었다고 할 수 없다. 그것은 하나의 지점일 뿐이지 그것이 전부가 될 수는 없다. 엄밀히 따지면 그녀가 실망한 투로 자신의 이름을 말했을 때 내 안 어느 낡은 부분에서 웅크리고 있던 그녀의 '나'가 깨어났다. 그렇다면 그녀는 나에게 있어 '나'가 아닌 '너'가 된 것이 아니라 '너'가 되었다고 착각을 하고 있었던 것일까. 어쨌든 그녀가 이름을 얘기하는 순간 그녀는 나에게 '나'와 '너' 사이의 어느 지점에서 헤매고 있었다.

아무리 친했던 사이더라도 오랫동안 연락이 끊겼다가 다시 만나게 되었을 때 상투적인 인사 몇 마디 주고받고 나면 그 다음부터는 떨어져 있었던 시간의 몇 배만큼 무거운 침묵이 흐르게 된다. 초등학교 때 단짝으로 지내던 오랜 친구를 20년, 30년이 지나 만나게 되면 누구나 의례 주고받는 인사치레 이후에 몰려드는 어색하면서 불안한 시간이 오는 것처럼 말이다.

그녀와 나는 그렇게 건조해진 인사말로 서로의 안부를 물었고, 다시 묵은 시간만큼의 침묵을 맞이하고 있을 때 그녀가 메일 이야기를 꺼냈다. 그때 보낸 메일이 내가 맞는지 확인하는 거였다. 나는 잠시 생각을 해야 했다. 물론 내가 맞다. 나는 그녀에게 메일을 보냈었다. 내 결혼식 바로 전날에……. 그러나 무슨 내용이었는지 정확하게 기억이 나지 않았다.

어떤 내용이었는지 머릿속을 헤집다가 그녀에게 내가 보낸 메일이 맞다고 했다. 하지만 결혼식 전날이었다고는 말을 하지 않았다. 그녀는 다시 이런저런 질문들을 했고, 나는 미풍에 흩날리는 꽃잎처럼 바람을 타고 그녀의 질문에 대답했다.

"내일 볼 수 있을까?"

그녀는 달라져 있었다. 항상 내가 먼저 다가와주기를 기다렸던 그녀였는데 먼저 만나자는 이야기를 하다니…….

그녀와 나는 서로 기다리기만 했다. 나는 다가가지 못했고, 그녀 역시 강력하게 무언가를 요구하지 않았다. 기다림은 더 긴 기다림으로 이어졌고, 그녀는 기다림 저 끝에 서 있었다. 끊임없는 기다림으로 끝날 것 같았던 서로 다른 두 시간의 종착역이 어렴풋하게 안개 속에서 서서히 모습을 드러내고 있었다.

"그래."

공중제비를 하듯 허공을 몇 번 휙 돌던 벚꽃잎이 땅에 닿을 때 내가 대답했다. 그녀와 통화는 그렇게 끝났다.

자리를 너무 오래 비웠다. 그녀와 통화를 마치자마자 곧바로 사무실

내 자리로 돌아왔다. 책상 한가운데에 노란색 포스트잇이 붙여져 있었다. 저자였다. 출간을 앞둔 저자의 전화 메시지였다. 나는 시계를 봤다. 초침은 끝도 없이 같은 자리를 맴돌며 부지런히 원을 그리고 있었다. 시간은 세 시를 넘어가고 있었다. 시계는 늘 같은 길만, 같은 곳만 떠돌아다닌다. 어제도, 그제도, 오늘도, 내일도 그럴 것이다. 하지만 같은 길만 가는 시계를 보고 있는 나는 매번 다른 곳에 서 있다. 어제는 출간을 앞둔 저자의 원고 속에서 길을 헤매고 있었고, 그제는 사장의 괄괄한 목소리 속에서 주저앉아 있었다. 오늘은, 오늘은 저자의 메시지가 씌어 있는 노란색 포스트잇을 보면서 시간을 가늠해봤다.

나는 저자에게 곧바로 전화를 하지 않았다.

내 연락을 기다리는 저자의 원고를 펼쳤다. 교정지에 정돈된 원고가 눈에 들어왔다. 매일 수행을 통해 깨달음을 얻는다는 내용이었다. 저자는 매일 기도와 묵상, 참선을 하면서 신이 걸었던 길을 쫓다보면 해탈에 이를 수 있다고 말한다. 그러면서 다양한 수행의 방법을 제시하고, 나열하며 독자에게 수행의 길을 권유하고 있었다.

구구절절 다 맞는 이야기의 원고 교정을 보다가 시계를 쳐다봤다. 퇴근 시간이 한 시간이 채 남지 않았다. 나는 컴퓨터에 저장되어 있는 주소록 파일을 열어 저자의 전화번호를 찾았다.

저자의 용건은 간단했다. 원고 몇 군데를 수정하겠다는 거였다. 이야기만 들으면 별것 아닌 것처럼 보였다. 하지만 상황은 그리 쉽게 해결할 수 있는 것이 아니었다. 저자의 말대로 하면, 군데군데 내용을 들어내고, 빠진 부분에 새로 원고를 집어넣고, 추가로 원고 몇 페이지를 덧붙이기만 하면 되는 것처럼 보이지만, 이 간단하게 보이는 작업은 어디까지나 저자의 입장에서 바라본 시각이다. 책 한 권의 출간을 마치 동전 몇 개를 넣고, 버튼을 누르면 나오는 음료 자판기로 생각하는 사람들이 많다. 책은 그리 간단하게 완성되는 것이 아니다. 중요한 순간들을 놓치며 살아온 인생처럼 말이다. 책 또한 한 번 출간하면 되돌릴 수 없다.

저자에게 차분하게 설명을 했다. 저자의 요구대로 하려면 출간일이 늦어질 수밖에 없다, 지금까지 교정을 3교를 봤는데, 이렇게 되면 처음부터 다시 작업을 해야 하는 상황이 발생한다. 그러니 꼭 수정을 원한다면 어쩔 수 없이 출간일정을 미뤄야 한다며 정중하게 상황 설명을 했다.

"아니, 뭐가 그렇게 복잡해요. 뺀 부분에 원고 채워 넣고, 새롭게 쓴 원고를 덧붙이기만 하면 되는데, 처음부터 다시 한다는 것이 말이 되요?"

버럭 하는 저자의 앙칼진 목소리를 들으며 방금 전에 읽었던 저자 원고의 '명상'부분이 떠올랐다. 저자는 원고에서 명상만으로는 마음을 바꿀 수 없을뿐더러 깨달음 또한 얻을 수 없다고 했다. 그럼 무엇이 필요할까. 저자는 빈칸에 '지혜'를 집어넣었다. 지혜로 마음을 다스리고, 통제해야 마음이 바뀌고, '내'가 변한다고 했다.

나는 원고를 빼고, 새롭게 채워 넣는 과정에서 텍스트의 길이가 달라지면 삽입했던 그림들이 이동하게 되고, 그 과정에서 텍스트가 아주 간혹, 어쩌다 한번씩 날아가는—삭제되는— 경우가 생기므로 꼼꼼하게 다시 교정을 봐야 하며, 전체 페이지 수가 변하기 때문에 다시 조판을 해야 한다는 얘기와 그러기 위해서는 당연히 시간이 더 필요하다는 얘기를 했다.

저자는 "아니, 책 내용을 저자가 저자 마음대로 하지 못한다는 것이 말이 됩니까?"라는 말을 끝으로 남기고 전화를 끊었다.

나는 수화기를 내려놓고, 눈을 감았다. 길게 호흡을 가다듬었다. 코로 숨을 천천히 들이마신 다음 입을 살짝 벌려 안에 들어찬 숨을 가늘게 내뿜었다. 이렇게 몇 번 심호흡을 하고나니 퇴근 시간이 되었다.

디자이너에게 어떻게 얘기를 해야 할지 잠시 망설였다. 저자가 요구하는 것은 쉽게 얘기해서 완공된 집에서, 내부 인테리어 공사까지 마친 상황에서 입주날만 기다리고 있는데 재건축은 아니더라도 기둥만 남겨놓고 리모델링을 하자는 것이다. 단순히 글자 몇 개, 몇 문장만 수정하는 범위가 아니었다. 매해 멀쩡한 보도블록을 뜯어내고, 다시 까는 것처럼 방금 막 끝낸 수도며 전기공사 등을 다시 해야 하는 상황이었다.

나쁜 소식은 미리 알릴 필요가 없다는 결론을 내리고 디자이너에게는 내일 얘기하기로 하고 퇴근준비를 했다. 혹시 모를 저자의 변심이 있을지도 모르는 일이니까.

나는 디자이너에게 변동된 사항을 얘기하는 대신 총무부장에게 가서 내일 오후 반차 휴가계를 냈다. 막 컴퓨터를 끄고, 자리에서 일어서는 총무부장은 내가 내민 휴가계를 보더니 알겠다며 고개를 끄덕이고는 책상 위에 휙 던졌다. 총무부장은 바쁘게 가방을 챙겨들고는 사무실을 나갔다. 총무부장이 아무렇게나 던지고 가는 바람에 책상 밑으로 떨어진 휴가계를 주워 책상 위에 놓고 날아가지 말라고 키보드를 올려놓았다. 돌아서려고 하는데 총무부장이 쓰는 모니터 양 옆으로 덕지덕지 붙은 포스트잇이 눈에 들어왔다. 알 수 없는 숫자들이 쓰여 있었다. 어떤 것은 전화번호였고, 어떤 것은 계좌번호 같았고, 어떤 것은 패스워드 같았고, 또어떤 것은…… 숫자들만 가득한 포스트잇은 총무부장만이 아는 비밀금고 암호처럼 보였다. 저자의 원고 내용이 떠올랐다. '깨달음은 수학문제를 푸는 것과 같다' 포스트잇에 적힌 숫자들의 공통점은 무엇일까? 총무부장은 매일 이 숫자들을 보면서 수행을 하고 있는지도 모른다. 나는 키보드 밑에 깔린 휴가계를 잠시 바라보다가 날짜를 고쳤다. 오후 반차에서 하루를 더했다.

집으로 돌아오는 버스 안에서 두 시간이나 갇혀 있어야 했다. 버스는 퇴근시간이라 꽉 막힌 서울 시내를 엉금엉금 한 바퀴 돌고 나서 서울 근교 도시로 향했다. 평소 같으면 지루한 시간을 버티기 위해 눈을 감고 잠을 청했을 테지만 이상하게 잠이 오지 않았다. 길어진 해가 바람이 불 때마다 흩날리는 벚꽃잎을 소리 없이 연한 분홍빛으로 덧칠을 했다. 나는 퇴근길을 바쁘게 재촉하는 사람들의 발걸음 사이로 내려앉는 석양을 바라보며 벚꽃잎의 맛이 궁금해졌다.

집은 마치 폭탄을 맞은 것 같았다. 거실이며 침실, 작은방까지 온통 집기들이 너저분하게 널브러져 있었다. 아내는 최소한의 짐만 들고 나갔다. 속옷과 당장 입을 옷만 신혼여행 때 사용했던 트렁크에 담아 들어왔던 문으로 다시 나갔다.

할 수만 있다면 집을 통째로 뒤집어 탈탈 털고 세탁기에 넣어 묵은 때를 말끔히 씻어내고 싶었다. 아내가 나가기 전까지 머물렀던 작은방에는 담뱃재가 마치 화산재처럼 뽀얗게 바닥에 그대로 쌓여 있었다. 아내가 쓰던 노트북 자리만 네모반듯하게 남겨 놓고 온통 담뱃재로 발 디딜 틈이 없었다.

아내는 작은방에서, 나는 거실에서 머물렀다. 침대가 있는 침실에는 아내도 나도 들어가지 않았다. 아내가 짐을 싸고 집에서 나간 뒤 나는 아내의 흔적을 지우지 않았다. 그렇다고 아내가 다시 돌아오기를 기다린 것은 아니다. 아직 아내의 짐이 남아 있기도 했고, 아내의 흔적을 내가 섣불리 지운다는 것이 왠지 타인의 삶에 간섭하는 범죄자가 된 느낌이 들었다.

남이 남겨놓은 흔적을 대신 지운다고 그것이 말끔히 없어질까. 그리고 아내가 나머지 짐을 가지러 왔을 때 자신의 흔적이 사라진 것을 보면 또 한 번 폭풍이 몰아칠 것이 뻔했다. 아내는 자신만의 규칙이 있었다. 남들이 알아볼 수 없는 형식으로 아내는 집안 모든 물건들을 정리했다. 아내만의 방식으로 널브러진 물건들은 매일 위치를 바꿔가며 집안을 떠돌아다녔다.

오래 전에 끊긴 아내와의 대화처럼 아내의 흔적들을 그대로 둔 채 나는 잠자리에 들었다.

미어터지는 출근 버스의 먹먹함은 이제 익숙해졌다. 사람들이 타고, 또 타고, 차곡차곡 포개지듯 꾸역꾸역 서울로 가는 광역버스에 올랐다. 고속도로를 타기 전 마지막 정류장에서 어떻게든 올라타려고 끝까지 앞문에 매달린 승객을 버스는 힘겹게 뿌리치고 톨게이트를 지났다. 서울이 가까워질수록 차들이 점점 늘어났다. 속도를 내지 못하고 줄줄이 서행하는 승용차 옆으로 버스는 보란 듯이 달렸다. 하지만 서울이라는 표지판을 지나면서 버스도 속도를 줄일 수밖에 없었다.

버스는 시민을 위해 조성한 숲 옆을 지나고 있었다. 운이 좋아 자리에 앉게 되면 부족한 수면을 채우느라 창밖을 볼 여유가 없지만 입석으로 갈 때면 딱히 시선을 둘 곳이 없어 창밖을 볼 수밖에 없다. 아직 술이 덜 깨서 코를 골며 잠든 중년 아저씨의 오르락내리락 하는 배를 마냥 볼 수도 없고, 급하게 나오느라 제대로 출근준비를 하지 못한 젊은 아가씨가 화장하는 모습을 뚫어져라 쳐다볼 수도 없다. 그렇다고 고개를 돌려 주변을 살핀다면 먹잇감을 찾아 어슬렁거리는 변태짓을 일삼는 치한으로 오해를 받을 수도 있다. 그러니 꼿꼿하게 선 채로 창밖만 바라볼 수밖에…….

창밖 숲에는 간혹 사람들이 나무 사이로 나타났다 사라졌다. 가쁘게 아침을 몰아쉬는 버스 안의 사람들과는 달리 숲에 있는 사람들의 시간은 느리게 흘렀다. 꽃이 피고, 잎이 나고, 무성해진 시간 사이로 미로처럼 나 있는 길을 따라 사람들은 고요히 흐르고 있었다. 버스 안의 사람들은 저마다 앙상한 나뭇가지처럼 팔을 뻗어 손잡이를 잡은 채 이유도 없이 흔들리고 있었다. 버스 안에는 꽃도 피지 않았고, 잎도 나지 않았다. 바람도 불지 않는 버스 안에서 앙상한 가지들은 흔들렸다.

고속도로가 끝나고 시내로 들어온 버스는 사람들을 토해냈다. 사람들은 버스에서 내리면서 참았던 숨을 몰아쉬었다.

역시 사무실에는 아직 아무도 없었다. 아무도 없는 사무실에서 혼자 갖는 차 시간이 좋았다. 그래봤자 다른 직원들보다 고작 20여 분 먼저 출근하는 것뿐이었다. 아침에 생기는 1~2분의 여유가 다른 시간대보다 더 길었다. 같은 60초라고 하더라도 내가 만끽하고, 느끼는 시간은 몇 배로 늘어났다. 하루 중에 가장 여유로운 시간이 바로 이 시간이다. 온전히 나를 나답게 내버려둘 수 있는 시간.

오전 근무는 간단했다. 의례적인 사장의 훈계가 담긴 짧은 멘트, 타부서의 업무협조요청, 어제 통화한 저자의 메일 확인. 저자는 보내겠다는 대체 원고를 보내지 않았다. 확인 전화를 해야 하지만 나는 전화를 하지 않았다. 급한 것은 출판사가 아니다. 그리고 지금 전화를 하면 어제 풀리지 않은 앙금을 다시 헤집어 놓을 수도 있었다. 이럴 때는 수그러지고, 누그러지는 시간이 필요하다. 적당한 시기가 되었을 때 꽃망울은 터지는 법이다.

오전 근무를 마치고, 하루 반 휴가를 낸 나는 가방을 들고 사무실을 나왔다. 그녀와 약속한 장소로 향했다. 점심시간이라 사람들이 거리로 쏟아져 나왔다. 이럴 줄 알았으면 점심시간을 피해 약속을 잡을걸.

약속 장소로 가면서 그녀 얼굴을 기억해내려고 노력했다. 아니, 어떤 말부터 꺼낼지 머릿속으로 이런저런 문장들을 만들었다 지웠다를 반복했다. 바람이 불 때마다 가지에 붙어 있던 벚꽃잎이 흩날렸다. 새로운 문장을 만들 때마다 나는 걸음이 느려졌고, 문장을 지울 때는 흩어지는 벚꽃잎을 바라봤다.

그녀였다. 그녀가 서 있었다. 점심시간에 맞춰 총총거리며 오고가는 사람들 틈에 그녀가 작게 웃고 있었다. 나는 그녀 앞으로 다가갔지만 내 표정은 그러지 못했다. 어색하게 웃지도, 그렇다고 화석처럼 굳은 표정으로 다가갈 수도 없었다. 어정쩡하게 일그러진 표정으로 그녀 앞에 섰다. 그리고 손을 들어 얼굴 위로 차양을 만들었다.

"햇볕이 강하네."

내가 꺼낸 첫마디였다. 수없이 많은 문장들을 만들었다 지우면서 준비한 인사 대신 나는 어정쩡한 표정을 애써 변명하는 게 다였다.

그녀와 나는 직장인들로 시끌벅적한 식당으로 들어갔다. 신발을 벗고 자리를 잡고 앉아 식사를 주문했다. 식사가 나오고, 다른 테이블에 식사를 마친 직장인들이 하나둘 일어서고, 식당이 한산해질 때까지 우리는 마주앉아 식사를 하고 있었다. 그녀가 피식 웃었다.

"나도 진짜 천천히 먹는데, 오빠는 나보다 더 오래 먹는다."

그랬나. 나는 그저 그녀가 먹는 속도에 맞춘다고 생각했는데 그녀가 보기에는 그러지 않았나보다.

"좋은 거야."

그녀는 다시 웃었다.

우리는 나도 알고 그녀도 아는, 서로 겹쳐서 알고 있는 사람들에 대해 질문을 하고 대답을 했다.

"글쎄, 연락이 끊긴지 오래돼서……."

질문은 많았지만 대답은 몇 개로 끝났다. 대부분 서로 연락이 끊어졌 거나 연락처가 있어도 연락을 하지 않은 상태였다. 그녀와 나 사이의 시 간은 세게 당기면 바로 끊어질 것 같은 부식된 노끈 같았다. 양쪽 어느 쪽이든 조금만 세게 당기면 바로 끊어질 것 같은, 이어져 있지만 어느 쪽 도 당기고 있지 않고, 또 어느 쪽도 놓고 있지 않은 상태.

그녀는 지방 중소도시에 살고 있었다. 목회 활동을 하는 신랑을 따라 이곳저곳 개척교회를 세웠지만 신과의 관계가 아닌 인간과의 관계에서 염증을 느낀 신랑은 목회 활동을 그만 두었고, 마을공동체라는 공동체를 만들어 지방중소도시에 작은 마을을 가꾸며 살고 있다고 했다.

"너, 봤어."

그녀가 한창 마을공동체라는 곳에 대해 얘기하고 있을 때 내가 불쑥 말을 끊었다. 그녀는 놀라는 눈빛으로 말을 멈췄다. 나는 빈 물컵에 물을 따르고 한 모금 마셨다. 내 얘기를 기다리는 그녀의 눈빛에 대답 대신 살 짝 웃어보였다.

예전, 내가 결혼하기 전에 살던 곳에서 그녀를 우연히 마주쳤다. 나는 그녀를 봤지만 그녀는 나를 보지 못했다. 문구점에서 나는 그녀를 발견 했다. 그녀가 결혼을 하고 한참의 시간이 지난 후였다. 마지막으로 전해 들은 그녀의 소식은 내가 살고 있는 곳에서 두어 시간 떨어진 곳에 살고 있다는 내용이었다.

그녀를 보자 나는 움직일 수 없었다. 도플갱어가 아닐까 할 정도로 너 무 닮아 있었다. 나는 거리를 두고 그녀 뒤를 쫓아다녔다. 그녀는 간단한 문구류 몇 개와 편지봉투를 집어 들고 계산대로 갔다. 계산대에서 계산 하는 그녀의 옆모습을 우두커니 서서 바라봤다. 그녀가 분명 맞는데 다 가가서 말을 걸 수가 없었다. 계산대에 서 있는 그녀와 나 사이에 살짝 건드리기만 해도 터질 것 같은 공기의 압력이 팽팽하게 들어차 있었다.

발을 뻗어서 앞으로 나아가고 싶었지만 나를 둘러싼 모든 것들이 붙박이처럼 그 자리에 묶어두었다. 그녀가 고개를 돌려서 나를 보기를, 시간을 세우고 잠시 뒤돌아보기를, 간단한 손짓만으로 약속이 되기를…….

계산을 마치고 문구점을 나가는 그녀의 뒷모습이 아직까지도 멈춰있었다. 문구점 문에 달린 딸랑거리는 종소리를 남기고 그녀는 밖으로 사라졌지만 여전히 나는 문구점에서 계산하고 있는 그녀의 옆모습을 바라보고 있었고, 그녀는 여전히 시간을 세우고 뒤를 돌아보지 않았다.

"네가 아닌 줄 알았어."

그녀는 의미를 알 수 없는 얼굴로 나를 쳐다봤다.

"여전하구나."

그녀와 나는 밖으로 나왔다. 그녀는 일이 있다며 시간이 되면 대학으로까지 같이 가달라고 했다. 그녀와 나는 걷기 시작했다. 횡단보도를 건너고, 시끌벅적한 지하도를 내려갔다 올라왔다. 사무실이 밀집해 있는 곳을 벗어나자 작은 공원이 나왔다. 그녀의 걸음은 느렸고, 나는 모처럼 느린 햇살을 받고 있었다.

그녀와 나는 〈마드리안〉이라는 커피숍으로 들어갔다. 그녀는 커피를 마시면 안 된다며 마드리안이 자주 마셨다는 허브차를 시켰다. 커피숍 벽에는 마드리안이 그린 그림과 자화상이 걸려 있었다. 마드리안의 그림은 경계가 모호했다. 사물과 배경, 배경과 배경, 사물과 사물을 구분해주는 경계를 최대한 짓이겨 표현했다. 가까이에서 보면 경계는 또 다른 구상처럼 작게 면을 이루고 있어서 전체적인 경계가 도드라져 보이지 않았지만 그림과 멀어질수록 그 경계가 서서히 드러났다. 마드리안의 그림을 살살 문지르면 상쾌한 허브 향이 날 것 같았다.

허브차가 나오자 그녀는 무겁게 입을 열었다.

"나…… 수술해……."

그녀 앞에 놓인 허브차에서 살며시 김이 올라왔다.

그녀는 검사결과를 확인하고 수술 날짜를 잡으려고 서울에 올라온 것이었다. 대학로에 있는 대학병원에 예약을 했고, 차를 마시고 병원으로 가야 했다.

"항암 치료 들어가면 머리가 빠진대."

그녀는 두 손으로 허브 잔을 잡았다. 고개를 들지 않고 말없이 허브 잔만 내려다 봤다.

역사학자이자 화가였던 마드리안이 남긴 작품은 단 두 작품이었다. 평생 역사를 연구하면서 숱하게 그림을 그렸지만 남겨진 작품은 두 작품뿐이다. 그녀는 역사적 사실에 집중한 그림을 그린 것으로 알려져 있지만 그녀가 남긴 작품을 보면 전혀 그렇게 느껴지지 않았다. 무슨 이유에선지 어느 날 갑자기 그녀는 자신이 그린 그림을 모두 불태웠다. 그리고 새롭게 작품 두 개만 완성시키고 세상을 떠났다.

그녀가 허브 잔을 내려다보고 있을 때 카페 메뉴판 맨 뒤에 적힌 〈마드리안〉에 대한 이야기를 읽었다. 나는 그녀를 쳐다봤다.

"다행이야. 아직 머리가 안 빠져서."

그녀는 마드리안이라는 허브차를 마셨다.

나는 그녀와 나란히 대학병원으로 들어갔다. 접수처에서 접수를 하고 대기 순서를 기다렸다. 카페에서 나와 병원까지 오면서, 또 순서를 기다리기까지 서로 한마디도 하지 않았다. 간호사가 그녀의 이름을 불렀다. 그녀가 자리에서 일어나 진료실로 들어가려고 할 때 내가 그녀의 가방을 잡았다. 그녀가 돌아봤다. 나는 가방끈을 끌어당겼다. 그녀는 잠시 내 눈을 바라보다가 힘없이 가방을 놓았다. 나는 그녀의 가방을 가슴으로 끌어안았다.

그녀는 다른 환자에 비해 꽤 오랜 시간이 걸렸다. 그 사이 간호사는 두 번 진료실을 들어갔다 나왔고, 얼마나 기다려야 하는지 묻는 환자를 응대했다.

그녀는 알 수 없는 흐릿한 표정으로 진료실을 나왔다. 간호사에게 다음 진료일과 주의사항을 듣는 사이 나는 자리에서 일어났다. 그녀는 간호사가 건네주는 용지를 받아들고 나에게 다가왔다. 그리고 내 가슴에 소리 없이 기댔다.

그녀의 숨소리가 느껴지지 않았다. 숨을 참고 있는 것인지, 울음을 참고 있는 것인지, 들썩임도 없었고, 그녀의 따뜻한 호흡도 느낄 수 없었다. 나는 그녀에게 방해가 되지 않게 들고 있던 가방을 의자에 조심스레 내려놨다. 나에게 기댄 그녀를 느릅나무 안 듯 양 팔로 안았다.

미세한 바람이 일었다. 병원 안에는 바람이 불지 않았는데 그녀와 나는 미세하게 흔들리고 있었다. 아침 출근길 버스에서 봤던 숲 속 사람들이 가지 사이로 나타났다 사라졌다. 나는 너무 힘을 주지도, 그렇다고 너무 느슨하지도 않게 조금씩 그녀와 이어진 끈을 잡아 당겼다.

그녀는 손에 쥐고 있던 차표를 확인했다. 버스 시간까지 약 10여 분의 여유가 있었다. 우리는 버스 승강장으로 나갔다. 버스는 아직 들어오지 않았다. 우리는 승강장에 있는 파란색 플라스틱 의자에 앉았다. 병원에서부터 잡은 그녀의 손을 나는 놓지 않았다. 나는 그녀에게 어깨를 내밀었고, 그녀는 기꺼이 내 어깨에 기댔다.

버스가 조심스레 승강장으로 들어왔다. 주차를 마친 버스는 앞문을 열고 사람들을 태웠다. 줄 서 있던 마지막 사람까지 다 타고 나서 우리는 자리에서 일어났다.

"내일……."

나는 그녀에게 다시 한 번 확인했다. 그녀는 고개를 끄덕였다. 버스에 오르는 그녀의 뒷모습이 무거워보였다.

버스는 출발했다. 해질녘 어스름에 버스는 해를 등지고 동쪽으로 향했다. 그녀는 자리에 앉아 창밖을 내다보지 않았다. 고개를 숙인 채 버스가 흔들리는 대로 몸을 맡겼다. 나는 고개를 숙인 그녀에게 손을 흔들지 않았다. 버스는 빨간 신호등에 걸려 잠시 멈췄다. 파란 신호가 들어오자 버스는 속도를 내기 시작했다. 나는 해를 등지고 버스가 퇴근하는 차들과 뒤엉켜 시야에서 사라질 때까지 바라봤다. 그녀는 내가 있는 곳에서 동쪽에 살고 있었다.

아침 일찍부터 서둘렀다. 신혼여행 때 사용했던 트렁크를 아내가 가져갔기 때문에 최대한 큰 가방을 찾아야 했다. 아내가 떠났듯이 나도 이 집에서 벗어날 곳이 생겼다. 아내와 내가 머물렀던 말라버린 흔적들을 더이상 움켜쥐고 있을 필요가 없었다.

가끔 등산을 가려고 마련해 두었던 배낭과 그중에 가장 큰 카메라 가방을 어렵게 찾아냈다. 한번도 사용하지 않은 등산 장갑이며 깔개 등 등산용품을 배낭에서 꺼냈다. 카메라 가방에 있던 필름카메라와 렌즈 등도 꺼냈다. 잡스런 짐들을 빼내자 배낭과 카메라 가방은 제법 여유 공간이 넉넉해졌다.

우선 속옷부터 챙겼다. 서랍에 있던 속옷을 모조리 꺼내 배낭에 넣었다. 그리고 여름 옷과 가을 옷을 구분했다. 반팔 옷을 먼저 아래에 넣고, 그 위에 긴팔 옷을 넣었다. 바지도 몇 벌 챙기고, 마지막으로 세면도구와 수건을 넣었다. 옷가지로 채워진 배낭은 불룩해졌다.

서랍을 뒤져 통장을 찾았다. 결혼하기 전부터 부었던 정기적금 통장과 청약저축 통장, 여행 경비로 쓰려고 틈틈이 모아왔던 통장까지 꺼내 도장과 함께 카메라 가방에 넣었다. 통장을 넣어 두었던 서랍에는 이 집 전세 계약서가 있었다. 나는 계약서를 봉투에서 꺼내려다가 다시 집어넣었다. 아내가 나머지 짐을 가지러 오면 찾기 쉽도록 눈에 띄는 곳에 전세 계약서가 들어 있는 봉투를 놓았다. 평생 직장을 다닌 적이 없는 아내에게 전세금은 큰 도움이 될 것이다.

마지막으로 여권을 꺼냈다. 아직 해외 도장이 하나도 찍혀 있지 않았다. 무심코 해외여행을 갔다가 눌러 앉게 된 사람들의 사연을 소개해 주는 여행 프로그램이 떠올랐다. 그들은 하와이를 비롯하여 남태평양 어느 이름 없는 섬과 동남아 이곳저곳 휴양지에서 살고 있었다. 검게 그을린 그들의 눈빛은 맑게 빛나고 있었다. 알아들을 수 없는 언어로 원주민과 대화하면서 그들의 하루는 소탈하게 웃고 있었다. 이곳에 정착하면서 그들은 그전에 움켜쥐고 있던 많은 것들을 내려놓았다고 했다. 무엇 때문에 그렇게 가지고 있었고, 가지려고 했는지 모르겠다고 말했다. 그리고 내려놓다보니 그간 그들이 가진 것이 너무 많았다는 것을 깨달았고 지금은 행복하다고 했다. 하지만 아직도 버리고 있는 중이고, 더 많이 버려야 한다며 남태평양 강렬한 햇빛을 가리기 위해 손을 들어 머리 위에 차양을 만들었다.

그들의 맑은 웃음이 음소거 된 표정으로 머릿속을 지나갔다. 여권을 카메라 가방 맨 앞주머니에 넣으면서 당장 입국 비자 없이 갈 수 있는 나라가 어디인지 생각해봤다.

배낭과 카메라 가방을 현관 앞에 놓았다. 혹시 빠진 것이 없는지 천천히 둘러봤다. 어제 저녁까지 읽었던 시집 한 권이 눈에 들어왔다. 시집과 내가 아끼던 책 한 권을 집었다가 다시 그 자리에 놓았다. 어디가 되었든, 어느 시간대에 있든 그곳에 머무르고 싶다는 생각이 들었다. 생산적이고, 비생산적인 것을 가늠하지 않고, 온전히 놓인 곳에 스며들고 싶었다. 책을 읽고, 사유를 하고, 인터넷을 한다고 온전하지 않다는 것은 아니지만 일단 눈에 보이지 않아야 더 집중할 수 있을 것 같았다. 나는 배낭과 카메라 가방을 들고 현관문을 나섰다.

일주일 넘게 운행을 하지 않은 차는 시동이 걸리자 크게 한번 거친 엔진음을 냈다. 회사에 어떻게 얘기를 할지 생각했다. 총무부장에게 전화를 해서 남은 휴가를 전부 쓸까, 아니면 이참에 사장에게 퇴사를 하겠다고 정중히 말을 할까. 아니면……. 일단 그녀를 만난 다음 생각하기로 했다.

그녀하고는 그녀가 살고 있는 지방 중소도시 버스터미널에서 만나기로 했다. 검사 결과는 예상했던 것보다 심각했다. 이미 다른 곳으로 전이도 되었고, 수술을 한다고 해도 완치가 될 가능성도 희박했다. 항암치료를 통해 암세포를 작게 만든 다음, 수술을 하고 다시 항암치료를 받아야 하는 상황이었다. 의사는 항암치료와 수술을 권유했다. 아무리 낮은 확률이라고 하더라도 해볼 수 있는 것은 다 해봐야 되는 거 아니냐며 그녀에게 희박한 희망을 주려고 노력했다. 그녀는 고개만 끄덕이고 진료실을 나왔다.

그녀가 선택한 것은 시간의 사슬에서 풀려나는 것이었다. 항암치료를 받고, 수술을 하고, 다시 항암치료에 들어가는 시간……, 완치가 되지 않는다는 조건 하에 모든 치료가 끝나고 나서 병실생활을 해야 하는 시간……. 그녀는 자신이 가질 수 있는 시간을 계산했다. 그리고 나에게 손을 내밀었다.

여행 프로그램에서 그녀와 비슷한 사연이 소개된 적이 있었다. 병원에서는 1년이라는 시간을 정해주었지만 이곳에 정착하면서 10년째 살고 있다고 했다.

그녀는 자신에게 주어진 정해진 시간을 미지의 시간으로 바꾸고 싶어했다. 오늘이 될지, 내일이 될지, 불안에 떨지 않고, '오늘'이라는 시간만 가지기로 했다. 이제 그녀에게 하루는 24시간이 아니다. 그녀의 하루는 가볍게 집을 나선 봄소풍에서 만나는 벚꽃잎 같은 것이다. 그녀는 내게 봄소풍을 제안했고, 나는 그녀의 손을 잡았다.

그녀와 약속한 터미널까지 어떻게 가면 좋을지 생각했다. 자동차 앞 유리에는 바람에 떨어진 벚꽃잎이 앉아 있었다. 어제 버스에 올라타는 그녀의 마지막 뒷모습이 떠올랐다. 그녀는 약속 장소에 나타나지 않을 것이다. 나처럼 짐을 한가득 싸지도 않을 것이고, 그녀를 걱정하는 어린 아들의 눈빛을 외면하지도 않을 것이다. 그렇다고 그녀는 나와의 약속도 어기지 않을 것이다. 그녀는 항암치료를 받지 않을 것이고, 수술도 하지 않을 것이다. 그녀의 시간에 단지 내가 있지 않을 뿐이다. 나는 그녀와의 약속 장소로 가려고 걸었던 자동차 시동을…… 무거운 짐을 내려놓듯 툭, 껐다.

사무실 복도에서 장인어른과 통화를 끝내고 은은하게 내려앉는 봄 햇살 속으로 유영하듯 날아오르는 벚꽃잎을 바라보았다. 가는 미풍에도 떠다니는 벚꽃잎을 보면서 한때 나에게 '나'였던 그녀를 떠올려보았다. 그녀는 힘없이 공중을 떠다니다 바람이 멈추자 땅에 조용히 내려앉았다.

떨어진 벚꽃잎을 뒤로 하고 사무실로 들어가려는데 전화벨이 울렸다.

장모님이었다. 장인어른이 너무 흥분해서 그런 것이니 내일 장인어른과
한 약속은 잊으라고 했다. 장모님과 통화를 끝내고 자리에 돌아오니 책
상에 노란색 포스트잇이 붙여져 있었다. 저자였다. 바로 저자에게 전화
를 걸었다. 저자는 마지막으로 교정을 봤는데 더 이상 수정할 것이 없다
며 나에게 끝까지 잘 좀 부탁한다고 했다.

　창밖을 내다봤다. 바람이 세게 불었는지 꽃눈이 날리고 있었다. 나는
달력을 보면서 내 휴가가 며칠인지 계산했다. 내게 남은 모든 휴가 일수
를 휴가계에 적었다. 총무부장은 휴가계를 보더니 굳은 표정으로 나를
올려다봤다. 나는 손을 들어 강렬한 남태평양 햇볕을 가리기 위해 차양
을 만들었다. 연락이 끊겨 지금은 어디에서 어떻게 살고 있는지 모르는
한때 '나'였던 내가 맑게 웃었다. 벚꽃잎이 흩날리는 어느 오후…….

첫사랑

 단발머리였다. 까르르 고여 있던 유년의 첫사랑은 새까만 단발머리였다. 하염없이 눈물을 한 움큼 받아내던 어머니도 단발머리였다. 가끔 움켜쥐지 못한 미련의 속마음도 누군가 싹둑 잘라버린 단발머리였다. 아버지는 조용필의 단발머리를 즐겨 부르지 않았다. 힘없이 꺾인 내일이 작은 숨통이라도 만들라치면 어김없이 바싹 말라버린 중력이 하늘을 움켜쥐었다. 단발머리는 항상 뒷모습이었다. 다가갈 수 없는, 손을 뻗으면 한 팔 길이만큼 멀어지는 단발머리는 끝내 얼굴을 보여주지 않았다. 딱딱하게 굳어, 끊임없이 매일 싹둑 잘리는, 삶의 표정들이 짧게 매달린 단발머리…… 그 단발머리가 활짝 웃으며 찾아왔다. 흔적도 없이 무너졌던 머리칼, 첫사랑을 다시 끌어안는다.
 어머니에게 이 소식을 전할 방법이 없다. 나이 많은 조카를 걱정하느라 늘 노심초사하시는 큰이모 장의순 여사님께 진심으로 감사를 전한다.
 아직도 꿈을 꾸는 것 같다. 만지면 녹아내릴 것 같은……
 부족한 글을 뽑아주신 심사위원님께 감사드립니다.

독자가 사유할 수 있는 공간을 넓게 만들어주는 작품

2018 전북도민일보 신춘문예 단편소설 응모작품은 총 38편으로 응모작 모두를 정독하면서 1심에서 4심을 거쳐 5심에서 당선작을 뽑아내야 할 만큼 어려웠다. 3심까지 거쳐 올라 온 작품은 「변녀, 그녀」 「무희」 「난청」 「어느 오후」로 우열을 가리기 어려울 만큼 모두 아까운 작품들이었다. 결심에서 「난청」과 「어느 오후」 두 점의 작품은 동반당선을 시킬 만큼 경합 점에서 깊은 고민을 했다. 3심까지 올라 온 작품들도 모두 문장어법이 갖추어진 작품으로 평가할 수 있다. 하지만 단일주제를 나타내는 단편소설로서의 플롯(simple plot)형성이 부족했다. 이를 테면 좀 더 강조되는 주제의 지속이 약하거나 흩어지게 되는 경우이다.

최종 결심에서 「어느 오후」와 「난청」은 이야기하듯 거침없이 읽혀가는 사건과 문장의 특징이 탁월했다. 심사 중에 원고를 잠깐 덮어 놓는다든가 했을 때는 주제나 서사의 막힘이 있어서다. 「난청」은 하나의 주제로 기승전결이 완벽하고 상황과 시점에 어긋나지 않는 언어 선택, 대사의 자연스러움은 현실감을 자아낸다. 균형 잡힌 배열과 튼실한 내면구조(심리와 전문성)를 견인해내고 있는 점은 작가의 소설적 가능성을 전망하게 해준다. 기법에 있어 과거와 현재의 병용이나. 주제속의 과거를 말할 때 당장의 현실결과를 궁금하게 하거나 흔히 있을 수 있는 가정사의 이야기에서 연마되어 있는 작가가 지닌 문장의 향기가 향긋하다. 하지만 결심에서 선택하지 못한 점은 퍽 아쉽다.

   사물의 관찰과 관조의 차이는 다르다. 관찰은 그대로 보는 눈이고, 관조는 사물에서 보고 느끼는 사유이다. 그 사유는 보는 관찰에서부터 다르다. 그림을 말 할 때 잘 그려진 그림이 있고, 잘된 작품이 있다. 잘 그려진 그림은 이미 설명되어 있기 때문에 사유할 수 있는 공간이 작다. 그러나 잘 된 작품은 작가의 사상과 독자의 견해가 맞붙어 긴 느낌에 따라 사유할 수 있는 공간을 넓게 만들어 준다. 당선작 「어느 오후」의 경우이다. 작가의 깊은 사유는 인식변용의 어법으로 심리적 내면구조를 구사하고 독자의 사유공간을 넓게 펼쳐주는데 기여하고 있다. 문학에서 잘 쓴 글과 잘 된 작품의 차이를 생명력 있게 보여준다는 점이다. 작품 전체를 하나의 면面으로 볼 때, 사건과 구조의 체계적 질서와 조화롭게 병렬한 도입부와 종결부(수미 쌍관적) 사이와 또 다른 공간적 배경은 면으로 나누어 채색한 바실리 칸딘스키의 추상회화를 보는 듯하다.

전북일보 **권준섭**

1997년 서울 출생
중앙대학교 기계공학부 재학 중

창

권 준 섭

| 1 |

타인의 창을 또렷하게 눈에 담은 건 17살 늦봄 때의 일이었다. 그는 전학을 간 학교에서 창가 반대쪽 가장 구석진 자리에 앉아 있었고, 나는 교실에서 유일한 빈자리인 그의 옆자리에 앉게 되었다. 난 사춘기를 겪고 있는 다른 여자애들과 마찬가지로 남자애 옆에 앉는 것이 다소 신경이 쓰였지만, 그는 전혀 그렇지 않은지 나에게 말 한마디 건네지 않았다. 어디서 왔는지, 지금 어디서 사는지 물어볼 법도 했는데, 하루가 끝날 때까지 말을 걸지도 않고 그저 책상 위를 가만히 보거나 내가 있는 반대편의 벽을 바라볼 뿐이었다. 난 그걸 온종일 의식하며 이따금 몰려든 반 아이들의 이런저런 질문들을 간신히 넘기고 있었다.

오직 그만이 다른 장소에 있는 것만 같았다. 혹은 투명한 철창이 그와 모두를 갈라놓은 것처럼 보이기도 했다. 실제로 그랬다. 반의 아이들은, 그리고 선생님들까지 포함해서 누구도 그를 향해 초점을 맞추지도, 말을 걸지도 않았다. 주변의 분위기에 혹시나 귀신인가 싶어 섬뜩해지기도 했지만, 이따금 내 오른팔에 맞닿는 그의 옷깃에 그가 실재한다는 건 의심할 필요가 없었다. 하지만 여전히 모두가 작당한 듯 그를 의도적으로 교실 안에서 밀어내고 있다는 느낌은 지울 수 없었다.

단지 주변의 태도뿐만이 아니라 그 아이 자체도 확실히 이상했다. 그의 왼쪽 눈꺼풀 밑에는 분명히 창이 심겨 있었다. 그러나 그는 그걸 덮지 않았다. 덮기는커녕, 누가 뭐라고 하든 간에 얼마든지 보라는 듯이 내놓고 다녔다.

창이 원래 보기 께름칙하다고는 해도 그의 것은 더했다. 물론 다른 사람의 것은 물론이거니와 부모님 것도 본 적 없지만, 적어도 내 창보다는 훨씬 더 새까만 것은 확실했다. 모든 걸 다 삼켜버릴 것만 같다는 느낌. 그게 엄밀한 발화점이었는지는 알 수 없었다. 다만 지금 모두가 그를 멀리하는 건 모두를 위협하듯 드러나있는 그의 창 때문이라는 건 확실했다.

창이 무슨 역할을 하는지는 아무도 알지 못한다. 몸통 위에 머리가 얹어져 있고 몸 안의 장기에게 각자의 제자리가 있듯이, 창 또한 얼굴의 왼쪽 자리에 담담히 있을 뿐이었다. 본래 안구가 들어있었어야 했을지도 모르는 그곳, 부드러운 두 곡선 사이 먹을 부어놓은 듯 채워져있었다. 우리는 작고 동그란 천으로 이런 창을 가린다. 안대라고도 하던데, 정확히는 건이다. 건은 창이 내뿜는 어둠을 틀어막아준다.

내 방 두 번째 서랍에는 여러 색의 건이 있다. 나는 그중에서도 갈색을 가장 아끼고, 제일 많이 사용했다. 나의 옅은 갈색 머리카락을 의식한 것이었다. 알맞게 내 창을 가릴 수 있는 크기의 건은, 때론 있는 듯 없는 듯싶었다.

처음에는 그가 건을 하고 오는 것을 잊었다거나─물론 상식적으로는 있을 수 없는 일이다─아니면 잃어버렸다던가, 혹은 망가졌다던가 하는 이유 때문인가 했지만, 며칠이 지나도 그의 창에 건이 덮이는 일은 없었다.

그를 관찰하는 건 내 소소한 일과가 되었다. 창을 덮지 않는 것을 제외하고는 그저 말 한마디 없는 평범한 고등학생일 뿐이었다. 그럼에도 확실하게 교실에서 분리되어 있었고, 정작 그는 그런 분위기를 전혀 신경 쓰지 않는다는 모습이었다. 그걸 매일같이 보고 있자니 일주일이 지난 시점에서는 그가 주변으로부터 어떤 시선을 받고 있는지 잊을 수 있었다.

어쩌면 그가 자신은 창이 없다고 생각하거나 창의 존재 자체를 인지하지 못하는 바보일지도 모른다고 생각했다. 곁에서 바로잡아줄 사람이 없다면 건을 하고 다니지 않을 수도 있겠다는 생각을 했다. 물론 그런 사람을 본 적은 없다. 옆 동네에서 중학생 정도로 보이는 바보가 바지를 입고 다니지 않는 것은 본 적이 있지만 말이다.

하지만 그 생각을 한 지 10초도 되지 않아서 말도 안 된다며 고개를 저었다. 늘 어딘가 의식이 나간 듯 멍하니 있었지만, 그는 평범하게 수업을 들었고 제대로 필기도 하고 있었기 때문이다. 그가 입을 여는 것은 한 번도 본 적이 없었으므로 말을 못 하는 바보일 수도 있겠다는 짐작은 넌지시 해보았다.

다음으로는 그가 지독한 반항아가 아닌가 하는 생각을 했다. 그럴듯했다. 오토바이를 타고 담배를 피우고 하는 그런 부류의 반항아는 아닐지라도 분명 어딘가 비뚤어진 것만은 분명했다.

이상하게도 그에 대한 생각은 꼬리에 꼬리를 물고 늘어졌다. 그의 옆자리에 앉아있을 때도 마찬가지였고, 집에서 혼자 책상에 앉아 숙제를 하다가도 문득 떠오르곤 했다. 이토록 내가 누군가에 대해 호기심을 가져볼 수 있다는 사실에 놀랐다.

"건은 어쨌어?"

그렇게 물어볼 수 있었던 건 상당히 고심한 뒤였다. 딱히 잘못된 짓을 하는 게 아닌데도 누군가의 눈에 띄면 안 될 것 같아 방과 후 그에게 슬며시 따라붙어서 말을 걸었다. 그는 무척이나 놀란 듯 눈썹을 한껏 치켜세운 표정을 지었지만, 역시 입을 열지는 않았다.

나는 그의 표정을 멀뚱히 지켜보았다. 정확히는 그의 창을 바라보았

다. 전에도 느낀 거지만 두려움이 슬며시 뒷덜미를 감쌀 정도로 새까만
색이었다. 혹시 다른 사람들의 창도 이런 것인가, 아니면 내 창도 남에
게 이렇게 보이려나. 그렇게 생각하니 조금 기분이 묘했다. 이런 기분은
처음이었다.

그는 나를 보곤 고개를 갸웃거리더니 말없이 다시 걸어갔다. 그의 집
은 우리 집과 같은 방향에 있는 듯했다. 이전까지만 해도 내가 한참이
나 먼저 교실을 나서곤 했으니 몰랐던 사실이다. 몇 번이고 갈림길을 마
주할 때마다 그는 내가 가야 할 방향으로 꺾었다. 그러다보니 그를 따라
가는 모양새가 되어 있었다. 그도 내가 뒤에 졸졸 따라오는 게 거슬렸던
지, 흘끔 돌아보고는 순간 멈춰 섰다.

"왜 따라오는 거야?"

진심으로 놀라고 말았다. 분명 말을 할 줄 모른다고 생각했는데, 아주
멀쩡하게 단어를 구사하고 있었다.

"말을 할 줄 알았구나."

"…뭐?"

그는 아까보다도 더 얼굴을 구겼다. 감정에서 나온 표정이라기보다는
있는 힘껏 불쾌감을 표현하려고 일부러 지은 것 같았다. 아마 그런 표정
을 지으면 내가 떨어져 나가리라고 생각했던 것이겠지. 그렇지만 내 눈
에는 그저 겁 많은 동물이 으르렁거린다고밖에 보이지 않았다.

"나도 집이 이쪽이야. 저기 큰길 건너 아파트에 살거든."

그는 찡그린 표정을 슬며시 누그러뜨렸다. 내 말에 뭔가 생각난 모양
이었다. 기억을 더듬어보면, 이건 전학 온 첫날 모여든 친구들이 나에게
물었던 것이고, 내가 친절하게 말해준 내용이었다. 그러니 그도 못 들었
을 리는 없다. 다만 의식 속에 담아두지 않았었던 것이라고, 나름대로
이유를 떠올려보았다.

그의 표정이 꽤나 볼만했다. 어쩐지 미안하기도 하고 민망하기도 한
표정이었다. 난 결국 참지 못하고 웃음을 터뜨리고 말았다. 처음에 그는
갑작스러운 내 웃음에 어쩔 줄을 몰라 하더니 어느새 얼굴 근육이 풀렸

는지 입을 살짝 벌린 채로 어색하게 한쪽 입꼬리를 올리고 있었다.

　그는 내가 사는 아파트에서 좁은 골목으로 들어가야 나오는 주택가에 산다고 했다. 첫날에 짐을 전부 옮기고 잠깐 근처에 가본 적이 있다. 말라붙은 핏빛이 도는 벽돌로 만들어진 집들이 다닥다닥 붙어서 마치 하나의 거대한 벽처럼 형성되어 있던 곳이었다. 더 들어가 보려고 했지만 그만두었다. 울퉁불퉁한 콘크리트 바닥 감촉도 싫었고 무엇보다도 역한 하수구 냄새가 코를 찔러서 따가울 지경이었던 기억이 살아났다. 하지만 그런 감상을 굳이 말하진 않았다. 자신이 사는 동네에 대해 그런 식의 말을 듣는다면 누구든 썩 유쾌하진 않을 것이었다.

　"근데 이름이 뭐야. 한 번도 들은 적이 없네."

　정작 중요한 것을 묻지 않고 있었다. 어떻게 부를지 한참을 고민하고서야 내가 그의 이름을 모른다는 걸 눈치챘다.

　"이창." 그는 말꼬리를 흐렸다.

　"이름이 창이야?"

　대답은 돌아오지 않았다. 다만 그의 굳은 얼굴이 눈에 들어왔을 뿐이다. 뭔가 다양한 감정이 그 안에 담겨 있었다. 이름이 싫다는 감정도 있었지만, 그뿐만은 아니었다. 슬픔이나 각오, 그런 것들이 잔뜩 뒤엉켜서 말로는 그려낼 수 없었다.

　이름이 창이라니, 멋지네. 난 그렇게 말할까 잠시 고민했다. 그러나 그러지 않기로 했다. 그의 감정에 대해 내 생각을 이런 식으로 말해봤자 분명 제대로 전달되지 않을 것이라고 생각했다. 대신 그를 따라 내 소개를 했다.

　"내 이름은 경은이야. 장경은."

　그는 다시금 무표정으로 돌아와 나를 힐끗 보았다. 어딘가 그의 기분이 나아진 것 같다는 생각이 들어 웃음이 차올랐다. 그에게서 그런 느낌을 받은 순간, 나는 맨 처음 거울을 통해 내 창을 제대로 바라보았던 순간을 떠올렸다.

창은 그곳에 있었다. 하지만 실재감은 없었다. 검은 얼룩이 거울에 묻어있는 것 같은 느낌이었다. 그 정도로 창은 거울의 상에서 홀로 붕 떠 있었다. 창을 가만히 들여다보았다. 그저 검은색인 줄만 알았는데 잘 보니 희끄무레한 무늬가 나선처럼 안쪽으로 감겨들어 가고 있었고 조금씩 일렁이기도 했다. 좀 더 자세하게 보고 싶었지만 조금 어지러웠다. 그때의 기분을 나는 창이를 보며 똑같이 느꼈다.

우리는 잠시 말이 없었다. 대신 그 공백을 풍경으로 메웠다. 햇볕이 주변 풍경을 한껏 덮을 만큼 유난했다. 공기는 뜨끈했지만, 골목 사이사이에서 시원한 바람이 슬며시 온도를 낮춰주고 있었다. 여름의 향기가 났다. 선명한 그늘 밑에서 바라본 이름 모를 가로수는 검은빛에 가까운 초록색이었다.

"우리 집은 여기야."

내가 말했다. 그는 고개를 가만히 끄덕인 후에 살짝 손을 들어서 인사를 하곤 옆 골목으로 돌아들어 갔다. 곧바로 모습이 사라졌지만 나는 그가 돌아선 그 모퉁이를 몇 번이고 쳐다봤다. 자꾸만 여운이 남았나 보다. 그의 창이 자꾸만 뇌리에 맴돌았다. 티 하나 없는 완전한 검은색의 창. 그리고 그 창을 아무렇지 않게 내놓고 다니는 창이.

학교에서 창이가 나에게 먼저 말을 거는 일은 없었다. 물론 나도 창이에게 말을 걸지 않았다. 그건 어쩌면 나를 배려해주는 것이기도 하면서, 스스로를 보호하기 위한 수단이었을 것이었다. 난 그걸 존중해주기로 했다. 나 때문에 창이의 일상이 깨지는 것을 원하지 않았으니까. 그도 마찬가지로 자신 때문에 내 학교생활에 문제가 생기길 바라진 않았을 것이다.

서로의 생활에 최대한 간섭하지 않으려는 교실에서의 노력이 끝나면, 어김없이 같이 집으로 가곤 했다. '같이'라기 보다는 그가 학교를 나설 때까지 기다렸다가 내가 그 뒤에 따라붙었을 뿐이긴 했지만. 난 이때마다 야간 자율학습 참여가 재량인 이 학교가 항상 감사했다. 적어도 학교

정규 시간이 끝나면 내가 그와 같이 걷는 것만큼은 누구의 방해도 받지 않을 수 있었으니까. 내가 그의 옆에 슬며시 다가가면 그는 항상 난감한 듯한 표정을 지었지만 그렇다고 싫어하는 기색은 없었다. 단지 익숙지 않은 상황에 어떻게 행동해야 할지 잘 모르겠다는 것처럼 보였다.

그의 창에 더는 눈길이 가지 않게 된 건 금방이었다. 처음에는 창이 그의 모든 것을 보여주고 있는 듯했지만, 시간이 지나면서 그게 다가 아니라는 것을 알게 되었다. 처음에는 눈이나 입의 움직임에 집중하게 되었고, 곧 그의 전체 표정하고 몸짓도 시선에 담아냈다. 그것들은 그의 창의 존재감에 묻히기에는 아까운 것들이었다.

자연스레 창을 의식하지 않게 된 것은 아니었다. 창을 가리지 않는다는 사실은 여전히 그를 바라보는 내 안에 위화감으로 자리잡고 있었다. 그래서 조금 다르게 생각해보기로 했다. 누구에게나 창은 있는 것이고, 창은 사람마다 전부 다를 수밖에 없다. 그러니 그의 창이 어떤 색을 하고 있고 어떤 느낌을 주는지는 중요치 않은 부분이었다. 건을 쓰지 않은 것을 제외하고는 그저 평범한 남자아이라고 생각하니 나도 조금은 그의 분위기에 함께할 수 있었다.

하루는 내가 있는 줄 맨 앞자리에 앉아있던 친구가 말을 걸어왔다. 대화를 나눈 적은 없었어도 그 아이가 반장이라는 것 정도는 알고 있었다. 검은색 두꺼운 뿔테 안경에 한껏 머리를 뒤로 묶고 있던 반장은 조심스레 말을 꺼냈지만, 난 그녀가 무엇을 말할지 첫 단어가 입 밖으로 나오기 전부터 어렴풋이 눈치채고 있었다. 예상대로 창이에 대한 이야기였다. 그의 창이라든지, 교실에서 그가 받는 취급이라든지 하는 이야기를 넌 이제 막 이사 와서 잘 모르겠지만, 이라는 말을 일일이 붙여가며 말했다. 그리곤 나에 대한 소문에 대해서도 머뭇거리더니 이야기를 꺼냈다. 날 이상하게 본다는 것부터 시작해서 혹시나 창이와 불건전한 관계가 아니냐는 둥의 이야기를, 왜인지 쩔쩔매면서 나한테 해주었다.

듣는 사람에 따라 기분 나빠할 법한 이야기였지만 왠지 굉장히 유쾌한 기분이 들었다. 예전부터 그래 왔다. 누군가 전혀 엉뚱한 오해를 할 때면 나는 있는 힘껏 웃어젖히곤 했다. 난 그런 오해들을 즐기려 했다.

그 순간도 그랬다. 당연히 대놓고 웃진 않았지만 편안하게 미소를 지어 보였고 그러냐는 식으로 받아넘겼다. 그들이 뭐라 떠들건 아닌 건 아닌 것이다. 오히려 남들에게 오해받는 상황임에도 정작 우리가 그렇지 않다는 것이 가장 중요하니까 말이다.

그날 오후 집으로 가는 길, 창이에게 반장과의 대화를 들려주었다. 끝까지 이야기를 들은 뒤에 창이는 은근히 나를 걱정하고 있었다고 말했다. 혹여나 자신 때문에 내가 반에 녹아들지 못하고 있는 게 아닌지에 대해 말이다. 창이도 나를 둘러싸고 있는 흐름을 알고 있었던 모양이다. 직접 전해 듣진 않았겠지만 이런 건 의외로 분위기로 간단히 알 수 있는 부분일 것이었다. 그래서 나는 그에게 내 생각을 간결하면서도 세세하게 말해주었고, 그는 생각 외로 간단하게 내 생각을 이해했다. 이해했달까, 자기 생각과 비슷해서 반갑다는 느낌을 받은 모양이었다. 난 그게 무척이나 기뻤다.

청소 당번을 끝내고 마지막에 남아 뒷정리를 하던 금요일 오후였다. 털어온 칠판지우개를 제자리에 가져다 놓으니 다른 아이들은 벌써 가고 없었다. 집에 가거나 자율학습을 하러 자습실로 향했을 것이다. 짧게 한숨을 쉬며 창밖을 보니 살짝 바랜 파란색의 하늘이 창가를 비추고 있었다. 여름이 가까워지고 있는지 해가 많이 길어져 있었다.

가방을 메고 교실을 나서니 벽에 창이가 기대어 서 있었다. 손에는 교복의 재킷을 들고 와이셔츠의 소매를 걷고 있었다. 한참 전에 창이가 먼저 교실을 나간 걸 봤기에 오늘은 같이 가지 못할 것으로 생각하고 있던 차였다. 얼마나 기쁘던지, 나도 알 수 있을 정도로 환한 웃음이 표정으로 새어 나오고 말았다. 하지만 그가 나를 빤히 보는 걸 알고 나서는 이내 표정을 가다듬었다.

그날따라 유난히 나란히 걷는 걸음이 어색했다. 언제나 말을 먼저 걸던 쪽은 나였지만 그날만큼은 술술 말이 나오지 않았다. 횡단보도에 다다라 파란불로 바뀌길 기다리고 있을 때 창이 나를 나직한 목소리로 불렀다.

"오늘은 왜 이렇게 늦게 가."

"청소 당번이라서 그렇지. 다 봐놓고."

"근데 네가 왜 마지막이야?"

"글쎄."

나는 표정 변화 없이 고개를 기울였다. 대수롭지 않으려 했다.

"뭐라도 먹을래?"

창이는 내 얼굴을 쳐다보지도 않고 말했다. 그를 올려다보니 그림자가 져서 표정이 잘 보이지 않았다. 그가 먼저 그렇게 말해주었다는 사실에 가슴이 두근거렸다. 나는 잠시 들뜬 가슴을 꾹 누르고 간신히 고개를 끄덕였다.

"어떤 게 좋으려나."

"글쎄……."

우리는 원래 가던 길과는 다른 길로 향했다. 그는 대답을 재촉하지 않았다. 어쩌면 이미 가고 싶은 곳을 정해놓은 것일지도 몰랐다. 그는 더 말이 없었고 나도 그대로 그의 질문을 덮어버렸다. 우린 일정한 리듬을 새기며 앞으로 걸음을 옮겼다. 그대로 걸으면 작은 시장이 나온다. 뭘 먹을지 정하지 못했으니 우선 가서 결정하자는 생각이었을 것이다.

"난 조금 신기해." 내가 순간 생각나서 말했다.

"뭐가?"

"어떻게 너랑 이렇게 대화할 수 있는지. 처음에 널 봤을 때는 누구하고도 대화를 섞지 않으려 하는 사람인 줄만 알았단 말이야. 그런 모습에 오히려 흥미가 생겨서 말을 걸긴 했지만, 얼마 전까지만 해도 네가 날 귀찮아한다고 생각했거든."

"그럴 리가."

그가 조금 웃었다. 그의 웃음은 무척이나 어른스러웠다. 교실에서의 얼어붙은 모습과는 달리 그는 종종 이렇게 내 앞에서 웃어주었다. 건이 없어서인지 웃는 모습은 더욱 멋졌다. 창을 가리지 않는다는 게 때론 이렇게 좋은 인상을 주기도 한다는 걸 그를 보고서야 알 수 있었다.

"어째서 다들 그런 걸까."

내가 말끝을 흐렸다. 어쩐지 해선 안 될 것만 같은 말을 해버린 것 같았다. 나는 창이가 내 말뜻을 이해하지 못하길 바랐다. 가능하면 그의 앞에서 교실에서의 분위기를 언급하고 싶지 않았기 때문이다.

"내 창을 똑바로 봐준 사람은 너 말고는 없었어."

침묵이 흘렀다. 내가 무어라 대꾸할 수 없었던 것도 있었지만, 그 또한 스스로가 내뱉은 말에 약간 쑥스러워하는 분위기였다. 하지만 그 침묵이 거북하지 않았다. 오히려 차분히 우리 둘 사이의 분위기를 감싸주고 있었다.

큰길에서 조금 벗어나니 차 소리보다는 바람 소리가 더 크게 들려왔다. 나는 잠시 저 멀리의 저수지를 바라보았다. 근처에 가본 적은 없었지만, 왠지 엄청나게 깊은 것만 같은 인상을 주는 곳이었다. 호수처럼 파란 게 아니라 까만색에 가까운 수면이었다. 군데군데 무너져있는 낮은 콘크리트 담에는 헙수룩하게 제비꽃이 피어서 그 옆을 지나는 내 다리를 간질였다.

"난 아무렇지도 않아, 네 창." 내가 말했다.

그가 나를 돌아보았다. 나도 피하지 않고 그의 얼굴을 올려다보았다. 그는 어딘가 굳은 표정을 짓고 있었지만, 그 감정은 나를 향한 것이 아니었다. 창이는 내가 아닌 다른 곳을 보고 있었다.

"저 저수지. 아무도 가지 않는 곳이야."

그의 시선은 어느새 담 너머의 저수지로 향해 있었다.

"왜?"

"무섭거든."

그는 의도적으로 말을 뚝뚝 끊어내고 있었다. 아무래도 내가 말을 조금씩 섞어주며 그가 말을 이어나갈 수 있게 하는 게 좋겠다고 생각했다.

"뭐가 무서운 걸까."

"저 안을 알 수가 없으니까 그래. 저기에 담겨 있는 게 뭔지도 모르고 깊이도 가늠이 안 되지. 혹시라도 발을 잘못 디디면 다시는 돌아오지 못한다는 공포감을 갖고 있어. 다들."

"혹시 누군가 그런 일을 겪은 적이 있어?"

그는 미세하게 고개를 저었다. 다른 생각에 빠져 있어서 내 질문에 온전히 집중하지 못하고 있는 게 분명했다.

"그냥. 그 누구도 이젠 저기가 어떤 곳인지 알고 싶어하지 않아. 무섭다고 생각되어 버린 감정은 어쩌면 다시는 바뀌지 않는 걸지도 모르겠어."

"근데 나는 한번 가보고 싶다."

나는 그와 눈을 맞추었다. 그는 내가 무슨 말을 하는지 잘 알 수가 없다는 얼굴이었다. 나조차도 반사적으로 튀어나온 말이었다. 하지만 곧 그게 내 진심이라는 걸 알 수 있었다.

"난 이제 막 여기로 이사 와서 그런지 별로 무섭지 않아. 근데 다들 꺼리는 곳이라고 하니까, 왠지 꼭 한 번 가서 얼마나 무서운지 알아보고 싶네."

그 순간 그의 반응을 보고 싶지 않았다. 조금 내가 한 말에 부끄럽다는 생각을 해서 그랬을지도 모른다. 나는 누가 들어도 억지라는 걸 알 수 있을 정도로 크게 웃어냈다. 어쩐지 그의 걸음은 약간 느려져있었다. 간신히 내 발걸음을 쫓을 수 있을 정도였다.

시장 골목은 한산했다. 얼마 전에 상가들이 전체적으로 새 단장을 했는지 재래시장 특유의 비린 냄새는 적었다. 괜히 시끄럽게 소리치는 상인도, 촌스러운 트로트를 틀어놓고 손님을 모으는 마트도 없었다. 우리는 여전히 대화의 빈자리를 지키고 있었고 그 틈새를 주변의 작은 웅성거림으로 메우고 있었다. 하지만 그 침묵이 불편하진 않았다. 왜인지 그와 있으면 아무 말도 하지 않아도 마음이 불편하지 않았다. 그가 입을 다물고 있어도, 내가 억지로 공백을 채우려 하지 않아도 그 자체만으로 충분히 기분이 좋았다.

"여기로 가자."

그가 뒤에서 나를 불러 멈춰 세웠다. 낡은 철제 간판에 '사랑 분식'이라고 적힌 분식집이었다. 주변의 세련된 가게들에 비해 여기저기서 낡은 분위기를 느낄 수 있는 가게였다.

"저 왔어요."

그가 삐걱거리는 나무 미닫이문을 열고 들어가자 안쪽에서 주인으로 보이는 아주머니가 나오셨다. 가게 안에 다른 손님은 보이지 않았다.

"어서 오렴. 어머, 뒤에는 친구니?"

"네, 뭐." 그가 머쓱한 얼굴로 대답했다.

그제야 나는 그 가게가 창이네 어머니가 하시는 가게라는 걸 알 수 있었다. 나는 이쪽을 향해 있는 힘껏 웃어 보이시는 창이 어머니의 얼굴을 자세히 보지 않을 수 없었다. 핏기 없고 마른 얼굴, 그리고 미세하게 떨리는 입술, 가능하면 신경 쓰지 않으려 했다만 건 밑이 움푹 파였다는 걸 보여주는 음영까지. 그는 라면 두개와 김밥 두 줄을 시켰다. 어머니는 조금만 기다리라고 말씀하시면서 주방으로 들어가셨다. 어딘가 불안한 몸짓이었다.

"어머니가 하시는 가게였구나." 내가 조심스레 물었다.

응, 그가 그렇게 말하며 내 앞에 젓가락과 숟가락을 가지런히 놓아주었다. 그 밑에 휴지 한 장을 깔아주는 것도 잊지 않았다. 식탁 앞에서의 대화는 그걸로 끝이었다. 그가 아무 말이 없자 나도 먼저 입을 열기가 조심스러웠다. 음식은 금방 나왔다. 김밥은 터질 것처럼 두꺼웠고 라면에는 달걀이 두 개씩 들어 있었다. 맛있었지만 익숙해질 수는 없는 맛이었다.

조금은 창이의 어머니에 대해 머릿속에서 굴렸다. 어떤 느낌이었냐고 하면, 나를 불편해하시는 것 같았다. 하지만 그게 다가 아닐 것이었다.

가게 벽에 걸려 있는 텔레비전을 보는 척하면서 그의 어머니를 보았다. 그러다 한 번은 눈이 마주쳤는데, 아주머니는 서둘러 내 시선을 피하셨다. 어쩌면, 뭔가를 두려워하고 있는 걸지도 모른다는 생각을 했다.

"우리 엄마는 말이야, 창이 없어."

가게를 나서서 한참을 걷고서야 그가 첫마디를 떼었지만, 그런 뒤에도 잠시 간격을 두었다. 평소와는 다른 호흡이었다. 조금 말하기를 주저하고 있을지도 몰랐기에, 나는 대꾸 없이 가만히 귀를 기울였다.

"아빠라는 인간이 때려서 뭉개 버렸거든. 밥그릇 밑으로 찍어서. 바로 옆 구석에서 지켜보던 나는 난생처음으로 창이 부서지는 소리를 들었어. 엄마가 쓰러지는 것도 처음 봤고. 그게 아빠를 본 마지막 날이었어. 이후로 집에 돌아오지 않으셨으니까."

"술이라도 드셨던 거야?"

그는 어딘가 불편한 모습으로 고개를 저었다.

"아니, 완전히 멀쩡한 정신이셨지. 우발적으로 싸우시다가 그런 것도 아니야. 그저 엄마의 창이 마음에 들지 않았던 것뿐이야. 우리 엄마도 그 때까지만 해도 건을 하지 않으셨거든."

난 묻고 싶었다. 네가 건을 하지 않는 건 너희 어머니 때문인 거냐고. 하지만 그렇게 물을 필요도 없었다. 창이는 내가 궁금해하는 부분을 정확하게 알고 있었다.

"그래서 난 창을 가리지 않아. 뭉개지기 전 엄마의 창은 나랑 똑 닮아 있었다고 기억해. 물론 그래서 아빠란 작자도 나를 혐오했고. 하지만 말이야, 나는 이게 그렇게나 잘못된 건지 잘 모르겠어. 우리 모두 창을 가지고 있는데, 왜 건이라는 걸로 가려야 하는 걸까. 그렇게 부끄러운 건가?"

괴로운 표정이었다. 지금까지 본 그 어떤 표정과는 비교도 할 수 없을 정도로 지독한 색을 띠고 있었다. 저런 색을 본 적이 있다. 그의 창에서, 그리고 아까 지나갔던 저수지의 색이었다.

해야 할 말이 떠오르지 않았다. 이런 의문을 가지는 사람이 있으리라 곤 생각하지 못했다. 직접 이런 생각을 해본 적도 없고, 누구에게서 들어본 적도 없다. 우리는 태어날 때부터 창을 지니고 있었고 늘 건으로 창을 가려왔다. 희미하게 머릿속 한켠에 있는 가장 처음의 기억에서도 나에겐 건이 매여 있었다. 엄마도 아빠도 마찬가지였다. 주변 친구들도 예외가 없었다. 옷으로 알몸을 가리는 것과 다를 것이 없다고 생각했다.

어째서 창이는 이런 의문을 품으려 하는 것일까. 그 누구에게도 아닌 자기 자신에게 던지는 질문이었을 것이다. 왜 그는 스스로 자처해서 영문을 알 수 없는 의문 속에서 헤어 나오려 하지 않으려 하는지 난 알 수 없었다. 너무도 슬프고 외로워 보였다. 표정으로 드러나는 것은 아니었다. 난 그의 창을 통해서 그의 감정을 읽어보고 있었다.

나까지 괴로워지게 되는 것이 겁이 났다. 그래서 그를 힘껏 안았다. 창이의 표정이 보이지 않게. 그리고 내 표정도 그에게 보이지 않게. 나는 아마 그의 질문에 답을 줄 수는 없을 것이다. 창이나 건이 대체 무엇인지, 그런 건 영원히 그와 같은 방식으로 생각할 수 없을 것이다. 그렇지만 적어도 그의 말을 제대로 들어주고 싶었다. 그가 무슨 생각을 하든 난 그의 고통을 조금이나마 나누어 느껴야만 했다. 왜냐면 나는 그의 창을 똑바로 보았으니까. 단지 그뿐이다.

그와 함께 곁에 걷고 있는 것만으로도 깊은 물속에 담겨있는 듯한 기분이 들었다. 제자리에서 빙글빙글 돈 것처럼 어지럽고 속이 울렁거렸다. 그의 몸을 한껏 껴안았던 순간, 지금까지 느껴보지 못한 따스한 잔잔함에 한껏 젖을 수 있었다. 여전히 교실에서의 우리의 모습은 그대로 서로의 생활을 지켜나갔지만, 학교가 끝나면 우리는 전보다도 더 확실하게 서로가 이어져 있음을 느꼈다.

누가 그러자고 하지도 않았지만 어느 날 나는 그의 집에 가게 되었다. 그가 그의 어머니와 함께 살고 있던 곳은 3층짜리 연립주택의 반지하였다. 그날만큼은 울퉁불퉁한 골목길도, 부패하는 하수구 냄새도 아무렇지 않았다. 그것들은 전부 자연스레 그곳에 있어야 할 것들이었고 그걸 받아들이는 건 더는 어렵지 않았다. 해질 무렵 창이의 집에서 그의 그늘에 안겼을 땐, 나는 우리가 부드러운 살과 따뜻한 체온을 가지고 있다는 것에 감사했다. 그의 창에 대해서도 감사를 잊지 않았다. 이 모든 게 그 검은 무언가의 덕분이라고 생각했다. 어쩌면 이 순간이 내 인생에서 가장 결정적인 순간이 아닌가 싶었다.

가족이 아닌 사람에게 내 창을 보여준 건 처음이었다. 그는 내 작은 창을 이리저리 눈알을 굴리며 관찰했다. 기분 나빠하는 내색 없이 그저 소중한 것을 가능하면 머릿속에 담아두려는 듯 보였다. 입을 조금 벌리고, 미간의 근육을 미세하게 모은 채로.

신기하게도, 전혀 부끄럽지 않았다. 그도 나에게 모든 걸 보여주었고, 그에 상응하는 대가로써가 아니라 온전히 내 의지로 내보이고 싶었다. 그의 마음에 이끌린 것이려나.

그의 왼팔에 기대어 선명하게 보이는 창을 중지와 약지 끝으로 사근사근 어루만졌다. 여전히 주변이 삼켜져 버릴 듯한 까만색이었지만, 그와 동시에 나를 끌어들이는 힘이 거기엔 있었다.

"난 내 창을 좋아해. 처음으로 거울에 비친 걸 봤을 때도 그랬고, 엄마가 창을 잃기 직전까지 내 앞에서 빛내던 그 창도 내 기억 속에서는 아름다우니까. 그러니까 부끄러워하지도, 감추지도 않을 거야."

그의 말에 고개를 끄덕였다. 언제까지고 가까워질 수 없을 거라고 생각했던 창이지만, 지금은 그렇게 느껴지지 않았다. 그의 창이 내 시야 가득 들어오는 것도 이젠 지극히 자연스럽게 느껴졌다.

"왠지 나도 내 창이 좋아질 것만 같아."

"네 창, 정말 예뻐. 난 이미 좋아해."

그의 말에 나는 작게 웃음을 터뜨렸다. 그 누가 타인의 창을 보고 이런 말을 할 수 있을까. 그밖에 없을 것이다. 그렇게 확신했다.

어쩌면 잘못 생각하고 있었을지도 모른다. 나는 그가 다른 사람들과 다르지 않다고 생각했고, 그래서 반장에게도 창이가 건을 쓰지 않는 것을 제외하고는 아무것도 다를 바가 없다고 설명했다. 하지만 나는 그걸 결코 제외해선 안 되었다. 그는 특별했고, 그가 창을 가리지 않는 것을 특별하게 여겼어야 했다. 평범하다고 해버리기엔 그의 모습에 담겨있는 특별함을 사라지게 하는 것이 아닐까. 분명 그는 자신의 특별함에 당당해지기로 한 것이다. 그러니 난 결코 그가 잘못되었다고 생각하지 않는다. 오롯이 창을 드러낸 채로 고요히 자신을 외칠 수 있는 건 오직 창이뿐이었다.

솔직히 말하면, 난 아마 건을 벗어버리지는 못할 것이다. 아무래도 그건 너무도 무서운 일이니까. 하지만 내 창을 부끄러워할 일은 분명 없을 것이라고 확신할 수 있었다. 나를 한껏 빠져들게 했던 그 계절, 내가 그에게서 배운 것은 이런 것들이었다.

| 2 |

창이와 나는 서로를 사랑했고 서로의 창을 자연스럽게 여기며 함께 시간을 견뎠다. 가끔은 이 세계에 그와 나 둘만 남겨지지 않았나 하는 생각을 했다. 깔끔하게 쪼개진 교실 안에서 난 결국 창이의 손을 잡았기에, 그를 따라 그곳에서 분리되었다. 아무렇지 않다고 느꼈다. 야트막한 관계보다는 제대로 나를 품어낼 수 있다고 생각한 곳으로 몸을 맡긴 것뿐이었으니.

때론 아무 이유 없이 두려워지곤 했다. 이렇게나 누군가를 마음에 담아본 적이 처음이라서일까. 천천히 증발해가는 느낌을 받을 때가 있었다. 혹은 사막 한가운데에 지어놓은 모래성이 바람에 흩어져가는 것만 같은. 나는 그런 기분을 맛볼 때마다 그를 쓰다듬고 끌어안고 가슴에 얼굴을 묻었다. 그러면 그와 함께 견딜 수 있으리라 믿었다.

가을의 향기가 나기 시작할 무렵, 그의 집 앞에는 고양이 한 마리가 오가게 되었다. 온통 새카만 색에 등에 희끗거리는 무늬가 섞인 무척 작은 고양이로, 아마도 태어난 지 얼마 되지 않은 듯 했다. 다른 고양이들과 다른 점이라고 하면, 오른쪽 앞다리가 유난히 짧다는 것이었다.

세 번째로 그 작은 아이와 눈이 마주쳤을 때, 창이가 껍질을 간 밤을 던져주었다. 그러자 움찔거리며 다가와 냄새를 맡은 뒤 허겁지겁 먹기 시작했다. 그제야 이 아이가 엄마도, 주인도 없이 홀로 겨울을 견뎌야 한다는 것을 알 수 있었다.

그게 계기가 되어 고양이는 매일같이 창이의 집 앞을 기웃거렸다. 그러면 우리는 그 아이에게 가능한 한 제대로 된 식사를 주곤 했다. 창이는 나보다 더 고양이를 귀여워했다. 고양이도 그를 몹시 잘 따랐다. 고양이가 골목 구석 잡초가 무성한 곳에 앉은 조그만 날벌레를 땅에 엎드려 가만히 바라보다가 틈을 노려 덮치려 하는 모습을, 그는 종종 흐뭇한 듯이 바라보고 있었다. 그 아이는 몸의 균형이 맞지 않아서인지 거의 벌레를 잡지 못했고, 그럴 때면 그는 귀여운지 즐겁게 웃어보였다.

그와 고양이 사이에는 무언가 통하는 것이 있는 것만 같았다. 때론 그 고양이가 창이와 정말로 닮았다는 생각을 하기도 했다. 그러나 정작 내가 쓰다듬으려 하면 별로 내키지 않는지 창이의 품으로 들어가 버려서, 그때마다 서운해하는 내 기분을 그가 풀어주곤 했다. 그렇지만 지금 생각해 보니, 어쩌면 정말 내 마음을 아프게 했던 건 다른 이유 때문이었는지도 모른다.

한 달 정도가 지난 어느 날, 고양이가 매일 있던 장소에 보이지 않았다. 우리는 하루 종일 교복도 갈아입지 않은 채로 온 골목을 샅샅이 뒤졌다. 사람이 들어가기에는 좁은 건물 틈새를 들여다보기도 하고 자동차 밑도 샅샅이 뒤졌지만 고양이는 어디에도 없었다. 이름을 불러보려 했지만, 그제야 우리가 여태껏 고양이에게 이름을 지어주지 않았다는 걸 알아챘다.

해가 져서 아무것도 보이지 않을 때까지 찾아다니면서, 난 어째서인지 이젠 찾을 수 없을 거라고 생각하고 있었다. 원래 길고양이라 곧 다시 오겠지 싶었지만, 이후 고양이가 다시 모습을 보이는 일은 없었다.

"이제 그럴 때가 온 거겠지."

내가 멀리 가지 못했을 거라 분명 시간이 지나면 다시 올 거라고 말했다. 그런데도 그는 더는 고양이를 볼 수 없다는 걸 깨끗이 받아들였다. 조금 외로워 보이긴 했지만 귀여워했던 것치고는 상당히 냉정하다고 생각했다.

|3|

그와의 연애는 일 년이 채 지나기 전에 끝이 났다. 2학년에 올라가면서 반이 갈렸고, 우리 둘 다 그걸 핑계로 서로를 마주하는 일을 줄여나갔다. 나는 그의 마음의 경과를 어렴풋이 알 수 있었다. 예상컨대 그의 마음은 나 자신이 가지고 있는 것과 같을 것이었고, 그가 나와 비슷한 변화를 겪고 있을 것이라고, 왜인지 확신할 수 있었다.

창이는 별다른 말을 하지 않았다. 그저 조용히 만나서 조용히 짧은 대화를 나눴고, 슬픔을 내비치는 것조차 없이 헤어졌다. 단 몇 마디의 대화 속에서 나는 그의 창을 들여다보았다. 그 안에는 내가 있었고, 내 창이 깃들어 있었다. 그게 이유였다. 누구도 잘못한 것은 없었다. 그러나 역시 창을 받아들인다는 건 타인의 것이든 자신의 것이든, 어렸던 우리에게는 너무도 버거운 문제였을지도 모른다.

우리 왜 고양이에게 이름을 지어주지 않았을까? 그에게 묻고 싶었지만 그만두었다. 어떤 대답을 듣든 간에 지금의 기분을 나아지게 해주지 못할 것이었다. 그저 조금 후회했다. 그 고양이에게 이름을 지어줄 걸 그랬다고.

돌아서기 직전, 창이는 다시금 예전의 어른스러운 미소를 희미하게 지어 보였다. 예전에 그가 보여준 것과 같은 것이었다. 하지만 요전까지만 해도 어른스럽게만 보이던 그 미소에서, 나는 그의 연약한 내면을 읽어 냈다. 그는 나와 다르게 강한 사람이라고 생각했다. 하지만 창이는 나와 어느 무엇 하나 다를 바가 없었다.

　나는 집에 돌아가 지금까지 소중하게 여기던 갈색 건을 쓰레기통의 깊숙한 곳에 버렸다. 어쩐지 한껏 물을 먹은 듯 부풀어 있는 것 같았다. 그게 너무 보기 싫어서 다른 쓰레기들에 묻혀 보이지 않게 꾹꾹 짓눌렀 다. 그리곤 거울을 바라보았다. 아, 역시나. 내 창도 마찬가지였다. 그제 야 나는 한참을 울었다. 이제는 그만 이 눈물을 타고 그가 흘러나오기를 바라며.

　이쯤에서 인정하면 죄악감이 덜 하려나. 그의 창을 받아들이기 시작 한 순간 이후 한순간도 무거운 마음 없이 그를 순수하게 사랑할 수는 없 었다는 것을. 창이와 나는 많은 부분이 닮아 있었다. 단단해 보일지도 모르지만 그만큼 어느 순간 부서질 수도 있는 사람, 그게 우리들이었다. 우린 빠르게 서로에게 빠져들었지만 제대로 섞이지 못했고, 마지막까지 도 각자의 안에서 위태롭게 넘치고 있었다. 그렇기에 우리는 붕 뜬 것들 을 분리해내야만 했다.

　그로부터 몇 달 뒤, 우리 가족은 그 동네를 떠났다. 그리 먼 곳은 아니 었다. 시내버스를 타고 한 시간이 채 걸리지 않는 거리였다. 하지만 다 시 그곳에 찾아갈 생각은 들지 않았다. 다른 이유가 있어서라기 보단 그 저 내 눈앞의 일들에 치여 그 동네를 떠올리지 못했을 뿐이었다.

　난 서울의 한 대학에 들어갔다. 거기서 독문학을 전공했고, 단 한 번의 휴학도 없이 4년 만에 대학을 졸업해 괜찮은 직장에서 전공과는 전혀 상관없는 일을 했다. 상당히 오랜 시간이 흘렀다. 그러다 직장에서 한 남자를 만나 연애를 했다. 애인은 까무잡잡한 얼굴에 키가 컸고, 무엇보 다 나에게 다정했다. 특이할 것 없는 사람이었다. 그 또한 어김없이 얼 굴 왼쪽에 어두운 남색 건을 하고 다녔다. 그와 처음 만났을 때, 새삼스 럽게도 내가 서있는 이곳은 십 년 가까이 시간이 지났지만 아무것도 변한 것이 없다는 생각을 했다.

　기억이 희석되어 제 색을 찾아가고 있을 즈음, 난 다시 그 동네를 찾았다. 살았던 아파트를 지나쳐 창이와 함께 걸었던 골목길을 지금의 애인과 함께 걸었다. 하지만 아무리 걸어도 창이가 살았던 집은 나오지 않았다. 힘든 기색의 애인을 최대한 외면하며, 몇 번을 반복해서 같은 길을 걸었지만 결국 찾지 못했다. 선선한 날씨였음에도 불구하고 땀이 비 오듯 흘렀다. 잠시 벽에 기대어 쉬는 동안, 그는 내 뒷덜미에 흐르는 땀을 손수건으로 닦아주고 있었다. 손으로 부채질을 해 주면서도 아무것도 묻지 않았다.

　눈을 감고 흩어져버린 머릿속 생각들을 한데 모으고 있었는데, 갑자기 작은 탄성이 들렸다. 가만히 눈을 뜨고 고개를 돌리니 쭈그려앉은 애인의 앞에는 아주 작은 고양이 한 마리가 위태롭게 서 있었다. 처음에는 검은색인가 했던 털은 자세히 보니 짙은 회색이었다. 예전 창이와 함께했었던 이름 없던 그 작은 검정고양이가 떠올랐다. 겉모습이 많이 닮아 있어서 혹시나 그 아이인가 싶었지만, 이내 가라앉아있던 기억들이 떠오르면서 그런 느낌은 금세 사라졌다. 내가 그의 앞에 얌전히 앉아있는 고양이를 쓰다듬으려 조심스레 손을 내밀자 고양이는 순식간에 멀찍이 달아나 버렸다. 그 모습을 보니 갑자기 눈물이 터져서, 내밀었던 손으로 흘러내리는 눈물을 연거푸 닦아냈다. 애인이 당황해하며 내 등을 다독여주었지만, 한번 흐르기 시작한 눈물은 한동안 멈추지 않았다. 시야와 함께 모든 것들이 흐릿해지고 있었다.

　이제 그럴 때가 온 거겠지.

　창이의 목소리가 스몄다. 문득 궁금해졌다. 그가 말한 그럴 때라는 건 대체 어떤 때를 말하는 걸까. 내가 만일 창이처럼 걸 벗어버렸다면 그럴 때라는 건 오지 않았을까. 그리고 우린 온전히 서로를 사랑할 수 있었을까.

　더는 만날 수 없는 고양이에게, 난 말을 걸었다.

어쩌면 그러지 않아도 되는 게 아닐까.

　나는 잠시 검은색 실크 건을 걷어내고 고요히 머물고 있는 창을 가만히 손가락으로 쓸어내렸다. 손가락 틈새 사이로 사근한 바람이 스쳐갔다. 그 계절의 향기였다.

독감에 걸려 허덕이던 중에 연락을 받았다. 기쁜 것도 잠시, 현기증이 심해서 다시 잠들 수밖에 없었다. 그리고 한참이 지나 땀에 흠뻑 젖어 깼다. 그리고 지금 컴퓨터를 켜서 멍한 머리로 당선 소감을 적어나가고 있다. 어쩌면 지금 이게 꿈이 아닐까 하는 생각도 들지만 기침을 할 때마다 찢어질 듯 아픈 목이 꿈이 아님을 알려주고 있어 한편으론 안심했다.

지금 와서 생각해 보면 살아온 세월의 반 이상을 소설과 함께 해온 것 같다. 그냥 형제처럼 같이 걸어왔을 뿐인데 어느새 소설은 나 자신이 되어 있었다. 그게 지금은 이렇게 누군가의 인정을 받고 세상으로 나갈 수 있다는 사실이 신기할 따름이다.

고마운 사람들의 얼굴이 떠오른다. 「창」을 쓸 때 가장 가까운 곳에서 큰 힘을 주었던 은주와 원영이형, 그리고 응원해준 많은 친구들에게 고맙다고 하고 싶다. 그리고 그 누구보다 이 소설을 좋아해준 신가영 선생님께도 감사드린다는 말을 전해야만 할 것이다. 마지막으로 이런 부족한 작가에게 과분한 자리를 마련해주신 전북일보 심사위원 분들께도 진심으로 감사드린다.

아직 많이 부족하다는 생각이 든다. 그러니 더 발전하고 싶다. 내가 쓰는 글이 어떤 의미를 지니는지는 아직까지 잘 알 수 없다. 다만 한 문장씩 써나가는 매 순간마다 위안을 받는다. 그러니 내가 쓰는 소설은 나 자신을 위한 소설일 거라고 생각한다. 언젠가 나와 같은 사람들이 내 소설을 읽고 무뎌져가는 자신의 감정을 선명히 마주할 수 있었으면 한다.

심사평 : 송하춘, 우한용

감추며 이야기하기의 매력 잘 살려내

신춘문예 계절이 돌아오면 많은 사람들은 설렘과 기대로 마음이 뒤숭숭해진다. 신춘문예에 대한 기대는 참신한 신인과 새로운 작품에 대한 소망이다. 이러한 소망은 심사위원들의 마음 또한 뒤늦게 한다. 이번 신춘문예에 응모한 작품 가운데, 예심을 거친 7편을 집중적으로 살펴보았다. 「서커스 유람마차」「더듬이」「너의 아름다운 곳」「앤드」「창」 등이 관심의 대상이 되었다. 「더듬이」는 첨단과학의 발달로 인간의 생산을 정부가 통제할 수 있다는 가정에서 출발한 시대 파악 시각이 돋보인다. 그러나 소설적 구체화는 아직 더 수련을 거쳐야 하리라고 본다. 「앤드」는 출산이 인공적으로 통제될 수 있는 첨단과학시대, 인간의 정체성이라는 문제를 추구한 작품이다. 현실성을 더 살려야 작품으로서 값을 인정받을 수 있을 걸로 본다. 「너의 아름다운 곳」은 현대적 환경에서 다문화적 삶의 문제를 다룬 작품이다. 플롯을 엮어가는 소설적 논리에 관심을 더 가질 것을 권한다. 「서커스 유람마차」는 생활을 위해 돈이 절실하게 필요한 소녀가 채팅에서 만난 남자와 사귀면서 자기정체성을 찾아가는, 현실감 있는 소재를 다루고 있다. 안정된 문장으로 사건을 전개하는 솜씨가 돋보인다. 주제를 형상화하는 사유의 치열성이 기대에 미치지 못한다는 점이 작은 흠이다. 논의를 거쳐 당선작으로 결정한 작품은 「창」이었다. 이 작품은 '창'이라는 트라우마를 공유하는 작중인물들이 서로를 이해하고 포용하면서 가까워지는 과정을 빈틈없이 그리고 있다. 만나고, 가까워지고, 그리고 사랑으로 맺어지기까지, 그리고 다시 멀어지고 헤어지기까지의 과정이 섬세한 문체로 그려져 있다. 플롯을 전개하는 데 '창'이라는 도구를 설정하고 있는 게 상징성을 띰으로서 주제와 연관성을 밀도 있게 드러낸다. '창'은 누구나 가지고 있는 열린 구멍인데, 그 '창'은 누구나 '건'으로 가리고 생활한다. '창'과 '건'은 곧 인간의 '열림'과 '닫힘'을 상징하는데 그 '건'이 걷히고 완전한 창으로 통할 때 완전한 만남이고, 사랑이라는 설정을 하고 있다. 그러나 개인이 가지고 있는 트라우마가 본질을 드러냈을 때, 그것은 다시 모양을 달리한 건이 되어 '창'의 본상을 감추게 되고 인간관계는 파탄을 겪게 된다. 인간관계 형성의 본질을 감춤과 드러냄의 변증논리로 그린 수작으로 보아 당선작으로 뽑았다. 이 작품에서는 '창'의 실상을 적나라하게 드러내지 않는다. 그건 운명일 수도 있고, 인간 존재의 모순적 상황일 수도 있다. 따라서 설명이 안 되는 영역이다. 이를 명징하게 밝히려고 모든 걸 사실로 드러낸다면 삶의 본질로서의 은폐성은 특질을 상실하고 만다. 그런 점에서 이 작품은 감추며 드러내기의 기법적 특장을 잘 살렸다고 본다. 이번에 투고한 모든 분들의 분투를 빌며, 당선자의 문학적 앞길에 큰 성취가 있기를 바라는 마음 간절하다.

조선일보 서동욱

1985년 출생
문예창작 대학원 졸업
회사원

당장 필요한

서동욱

마리는 올해 스물다섯 살로 준보다는 네 살이 많았다. 둘은 만나기 전부터 반도체 공장에서 일했는데, 그건 한 집에서 살고 있는 지금도 그랬다. 준에게는 두 번째 직장이었다. 첫 직장이었던 단추 염색 공장에서는 매일 지독한 냄새를 맡아야 했기 때문에 그는 지금 하는 일에 만족해했다. 그러나 마리는 아니었다. 그녀는 이전에 다녔던 직장들이 마음에 안 들었던 것과는 상관없이—이번 직장이 여덟 번째, 아니면 아홉 번째쯤 됐는데 일을 시작하고 나서 바로 다음 날부터 안 나간 것들까지 합하면 그보다 더 될 수도 있었다—언제든 일을 그만둘 생각을 하고 있었다. 하지만 당장 쓸 돈이 없었기 때문에 다른 일을 구하기 전까지는 그만둘 수 없었다. 그들은 모아둔 돈이 전혀 없었다.

같이 살게 되면서 그들은 에어컨이 옵션으로 딸린 이천에 오십짜리 투룸을 빌렸다. 관리비와 전기세, 수도세, 가스비, 통신비로 한 달에 삼십 정도가 나갔다. 집을 구할 때 빌린 은행대출금과 소형 자동차의 할부대금, 그리고 각자의 술값을 내고 나면 남는 게 없었다. 햇볕이 거의 안 들어오는 집안은 늘 춥게 느껴졌다. 그래서 그들은 밖에서 술을 마시고 늦게 들어와 잠만 자고 나가거나 아니면 아예 안 들어왔다. 그런 경우에는 몇 잔 더 마시고 나서 공장 근처의 찜질방에서 잤다. 찜질방은 집보다 훨씬 포근했다. "나 오늘 자고 가." 누군가 그렇게 말하면 그건 찜질방에서 잔다는 뜻이었다.

새벽 2시가 넘어서 마리의 아버지가 죽었다는 전화가 걸려왔다. 밖에서 술을 마시고 막 집으로 돌아온 마리는 열쇠를 찾기 위해 현관문 앞에서 낑낑댈 때부터 울리고 있던 전화기에 대고 소리를 질렀다.

"뭐야, 누구야? 준? 잠이나 자라고."

그러나 그건 준이 아니었다. 준은 마리보다 먼저 들어와 자고 있었다. 마리는 열려 있는 방문 사이로 준이 코를 골며 자고 있는 것을 보았다. 마리는 비틀거리는 몸을 벽에 기댄 다음 귀고리를 풀어서 전화기 옆에 올려났다.

수화기의 목소리는 아버지가 죽었다고 말했다. 둔기로 머리를 수차례 맞고 살해됐다는 것이다. 마리는 지금 시간이 몇 시냐고 물었다. 목소리는 마리 씨가 아니냐고 물었다. 마리는 맞다고 말했다. 잠시간의 정적이 있었다.

"그래서 나보고 뭘 어쩌라고?"

목소리는 뭘 어쩌라는 건 아니었다고 대답했다.

먼 곳에서 부엉이 우는 소리가 들려왔다. 언젠가 마리가 준에게 잡으러 가자고 말한 적이 있는 부엉이였다. 준은 그건 부엉이가 아니라고 말했다. "여긴 도시야." 부엉이는 아마존에나 사는 거라고. 그러나 준도, 마리도 그게 부엉이인지 아닌지 확신하지는 못했다. 하지만 마리가 아는 새 중에 밤에 우는 새는 부엉이 밖에 없었다. 그게 뭐였건 간에, 부엉이가 우는 것 같은 소리가 집으로 들려오곤 했다. 그 소리가 지금 들려오고 있었다. 창밖으로 어둠이 깔려 있었다. 마리는 잠시 어둠이 깔린 바깥을 응시하다가 목소리에게 몇 번 더 소리를 지른 다음 수화기를 쾅 하고 내려났다.

다음 날 아침 마리는 아빠가 죽었다고 준에게 말했다. 준은 이불 속에서 그 얘기를 들었다. 그는 손을 들어 형광등 불빛을 막으면서 말했다.

"아빠가 죽어?"

"응."

"그럼 어떻게 해?"

마리는 방 안에 굴러다니는 양말 한 짝을 찾아 뒤집어 신었다. 나머지 한 짝이 보이질 않았다. 마리가 자기 양말이 어디 있느냐고 물었다. 준은 고개를 저었다. 그는 마리가 양말 한 짝을 찾으려고 서랍장 밑으로 머리를 낮추어 집어넣고, 또 이불을 들추어 보고 하는 것을 물끄러미 지켜보았다. 마리는 경찰이 자기를 불렀다고 말했다.

"그럼 어떻게 해?"

준은 베개를 가슴 위로 올려놓고 같은 말을 되풀이 했다. 마리는 고개를 획획 저었다. 헝클어지고 기름이 낀 노란색 머리가 마리의 어깨 위에서 흔들렸다. 준은 마리의 머리를 새로 염색해줘야겠다고 생각했다.

"몰라. 경찰이 와 보래."

"응."

준이 대답했다.

형사는 눈에 먼지가 들어간 사람처럼 수시로 안경다리를 들어서 눈을 감았다 떴다 했다. 몇 가지 질문을 받은 후, 마리는 형사로부터 사진 몇 장을 건네받았다. 사진 속에는 한 남자가 쓰러져 있었다. 그 남자는 엎드려 자는 자세로 누워 얼굴을 카메라 쪽으로 돌리고 있었는데, 뒤통수에서부터 타고 내려온 피가 얼굴의 삼분의 이 정도를 가리고 있어서 어떤 표정을 짓고 있는 것인지 알아볼 수가 없었다. 그냥 표정 없는 얼굴 이상으로는 보이지 않았다. 하지만 그게 어느 가정집의 내부이고 또 방 안이라는 건 알 수 있었다. 왜냐하면 그 방은 마리의 방이었기 때문이다.

그건 마리가 어렸을 때 쓰던 방이었다. 마리는 머리받침이 없는 싱글 사이즈 침대와 그 위로 서로 다른 크기의 사각형이 종잡을 수 없는 규칙으로 그려진 하늘색 이불, 싸구려 꽃무늬 벽지, 원목을 흉내 낸 나뭇결 모양 필름이 마구잡이로 떨어져 너덜거리는 책상을 알아보았다.

"음......"

마리가 입을 다문 채로 소리를 냈다. 마치 그 사진이 많은 것들을 불러오고 있는 것처럼. 그러나 무슨 생각이 들어서 그런 건 아니었다. 마리는 아무 생각도 없었다. 형사는 마리가 뭔가 말을 꺼낼 때까지 기다렸다. 자기는 이런 일을 많이 겪었다는 듯이, 자기가 지금 어떻게 행동해야 하는지 잘 안다는 듯이.

마리가 아무 말도 하지 않자, 이윽고 형사가 말했다.

"아버님과 통화한 기록이 없더군요. 가장 최근에 만난 게 언제시죠?"

마리는 한동안 손가락으로 턱을 만지고 있다가 천천히 고개를 저었다.

"모르겠어요."

"역시 그렇군요, 그럼 대략적으로라도 짐작해 보신다면 언제쯤……"

"얼굴이 잘 보이질 않아요."

형사는 컴퓨터 자판을 두드리던 것을 멈추고 마리를 쳐다봤다.

"지금 그 말은 본인 아버지가 아니라는 뜻인가요?" 형사가 말했다.

마리는 손톱으로 이빨을 톡톡 두드렸다.

"하지만 맞겠죠. 여긴 내가 살던 집이니까."

때때로 다른 형사들이 그들의 뒤로 지나갔다. 그들은 문을 열고 밖으로 나갔다가 얼마 지나지 않아 다시 돌아왔다. 한 손에 별로 중요치 않아 보이는 서류 뭉치를 들고, 다른 손엔 자판기 커피를 들고. 지극히 평화로운 분위기였다. 그들은 의자에 앉아 한쪽 다리를 꼬아 다른 한쪽에 올려놓고 커피를 마시면서 다른 사람에게 말을 걸었다.

"어디 갔다 와?"

"좀 어때?"

"별 거 아냐."

어느 시간에 와도 그들은 매번, 언제나 그렇게 하고 있을 것처럼 보였다.

마리는 출입구 옆 소파에 앉아 있는 여자애를 보았다. 그 여자는 마리가 처음 왔을 때부터 움직이지 않고 거기에 앉아 있었다. 양손을 무릎 위에 올려놓고 고개를 숙이고 있었다. 단발머리에 몸이 마르고 소심해 보였는데, 열넷이나 열다섯쯤, 많아도 중학생 이상으로는 안 보였다. 어쨌든 경찰서에 자주 드나들 것 같은 분위기는 아니었다. 쟤는 뭔데 저러고 있을까, 마리는 여자애를 가만히 쳐다보다가 다시 형사에게로 시선을 돌렸다.

"집 나온 지는 10년쯤 됐어요. 정확히 언제인지는 나도 몰라요. 그때 이후로는 본 적 없어요."

마리가 형사에게 말했다. 형사는 자판을 두드려 마리가 하는 말을 그대로 받아 적었다.

마리는 집을 나오고 나서 한참이 지난 후에 셀프 주유소에서 주유기를 손에 쥐고 걸어가는 남자를 본 적이 있었다. 그 남자는 보라색 구형 액센트 쪽으로 걸어가 미리 열어놓은 주유구에 주유기를 꽂아 넣었다. 그리고 그 옆에 서서 담배를 피웠다. 흙탕물이 여러 번 튄 것 같은 운동화. 먼지를 뒤집어쓴 검정색 야구모자. 기름줄이 주유구에 꽂힌 채로 진동하고 있었다. 그 남자는 주유가 끝나고 나서도 담배꽁초가 완전히 사그라질 때까지 물고 있었다. 기름 따위는 중요한 일이 아니라는 듯이, 자기는 담배를 물기 위해 여기에 왔다는 듯이. 마리는 그 남자가 누군지 한눈에 알아보았다. 아빠였다. 그러나 그 얘기는 형사에게 하지 않았다.

"아버지가 평소에 원한관계를 가진 사람이 있었습니까?"

"몰라요."

"어머니는 어떻게 된 겁니까?"

"나보다 먼저 집을 나갔어요."

"전화나 문자가 온 적은 없습니까?"

"엄마와 아빠, 둘 중에 누구요? 아무튼 그땐 휴대폰이 없었어요. 누구에게든 전화가 올 일이 없었죠."

"곤란하게 됐습니다." 형사가 고개를 흔들었다.

"그러니까 그쪽 말씀은 아는 게 전혀 없다는 말씀이시죠? 네, 그렇군요. 이거 아주 곤란하게 됐어요."

그는 그 말을 반복했다. 그러면서 그는 몇 가지를 더 설명했다. 사망자가 맞은 부위와 횟수, 직접적인 사인—다른 이유 없이, 망치로 맞아서였다—용의자 확보에 어려움을 겪고 있다는 것 등등. 그러나 그것은 추정일 뿐 확실한 것은 아니었다. 확실한 것은 그가 죽었다는 것뿐이었다. 그것만은 확실했다.

"이제 뭘 하면 되죠?"

"현장에 가보셔야죠."

"지금은 안 돼요."

"아직 시신이 그대로 있는데요."

마리는 입을 다물었다. 형사는 다시 한 번 안경다리를 들고 눈을 깜빡였다. 누군가 자판을 두드리는 소리가 들렸다. 다른 사람의 소리였다. 그녀는 그 사람에게 힐끗 눈을 돌렸다. 형사, 이거나 아니면 그냥 여기서 일하는 어떤 사람이거나. 알 수는 없었다. 또 그걸 아는 게 중요한 것도 아니었다. 그러나 마리는 그 사람이 두드리고 있는 자판의 내용을 상상하고 있었다. 한밤중에 벌어진 살인. 남자는 여느 때처럼 소파에 앉아 술을 마시고 있다. 그때 누군가 뒤로 다가간다. 잠자코 있는 뒤통수를 망치로 후려친다. 남자는 쓰러진다. 쓰러진 남자의 머리를 향해 다시 망치를 휘두른다. 왜 그랬는지는 모른다. 어쨌든 막노동으로 먹고 살던 그 남자는 그렇게 죽었다. 마리는 갑자기 머릿속에 엉뚱한 생각이 떠올랐다. 반도체. 반도체를 만들러 가야지. 그게 내가 할 일이지.

"지금은 안 돼요."

마리가 말했다.

그날 저녁에, 마리는 준과 함께 옛날 집에 도착했다. 마리는 올 필요 없다고 말했지만 준은 자기도 가고 싶다고 말했다.

형사는 먼저 와서 기다리고 있었다. 그는 어두운 카키색 판초우의를 입고 서 있었다. 날씨가 추워서 현장에 남아 있는 걸 껴입었다고, 묻지도 않았는데 그는 설명했다. 마리는 형사가 앉아 있는 모습만 봤었다. 그 사람은 자기 의자에 앉아서 일할 때보다 훨씬 작고 왜소해 보였다. 한 165cm 정도. 정강이까지 내려온 판초우의가 그의 다리를 더 짧아 보이게 만들었다. 그는 햄버거 가게에서 포장할 때 줄 것 같은 종이봉투를 손에 들고 있다가 마리에게 주면서 말했다.

"혹시 몰라서요. 현장에 토사물이 남으면 곤란하거든요."

문 앞에서 경찰 둘이 담배를 피우고 있었다. 그들은 마리 일행이 다가오자 담배를 등 뒤로 돌려 감췄다.

"우린 괜찮아요, 피우세요."

준이 친절을 베푸는 듯이 말했다. 형사는 출입금지 테이프를 손으로 잡아서 들어 올린 다음 마리에게 고개를 끄덕였다. 마리가 허리를 숙이고 안으로 들어갔고 준이 뒤따라 들어왔다. 마리 일행이 안으로 들어가자 그들은 다시 담배를 피우면서 얘기를 나누기 시작했다.

소파와 텔레비전이 있었다. 그것은 마리가 떠나오기 전 모습 그대로였다. 그것들뿐만이 아니라 모든 것이 그대로 있었다. 벽지의 무늬, 바닥의 색깔, 천장의 색깔, 그 안에 들어 있는 것들, 모든 게. 마리가 살았던 집이 그대로 있었다. 그리고 방 안에는 남자가 바닥에 누워 있었다. 그는 사진에서 본 대로 등이 보이게, 고개는 옆으로 돌리고 누워 있었다. 두 팔은 차렷 자세였다. 사진보다 피의 붉은 색깔이 좀 더 선명하게 보였고 사진보다 여러 군데로 튀어 있었다.

"어때요? 본인 아버지가 맞지요?" 형사가 말했다.

준은 마리를 쳐다봤다. 마리는 형사를 쳐다봤다. 마리가 고개를 저었다. 형사의 금테 안경 속에서 동공이 커다랗게 변했다.

"아니라구요?"

"맞겠죠." 마리가 말했다.

"확실하게 말씀해 주셔야 하는데요." 형사가 말했다.

"맞아요. 확실해요." 마리가 말했다.

그는 사망자 확인 동의서를 꺼냈다. 준이 받아서 마리에게 건넸다. 마리는 그걸 받아들고 잠시 동안 그 안에 있는 걸 읽었다. 그리고 사인했다. 준이 잠시 목청을 가다듬더니 말했다.

"혹시…… 보험 같은 건 없었나요?"

형사는 팔짱을 꼈다. 그는 준을 위아래로 훑어봤다.

"없었어요."

마리는 사인한 종이를 그에게 건넸다. 그는 마리가 사인한 종이를 받아들고 서류철에 끼워 넣었다. 그리고 좀 전에 담배를 피우고 있던 두 경찰에게 턱짓으로 신호를 보냈다. 그러자 한 명이 무전기를 들고 말했다.

"들것 가져와."

밖은 추웠다. 해가 떠 있는데도 추웠다.

"봐야 할 사람이 있어요."

형사는 집 밖에서 그들의 일이 끝나길 기다리고 있던 여자 아이를 데려왔다. 마리는 그 아이가 경찰서에서 소파에 얌전히 앉아 있던 바로 그 아이라는 것을 알았다.

"이 학생이 피해자를 잘 알았다는군요. 집에서 청소를 해주는 아르바이트를 했답니다. 가사 도우미 같은 거요. 그렇지, 제이?"

제이가 고개를 끄덕였다.

"시신을 가장 먼저 목격하고 신고한 사람도 이 학생입니다."

마리가 여자애를 응시했다. 그러자 제이는 고개를 숙였다.

"혹시 아버지에 관해 궁금한 것이 있으면 제이에게 연락하세요. 자세히 알려줄 겁니다. 그런 건 자식의 권리니까요."

그들은 집으로 돌아왔다. 준은 중간에 맥도널드에 들러 세트로 된 햄버거를 사서 차 안에서 저녁 대신 먹었다. 마리는 준에게 주의를 줬다.

"감자튀김 먹고 아무 데나 만지지마, 차 안에 기름 자국 나잖아."

집으로 돌아왔을 때, 마리는 준이 조금 전에 있었던 일에 대해 얘기하고 싶어 한다는 것을 알았다.

"그런 건 처음 봤어."

준은 양손으로 동작을 만들어 보이면서—"이렇게 돼 있었단 말야, 이렇게"— 말하려고 했다. 그러나 그 동작은 그가 말하고 있는 것과는 상관이 없어 보였다.

"나도야."

"정말 아빠 맞아?"

"맞는 것 같아."

"그럼 어떻게 해?"

준은 아침에 했던 말을 다시 했다.

"달라질 건 없어."

마리가 말했다. 마리는 귀고리를 풀어서 전화기 옆에 두었다.

"대체 달라질 게 뭐가 있겠어."

"그렇지."

준이 대답했다.

"그럴 건 없지."

준은 형사가 무슨 말을 했는지 알고 싶어 했다.

"그 여자애, 갈 데가 없대."

"그래? 갈 데가 없는 애였군," 그는 리모컨으로 채널을 돌려 가면서 말했다." 갈 데가 없는 애였어."

계속 돌려도 자기가 보고 싶은 프로그램이 나오지 않자 그는 할 수 없다는 듯이 자연 다큐 프로그램에서 멈추고 리모컨을 내려놨다.

"어떻게 그 집에 들어가게 됐는지 모르겠어. 아무튼 그동안 그 집에서 살았다는 거야. 근데 일이 이렇게 됐으니 이제 난감하게 됐다 이거지. 이 사건에서 아주 중요한 사람이라는군. 그래서 형사 말은 걔를 우리가 잠시 좀 맡아달라는 거야."

준은 "그래?" 하고 물었지만 마리는 준이 지금 자기가 무슨 말을 하고 있는지 모른다는 걸 알았다. 그는 텔레비전에 들어가 있었다. 마리는 제이가 경찰에게 의심받고 있다는 말은 하지 않았다.

마리는 캔맥주 하나를 따서 소파에 앉았다. 그리고 텔레비전을 켠 다음 마시기 시작했다. 탁자 위에는 기름이 거의 안 남은 라이터와 꾹꾹 눌러 꺼진 담배꽁초 수십 개가 들어있는 종이컵이 있었다. 그 옆에는 며칠 전 마시다 남은 콜라와 콜라를 따라 마신 머그컵이 있었다. 그 안에는 콜라가 얕게 남아 굳어 있었다. 그 컵은 준이 자취할 때 쓰던 걸 가져온 것이었다. 준도 캔맥주 하나를 들고 와서 마리의 옆에 앉았다. 그리고 그는 담배를 꺼내 기름이 거의 안 남은 라이터로 불을 붙였다. 마리가 손짓하자 그는 담배 하나를 더 꺼내 불을 붙여 마리의 입가로 가져다 줬다.

"한 번 할까?"

준이 말했다.

마리가 고개를 끄덕였다.

마리는 형사가 했던 말을 떠올렸다.

집으로 돌아오기 전에, 넷이서 별로 달갑지 않은 얘기를 하고 있던 그 때에, 형사는 마리를 따로 불러냈다. 그는 함께 담배를 피우자는 말로 마리를 무리에서 끌어냈다. 준이 자기도 담배를 피우고 싶다고 했지만 형사는 여기서 피워도 된다고 말하면서 그를 남게 했다. 준이 상심한 듯한 표정을 지었지만 마리는 그대로 놔두었다.

형사는 목소리를 낮추고 말했다. 가까운 사람이 범인일 수 있어요. 그는 그렇게 말하면서 고개를 끄덕였다.

"이런 일은 대부분 그런 식이라고요."

마리는 준과 제이를 슬쩍 쳐다봤다. 준은 경비를 보고 있는 경찰들에게서 라이터를 빌려 담배에 불을 붙이고 있었다. 그는 라이터를 돌려주고 제복을 입고 서 있는 경찰들을 신기하다는 눈빛으로 쳐다봤다. 그리고 그 여자애, 제이가 고개를 숙인 채 벽 한쪽에 등을 기대고 서 있는 것이 보였다. 아직까지 증거는 발견되지 않았지만 제이를 용의선상에서 지우지는 않았다고, 형사는 말했다.

"그런 식이라고요."

그의 말이었다. 마리는 형사가 하는 말을 잠자코 듣고 있었다. 왜냐하면 할 말이 없었으니까.

그들은 소파에서 한 번 하고 나서 잠들었다. 준은 거실에서 텔레비전을 더 보다가 잠들었고 마리는 방 안에서 잤다. 텔레비전은 계속 돌아가고 있었다. 그들이 잠든 지 한참이 지난 후에 전화벨이 울렸다. 마리는 몇 시나 됐는지 알고 싶었다. 그러나 시계가 보이지 않았다. 마리는 집 안에 시계가 없다는 사실을 깨달았다. 경찰일 거라고 생각했다.

전화를 건 것은 제이였다. 처음에 마리는 잘못 걸린 전화라고 생각했다. 아니면 장난 전화이거나. 마리는 그 여자애의 이름이 제이였다는 사실을 잊고 있었다. 수화기 너머로 잡음이 섞여 들어왔다. 약간의 바람 소리와 빗소리였다. 마리는 전화를 걸고 있는 여자애의 모습을 떠올렸다. 제이는 우연히 연락이 닿아서 전화했다고 말했다.

우연히 연락이 닿아서.

제이는 아버지 얘기를 듣고 싶으냐고 물었다. 마리는 필요 없다고 말했다. 그러자 제이는 말을 멈췄다. 둘은 한동안 아무 말도 하지 않았다. 제이가 입을 달싹거리는 듯한 소리가 들렸다. 마리는 제이의 다음 말을 기다렸다. 그러나 제이는 아무 말도 하지 않았다. 켜져 있는 텔레비전이 보였다. 마리는 리모컨을 눌러서 텔레비전을 꺼버렸다.

"내일 집으로 와."

마리는 그렇게 말하고 전화를 끊었다.

다음 날 일이 끝나고 차를 타고 집으로 돌아오면서 마리와 준은 제이가 오는 것에 대해 얘기했다.

"난 애들 싫어."

준이 말했다.

"내가 애였을 때도 애들이 싫었어. 진짜 어린애는 괜찮아. 말도 할 줄 모르는 애들. 근데 말하기 시작하면 싫다고. 걔도 싫을 거야."

차창 밖으로 전깃줄이 여러 줄 엉켜있는 전봇대가 보였다. 차가 앞으로 전진해감에 따라 새로운 줄이 텔레비전 주파수 화면처럼 나타났다. 마리는 아무 말 없이 창밖을 보고 있었다. 무슨 생각에 잠겨 있는 건 아니고 그냥 창밖을 보고 있었다. 전깃줄은 엉킨 채로 죽 이어지다가 어느 순간 풀어지는 듯하더니 다시 얽혀 버렸다.

그건 아주 간단한 일이었다. 준의 차가 집 앞으로 들어섰고 공기 중으로 먼지가 일었다. 다른 차는 없었다. 마리는 창문 앞에 서서 준이 차에서 내리는 모습을 보았다. 준이 차에서 내린 곳에는 음료수 캔이 찌그러진 채로 버려져 있었다. 그건 준이 전에 먹고 버린 것이었다. 그는 음료수 캔을 발로 차서 다른 곳으로 가게 했다.

잠시 후에 여자애가 내렸다. 그 애는 빨간색 니트와 낡은 청바지를 입고 양손에 가방을 들고 있었다. 준이 뭔가 설명을 하는 듯이 손을 뻗으며 말하는 모습이 보였다. 그날은 일요일 오후였다. 제이를 태우고 오는 준에게, 마리는 뭔가를 해줘야 하는 건지 물었다.

"뭐를?"

준이 말했고, 마리는 전화선을 손가락으로 비비 꼬았다.

"왜 있잖아, 먹을 거 같은 거 말이야."

"몰라, 물어볼까?"

"아냐, 됐어."

마리와 준 외에는 아무도 이 집에 들어온 적이 없었다. 마리는 그 사실을 준이 문을 붙잡고 서서 제이에게 들어오라고 말할 때 깨달았다.

"들어와."

준이 말했다.

제이가 양손에 가방을 들고 들어왔고, 마리는 "안녕"이라고 말했다. 제이의 얼굴이 붉게 물들었다. 제이는 고개를 꾸벅 숙여 인사했다.

그들은 텔레비전을 보면서 피자를 시켜 먹었다. 텔레비전 앞에서 웃고 떠들면서 피자를 잘라 먹고, 피클을 집어 먹고, 콜라를 마셨다. 마치 다음에 일어날 일은 생각해 본 적 없는 사람들처럼, 뭐가 뭔지 모르겠다는 사람들처럼.

마리는 종종 준을 쳐다봤다. 준은 즐거워 보였다. 또 제이를 쳐다봤다. 제이는 준이 웃으면 따라 웃고 웃지 않으면 가만히 있거나 주변을 둘러봤다. 냉장고나 바닥에 깔린 카페트, 싱크대에 쌓인 그릇 같은 것들. 별로 걱정할 것은 없어 보였다. 무슨 걱정을 한단 말이지? 마리는 고개를 흔들었다. 그리고 다시 텔레비전에 집중했다. 얼마 안 가서 밤이 왔고 일요일은 금방 지나갔다.

"넌 저 방에서 자. 우린 이 방에서 잘 테니까."

마리가 이 집에 있는 두 방 중 하나의 문을 열어줬다. 둘의 방보다 약간 더 작은 방이었다. 하지만 어느 방이나 크게 다를 것은 없었다. 어차피 지저분하기는 마찬가지였다. 마리는 제이에게 남는 이불을 꺼내 줬다. 제이는 이불을 받아 들고 방문 앞에 서 있었다.

"왜? 마음에 안 들어?"

"아뇨."

"네가 여기서 잘래? 우린 상관없어."

"저는 원래 작은 방에서 잤어요, 그 집에서요."

그 말은 마리에게 하는 것 같기도 했고 스스로에게 다짐하는 말 같기도 했다. 마리는 제이가 더 말을 할 때까지 기다렸다. 그러나 제이는 아무 말도 하지 않았다. 마리가 말했다.

"화장실은 저쪽에 있어."

밤중에 마리는 거실에서 텔레비전이 켜지는 소리를 들었다. 마리는 방 안에 있었고 텔레비전은 바깥에 있었지만 전자파가 켜지는 느낌을 알 수 있었다. 텔레비전은 켜지자마자 볼륨이 줄어들었다. 마리는 고개를 돌렸다. 준은 마리의 옆에서 자고 있었다. 그는 아무것도 일어나지 않은 것처럼, 그리고 아무 일도 일어나지 않을 것처럼 자고 있었다. 거실에서 희미하고 두런두런하는 소리가 들려왔다. 알아들을 수 있는 정도의 소리는 아니었지만 어쨌든 소리가 나고 있다는 것은 알 수 있었다. 방문 틈으로 푸른빛이 희미하게 흘러들어왔다. 마리는 잠결 속에서 그 빛을 바라보았다. 빛은 문 밑에서 미세하게 색깔을 다르게 하면서 조금씩 움직였다. 마리는 가만히 그 빛을 바라보다가 어느 순간 다시 잠들었다.

다음 날 마리가 퇴근하고 돌아와서 집안을 처음 봤을 때 마리는 자기 집이 아닌 줄 알았다. 제이는 거실에 돌아다니는 잡동사니들을 걸레로 닦고 있었다.

"뭘 하고 있는 거야?"

마리가 신발장에 서서 말했다.

그때 준이 화장실에서 막 나왔다.

"이것 봐, 제이가 집을 새 걸로 만들었어."

준은 엄지손가락을 치켜들어 보였다. 화장실에서 세정제 냄새가 흘러나왔다.

"왜 네가 여기 청소를 하는 거지?"

마리가 말하자, 제이는 얼굴을 붉히고 서 있었다. 제이의 뒤로 활짝 열린 창문에서 차가운 바깥 공기가 들어왔다.

"청소를 해도 돈은 줄 수 없어."

"돈은 안 주셔도 돼요."

"정말 안 줄 거야."

"이봐, 마리."

"정말 안 주셔도 돼요."

마리는 방 안에 들어가서 침대 위로 코트를 벗어던졌다. 그리고 팔베개로 머리를 받치고 코트 옆에 누웠다. 한숨을 한 번 쉬고 천장을 바라봤다. 천장에 붙어 있는 별과 달 모양 스티커가 보였다. 예전에 비가 많이 왔을 때 옥상 배수구가 막힌 적이 있었다. 배수구 근처에 쌓여있던 낙엽들을 치우지 않았던 것이다. 낙엽들은 배수구로 몰려들어 구멍을 막아버렸다. 옥상은 물탱크처럼 한동안 잔뜩 물을 이고 있었다. 불룩해진 천장이 뭔가 이상하다는 걸 눈치채고 옥상에 올라갔을 때는 시간이 한참 지나서였다. 옥상에 고인 물은 빼냈지만 오랜 시간 습기를 먹은 천장은 여기저기 누렇게 뜨고 곰팡이를 만들어내기 시작했다. 마리와 준은 침대 위로 올라가 천장에 생긴 곰팡이 자국을 닦아냈다. 그러나 여전히 남아 있는 자국들도 있었다. "저것 좀 어떻게 해봐!" 마리가 소리를 질렀다. 마리는 이런 경험이 처음이었다. 마리는 마치 집이 통째로 없어진 사람처럼 굴었다. 그때 준이 별 모양 스티커를 사다가 붙였던 것이다. 붕 뜬 천장은 어쩔 수 없었지만 곰팡이 자국은 별과 달로 변했다. 누가 보면 인테리어를 해 놓은 줄 알 거라고, 준은 말했었다.

밖에서는 아직 제이가 청소를 하고 있었다. 준이 히히덕거리면서 제이에게 말을 걸었고 제이는 가끔씩 웃는 소리를 냈다. 마리는 이제 어떻게 되는 건지에 대해 생각했다. "이제 어떻게 되는 거지?"

오전에는 형사에게서 전화가 걸려왔다.

"무슨 얘길 하던가요?"

형사는 뭔가 아는 것을, 알게 된 것을 말해주기를 원했다. 그러나 마리는 아는 것이 없다고 말했다. 실제로도 그랬다. 마리는 곧 전화를 끊었다.

"우리 부루마블 어디에 있지?" 준이 방 안으로 들어왔다.

"뭐라고?"

"부루마블 말야, 보드게임. 제이랑 부루마블을 할 거야."

마리는 누운 채로 눈을 돌리고 준이 서랍을 뒤지는 모습을 지켜봤다.

"애들 싫다고 하지 않았어?"

"흐음…… 어디로 갔지. 좀 찾아봐. 부루마블은 원래 셋이서 해야 재밌다구."

준은 방에서 나갔고 마리는 한동안 그대로 더 누워 있었다. 부루마블을 찾게 되면 아마도 자기를 부를 것이다. 그때까지 마리는 더 누워 있을 생각이었다. "이제 어떻게 되는 거지?"

그러나 아무도 마리를 부르지 않았다. 마리는 그대로 잠이 들었다가 얼마 후에 깼다. 화장실에 가고 싶었다. 창밖으로 달이 떠 있었고, 텔레비전 소리가 들려왔다. 마리는 침대 위에서 몸을 비틀고 몇 번 도리질을 하다가 몸을 일으키고 침대에서 나와 방 문고리에 손을 갖다 댔다.

그러자 텔레비전이 꺼지고 문이 닫히는 소리가 들렸다. 마리가 화장실에 갔다 왔을 때 준은 소파 위에서 자고 있었다. 마리는 제이의 방문을 열었다.

"안 자고 있는 거 알아."

제이가 뒤집어쓰고 있던 이불을 슬며시 내렸다.

"잠이 안 오니?"

"아……."

"봐도 돼."

"괜찮아요."

"난 볼 거야."

마리는 맥주를 갖고 와서 텔레비전을 켜고 바닥에 앉았다. 작은 소파여서 앉을 자리가 없었다. 옛날 영화가 하고 있었다. 처음 보는 것이었지만 복장이 촌스럽고 화면이 흐릿한 게 옛날 영화였다. 누가 총을 들고 있었다.

"이 년을 쏴 버릴 테다." 총을 든 사람이 말했다.

"할 테면 해보시지." 또 다른 사람이 말했다.

"정말 쏠 테다."

제이가 천천히 방문을 열고 나왔다. 그녀는 마리와 준을 번갈아 쳐다보고 바닥에 무릎을 굽혀 모으고 앉았다. 준은 여전히 자고 있었다.

"너도 마실래?"

마리가 물었고, 제이는 잠깐 멈칫했지만 곧 고개를 끄덕였다. 마리는 냉장고에서 맥주를 꺼내다가 제이에게 줬다.

"처음엔 목이 좀 아파. 하지만 곧 익숙해지지."

그들은 말없이 텔레비전을 봤다. 총을 든 사람은 계속해서 쏘겠다고 협박하고 있었다. 인질로 잡힌 여자는 살려달라고 소리쳤다. 총을 안 든 남자가 담배를 피워 물고 그에게 씨익 웃어 보였다. 어디 한 번 해보라고, 그렇게 말하는 것처럼 보였다. 마리는 담배를 피워 물었다. 그리고 리모컨을 한 손에서 다른 손으로 옮겨 쥐었다. 마리의 시선은 계속 텔레비전을 향해 있었다.

"우리 아빠는," 마리가 말했다.

"인생은 어떻게 될지 모르는 거라고 말하곤 했지. 다음 일을 생각해 놓지 않으면 뭐가 뭔지도 모르게 상황이 닥쳐버린다고 말이야. 술을 마시고 와서 내 방문을 열고 이렇게 말했어. 자, 마리, 내일은 어떻게 할 건지 생각해 봤니? 그럼 나는 아무 대답도 할 수 없었어. 내일은 어떻게 할 거냐니? 도대체 무슨 대답을 한단 말이야?"

제이는 텔레비전을 보고 있었다. 제이의 얼굴은 금세 붉어져 있었다. 제이는 마리의 말이 들리지 않는 것처럼 보였다. 어쩌면 정말 못 들었을 수도 있었다.

"내일은 어떻게 되는 거지? 맙소사, 난 하루 종일 반도체를 조립해. 반도체가 뭔지 알아?" 제이가 마리를 향해 붉은 얼굴을 돌렸다.

"난 그게 뭔지도 몰라. 그게 뭔지 내가 어떻게 알겠어?"

마리는 담배 연기를 천장을 향해 내뱉었다. 담배 연기가 천장을 맴돌았다.

"세상에 반도체라니, 난 내가 반도체를 만들게 될 줄은 꿈에도 몰랐어."

마리는 거실을 흘낏 훑어봤다. 거실은 달빛과 텔레비전 빛으로 물들어 있었다. 마리는 고개를 돌려서 제이의 얼굴을 봤다. 자신과는 아무것도 닮은 것이 없는 그 애를.

"밤에는 어딜 돌아다녔던 거니? 어두워지면 네가 그 집 주변을 걸어 다녔다는 걸 본 사람들이 있어."

제이는 뭔가 생각에 잠겨 있는 것처럼 보였다. 무슨 말을 할지 궁리하고 있는 것 같기도 했고, 자기가 뭘 하고 있었는지 정말 생각해보고 있는 것 같기도 했다.

"제이?" 마리가 말했다.

"네?" 제이가 말했다.

"네가 죽였는지 안 죽였는지는 중요하지 않아. 하지만 경찰은 네가 뭘 했는지 궁금해하고 있어. 그리고 그게 중요한 거야."

마리는 담뱃재를 바닥에 털었다. 그리고 맥주를 길게 한 모금 더 마셨다. 제이도 맥주를 더 마셨다. 제이의 얼굴은 이제 완전히 붉어져 있었다.

"어젯밤에는 그 집에 다녀왔어요." 제이가 말했다.

"거긴 왜?" 마리가 말했다.

"당장 필요한 것들을 가져왔어요. 여기에 당장 필요한 거요."

"그거 지금 나 들으라고 하는 말이야?"

"뭐가요?"

"아냐, 됐어."

마리는 고개를 절레절레 흔들었다.

담배를 물고 있던 남자가 담배를 바닥에 버렸다. 남자는 담뱃불을 발로 비벼서 껐다. 총을 든 남자가 여자를 풀어줬다. 살아난 여자는 울면서 도망쳤다.

"아," 제이가 말했다. 제이는 손가락으로 부엌을 가리켰다. 마리는 제이가 가리킨 방향으로 고개를 돌렸다. 냉장고 위에 뭔가가 있었다. 제이가 일어나서 의자를 받쳐놓고 냉장고 위에서 뭔가를 끄집어냈다.

"부루마블이잖아," 마리가 말했다. "거기에 있었군."

둘은 바닥에 앉아서 종이상자 안에 든 것들을 꺼냈다. 흰색 노란색 검정색 말들과 주사위 두 개, 백만 원, 천만 원짜리 돈들이 쏟아져 나왔다.

"준비됐어? 아직도 할 생각 있는 거 맞지?"

제이가 고개를 끄덕였다.

"좋아, 그럼 난 화장실에 갔다가 맥주를 더 사올 테니까 그동안 준을 깨워놔."

아직 견딜 만했지만 점점 더 추워지고 있었다. 마리는 지퍼를 올려 목까지 채우고 양쪽 주머니에 각각 손을 집어넣었다. 달이 높이 떠 있었다. 별은 보이지 않았다. 마리는 걸어가면서 숨을 크게 내쉬어 입김이 나오는지 시험해 봤다. 그러나 어두워서 잘 보이지가 않았다.

마리가 맥주를 사 들고 집으로 돌아왔을 때 제이와 준은 바닥에 앉아서 부루마블을 하고 있었다. 마리는 맥주가 든 비닐봉지를 소파 끝으로 던졌다. 그리고 소파에 앉아 맥주를 따서 마셨다. 부루마블을 해본 지 오래됐지만 룰을 기억해내야 할 필요는 없었다. 그냥 주사위를 던지고 말을 옮기면 된다. 처음에는 각자에게 얼마간 돈이 주어진다. 하지만 건물을 사기 시작하면 돈은 곧 바닥이 날 것이다. 다시 돈을 채우려면 몇 바퀴는 돌면서 남의 땅을 피해 다녀야 한다. 무인도에 갇히면 오랫동안 차례가 돌아오길 기다려야 할 것이다. 돈이 없을 때는 그것도 괜찮은 방법이다. 마리는 내일 출근을 하려면 이제 자야 한다는 걸 알고 있었다. 준이 다시 주사위를 던졌다. 이어서 제이가 주사위를 던졌다. 마리는 말이 다른 곳으로 옮겨지는 모습을 보고 있었다.

어떤 때는 독서라는 건 평생 해본 적 없는 사람처럼 몇 달, 몇 년씩은 책 따위는 들추지 않고 살았다. 글이란 건 평생 써본 적 없는 사람처럼 연필조차 손에 쥐지 않고 살았다. 그런 것 따위는 기억에서 진즉 잊었다는 듯이.

그러나 그것은 소리 없는 비둘기 걸음으로 다가와, 어느 순간 돌아보면 물끄러미 나를 바라보고 있었다. 깜빡 두고 간 것이 있지 않니, 묻는 것처럼. 나는 화들짝 놀라곤 했다.

내게 언어를 다룬다는 것은 그런 것이었다. 괴롭지만 매혹적이고, 내다 버렸다고 생각했지만 어느새 돌아와 나를 기다리고 있는, 그런.

죽기 전에 만족할 수 있는 단 하나의 책을 쓸 수 있다면 그것으로 족하지 않을까 생각한다.

내가 할 일은 쓰는 일 뿐이다. 그밖에 모든 것은 불필요한 것이다.

필사적으로 붙들려 할 때보다 이미 잊었을 때 당선된다는 말을 흔히 들었다.

정말 잊었던 일이었다. 부모님께 감사드린다.

불필요한 낭비 없이 이야기 집중하는 솜씨 돋보여

아쉬운 작품들이 많았다. 완결된 구조를 이루지 못하거나 핵심을 놓친 작품들, 그런가 하면 너무 쉽게 이야기하는 경향도 눈에 띄었다. 실험적이라고 할 만한 작품들은 깊은 인상을 남기는 대신 이해하기 어려운 혼란을 남겼다. 서툴지만 참신하다거나, 미완이지만 패기가 있어 보인다고 말할 수 있는 작품이 드물었다.

「우체국 여자」는 고전적인 서사를 쫓아가는 작품이다. 불안한 인생에 대한 조밀한 묘사가 돋보인다. 그러나 화자의 심리를 쫓아가는 과정에서 이야기가 작위적으로 흐른다. 그 결과 독자들을 작품 속으로 끌어들이는 데 실패한다. 「횡단」은 차분하고 성실한 소설이다. 꾸역꾸역 살아갈 수밖에 없는 보통의 삶에 대한 애정 어린 시선이 돋보인다. 그러나 그 성실함을 넘어서는 도약은 보이지 않는다. 평범한 에피소드는 평범한 이야기로 이어진다. 「피어펙터」는 어디서 일어나는지 알 수 없는, 누군지 모르겠는 사람들의 공허함을 쫓아가는 작품이다. 그래서인가, 흥미로운 소재에도 불구하고 흐릿한 느낌에 머물렀다.

「당장 필요한」이 당선작으로 결정됐다. 아버지의 돌연한 사망으로 인해 우연히 일가를 이룬 세 사람의 관계, 혹은 비밀을 긴장감 있게 쫓아간다. 문장이 빠르고 이야기도 빠르다. 불필요한 낭비 없이 이야기에 집중하는 솜씨가 돋보인다. 그런 나머지 결말이 돌연하다는 느낌도 없지는 않다. 그럼에도, 이야기를 다루는 솜씨, 망설임 없이 앞으로 나아가는 패기 등에 점수를 크게 주었다. 앞으로의 작품은 분명 보다 더 단단해질 것이다. 축하드린다.

한국일보 **전예진**

1991년 서울 출생
중앙대 대학원 문학예술콘텐츠학과 석사과정 수료

한국일보

어느 날 거위가

전 예 진

아내는 나가고 없었다. 거실 바닥에 놓인 물을 병째로 들이켰다. 미지근한 물에서 알코올 냄새가 났다. 소주 한 잔 정도가 남은 참이슬 병을 주머니에 넣고 홍삼 팩을 입에 물었다.

가게 앞에 서자 유리문 너머로 홀에 앉은 아내가 보였다. 일곱 테이블밖에 없는 홀이 횅했다.

없는 손님도 쫓겠다.

문을 열며 말했다. 아내는 돌아보지 않았다. 그녀를 지나 주방으로 들어갔다. 본사에서 온 절단육 상자가 열린 채로 놓여 있었다. 상자에 담긴 스무 마리의 절단된 닭도 비닐봉지에 포장된 그대로였다. 가뜩이나 좁은 주방이 상자로 발 디딜 틈 없었다.

뭐 했어?

답이 없었다. 아내는 지역 채널 뉴스를 보고 있었다. 홀에 걸린 티브이에 강청호가 나왔다. 쓰레기와 썩은 갈대가 호수에 떠다녔다. 산책로를 지나는 주민들이 고통을 호소했다. 어제부터 수 번은 본 뉴스였다.

장사 안 할 거야?

다시 물었다. 아내가 내게 고개를 돌렸다. 그녀의 눈동자는 짙은 검은 빛이었다. 가끔 그녀의 눈은 그렇게 어두운 밤에 뜬 달처럼 보였다. 결혼 전 어느 호프집에서 그녀를 바라보던 날이 떠올랐다. 한때는 몇 시간이고 그 눈을 들여다보았다.

저거 봐. 아내가 시선을 돌렸다.

아나운서의 오른쪽 위에 '외출·외박·면회 금지'라는 제목이 보였다. 강청군 인근 부대에 유사한 증상을 보이는 장병이 잇따라 나타났다. 군은 문제의 원인과 전염성 여부가 확인될 때까지 장병들의 외출과 외박, 면회를 사실상 금지했다. 아나운서가 뉴스를 전했다.

휴대폰으로 인근 부대의 금지령을 검색했다. 오늘의 유머와 루리웹 게시글이 몇 개 떴다. 내용은 모두 같았다.

〈강청군 사건의 비밀〉

글 내용상 자세히 말하긴 어렵지만 강청군 근처 부대와 매우 밀접한 사람임.

최근 *사단, *군단에서 외출·외박·면회 금지된 거 아는 사람은 알 거임. 근데 이게 단순한 질병 문제가 아님.

먼저 병장 한 명이 훈련 중에 오한이 든다며 떨다가 생활관에 돌아가자마자 쓰러짐. 침을 흘리고 먹은 걸 다 토했다고 함. 입 주변에 버짐이 피고 온몸에 하얗게 각질이 일어남. 일단 직할 의무대에 격리하고 지켜보는데 잠깐 사이에 사라짐.

며칠 뒤에 같은 사단 다른 연대에서 한 일병이 같은 증상을 보이더니 마찬가지로 없어짐. 조사 결과 둘은 접촉한 적 없음. 둘 다 탈출을 목격한 사람도 없고 CCTV에도 안 찍혀서 사실 탈영이라기에도 애매함. 군에서도 탈영으로 생각하고 조사했는데 밖으로 나간 흔적이 없어서 고심 중.

소름 끼치는 건 *사단에서 2명, *군단에서 1명 총 세 명이나 같은 증상을 보이고 말 그대로 증발하다시피 사라졌는데 무슨 병인지, 왜 그런 건지 모른다는 거임. 언제 또 누가 걸릴지 알 수 없음.

올리고 잡혀갈지도. 후속 글 없으면 누가 신고해주면 고맙겠음.

그럴듯한 개소리였다. 커뮤니티 글 외에 문제의 질병을 기립 저혈압으로 추정하는 기사도 있었다. 아내가 의자를 끌며 일어났다.

기립 저혈압이라는 게 있어? 주방으로 들어가는 아내에게 물었다.

주방에서 양동이를 바닥에 던지는 소리, 양동이에 절단육을 떨어트리는 소리가 들렸다. 양동이가 둔탁하게 달그락댔다. 아내는 장갑을 끼고 가위를 집어 들었을 것이다.

주방으로 몸을 돌리는데 시야가 흐릿하고 어지러웠다. 새벽에 마신 술이 올라왔다. 정수기에서 물을 따라 마시며 생각을 정리했다.

그러고 보니 토요일이었다. 주말이면 군인과 면회객으로 가게가 가득 차기 마련이었다. 시끄러운 홀을 지나 주방으로 다가가면 이따금 아내의 휘파람이 들리기도 했다. 입을 오므리고 입김을 부는 것에 지나지 않았지만, 그 소리를 들으면 기분이 좋았다. 그러나 지금은 주말이면 오는 아르바이트생조차 보이지 않았다. 평일과 다를 게 없었다.

강청군의 식당과 상점은 대부분 군인과 면회객이 오는 주말에 수익을 냈다. 군인들의 외출, 외박에 면회까지 막힌다면 시내에서 먼 우리부터 손해를 볼 게 뻔했다. 지난달에도 겨우 적자를 면한 참이었다. 매일 치킨을 튀기고 배달하지만 수중에 남는 돈이 없었다. 이 년 전 처음 가게를 열었을 때가 악몽처럼 떠올랐다. 석 달 동안 천만 원가량 적자를 봤다.

괜찮아. 우리 좋아지고 있잖아. 아내에게 말했다.

닭의 뼈와 내장이 가윗날에 스치는 소리가 들려왔다. 전화벨이 울렸다. 서둘러 수화기를 집어 들었다.

양념이랑 후라이드 하나씩에 와사비 간장 치킨이랑 고구마튀김도 시킬게요.

와사비 간장은 찾는 사람이 많지 않아 단종될 위기에 놓인 메뉴였다. 더욱이 와사비 간장과 고구마튀김을 함께 주문하는 사람은 한 명뿐이었다. 인중이 유독 튀어나온 얼굴을 떠올렸다. 아내와 나는 그를 와사비라고 불렀다.

부대에서 주문해도 되는 거예요? 와사비에게 물었다.

허락받은 겁니다. 그가 대답했다.

전화를 끊고 뒤로 돌자 주방에서 나온 아내가 보였다. 목장갑 위에 비닐장갑을 낀 그녀에게서 생닭 냄새가 났다. 지난 이 년간 우리에게 스며든 그 냄새에 속이 메슥거렸다.

스테인리스 그릇에 물과 치킨 파우더를 붓고 반죽을 만들었다. 할 일이 많았다. 주문을 세 마리나 받다니 어려운 가운데 뭔가 해낸 느낌이었다. 소스 만들기가 좀 번거로우면 어떤가. 인중이 붉거져 나온 와사비와 와사비 간장 치킨을 단종하지 않은 본사에 고마운 마음마저 들었다.

부대로 가는 길은 익숙했다. 주말이면 하루 몇 번은 오가는 길이었다. 길가에 깔린 낙엽과 볼에 닿는 찬 바람에 기분이 좋았다. 어쩌면 이번이 기회가 될지 몰랐다. 금지가 풀리면 연말 특수와 겹쳐 매출이 몇 배로 뛸 수도 있었다. 매일 가게에 묶여 있으니 시야가 좁아졌다. 이맘때는 전어에 소주가 딱인데. 중얼거리는 소리가 절로 나왔다. 그래도 주말이니까 홀 손님이 조금은 올지도 모른다. 참이슬 병이 눈앞에 아른거렸다. 목구멍으로 넘어가는 소주의 감촉이 그리웠다.

열두 시가 조금 넘어 부대 후문에 도착했다. 와사비가 치킨을 받고 카드를 내밀었다.

영수증 드려야죠?

와사비가 눈을 내리깐 채 입술을 잘근거렸다.

아저씨. 와사비가 입을 가리고 소곤댔다. ……가져가실래요? 그의 말이 잘 들리지 않았다. 카드와 영수증을 건네며 그를 쳐다봤다. 와사비가 오른쪽을 가리켰다.

뭐요? 카드단말기를 전대에 넣고 그가 가리킨 곳으로 고개를 돌렸다. 담장에 가려 무엇이 있는지 잘 보이지 않았다. 왼쪽 초소에 앉은 초병을 곁눈질했다. 그가 무관심한 눈길로 나를 보더니 손에 든 책으로 시선을 떨궜다.

오토바이를 끌고 오른쪽으로 걸었다. 초소가 보이지 않는 곳까지 갔을 때 나지막한 욕설과 껵껵대는 울음소리가 들렸다. 담장 위에서 푸드덕거리는 소리가 나더니 거위가 날아왔다. 원형 철조망 위로 꽤 높이 떠 오른 거위는 보도 턱 위로 아슬아슬하게 떨어졌다. 목에는 얼룩무늬 손수건이 묶여 있었다. 거위가 나를 보며 몸을 낮추더니 반대쪽으로 달려 갔다. 멀어지는 거위를 멍하니 지켜보는데 담장 너머에서 또 다른 거위 가 날아왔다. 역시 목에 손수건을 두르고 있었다.

저기요. 와사비를 불렀다. 담장 저쪽에서 흙길을 달리는 발소리가 들렸다.

한낮의 거리에는 아무도 없었다. 덩치가 큰 거위가 목울대를 부풀리며 울었다. 거위는 성인 네 명이 나눠 먹어도 좋을 만큼 몸집이 컸고 좋은 환경에서 사육된 것처럼 윤기가 났다. 거위를 잡아 배달통에 넣고 가게 로 향했다. 뚜껑을 열어두고 거위가 나오지 못하도록 통을 끈으로 여러 번 묶었다.

아내는 치킨값을 제대로 받았는지부터 궁금해했다. 영수증을 보여주 자 그제야 거위를 살폈다.

거위치고는 크지 않아? 내가 물었다.

외래종인가 보지. 아내가 휴대폰을 집어 들며 툴툴댔다.

거위 앞에 쭈그려 앉아 목에 묶인 손수건을 풀었다. 손수건이 풀리면 서 종이쪽지가 떨어졌다.

고든 램지가 추수감사절 특집으로 요리하는 영상도 있네. 외국 거위가 육즙이 좋대. 아내가 휴대폰에서 눈을 떼고 말했다. 곧 추수감사절이라 잖아. 그녀의 목소리가 커졌다.

종이쪽지를 그녀에게 보여주었다.

'2소대 1분대 병장 장준태. 멀리 풀어주세요.'

주인이 있는 것 같아.

군인인데? 아내가 물었다.

우리는 의논 끝에 가게 뒷문 옆, 주차장 한쪽에 거위를 묶어놓았다. 아 무 데나 똥을 싸고 날개를 흔들어대는 통에 가게 안에 둘 수 없었다.

점심을 먹고 정리하는데 전화가 왔다. 가게를 소개하고 주문을 기다렸지만, 상대는 말이 없었다. 전화를 끊으려는데 헛기침 소리가 들렸다.

먹었어요? 그가 물었다.

뭘요?

장 병장님이요. 그의 목소리가 갈라졌다.

누구요?

장준태요. 그 새끼가 변한 거예요. 분명히 봤어요.

작고 나직한 목소리가 귀에 익었다. 고개를 들어 주차장 쪽을 바라봤다. 벽 너머로 거위의 울음소리가 들렸다.

나 같아도 안 믿지, 시발. 와사비가 욕을 지껄였다. 그냥 마음대로 하세요.

왜 욕을…. 턱을 괴고 눈을 감았다. 머리에 피도 안 마른 이 정신 나간 자식에게 따끔한 한마디를 해줄까. 그렇게 얼마 없는 단골을 잃을 수도 있었다. 예, 다음에도 시켜주세요. 솟아오르는 화를 억누르고 상냥하게 말했다. 와사비가 전화를 끊었다.

누구? 아내가 물었다.

와사비.

뭐라는데?

아내에게 자초지종을 전했다.

그걸 듣고 있어? 아내가 짜증스럽게 말했다. 하여튼 속도 좋아.

주문 알람이 울리고 단말기에서 접수증이 나왔다. 근처 주택이었다. 30분 후에 도착한다는 안내를 보낸 뒤 아내가 미리 튀겨놓은 닭을 다시 기름에 넣었다.

새벽 두 시까지 배달만 열 건이었고 홀 손님은 없었다. 와사비를 제외하고는 모두 한 마리를 시켰다. 적자를 면하려면 하루에 열네 마리는 팔아야 했다. 평일 매출을 생각하면 그 열 배를 팔아도 모자랐다.

남은 치킨을 데워서 테이블에 놓았다. 두 마리 양이었다. 아내가 입맛이 없다며 일어섰다. 나도 먹고 싶지 않았다. 그러나 닭이 아까워 다리를 집어 들었다. 후라이드는 싫었지만 소스값을 생각하면 양념을 묻힐 수 없었다.

재 밥은 줬어? 아내가 물었다.

아까 양배추 줬는데.

데려오기만 하면 다지. 아내가 주방으로 들어갔다. 뒷문이 열리고 거위가 난동을 피우는 소리가 들렸다. 아내가 비명을 질렀다. 스테인리스 그릇이 뒤집히고 바닥이 긁히는 소리가 나더니 거위가 홀에 나타났다. 나는 일어서서 무릎을 굽히고 손을 가슴께로 올렸다. 여차하면 거위의 목을 낚아채야 했다. 거위가 몸을 부풀리며 부리를 여닫았다. 동그란 거위의 눈에 광기가 스쳤다. 거위가 목을 뻗으며 내게 달려들었다. 주황빛에 거무스름한 혹이 돋아난 부리가 눈앞으로 다가왔다. 나는 닭 다리를 놓고 몸을 돌려 문밖으로 달려나갔다. 문에 단 풍경이 댕그랑댔고 거위가 푸드덕대는 소리가 풍경 소리와 뒤섞였다.

손잡이를 쥐고 온몸으로 문을 막았다. 유리문 너머로 기가 막힌다는 표정을 짓는 아내와 치킨이 놓인 접시에 부리를 박는 거위가 보였다. 거위가 목을 부르르 떨며 닭 다리를 집더니 고개를 젖혀 입에 넣었다.

문을 열고 거위에게 다가갔다.

애 왜 이래? 아내가 물었다. 고기 먹어도 돼?

거위가 목을 바닥으로 내리더니 컥컥댔다. 거위의 목덜미를 잡고 부리를 벌렸다. 거위가 날개를 펼치며 버둥거렸다. 입안 끝에 두툼한 다리 살이 보였다. 닭 다리를 잡아 뺐다. 거위가 나를 보며 나지막이 울었다. 그네가 삐거덕거리는 소리 같기도 했고 애가 칭얼거리는 소리 같기도 했다.

아내를 흘금거렸지만, 그녀는 팔짱을 끼고 나와 거위를 바라볼 뿐이었다. 마지못해 닭 다리의 살을 발라 거위에게 건넸다. 거위는 닭 다리에 붙은 살을 순식간에 해치웠다. 아내가 기름이 묻은 내 손과 거위를 번갈아 보더니 고개를 저었다.

이상하잖아. 거위가 닭을 먹는다는 게. 그녀가 말했다.

거위는 원래 잡식이야. 내가 대꾸했다.

아내는 주방 입구에 서서 나를 쳐다보다가 말없이 가게를 나섰다. 올해 초부터 반복되는 생활이었다. 아내가 가게를 열었고 내가 뒷정리를 했다. 이제 함께 보다는 각자 일하는 게 편했다.

거위는 순식간에 치킨 두 마리를 먹어치웠다. 거위의 입가에 기름기가 흘렀다. 홀 한쪽에 상자 두 개를 놓고 거위를 불렀다.

야. 닭 다리. 여기서 자라. 여기서 싸고.

거위가 두 상자를 들여다보더니 그중 하나에 들어가 앉았다.

주방을 청소하고 정산까지 끝내고 나니 거위는 부리를 날개에 파묻은 채 잠들어 있었다. 치킨집에서 거위를 키우는 광경도 그렇게 나쁘지 않겠다는 생각이 들었다.

홀 손님이 없으니 병에 따라 모을 소주도 없었다. 주머니에 넣었던 참이슬 병은 아침 그대로였다. 거실 소파에 앉아 소주를 홀짝이며 유튜브 영상을 봤다. 거위를 키우는 사람이 생각보다 많아 놀랐다. 주인의 뒤를 따라다니던 거위 네 마리가 낯선 사람을 공격하는 영상을 보다 잠이 들었다.

부재중 전화가 다섯 통이었다. 감각이 둔해질 정도로 얼굴이 부었고 목소리도 잘 나오지 않았다. 아내의 목소리 너머로 거위의 울음소리가 들렸다. 아내의 말에 집중하려 애썼다.

온통 똥이야. 그녀가 말했다. 물기나 하고 이 거위 새끼.

실눈을 뜬 채로 홍삼 팩을 입에 물었다. 거위 새끼 아니고 닭 다리 새끼야. 내가 웅얼거렸다.

술 안 깼니? 얼른 오기나 해. 아내의 목소리가 단호했다. 주섬주섬 옷을 챙겨 입었다. 피곤했지만 웃음도 나왔다. 아내와 이렇게 실없는 말을 주고받은 것도 오랜만이었다.

아내는 닭 다리를 키우자는 말에 나를 흘겨봤지만, 자정이 다 되도록 거위를 어떻게 할 거냐고 묻지 않았다. 저녁 배달이 한차례 끝나고 아내와 홀에 앉아 스테인리스 양동이에 담긴 물을 들이켜는 거위를 구경했다.

먹지 말고 키우자. 쟤 얼굴 작은 게 너랑 똑같잖아. 내가 말했다.

뭐가 똑같아. 아내가 손을 저으며 실소했다.

아니 진짜. 나는 물 마시기를 멈추고 우리를 빤히 올려보는 닭 다리를 가리켰다. 뭔가 말하려는 것 같지 않아?

닭 다리가 꽥꽥댔다. 봐봐. 먹지 말라네. 내가 덧붙였다.

배고픈가 보지. 아내가 일어나 주방으로 움직였다.

아내의 뒷모습을 보며 닭 다리에게 손을 뻗었다. 닭 다리가 부리를 소매 안에 파묻었다. 이런 앨 어떻게 먹어. 혼잣말처럼 중얼거렸다.

닭 다리는 가게에 남은 양배추도, 아내가 편의점에서 사 온 샐러드와 과일도 먹지 않았다. 기름에서 튀김 부스러기를 건져내 닭 다리에게 주었다. 닭 다리가 거름망에 담긴 부스러기를 허겁지겁 쪼아 먹었다.

사람한테도 안 주는 걸 동물한테 주면 어떡해. 아내가 질색했다.

다른 걸 안 먹는데 어떡해. 주방을 돌아가 부스러기가 더 없나 살폈다. 새카맣게 탄 게 대부분이었다. 쓰레기도 처리하고 애 먹고 싶은 것도 먹이고 좋잖아. 내가 말했다.

어제는 양배추도 먹었잖아. 아내가 나를 따라와 말했다.

고기 맛을 본 거지. 내가 대꾸했다. 우리도 채소보단 고기가 좋잖아.

아내가 양배추와 과일을 섞어 스테인리스 그릇에 담았다. 배고프면 먹겠지. 그녀가 바닥에 그릇을 내려놓는 소리가 들렸다.

새벽 한 시가 가까워졌다. 주문은 없고 시간은 더디게 흘러갔다. 아내와 나는 티브이와, 샐러드를 앞에 두고 입맛만 다시는 거위를 번갈아 쳐다보았다.

여보. 아내를 불렀다. 소주 한 병만 깔까?

아내가 눈썹을 들어 올렸다. 운전은?

걸어가면 되지. 연애할 때처럼. 내가 대답했다.

아내가 무엇이라 중얼거리며 고개를 숙였다. 콧바람을 내는 모습이 화가 난 듯도 했고 웃는 듯 보이기도 했다.

조금만 마시자. 소주를 꺼내 뚜껑을 땄다.

기어이 까는구나. 아내의 입에서 작고 낮은 목소리가 새어 나왔다.

아니, 술 때문이 아니라. 황급히 말했다. 같이 얘기한 지도 오래됐잖아.

오늘 몇 마리 팔았는데. 그녀의 눈이 날카로웠다.

배달만 다섯 건 했잖아. 홀도 몇 팀 받고. 목소리가 기어들어 갔다. 매출이 적은 게 내 탓도 아닌데 왜 그녀가 따져 묻고 내가 주눅이 드는지 억울했다.

아내가 숨을 내쉬고는 자리에서 일어났다. 익숙한 모습이었다. 그녀가 모든 감정을 억누르겠다는 듯 눈을 깔고 얼굴을 돌렸다. 아내를 따라 일어나는데 테이블이 흔들리더니 소주가 넘어졌다. 곧바로 잡아 들었지만, 테이블에 소주를 조금 흘렸다. 아내가 나를 돌아봤다.

그래서 어쩌자고? 죽상으로 앉아있을까? 목소리가 커졌다. 기분 좀 풀자는 거 아니야.

지금 네가 화낼 상황이야? 아내가 소리쳤다.

그녀의 마음을 이해하지 못하는 건 아니었다. 하지만 그녀가 말하는 문제는 가게 상황이 나아지지 않고는 해결될 수 없었다. 적어도 내가 느끼기엔 그랬다.

네가 하는 게 뭐 있어? 기껏해야 손님들이 남긴 술 모아 마시는 것밖에 더해?

말조심해. 아내의 말에 얼굴이 화끈거렸다.

내 표정에도 아랑곳없이 말을 이어 나가던 아내가 내 옆으로 무엇인가를 곁눈질했다. 왼쪽 테이블에서 무엇인가가 부딪치는 소리가 났다. 고개를 돌리자 닭 다리가 머리를 쳐들고 무엇인가를 삼키고 있었다.

뭐야? 급히 주변을 살폈다. 얘 뭐 먹어? 소주 뚜껑은 테이블에 그대로 놓여 있었다.

저거 마신 것 같은데. 아내가 테이블에 흘린 소주를 가리켰다.

닭 다리가 테이블에서 떨어져 나와 비틀거렸다. 날개를 조금 들어 올리고 옆으로 걷는 모습이 춤이라도 추는 듯 보였다. 닭 다리는 한 바퀴를 그렇게 돌다가 앞으로 넘어졌는데 계속 몸을 일으키려 엉덩이를 좌우로 흔들었다.

그러니까 왜 소주를 까서. 아내가 언성을 높였다.

이게 그렇게 욕먹을 일이냐? 나도 맞받아쳤다.

그아하.

말을 멈추고 바닥을 내려다보았다. 바닥에 목을 늘어트린 닭 다리가 엉덩이를 씰룩이며 울었다. 그아하.

아내가 눈을 크게 뜨고 입을 꿈틀거렸다. 그녀와 눈이 마주치자 웃음이 터져 나왔다.

그만해? 아내가 키득거렸다. 진짜 사람 같잖아.

아내를 따라 웃었지만, 마음 한구석이 찜찜했다. 카운터 아래 있는 손수건과 종잇조각이 떠올랐다. '분명히 봤어요.' 와사비의 목소리도 들리는 듯했다.

닭 다리는 추수감사절을 무사히 넘겼다. 아내가 조리 방법이 번거롭다는 이유로 거위 구이를 포기했기 때문이다. 우리는 닭 다리에게 그날그날 홀 손님이 남긴 치킨과 튀겨놓고 남은 치킨을 주었다. 닭 다리는 먹는 양이 늘면서 닥치는 대로 먹었고 하루가 다르게 살이 쪘다.

군의 금지령은 두 주 뒤에 해제되었다. 같은 증상을 보이는 병사가 더 나타나지 않았고 원인균을 지닌 거위를 부대 근처에서 잡았기 때문이었다. 군은 문제의 질병에 전염성이 없다고 결론지었다. 아내와 나는 급하게 홀 아르바이트생을 구했다.

토요일이 되자 오픈 시간부터 배달 주문이 줄을 이었고 홀도 반이 찼다. 부대로 배달을 갔다 와 가게에서 새로운 치킨을 싣고 다시 부대로 향했다. 가게에 들를 때마다 손님 수를 헤아렸다. 대부분 반 이상이 차 있었고 일곱 테이블이 모두 찼을 때도 많았다. 오토바이를 타며 하루 매출을 계산했다. 계산대로라면 하루 매출로 한 주 매출을 메울 수 있었다.

문제가 생긴 건 배달이 조금 뜸해진 네 시 이후였다. 종일 주방에 있던 아내는 기름 냄새를 내보내기 위해 점심 이후로 뒷문을 열어두었지만, 홀이 워낙 붐비고 어수선해 주차장의 소리는 잘 듣지 못했다. 한번

앉지도 못할 정도로 바빴던 날이었다. 아내는 반죽을 만들고 닭을 튀기고 부족한 소스를 만드느라 정신이 없었다.

한차례 배달을 끝내고 가게에 도착한 나는 헬멧을 벗기 무섭게 1번 테이블에 물통을 가져다주었다. 홀은 외출을 나와 복귀를 앞둔 군인들로 가득했다. 일곱 테이블의 서빙과 주문 전화를 도맡은 아르바이트생이 당장이라도 울 것처럼 얼굴을 일그러트렸다.

자꾸만 새 소리가 나요. 아르바이트생이 말했다.

그의 말이 단번에 이해되지 않았다.

오리 소리요. 닭 소린가? 손님들이 계속 물어봐요.

그제야 주차장에 있을 닭 다리가 생각났다. 주방으로 향했다.

쟤 점심 줬어?

뭐? 아내가 미간을 찌푸린 채로 되물었다.

닭 다리. 뭐 줬어?

아내가 미간을 펴고 눈을 크게 떴다. 뒷문에서 낮은 울음소리가 희미하게 들려왔다. 문을 내다보자 부리를 벌린 채 고개를 숙인 닭 다리가 보였다. 닭 다리는 내가 다가가도 울음을 멈추지 않았다. 깃털이 달린 짐볼처럼 부푼 몸뚱어리에 허벅지만큼 두꺼워진 머리와 목을 내려다봤다. 목 아래에 깃털이 빠져 살이 드러나 있었다. 붉은 살결이 익히지 않은 닭 같았다. 목줄 가장자리에 부리로 짓누른 자국이 보였다.

줄을 풀었다. 닭 다리는 기다렸다는 듯 주방을 지나 홀로 내달렸다. 군인들과 아르바이트생의 비명과 욕설이 들렸다. 홀로 나가자 7번 테이블에 앉아 치킨을 집어 드는 닭 다리가 보였다. 7번 테이블의 군인들이 자리에서 일어나 뒷걸음질 쳤다. 휴대폰을 꺼내 사진을 찍는 군인도 몇 명 보였다.

뭐야 이게? 7번 군인 중 한 명이 소리쳤다. 아르바이트생과 모든 군인이 나를 바라봤다. 입이 말랐고 식은땀이 났다. 닭 다리를 바닥으로 떨어트린 뒤 발길질하는 시늉을 하며 밖으로 몰았다. 닭 다리가 몸을 부풀며 내게 맞섰다. 평소보다 몸집이 커 보였고 눈가가 충혈된 듯 빨갰다.

재수가 없으려니까 웬 거위가 들어오네. 큰 소리로 말하며 아르바이트생에게 7번 테이블을 정리하고 치킨을 새로 갖다 주라고 시켰다. 문밖에선 닭 다리가 이마와 윗부리를 유리문에 대고 가게를 들여다봤다. 주황색 부리에 돋아난 검고 볼록한 반점이 섬뜩했다.

가게 밖으로 나가 닭 다리를 잡아 들었다. 닭 다리가 몸부림치며 발톱으로 손등과 팔을 할퀴었다. 점퍼 소매가 찢어졌고 손등에서 난 피가 소매 안쪽으로 흘러내렸다. 닭 다리의 무게에 무릎이 절로 구부러졌다. 옆 골목까지 걷다가 모퉁이를 돌아 주차장으로 갔다.

닭 다리를 던지듯 내려놓고 목에 줄을 둘렀다. 닭 다리가 머리를 들어 올릴 때마다 부리가 어깨까지 올라왔다. 사람들이 볼 수 없도록 주변에 상자를 쌓아 올렸다.

울부짖는 닭 다리에게 7번 테이블에서 뺀 치킨을 던져줬다. 그릇에 머리를 넣었다 빼는 모습이 며칠은 굶은 것 같았다.

작작 좀 먹어라.

닭 다리가 눈을 치떴다. 반쯤 가려진 눈에 날이 서 있었다. 손등이 쓰라렸고 소매가 축축했다.

무슨 일이야? 아내가 뒤통수에 대고 물었다.

뒷문을 소리 나게 닫고 행주에 물을 묻혀 손등을 감쌌다. 화가 치밀었지만 함부로 소리를 지를 수도 없었다. 사진을 찍던 군인들이 신경 쓰였다.

주방에서 나와 아르바이트생에게 말을 걸었다. 홀이 소란스러워서 목소리를 높여야 했다.

신고했어야 했나? 그런 거는 처음 봐서.

하셔야죠. 아르바이트생이 대답했다. 군대에서도 거위를 잡았다잖아요. 병 걸린다고 하던데.

뉴스에서는 원인이 된 거위는 살처분했고 전염병도 아니라고 했는데 그가 뉴스를 어디로 들었는지 알 수 없었다. 나를 향한 군인들의 시선을 의식하며 천천히 고개를 끄덕여 보였다.

배달이 들어와 가게에 붙어있을 시간이 없었다. 주문이 들어오는 것은 좋았지만, 닭 다리가 신경 쓰여 괴로웠다. 거위가 가게에 있다는 게 알려지기라도 하면 군인이고 면회객이고 아무도 우리 음식을 먹으려 하지 않을 것이다.

아르바이트생이 퇴근하는 여덟 시가 지나 새벽 한 시에 마지막 손님이 나갈 때까지 닭 다리가 가게로 들이닥치는 일은 없었다.

어떻게 하지? 내가 말했다. 우리는 가게 불을 끄고 물을 마시는 닭 다리를 지켜보았다.

나한테 물어? 아내가 되물었다.

어디든 보내야 하나….

닭 다리가 날개를 뻗어 올리며 크게 울었다.

뭘 잘했다고. 아내가 거위에게 윽박질렀다. 어쩔 거야? 그녀가 내게 따져 물었다.

대답을 망설이는데 마침 가게로 전화가 왔다. 카운터로 가 수화기를 집어 들었다. 영업이 끝났다는 말에 상대가 내 이름을 댔다.

본인인데 무슨 일이십니까? 내가 물었다.

이현우 상병 관련해서 전화 드렸습니다.

누구요? 고개를 낮추고 그의 전화를 받았다. 목소리가 떨렸다.

아내가 카운터로 다가와 눈썹을 내려뜨렸다. 누구야? 뭐래? 그녀가 소곤댔다.

손가락을 입에 갖다 대고 고개를 저었다. 아내가 머리를 들이밀더니 내 관자놀이와 수화기 사이로 귀를 갖다 댔다.

지난 십일 월 십구 일 열두 시 사 분 본 사단에 배달 오셨죠? 남자가 말했다.

아, 글쎄요. 확인을 좀 해봐야….

있지도 않은 종이를 뒤적거렸다. 그가 와사비에게 치킨을 배달한 앞뒤 상황을 물었다. 나는 이현우 상병이 치킨 세 마리를 시켜서 배달했다고 대답했다.

아내가 입을 벙긋거렸다.

허락받았다고 해서 배달한 건데 문제가 됩니까? 아내의 말을 따라 했다.

거위를 보셨습니까? 그가 낮은 목소리로 엄숙하게 말했다.

거위요? 웬⋯ 무슨⋯. 말이 잘 나오지 않았다.

정말 못 보셨습니까? 그가 물었다.

거위는 본 적이 없는데. 내가 대답했다.

두 마리 보셨죠? 그가 다시 물었다.

두 마리나 있대요? 뉴스엔 한 마리로 나오던데.

협조 부탁드립니다. 보신 그대로 말씀해주시면 됩니다. 그가 말했다.

아내가 수화기를 뺏어 들었다.

저기요, 치킨집에 거위가 말이 돼요? 그녀가 언성을 높이고 화를 냈다. 장난도 정도가 있지.

남자는 필요하면 다시 연락하겠다며 전화를 끊었다.

진짜 어쩌지? 내가 물었다.

어쩌긴 뭘 어째. 아내가 주방으로 가서 기름을 데웠다. 그녀가 닭에 반죽을 묻혔다.

거위가 상자 밖으로 엉덩이를 내밀고 똥을 쌌다. 나는 눈을 감고 이마에 손을 얹었다.

혹시 몰라서 닭 다리 하나 따로 챙겼어. 아내가 주방에서 나와 거위에게 치킨을 줬다. 그녀의 손에 비닐봉지에 담긴 닭 다리 조각이 들려 있었다.

강청호에 풀어주자. 그녀가 나를 돌아봤다. 자연에서 사는 게 얘한테도 좋을 거야.

거위의 부리에 튀김옷과 기름이 엉겨 붙었다.

괜히 나쁜 짓 하는 것 같네. 내가 웅얼거렸다. 아내는 아무 말이 없었다. 우리는 거위를 데려오기 전에 그랬던 것처럼 서로의 시선을 피하고 입을 다물었다.

카운터로 가서 손수건과 종이쪽지를 꺼냈다. 거위가 치킨에 정신을 파는 틈을 타 손수건을 목에 둘러주었다. 마음이 한결 가벼웠다.

창밖에서는 첫눈이 내렸다. 아내와 나는 거위를 태우고 강청호로 향했다. 마지막 달의 첫날, 가로등 빛을 받으며 내려오는 눈만 공연히 낭만적이었다. 자잘하게 내리던 눈은 진눈깨비로 변하더니 강청호에 다다를 때쯤 비가 되어 쏟아졌다.

호수를 따라 세운 가로등은 모두 꺼졌지만, 도로의 가로등에서 나오는 빛이 강청호 둔치를 어슴푸레하게 비췄다. 벤치와 운동기구가 있는 작은 공원에 우산을 쓴 연인이 보였다. 산책로 끄트머리에 차를 세웠다. 흙이 드러난 길 너머로 호수까지 잡초가 무성한 곳이었다.

거위를 차 밖으로 몰아냈다. 그것이 잡초를 등지고 우리를 바라보았다. 기다랗고 두꺼워진 부리는 단단한 껍질로 둘러싸인 열매처럼 보였고 창백한 얼굴에 붉어진 눈동자는 괴물처럼 느껴졌다. 저 눈 좀 봐. 나는 생각했다. 사람일 리 없었다.

아내가 닭 다리 조각을 힘껏 던졌다. 거위가 몸을 낮추고 잡초 너머로 달려갔다. 산책로 끝에 서서 거위가 물가로 가 닭 다리를 먹는 모습을 지켜보았다. 어디선가 악취가 났지만, 호수 건너 불빛이 반짝이는 풍경이 제법 아름다웠다.

이런 데다 풀어도 될까. 아내에게 물었다.

그래도 즐거웠는데. 그녀가 잠긴 목소리로 말했다.

쏟아지는 비에 호수가 일렁였다. 날이 어두워 쓰레기는 잘 보이지 않았고 물결마다 조금씩 내보이는 빛이 우아할 따름이었다. 우산에 떨어지는 빗소리가 아늑했다. 손을 뻗어 아내의 어깨를 감쌌다. 아내가 우산을 든 내 손을 잡았다.

그때 거위가 고개를 들어 우리를 바라봤다. 잡초 너머로 보이는 눈이 번쩍이더니 그것이 순식간에 잡초가 난 땅의 반을 가로질렀다. 아내와 나는 서로에게서 떨어져 차로 질주했다. 진흙이 무릎 위까지 튀었다.

차 문을 닫았을 때 거위의 부리가 창문을 스쳤다. 사람만 한 그림자가 차에 드리웠다. 브레이크를 밟고 기어를 당겼다. 거위가 창을 쪼았다. 브레이크에서 발을 떼고 엑셀을 밟았다. 바퀴가 헛돌 뿐 차가 앞으로 가지 않았다. 빨리! 아내가 소리쳤다. 문밖에서 쇠가 긁히는 소리가 났다. 거위가 목을 들어 올렸다 앞으로 뻗으며 힘껏 울었다. 차가 움직였다. 백미러로 멀어지는 거위를 바라보았다.

치킨을 한 조각 더 남겨둘 걸 그랬어. 아내가 숨을 몰아쉬었다.

아내를 따라 오전 열 시에 집을 나섰다. 주문이 몰리기 전 절단육을 다듬어야 했다. 강청교를 지나는데 아내가 창밖으로 고개를 내밀었다.

왜? 내가 물었다.

호수 주변에 사람이 모여 있어. 아내가 대답했다. 나는 아무런 대꾸도 하지 못했다. 그녀도 더는 말이 없었다.

손수건을 발견한 걸지도 모르지. 주차장에 차를 멈추고서야 그 말이 튀어나왔다. 아내가 고개를 끄덕였다.

매출은 기대 이상이었다. 더는 거위와 같은 걱정거리도 없었다. 다음 주도 오늘과 같기를 진심으로 바랐다. 세 시가 되어서야 숨 돌릴 틈이 났다. 아르바이트생을 쉬게 하고 홀을 맡았다. 음식을 기다리는 손님이 세 팀, 받아서 먹고 있는 손님이 네 팀이었다.

정수기 옆 구석 자리에 앉아 있던 아르바이트생이 나를 불렀다.

이거 보셨어요? 그가 내민 휴대폰을 들여다보았다. 큰일 날 뻔했네요.

SNS에 뜬 거위의 사진이었다. 강청호 공원을 배경으로 부리를 벌리고 달려드는 거위가 보였다. 수풀 아래에 떨어진 얼룩무늬 손수건도 눈에 들어왔다. 손수건은 매어 준 사람이 아니면 알아볼 수 없을 만큼 흙으로 범벅되어 있었다.

티브이 채널을 돌려 뉴스를 확인했다. 강청호나 거위에 관한 뉴스는 나오지 않았다.

무슨 일인데? 아르바이트생에게 물었다.

그때 전화가 울렸다. 누군가가 와사비 간장 치킨과 고구마튀김을 주문했다.

또 뭐 시킬까? 수화기 너머에서 왁자지껄한 소리가 들렸다. 얘는 맥주

먹고 싶겠지. 여러 명이 낄낄거리며 웃었다. 야, 웃지 마. 내가 그 거위 때문에 몇 번을…. 와사비의 목소리였다. 이제 다 끝났잖아. 누군가 말했다.

습관적으로 주문을 입력하고 홀을 확인했다. 아직도 세 팀이 치킨을 기다리고 있었다. 어느샌가 카운터로 다가온 아르바이트생이 휴대폰을 내밀었다.

산책하던 사람을 깔고 눈을 쪼았다나 봐요. 그가 말했다. 계속 날뛰는 바람에 실탄을 열 발이나 쐈대요.

왜 이렇게 안 나와? 손님 한 명이 투덜거렸다. 와사비와 거위를 뒤로 하고 주방으로 걸음을 옮겼다.

무슨 소리야? 7번 테이블의 손님이 수군댔다. 다른 손님들도 웅성거렸다. 주방으로 다가가는 동안 울음소리는 점점 커졌다. 벽 너머에서 날개를 퍼덕이고 넓적한 발로 바닥을 차는 소리가 들려왔다. 흰색의 무엇인가가 느리게 주방 밖으로 걸어 나왔다.

눈이 검고 왜소한 거위였다.

또 뒷문으로 들어왔나 봐요. 아르바이트생이 투덜거렸다. 어제부터 왜 거위가 난리지?

거위를 지나 주방으로 들어갔다. 뒷문은 닫혀 있었다. 주방으로 들어온 거위가 부리를 작게 벌리더니 짧은 숨을 여러 번 내쉬었다. 부리 사이로 가늘고 희미한 음이 새어 나왔다.

진흙이 묻은 손수건을 떠올렸다. 뒷문을 열고 차로 걸어갔다. 손수건을 찾아야 했다. 종이쪽지와 손수건을 가지고 가서 와사비를 만나봐야지. 거위가 왜, 어떻게 나타났는지 의문을 품는 사람이 한 명쯤은 있을지도 몰랐다. 그들도 찾아봐야지. 나는 생각했다.

뒤를 돌아 주차장에 선 거위를 바라봤다. 거위의 눈이 일렁이며 조금씩 빛을 내보였다.

당선소감 : 전예진

　무슨 말부터 어떻게 해야 할지 머릿속이 복잡합니다. 친구와 가족이 아닌 다른 독자를 갖는 게 어떤 기분일지 상상이 잘 안 돼요. 소설을 쓰고 공부할수록 어렵다고, 그러면서도 참 재미있다고 생각합니다. 쓰는 저만 즐거운 게 아니라 읽는 분들도 재미있게 감상할 수 있는 글을 쓰고 싶어요.

　어떻게 지내, 라는 질문에 소설을 쓴다고 대답할 때마다 따뜻한 응원을 받았습니다. 지금이라도 다른 길을 알아봐야 하는 게 아닐까 불안해질 때마다 저를 다독여주던 말들, 그 마음에 부끄럽지 않게 더 열심히 써야겠다고 생각했고 그로써 소설에 집중할 수 있었습니다.

　흔들리고 무너질 때마다 소설의 의미와 재미를 함께 이야기해주시는 승은 샘께 감사드립니다. 소설이 무엇인가를 알려주신 조경란 선생님, 어떻게 써야 하는지 길을 잃을 때마다 선생님 말씀을 떠올립니다. 부족한 저를 이끌어주시고 소설을 공부할 수 있도록 도와주신 방재석 선생님, 소설의 바탕은 단어이며 문장임을 걸 일깨워주신 오정희 선생님 정말 감사합니다. 아직 멀었다고 생각했던 제게 용기를 불어넣어 주신 최진영 선생님, 따뜻한 말씀과 응원에 많은 힘을 받았습니다.

　무엇보다도 도란. 사랑하는 요패들에게 고마움을 전합니다. 가까이에서 모든 투정을 들으면서도 기꺼이 독자가 되어주고 응원해준 원형, 어느 면으로 봐도 부족하기만 한 저를 믿어주고 응원해준 가족들 정말 고맙습니다.

부족한 작품을 보아주신 심사위원 선생님들께도 감사의 말씀을 드립니다.

어릴 적 소설을 읽으며 저도 그렇게 누군가를 위로하는 글을 쓰고 싶다고 생각했습니다. 그게 제 소설의 시작이었던 것 같아요. 그 시작을 잊지 않고 열심히 흥미로운 글을 써보도록 하겠습니다.

심사평 : 은희경, 이광호, 신수정, 백가흠, 손보미

차분한데 날카롭고, 위트 있지만 시니컬

올해 한국일보 신춘문예 심사는 예심과 본심이 통합되어 진행되었다. 다섯 명의 심사위원이 함께 작품을 읽고 마지막 작품을 선정하기까지 신중하면서도 자유로운 의견개진이 가능했던 것 같다. 올해 투고된 600여 편의 작품들은 뚜렷한 경향이 없는 것이 경향이라고 말해질 정도로 작품의 소재나 형식이 다양했다. 1인칭 독백이나 자기 고백적 소설, 게임이나 요양, 자살이나 질병, 불임을 다루며 인물들이 살아가고 있는 오늘의 종말론적인 면을 부각시킨 소설들이 많았다. 장황하고 복잡한 구조를 이루고 있거나, 자기 안에 갇혀서 심리적인 서술만을 부각시키는 소설도 많았는데, 신춘문예의 특성상, 간결하고 선명한 스토리를 다루고 있되, 자신만의 목소리를 내는 것, 참신함이나 의외성을 잃지 않으려고 하는 작품들이 심사위원의 눈을 더 끌었던 것 같다. 긴 논의 끝에 심사위원 다섯 명의 공통적인 지지를 받은 작품은 안혜림의 「종이남자」, 전양정의 「완벽한 계획」 그리고 진예진의 「어느 날 거위가」 이렇게 세 작품이었다.

「완벽한 계획」은 감탄을 자아낼 만큼 아들을 대하는 어머니의 심리가 실감나게 드러나 있었다. 가정에서 일어나는 일을 통해 현 세태의 문제점을 적절하게 보여주고 있다는 점에서, 구체성을 통해 보편성을 잘 획득하고 있는 작품이었지만, 작품이 진행되면 진행될수록 인물의 행동에 대한 개연성을 섬세하게 포착하지 못했다는 것이 단점으로 지적되었다. 「종이 남자」는 흔히 봐왔던 소재와 주제를 다루고 있었지만, 그것을 다루는 방식이 읽는 사람의 기대를 묘하게 배신하는 식으로 전개되면서 오히려 매력적으로 다가왔던 작품이었다. 문장의 세밀함과 단정함은 이 소설을 읽는 즐거움을 주기도 했다. 하지만 어디선가 봤던 발상이라는 점이 결국 발목을 잡았다.

　「어느 날 거위가」는 좀 특이한 소설이었다. 기발한 상상력이 바탕이 되고 있지만, 이 소설을 이루고 있는 주된 정조는 차분하고 현실적이며, 때로는 섬뜩했다. 소설 속에서 일어나는 일들을 차분하지만 날카롭게, 위트 있지만 시니컬하게 서술하는 균형감 있는 전개 방식은 결국 심사위원들이 이 소설의 손을 들게 만들었다. 단단하게 두 발을 땅에 딛고 있는 듯한 안정감을 주면서도 읽는 사람을 매혹시키는 힘이 있었다. 사족이지만, 심사를 하면서 느낀 것은 이 세상의 많은 사람들이 어디선가 여전히 자신의 이야기를 쓰기 위해 각양각색의 방식으로 고군분투하고 있다는 점이었다. 의미 없는 말일지 모르겠지만, 최종심에 오르신 분들이 고군분투를 멈추지 않아 주시기를, 진심으로 바라고 있다.

한라일보 김변호

1973년생
한양대학교 산업디자인학과 졸업
한국방송통신대학교 대학원 문예창작콘텐츠학과 졸업
현 스포츠조선 편집팀 차장

리셋

김 변 호

리셋은 세상의 구원이다.

영국의 생물학자 시드니 브레너, 존 설스톤, 로버트 호비츠, 이들 셋은 꼬마선충을 이용해 세포자살을 규명하고 2002년 노벨 생리의학상을 수상했다. 세포들이 수명을 다하기도 전에 스스로 죽음을 택하는 현상에 관한 것이었다.

*

세포 자살은 효용성을 상실한 세포, 바이러스에 감염된 세포, 자가 면역 세포 등과 같이 불필요하거나 위험한 세포들에 해당된다. 세포가 자살을 선택하는 이유는 자신이 죽는 것이 전체 개체에 유익하기 때문이다. 즉, 자신을 던져 전체를 살리는 희생정신을 발휘하는 것이다. 암, 에이즈, 치매, 류머티즘성 관절염 등은 세포자살이 제대로 이뤄지지 않아 발병하는 대표적인 예이다.

우리는 팀으로 일하며 세포자살의 숭고한 자기희생이 사회 시스템 안에서 자연스럽게 녹아들도록 돕는다. 회사를 통해 의뢰가 들어오면 먼저 그 사람의 프로필을 살핀다. 대부분 사회적 가치가 크게 손상되어 효용성을 잃은 자들이다. 아주 가끔은 우리가 자살을 돕기도 전에 스스로 자살을 선택하는 진정한 자기정화가 일어나기도 한다. 그럴 땐 오히려 가슴이 벅차오른다. 아직은 우리 사회가 살아갈 만한 곳이라는 방증이니까. 팀원은 상황에 따라 건 당 2명에서 5명까지 짜인다. 작업은 사전 준비기간까지 합쳐 빠르면 일주일, 늦어도 한 달 안에 마무리된다. 그 이상의 인원이나 기간은 오히려 독이다. 짧고 간명하게 끝내는 게 원칙이다.

세포는 불가능할 정도로 심하게 손상되면 그 스스로 리셋한다. 하지만 결정의 순간 때를 놓친 문제의 세포는 암으로 변해 전체 개체를 파괴한다. 그때는 더 이상 자기희생을 기대할 수 없다. 이때 빛을 발하는 것이 바로 '자연살해세포'이다. 이 세포는 세포자살을 돕거나 유도하는 중간 매개체 역할을 한다. 스스로 자살하지 못할 때 자살을 도와주는 것이다. 이것이 바로 나와 회사가 존재하는 이유이다. 자살을 돕는 것은 전체의 이익을 위한 어쩔 수 없는 결정이며 인간 진화의 법칙에도 적용된다. 손상되고 훼손된 개체가 전체를 파괴하기 전에 스스로 자살하도록 돕는 게 가장 큰 목적이므로 모든 결과는 자살로 마무리된다.

자살을 이야기할 때 사람들의 뇌리에 가장 흔하게 떠오르는 게 베르테르 효과다. 유명인이나 자신이 좋아하던 사람이 자살한 경우, 그 사람과 자신을 동일시해 자살을 시도하는 현상이다. 동조자살 또는 모방자살이라고도 한다. 이런 현상을 이용하면 자살을 돕는 일을 진행하는 게 좀 더 수월해진다. 그래서 가끔 이런 연구자들에게 고마움을 느끼기도 한다.

4년 전 한 여중생이 장애인 어머니를 죽이고 시체에 이불을 덮어 놓은 뒤 PC방에서 12시간 동안 채팅을 했던 사건이 있었다. 그 전날 유명 아이돌 그룹의 리더가 자살했다. 다음날 그 아이는 자신의 방에서 목을 매고 숨진 채 발견되었다. 방은 온통 자살한 아이돌 그룹 리더의 사진으로 도배가 되어 있었다. 물론 급조된 사진이었다. 하지만 의심할 여지없는 베르테르 효과였다. 그 정도의 연관성만으로도 사건이 마무리되는 데는 큰 무리가 없었다. 사실 그 날 여중생이 눈물을 흘리며 애원하지만 않았어도 생각을 달리했을 수도 있었다. 하지만 눈물을 보자 화가 치밀어 올랐다. 사람들은 왜 결정적인 순간에 눈물로 반성하는가. 그건 죽음의 순간에 온몸을 꿈틀대고 요동치는 벌레의 모습이다. 인간으로서의 가치를 잃은 형편없는 모습이다. 여중생은 소멸되어 마땅했다.

나는 그 사건으로 수습 딱지를 떼고 회사의 정식 사원이 되었다. 나는 일을 배우며 생각보다 사회 구석구석에 소멸이 필요한 사람들이 많다는 것을 깨달았다. 그걸 알면서도 스스로 행동으로 옮기지 못하고 쓸데없는 고민과 좌절에 빠져 시간을 낭비하고 있는 사람들 말이다. 지금도 그런 사람들을 생각하면 안타깝고 측은하다.

오늘 밤은 바람이 심하다. 창밖의 나뭇가지에 매달린 잎새들이 위태롭게 이리저리 흔들거린다. 떨어지지 않기 위해 안간힘을 쓰는 마지막 발악이 안쓰럽다. 소파에 앉아 TV를 튼다. 사이코패스에 대한 범죄 수사극이다. 그들은 일반인이 느끼는 감정을 느끼지 못한다고 한다. 공감능력이 떨어지기 때문이다. 재미없는 이야기다. 채널을 돌린다. 개그맨들이 무대 위로 나와 말도 안 되는 이야기를 지껄인다. 갑자기 자기들끼리 싸우기 시작한다. 억지스러운 설정이다. 방청석에서 사람들이 웃는다. 시청료가 아깝다. 도대체 저 사람들은 왜 웃는 걸까. 채널을 돌린다. 곤충의 진화에 대한 다큐멘터리다. 곤충은 지구 역사상 가장 오래된 종족이며 세계 어느 곳에나 분포해 있다. 남극에서 북극, 바다에서 산꼭대기까지 이들의 흔적이 남아 있지 않은 곳은 없다. 이들은 누구에게도 환영받지 못하는 불청객이지만 어떤 극한 상황에서도 끈질기게 살아남았다. 지구의 정복자는 인간이 아닌 곤충이다.

나는 곤충의 존재를 할아버지로부터 처음 알게 되었다. 버러지 같은 놈. 할아버지에 의하면 나의 부모도 버러지였으므로 그 자식인 나도 버러지였다. 집안에서 나는 항상 버러지 같은 놈으로 불렸다. 버러지 같은 놈의 자식이 밥을 먹고 학교를 가고 똥을 누었다. 어차피 할아버지는 내가 아니었어도 오래 살지 못할 것이었다. 침대 위에 누워 거동도 불편한 상태였으니까. 검은 비닐봉지를 할아버지의 얼굴에 씌우자 숨은 금세 끊어졌다. 그때 난 효용성 잃은 생명이 얼마나 가볍고 하찮은 것인지 깨달았다. 그래도 할아버지의 목소리는 귓가에서 지워지지 않았다. 버리지 같은 놈, 버러지 같은 놈.

수면제 두 알을 삼켰더니 스르르 눈이 감긴다. 처음 의사에게 약을 처방받았을 때는 한 알 만으로도 정신이 몽롱해졌는데 내성이 생기자 두세 알로도 효과를 보지 못했다. 이번에 의사가 처방해준 새 약은 효과가 빠른 만큼 중독성도 강하다고 했다. 의사는 야채를 많이 먹고 운동을 하라고 했다. 또한 스트레스를 줄이고 규칙적인 생활 리듬을 유지하는 게 중요하다는 빤한 말을 반복해 강조했다. 사람들의 리셋을 돕는 일은 생각보다 많은 집중력과 에너지 소모를 필요로 했다. 나는 작업 전날 밤 머릿속으로 다음날 수행될 작업을 반복하고 또 반복했다. 매번 비슷하지만 결코 똑같지 않은 일들이었다. 상상 속에서 되풀이되는 작업 중 하나라도 오류가 발견되면 나는 침대에서 내려와 새로운 계획을 세워야만 했다. 작은 디테일 하나가 일을 망칠 수 있기 때문이었다. 그러다 보면 어느새 날이 밝아오기 일쑤였다. 그런 생활 패턴이 유일한 리듬이라면 리듬이었다. 일이 완벽하게 마무리되고 긴장이 풀려도 잠은 쉽게 오지 않았다. 그럴 때면 처방받아놓은 수면제가 유용했다. 한동안 내성 때문에 효과를 보지 못했는데 새 약은 어떨지 기대가 된다. 정신이 조금씩 흐려진다. 창밖으로 울리는 바람소리가 귓가에서 조금씩 잦아든다. 내일 아침까지 살아남은 나뭇잎은 몇 개나 될까.

*

세포자살의 예는 일상생활에서도 쉽게 찾아볼 수 있다. 목욕탕에서 벗겨내는 때도 표피 자살의 결과이고 나무도 나뭇잎을 떨궈 몸통의 살 길을 찾는다. 곤충의 탈피나 뱀의 허물, 올챙이의 꼬리 역시 마찬가지다. 태아의 손가락사이 세포도 자살해 없어지면서 다섯 개의 손가락으로 분리된다.

임신 9주였던 여신도 뱃속의 태아 손가락도 다섯 개로 분리되는 중이었다. 우리의 다음 타깃이었던 목사는 여신도를 여러 차례 성폭행하고 살해해 한강에 시체를 유기했다. 보충 자료로 목사가 여신도를 성추행하는 동영상 USB가 서류봉투에 담겨 왔다. 목사의 책상 두 번째 서랍 밑바닥에 권총이 있다는 정보도 함께였다. 사건은 목사의 권총 자살로 마무리되었다. 자기 방 책상에 앉은 채였다. 바닥에는 권총 한 자루와 머리가 터지면서 흘러내린 피가 고여 있었다. 책상 위 컴퓨터 화면에는 교회 홈페이지 게시판이 열려 있었고 내가 올려놓은 목사의 성추행 동영상이 돌아가고 있었다. 나는 목사를 의자에 앉히고 컴퓨터를 켜 동영상을 클릭한 다음 권총으로 목사의 머리에 구멍을 냈다. 총은 목사의 지문을 묻혀 바닥에 내려놓았다. 파트너인 J선배는 동네 CCTV의 위치를 파악해 알려주었고 나의 움직임을 뒤따르며 혹시 있을지 모를 수상한 목격자까지 모두 체크했다. 법의 사각지대에 교묘하게 숨어있던 또 하나의 개체가 자기희생을 통해 정화되었다. 인간이 자살을 선택할 수 있는 자유는 인류의 유일한 희망이다.

산을 오르는 길에는 여러 갈래의 코스가 있다. 진화된 현대 사회의 시스템 안에서 인간 행동은 패턴화되고 예측 가능해진다. 하지만 어쩌다 한번 불쑥 패턴에서 빠져나갈 때, 예기치 못한 행동을 보일 때, 그 원인을 정확하게 규명하는 게 가능할까. 인간은 언제나 어떤 결과가 나타나면 원인부터 찾으려 들지만 우리 주변은 원인 미상의 일들로 넘쳐난다. 다만 수많은 시간 동안 잠복하며 그 일이 일어날 때를 기다리고 있다가 그 일이 일어난 것일 뿐.

10년간 같은 등산로를 오르내리던 치과의사 L이 평소에는 가지 않던 다른 험준한 코스에서 자살했다. 핸드폰 메모장에 남겨진 '모두에게 미안하다'는 한 줄 유서가 자살의 증거로 제시되었다. 물론 핸드폰 액정에는 L의 지문이 덕지덕지 묻어 있었다. 가족들은 오열했지만 아내의 반대로 부검은 실시되지 않았다. 일주일 뒤 L의 내연녀도 그 산으로부터 250km 떨어진 저수지 바닥에서 발견되었다. 아마 할 수만 있다면 아내는, 비행기를 태워서라도 둘 사이를 더 멀리 떼어놓고 싶었을지도 모른다. 문득 목사실 벽에 걸려 있던 예수 십자가상이 머릿속에 떠오른다. 스스로 십자가에 못 박혀 죽음을 맞이한 것은 인간들을 향한 하나의 메시지다. 예수의 희생정신은 세포자살과 닮아 있다. 자기 정화를 통한 리셋이 세상의 유일한 구원임을 강조하고 있는 것이다. 우매한 인간들은 언제쯤 자신들 신의 뜻을 이해할 수 있을까.

검찰 발표에 의하면 최근 5년간 주요 미제 사건 3200여 건 중 해결된 것은 329건에 불과하다. 미제 사건은 시간이 지날수록 해결될 확률이 급격히 떨어진다. 일단 미제 사건으로 분류되고 나면 10건 중 9건은 영원히 물음표로 남는 것이다. 가스폭발이 일어나기 위해서는 온도, 압력, 가스와 공기의 일정한 혼합비율 등이 절묘하게 맞아떨어져야 한다. 그 시점에 점화 요인까지 추가되어야 한다. 밀폐된 공간에서 작심하고 실험을 해도 단번에 폭발이 이뤄지기 힘든 이유이다. 현실적으로 매우 까다로운 조건이다. 그럼에도 불구하고 이런 사고가 빈번하게 일어나는 것처럼 보이는 건 왜일까. 우연의 일치가 만들어낸 미제 사건에 원인불명 사건을 하나 더 추가한다고 해서 이상할 것은 없다. 물론 누군가는 의문스러워할지도 모르겠다. 우리 사회의 치안이 그리 허술한가라고. 하지만 현실이 그렇다. 우리나라의 원인불명 사망률은 OECD 주요국 중 1위이다. 2018년 사망원인 통계자료를 보면 원인 미상의 기타 급사를 포함해 사망자 26만 7221명 중 약 10%인 2만 8838명의 사인이 불명확했다. 이런 불명확성에 기대 무임승차하듯 리셋을 실행한 사람은 또 얼마나 많을 것인가. 얼마 전 뉴스에서 보도되었듯 전국 기차역의 CCTV 98%가 얼굴 식별이 불가능하다. 해상도가 낮고 노후되어 제대로 기능하지 못한다. 하루 평균 344만 명이 이용하는 공공의 시설물 안에서도 치안시설이 이렇다면 건물 바깥은 말할 것도 없다.

　나는 카페에 앉아 지나가는 사람들을 바라본다. CCTV에는 찍히지 않는 살아 있는 표정들을 살핀다. 표정은 제각각이지만 결국 두 부류로 나뉜다. 진화될 사람과 소멸될 사람. 인류의 딜레마는 이들이 한데 뒤섞여 있다는 것이다. 진화는 감정을 가지지 않는다. 단지 효용성을 기준으로 소멸될 것들을 걸러낼 뿐이다. 자연계의 가장 신비하고 놀라운 법칙인 자연정화는 다른 생명체들에게도 나타난다. 세포에서 발견된 특성처럼 스스로 소멸하는 자기희생이다. 불개미는 수개미의 생식기가 암개미의 생식기 안에서 폭발하면서 짝짓기를 한다. 암개미에게 일생 동안 필요한 700만 개의 정자를 한 번에 전달한 뒤 장렬히 전사하는 것이다. 붉은등거미도 마찬가지이다. 짝짓기 후 암거미가 수거미를 잡아먹는데 수거미는 아무런 반항도 않는다. 물론 공공의 이익을 위한 값진 희생도 있다. 무리를 지어 삶을 일구는 곤충들은 집단을 위해 기꺼이 목숨을 내놓는다. 땅벌은 기생충이 자신의 몸에 알을 낳으면 벌집에서 멀리 떠난다. 벌집 안에 기생충의 유충이 퍼지는 것을 스스로 차단하기 위해서이다. 벌집을 떠난 벌은 생존할 수 없다는 점에서 명백한 자살이라 할 수 있다. 건기가 되면 먹이를 찾아 나서는 야생 얼룩말의 무리에서도 희생적 죽음을 볼 수 있다. 여정 내내 무리를 지휘하는 우두머리 얼룩말은 악어가 득실거리는 강물을 만나면 맨 먼저 뛰어든다. 당연히 잡아먹힐 확률이 높다. 그가 기꺼이 악어의 먹이를 자처하며 주의를 끄는 동안 나머지 무리는 한층 안전하게 물을 건널 기회가 생긴다. 그렇다면 인간은 어떨까. 세포나 동물에 비해 훨씬 이기적이어서 자기희생을 위한 자살은 극히 드물다. 자연법칙에 위배되는 것이다. 물론 자살을 돕는 과정에서 복잡한 뒤처리와 무시할 수 없는 비용이 발생하는 것도 사실이지만 중요한 것은 그런 사소한 문제가 아니다. 자연정화라는 대전제 앞에서는 세포든 동물이든 혹은 인간이든 내게는 모두 같은 의미이다.

초등학교 2학년 때 교실로 날아든 땅벌을 밟아 죽인 적이 있다. 왠지 그때 이후로 내게 말을 거는 친구가 없다는 것을 알았다. 중학교 3학년 때는 반 아이가 3층 화장실에 뛰어내렸다. 녀석의 주머니에서 꺼낸 유서에서 내 이름이 나왔다. 죽지 못한 녀석은 6개월 뒤 깁스를 풀었지만 다니던 학교로 다시 돌아오진 않았다. 나는 학교 이사장인 할아버지를 둔 덕에 학교를 계속 다닐 수 있었다. 나는 녀석의 입속에 녀석의 시험지를 쑤셔 넣고 삼키게 했었다. 녀석은 울면서 그것을 씹어 삼켰다. 우리 반 평균을 깎아 먹고 반석차를 꼴찌로 만든 시험지였다. 녀석은 전체를 위해 스스로 소멸해야만 했다. 자기희생이 필요했지만 망설이고 있었으므로 내가 나설 수밖에 없었다. 이런 내 행동을 할아버지는 전혀 이해하지 못했다. 그게 할아버지가 리셋되어야만 하는 이유였다.

*

전기충격기와 수술용 장갑과 밧줄을 챙겨 가방에 넣고 집을 나선다. 파트너 J선배는 오늘 초등학생 아들의 공개수업에 가야 한다고 했다. 만날 학교에서 친구들에게 맞고 들어와 속상하다고 했던 그 아들이었다. 마침 그 일로 선생님과의 면담도 잡혀 있다고 했다. 선배는 이혼 후 아들을 혼자 키우고 있었다. 솔직히, 나는 이 일이 선배에게 맞지 않는다고 생각한다. 선배는 종종 감성적이 되어서 날 당황스럽게 만들었다. 치과의사 L을 기껏 벼랑까지 끌고 가 놓고 살짝 미는 것조차 눈빛이 흔들리며 망설였다. 재빠르게 내가 나서지 않았더라면 우리 모두가 한꺼번에 위험에 빠질 뻔했다. 처음 내게 일을 가르쳐 줄 때만 해도 그렇지 않았는데. 점점 효용성을 잃어가는 선배가 안타깝다. 미안하다는 선배의 문자에 걱정하지 말고 잘 다녀오라고 답장을 보냈다. 사실 나는 며칠 전 회사에 정식으로 현 상황을 보고하고 파트너 교체 요청서를 올렸다. 아직 답신은 없다. 점점 자기 역할을 못하고 버러지가 돼가는 선배의 모습을 아무렇지 않은 척 지켜보는 것도 고역이다.

한바탕 퍼붓던 빗줄기는 어느새 그쳤지만 거리는 아직 물기로 질척하다. 백화점에 들러 지하 식품매장을 찾았다. 푸드코드 옆 수제 초콜릿 전문 매장으로 들어갔다. 카카오 함량이 가장 많은 초콜릿 한 통을 골랐다. 작은 유리병 안에 별과 하트 모양의 초콜릿들이 들어 있었다. '천상의 맛, 달콤한 떨림'이란 문구가 눈에 띄었다. 그리고 한 층을 올라가 손님이 가장 많이 붐비는 스포츠 매장에서 270 사이즈의 러닝화를 사 신었다. 직원이 신상품을 추천했지만 평범하고 가장 많이 팔린 스테디셀러 상품으로 골랐다.

　높은 담이 사방을 둘러싼 양옥 주택이었다. 철제 대문 위로 CCTV가 보여 본능적으로 모자를 눌러썼다. 벨을 누르고 등기라고 말하자 한참 후 남자가 철제문을 열었다. 머리가 벗어지고 배가 많이 나온 전형적인 중년 남성이었다. 전기충격기가 몸을 스치자 남자는 무기력하게 허물어졌다. 나는 수술용 장갑을 낀 손으로 남자를 들쳐 업고 비에 젖어 질척이는 마당을 가로질러 집 안으로 향했다.

　눈을 뜬 남자는 눈을 희번덕거리며 불안해했다. 나는 남자의 입을 막고 있던 테이프를 살짝 떼어내고 초콜릿 한 움큼을 입안에 쑤셔 넣은 뒤 테이프를 다시 닫았다. 의자에 묶인 채 초콜릿을 삼킨 남자의 몸에서 순식간에 발진과 두드러기가 퍼지기 시작했다. 나는 의자를 발로 차 뒤로 넘어트렸다. 바닥에 쓰러진 남자의 얼굴이 순간 새파랗게 변했다. 남자는 몸을 비틀며 벌레처럼 고통스러워했다. 혈압이 떨어지며 호흡곤란 증세를 보이는 것 같았다. 전형적인 아나필락시스 쇼크였다. 특정 물질에 몸이 과민반응을 일으키는 것으로 극소량만으로도 치명적일 수 있었다. 몸을 요동치며 뒤틀던 남자의 움직임이 잦아지는 데는 47분이나 걸렸다. 나는 맥박이 멈춘 것을 확인하고 결박을 풀었다. 식탁과 바닥 주변에는 초콜릿 알들이 자연스럽게 흩어지도록 했다. 예상대로 집안에서 확인한 대문 위의 CCTV는 녹화되고 있지 않았다. 나는 남자의 집을 나와 가방에서 꺼낸 낡은 운동화로 신발을 갈아 신었다. 흙 묻은 새 신발은 주택가 한쪽의 재활용 분리수거함에 집어넣었다. 새 신발은 얼마 후

필요한 누군가에게 전해질 터이다. 초콜릿 알레르기로 마무리된 남자의 인생보다 훨씬 유용한 신발이었다.

힐끔 쳐다본 J선배의 얼굴이 꺼칠해 보인다. 면도를 안 해 하관을 덮은 수염이 지저분하다. 잠을 못 잤는지 눈도 발갛게 충혈돼 있었다.

-왜, 애가 무슨 문제 있대요?

나는 사무실 내 자리에 앉아 인터넷 서핑을 하며 물었다. 포털사이트 뉴스란에 내가 찾던 기사 몇 개가 올라와 있었다. 초콜릿 알레르기를 가진 남자의 자살 사건이었다.

사무실 탁자에 앉아 커피를 마시며 신문을 넘기던 선배가 대답했다.

-애 엄마가…… 다시 합치자네.

선배의 목소리가 살짝 흔들렸다.

-합쳐요, 그럼. 잘 됐네.

나는 자꾸만 약해지는 선배가 못마땅해 생각에도 없는 말을 던지고 기사에 집중했다.

남자는 가족을 모두 외국에 보내고 한국에서 혼자 생활하는 기러기아빠라고 했다. 사체를 처음 발견한 사람은 일주일에 한 번씩 집에 들러 집안일을 도와주던 도우미 아주머니였다.

-그런데 조건이 있어. 여기 일을 그만두라네.

커피 잔을 내려놓은 선배가 멍하니 창밖을 바라보았다. 예전의 날카로운 이성과 동물적인 감각은 어디로 사라진 걸까. 무엇이 선배를 이렇게 만든 걸까. 침대에 누워 숨을 헐떡이던 할아버지의 모습이 떠올랐다. 효용성이 휘발된 선배의 빈 껍데기가 천천히 일어나 문을 열고 사무실을 나선다.

기사 말미에는 우리나라 기러기아빠의 실태와 숫자에 대한 통계가 언급되었고 좀 더 많은 사회적 관심이 필요하다고 결론짓고 있었다. 하지만 중소기업을 운영하던 그가 요즘 상황이 어려워져 사채를 쓰고 있었다는 것과 마당 바닥에 찍힌 발자국이 신발장에는 없는 종류의 신발이라는 내용은 기사에 포함되어 있지 않았다. 회사 인트라넷으로 확인해 보니 파트너 교체 요청 건에 대한 답신이 도착해 있었다. 회사에서도 상황을 인지하고 있으나 좀 더 신중을 기한 뒤 적절한 대책을 내놓겠다는 요지였다.

 J선배처럼 돈만 보고 이 일을 선택했다가 죄책감에 스스로 파멸해간 사람을 여럿 보았다. 물론 일반 회사에 비하면 엄청난 보수를 받는 게 맞지만 하찮은 양심과 알량한 도덕성이 기생충처럼 몸 안에 퍼져 있다면 스스로 그 중압감을 이겨낼 수는 없다. 뒤늦게 사회의 정의 운운하며 양심고백을 한다고 해서 들어줄 사람이 있는 것도 아니다. 그런 사람 한둘을 정신병원으로 보내는 것만큼 손쉬운 일도 없으니까. 소문에 의하면 지난달에도 다른 팀원들 중 한 명이 정신이상 판정을 받고 병원에 감금 처리되었다고 한다. 회사는 지금 J선배의 일로 고민 중인 것 같다. 장소가 정신병원이든 한강 바닥이든 결과는 마찬가지지만, 평생 입을 다문다는 조건을 지킨다면 순순히 퇴사를 인정할 가능성이 없는 것도 아니다. 그러나 나는 이런 회사의 우유부단한 일처리가 항상 불만이었다. 회사는 도대체 무슨 생각을 하는 걸까. 무대 위 개그맨의 억지스러운 설정처럼 앞뒤가 맞지 않는다. 효용성이 사라지면 무조건 소멸되는 게 마땅하다.

*

 헬스장엔 언제나 역동적인 기운이 감돈다. 이곳의 공기는 살아 있는 생명의 숨결을 느끼게 해준다. 운동은 내 오랜 불면에도 어느 정도 효과가 있는 것 같다. 하지만 내가 짬을 내서 운동을 하는 진짜 이유는 체력관리 때문이다. 나는 지금 내 일이 마음에 든다. 보람도 있고 적성에도 잘 맞는다. 오랫동안 이 일을 계속하려면 지치지 않는 체력을 유지하는 게 필요하다.

러닝머신에서 한 시간을 달린 뒤 내려와 정수기 앞에 섰을 때 누군가 내게 음료수를 내밀었다.

-반갑습니다, 선배님. 회사에서 연락받으셨죠?

유난히 앳된 얼굴과 삐쩍 마른 몸매의 여자아이였는데 어쩐지 낯이 익어 보였다.

-우리가 구면이던가?

그녀의 미간이 살짝 좁아졌다.

-생긴 게 평범해서 그런 소리 종종 들어요.

H라고 했다. J선배의 빈자리를 채울 파트너였다. 회사에서는 연말까지 임시로 팀을 유지하면 내년 초 조직개편 때 팀원을 다시 정리해 주겠다고 했다. 그녀는 아직 수습이었다. 삐쩍 마른 게 닭 모가지나 제대로 비틀까 싶게 약해 보였지만 눈빛만은 제법 살기가 돌았다. 하지만 살기를 쉽게 드러내는 것은 아마추어에게나 허용되는 일이다. 프로는 발톱을 부드러운 털 안에 숨기는 법이다.

-정신 차려, 우린 자살을 도울 뿐이야, 그새 잊었나?

나는 남자의 등에 일곱 군데의 자상을 남긴 후배의 손에서 칼을 빼앗았다. 흥분한 그녀는 여전히 숨을 헐떡이고 있었다.

-생각 좀 하고 일하자, 응? 어디 기본도 안 된 애송이가 굴러들어 와서…….

예민해진 나는 목소리를 비꼬았다. 이런 경우 남자의 독단적인 자살 처리는 불가능하지만 최종 목적이 동반자살이라는 점은 그나마 다행이었다. 우리는 남자와 그의 내연녀를 여관으로 옮겼다. 그리고 칼에는 자살시킨 내연녀의 지문을 묻혔다. 사건은 내연녀가 남자의 등에 일곱 군데 자상을 내 살해한 후 자신도 음독자살한 것으로 마무리될 것이다.

일이 끝난 후 H가 먹고 싶다는 치맥을 하러 치킨집을 찾았다. 프라이드치킨은 바삭하게 잘 튀겨졌고 크림 생맥주의 하얀 거품도 부드러웠다. 나는 H의 사적인 감정이나 과거 따위에는 관심 없었다. 하지만 이 일을 하려면 적어도 자기희생의 숭고한 정신과 소멸 의미에 관해서는 제대로 알고 있어야 할 것 같았다. 뒤틀린 감정에 휘둘려 일을 망치는 이유도 그 때문이라고 생각했다. 이미 회사에서도 교육을 받았을 텐데 아직도 제대로 우리의 사명을 인지하지 못하고 있다는 게 이해가 안 됐다. 정식사원이 되기엔 한참 멀었다는 생각이 들었다.

  ─명심해, 우리는 단순히 청부살인을 하는 게 아니란 걸.

  마지막 당부의 말로 설교를 끝낼 때까지 H는 계속 벌레를 씹는 듯한 표정을 하고 있었다.

  분위기를 좀 바꾸기 위해 이곳에 오기 전엔 무얼 했냐고 물었지만 H 는 말없이 잔만 비웠다. 그러다가 처음 사람을 죽인 경험에 대한 이야기 가 나오자 다시 눈빛이 살아났다.

  그녀의 이야기는 4년 전으로 거슬러 올라갔다. 이혼 한 부모 중 아버지 밑에서 자란 그녀는 어머니와 쌍둥이 동생이 궁금해 어머니의 집을 수소문해 찾아갔다. 벙어리였던 어머니를 버린 아버지에 대한 증오심과 아버지의 폭력으로부터 자신을 끝까지 지켜주지 못한 어머니에 대한 원망이 사춘기 삐뚤어진 감성과 제멋대로 얽혀 있었다. 사건은 순식간에 일어났다고 했다. 차라리 화를 냈다면 좋았을 텐데, 라고 말한 뒤 H는 닭의 살점을 뜯어 입안에서 잘근잘근 씹었다. 어머니는 그녀를 얼싸안고 울며 손으로는 연신 미안하다는 수화를 되풀이했다고 한다. 병신같이 뭐가 미안하다는 건지. 분노가 치밀어 올라 홧김에 밀쳤는데 어머니는 책상 모서리에 머리를 부딪쳐 즉사했다고 했다.

  ─그런데 웃기는 게 뭔지 알아요?

  남은 술을 마저 비우고 탁자 위로 내려놓는 H의 잔에서 쨍 소리가 울 렸다. 시체에 이불을 덮어놓고 정신없이 자리를 빠져나온 며칠 뒤, 방송 에서 쌍둥이 동생에 관한 뉴스가 흘러나왔다고 했다. 베르테르 효과 때문에 어머니를 죽이고 자살한 시대의 패륜아가 되어 있었다고 했다. 정말 웃기는 일이라고 나는 생각했다. 최근 들어본 어떤 이야기보다 더.

-그래서요, 그게…… 첫 경험이라고 해야 할지 아닌지, 헷갈려요.

말을 마친 그녀는 지나가는 종업원을 향해 빈 맥주잔을 흔들었다.

나는 만취한 H를 등에 업고 집으로 가고 있다. 할아버지에게 물려받은 제법 오래된 저택이다. 마당에 깔린 잔디엔 잡초가 무성하고 담을 둘러싼 정원수들도 관리를 하지 않아 지저분하다. 할아버지가 죽은 후 누군가를 데려온 것은 처음이다. 계단을 오르는데 가냘픈 H의 팔뚝이 내 목을 조여 왔다. 거실 소파에 H를 눕히고 담요를 덮어준 후 나는 자리에 앉아 컴퓨터를 켰다. 회사 인트라넷에 접속해 J선배의 거취를 살폈다. 아직 별다른 조치는 취해진 게 없는 것 같다. 당연히 여관 동반자살 기사는 아직 뜨지 않았다. 시체는 여관 주인이 방을 들여다볼 내일쯤이나 발견될 것이다. 의정부의 한 산부인과에서 불이 나 사상자가 발생했고 자살을 암시하는 문자를 남긴 뒤 사라진 남자가 다음날 저수지에서 익사체로 발견되기도 했다. 경부고속도로에서는 갑자기 핸들을 꺾은 트레일러 차량 때문에 7중 추돌 사고가 발생해 9명이 숨지는 사고가 발생했다. 나는 책상을 뒤져 담배를 들고 자리에서 일어섰다. 베란다로 가기 위해 소파 옆을 지나는 순간 엄청난 전류가 몸을 관통했다. 난 아무 저항도 못하고 그 자리에 주저앉았다.

잠시 잃었던 정신이 천천히 돌아오기 시작했다. 눈을 뜨자 화장실 바닥에 눕혀진 몸이 밧줄로 결박돼 있었다. 손에 칼을 든 H가 나를 측은하게 내려다보고 있었다. H는 나와 칼을 번갈아 보더니 피식 웃으며 주머니에 칼을 다시 집어넣었다.

-그래요, 우린 자살을 도울 뿐이죠. 안 그래요?

H는 내 옷장에서 꺼내온 넥타이를 눈앞에서 흔들었다. 갑자기 정신이

아뜩해졌다.

-어때요? 애송이한테 당하는 기분이?

무슨 말이라도 하려 했지만 적당한 말이 떠오르지 않았다. 어쩌면 처음부터 내 정체를 알고 있었는지도 모른다는 생각이 들었다.

-동생을 죽인 복수인가?

묻는 내 목소리가 살짝 흔들렸다. 순간 H가 나를 가만히 쳐다보다가 다시 피식 웃었다.

-최근 들은 얘기 중 제일 웃기는 소리네요.

나는 뭔가 크게 잘못됐다는 생각이 들었다. 침착해지려 애썼지만 그럴수록 머릿속에는 아무 생각도 떠오르지 않았다. 나는 효용성을 잃지 않았다. 소멸되어야 할 이유가 없다. 원인을 찾아야 한다. 어디서부터 잘못된 걸까. 어쩌면 원인이란 건 존재하지 않을지도 모른다. 인간은 언제나 어떤 결과가 나타나면 원인부터 찾으려 들지만 우리 주변에는 원인 미상의 일들로 넘쳐난다. 다만 수많은 시간 동안 잠복하며 그 일이 일어날 때를 기다리고 있다가 그 일이 일어난 것일 뿐.

회사는 H에게 내 리셋을 지시했다고 했다. 이유는 단순하고 명확했다. 경찰에게 내 꼬리가 잡혔기 때문이다. 초콜릿 알레르기 자살을 수행했던 날이었다고 했다. 재활용 분리수거함 옆에는 무단 쓰레기 투여를 막기 위해 누군가가 설치한 초소형 몰래카메라가 숨겨져 있었다. 설마 그런 곳에서 손톱보다 작은 렌즈가 날 지켜보고 있을 줄은 몰랐다. 경찰이 탐문수사를 진행하고 카메라 주인을 만나 영상을 확보하는 동안 나는 아무것도 모르고 있었다. 순식간에 난 용의자 1순위로 지목되었고 회사에서도 시급하게 처리해야 할 대상으로 떠올라버린 것이었다.

H는 나를 리셋하면 정식사원이 된다고 했다. 그녀에게 동생의 죽음은 중요하지 않은 것 같았다. 그보다는 '애송이'라는 말이 더 삐뚤어진 자존심을 상하게 한 것 같았다. 선배랍시고 잘난 체하며 가르치려 든다고 생각했는지도 모른다. 회사가 날 처리할 임무를 H에게 맡겼을 때 그녀

는 쾌재를 불렀을 것이다. 자신이 가장 아끼는 잭나이프로 내 등을 사정없이 내리꽂는 상상을 했을 것이다. 물론 이번엔 생각 없이 칼 휘두르는 걸 참아냈으니 그나마 발전이라면 발전인지도 모르겠다.

회사를 상대로 승산 없는 싸움을 할 생각은 없다. 일단 한 번 결정이 내려지면 번복되는 일은 없다는 것도 잘 안다. 다만 회사는 내 가치를 제대로 평가하고 있지 못했다. 돈만 보고 일했던 다른 직원들과 마찬가지로 회사의 방침에 반발하거나 도망갈 줄 알았는지도 모른다. 하지만 난 그들과 다르다. 처음부터 내게 그 사실을 알려주었다면 난 숭고한 소멸을 아름답게 수행했을 것이다. 나는 지금도 그 점이 가장 아쉽다. 그래서 H가 치맥에 대한 보답이라며 내게 마지막 선택권을 주겠다고 했을 때 고마움을 느꼈다.

-스스로 리셋 하실래요? 아님, 도와드려요?

치맥을 먹던 날 했던 설교를 허투루 듣지는 않은 모양이어서 그나마 위안이 되었다. 내 생의 마지막을 아름다운 자기희생으로 마칠 수 있다는 건 행복한 일이다.

H가 돌아가고 난 뒤 난 스스로 리셋을 수행했다. 내 목은 화장실 바닥과 문고리 사이에서 넥타이에 묶인 채 위태롭게 매달려 있었다. 난 온몸에 힘을 빼고 눈을 감았다. 그동안 리셋된 사람들은 이 상태에서 얼마의 시간을 버텼었던가. 얼굴이 붉어지고 현기증이 일며 숨쉬기가 어려웠다. 의지와 상관없이 팔 다리가 제멋대로 요동치기 시작했다. 벌레 수십 마리가 온몸을 징그럽게 기어 다니는 것만 같았다. 생각보다 마지막 순간은 길게 이어졌다. 그러다가 어느 순간 뭔가 툭 끊어지는 소리가 들렸다. 곧바로 끈 풀린 풍선처럼 몸이 가벼워졌다. 내가 나에게서 멀어지는 것만 같았다.

*

몸이 떠오르니 세상이 좀 더 잘 보인다. 창밖 나뭇가지에 위태롭게 매달려 있던 나뭇잎들도 모두 떨어져 나갔다. 난 일주일째 목이 졸린 채 같은 자세로 문고리에 매달려 있다. H는 전기충격기로 정신을 잃은 경찰관을 차 안에 눕혀놓고 연탄불을 피우고 있는 중이다. 연탄보다는 번개탄이 더 유용하다는 것을 가르치지 못한 게 아쉽다.

J선배는 가족들과 함께 비행기에 올랐다. 비행기가 폭파되는 일만 생기지 않는다면, 다른 나라에 도착해 그가 원하는 대로, 남은 삶을 가족의 굴레 안에서 구질구질하게 이어갈지도 모르겠다.

얼굴의 안구와 눈꺼풀, 입술 등이 부풀어 오르기 시작했다. 몸에서 서서히 부패가스가 발산되기 시작했지만 그 냄새가 넓은 마당을 지나 집 밖까지 풍겨나갈 수 있을지는 의문이다. 할아버지의 집 안에서 나는 섬처럼 고립되어 있다. 온몸에 스멀스멀 벌레가 기어 다닌다. 여름이었다면 금파리나 검정파리 혹은 개미들이 내 몸을 점령하는 시간이 더 빨랐을 것이다. 기온이 낮아진 탓에 초기 3개월간의 부패 단계는 늦춰지겠지만, 그 후 시간이 더 흐르면 송장벌레와 쉬파리가 꼬일 것이다. 만약에 이대로 계속 방치되어서 1년에서 3년 사이에 뼈만 남으면 거미나 수시렁이가 나를 찾을 것이다. 벌레들은 어쩌면 처음부터 내 몸의 일부였는지도 모른다. 시간의 간격을 두고 연어처럼 회귀해 내게 다시 돌아오는 건지도 모른다.

난 천천히 떠오르는 풍선처럼 조금씩 지상에서 멀어지고 있다.

회사의 다른 팀 직원들의 모습이 내려다보인다. 마포대교 북단에서는 40대 여성의 투신자살이 진행 중이고 경기도 일산의 한 아파트 옥상에서도 30대 회사원이 위태롭게 난간에 매달려있다. 인천의 한 호텔 욕조에서는 방금 전 중견기업 임원의 팔목 위로 면도칼이 지나갔고 부산의 유명 피부과 원장은 내일 아침 약물 과다 투여로 사망한 채 발견될 것이다.

2018년 우리나라의 하루 평균 자살자는 39.5명으로 OECD 평균인 12.1명의 세 배가 넘는다. 2008년의 29.9명에 비하면 10년 만에 매일 10명씩 더 늘어난 수치이다. 아직 미비하지만, 자연법칙에 동화되어가는 인간의 모습은 아름답다.

리셋은 세상의 구원이다.

당선소감 : 김변호

끝이 보이지 않는 짝사랑이었다. 상대는 완강했고 난 오랫동안 아파했다. 퇴근 후면 카페 구석에 앉아 혼자서 농밀한 '밀당'을 했고 제풀에 지쳐나갔다. 식욕 부진에 몸에선 열이 나고 식은땀이 흘렀지만 상대는 꿈쩍도 하지 않았다. 강산이 변할 때쯤엔 내 심장이 얼음처럼 딱딱하게 굳어버린 것만 같았다. 여전히 마음을 짓누르는 알 수 없는 체증을 안은 채, 난 이 오랜 짝사랑을 그만 끝내야겠다고 다짐했다. 간절함 5년, 열패감 5년, 거기에 상실감 몇 년을 듬뿍 얹은 후였다. 그리고 마지막 편지를 부쳤다. 전처럼 응답은 없을 거라 생각했다. 모든 걸 내려놓았을 때, 투고조차 잊어버리고 있을 때, 답장이 날아왔다. 까만 밤 새하얀 함박눈처럼 내려왔다. 심장이 사르르 녹아내리는 것 같았다.

겨울의 끝자락에 다시 시작된 연애. 앞으로 어떤 사랑을 해 나갈지 아직은 잘 모른다. 두려움, 걱정이 앞선다. 쉽지 않을 것이다. 지난 10여 년보다 더 큰 상처가 기다리고 있을지도 모른다. 하지만 새 마음으로 새 사랑을 시작해 보려 한다. 서두르지 않되, 멈추지 않되, 천천히, 진심을 담아……'리셋'은 세상의 구원이다.

채희문 선생님, 이세은 선생님 감사합니다. 살아갈 힘이 되어주는 가족들 사랑합니다. 병상에서 사투중인 처제, 조금만 더 힘내주길. 한결같이 믿어준 눈빛들에 감사합니다. 마지막으로 손잡아주신 한라일보 심사위원님들께 감사드립니다.

심사평 : 김동윤, 김재영

소모되는 인생들 날카로운 서사로 포착

올해의 한라일보 신춘문예는 예년보다 훨씬 많은 작품이 응모되었다. 문단 내의 갈등과 문학 시장의 위축을 염려하던 터라 자못 기쁘지 않을 수 없었다.

209편의 작품 중에서 예심을 거쳐 본심에 올라온 작품은 모두 아홉 편이었다. 변화된 시대의 문제의식과 새로운 미적 주체가 출현하기를 기대하면서 한 편 한 편 신중하게 읽어나갔다.

제주라는 섬에서 살아가는 사람들의 이야기에 더욱 관심이 갔다. 아마도 지역에서 살고 있는 문인의 한 사람으로서, 섬의 자연과 역사가 충분히 서사예술로 표현되기를 바라기 때문이리라. 하나 지역적 특성이 보편성을 획득하는 수작은 보이지 않았다. 제주 굿을 소재로 한 「영귤소리」는 기대와 달리 굿에 대한 이해가 깊지 않아 아쉬웠다.

「그 모녀의 방식」은 성매매 여성의 고착된 성 의식을 엿볼 수 있어 사회학적 흥미를 끌었지만, 개선이 보이지 않는 절망적인 상황이 별다른 반전 없이 계속될 뿐이었다. 과도하고 거친 성적 표현은 예술적 품격을 획득하지 못할 경우 비호감을 유발할 수 있다는 점도 지적되었다. 다만 작가로서의 역량은 충분히 엿보였다.

「애도증후군」은 애도의 실체가 막연하다는 것이 가장 큰 약점이었다. 전반부에서는 감각적인 묘사가 주목되었으나 후반부로 갈수록 두서없는 넋두리처럼 느껴졌다. 소설은 미적 추구와 함께 서사적, 언어적 논리성이 조화를 이루어야 하는데 논리적 비약이 설득력을 잃게 했다.

「리셋」은 창작 기법에서 투박하고 거친 면이 있지만, 적자생존의 논리 속에 소모되는 현대인의 모습을 날카로운 서사로 포착했다. 초반부의 지나치게 설명적인 서술이 다소 불편했으나 뒤로 갈수록 표현이 살아나고 서사의 힘도 돋보였다.

심사위원단은 「리셋」을 당선작으로 결정했다. 신인이 가져야할 새로운 문제의식과 고유한 사유 능력, 그리고 서사를 끌어가는 힘을 높이 샀다.

부디 뚝심 있는 기질과 문학적 잠재력을 기반으로 역량 있는 작가로 성장하기를 기대한다. 그리하여 동시대의 문제와 인간의 삶을 깊이 있게 다루는 훌륭한 작품으로 한국문학을 빛내기를 바란다.